ULLSTEIN

Das Buch

Alison ist schön und beruflich erfolgreich. Doch ihr Leben scheint in Trümmern vor ihr zu liegen, denn sie hat die beiden Menschen verloren, die ihr am meisten bedeuteten: Ihre bis dahin glückliche Ehe mit dem gut aussehenden Elliot ist über den Tod des gemeinsamen Sohnes zerbrochen. Seit der Scheidung herrscht verzweifeltes Schweigen zwischen den einstmals Liebenden. Dabei hoffen beide, wieder zueinander zu finden. Doch die noch frischen Wunden heilen nur langsam ... Einzig Alisons beste Freundin Sarah versteht ihr Zögern, denn sie selbst lebt in einer schwierigen Ehe mit dem ziemlich unerträglichen Trevor. Und als sich Alison und Elliot ihre Liebe zärtlich wieder eingestehen, möchte Alison auch die Freundin glücklich sehen. Sie fasst einen höchst riskanten Plan. Und was als aufrichtiger Freundschaftsbeweis gedacht war, erweist sich für Sarahs Ehe, für Alisons Liebe zu Elliot, aber auch für die Freundschaft der Frauen als schwere Belastungsprobe.

Die Autorin

Erica James, Jahrgang 1960, wuchs in Hampshire, England, auf. Heute lebt sie mit ihren beiden Söhnen Edward und Samuel in Cheshire. *Der Freundschaftsbeweis* ist ihr fünfter Roman.

Von Erica James sind in unserem Hause bereits erschienen:
Ferienträume
Nur ein Frühlingshauch
Wie ein frischer Wind
Wo dein Zuhause ist
Zeit für ein neues Glück

Erica James

Der Freundschaftsbeweis

Roman

Aus dem Englischen
von Claudia Feldmann

Ullstein

Ullstein Taschenbuchverlag
Der Ullstein Taschenbuchverlag ist ein Unternehmen der
Econ Ullstein List Verlag GmbH & Co. KG, München
1. Auflage 2002

Titel der englischen Originalausgabe: Act of Faith
(Orion Books, London)
Übersetzung: Claudia Feldmann
Umschlaggestaltung: Cordula Schmidt, Hamburg
Titelabbildung: Mauritius, Mittenwald
Satz: franzis print & media, München
Druck und Bindearbeiten: Elsnerdruck, Berlin
Printed in Germany
ISBN 3-548-25397-0

Für Edward und Samuel, wie immer.

Das höchste Vergnügen im Leben ist die Liebe,
Der größte Schatz Zufriedenheit,
Der wertvollste Besitz Gesundheit,
Die schönste Wohltat ist der Schlaf,
Die beste Medizin ein wahrer Freund.

Sir William Temple

1

Gerade heute war Ali Anderson absolut nicht in der Stimmung für hohlköpfigen Schwachsinn.

»Ach, verschon mich mit deinem Quatsch, du Knallkopf«, grummelte sie und schaltete das Autoradio aus, um den geschwätzigen Spinner aus Redditch zum Schweigen zu bringen, der auf seinem Baum hockte und ein Wirtschaftssystem auf der Basis privaten Tauschhandels anpries. Gab es etwas Schlimmeres als einen leidenschaftlichen Aussteiger?

Gern hätte sie ihrem Zorn noch ausführlicher Luft gemacht, doch die Gelegenheit verpuffte, als sie, gerade noch rechtzeitig, die Abzweigung nach Great Budworth sah. Sie bog rechts ab und folgte der schmalen Straße, die ins Zentrum des malerischen kleinen Dorfs führte, das bis vor einem Jahr ihr Zuhause gewesen war. Seine häufig fotografierten Bilderbuchhäuser hatten für Ali seit langem ihren Charme verloren, und als sie nun an den hübschen Cottages vorüberfuhr, begann ihr Puls zu rasen und ihre Kehle schnürte sich zu. Widerstrebend dankte sie dem Baumhocker aus Redditch für seine kurze Ablenkung und hoffte auf eine weitere wundersame Unterbrechung ihrer Gedanken.

Doch jetzt konnte sie nichts mehr ablenken. Sie war allein, und nur wenige Minuten trennten sie von der Begegnung mit der Tragödie, die zu dieser Jahreszeit besonders schmerzhaft präsent war. Als sie den Motor abstellte, rang sie wieder einmal mit der Frage, auf die es keine leichte, tröstende Antwort gab: Würde sie es je schaffen hierher zu kommen, ohne diesen unerträglichen Schmerz zu fühlen?

Unter dem aufmerksamen Blick einer wohlgenährten rötlichen Katze, die im festlich geschmückten Fenster des Postgebäudes lag, stieg sie aus dem Auto und ging mit gesenktem Kopf durch den eisigen Wind auf die Sandsteinkirche aus dem sechzehnten Jahrhundert zu, die durch ihre erhöhte Position und den massigen, mit Zinnen versehenen Turm das Dorf überragte. Ihre Schritte hallten in der verlassenen Straße wider. Es war später Nachmittag, kalt und ungemütlich, ein in Melancholie gehüllter Wintertag. Der erbarmunglose Dezemberwind biss in ihre Wangen und zerrte an den in Zellophan verpackten Rosen in ihrer Hand. Sie drückte sie schützend an die Brust und atmete ihren zarten Duft ein, der in schmerzlichem Kontrast zu diesem schrecklichen Ort stand.

Erleichtert stellte sie fest, dass außer ihr niemand auf dem Friedhof war. Es war besser, allein zu sein. Beim letzten Mal war ein älterer Mann da gewesen, der sich peinlich berührt die Nase geputzt hatte. Während sie dem Pfad folgte, der sie immer näher an ihr Ziel brachte, betrachtete sie die Aufschriften auf den verwitterten, moosbewachsenen Grabsteinen. Die Namen von Great Budworths älteren und neueren Verstorbenen sollten sie ablenken, sollten ihren Herzschlag beruhigen, ihren Magen daran hindern, sich zu einem harten, Übelkeit erregenden Knoten zusammenzuziehen, und sie davon abhalten, das Grauen der Nacht vor zwei Jahren erneut zu durchleben.

Doch es hatte beim letzten Mal nicht gewirkt, und es wirkte auch jetzt nicht.

Sie kam an *Robert Ashworth, 1932-1990*, vorbei, dann an *Amy Riley, 1929-1992, geliebte Frau von Joseph Riley*, und wusste, dass sie nur noch drei quälende Schritte vor sich hatte. Sie wappnete sich.

Eins.

Zwei.

Drei.

Und da stand es.

Für immer in unseren Herzen, Isaac Anderson, 1995-1996, innig geliebter Sohn von Ali und Elliot Anderson.

Vollkommen reglos stand sie da und starrte auf die Worte; sie hatte Angst sich zu bewegen, weil sie fürchtete, es könne eine unkontrollierbare Gefühlswelle in ihr auslösen, und dennoch hätte sie am liebsten ihre Blumen abgelegt und wäre davongelaufen. Heute war es zwei Jahre her, dass Isaac gestorben war, und sie hasste es, sich auf diese Art an ihn zu erinnern. Dies war nicht ihr Sohn. Dies war nicht das lang ersehnte Baby, das sie vom ersten Moment an geliebt hatte, als sie es im Kreißsaal an ihre Brust drückte. Dies war nicht der kleine blonde Isaac, dessen Lächeln jeden Morgen ihr Herz zum Schmelzen gebracht hatte, wenn sie in sein Zimmer ging und ihn aus seinem Bettchen holte. Dies war nicht der kleine Junge, der ihr entgegengetapst war, wenn sie von der Arbeit kam, und auf ihrem Schoß gesessen hatte, wenn sie ihm ein paar seiner Lieblingsgeschichten vorlas, bevor sie nach oben gegangen waren, um zusammen ein Bad zu nehmen und Wasserbüffel zu spielen. Dies war nicht der fröhliche Junge von achtzehn Monaten, den sie, nachdem sie ihm an jenem schicksalhaften Morgen einen Abschiedskuss gegeben hatte, nicht mehr lebend zu Gesicht bekam.

Ein eisiger Windstoß packte sie am Genick und rüttelte sie aus ihrer Starre. Sie beugte sich zu dem kleinen Grab hinunter, wickelte die Blumen aus und arrangierte sie sorgfältig. Sie stopfte das Zellophan in ihre Manteltasche, zog die Lederhandschuhe aus und begann, das Unkraut auszurupfen, das sich auf dem kleinen Rechteck auszubreiten begann, das theoretisch Isaac gehörte, in Wirklichkeit jedoch niemandem. Während sie sich mit dem Unkraut beschäftigte, dachte sie wieder einmal daran, wie sehr der Tod ihres Sohns ihr Leben verändert hatte; vor allem auf ihre Ehe hatte er eine katastrophale Auswirkung gehabt.

An die Stelle der einstigen bedingungslosen Verbundenheit zwischen ihr und Elliot war eine furchtbare Kluft getreten, ihrer beider Leben war in so viele winzige Stücke zerschmettert worden, dass es keine Hoffnung gab, sie je wieder zusammensetzen zu können. Sie waren distanziert und abweisend geworden. Aus der leidenschaftlichen Liebe, die sie für dauerhaft und unzerstörbar gehalten hatten, war im Handumdrehen ein Zustand geworden, in dem sie nur noch schweigender, bitterer Vorwurf verbunden hatte. Er wurde zu einer unüberwindlichen Mauer, die keiner von ihnen niederreißen wollte. Ein Jahr lang hatten sie so gelebt, sich voreinander versteckt, bis das Unvermeidliche geschah und sie sich trennten. Sie hatte die Scheidung vorgeschlagen. Elliot war gegen einen so drastischen und endgültigen Schritt gewesen, doch sie hatte darauf bestanden. Sie konnte nicht anders. Bei Elliot zu bleiben erinnerte sie nur immer wieder daran, was sie verloren hatte, und mittlerweile hasste sie ihn dafür. Die Scheidung war ihr als die einzige Möglichkeit erschienen, den Schmerz zu verarbeiten. Doch er hatte nicht nachgelassen. Ebenso wenig wie die Bitterkeit zwischen ihnen.

Ihre Finger schmerzten, sie waren steif vor Kälte. Sie hielt inne, stand auf und wischte sich mit dem Handrücken die Tränen aus dem Gesicht. Plötzlich hörte sie Schritte hinter sich. Sie fuhr herum.

Es war Elliot. Er hatte einen Blumenstrauß in der Hand und befand sich auf Höhe von *Robert Ashworth*. Als er sie sah, blieb er einen Moment stehen, ging dann jedoch mit einem großen Schritt an *Amy Riley* vorbei und auf sie zu. »Alles in Ordnung?«, sagte er nur.

Sie nahm die Hände aus dem Gesicht und murmelte: »Ist nur der Wind, der mir in den Augen brennt. Die Kälte.« Wie zum Beweis zog sie ihre Handschuhe wieder an, krümmte die Schultern und stampfte mit den Füßen auf den hart gefrorenen Boden.

Er blickte hinauf in den trüben, bleiernen Himmel, der sich zunehmend verdunkelte, als die bitterkalte Dämmerung hereinbrach. »Sieht aus, als ob es Schnee gibt«, bemerkte er, als wären sie Fremde, die sich über das Wetter unterhielten.

»Könnte sein«, erwiderte sie steif. Sie wischte sich erneut über die Augen und hasste ihn dafür, dass er alles so verdammt unter Kontrolle hatte. Sie war wütend, dass er hier war, und noch wütender, dass er sie beim Weinen ertappt hatte und so rücksichtsvoll war, zur Seite zu sehen, bis sie sich gefasst hatte. Sie wollte seine Rücksichtnahme nicht, weil sie sie an die Vergangenheit erinnerte; Rücksicht war immer seine Stärke gewesen, als Chef, als Liebhaber, als Ehemann und als Vater. Am Anfang war es einer seiner Vorzüge gewesen, am Ende eine Qual.

Sie sah zu, wie er sich hinunterbeugte, um seine Blumen neben ihre zu legen, froh, dass er sich zumindest an ihre Abmachung hielt – nur weiße Rosen. »Niemals rote«, hatte sie zu ihm gesagt, als sie Isaacs Begräbnis vorbereiteten. »Rot erinnert zu sehr an Gewalt, Blut, Opfer.«

»Ich lasse dich allein«, sagte sie und wandte sich zum Gehen.

Eilig richtete er sich wieder auf. »Nein.« Er berührte sie am Arm. »Bitte geh nicht meinetwegen. Ich warte im Wagen, während du ...«

Sie sah hinunter auf seine Hand, dann auf die Verlegenheit in seinem Gesicht und den dunklen Schatten, der das sonst so leuchtende Blau seiner wachen Augen trübte. »Während ich was?«

»Während du tust, was du tun möchtest.«

Sie schüttelte den Kopf und entzog ihm ihren Arm. »Der Augenblick ist vorbei.«

»Tut mir Leid, ich hätte einen besseren Moment wählen sollen.«

»Mach dir deswegen keine Sorgen.« Sie drehte sich um und ging.

Er senkte den Blick wieder hinunter auf die Blumen, die er eben auf Isaacs Grab gelegt hatte. Dann, wie von einer inneren Stimme getrieben, rief er ihr nach: »Ali, wartest du auf mich?«

Sie blieb stehen, wandte sich jedoch nicht um. »Wozu?«
»Ich möchte mir dir reden.«
Sie setzte sich wieder in Bewegung.
»Ali?«
»Ich warte im Auto.«

2

Die Scheinwerfer von Elliots Jaguar XK8 im Rücken, fuhr Ali in der Dunkelheit nach Hause und fragte sich, was er wohl mit ihr besprechen wollte.

Während sie vor dem Postgebäude im Auto gesessen und gewartet hatte – die rötliche Katze war verschwunden –, hatte sie reichlich Zeit gehabt, über Elliots Bitte um ein Gespräch nachzudenken; zwanzig Minuten, um genau zu sein. Als er schließlich aus dem Friedhof gekommen war, hatte er sie gefragt, ob sie mit ihm etwas trinken gehen würde. Beim Anblick seines blassen Gesichts hatte sie gedacht, dass sie selten einen Mann gesehen hatte, der einen belebenden Drink so nötig zu haben schien wie er. Doch bei der Vorstellung, wie sie sich im um diese Zeit noch völlig leeren *George and Dragon* mit traurigem Gesicht gegenübersitzen würden – wo sie so manchen feuchtfröhlichen Abend verbracht hatten, als es noch ihr Stammpub gewesen war –, hatte sie ihm angeboten, mit zu ihr zu kommen.

Doch jetzt bedauerte sie diesen unüberlegten Anfall von Gutmütigkeit, und zwar nicht nur, weil sie sich nicht erinnern konnte, in welchem Zustand sich Bad, Küche und vor allem das Wohnzimmer befanden – hatte sie die Überreste des China-Imbisses von gestern Abend weggeräumt, bevor sie irgendwann gegen zwei aufs Sofa und in den Schlaf der chronisch Erschöpften gefallen war? –, sondern weil Elliot und sie seit ihrer Trennung jegliche Komm-mit-zu-mir-Szenarios sorgfältig vermieden hatten.

Und das aus gutem Grund.

Keiner von ihnen beiden war im Stande, dem Anderen mit etwas Herzlicherem als Kälte, Verachtung und kleinlicher Krittelei zu begegnen. Es war ihre einzige Möglichkeit, mit einer unmöglichen Situation fertig zu werden.

Nachdem sie aus ihrem gemeinsamen Haus in Great Budworth ausgezogen war und die Scheidung in Gang gesetzt hatte, hatten sie sich beide bemüht, so zivilisiert wie möglich miteinander umzugehen, was nicht einfach gewesen war, da sie beide einen Berg von unverarbeitetem Schmerz und Zorn mit sich herumtrugen. Doch indem sie ihre seltenen Zusammenkünfte auf Restaurants beschränkten, wo es unschicklich gewesen wäre, sich Beleidigungen – oder Geschirr – an den Kopf zu werfen, war es ihnen gelungen. Noch besser lief es, wenn eine dritte Person anwesend war. Meistens übernahm Elliots Vater Sam die Rolle, dem es nicht allzu viel ausmachte, gelegentlich in ein Kreuzfeuer zu geraten. »Zeit für die weiße Flagge«, sagte er dann, wenn sie und Elliot zwischen zwei Attacken nach Atem rangen. »Waffenstillstand.« Nur einmal waren sie zu weit gegangen, woraufhin Sam seine Serviette hingeworfen und gepoltert hatte, wenn ihm nach Drama sei, würde er sich vor den Fernseher setzen, und ob sie jetzt gefälligst aufhören würden, sich wie verwöhnte Gören zu benehmen. »Wenn ihr beide euch nicht zusammenreißt, gehe ich nach Hause und esse dort in aller Ruhe eine schöne, leckere, handfeste Portion Bratkartoffeln mit Wurst und Ei.«

Schon ein gutes Stück vor der Abzweigung nach Little Linton – die nur allzu leicht zu übersehen war, da sie sich unauffällig zwischen die Ausläufer des benachbarten Dorfs Holmes Chapel schmiegte – setzte Ali den Blinker und warf einen Blick in den Rückspiegel, um zu sehen, ob Elliot noch hinter ihr war. War er, und er hatte ebenfalls den linken Blinker gesetzt.

»Nicht dumm, der Junge«, sagte sie laut. Sie lächelte. Allmählich entspannte sie sich, wurde wieder sie selbst.

Nach Isaacs Tod hatte sie sich geschworen, dass sie sein Grab nur an seinem Todestag besuchen würde. Sie wollte nicht eine von denen werden, die sich vormachten, sie könnten einen geliebten Menschen lebendig erhalten, indem sie ständig auf dem Friedhof hockten. So viele Tränen sie auch über seinem Grabstein vergießen würde, es würde ihn nicht zurückbringen. Also wozu das Ganze? Dies war seit dem Begräbnis ihr zweiter Besuch auf dem Friedhof, und er war kein bisschen einfacher gewesen als der erste. Es verwandelte sie in jemanden, in etwas, das nicht sie selbst war. Es brachte das Schlimmste in ihr zum Vorschein. Es weckte Wut in ihr, Selbstmitleid, Verbitterung und Vorwürfe, vor allem jedoch Verzweiflung.

Verzweiflung, weil sie vergessen wollte.

Verzweiflung, weil sie nicht vergessen wollte.

Schlichtweg Verzweiflung.

Morgens beim Frühstück hatte sie erwogen, nicht zu Isaacs Grab zu gehen, doch wie hätte sie das gekonnt? Was würden Elliot und all die anderen von ihr denken? Dass sie ihren kleinen, verwundbaren Sohn nicht nur zu Lebzeiten im Stich gelassen hatte, sondern auch im Tod?

Wieder blinkte sie, diesmal nach rechts. Nachdem sie sich versichert hatte, dass Elliot noch am Ball war, bog sie langsam in eine schmale Lücke in der hohen Hecke ein, die die Straße säumte. Dies war Mill Lane, und etwa hundert Meter vor ihr lag ihr neues Zuhause. Es war vor dem dunklen Abendhimmel gut zu erkennen, da es von einem geschickt installierten Sicherheitssystem beleuchtet war. Windmühlen waren in dieser Gegend nicht sehr verbreitet, und ihr gut zwanzig Meter hoher Backsteinturm war ein beeindruckender Anblick. Er hatte keine Flügel mehr, und mit seiner schmalen, hohen Form und der weiß gestrichenen, abgerundeten Spitze erinnerte er Ali an eine überdimensionale Pfeffermühle. Es amüsierte sie immer wieder, dass sie jetzt in so einer ausgefallenen Behausung lebte.

Der gemeine, unversöhnliche Teil von ihr, das kleinliche Stück, das sich hartnäckig an das Leid der Vergangenheit klammerte und ihr nachts den Schlaf raubte, hoffte, dass Elliot beeindruckt war. Er brauchte nicht zu wissen, dass diese wunderschön umgebaute Windmühle in herrlich abgeschiedener Lage ihr nicht gehörte, dass sie sie erst vor einem Monat von Owen gemietet hatte, einem ihrer Klienten, den es in irgendeinen scheußlichen Vorort von Brüssel verschlagen hatte.

Sie parkte ihr Saab-Kabrio vor der kleinen Garage und lief, ohne auf Elliot zu warten, eilig zur Eingangstür. Wenn sie es bloß bis in den ersten Stock schaffte, bevor er mit seinen marathonerprobten Beinen hinter ihr her sprintete, würde sie zumindest das allergrößte Chaos beseitigen oder verbergen können.

Doch die Sorge war unnötig. Sobald sie die schwere, beschlagene Tür aufgedrückt hatte – manchmal war sie höllisch widerspenstig, vor allem bei feuchtem Wetter –, sah sie voller Erleichterung, dass Lizzie, ihr unbezahlbarer Schatz, den sie von Owen geerbt hatte, da gewesen war. Nirgends würde auch nur eine einzige Staubflocke herumliegen, ganz zu schweigen von einem getragenen Slip. Der Beweis dafür war der Zettel, den Lizzie auf dem Eichentisch neben der Tür hinterlassen hatte:

Staubsaugertüten und Badreiniger sind alle. In der Dose neben dem Wasserkocher ist Schokoladenkuchen, eine Minute pro Stück in der Mikrowelle müsste reichen, Schlagsahne ist im Kühlschrank. Gruß, Lizzie. PS: Habe die Weihnachtskarten aufgehängt, wie Owen es immer gemacht hat … hoffe, es gefällt Ihnen.

»Was für ein ausgefallenes Haus«, sagte Elliot, der im Türrahmen erschien. »Wie lange wohnst du schon hier?«

»Ein paar Wochen«, erwiderte sie. Sie zog ihren Mantel aus und hängte ihn an die altmodische Garderobe, an die sie nur mit Mühe herankam. Owen hatte sie an der Wand befestigt, und er war, genau wie Elliot, ein gutes Stück über einsachtzig. »Und die meisten Leute würden es nicht ›ausgefallen‹ nennen, sondern ›sagenhaft‹, ›interessant‹, ›wundervoll‹, ja sogar ›spektakulär‹. Mach die Tür zu, die ganze Wärme geht raus.«

Elliot tat, wie ihm geheißen. Er zog ebenfalls seinen Mantel aus und hängte ihn neben ihren. »Was wurde hier früher gemahlen?«

Sie bemerkte die dünne Schicht aufgesetzter Höflichkeit, die seine Worte verbrämte. »Mais«, antwortete sie, »aber frag mich bitte nicht nach weiteren Einzelheiten. Ich kann einen Getreidespeicher nicht von einem Korntrichter unterscheiden.« Sie öffnete eine Tür und führte ihn durch den größten Raum der Mühle, in dem man ohne weiteres eine Party feiern konnte. Doch sie mochte den Raum nicht besonders. Er war kalt und formell, was vermutlich an dem restaurierten Schieferboden lag, auf den Owen so stolz war. Lizzie schimpfte oft, dass er nichts weiter sei als eine Putztortur.

Ohne Elliots interessierte Blicke auf die dicken Holzbalken, die sich unter der niedrigen Decke entlangzogen, zu beachten, führte sie ihn über eine laut knarzende hölzerne Wendeltreppe in den ersten Stock. Diesen Teil der Mühle mochte Ali am liebsten, und es war ihrer Meinung nach auch der gelungenste Teil des Umbaus. Die Etage war so entworfen worfen, dass sie einen gemütlichen, offenen Bereich zum Kochen, Essen und Entspannen bot, und hier verbrachte Ali den größten Teil ihrer Zeit, wenn sie nicht bei der Arbeit oder im Bett war. Den Küchenbereich hatte ein Freund von Owen eingerichtet, der Schreiner war, und die handgearbeiteten Verkleidungen und Schränke aus Pechkiefer und die mit schmuckvollen Schnitzereien verzierten Regale schmiegten sich so perfekt an die dunkelrot gestrichenen Wände, dass man deren ungewöhnliche Wölbung fast nicht mehr bemerkte.

Mit eingezogenem Kopf, um sich nicht an einem der Deckenbalken zu stoßen, trat Elliot an das Butzenfenster über der Spüle. Ali überließ ihn seinem Blick in die Dunkelheit und ging hinüber zu der erhöhten Sitzecke, wo sie zwei große Tischlampen anknipste. Das sanfte Licht spiegelte sich in den glänzenden Dielen und brachte die warmen Farben des Perserteppichs vor dem Kamin und das dunkle Rot der Wände zum Leuchten. Als sie sich zur Feuerstelle hinunterbeugte, war sie erneut froh, dass Lizzie gerade heute gekommen war. Die gesammelte Asche von vier Tagen war entfernt worden, und auf dem Rost lag ein Stapel frischer Scheite, Anmachholz und Anzünder; sogar der leere Holzbehälter war aus den Vorräten neben der Garage gefüllt worden. Als sie sich aufrichtete, um die Streichhölzer auf den Sims zu legen, bemerkte sie die Weihnachtskarten, die zwischen den Bildlampen aus Messing aufgehängt waren. Von dieser Dekoration einmal abgesehen, wies nichts im Raum darauf hin, dass Weihnachten vor der Tür stand.

»Ich hole uns was zu trinken«, sagte sie, als Elliot aus der Küche herüberkam. »Pass auf die Stufe auf«, fügte sie hinzu. »Da stolpert jeder drüber. Glenlivet für dich?«

Er nickte und trat vorsichtig über die Stufe.

Was sind wir heute wieder gesprächig, dachte sie, während sie mit dem Rücken zu ihm in dem Getränkefach neben dem Kühlschrank herumsuchte. Als sie die Gläser füllte, fiel ihr Blick auf die Dose neben dem Wasserkocher, und sie dachte an Lizzies Zettel. Sie nahm den Deckel ab und leckte sich über die Lippen. Plötzlich schien das Mittagessen eine Ewigkeit her zu sein. Sie schnitt zwei große Stücke von dem Schokoladenkuchen ab, schob sie in die Mikrowelle, gab einen Klecks Sahne darauf, stellte alles auf ein Tablett und trug es hinüber zur Sitzecke, wo Elliot es sich in einem der hochlehnigen Sessel neben dem Kamin gefährlich bequem gemacht hatte. Der Anblick beunruhigte sie; es erinnerte zu sehr an die Zeiten ihrer Ehe.

Nur, sagte sie sich energisch, als sie das Tablett auf dem Tisch vor dem Sofa absetzte, dass er, wenn sie noch verheiratet wären, sein Gieves-&-Hawkes-Jackett ausgezogen, die Krawatte über die Sessellehne geworfen und die Schuhe genau dort liegen gelassen hätte, wo sie darüber stolpern musste.

Sie schob ihm einen Teller hin, gab ihm seinen Single Malt und fragte sich, ob sein Schweigen bedeutete, dass er sie im Geist genauso niedermachte wie sie ihn. Nun, wenn das stimmte, war es zumindest ein gewisser Fortschritt. Immerhin prügelten sie sich nicht mehr mit Worten bis zur Besinnungslosigkeit.

»Prost«, sagte sie, hob ihr Glas und setzte sich auf die Sofaecke, die am weitesten von Elliot entfernt war. Er erwiderte ihre Geste und trank einen Schluck von seinem Whisky. Er schien sich in diesem lastenden Schweigen recht wohl zu fühlen, aber Ali nicht. »Also, worüber wolltest du mit mir reden?«, fragte sie, begierig, ihn loszuwerden.

Er sah plötzlich unruhig aus, nicht mehr entspannt, was ihn, wie Ali bemerkte, augenblicklich älter wirken ließ. Doch Elliot war nicht alt. Absolut nicht. Er war erst sechsundvierzig, und mit seinem durchtrainierten Körper und dem hellbraunen, kaum von Silber durchzogenen Haar ging er sogar für jünger durch. Oder lag das nur daran, dass sie ihn so gut kannte? Stimmte es nicht, dass die Menschen, die man sehr gut kennt, immer das gleiche Alter behalten, das man selbst zu haben glaubt? Wenn sie morgens in den Spiegel blickte, sah sie keine Frau von achtunddreißig Jahren, sondern ein vierundzwanzigjähriges Mädchen. Komisch eigentlich. Die meisten Leute antworteten auf die Frage, wie alt sie sich fühlen, mit irgendwas um die fünfundzwanzig.

Sie sah zu, wie er einen weiteren Schluck von seinem Glenlivet nahm und dann das Glas mit größter Sorgfalt auf den goldumrandeten Untersetzer zurückstellte. Aber er sagte noch immer nichts. Er griff nach seinem Teller und begann den Schokoladenkuchen zu essen. Sie wusste, das waren Warnzeichen; was immer er zu sagen hatte, er wählte seine Worte mit größtmöglicher Sorgfalt. Das war seine Vorgehensweise; er platzte nie mit der Tür ins Haus. Bei der Arbeit war dies immer eine seiner stärksten und wirksamsten Waffen gewesen. Auch wenn sie ihn nicht mehr liebte, für seine beruflichen Fähigkeiten hatte sie nach wie vor den größten Respekt, und sie wusste so gut wie jeder andere, der je mit ihm gearbeitet hatte, dass nichts seine Vernunft und Klarsicht trüben konnte. Sein Hirn war so strukturiert, dass er zwei Schachpartien gleichzeitig spielen konnte und beide gewann.

Doch sie waren jetzt nicht bei der Arbeit, und trotz seiner Bemühungen, gelassen zu wirken, spürte sie, dass er nervös war. Also, was war es, das er unbedingt mit ihr besprechen wollte?

Dann begriff sie.

Er hatte jemanden kennen gelernt. Deshalb war er hier. Unter dem Vorwand, ihr die Neuigkeit persönlich mitteilen zu wollen, war er hergekommen, um damit zu prahlen, dass er wieder heiraten würde. Bestimmt wollte er es ihr so richtig unter die Nase reiben. »Siehst du«, würde er mit seiner zur Schau getragenen Gelassenheit sagen, »ich habe mich weiter entwickelt. Ich bin über Isaac hinweg. Und vor allem bin ich über dich hinweg.« Wie konnte er es wagen, hier zu sitzen, ihren teuren Whisky zu trinken und sich dabei die ganze Zeit das Hirn zu zermartern, mit welchen Worten er ihr triumphierend entgegenschleudern konnte, dass er irgendeine blöde Tippse im Büro bumste! Was für eine gottverdammte Unverschämtheit!

Er sah von seinem Teller auf und fixierte sie mit seinen ernsten blauen Augen. »Der Kuchen ist sehr lecker. Ist der selbst gemacht?«

»Quatsch. Du weißt genau, dass Backen nie meine Stärke war. Jetzt komm endlich zur Sache und sag mir, was du mit mir besprechen willst.«

Seine Augen verengten sich, und er schien zu überlegen, ob sie ihn durchschaut hatte. Er sah leicht verwirrt aus. »Was machst du Weihnachten?«, fragte er und senkte den Blick, um die letzten Kuchenkrümel von seinem Teller zu kratzen.

»Weihnachten?«, wiederholte sie, aus dem Konzept gebracht.

»Ja, dieses Fest, das wir für gewöhnlich in der vierten Dezemberwoche feiern.«

Der Sarkasmus in seiner Stimme war kurz davor, ihren Geschirrwerf-Instinkt zu wecken. »Danke, Elliot, mir ist durchaus bewusst, wann Weihnachten ist. Die Scheidung hat mein Gehirn nicht beeinträchtigt, was allerdings bei jemand anders, den ich kenne, der Fall zu sein scheint.« *Ha, wieder heiraten!*

Jetzt sah er sie wieder an, und sein Blick war flammend. »Was soll *das* denn heißen?«

»Was du willst.«

Er runzelte die Stirn. »Was *machst* du denn nun an Weihnachten?«

»Weiß ich noch nicht. Und ich weiß auch nicht, was dich das angeht. Würdest du mir jetzt bitte endlich sagen, was du von mir willst?«

Er sah genervt aus. Wahrscheinlich waren sie nur noch eine Haaresbreite davon entfernt, die Höflichkeit, die ihnen dieser spezielle Tag aufgezwungen hatte, beiseite zu fegen. »Das versuche ich ja die ganze Zeit«, erwiderte er. Seine Gelassenheit löste sich eindeutig in Luft auf. Es sah sogar fast so aus, als beiße er die Zähne zusammen. »Dad und ich fahren über Weihnachten weg, und … und blöd wie wir sind, haben wir uns gefragt, ob du vielleicht mitkommen möchtest.«

Ali war sprachlos. Hastig raffte sie zusammen, was von ihrer Denkfähigkeit noch übrig geblieben war, und sagte: »Bei einer so formvollendeten Einladung weiß ich gar nicht, was ich sagen soll.« Es stimmte. Sie wusste es wirklich nicht. Nichts hätte ihr rascher den Wind aus den Segeln nehmen können. Sie stand auf und ging zum Kamin, wo sie, um Zeit zu gewinnen, ein neues Scheit ins Feuer legte und es mit Hilfe der langen Messingzange zurechtrückte. Eine Einladung, Weihnachten mit ihrem Exmann zu verbringen, war das Letzte, womit sie an diesem Tag gerechnet hätte.

Sie war beinahe gerührt.

Und gleichzeitig voller Misstrauen.

Warum hatte Elliot sie das gefragt, wo er doch davon ausgehen musste, dass sie vermutlich, genau wie letztes Jahr, zu ihren Eltern nach Hayling Island fahren würde? Er konnte nicht wissen, dass sie etwas anderes vorhatte. Die Einzigen, die wussten, dass sie dieses Jahr Weihnachten allein zu Hause verbringen wollte, waren ihre Eltern. Hm ... dachte sie, und da sie den Verdacht hatte, ihre Mutter könnte ihre Finger im Spiel haben, legte sie die Kaminzange weg und fragte: »Haben meine Eltern sich bei dir gemeldet?«

»Ein kurzer Brief und eine Weihnachtskarte.«

Sie schnalzte verärgert. »Und dabei hat Mum ganz zufällig erwähnt, dass ich eine armselige Spielverderberin bin und allein zu Hause bleibe, stimmt's?«

Seine Nervosität war verschwunden, und er war wieder die Gelassenheit in Person. Entspannt schlug er ein Bein über das andere. »Etwas in der Art, ja.«

Sie ging zum Sofa zurück. »Und gehe ich recht in der Annahme, dass es Sams Idee war mich einzuladen, euch beiden Gesellschaft zu leisten?«

Er nickte.

»Dir ist doch wohl klar, Elliot, dass das stark nach Almosen riecht, oder?«

Er verdrehte die Augen. »Und dir ist wohl hoffentlich klar, dass du mit deiner Bockigkeit eigentlich eine Tracht Prügel verdient hast.«

»Gut, dann verstehst du ja sicher, dass es nichts Persönliches ist, sondern nur meine angeborene Sturheit, die mich dazu veranlasst, die Einladung abzulehnen – so nett Sam sie auch gemeint hat.«

»Was machst du denn dann, wenn du Weihnachten nicht mit deinen Eltern oder mit uns verbringst?«

Bildete sie sich das nur ein, oder hörte sie da einen gewaltigen Erleichterungsseufzer hinter seinen Worten? Fast tat er ihr Leid. Wie schockiert er gewesen sein musste, als Sam ihm diesen netten kleinen Vorschlag gemacht hatte. »Ich denke, ich werde mich mit Hilfe fester und flüssiger Nahrung in einen angenehmen Zustand heiterer Besinnungslosigkeit versetzen«, antwortete sie. »Und ihr? Ein paar Tage im Hotel mit Candlelightdinner, Kaminfeuer und Congatanz, wie letztes Jahr?«

Einem Lächeln gefährlich nah, erwiderte er: »Nein, ich bin dabei, Dad diese Kurztrips abzugewöhnen. Ich fahre mit ihm nach Barbados.«

Ali zog eine Braue in die Höhe. »Sam ist ja ein richtiger Glückspilz.«

»Bist du sicher, dass du nicht mitkommen willst?«

»Du solltest mich eigentlich kennen, Elliot.«

3

Wie ist es gelaufen?«

Elliot schloss die Tür hinter sich. Ihm war, als hätte sein Vater ihm diese Frage sein ganzes Leben lang gestellt.

Erster Schultag: Wie ist es gelaufen?

Orientierungslauf: Wie ist es gelaufen?

Mittlere Reife: Wie ist es gelaufen?

Abitur: Wie ist es gelaufen?

Bewerbungsgespräch für das Christ Church College: Wie ist es gelaufen?

Bewerbung für eine Stelle: Wie ist es gelaufen?

»Na?«, fragte Sam.

Schweigend hängte Elliot seinen Mantel auf. Er ging in sein Arbeitszimmer und knallte seinen Aktenkoffer auf den Schreibtisch. Sam kam herüber und lehnte sich gegen den Türrahmen. Er war ein geduldiger Mensch und konnte gut auf eine Antwort warten.

Elliot sah seine Post durch und sagte, ohne aufzusehen: »Welcher Teil des Tages interessiert dich? Der, wo ich an Isaacs Grab stand und mich wieder einmal für seinen Tod verantwortlich fühlte, oder der, wo ich die Mutter meines Sohns ansah und mir wünschte, ich könnte einen Weg finden, den Schaden wieder gutzumachen, den ich angerichtet habe?«

Sam schwieg. Er ließ seinen Blick voller Mitgefühl auf Elliot ruhen.

Elliot zog eine Weihnachtskarte aus einem der Umschläge und ließ sie ungelesen auf den Schreibtisch fallen. Er sah zu seinem Vater auf und bemerkte die Anteilnahme in seinen Augen. Er rieb sich mit der Hand über das müde Gesicht. »Entschuldige«, sagte er, »das hätte ich nicht sagen sollen.«

Sam lächelte warmherzig. »Schon gut. Komm mit in die Küche und erzähl mir alles, während ich unser Abendessen zubereite. Ich dachte, ich spendiere uns eine von meinen berühmten Fett-und-Cholesterin-Bomben.«

Elliot folgte seinem Vater in die Küche, wo bereits die Anfänge von Sams klassischem Steak-und-Bratkartoffel-Menü zu erkennen waren: Die Kartoffeln waren geschält und klein geschnitten, die Zwiebelringe lagen zusammen mit einem halben Päckchen Butter in der Pfanne, und zwei Steaks im Klodeckelformat warteten darauf, gebraten zu werden. »Ihr werdet mich noch umbringen: erst Alis Schokoladenkuchen, und jetzt das«, sagte er mit gezwungener Leichtigkeit. Er zog sich einen der Küchenstühle heran, drehte ihn um und setzte sich rittlings darauf, die Ellbogen auf die Lehne gestützt.

Sam schaltete den Grill ein. »Soso, Schokoladenkuchen bei Ali. Und sie hat ihn dir nicht an den Kopf geworfen?«

»Sie hat danebengeworfen.«

»Das glaube ich dir nicht. Wenn Ali dich treffen will, dann trifft sie dich auch, egal, wo du hinläufst. Erinnerst du dich noch an diesen Betriebsausflug, den du vor ein paar Jahren organisiert hast und wo wir uns alle mal am Schießstand austoben durften? Sie war besser als John Wayne. Neben ihr waren wir die reinsten Milchbubis.«

Elliot erinnerte sich nur zu gut. Er wusste auch noch, wie stolz er damals auf sie gewesen war, aber er war ohnehin immer stolz auf Ali gewesen. Sie war nie wie die anderen Frauen aus dem Büro gewesen, mit denen er arbeitete. Und vor allem war sie nie wie die Ehefrauen der anderen Partner gewesen. Sie hatte immer ihren eigenen Kopf gehabt. Sie hatte klipp und klar gesagt, was sie dachte, und sich keinen Deut um die Konsequenzen geschert. Chronisch ungeduldig und immer auf der Suche nach einer Herausforderung, war sie einer der scharfsinnigsten Menschen, die er kannte. Es hatte ihn nicht im Geringsten überrascht, dass sie eines Tages die Nase voll hatte von den unflexiblen Hierarchien der großen Buchhaltungsfirma, für die sie beide arbeiteten, und sich selbstständig gemacht hatte. Sie hatte ein eigenes Steuerberatungsbüro gegründet. Es war genau die richtige Entscheidung für sie gewesen, obwohl er es damals nie gesagt hatte, was er heute bedauerte. Er hatte ihr so gut wie keine Unterstützung und Ermutigung gegeben. Aber woher hätte er die auch nehmen sollen? Er hatte seine ganze emotionale Kraft darauf verwandt, irgendwie mit Isaacs Tod fertig zu werden.

»Nebenbei bemerkt«, sagte er und stand abrupt auf, um den Wein unter die Lupe zu nehmen, den sein Vater aufgemacht hatte, »ist dieser Ausflug nicht ein *paar* Jahre her, sondern etwa zehn.«

Sam warf mit einer rohen Kartoffelscheibe nach ihm. »Werd nicht frech, mein Junge.«

Sie aßen ihr Abendessen in der Küche, die Sam selbst entworfen und eingebaut hatte. Als sie vor drei Monaten eingezogen waren, hatte er als Erstes die unbrauchbare Einrichtung der Vorbesitzer herausgerissen. Als Elliot eines Abends nach einer kurzen Amerikareise nach Hause gekommen war, hatte er einen Müllcontainer in der Einfahrt vorgefunden, und die Küche war eine Baustelle gewesen. »Ich ersetze sie durch ein etwas benutzerfreundlicheres Modell«, hatte Sam gesagt. Und das hatte er auch getan. Raus mit dem sterilen Edelstahl, rein mit der natürlichen Wärme von Ahornholz. Raus mit der Frühstücksbar und den gewundenen Metallhockern, die ungefähr so bequem waren wie eine Rolle Stacheldraht und die die früheren Besitzer ihnen so großzügig vermacht hatten, und rein mit einem großen Bauerntisch und einem Satz Stühle, die Sam auf einer Dorfversteigerung ergattert, abgebeizt und gewachst hatte.

Elliot nahm sein gewaltiges Steak in Angriff und beschrieb seinem Vater, wo Ali jetzt wohnte.

»Soso, eine Windmühle. Das Mädel hat Stil. Ich wusste gar nicht, dass es hier welche gibt. Wo, sagtest du, steht sie?«

»In der Nähe von Holmes Chapel, in einem kleinen Dorf namens Little Linton.«

»Nie gehört.«

»Ich auch nicht.«

»Und, was hat sie gesagt?«

»Über die Mühle?«

Sam kaute seinen Bissen zu Ende. »Ich hab dir vorhin schon gesagt, werd nicht frech. Ist der Wein heute Abend rationiert?«

Elliot schenkte ihnen nach.

»Na los, erzähl schon, was hat sie gesagt?«

»Sie hat nein gesagt.«

»Sicher?«

»Dad, ich bin durchaus im Stande, ein Ja von einem Nein zu unterscheiden.

Sam warf ihm einen viel sagenden Blick zu. »O ja, natürlich, das bezweifle ich auch nicht, aber wie hast du deine Einladung vorgebracht? So, wie du in letzter Zeit immer mit ihr sprichst, Mister Charming? Mit zusammengebissenen Zähnen?«

Elliot rief sich die Szene vor Augen. Gut, sein Kiefer war nicht so locker gewesen, wie er hätte sein sollen, aber immerhin hatte er die Hände nicht zu wütenden Fäusten geballt. »Du wärst stolz auf mich gewesen, ich war die Diplomatie in Person.«

»Lügner! Ich wusste ja, *ich* hätte mit ihr reden sollen. Die arme Kleine, jetzt sitzt sie Weihnachten ganz alleine da.«

»Dad, ich hab's versucht. Wirklich. Aber es kann doch genauso gut sein, dass sie schon etwas anderes geplant hat, wovon sie mir nichts sagen wollte. Vielleicht hat sie sich ausnahmsweise mal taktvoll und sensibel verhalten.«

»Was willst du damit sagen?«

Elliot zuckte die Achseln. »Das muss ich doch wohl nicht weiter ausführen.«

»Doch, musst du. Schließlich bin ich nur ein einfacher Arbeiter. Ein etwas schlichter pensionierter Bauarbeiter aus Yorkshire, der –«

Elliot unterbrach ihn, um die Lieblingstirade seines Vaters abzublocken. »Ich bin jetzt nicht in Stimmung für deine Blaumann-und-Backstein-Nummer«, fuhr er ihn an. »Was ich sagen wollte, war, dass es vielleicht einen neuen Mann in Alis Leben gibt und sie vorhat –«

»Ah, verstehe. Du meinst, im Gegensatz zu dir hat sie was Spannenderes als die ollen Zimtsterne in der Keksdose, ja?«

Elliot verdrehte die Augen. »Ja, genau.«

»Warum hast du sie dann nicht gefragt, ob's stimmt?«

»*Dad!*«

»Die Frage ist doch ganz vernünftig.«

»Nein, ist sie nicht, jedenfalls nicht von einem Exmann.«

Lächelnd schob Sam seinen leeren Teller von sich. »Aber wohl von einem Exschwiegervater. Ich rede morgen mal mit ihr.« Er lehnte sich zurück und tätschelte sich zufrieden den gewölbten Bauch. »Nicht übel, das Steak, wenn ich mich mal selbst loben darf.«

Elliot betrachtete nachdenklich seinen Vater. Am liebsten hätte er gesagt: »Lass es, Dad, lass die Finger davon«, doch er wusste, dass es zwecklos wäre. Sam tat immer, was er für richtig hielt. Diese alberne Idee hatte er gestern Abend ausgebrütet. Gestern Morgen war eine Weihnachtskarte von Alis Eltern in der Post gewesen. Trotz der Scheidung hatten Maggie und Lawrence Edwards den Kontakt zu ihm konsequent aufrecht erhalten, so dass die Karte als solche keine Überraschung gewesen war, wohl aber deren Inhalt, vor allem für Sam. »Maggie schreibt, Ali kommt dieses Jahr nicht zu ihnen«, hatte er gesagt und Elliot die Karte gegeben. »Sie sagt, sie will Weihnachten alleine hier bleiben. Was meinst du, warum sie das tut?«

Später war Sam in Elliots Arbeitszimmer gekommen und

hatte zu ihm gesagt: »Es gefällt mir nicht, dass Ali hier ganz alleine hockt. Das ist nicht gut. Ich weiß, wie es ist, wenn man über die Feiertage allein ist.«

»Aber das geht uns nichts an.«

Da hatte er vorgeschlagen, Ali könne doch mit nach Barbados kommen. »Na ja, warum denn nicht?«, hatte er auf Elliots fassungslose Miene gefragt.

»Weil wir uns, wenn wir neun Stunden zusammen im Flugzeug sitzen müssten, wahrscheinlich mit bloßen Händen erwürgen würden.«

»Vielleicht kämt ihr dann endlich zur Vernunft. Also, soll ich sie fragen, oder tust du es?«

»Ich mach's«, hatte er hastig erwidert. Er wusste, wenn Sam Ali einladen würde, bliebe ihr gar nichts anderes übrig als zuzusagen, und feige, wie er war, glaubte er nicht, dass er dem gewachsen wäre. Sie würde Sam garantiert keine Absage erteilen. Es kam sehr selten vor, dass ihm jemand etwas abschlug. Er war einfach zu nett. Er war, wie man so schön sagte, ein richtiger Prachtkerl. Er war ehrlich, warmherzig und geradeheraus: Bei Sam Anderson wusste man immer, woran man war. Er war eher klein für einen Mann – nur einsdreiundsechzig –, aber er wirkte wesentlich größer. Oder, wie Ali mal gesagt hatte: »Dein Dad ist zwar nicht besonders groß, aber jeder Zentimeter von ihm ist liebenswert.« Elliot war sich wohl bewusst, dass zwischen Ali und seinem Vater immer eine besondere Beziehung bestanden hatte und dass Sam sie seit der Scheidung vermisste. Aber sie einzuladen, Weihnachten mit ihnen zu verbringen, ging doch wohl ein bisschen zu weit, oder?

Als Elliot jetzt zu seinem Vater hinübersah, schämte er sich. Er wünschte, er wäre mehr wie Sam, könnte die Vergangenheit hinter sich lassen und sich mehr Mühe geben, nett zu Ali zu sein. Doch er schaffte es einfach nicht. Es tat zu weh, wenn er sie sah. Zusätzlich zu seiner Trauer um Isaac hatte er auch noch zusehen müssen, wie sie ihn verließ, als er sie am meisten brauchte. Doch daraus konnte er ihr keinen Vorwurf machen: Da er unfähig gewesen war, mit der grausamen Art und Weise zurechtzukommen, wie Isaac gestorben war, hatte er Ali in ihrem Schmerz nicht beistehen können; er hatte sie sich selbst überlassen. Sie hatte ganz einfach mehr von ihm verlangt, als er ihr geben konnte. Er hatte sie in unzähligen Situationen im Stich gelassen, und es verging kein Tag, an dem er sich nicht danach sehnte, diese Dinge wieder gutzumachen. Damals hatte er sich in die klassisch männliche Reaktion auf eine persönliche Tragödie geflüchtet: Er hatte sich im Büro eingeschlossen und bis in die Nacht hinein gearbeitet, um sich nicht der entsetzlichen Leere stellen zu müssen, die ihn zu Hause erwartete. In etwas gemilderter Form hatte Ali dasselbe getan, und die Arbeitskollegen der beiden hatten ihre Professionalität als Gradmesser dafür angesehen, wie gut sie den Tod ihres Kindes verkrafteten. So wie sie schufteten, mussten sie den Tod anscheinend hervorragend verkraften. Doch sie hatten alle beide nur ums Überleben gekämpft.

Elliot hatte in dem Glauben in die Scheidung eingewilligt, dass er Ali half, indem er ihrer Bitte folgte und alles tat, was sie wollte, und dass sie auf diese Weise vielleicht noch einen Teil ihrer zerstörten Beziehung retten konnten. Blauäugig, wie er war, hatte er gehofft, dass sie wenigstens Freunde bleiben würden. Doch es hatte nicht funktioniert. Ihre Trennung hatte die Reibereien zwischen ihnen nur noch verstärkt und in ihrem hilflosen Zorn und Schmerz hatten sie sich gegenseitig immer weiter aufgepeitscht.

Er vermutete, dass irgendwo tief in seinem Innern noch immer eine Spur von der Liebe existierte, die er einst für Ali empfunden hatte, doch sie war unter zu vielen Schichten aus Schmerz und Verbitterung begraben, um sich zu regen. Und dieser Schmerz und diese Verbitterung brachten ihn dazu, so zu tun, als ertrage er ihren Anblick nicht.

In gewisser Weise stimmte das sogar. Alis Gegenwart war ihm nahezu unerträglich. In ihrem Gesicht lag so viel von Isaac: dieselben unwiderstehlichen braunen Augen, dasselbe blonde Haar, sogar derselbe Mund, dessen Lächeln ihn damals genauso angestrahlt hatte wie Isaacs, wenn er von der Arbeit nach Hause kam und die beiden in der Badewanne vorfand.

Plötzlich musste er blinzeln und schlucken, um den Kloß loszuwerden, der sich in seiner Kehle gebildet hatte. Mit entschlossener Stimme sagte er: »Dad, wenn du mit Ali sprechen willst, ist das deine Sache, aber sei bitte nicht enttäuscht, wenn sie nein sagt.«

»Keine Sorge, Junge, ich weiß, wie das Spiel steht. Heißt das also, ich habe deinen Segen, mit ihr zu reden?«

»Daran habe ich dich nie gehindert.«

Sam runzelte die Stirn. »Einfach hast du es mir aber auch nicht gerade gemacht, oder?«

Elliot schwieg.

»Hör zu, Sohnemann, ich weiß, es ist eine verdammt verfahrene Situation, aber ich mag sie nun mal immer noch sehr. Ich muss sicher sein, dass es ihr gut geht, wenn wir Richtung Sonne düsen. Ich finde die Vorstellung schrecklich, dass irgendjemand Weihnachten allein ist.«

Da Elliot immer noch schwieg, stand Sam auf und sagte: »Da ich gekocht habe, kannst du abräumen. Ich lese jetzt die Zeitung.«

Später, lange nachdem Sam zu Bett gegangen war, klappte Elliot seinen Aktenkoffer zu und schaltete die Schreibtischlampe aus. Obwohl es schon fast Mitternacht war, beschloss er, noch eine Runde zu schwimmen.

Als er und sein Vater Timbersbrook House entdeckt hatten, waren sie sofort begeistert gewesen, weil es ihnen genau das bot, was sie sich vorgestellt hatten, und als Extra sogar noch einen innen liegenden Swimmingpool. Den betrat Elliot jetzt durch einen langen Gang, der vom Hausflur abging. Die vorigen Besitzer hatten sich bei der Einrichtung des opulenten, spektakulären Schwimmbadraums hemmungslos ausgetobt: Mosaikfliesen, Spiegel, Säulen, eine Palme – von Sam saisongemäß mit einer Lichterkette dekoriert – und sogar ein gnadenlos protziger offener Kamin am flachen

Ende des Beckens, Sams und Elliots Lieblingsplatz zum Lesen der Sonntagszeitung.

Elliot schaltete die Wandlampen ein und zog sich aus. Er tauchte in die glatte, glasige Oberfläche des Wassers ein und schwamm einmal hin und her, bevor er auftauchte, um Luft zu holen. Anscheinend war Sam tagsüber ebenfalls schwimmen gewesen, da das Wasser ein paar Grad wärmer war als am Abend zuvor. Er schwamm Bahn um Bahn, langsam, mechanisch, jeder Zug so präzise und rhythmisch wie ein Metronom; es half ihm, seine Gedanken zu ordnen, was er jetzt auch nötig hatte.

Es war ein fürchterlicher Tag gewesen. Seine Gedanken waren unablässig zwischen Ali und Isaac hin und her gewechselt. Manchmal war es schwer, die beiden voneinander zu trennen.

Als er Ali so klein und zusammengekauert an Isaacs Grab erblickt hatte, das Gesicht von der Kälte gerötet und die Augen tränenverschwommen, hatte er sich unendlich danach gesehnt, sie zu trösten.

Und, hatte er es getan?

Nein.

Er hatte sich abgewandt, um ihr ein wenig Zeit zu geben, sich zu sammeln, und dann eine schwachsinnige Bemerkung über das Wetter gemacht. Er hatte sich für rücksichtsvoll gehalten, doch Ali hatte sein Verhalten mit Sicherheit als kühl und distanziert interpretiert. Zum zweiten Mal an diesem Abend wünschte er sich, er wäre mehr wie sein Vater. Bei all seinem Gerede von Arbeiterklassen-Herkunft und mangelnder Bildung schien Sam immer genau das Richtige zu sagen oder zu tun, wenn es um Gefühlsdinge ging. Sam hätte Ali in den Arm genommen und ihren Schmerz besänftigt. Er hätte sie gehalten und sie weinen lassen. Im Gegensatz zu Elliot wäre Sam für Ali da gewesen. So wie er in der schrecklichen Nacht im Krankenhaus, als Isaac gestorben war, für sie beide da gewesen war. Sam hatte Ali an sich gedrückt, als sie vor Entsetzen über das Unfassbare geschrien und gezittert hatte, während er … während er hilflos daneben gestanden und sich bereits von allem isoliert hatte, was ihn hätte berühren können.

Er schwamm schneller, stieß seine Arme sauber und geräuschlos durch das Wasser. Er schwamm und schwamm und betete dabei, dass irgendwann eine Zeit kommen würde, wo ihn die albtraumhafte Erinnerung an jene Nacht nicht mehr quälte. Dass eines Tages die Worte des Gedichts, das Charles Wesley anlässlich des Todes seines eigenen Sohns verfasst hatte, aufhören würden, sein Hirn zu martern.

Tot! Tot! Das Kind, das ich so geliebt!
Entrissen in die and're Welt!
Vorbei die Zäumung der Gefühle.
Nie wagt' ich, meine Lieb' zu zeigen,
Doch darf ich nicht der Trauer mich ergeben,
Und Tröstung suchen in der Tränen Lauf?

Mein irdisch Glück ist nun entflohen,
Seiner Mutter Freud', seines Vaters Stolz,
(Ach, wär an Isaacs Stell' doch ich gestorben!)
Leben hätt' er sollen, meines Alters Stütze,
Hätt' schließen sollen seines Vaters Augen
Und mir folgen in das Paradies.

Der Kauf von Timbersbrook House hatte der erste Schritt dazu sein sollen, die Vergangenheit hinter sich zu lassen. Als er Sam vorgeschlagen hatte, sich zusammenzutun und gemeinsam ein Haus zu kaufen, war er über die Reaktion seines Vaters erstaunt gewesen. Er hatte damit gerechnet, dass Sam entrüstet die Hände in die Luft werfen und lautstark seine Unabhängigkeit verteidigen würde, begleitet von der erbosten Feststellung, dass er erst achtundsechzig sei und niemanden brauche, der ihn bemuttere. Doch nichts dergleichen war geschehen. Sam hatte sich sofort einverstanden erklärt. »Unter einer Bedingung«, hatte er zu Elliot gesagt. »Wir kaufen ein Haus, in dem ich eine eigene, separate Wohnung haben kann, und du spielst nicht den Gönner; ich zahle meinen Anteil auf alle Fälle selbst. Verstanden?«

»Das sind aber zwei Bedingungen«, hatte Elliot erwidert.

»Diese gottverdammten Buchhalter und ihr Zahlentick«, hatte Sam grinsend entgegnet.

Timbersbrook hatte ihnen beiden vom ersten Moment an gefallen. Es lag etwa eine Meile von dem Dorf Prestbury entfernt, mit Ausblick auf den Peak District, aber in gut fahrbarer Entfernung von Manchester, wo Elliot arbeitete, und war von sechstausend Quadratmeter Garten umgeben, in dem noch zwei geräumige Nebengebäude standen, die früher Ställe gewesen waren. Das eine davon bot sich an, um es als »Liebesnest« für Sam auszubauen, wie er es scherzhaft nannte, und das andere würde sich hervorragend als Werkstatt eignen, wo sie ihrem Hobby frönen konnten: der Restaurierung von Oldtimer-Wracks.

Innerhalb von vierundzwanzig Stunden nach der Besichtigung hatten sie ein Angebot gemacht und waren dann vor drei Monaten eingezogen. Anfangs war Sam ganz begierig darauf gewesen, an seinem Liebesnest zu arbeiten; er hatte Pläne entworfen und sich bei den umliegenden Baufirmen nach geeigneten Materialien umgesehen. Doch dann hatte er das Interesse daran verloren.

Es war paradox. Sie hatten das Haus unter der eindeutigen Bedingung gekauft, dass jeder seinen eigenen Bereich haben würde, doch sie merkten sehr bald, dass sie beide genau das Gegenteil brauchten, nämlich die Gesellschaft des anderen.

Elliot schwang sich auf den Beckenrand und sah auf die Uhr. Er war fast eine Stunde lang geschwommen – noch eine Stunde, und er hätte vielleicht annähernd das exzessive Abendessen seines Vaters abgearbeitet.

Er ging hinüber zu einem der verspiegelten Schränke, nahm einen alten Bademantel heraus und schlüpfte hinein. Gerade als er das Licht ausschalten wollte, bemerkte er aus dem Augenwinkel eine leichte Bewegung hinter der Glastür, die zur Terrasse führte. Er lehnte sich gegen die Scheibe und schirmte die Augen mit den Händen ab.

Es schneite, genau wie er es vorhergesagt hatte.

Ihm schoss einer von Alis typischen bissigen Kommentaren durch den Kopf: »Was ist das für ein Gefühl, Elliot, wenn man immer Recht hat?«

4

Fünfzig Meilen weiter, in dem Dorf Astley Hope, stand Sarah Donovan am Wohnzimmerfenster von Smithy Cottage und lauschte, wie ihr Mann versuchte, den Motor ihres müden alten Autos zum Leben zu erwecken. In der stillen, schneegedämpften Nacht klang er genauso niedergeschlagen und widerwillig, wie sie sich fühlte. Schließlich ergab sich der Motor Trevors eisernem Willen, und der Ford Sierra rollte mürrisch die Straße entlang, den matschigen Spuren folgend, die sich bereits durch den Schnee zogen. Sarah hoffte, dass Trevor vorsichtig fahren würde, dass sein rasender Zorn ihn nicht unaufmerksam machte. Und sie hoffte, dass er Hannah nicht zu sehr blamieren und demütigen würde, wenn er sie fand.

Sie trat vom Fenster zurück und sah auf die Uhr. Es war fünf vor halb eins. Nach Trevors Überzeugung war Hannah, ihre achtzehnjährige Tochter, abends noch nie so lange allein weg gewesen. Was er nicht wusste, war, dass Hannahs gesellschaftliches Leben in Wirklichkeit nicht der sicheren, langweiligen Routine entsprach, die er sich vorstellte. Mit Sarahs Unterstützung und Deckung hatte Hannah in der letzten Zeit heimlich mehr Freiheiten genossen, als ihr Vater ihr jemals zugestehen würde. Wie bei früheren Gelegenheiten hatte er angenommen, dass Hannah bei ihrer Freundin Emily übernachtete, um gemeinsam für die Schule zu lernen. An diesem Abend saßen sie angeblich über Molières *Malade Imaginaire*. In Wirklichkeit jedoch waren Hannah und Emily in einer Diskothek in Chester.

Armer Trevor, er verstand einfach die Welt nicht mehr, in der Hannah lebte. Er hatte nicht begriffen, dass er nicht länger der allmächtige Vater und sie nicht mehr die kleine Tochter war, die ihn wie einen Helden anbetete. Er hatte keine Ahnung, dass er mittlerweile ein verknöcherter Langweiler war, der nur zu reden hatte, wenn er gefragt wurde, und sich aus dem turbulenten Leben seiner Tochter heraushalten sollte. Ihm war vollkommen schleierhaft, weshalb seine Autorität nicht mehr respektiert wurde, seine Meinung nicht mehr gefragt war und seine Ratschläge unbeachtet blieben. Es war eine allgemein verbreitete Entwicklung, und die meisten Väter akzeptierten es und betrachteten diese seltsamen, angriffslustigen Wesen als eine fremde Lebensform, die vorübergehend an die Stelle ihrer heiß geliebten kleinen Schätzchen getreten war. Sie wussten, dass ihnen gar nichts anderes übrig blieb, als die Verachtung und die Trotzanfälle über sich ergehen zu lassen, und dass sie, wenn sie brav ihre Rolle spielten, nach einer Weile ihre süßen, sanften Töchter zurückbekommen würden.

Doch Trevor begriff nichts von alldem und bekämpfte seine Tochter bei jedem einzelnen Schritt auf dem Weg zum Erwachsenwerden. Er sah nicht, dass der Kampf vergeblich war – genauso gut hätte er versuchen können, der Flut Einhalt zu gebieten.

Wenn Hannah bereits früher aufbegehrt hätte, wäre Trevor vielleicht auf ihre Veränderung vorbereitet gewesen, doch sie war nie ein schwieriges Kind gewesen. Gehorsam, fleißig und liebevoll, hatte sie ihren Vater angebetet, und er war ebenso vernarrt in sie gewesen. Im Vergleich zu vielen anderen Mädchen in ihrem Alter war sie ein Spätzünder, was vermutlich der Grund dafür war, dass die Wandlung, die sie jetzt erlebten, so radikal war. Bisher hatte sie sich nie für Jungen oder Partys interessiert und sich stattdessen lieber ihrer Musik gewidmet. Sie spielte Flöte, seit sie zwölf war, und ihr letztes Zeugnis war hervorragend gewesen. Bis zu den Sommerferien hatte sie im Schul- und Kirchenchor gesungen. Ihre Lehrer lobten sie über den grünen Klee. Ihr einziger negativer Kommentar vor ein paar Jahren war gewesen, dass sie sich mehr Mühe geben sollte, sich mit den anderen Mädchen anzufreunden. Sie war keine Einzelgängerin, aber sie schlug insofern nach ihrer Mutter, als sie immer selbstgenügsam gewesen war und keine Gesellschaft brauchte, um sich wohl zu fühlen. Doch das hatte sich letztes Jahr geändert, als Emily in ihre Klasse gekommen war. Hannah war gebeten worden, sich um die neue Mitschülerin zu kümmern, und obwohl die beiden so verschieden waren wie Tag und Nacht, hatten sie sich sofort angefreundet.

Bei der ersten Begegnung mit Emily hatte Sarah an sich und Ali denken müssen. Sie waren befreundet, seit sie zehn waren, und ebenso grundverschieden wie Hannah und Emily. Und so wie Ali Sarah gezeigt hatte, dass es jenseits der begrenzten, wohl behüteten Welt, die sie kannte, noch eine ganz andere gab, hatte Emily dasselbe bei Hannah bewirkt.

Und das war auch der Grund, weshalb Trevor jetzt diese Rettungsaktion gestartet hatte und nachts um halb eins durch eine zentimeterdicke Schneedecke fuhr, um seine Tochter zu holen.

Der Plan war immer derselbe, und normalerweise funktionierte er auch, aber diesmal war es schief gegangen. Die Regelung war, dass Hannah, wenn sie länger wegbleiben wollte, als Trevor erlaubte, bei Emily übernachtete, deren Eltern eine wesentlich entspanntere Einstellung zu heranwachsenden Töchtern hatten als Trevor, was Sarah ihm jedoch wohlweislich verheimlicht hatte. Sie hatte einigen Aufwand betrieben, damit Trevor Emilys Eltern nie begegnete – sie wusste, dass er sie nie akzeptieren würde: »Du meine Güte«, hörte sie ihn im Geiste ausrufen, »sie gehen ja nicht mal in die Kirche!«

Es widerstrebte Sarah, Trevor zu belügen, doch dies war die einzige Möglichkeit, einen Riesenkrach zu vermeiden, wenn Hannah mal länger wegbleiben wollte – was ohnehin nicht oft vorkam –, und ihrer Tochter die Freiheit zu gewähren, die sie nach Sarahs Ansicht verdiente. Sie selbst war in einem strengen, diktatorischen Haus mit strikten Sperrstunden aufgewachsen und hatte sehr darunter gelitten. Die wenige Freiheit, die sie als Kind genossen hatte, hatte sie von Ali und deren Eltern bekommen. Maggie und Lawrence Edwards waren wundervoll zu ihr gewesen, hatten sie bei sich aufgenommen wie eine eigene Tochter. Sie behandelten sie heute noch so. Jedes Jahr schickten sie ihr Geburtstags- und Weihnachtsgeschenke und auch etwas für Hannah.

Es war komisch zu sehen, wie sich die Geschichte wiederholte – damals sie und Ali, und nun Hannah und Emily. Obwohl sie von ganzem Herzen hoffte, dass Hannahs Leben anders verlaufen würde als ihres. Hannah sollte nicht mit einem Mann verheiratet sein, vor dem sie Dinge verheimlichen musste. Täuschung war keine gute Basis für eine Ehe. Sie hatte oft die unangenehme Eigenschaft, nach hinten loszugehen, so wie an diesem Abend. Ihr sorgfältig konstruierter Plan war gründlich schief gegangen. Hannah hatte vor ein paar Minuten angerufen und gesagt, sie und Emily säßen in Chester fest. Emily war stockbetrunken und hatte ihr Taxigeld einem Obdachlosen gegeben, den sie vor der Diskothek getroffen hatten, und um das Ganze noch schlimmer zu machen, waren Emilys Eltern in London – was Emily verschwiegen hatte –, und nun wussten sie nicht, wie sie nach Hause kommen sollten.

»Ich komme so schnell ich kann«, hatte Sarah zu Hannah gesagt. »Lass Emily nicht aus den Augen. Und pass um Himmels willen auf, dass sie nicht noch mehr trinkt.«

Doch das Klingeln des Telefons hatte Trevor geweckt, der früh zu Bett gegangen war. Er war verschlafen heruntergekommen, als sie sich gerade den Mantel anzog. »Was ist los?«, hatte er gefragt. Da es keine Möglichkeit mehr gab, ihm die Wahrheit zu verschweigen, hatte sie es ihm erzählt. Wie nicht anders zu erwarten, war er sofort an die Decke gegangen und hatte verlangt, die Einzelheiten zu erfahren.

»In Chester! Und das mitten in der Nacht! In einer *Diskothek*!«

Dann hatte er darauf bestanden, selbst nach Chester zu fahren. »Kommt gar nicht in Frage, dass du so spät noch fährst, und noch dazu bei diesem Wetter.«

Sie hatte versucht, ihn davon zu überzeugen, dass es das Beste sei, wenn sie die Mädchen abholte. Doch er hatte gar nicht auf sie gehört, war nach oben gestürmt, hatte sich die erstbesten Sachen angezogen, die er fand, und war nach draußen gerannt, um den Wagen anzulassen.

Arme Hannah, dachte Sarah. Ihr ganzer frisch erworbener Ruf würde flöten gehen, wenn ihr Vater mit dem uralten, verrosteten Sierra und seinen, wie sie es nannte, C&A-Rentner-Klamotten in der Stadt auftauchte.

Sie bückte sich hinunter und räumte die Weihnachtsgeschenke weg, die sie eingepackt hatte, bevor Hannah anrief. Sie stellte die Tüten in die Nische unter der Treppe und fragte sich, was sie nun tun sollte. Das Bett im Gästezimmer war bereits gemacht, so dass Emily wenigstens einen Platz zum Schlafen hatte, aber ein paar Wärmflaschen waren bestimmt eine gute Idee. Sie ging in die Küche und setzte Wasser auf, und während sie darauf wartete, dass es kochte, beschloss sie Ali anzurufen. Zum einen wollte sie sich überzeugen, dass es ihrer Freundin gut ging, und zum anderen brauchte sie jemanden, mit dem sie über die drohende Katastrophe in der Donovan-Familie sprechen konnte.

Schon den ganzen Tag über hatte Sarah an Ali gedacht, und nicht nur wegen Isaacs Todestag, sondern auch wegen der Karte von Maggie und Lawrence, die sie am Morgen bekommen hatte. Ursprünglich hatte sie Ali schon eher anrufen wollen, während Trevor bei einem Kirchentreffen war, doch das Treffen war in letzter Minute wegen des Schnees abgesagt worden. Es war eine unmögliche Zeit, um jemanden anzurufen, doch Sarah wusste, dass Ali selten vor Mitternacht zu Bett ging, und in den letzten zwei Jahren war sie noch mehr zur Nachteule geworden.

Der Hörer wurde fast augenblicklich abgenommen.

»Ali, ich bin's, Sarah. Du bist noch nicht im Bett, oder?«

»Natürlich nicht. Habe ja noch ein paar aufregende Stunden vor mir. Aber du bist doch sonst nicht so spät dran. Was ist los? Ein akuter Anfall von Schlaflosigkeit?«

»Sag ich dir gleich. Aber erzähl erst mal, wie's dir ergangen ist.«

»Es war furchtbar, absolut grauenvoll.«

»Du Ärmste.«

»Und um es noch tausendmal schlimmer zu machen, ist Elliot aufgetaucht, während ich bei Isaac am Grab war.«

»Aber Ali, was ist daran so schlimm?«

»Es *ist* schlimm, glaub mir.«

»Wie wirkte er?«

»Steif. Höflich. Wütend. Das Übliche.«

»Also sozusagen ein Spiegelbild von dir.«

»Sarah, wenn ich scharf auf besserwisserische Kommentare wäre, würde ich gutes Geld dafür bezahlen und mir jemand Qualifizierteren suchen als dich, um mich zu analysieren.«

»Qualifizierter als deine älteste Freundin? Das ist ja wohl ein Scherz. Habt ihr es auf die Reihe gekriegt, ein paar freundliche Worte miteinander zu wechseln?«

»Sagen wir mal so: Ich war freundlich genug, ihn zu mir nach Hause einzuladen.«

»Nicht nur freundlich, sondern auch noch mutig. Und?«

»Sam hatte ihm offensichtlich aufgetragen mich einzuladen, Weihnachten mit ihnen zu verbringen. Was ich natürlich dankend abgelehnt habe.«

»Natürlich.«

»Ach, komm schon, Sarah. Du willst mir doch nicht allen Ernstes erzählen, dass ich die Einladung hätte annehmen sollen?«

»Wieso nicht?«

»Weil es ein Desaster geworden wäre, du Dussel. Elliot und ich gehen aufeinander los wie die Schießhunde, das weißt du doch.«

»Vielleicht hast du Recht. Aber wenn ich dich einlade, Weihnachten bei uns zu verbringen, lehnst du das dann auch ab?«

Schweigen am anderen Ende.

»Ali?«

»Hast du eine Weihnachtskarte von meinen Eltern bekommen?«

»Schon möglich. Warum?«

»Weil auf deiner Karte vermutlich dasselbe stand wie auf der von Sam und Elliot. Also wirklich, wie vielen Leuten hat meine Mutter denn noch erzählt –«

»Weshalb willst du Weihnachten allein bleiben?«, unterbrach Sarah sie. »Ist das ein weiterer Schritt auf deinem Weg der Selbstbestrafung? Falls ja, dann finde ich, es ist höchste Zeit –«

»Sarah –«

»Ich bin noch nicht fertig.«

»O doch, das bist du. Ich komme.«

»Wie bitte?«

»Ich sagte, ich werde Weihnachten zu euch kommen. Nur damit du endlich Ruhe gibst – obwohl ich keinen Schimmer habe, wie ich Trevor überleben soll.«

»Das schaffst du schon.«

»Wir werden sehen. Und jetzt erzähl mir, was bei dir los ist.«

Sarah berichtete ihr von Hannah und Emily und dem Täuschungsmanöver hinter Trevors Rücken. »Ich habe nicht die leiseste Ahnung, wie er reagiert, wenn er die ganze Geschichte erfährt.«

»Aber ich. Er wird total ausflippen. Ein Grund mehr für mich, Weihnachten zu kommen. Meine gotteslästerlichen Bemerkungen werden den Flammenstrahl von dir und der armen Hannah abwenden. Er wird so damit beschäftigt sein, meine ungläubige Seele vor dem glühenden Höllenschlund und den Klauen des Teufels zu bewahren, dass er gar keine Zeit haben wird, sauer auf euch zu sein.«

»Ali, wenn es so etwas wie einen glühenden Höllenschlund und den Teufel gäbe, würde er dich direkt dorthin zurückschicken, und dann müssten wir es noch ein Weilchen länger mit dir aushalten.«

»Scherzkeks.«

»O Gott, Ali, da kommt ein Auto. Wahrscheinlich ist es Trevor mit den Mädchen. Drück mir die Daumen.«

»Wird gemacht. Grüß mein verdorbenes Patenkind von mir und sag ihr, ich bin stolz auf sie. Ich ruf dich morgen aus dem Büro an, um zu hören, wie es gelaufen ist. Mach's gut.«

Sarah legte den Hörer auf und ging hinaus in den Flur. Als sie die Haustür öffnete, hatte sie Trevor vor sich, wutschnaubend und mit rotem Gesicht, Hannah, in Tränen aufgelöst, und Emily, die sich gerade schwungvoll in das schneebedeckte Blumenbeet erbrach.

5

Die Mädchen schliefen sich aus, was nicht weiter überraschend war.

Ebenso vorhersehbar war Trevor, kaum dass er aufgestanden und angezogen war, in der kleinen Küche auf und ab gelaufen wie ein Raubtier im Käfig, obwohl Sarah, die gerade die Reste vom Frühstück abräumte, zweifelte, ob der Vergleich passend war, denn Trevor hatte nichts von einem majestätischen Löwen an sich.

Oder von einem geschmeidigen Panther.

Nicht mal eine Spur vom herumstromernden Tiger.

Eine orientierungslose Wüstenrennmaus traf es schon eher.

»Aber was mich am meisten verletzt, ist, dass du es gewusst hast«, sagte er. Sarah hatte aufgehört zu zählen, wie oft er ihr diesen Satz schon an den Kopf geworfen hatte. »Du hast es gewusst«, sagte er erneut und schlug zur Betonung – nur für den Fall, dass sie es nicht mitbekommen hatte – mit der flachen Hand auf die Arbeitsfläche, dass das Besteck in der Schublade darunter schepperte. »Du hast die ganze Zeit gewusst, was sie tat. Du hast sie bei ihrer Täuschung sogar noch unterstützt.«

Sie drehte den Warmwasserhahn auf und ließ eine Spur leuchtend grünes Spülmittel in das Becken laufen. Über den aufsteigenden Dampf hinweg sah sie aus dem Fenster und betrachtete die stille Schönheit des Morgens. Der Himmel war zartblau und vollkommen wolkenlos, und der schmale Garten, den sie in den zehn Jahren, die sie nun in Smithy Cottage lebten, so liebevoll gepflegt hatte, war unter einer makellosen, gleichmäßigen Schneedecke verborgen. Auf dem hölzernen Vogelhäuschen vor dem Küchenfenster saß ein Rotkehlchen und labte sich an dem üppigen Frühstücksbüffet aus erstklassigen Nüssen und Samen. Der Kleine war regelmäßiger Gast im Garten, und Sarah hatte ihn Gomez genannt. Er wirkte so zufrieden; seine einzige Sorge schien die Suche nach der nächsten Mahlzeit zu sein, was in dieser Waldgegend nicht besonders anstrengend sein konnte. Sarah beneidete ihn um sein unkompliziertes Leben.

Nachdem sie gestern Nacht Hannah und Emily versorgt hatte – sie hatte Trevor gesagt, sie würde sich um alles weitere kümmern –, hatte sie das Zubettgehen so lange wie möglich vor sich hergeschoben. Sie hatte gehofft, dass Trevor vor ihr einschlafen würde. War er jedoch nicht. Er hatte auf sie gewartet, stocksteif im Bett aufgerichtet, die Arme fest vor der Brust verschränkt, mit grimmiger Miene und kaltem, stählernem Blick. Diese Haltung nahm er jedes Mal ein, wenn er das Gefühl hatte, sie würde ihn herausfordern. Das letzte Mal, dass er sie so angesehen hatte, war im September gewesen, als sie – mal wieder – angedeutet hatte, dass sie sich gerne einen Job suchen würde. »Uns geht es gut, so wie es ist«, hatte er gesagt und die Arme als Geste der Abwehr vor der Brust in Positur gebracht. »Und davon abgesehen«, war er fortgefahren, »hast du einen wichtigen Job als Hausfrau zu erfüllen. Es wäre Hannah gegenüber nicht fair, wenn du arbeiten gehen würdest. Sie braucht dich hier zu Hause.« Sarah hatte darauf entgegnet, es sei Hannah gegenüber auch nicht fair, dass sie die Klassenfahrt nach Italien nicht mitmachen konnte, weil sie das Geld dafür nicht hatten.

Während des größten Teils ihrer Ehe hätten sie ein zweites Einkommen dringend gebrauchen können, doch Trevor hatte diese Tatsache stets geleugnet und behauptet, sie hätten genug, um ihre Bedürfnisse zu erfüllen. »Sarah«, hatte er gesagt und einen viel strapazierten Satz aus der Bibel zitiert, »›Das Leben ist mehr als die Nahrung und der Leib mehr als die Kleidung.‹« Jedes Mal, wenn er das sagte, hätte sie am liebsten erwidert: »Ich werde dich das nächste Mal daran erinnern, wenn du Hunger hast oder nach einer sauberen Unterhose suchst.«

So schuldig und illoyal sie sich dabei auch fühlte, musste Sarah doch zugeben, dass Trevor zu der unangenehmen Sorte glühender Christen gehörte, die der Religion einen schlechten Ruf gaben. Er war nicht immer so inbrünstig gewesen. Als sie ihn kennen gelernt hatte, damals als Lehramtsstudent, war er ein ganz normaler regelmäßiger Kirchgänger gewesen, doch in letzter Zeit schien er es mit dem Glauben auf gefährliche Weise zu übertreiben, was Ali, eine leidenschaftliche, bekennende Atheistin, in den Wahnsinn trieb, vor allem, wenn er mit seiner vermeintlichen spirituellen Überlegenheit hausieren ging. Sarah regte sich ebenfalls darüber auf, doch im Gegensatz zu Ali behielt sie ihre Gedanken für sich. Sie fand es nicht richtig, jemanden von seiner religiösen Überzeugung abbringen zu wollen. Und schon gar nicht, wo sie selbst so viele Zweifel und Schwächen hatte. Außerdem war es zwecklos, mit Trevor zu debattieren: Wenn er einmal einen Standpunkt hatte, war er durch nichts davon abzubringen. Wie jedes Mal, wenn das Thema mit dem Job auf den Tisch kam. Dann würgte er die fruchtlose Diskussion regelmäßig mit der alten Leier von Kamelen, Nadelöhren und Reichen ab. Sein abschließender Satz war stets derselbe: »Das Beispiel unseres Herrn ist eindeutig, Sarah. Spiritueller Reichtum ist unser Ziel, nicht weltliche Güter.«

Doch Sarah vermutete, dass der wahre Grund hinter Trevors Weigerung, sie arbeiten gehen zu lassen, wenig mit biblischen Lehren und viel mit seiner Unsicherheit zu tun hatte. So nervenaufreibend und hoffnungslos altmodisch es war, er brauchte sie daheim am Herd, damit er sich im Ruhm des alleinigen Familienernährers sonnen konnte. Seine Stellung als Herr des Hauses musste unangetastet bleiben. Was würde aus ihm, falls sie irgendwann einmal mehr verdiente als er?

Doch letzten Endes hatte sie, mit gewaltigen Zugeständnissen von ihrer Seite, doch noch ihren Willen bekommen. Es war kein brillanter Job und nicht gerade gut bezahlt, aber immerhin *hatte* sie einen Job und noch dazu einen, der Trevor nicht bedrohte. Seit sechs Wochen arbeitete sie für ein Einrichtungsgeschäft. Sie war schon immer geschickt mit den Händen gewesen und hatte alle Vorhänge, Tischdecken und Bezüge in Smithy Cottage selbst genäht. Und jetzt wurde sie dafür bezahlt, das Gleiche für andere Leute zu tun. Sie arbeitete oben im Gästezimmer, und obwohl das Ganze nicht besonders stimulierend war, genoss sie es. Vor allem aber brachte es ein bisschen zusätzliches Geld, das sie für Hannahs Studium beiseite legte. Trevor hatte Sarahs Tätigkeit widerwillig zugestimmt und sich dann nicht weiter damit befasst.

Doch letzte Nacht, als sie schließlich zu Bett gegangen war, war von widerwilliger Zustimmung nicht die Rede gewesen.

»Ich kann einfach nicht fassen, dass Hannah in diese – diese *Diskothek* gegangen ist!«

Er hatte das Wort »Diskothek« ausgesprochen, als wäre es ein Fremdwort für ihn. Was es natürlich auch war. Für Trevor repräsentierte dieses Wort eine andere Welt: eine verdorbene, lüsterne Welt, in der sich nur verdorbene, lüsterne Menschen aufhielten.

Die Unterwelt von Chester.

Die Drogendealer.

Die Zuhälter.

Die Prostituierten.

Es war absolut kein Ort für seine Tochter.

Sarah hätte am liebsten gesagt: »Es ist wahrscheinlich genau die Art von Umgebung, in der Christus sich aufgehalten hätte«, doch feige, wie sie war, hatte sie es hinuntergeschluckt. Stattdessen hatte sie gesagt: »Bitte, Trevor, es ist sehr spät. Können wir das morgen früh besprechen?«

Daraufhin hatte er, die Arme nach wie vor fest verschränkt, einen betonten Blick auf den Digitalwecker auf seinem Nachttisch geworfen und erwidert: »Nur für den Fall, dass du es noch nicht bemerkt hast, Sarah, es ist bereits seit ein paar Stunden ›morgen früh‹. Dich scheint das, was Hannah getan hat, nicht besonders zu schockieren. Es klingt fast so, als wäre es dir ganz egal, dass sie uns angelogen hat.«

»Das kommt daher, dass ich nicht schockiert bin und sie nicht gelogen hat – zumindest nicht so, wie du denkst.«

Und aus Zorn über seine Vorhaltungen und aus dem Wunsch heraus, Hannah zu beschützen, die sich strikt geweigert hatte, ihrem Vater irgendwelche Erklärungen zu geben, hatte sie Trevor die Wahrheit erzählt. Aber nicht die ganze Wahrheit.

Jetzt wandte sie sich zu Trevor um, der dastand und vor sich hin schnaubte wie ein ritterslüsterner Drache. »Warum nutzt du nicht einen Teil deiner überschüssigen Energie dazu, mir das Geschirr abzutrocknen? Vom Herumrennen wird's auch nicht besser.«

»Ich habe keine Zeit«, fauchte er und zupfte heftig an seinem Bart. »Die Arbeit wartet.«

»Niemand hält dich auf.« Meine Güte, es war wirklich zu albern. Man könnte meinen, sie sprächen über eine Dreizehnjährige und nicht über eine fast erwachsene Frau.

»Du weißt ganz genau, dass ich nicht arbeiten kann, solange diese furchtbare Angelegenheit in der Luft hängt. Wie soll ich kreativ sein, wenn die Sache nicht geklärt ist?«

»Da ist nichts zu klären.«

Er starrte sie verständnislos an. »Sarah, ihr beide habt mich glauben lassen, dass Hannah die Nacht bei Emily und ihren Eltern verbringt, wo sie nichts Gefährlicheres als ihre Französisch-Hausaufgaben macht, obwohl du die ganze Zeit über gewusst hast, dass die beiden vorhatten, sich wie – wie Nutten aufzutakeln und nach Chester zu fahren, wo ihnen alles Mögliche hätte passieren können. Hast du gesehen, wie viel *Schminke* sie im Gesicht hatten?«

Sarah zog ihre Gummihandschuhe aus und sah ihn geduldig an. »Trevor«, sagte sie mit einem Hauch von Entschiedenheit, legte dabei aber die Hand auf seinen Arm, »weder Hannah noch Emily hatte irgendwelche Ähnlichkeit mit einer Frau von zweifelhaftem Ruf. Sie trugen Kleider und Make-up, mit denen sie sich wohl fühlen, weiter nichts.«

Er schüttelte ihre Hand ab. »Aber sieh dir an, in welche Schwierigkeiten sie sich gebracht haben.«

»Das hatte nichts damit zu tun, was sie anhatten. Gut, es war dumm von Emily, so viel zu trinken, aber hast du das nie gemacht, als du in dem Alter warst?«

Er stieß ein – wie Hannah es nennen würde – Eins-A-Schnauben aus. »Das ist ein absurdes Argument«, sagte er. »Du weißt ganz genau, dass das bei Jungs was anderes ist.«

»Sollte es aber nicht sein!«

Er ignorierte ihren hitzigen Tonfall und sagte: »Das alles ist keine Entschuldigung dafür, dass ihr beide mich belogen habt. Dein Verhalten ist bestenfalls unverantwortlich und schlimmstenfalls –«

»Trevor, bitte, ich habe es getan, weil es wichtig ist, dass Hannah lernt, unabhängiger zu sein. Du gibst ihr keinerlei Freiheit, nicht das kleinste bisschen. Wie, um alles in der Welt, soll sie nächstes Jahr in der Universität klarkommen, wenn sie nie Fehler gemacht hat? Sie muss ab und zu einen machen, um daraus zu lernen. Und wenn du die ganze Wahrheit wissen willst, sie und Emily haben das schon öfter getan. Dies ist das erste Mal, dass die Sache schief gegangen ist. Du solltest lieber stolz auf sie sein, weil sie genau das Richtige getan hat, als sie uns um Hilfe gebeten hat. Das war doch wohl weit besser, als irgendeinen Fremden zu bitten, sie nach Hause zu bringen.«

Auf Trevors Gesicht breitete sich Fassungslosigkeit aus. Er wich vor ihr zurück. Sie wäre nicht überrascht gewesen, wenn er die gekreuzten Zeigefinger in ihre Richtung erhoben hätte, à la »Weiche zurück, Satan!« Es dauerte ein paar Sekunden, bis er wieder sprechen konnte. »Ich kann nicht glauben, was ich da höre. Als christliche Eltern haben wir die Pflicht, unsere Tochter in einer Weise zu erziehen, die –«

»Bitte«, unterbrach Sarah ihn, »fang jetzt nicht wieder mit Gott an. Das tust du jedes Mal, wenn wir etwas Wichtiges besprechen.«

»Sarah«, sagte er mit schneidender Stimme, »mir gefällt dein Tonfall nicht. Und wenn du Gott von Anfang an in deine Überlegungen einbezogen hättest, wäre das Ganze überhaupt nicht passiert.«

Sarah seufzte. Nun war jegliche Hoffnung auf eine sachliche Diskussion verloren. Das war das Nervige an Trevor: Sobald er fürchtete, den Kampf zu verlieren, flüchtete er sich zu Gott und schickte ihn wie einen grimmigen großen Bruder in die Schlacht. Sie ließ seine Anschuldigung unkommentiert und griff nach einem Geschirrtuch. Ein paar Sekunden später krachte die Küchentür zu und Trevor war verschwunden. Sie sah ihn vor sich, wie er in der Werkstatt stand und seinen Frust an einem unschuldigen Stück Holz ausließ, indem er es auf seine Drehbank knallte und es mit einem seiner gefährlich scharfen Meißel attackierte.

Na, wenn schon – besser, als wenn er es an mir auslässt, dachte Sarah, erleichtert, dass er nicht länger wie eine wütende Biene um sie herumschwirrte. Und nicht zum ersten Mal war sie froh, dass Trevors Arbeit ihn, obwohl er sozusagen Heim-Werker war, vom Haus fern hielt.

Neun Monate zuvor hatte Trevor seinen Posten als Lehrer aufgegeben, um, wie er es etwas großspurig nannte, »Kunsthandwerker« zu werden. Als Sarah Ali von seinen Plänen erzählt hatte, war sie in schallendes Gelächter ausgebrochen. »Das ist ja köstlich! Trevor der Tischler – genau wie Christus.«

Sarah hätte am liebsten auch gelacht, doch ihre Loyalität ließ es nicht zu. Stattdessen hatte sie ihre Freundin zurechtgewiesen: »Bitte mach dich nicht über ihn lustig, Ali.«

Nachdem er jahrelang Lernbehinderten die grundlegenden Techniken der Holzbearbeitung beigebracht hatte, machte Trevor jetzt endlich das, was er immer hatte machen wollen, nämlich aussteigen und selbstständig arbeiten. Er war ein guter Lehrer gewesen, aber nie ein zufriedener, und jetzt, in der Werkstatt, die früher dem Dorfschmied gehört hatte, war er glücklich wie ein Schneekönig. Schon seit langem hatte er Geschenke für seine Freunde aus der Kirche angefertigt, und sein Geschick beim Drechseln war oft bewundert worden. Handgearbeitete Kerzenhalter, kleine Dosen mit Deckel, Äpfel, Pilze, Potpourribehälter und große Obstschalen für Kirchenbasare waren seine Spezialität geworden, und mehrere Leute hatten gesagt, er solle seine Arbeiten doch in größerem Stil herstellen und verkaufen. Doch sogar Trevor war sich bewusst gewesen, dass es ein Risiko war, eine geregelte Anstellung als Lehrer aufzugeben, um sich auf dem unsicheren Markt des Kunsthandwerks selbständig zu machen. Doch der Herr geht seltsame Wege, wie Trevor sagen würde, und als Sarahs Mutter letztes Jahr im Juni gestorben war, zwei Jahre nach ihrem Vater, hatte Sarah genug Geld geerbt, um die Hypothek, die auf ihrem Haus lag, zu bezahlen. Daraufhin hatte Trevor verkündet, der Heilige Geist habe ihm eingegeben, die Welt des Lehrens zu verlassen.

Das Geschäft lief nicht gerade prächtig, aber es schien Fortschritte zu machen, obwohl das vermutlich an der Jahreszeit lag. Ob Trevors Unternehmen Erfolg hatte, würde sich zeigen, sobald Neujahr vorbei war. Im Moment hatte er jedenfalls genug zu tun, um zufrieden zu sein; er belieferte einige Kunsthandwerkläden in der Umgebung und stellte sich mit seinen Waren auf die vorweihnachtlichen Märkte und Kirmessen. Das einzige Problem dabei war – und für ihn stellte es ein wirkliches moralisches Dilemma dar –, dass diese Märkte oft über ein ganzes Wochenende gingen, und der Sonntag war nun mal der Tag der Ruhe. Doch nach langen Gebeten war er zu dem Schluss gekommen, dass er ja zu dieser Arbeit berufen worden war und es dann wohl in Ordnung sein müsse.

Da die Küche mittlerweile aufgeräumt und sauber war und die Mädchen sich noch immer nicht blicken ließen, beschloss sie, Trevor als Friedensangebot eine Tasse Tee zu bringen. Sie wusste, dass seine Wut und Sturheit aus seiner Liebe zu Hannah resultierten und dass er alles tun würde, um sie zu beschützen. So traurig es war, er zöge es vermutlich vor, wenn sie nie erwachsen würde. Er war so ein guter Vater gewesen, als sie klein war. Er war nicht, wie die meisten anderen Väter, zu beschäftigt mit seiner Karriere gewesen, um wirklich am Leben seines Kindes teilzuhaben. Nie hatte er ein Konzert verpasst, bei dem sie gesungen oder im Orchester gespielt hatte, oder eine Theateraufführung, bei der sie aufgetreten war, wie klein die Rolle auch sein mochte. Kein einziger Elternabend war vergangen, ohne dass er dabei gewesen wäre und Hannahs Fortschritte verfolgt hätte.

Ja, er war ein guter Vater gewesen, das war nicht zu leugnen.

Deshalb war es ja auch so schade, dass er jetzt all seine gute Vorarbeit verdarb.

Er musste lernen, sich zurückzuhalten und sie loszulassen. Und er musste ihr zugestehen, selbst zu entscheiden, ob sie weiter in die Kirche ging oder nicht. Hannah hatte Sarah anvertraut, dass sie St. Cuthbert's, die hiesige Dorfkirche, in der sie seit ihrem achten Lebensjahr aktives Mitglied war, in der sie beim Krippenspiel viermal die Maria gespielt hatte und beim Erntedankfest einen Kürbis und in der sie in den letzten Jahren beim zunehmend schwächer besuchten Kindergottesdienst ausgeholfen hatte, nicht mehr besuchen wolle.

»Wie kann ich da hingehen, Mum«, hatte sie erst letzte Woche gesagt, »wenn ich nicht mehr an den ganzen Kram glaube? Für dich und Dad ist das klar, ihr habt keine Zweifel. Aber ich finde mich da nicht mehr wieder. Ich schätze, Buddhismus ist eher mein Ding. Vielleicht werde ich Astley Hopes erste Buddhistin. Ich rasiere mir den Kopf, wandere die Straßen auf und ab und verkünde in erleuchteten Gesängen die vier edlen Wahrheiten. Dann haben wenigstens alle was zu reden.«

Sie hatten beide über diese Vorstellung gelacht, doch Sarah

war enttäuscht gewesen, Hannah auf diese Weise reden zu hören. Über religiösen Glauben machte man sich nicht lustig. Er war das Fundament der Gesellschaft, das Zentrum des Daseins. Wenn alles andere verloren war, sogar die Hoffnung, war der Glaube das einzige Licht in der Finsternis.

Und als Sarah einen Becher Tee für Trevor einschenkte, hoffte sie, er würde einsehen, dass Hannah selbst herausfinden musste, was für sie richtig war.

6

Sam reichte dem Kellner seinen Mantel und setzte sich an den Tisch, den er morgens telefonisch reserviert hatte. Er war etwas zu früh, und da er wusste, dass Pünktlichkeit nicht gerade Alis Stärke war, stellte er sich auf eine Wartezeit von mindestens zehn Minuten ein.

Als er Elliot gestern Abend gesagt hatte, er werde mit Ali sprechen, hatte er genau gewusst, dass er sich auf sehr dünnem Eis bewegte, und obwohl er nichts tun wollte, was seinen Sohn verletzte, konnte er an seinen Gefühlen für Ali nichts ändern. Er vermisste sie schmerzlich; sie war für ihn weit mehr gewesen als eine Schwiegertochter. In der Zeit vor Isaacs Tod hatte er sie, wenn Elliot, was häufig vorkam, beruflich unterwegs war, oft zum Abendessen ausgeführt. Ihre gemeinsamen Abende waren immer witzig gewesen, vor allem wenn man sie für ein Paar gehalten hatte und er und Ali seine Rolle als reicher, alter Knacker genüsslich übertrieben hatten. Brüllend vor Lachen waren sie oft aus dem Restaurant gekommen, und Sam hatte sie dann mit stolzgeschwellter Brust nach Hause gebracht, weil die Leute geglaubt hatten, ein hässlicher, alter Zwerg wie er könne eine so junge, attraktive Frau verführen.

Doch diese Abende waren längst Vergangenheit. Seit Isaac ihnen entrissen worden war, hatte es für sie alle nicht mehr viel zu lachen gegeben. Obwohl seine eigene Reaktion auf den Tod seines kleinen Enkelsohns sicher nicht im Entferntesten an das heranreichte, was Elliot und Ali durchgemacht hatten – und immer noch durchmachten –, hatte es ihn doch schwer getroffen. Der Tod eines Kindes war nie leicht zu akzeptieren. Doch er hatte den Trauerprozess schon einmal durchlitten, als Connie, seine Frau, vor über zwanzig Jahren gestorben war, und er wusste, dass der Schmerz zwar niemals ganz verschwand, aber doch mit der Zeit nachließ.

Er wusste auch, dass der Schmerz die Hinterbliebenen manchmal von denen trennte, die ihnen am nächsten standen, und das war Ali und Elliot passiert. Direkt nach Isaacs Tod hatte er erlebt, wie zwei Menschen, die einander aus vollem Herzen geliebt hatten, eine Mauer aus fassungsloser Abwehr aufgebaut hatten, um den anderen und die ganze restliche Welt auszusperren. Machtlos, ihnen zu helfen oder sie daran zu hindern, hatte Sam zugesehen, wie sie sich völlig in dem Schmerz in ihrem Innern verloren und ihn in ihrer Verzweiflung auf den anderen projizierten. In den folgenden Monaten hatten sie sich voneinander abgewandt und sämtliche Energie, die ihnen blieb, in die Arbeit gesteckt, um ihre Gedanken mit der Routine des Alltags zu betäuben. Das Einzige, was Ali und Elliot jetzt noch verband, war die Enttäuschung über das Leben an sich, die sie auslebten, indem sie sich gegenseitig attackierten, weil sie dies für die beste Form der Verteidigung hielten.

Sams einzige Hoffnung war, dass diese Phase bald vorüberging und sie irgendwann einen Weg fanden, ihren Schmerz und Zorn zu verarbeiten. Er wünschte sich nichts sehnlicher, als dass sie zumindest wieder Freunde würden.

Da ihm auffiel, dass er nun schon eine Viertelstunde wartete, sah Sam sich in der Hoffnung, Ali irgendwo zu erblicken, in dem eleganten französischen Restaurant um. Vor dem Bogenfenster, das auf die belebte Straße hinausging, standen zwei kleine Tische, an denen jeweils zwei elegant gekleidete Frauen saßen. Nach den Tüten am Boden zu schließen, gönnten sie sich nach einem anstrengenden Vormittag der Weihnachtseinkäufe ein ruhiges Mittagessen.

Die übrigen Tische waren von einer lärmenden Schar ausgelassener Büroleute belegt, die offenbar ihr alljährliches Weihnachtsgelage feierten; ihre Gesichter waren vom Alkohol gerötet, und auf dem Kopf trugen sie schlecht sitzende Papierhüte. Dann sah Sam aus dem Augenwinkel, dass die Restauranttür aufging, und ihn überkam eine Woge von Gefühlen, die andere Männer in seinem Alter und mit seinem Hintergrund als unmännlich bezeichnet hätten.

Alis Anblick machte ihm klar, wie sehr er sie in den letzten Monaten vermisst hatte und wie viel sie ihm bedeutete. Und er erinnerte ihn daran, dass jemand, der Ali nur nach ihrem Äußeren beurteilte, Gefahr lief, sie gründlich zu unterschätzen. Sie war nur knapp über einsfünfzig groß und sah mit ihrer zierlichen Figur und den feinen Gesichtszügen um einiges jünger aus als achtunddreißig. Sam wusste, dass Alis jugendliches Aussehen ihrer Karriere oft im Weg gestanden hatte und dass sie es hasste, wenn Leute sie nicht ernst nahmen und sie behandelten, als wäre sie höchstens in der Lage, den Kopierer zu bedienen. Selbst aus dieser Entfernung konnte Sam sehen, wie dunkel ihre Augen waren – braune Augen, die noch dunkler wirkten durch die helle Haut und das kurze, leicht gewellte blonde Haar, das, wie Sam annahm, ebenso echt war wie alles andere an ihr. Er kannte niemanden, der ihr ähnelte. Sie war schlagfertig, unbeugsam und gelegentlich unverblümter als gut für sie war. Er hatte sofort verstanden, weshalb sein Sohn sich in sie verliebt hatte – Teufel auch, er hätte dasselbe getan, wenn er dreißig Jahre jünger gewesen wäre! –, und es war nicht die äußere Hülle, die Elliot angezogen hatte, so hübsch sie auch war. Nein, es war mehr gewesen als das: Ali hatte einen ebenso wachen, scharfen Geist wie Elliot, und dafür hatte er sie respektiert und bewundert; sie waren einander ebenbürtig gewesen.

Als sie auf ihn zukam, stand Sam auf, und sie begrüßten einander mit einer herzlichen Umarmung. Nachdem er sie losgelassen hatte, sagte er: »Wann hast du das letzte Mal gegessen? Du bist ja nur noch Haut und Knochen.«

Sie lächelte ihn liebevoll an. »Ich bin im Training.«

Er rückte ihr den Stuhl zurecht. »Für was, um Himmels willen? Für das Einhundert-Meter-Streichholzlaufen?«

»Sixpack-Sam, du bist noch genauso frech wie früher. Hast du die Absicht, während des ganzen Essens so unhöflich zu mir zu sein?«

»Nicht unhöflich, Liebes, nur besorgt.« Er winkte den Kellner herbei und bestellte eine Karaffe Château Maison. »Ist dir das recht?«, fragte er, als der Kellner gegangen war.

»Wunderbar. Also, wieso diese plötzliche Besorgnis? Erst die Einladung, Weihnachten mit euch zu verbringen, und nun das Essen hier. Was ist los?«

Er lehnte sich in seinem Stuhl zurück; sie erinnerte ihn an einen angriffslustigen Stier. »Wir haben schon öfter zusammen zu Mittag gegessen, daran ist doch nichts Ungewöhnliches.«

»Schon, aber damals war ich mit Elliot verheiratet.«

»In der Tat, das warst du.«

Ali betrachtete Sams rundes, lächelndes Gesicht. Er erinnerte sie an Bob Hoskins, mit einem Hauch von dem dunkeläugigen Danny DeVito. Seit dem Moment, als er sie morgens im Büro angerufen hatte, hatte sie sich gefragt, was er wohl im Schilde führte. Dennoch hatte sie seine Einladung zum Mittagessen angenommen, nicht nur aus Neugier, sondern auch weil sie sich freute, ihn zu sehen. Es war Ewigkeiten her, seit sie sich das letzte Mal allein unterhalten hatten, und es schmerzte sie, dass er sie und Elliot in ihren schauerlichsten Momenten erlebt hatte, dass die Scheidung und ihr unsägliches Verhalten ihn in eine unmögliche Situation gebracht hatte und dass er alles versucht hatte, um das Beste aus dieser üblen Lage zu machen. Dafür bewunderte sie ihn. Aber sie wusste auch, dass es Grenzen gab, die man nicht überschreiten durfte. Zum Beispiel durfte sie Elliot Sam gegenüber niemals offen kritisieren. Sam konnte seinem Sohn gegenüber so grob sein, wie er wollte, aber wehe, jemand anders sagte ein schlechtes Wort über ihn. Was die väterliche Liebe betraf, war Sam unerbittlich. Bei all seiner sonstigen Unbeschwertheit verteidigte er Elliot mit Klauen und Zähnen. Was die Tatsache, dass sie hier alleine zu Mittag aßen, recht erstaunlich machte. Wusste Elliot davon? Oder hatte Sam das Treffen heimlich arrangiert?

Sie fragte sich, ob Sams Vaterliebe so weit ging zu versuchen, sie und Elliot wieder zusammenzubringen. »Sam«, sagte sie und sah ihm unverwandt in die Augen, »muss ich direkt zur Sache kommen und dir Einmischung und Verschlagenheit vorwerfen?«

Er lachte herzlich. »Wenn du meinst, dass der Schuh passt.«

Sie musste ebenfalls lachen. »Natürlich passt er, und das weißt du ganz genau.«

»Na, dann sind wir uns ja einig. Da jetzt klar ist, dass ich eine zudringliche, hinterlistige Nervensäge bin, könntest du dir vielleicht was zu essen aussuchen? Mein Magen ist schon kurz davor, einzupacken und nach Hause zu gehen.«

Sie bestellten ihr Essen, und als der Wein gebracht wurde, hob Sam sein Glas. »Auf Weihnachten und ...« Er zögerte.

»Barbados?«, schlug sie mit halbherzigem Lächeln vor.

Er stellte das Glas wieder ab. »Ali, bitte beantworte mir eine Frage. Warum diese Selbstkasteiung? Warum fährst du dieses Jahr nicht zu deinen Eltern?«

Sie zuckte die Achseln.

Er griff über den Tisch nach ihrer Hand und sah sie mit liebevollem Blick an. »Ich kann den Gedanken nicht ertragen, dass du Weihnachten ganz allein bist.«

Sie drückte seine breite, kräftige Hand. »Aber ich bin ja gar nicht allein«, sagte sie munter. »Ich habe einfach eine interessantere Einladung bekommen als eure.«

»Interessanter als Barbados?«

»Ja.«

»Aha«, sagte er. Ali hörte die Enttäuschung in seiner Stimme. »Dann hatte Elliot also Recht.«

»Womit?«

Sam warf ihr einen klaren, unverwandten Blick zu. »Der Zauberjunge meinte, es könnte vielleicht stimmen.«

»Was könnte stimmen?«

»Dass du einen neuen Freund hast und mit ihm –«

»Einen Freund?« Ali lachte. »Das ist ja wohl ein Witz! Was zum Teufel soll ich denn damit? Die sind unordentlich, zeitraubend und, genau wie Curryflecken, kaum wieder loszuwerden, und das sind noch ihre kleineren Fehler.«

»Du bist überhaupt nicht zynisch, was?« Sam grinste. Er sah den Kellner auf sie zukommen und sagte: »Mmh, endlich ... unser Essen!«

Als die Teller und die Schüsseln mit den Beilagen auf dem Tisch standen und sie wieder allein waren, sagte Ali: »Denk bitte nicht, ich wäre nicht dankbar für das Angebot, Sam, das bin ich. Aber dir muss doch klar gewesen sein, dass ich es auf keinen Fall annehmen kann. Es würde nie funktionieren. Elliot und ich haben uns gegenseitig zu sehr verletzt, um mehr als die grundlegendste Höflichkeit füreinander aufzubringen. Bitte glaub mir – eine Versöhnung, welcher Art auch immer, ist vollkommen unmöglich.«

Er sah sie voller Ernst an, und plötzlich erinnerte er sie an Elliot, was ihr einen unleugbar schmerzlichen Stich versetzte. Elliot ähnelte seinem Vater eigentlich überhaupt nicht, doch jetzt lag auf Sams Gesicht derselbe ernste Ausdruck, der sie an Elliot angezogen hatte, als sie sich zum ersten Mal begegnet waren.

Damals hatte sie gerade als Trainee bei der Buchhaltungsfirma in Manchester angefangen, die zu der Zeit, Anfang der Achtziger, die größte der Stadt gewesen war. Acht Jahre älter als sie, bereits mit einer guten Position und dem Ruf eines Überfliegers – der aufsteigende Stern der Firma –, war Elliot ganz anders gewesen als die Gruppe von Studienabgängern, mit denen sie sich zusammentun sollte – dreißig insgesamt, die sich alle benahmen, als wären sie noch an der Universität, so dass sie sich unwillkürlich mehr zu seiner reiferen Art hingezogen gefühlt hatte. Während ihre Altersgenossen begeistert bei einem indischen Essen in Rusholme die Biergläser schwenkten, zog sie Elliots nachdenklichere, kultiviertere Gesellschaft vor. Ihn umgab eine Aura von konzentrierter Gelassenheit, die ausgesprochen attraktiv war. Er war ein Mann sparsamer Worte, da er es nach eigenem Bekunden vorzog, wenige treffende zu sagen als viele überflüssige. Seine stille Natur machte ihn zu einem guten Zuhörer, und wenn sie etwas erzählte, sah er sie mit seinen offenen blauen Augen stets unverwandt an und lauschte aufmerksam. Zu Beginn ihrer Beziehung hatte sie keine Ahnung gehabt, ob er wusste, was für eine überwältigende Wirkung er auf sie hatte, wie mächtig sein subtiler, aber unwiderstehlicher Sexappeal war. Dies war etwas völlig Neues für Ali. Während ihrer Zeit in Oxford hatte sie ihre Gefühle immer fest unter Kontrolle gehabt und eine ganze Reihe von unglücklichen Freunden in Liebeskummer gestürzt. Doch auf einmal war Schluss mit der Kontrolle. Dieser Mann mit seinem unauffälligen Charme und den brillanten intellektuellen Fähigkeiten hatte ihr Herz mit einer einzigen schwungvollen Bewegung genommen und machte keinerlei Anstalten, es wieder loszulassen.

Es gab so vieles an ihm, das sie anzog, doch wenn sie eine Sache hätte auswählen sollen, die den Auslöser gegeben hatte, dann war es sein stiller Ernst. Selbst wenn er sich wohl fühlte, lächelte er nur selten. Der Mann hinter dem Gesicht, hinter diesen blauen Augen faszinierte sie, und sie wollte herausfinden, was in ihm vorging. Als sie zum ersten Mal zu ihm nach Hause gefahren waren – nachdem sie sich mehrere Monate lang heimlich getroffen hatten, weil sie beide die neugierigen Blicke und Fragen im Büro vermeiden wollten –, hatte sie ihm gesagt, er sei der zurückhaltendste Mann, den sie je kennen gelernt habe. »Du bist lakonisch, drollig und so zugeknöpft, wie ein Mann nur sein kann.« Statt einer Antwort hatte er sie geküsst und ins Schlafzimmer gezogen, wo er ihr die nächsten zwei Stunden lang bewiesen hatte, dass seine Einstellung zum Sex alles andere als lakonisch war. Hinterher hatte sie zu ihm gesagt: »Elliot, du hast zwei hoch interessante, sehr verschiedene Seiten an dir. Unter all der strengen äußeren Kühle steckt ein vollkommen anderer Mann.« Er hatte ihr sein seltenes Lächeln geschenkt, und von dem Moment an hatte sie gewusst, dass sie ihn liebte.

»Es tut mir wirklich Leid, dass du das so siehst, Ali«, hörte sie Sam sagen. Sie verscheuchte die Erinnerung daran, wie sein Sohn nackt und erschöpft neben ihr gelegen hatte, und zwang sich dazu, sich auf Sams Worte zu konzentrieren. »Es würde einem armen alten Mann eine Menge bedeuten, wenn ihr beide zumindest Freunde werden könntet.«

Sie zog eine Grimasse. »Hör auf mit der Mitleidstour, Sam. Wenn du weiter so redest, verlierst du meinen Respekt.«

Der Ernst, der sie so an Elliot erinnert hatte, verschwand, und in Sams Augen funkelten wieder Wärme und Humor. »Es war immerhin einen Versuch wert.« Er grinste.

»Nein, war es nicht. Es war eine billige Attacke auf die Tränendrüse, die du dir hättest sparen können. So, und jetzt erzähl mir mal, wie es mit dir und Elliot im trauten Heim so läuft. Wir haben uns nicht mehr gesehen, seit ihr beide auf *Ein seltsames Paar* macht.«

»Nicht so schnell, meine Süße. Wir waren noch nicht fertig. Du hast mir noch nicht gesagt, was du Weihnachten machst.«

»Heiliger Strohsack, alle wühlen in meinem Privatleben herum.«

»Weil wir dich gern haben.«

»Blödsinn! Ihr seid ein Haufen neugieriger Schnüffler. Und wenn du es unbedingt wissen musst, ich fahre zu Sarah.«

Die Erleichterung auf Sams Gesicht war unübersehbar. »Freut mich, das zu hören. Wie geht es ihr?«

»Oh, wie immer. Verdient sich einen Heiligenschein, weil sie's immer noch mit Trevor aushält.«

»Hatte er nicht seinen Posten als Lehrer gekündigt, um sich als Drechsler selbstständig zu machen?«

»Ja, und ich gehe jedes Mal die Wände hoch, wenn ich daran denke. Als Sarahs Mutter starb und ihr das Geld hinterließ, hätten sie es dazu verwenden sollen, ihr Leben finanziell etwas leichter zu machen, sich ein bisschen Luxus zu gönnen, und nicht, um Trevor eine Ausrede zu liefern, seinen Job hinzuschmeißen. Eine Erbschaft, egal wie klein, sollte für einen sinnvollen Zweck eingesetzt werden.«

»Genau, wie ich's mir immer gedacht habe«, bemerkte Sam. »Wir Eltern sind am nützlichsten und angesehensten, wenn wir zwei Meter unter der Erde liegen und das Testament verlesen wird.«

Nun war es an Ali, eine ernste Miene zu machen. »Ich glaube nicht, dass Elliot oder ich je so über dich denken werden, Sam.«

Er hörte die Aufrichtigkeit in ihren Worten. Er legte die zusammengeknüllte Serviette neben seinen Teller und sagte: »Werd mir jetzt bloß nicht sentimental, Schätzchen. Noch Platz für einen Nachtisch?«

Eine Stunde später verließen sie das Restaurant. Sam bestand darauf, Ali bis zu ihrem Büro zu begleiten. Es war ein kalter, nasser, winterlicher Nachmittag, und obwohl es erst halb drei war, wurde das Licht bereits schwächer und der Schnee vom Vortag wirkte so fad wie eine alte Zeitung. Langsam schoben sie sich durch den Matsch und die Horden von Weihnachtseinkäufern. Die Hauptstraße war in einem Pseudo-Dickens-Stil dekoriert, und aus Lautsprechern erklangen süßliche Weihnachtslieder. Auf dem Platz vor Marks & Spencer drängte sich eine kleine Menge um einen dick gepolsterten Nikolaus. Neben ihm stand eine Engelsgehilfin – ein junges Mädchen, das in seinen knappen roten Hotpants aus unechtem Fell und dem spitzen Hut mit Glöckchen halb erfroren wirkte; der Schneeregen hatte ihre Wimperntusche verschmiert, und sie sah alles andere als verzaubert aus. Die beiden verteilten Luftballons und Werbezettel für einen Drogeriemarkt, der gerade eröffnet hatte. Am äußeren Rand der Menge saß ein kleiner Junge in einem Kinderwagen, dessen von der Kälte gerötetes Gesicht voller Vorfreude strahlte, während er geduldig auf seinen Ballon wartete. Ein gespenstischer Schauer durchlief Ali und packte ihr Herz mit eisiger Hand. Sie erstarrte. Sam legte ihr den Arm um die Schulter und zog sie fort. »Hast du deine Geschenke schon gekauft?«, fragte er, um sie abzulenken.

Sie schüttelte den Kopf, unfähig zu sprechen.

»Ich auch nicht. Habe nicht den leisesten Schimmer, was ich dem Zauberjungen schenken soll.«

Sie gingen schweigend weiter. »Trauer ist ein echter Quälgeist, was?«, grummelte Sam, als sie schließlich vor dem renovierten georgianischen Gebäude angekommen waren, in dessen erstem Stock Alis Büro lag.

Sie stimmte ihm mit einem angedeuteten Nicken zu, drückte ihm hastig einen Kuss auf die Wange, wünschte ihm frohe karibische Weihnachten und lief hinein. Sie rannte die Treppe hinauf und flüchtete sich in die Toilette, wo sie sich in einer Kabine einschloss. Gegen die Tür gelehnt, ließ sie sich langsam zu Boden gleiten. Dann vergrub sie das Gesicht in den Händen und weinte.

7

Mir geht's *gut*«, sagte Ali sich, »es ist alles in Ordnung.«

Sie spritzte sich kaltes Wasser ins Gesicht, betrachtete ihr ruiniertes Make-up im Spiegel über dem Waschbecken und wusste, dass es nicht stimmte. Zwar hatten die Tränen und das Zittern aufgehört, aber der betäubende Schmerz in ihrem Innern war noch da.

Während sie sich Gesicht und Hände mit einem der rauen Papiertücher abtrocknete, dachte sie an Sams Worte: *Trauer ist 'n echter Quälgeist, was?*

Oh, wie Recht er hatte.

Nichts war so düster und schmerzhaft wie die bohrende Qual des Verlusts. Durch Isaacs Tod war ihr bewusst geworden, wie grenzenlos die Liebe war und dass das, was sie ihrem Sohn entgegengebracht hatte, als er noch lebte, nur die Spitze des Eisbergs gewesen war. In ihrem Herzen, tief unter der Oberfläche verborgen, lagen mächtige Gefühle, die sie immer wieder überwältigten, wenn sie am wenigsten damit rechnete.

Es gab Tage, an denen die Erinnerung an Isaac erträglich war, an denen sie ihrer Trauer beinahe mit erhobenem Kopf entgegentreten konnte, sich ihr stellen, mit ihr auseinander setzen und sie akzeptieren. An anderen Tagen konnte sie sich so restlos verausgaben, dass ihr einfach keine Zeit blieb, um darüber nachzudenken, was ihr entrissen worden war. Doch dann gab es auch die Momente, in denen die Qual des Schmerzes ihr wie ein Verbrecher im Dunkeln auflauerte, auf sie zusprang und sie niederstreckte.

Und eben war ein solcher Moment gewesen. Der kleine Junge im Kinderwagen mit seinem strahlenden Gesicht hatte sie unvorbereitet getroffen und ihren Schutzpanzer durchbrochen.

Sie schloss die Augen und sah Isaac klar und deutlich vor sich. Er steckte von Kopf bis Fuß in seinem Schneeoverall, hatte die Handschuhe ausgezogen – sie konnte machen, was sie wollte, er behielt sie nie an –, und seine Augen leuchteten vor Begeisterung. Sie waren zu dritt in Manchester, um Weihnachtsgeschenke zu kaufen. Es war ein bitterkalter Tag. Die Geschäfte waren überfüllt, die Leute hektisch. Sie hatten gerade ein Geschenk für Isaac gekauft – eine Spielzeuggarage mit dazugehörigen Autos und Lastwagen –, und Elliot trug sie unterm Arm, während sie den Buggy über den überfüllten Gehweg schob. Als sie gerade die Straße überqueren wollten, um zu Waterstone's zu gehen, blieb Isaacs Blick an zwei kleinen Mädchen hängen, die beide einen Luftballon in der Hand hielten. Er lächelte sie auf seine unwiderstehliche Weise an, bei dem ihr jedes Mal das Herz schmolz. Sie hatten den Ballonverkäufer schließlich aufgetrieben, einen jungen Mann mit einem Nasenring, der sich halbherzig als Weihnachtsmann verkleidet hatte – er trug eine Mütze und hatte sich ein Stück Watte ans Kinn geklebt, das gefährlich nah an der brennenden Zigarette saß, die in seinem Mundwinkel hing.

Der Ballon hielt eine Woche, dann schrumpelte er zu einem formlosen Nichts zusammen. Sie warf ihn eines Abends weg, während Isaac schlief.

Zwei Tage später war er tot.

Ali öffnete die Augen, knüllte das Papiertuch, das sie immer noch in der Hand hielt, zu einer harten kleinen Kugel zusammen und warf sie in den Mülleimer. Sie atmete tief und entschlossen durch. Sie würde *es* niederkämpfen. Um Isaacs willen würde sie nicht zulassen, dass *es* sie überwältigte.

Daniel, ihr Geschäftspartner, Vertrauter und, nach Sarah, engster Freund, telefonierte gerade, als sie das Büro betrat. Er wies auf den Stapel Nachrichten für sie, der neben seinen Füßen auf der Ecke seines Schreibtischs lag. Sie griff danach und ging hinüber zu ihrem eigenen Schreibtisch. Erleichtert stellte sie fest, dass eine der Nachrichten von einem Kunden war, mit dem sie eigentlich um halb fünf einen Termin hatte; er hatte abgesagt. Gut, so hatte sie den Rest des Tages Zeit, den Bericht fertig zu stellen, den sie am Morgen begonnen hatte.

Sie hörte, wie Daniel sich bemühte, sein Gespräch zu beenden, und sah an seinem besorgten Blick, dass er ihr verweintes Gesicht bemerkt hatte.

Sie und Daniel kannten sich seit ihrer Trainee-Zeit, als sie sich zusammen eine feuchte, teppichlose Wohnung in Flixton gemietet hatten. Tagsüber hatten sie im Zentrum von Manchester gearbeitet, umgeben vom üppigen Luxus der Firmenräume, und abends hatten sie bei schwarzem Kaffee und Pizza in der trübseligen Wohnung gehockt und gebüffelt. Was für glückliche Zeiten!

Als sie ihre drei Ausbildungsjahre hinter sich und die Abschlussprüfung bestanden hatten, hatten sie voller Enthusiasmus in die Zukunft geblickt. Beide durchliefen eine kontinuierliche, ermutigende Folge von Beförderungen, doch mit Anfang dreißig wurde ihnen klar, dass sie beide – aus unterschiedlichen Gründen – eine unüberwindliche unsichtbare Grenze erreicht hatten. Ali würde nie die Position erreichen, die sie sich wünschte, weil sie eine Frau war, und Daniels Karriereaussichten in der Firma waren ruiniert, weil er schwul war. Niemand hatte je etwas gesagt, aber es hatte noch nie einen schwulen Seniorpartner gegeben, und die Wahrscheinlichkeit, dass es je einen geben würde, war praktisch gleich Null. Auch wenn die Firma auf Grund von Büroaffären von Scheidungen erschüttert war und von lüsternen Männern geführt wurde, die die Finger nicht von den jungen Frauen lassen konnten, war es vollkommen undenkbar, dass ein anständiger, moralisch unanfechtbarer Mann, der seit mehr als zehn Jahren mit seinem Partner zusammenlebte – länger, als viele Ehen hielten –, siebenhundert Angestellte leiten konnte, ohne dass das Imperium wegen seiner sexuellen Präferenzen zusammenbrach.

Daniel legte den Hörer auf und fragte: »Alles okay, Babe?«

Sie betrachtete sein besorgtes Gesicht und dachte, wie unfair das Leben ihm gegenüber war. Nichts an seinem Auftreten und seiner Kleidung ließ erkennen, dass Daniel schwul war – er war keiner von den Demonstrativen mit Schnäuzer, Ohrring und hautengen Jeans. Er sah wie jeder andere »normale« Mann aus, den sie kannte, nur dass er überdurchschnittlichen Wert auf ein gepflegtes Äußeres legte. Mit seinem blendenden Aussehen und dem schlanken, langgliedrigen Wuchs war er ein beeindruckender Anblick in seinen teuren Designeranzügen, die auf unauffällige Weise ahnen ließen, dass er eine Menge Geld für seine Kleidung ausgab. Er trug Armani und Gucci genauso selbstverständlich wie Ali ihre Unterwäsche aus dem Supermarkt. Sein Haar war kurz, aber nicht wie rasiert, und die Brille im Schildpatt-Look verlieh seinen klar geschnittenen Zügen etwas Elitär-Akademisches. Seine Seidenkrawatten waren nie bunt, sondern erinnerten in ihren gedeckten Tönen eher an einen Mann, der jemandem seine letzte Ehre erwies. Seine Stimme hatte kein tuntiges Timbre, im Gegenteil, er und sein Partner Richard sangen sogar seit einigen Jahren in ihrem örtlichen Laienchor – sie bezeichneten sich oft scherzhaft als »Die zwei schwulen Tenöre«. Nach Alis Meinung war Daniel meilenweit vom Stereotyp eines Schwulen entfernt. Er hatte einmal von sich selbst gesagt, er repräsentiere die so genannte »akzeptable« Variante der Homosexualität. So zynisch es klang, war es doch vermutlich wahr.

»Babe, du hast das reinste Gewittergesicht. Was ist los?«

»Tut mir Leid«, sagte sie. »Mich hat gerade die Wut gepackt, weil ich mal wieder an die miesen Schikanierer aus der Buchhaltungsfirma gedacht habe, die uns aus ihren schmierigen Machtspielen rausgeworfen haben.«

Er lächelte. »Sie haben uns nicht rausgeworfen. Und ihre Spiele waren albern. Mir gefällt unseres viel besser.«

Sie runzelte die Stirn. »Bist du nie verbittert?«

Er stand auf und ging zum Kopierer. »Nein.« Er schaltete den Apparat ein, drehte sich dann um und lehnte sich mit der Schulter gegen einen Aktenschrank. »Du und ich, wir waren nie für diese Art von Positionsgerangel geschaffen. Wir waren – und sind noch immer – zu eigenständig und unangepasst für deren Bedürfnisse. Natürlich hätten wir versuchen können, uns nach oben zu schlafen, aber ich für meinen Teil stand noch nie auf diese übergewichtigen, überbezahlten Typen.«

Sie lächelte spöttisch. »Du vergisst Elliot. Er war nicht übergewichtig.«

Er zog seine Brille ein Stück hinunter und sah sie über den Rand hinweg an. »Den habe ich absichtlich vergessen, Babe. Er war immer die Ausnahme.«

Sie tat schockiert. »Dan Divine, du willst mir doch wohl nicht erzählen, dass du scharf auf ihn warst, oder?«

Er lachte. »Gegen dich hatte ich doch keine Chance, Süße.«

Ein seltsamer Ausdruck breitete sich auf ihrem Gesicht aus. Sie lehnte sich in ihrem Stuhl zurück und drehte sich darauf hin und her. »Ich weiß nicht, wie es dazu kam, aber vorhin beim Mittagessen mit Sam musste ich plötzlich daran denken, wie ich das erste Mal mit Elliot geschlafen habe.«

»Und?«

Sie zögerte.

»Komm schon, ich bin gespannt wie ein Flitzebogen.«

Sie schüttelte entschlossen den Kopf. »Und nichts.«

Daniel verdrehte die Augen. »Nun, ich erinnere mich jedenfalls noch ganz deutlich an eine junge Frau, die leichte Schwierigkeiten beim Gehen hatte, als sie nach einem Wochenende mit dem besagten Mann nach Hause kam.«

»Mir war schwindlig.«

»Blödsinn! Du hattest dich gnadenlos an Elliots körperlichen Vorzügen ausgetobt. Weiß der Himmel, in welchem Zustand du ihn zurückgelassen hast. Wahrscheinlich war er reif fürs Krankenhaus.«

Sie lachte und war Daniel wieder einmal unendlich dankbar für seine Fähigkeit, ihre Stimmung zu heben – ein Talent, das in letzter Zeit oft zum Einsatz gekommen war. Er war einer der warmherzigsten Menschen, die sie kannte. Außerdem war er tolerant, und obwohl er im Lauf der Jahre immer wieder mit allen möglichen Vorurteilen konfrontiert worden war, hatte er sich davon nie seine Unbeschwertheit nehmen lassen. »Ich wünschte, ich wäre mehr wie du, Daniel«, sagte sie. »Du bist einer der nettesten Menschen, die ich kenne, und kein bisschen nachtragend.«

Er nahm seine Kopien aus dem Gerät und kehrte an seinen Schreibtisch zurück. »Es ist ein Geschenk des Himmels«, sagte er. »Ich besorg dir auch eins zu Weihnachten. So, hast du vor, heute noch was zu tun, oder muss ich die ganze Arbeit allein machen?«

Erst als Ali abends zu Hause war, vor dem Fernseher saß und den Rest von Lizzies Schokoladenkuchen kaute, fiel ihr wieder ein, dass sie vergessen hatte, Sarah anzurufen. Zu faul, zum Telefon zu gehen, das in der Küche stand, stellte sie Kirsty Young leiser – das intelligenteste Gesicht der Nachrichtenszene – und griff nach ihrem Handy, das im Aktenkoffer am anderen Ende des Sofas lag. Sie lauschte auf das Klingeln und hoffte, dass nicht ausgerechnet Trevor dran ging.

Sie hatte Glück. Die Stimme am anderen Ende gehörte Hannah.

»Na, hat dein Vater dich aus dem Zwinger gelassen, damit du ans Telefon gehen kannst?«

»Er ist auf einer Versammlung.«

»Dann habt ihr beide ja mal für ein Weilchen eure Ruhe.«

Hannah lachte. »So ungefähr. Ich hol Mum ans Telefon. Übrigens, ich bin echt froh, dass du Weihnachten kommst. Das dürfte die Stimmung um einiges auflockern.«

»Hey, wenn ich für euch den Pausenclown spielen soll, dann will ich auch Geld dafür. Und ich warne dich, ich bin nicht billig.«

»Ich lege dir ein extratolles Geschenk unter den Weihnachtsbaum. Wie wär's mit einer Dose Gin-Tonic?«

»Nee, das ist was für kleine Mädchen. Ein schöner Single Malt ist eher meine Kragenweite.«

»Ich trinke auch lieber Wodka mit Cola. Ciao.«

Während Ali darauf wartete, dass Sarah ans Telefon kam, fragte sie sich, wie es möglich war, dass ihre Gespräche mit Hannah sich in so unglaublich kurzer Zeit von unverständlichem Kindergebrabbel zum Vergleich von alkoholischen Lieblingsgetränken entwickelt hatten. Umso besser, dass der gute alte Trevor nicht in Hörweite war: Er wäre vor Abscheu an die Decke gegangen und hätte Ali wahrscheinlich beschuldigt, seine Tochter auf Abwege geführt zu haben.

»Hallo, Ali.« Sarah klang atemlos, als ob sie gelaufen wäre. »Tut mir Leid, dass du warten musstest, aber ich war gerade oben und habe das Gästebett für dich bezogen.«

»Das höre ich gerne. Ich erwarte erstklassige Bezüge aus Makosatin, eine aufgeschlagene Decke und ein Schokoladenherz auf dem Kopfkissen.«

»Du kannst von mir aus erwarten, was du willst, aber du wirst dich mit einem fadenscheinigen Baumwoll-Polyester-Gemisch und einem Nagellackfleck auf dem Kopfkissen begnügen müssen.«

»Klingt ja ganz wie zu Hause. Jetzt erzähl mal, wie ist es denn gestern Nacht noch gelaufen? Ist Trevor ausgeflippt und hat dich und Hannah für alle Ewigkeit verbannt?«

»Nicht ganz.«

»Nun sag schon, wie hat er reagiert?«

Schweigen.

»Sarah?«

»Wir müssen über was anderes reden. Er kommt gerade zurück, ich höre den Schlüssel im Schloss. Sag mir, wann du kommst.«

Ali hätte die Aufforderung am liebsten ignoriert und darauf bestanden, in allen Einzelheiten zu erfahren, was der alberne Kerl nun schon wieder von sich gegeben hatte, doch sie ließ es bleiben. Sarah war Trevor gegenüber geradezu lächerlich loyal und würde niemals etwas sagen oder tun, was ihn verärgerte oder herabsetzte. »In Ordnung, Sarah«, sagte sie, »ich füge mich deinem Wunsch, aber ich schwöre dir, wenn ich über Weihnachten eine Gelegenheit finde, Trevor die Botschaft in den Schädel zu rammen, dass er meiner Meinung nach dir und Hannah gegenüber in dieser Sache überreagiert hat, dann werde ich es tun. Ich komme Montagabend. Ist dir das recht?«

»Heiligabend, wunderbar«, sagte Sarah in gekünstelt heiterem Tonfall. Dann hängte sie noch den kryptischen Nachsatz an: »Und es werden sicher keine Botschaften nötig sein, ganz bestimmt nicht. So, ich muss jetzt Schluss machen. Dann bis Montag. Mach's gut.«

Ali stellte ihr Handy aus und starrte Kirsty Young an, die, mit der einen Pobacke auf der Tischkante sitzend, noch immer die Nachrichten vorlas. Sie war wütend und fragte sich zum tausendsten Mal, warum ihre Freundin bei Trevor blieb. Sie konnte einfach nicht begreifen, weshalb Sarah, eine intelligente und attraktive Frau, sich mit einem so grauenhaft zweitklassigen Leben zufrieden gab. Jedes Mal, wenn Ali darauf zu sprechen kam, lautete Sarahs Antwort: »Du bist zu hart in deinem Urteil, Ali. Du weigerst dich, Trevors gute Seiten zur Kenntnis zu nehmen, du siehst nur seine Fehler, von denen wir beide auch eine ganze Menge haben.«

Ali hatte Elliot einmal gestanden, sie habe Sarah nie verziehen, dass sie Trevor geheiratet hatte. »Aber Ali«, hatte er darauf gesagt, »man kann doch jemand anders nicht vorschreiben, wie er sein Leben zu führen hat. Und hast du je die Möglichkeit in Erwägung gezogen, dass Sarah Trevor liebt?«

Wie irgendjemand Trevor lieben konnte, war Ali schleierhaft. Absolut und vollkommen schleierhaft.

8

Es herrschte Schweigen. Eines von der eisigen Art, ebenso unheilvoll wie der Ausdruck auf Trevors Gesicht – nach Alis Meinung eine kalte, wenig ansprechende Zusammenstellung aus dünnen, farblosen Lippen, Hakennase und stechenden Augen, die unter einer ständig gerunzelten Stirn in die Welt blickten, einem ungepflegten Bartwust und schulterlangem Haar, das ihn wie einen Studenten aus den siebziger Jahren aussehen ließ, nur dass es dafür schon zu grau und zu dünn war. Es war Heiligabend, und Trevor hatte gerade die unvermeidliche Frage gestellt, ob Ali die Donovan-Familie zur Mitternachtsmesse in die Kirche begleiten würde; nun wartete er auf ihre Antwort.

Sie war erst seit zwei Stunden in Smithy Cottage, doch er war schon dabei, ihren Entschluss zu untergraben, nett zu ihm zu sein – einen Entschluss, den sie um Sarahs willen getroffen hatte. Nichts brachte sie mehr in Rage als seine herablassende Art; sie wirkte bei ihr wie ein erstklassiges Aufputschmittel, das durch ihre Adern direkt ins Gehirn schoss, wo es den unwiderstehlichen Drang auslöste, alles, was er sagte, in Grund und Boden zu stampfen. Als er ihr bei ihrer Ankunft die Tür geöffnet hatte, waren seine ersten Worte gewesen: »Nun, Ali, ich weiß ja, was für eine unabhängige kleine Frau du bist, also wie sieht's aus? Soll ich dir mit deinem Gepäck helfen oder zusehen, wie du dich allein damit abmühst?« Sie hätte eine dritte Variante vorgezogen, nämlich die, es ihm um die Ohren zu hauen. Und als wäre das nicht schon genug gewesen, hatte er ihr einen nervtötenden Vortrag über ein Thema gehalten, das ihm derzeit sehr am Herzen zu liegen schien. »Was ich gerne wissen möchte«, hatte er verkündet, als sie sich zu Tisch setzten, »ist, warum die Geistlichen heutzutage so tun, als ob es den Teufel nicht gäbe? Einer modernen Theorie zufolge existiert er nicht, doch ich bin felsenfest davon überzeugt, dass es ihn gibt, und je eher wir den Übeltäter festnageln und uns ihm stellen, desto besser werden wir uns alle fühlen. Warum so feige sein und von Schatten und Finsternis sprechen, wenn wir es doch mit einer höchst greifbaren Personifizierung des Bösen zu tun haben?«

»Ich stimme dir vollkommen zu, Trevor«, hatte Ali mit hintergründigem Lächeln erwidert. »Gib mir den Nagel, und ich schlage ihn mit Freuden dort ein, wo er hingehört.«

Hannah hatte in ihren Orangensaft gekichert, woraufhin Sarah ihnen beiden über den Tisch hinweg einen Benehmt-euch-oder-ich-schicke-euch-auf-euer-Zimmer-Blick zugeworfen hatte. Doch Trevor, völlig in den Klang seiner eigenen Stimme versunken, war bereits zum nächsten Punkt in seinem Vortrag übergegangen und hatte ihren gar nicht mal so subtilen Hieb überhaupt nicht mitbekommen.

Und jetzt sah er sie mit seinem widerlich schmeichlerischen Blick an, in der Hoffnung, sie damit zum Kirchgang zu verführen. Obwohl sie kein bisschen müde war, gab sie ein herzhaftes – gespieltes – Gähnen von sich, reckte sich und sagte: »Ach, Trevor, so gerne ich mitgehen würde, ich glaube, ich bin heute nur noch zum Insbettgehen zu gebrauchen.«

Er warf ihr einen missbilligenden Blick zu. Sie lächelte ihn an und fügte mit ihrem Ich-tue-so-als-ob-ich-dich-mag-und-respektiere-aber-in-Wirklichkeit-gehst-du-mir-maßlos-auf-den-Wecker-Gesichtsausdruck, den sie stets aufsetzte, wenn sie mit einem pingeligen Steuerprüfer zu tun hatte, hinzu: »Ja, ein schönes Bad, und dann ab ins Bett, das ist genau das Richtige.« Sein Blick wurde kühl. Ja, eigentlich sogar fast eisig. »Aber natürlich nur, wenn es genug warmes Wasser gibt«, flötete sie.

»Ich geh mal nachsehen, ob der Durchlauferhitzer an ist.« Hannah sprang vom Sofa auf und lief Richtung Tür.

»Das wird nicht nötig sein, Hannah«, sagte Trevor leichthin. »Ich glaube, wir können davon ausgehen, dass Ali sich nur mal wieder einen kleinen Scherz auf meine Kosten erlaubt.«

Sieh an, sagte sich Ali, der alte Zottelkopf ist heller, als ich dachte.

»Deine Tante Ali weiß ganz genau, dass unsere Heiligabend-Veranstaltung ohne die Messe nicht komplett ist.« Er stieß ein humorloses Lachen aus.

Ali knirschte mit den Zähnen, und nicht nur, weil sie Trevors so genannte Witze unerträglich fand: Sie hasste es, wenn jemand sie mit »Tante« anredete. Das klang so, als sei sie faltig und vertrocknet. Trevor war der Einzige, der sie so nannte. Es war, als wolle er sie als Frau herabsetzen, ihr ihren wahren Status absprechen. »Tante« hatte etwas merkwürdig Geschlechtsloses; es ließ einen an Lavendel-Badesalz, gepuderte Gesichter und selbst gestrickte Pullover denken. Elliot hatte mal gesagt, er habe den Verdacht, Trevor fühle sich von ihr bedroht, und nicht nur auf intellektueller Ebene. Er nahm an, dass sie Trevor sexuell herausforderte, und dies war seine Art, ihr etwas von ihrer Bedrohlichkeit zu nehmen. Indem er aus ihr eine nette, harmlose Tante machte, schützte er sich vor ihr. Natürlich hatte sie diese lächerliche, weit hergeholte Erklärung spöttisch abgetan und erwidert, der einzige Mensch, der Trevor anmache, sei Trevor der Allmächtige.

»Ich glaube nicht, dass Ali sich einen Scherz erlaubt«, sagte Hannah trocken. »Ich denke, sie versucht dir auf höfliche Art zu sagen, dass sie nicht mit in die Kirche gehen möchte.«

Trevor wandte seinen bohrenden Blick von Ali zu seiner Tochter und gab erneut sein sprödes Lachen von sich.

»Unsinn, deine Tante Ali spielt mal wieder eines ihrer intellektuellen Spielchen mit mir. Es ist ihre Lieblingsbeschäftigung, mich in religiöse Debatten zu verwickeln. Das tun wir schon seit Jahren, nicht wahr, Ali?« Seine Stimme troff vor Herablassung.

»Klar, Trev.« Wenn er darauf bestand, sie »Tante« zu nennen, bekam er das jetzt eben mit gleicher Münze zurück – sie wusste, dass er es nicht ausstehen konnte, wenn man seinen Namen verkürzte.

»Und sie weiß auch genau, wie viel Wert wir darauf legen, dass sie mit uns in die Kirche geht.«

»Aber du versuchst sie zu zwingen, Dad, und das ist falsch.«

Wieder ein angespanntes Lachen. »Du lieber Himmel, Hannah, ich würde niemals jemanden zwingen, gegen seinen Willen in die Kirche zu gehen. Das war nicht die Absicht unseres Herrn.«

Hannah zuckte die Achseln. »Gut, dann wirst du es mir ja nicht übel nehmen, wenn ich auch nicht mitkomme.«

Das Mädchen ist nicht auf den Kopf gefallen, dachte Ali mit stiller Bewunderung.

Trevors Blick wurde stechend. Sein salbungsvoller Tonfall war verschwunden. Jetzt war seine Stimme scharf und anmaßend. »Jetzt hör mir mal zu, junge Dame –«

»Nein, Dad, ich komme nicht mit. Und wo wir schon dabei sind, kann ich dir ja auch sagen, was mir schon eine ganze Weile auf der Seele liegt: Ich werde überhaupt nicht mehr in die Kirche gehen. Ich weiß, dass du damit nicht einverstanden bist, aber so ist es nun mal.« Sie öffnete die Tür und verließ das Wohnzimmer.

Wieder herrschte Schweigen. Es war noch eisiger als das davor.

Ali fragte sich, ob Trevor es wohl merken würde, wenn sie sich aus dem Sessel stahl und über den abgewetzten Teppich schlich, um Sarah zu warnen, dass ein Gewitter im Anzug war.

Trevor erhob sich langsam aus seinem Sessel neben dem

Weihnachtsbaum, und sein schlaksiger, bleistiftdünner Körper ließ den Raum plötzlich beengt erscheinen. Es überraschte Ali immer wieder, dass er so groß war; in ihrer Vorstellung war er meistens ein kleiner, unbedeutender Mann. Er stellte sich mit dem Rücken vor den Gasofen und verschränkte die Arme vor der Brust. »Ich spüre Widerstand in den Truppen«, sagte er dumpf.

»Ich schätze, du wirst akzeptieren müssen, dass Hannah alt genug ist, um sich ihre eigene Meinung zu bilden.«

Er tat ihre Bemerkung mit einem lauten Schnauben ab. »Sie ist in einem empfänglichen Alter, ein leichtes Opfer für Beeinflussung von außen.«

Eine hübsche, saftige Debatte über die zweifelhaften Indoktrinationsmethoden der Kirche war eine verlockende Aussicht, doch Ali biss die Zähne zusammen und widerstand der Versuchung, Trevor mit einem hemmungslosen Krach fertig zu machen. Da sie annahm, dass sie für einen Abend wohl genug Unruhe gestiftet hatte, stand sie auf und ging hinaus, um Sarah zu suchen. Sie fand sie in der Küche, wo sie Radio hörte und die letzten Verzierungen am Weihnachtskuchen anbrachte. Gerade als Ali ihr erzählen wollte, was vorgefallen war, kam Trevor herein, schaltete den Knabensopran aus, der voller Inbrunst »Stille Nacht« sang – schön wär's! –, und gab seine Version der Geschichte zum Besten, wobei er andeutete, Ali habe Hannah zu ihrer neuesten Missetat angestiftet. Ali bewunderte die Konzentration ihrer Freundin, die Trevor augenscheinlich ignorierte und in aller Ruhe mit ihrer Spritztüte ein Muster aus grünen Stechpalmenblättern auf den Kuchen malte. Sie sah nicht von ihrer Arbeit auf, bis das letzte Blatt fertig war. Dann wischte sie sich die Hände an einem Tuch ab und sagte: »Tut mir Leid, Trevor, aber du kannst Ali nicht die Schuld für Hannahs Entscheidung geben. Das ist schon seit ein paar Wochen Thema.«

Er holte tief Luft und atmete dann langsam aus. »Aber warum tut sie das? Wir haben doch alles getan, um das zu verhindern.« Er klang so ehrlich verdutzt, dass Ali fast Mitleid mit ihm hatte. Es war bestimmt nicht einfach für einen Vater, der so viel Zeit und Energie darauf verwandt hatte, die Zukunft seiner Tochter zu entwerfen, plötzlich gesagt zu bekommen, dass er sie sich sonstwohin stecken könne.

Sarah lächelte ihn herzlich an. »Du musst dir keine Vorwürfe machen, Trevor.«

»Das hatte ich auch nicht vor«, erwiderte er hochmütig. »Schließlich war ich nicht derjenige, der sie dazu ermutigt hat, all die Werte, die wir ihr vermittelt haben, wegzuwerfen.«

Ali sah, wie Sarah zusammenzuckte – dies war eindeutig eine Anspielung auf das Disko-Drama –, und jegliches Mitgefühl, das sie für Trevor empfunden hatte, löste sich in Luft auf. Sie öffnete den Mund, um Sarah zu verteidigen, ließ es jedoch bleiben, als sie den flehenden Blick ihrer Freundin sah. Ach, was soll's, dachte sie, und um den Schaden in Grenzen zu halten, sagte sie: »Wann geht's denn los in St. Cuth's? Ich glaube, ich komme doch mit euch.«

Sie erntete einen dankbaren Blick, aber auch einen kalten, unversöhnlichen, der sie an einen toten Fisch erinnerte.

Ali wusste nicht, wie Sarah Hannah dazu überredet hatte, ihren Mantel anzuziehen und mit ihnen durch die beißende Kälte den kurzen Weg zu Astley Hopes kleiner Sandsteinkirche zu gehen, doch als sie sich im bernsteinfarbenen Schein der Straßenlampen gegen den Wind stemmten, war sie voller Bewunderung für ihre Freundin. Aber sie hatte Sarah ja schon immer bewundert, seit dem Beginn ihrer Freundschaft. Sie hatten sich auf dem Spielplatz der Grundschule kennen gelernt, wo Sarah ihr zu Hilfe gekommen war. Als Ausgleich für ihre mangelnde Größe hatte Ali den überwiegenden Teil ihrer Kindheit damit zugebracht, andere mit ihren ständigen Selbstbestätigungsbemühungen zu triezen, vor allem ihren älteren Bruder Alastair. Sie fing andauernd Streit mit Gleichaltrigen an, indem sie damit prahlte, dass sie schneller laufen, weiter springen und überhaupt alles besser konnte als sie. An diesem Tag hatte sie sich mit Caroline »Wuff-Wuff« Rothwell angelegt, deren Autorität sonst niemals in Frage gestellt wurde, da sie das größte und gemeinste Mädchen der Schule war; außerdem war sie ein Jahr älter als Ali. Sie hatte Alis großspurige Behauptung, sie könne schneller laufen als Caroline, ganz und gar nicht witzig gefunden und beschlossen, Ali eine Lektion zu erteilen. Sarah war in dem Moment aufgetaucht, als Wuff-Wuff rittlings auf Ali saß und sie zwang, büschelweise Gras zu essen. Ganz ruhig hatte Sarah Wuff-Wuff gefragt, was das sollte. Als sie keine Antwort bekam, kniete sie sich auf den Boden und sah das ältere Mädchen nachdenklich an, während es fortfuhr, Ali Gras in den Mund zu stopfen. »Ich finde wirklich, du solltest das nicht tun«, sagte sie. »Sie sieht nicht so aus, als ob es ihr Spaß macht.« In Sarahs Worten lag etwas so Erwachsenes, dass Wuff-Wuff innehielt und aufblickte, um zu sehen, wer da mit ihr sprach. Das reichte Ali als Atempause. Im Handumdrehen war sie auf den Beinen, mit gefletschten Zähnen und geballten Fäusten, vor Wut dunkelrot angelaufen. Doch der Moment war entschärft, und Wuff-Wuff schlenderte davon.

Einen Moment lang wusste Ali nicht, was sie sagen sollte. Es ärgerte sie, dass sie daran gehindert worden war, ihren Kampf allein zu Ende zu führen; sie war es nicht gewohnt, sich auf die Hilfe von anderen zu verlassen, und schon gar nicht auf die eines Mädchens, das noch kleiner war als sie und das sie nicht einmal kannte.

»Wie heißt du überhaupt?«, fragte sie widerstrebend und spuckte die Grashalme aus dem Mund.

»Sarah. Und du?«

»Alison, aber Ali gefällt mir besser.«

Eine verlegene Stille trat ein. Ali klopfte ihre Kleider ab und fuhr sich mit einem Finger durch den Mund, um zu überprüfen, ob alles in Ordnung war. Sie hoffte, dieses seltsame, stille Mädchen mit ihrem beneidenswert langen, dunklen Haar würde sie allein lassen. Als ihr klar wurde, dass das Mädchen nicht die Absicht hatte, sich von der Stelle zu rühren, sagte sie: »Ich brauchte eben gar keine Hilfe. Ich hab bloß darauf gewartet, dass ich sie überrumpeln kann.« Ihre undankbaren Worte ernteten ein Lächeln. Ein Lächeln, von dem Ali selbst mit zehn Jahren wusste, dass es ein wissendes war. Ihre Mutter sah sie manchmal auf diese Weise an. »Wie kommt's, dass ich dich hier noch nie gesehen habe?«, fragte sie.

»Ich bin neu. Das ist mein erster Tag hier.«

Diese Information verärgerte Ali noch mehr. Mit einem Blick auf Sarahs makellose Uniform fragte sie: »Gehst du an deinem ersten Tag in einer neuen Schule immer rum und steckst deine Nase in Sachen, die dich nichts angehen?«

Sarah schüttelte den Kopf.

Ali zog die Stirn kraus. Sie wusste nicht, was sie von dem Mädchen halten sollte. Wenn sie immer so still war, würde sie keine Freundinnen finden. Wahrscheinlich würden die anderen sie ärgern. Was bedeutete, dass sie jemanden brauchte, der ein Auge auf sie hatte. Falls Wuff-Wuff Rothwell auf die Idee kam, sie zu piesacken, würde sie ihr blaues Wunder erleben. »Weißt du was«, sagte sie, »wo du doch neu bist, wie wär's, wenn du in meiner Nähe bleibst, bis du dich hier auskennst?«

Sarah hatte wieder dieses ärgerliche wissende Lächeln auf den Lippen. »Du meinst, du könntest mein Schutzengel sein?«

»So was in der Art, ja.«

Erst viele Jahre später war Ali die Ironie in den Worten ihrer Freundin aufgegangen. Denn von dem Tag an war Sarah *ihr* Schutzengel gewesen. Auf ihre stille, unauffällige Weise war sie immer für Ali da gewesen. Mit ihrem außergewöhnlichen Talent, brisante Momente zu entschärfen – so wie eben –, war sie genau die Art von Freundin, die Ali brauchte. Während sie aufbrausend und impulsiv war und Himmel und Hölle herausforderte, wenn sie meinte, dass es ihr half, war Sarah sanft und liebevoll, die Geduld in Person.

Es waren nicht allzu viele Besucher in St. Cuthbert's, und als die Köpfe zum Gebet gesenkt waren, spähte Ali entlang der viktorianischen Kirchenbank hinüber zu Trevor. Er war der Einzige in ihrer Reihe, der kniete, und so, wie er da hockte, die Stirn auf die gefalteten Hände gelegt, wirkte er wie eine Karikatur inbrünstiger Ehrerbietung. Außerdem kannte er die gesamte Liturgie auswendig und überholte mehrmals den jungen Pfarrer, der bisweilen den Faden zu verlieren schien. Armer Kerl, dachte Ali, als sie sah, wie er die Worte in seinen Talar murmelte. Er sah vollkommen ausgelaugt aus und hatte vermutlich Weihnachten und alles, was damit zusammenhing, gründlich satt. Trevor hingegen war schier in Extase. Ohne auch nur einen einzigen Blick auf sein Gottesdienstprogramm zu werfen, erhob er seine Stimme über das Gemurmel der spärlichen übrigen Gemeinde. Gerade erklärte er, dass er es nicht wert sei, auch nur die Krumen unter dem Tisch des Herrn aufzulesen. Ha! Was für ein Witz! Trevor Donovan war einer der eingebildetsten Menschen unter der Sonne. Sie kannte niemanden, der so sehr von seiner eigenen Wichtigkeit überzeugt war.

Jemand stupste sie in die Seite. Es war Hannah, und sie grinste breit. »Ich sehe was, was du nicht siehst«, flüsterte sie, »und es fängt mit AT an.«

»Affige Tante?«, flüsterte Ali zurück.

»Nein.«

Ali sah sich auf der Suche nach Inspiration in der Kirche um; sie sah die getrockneten Hortensienblüten, die mit Gold eingesprüht und an den Steinsäulen befestigt waren, die Dekorationen aus Efeu und Stechpalmenzweigen, die von der Kanzel herunterhingen, und die zusammengewürfelte Krippe in der Seitenkapelle. Da dies ihr keine Erleuchtung brachte, schlug sie vor: »Anstößige Trottel?«

Hannah schüttelte kichernd den Kopf.

»Armselige Trotzköpfe?«

»*Schhh!*«, zischte Trevor, der Gott eine Verschnaufpause gewährte, um Ali einen eisigen Blick zuzuwerfen.

»Entschuldigung«, sagte Ali leise zu Sarah, die rechts neben ihr saß, als er sich wieder umgedreht hatte. »Ab jetzt werde ich ganz brav sein. Versprochen.«

Sarah lächelte. »Mach keine Versprechen, die du nicht halten kannst, Ali.«

Als sie wieder in Smithy Cottage angekommen waren, verkündete Trevor, er habe noch etwas in seiner Werkstatt zu tun. »Es macht euch doch nichts aus, wenn ich euch einem abendlichen Gespräch unter Frauen überlasse, oder?«

»Der Weihnachtsmann muss nachgucken, ob die Engel auch alle Geschenke fertig haben, was?«, scherzte Ali, als sie mit Sarah und Hannah allein war.

Hannah lachte und setzte sich auf den Stuhl, der am dichtesten am Boiler stand, um sich aufzuwärmen. Sie zog die langen Beine an die Brust und schlang die Arme darum. »Da wir doch Weihnachten haben, Mum, wie sieht's aus mit 'nem Drink? Ich könnte morden für eine Wodka-Cola.«

»Und dein Vater würde dich ermorden, wenn er wüsste, dass du so ein Zeug trinkst. Meinst du nicht, dass er für eine Woche genug Schocks gehabt hat?«

»Ja«, schloss sich Ali an, »wenn er rausbekäme, dass seine Tochter säuft wie Boris Jelzin, würde er völlig ausrasten. Und von allem anderen mal abgesehen, würde er mir die Schuld dafür geben, und ich habe ohnehin schon genug Stress mit ihm.«

»Wenn das so ist, gehe ich ins Bett und schmolle«, erwiderte Hannah gutmütig. Sie stand auf und gab ihrer Mutter einen Gutenachtkuss.

Sie war schon fast aus der Küche, als Ali sagte: »Hey, was fällt dir ein, einfach abzuhauen, ohne mir auch einen Kuss zu geben?« Hannah kam zurück und umarmte sie. »Und jetzt erlös mich endlich mit deinem AT«, fügte Ali hinzu. »Was zum Teufel war das?«

»Alte Trantüten«, sagte Hannah über die Schulter und schloss die Tür.

»Sie wird immer schlimmer«, seufzte Sarah. »Was soll ich bloß mit ihr machen?«

»Überhaupt nichts. Sie ist perfekt, aus demselben Holz geschnitzt wie ihre Patentante.«

Sarah zog die Augenbraue hoch. »Und, möchte dieser Ausbund an Bescheidenheit vielleicht einen Drink?«

»Mmh ... gerne.«

Sarah öffnete den Kühlschrank und nahm eine der Chablis-Flaschen heraus, die Ali mitgebracht hatte. Sie drückte sie Ali zum Aufmachen in die Hand, während sie ein paar Mince-Pies auf zwei Teller verteilte und sie auf den Tisch stellte.

»Selbst gemacht?«

»Natürlich.«

»Auch die Füllung?«

»Selbstverständlich.«

Ali biss in den leichten, buttrigen Teig und schloss die Augen. »Köstlich«, sagte sie, als sie den ersten Bissen hinuntergeschluckt hatte, und öffnete die Augen wieder. »Jetzt weiß ich, weshalb ich deine Einladung angenommen habe, Weihnachten bei euch zu verbringen.«

»Was eine gute Einleitung ist, um dich zu fragen, warum –«

»Nein«, unterbrach Ali sie, »verdirb es nicht. Dieses Gebäck hat es verdient, in Ruhe genossen zu werden, genau wie guter Sex oder eine schöne Flasche Wein.«

Doch Sarah war nicht bereit, so schnell locker zu lassen, und nahm Ali mit einer blitzschnellen Bewegung den Teller weg. »So«, sagte sie entschlossen. »Keinen weiteren Bissen von dieser hedonistischen Leckerei, bis du mir gesagt hast, was los ist. Ich will wissen, weshalb du vorhattest, dir das Elend eines einsamen Weihnachtsfests anzutun, obwohl du mit den wunderbarsten Eltern der Welt gesegnet bist, die dich mit Freuden bei sich gehabt hätten. Was versuchst du dir zu beweisen, Ali?«

In dem grellen Licht der Neonlampe über ihnen wirkte Sarahs schmales, nachdenkliches Gesicht plötzlich streng. Ihre vollkommen geschwungenen Brauen waren leicht gerunzelt, und die gespitzten Lippen betonten ihre hohen Wangenknochen; ihre dunklen, energischen Augen sahen Ali unverwandt an. »Nun?«, fragte sie und schob das üppige, kohlschwarze Haar mit einer eleganten Handbewegung nach hinten.

»Dasselbe könnte ich dich fragen«, sagte Ali abwehrend.

»Und was soll das heißen?«

Ali wandte den Blick ab.

»Ach, komm schon, Ali, du bist doch sonst nicht so zurückhaltend, wenn's darum geht, deine Meinung zu sagen.«

Ali sah wieder hoch. »Also gut. Ich rede von Trevor, wie du sehr genau weißt. Was zum Teufel versuchst *du* dir zu beweisen, indem du bei ihm bleibst?«

Sarah schob Ali den Teller wieder hin und dachte bei sich, wie leicht sie doch auf dieses vertraute, wenn auch unwillkommene Thema kamen. Es war ein bisschen wie das Tragen eines Mohairpullovers: Nach einer Weile kratzte er immer. »Ich weiß, dass du Trevor nie besonders mochtest, aber er ist mein Mann, und ich möchte nicht, dass du so über ihn sprichst.«

Ali wischte diese sanfte Zurückweisung mit einer ungeduldigen Handbewegung beiseite. »Oh, bitte, das kennen wir doch schon alles. Seit über achtzehn Jahren höre ich mir an, wie du dieselbe Loyalitätsleier von dir gibst, aber sag mir eins: Macht er dich glücklich? Bringt er dich zum Lachen? Macht er dich so heiß, dass du die Matratze zerfetzen könntest, wenn ihr miteinander schlaft? Kurz gesagt: Ist er dein Traummann?«

Sarah zog die Stirn kraus und fummelte an dem Gottesdienstprogramm herum, das Trevor nach ihrer Rückkehr aus der Kirche auf dem Tisch liegen gelassen hatte. »Aus deinem Mund klingt das so einseitig. In der Ehe geht es nicht nur darum, dass ich auf meine Kosten komme.«

»Das habe ich auch nicht gesagt«, erwiderte Ali aufgebracht. »Die Ehe sollte eine gleichwertige Partnerschaft sein, sonst ist sie nur eine Form der Unterdrückung. Nein, ich würde sogar sagen, eine Form der Vergewaltigung. Aber befriedige meine Neugier. Was siehst du in ihm, das ich nicht sehe?«

Sarah riss das Programm in der Mitte durch, dann noch einmal und legte es beiseite. Sie griff nach ihrem Weinglas und sagte: »Ich erwarte nicht, dass du das verstehst, aber mir hat Trevor immer Leid getan. Ich habe das Gefühl ... Ich habe einfach das Gefühl, ich muss ihn beschützen.«

»Ihn beschützen? Vor wem?«

Sarah schüttelte traurig den Kopf. »Vor Leuten wie dir, aber vor allem vor sich selbst.«

9

Wie immer war Sarah auch am ersten Weihnachtstag als Erste auf. Leise schlich sie sich nach unten. Das Haus war eisig kalt, und im Stillen über die kaputte Zeitschaltuhr fluchend schaltete sie den Boiler ein. Sie hätte darauf bestehen sollen, ihn im Herbst warten zu lassen, wie sie es vorgehabt hatte, anstatt auf Trevors Ausrede zu hören, ein Jahr würde er schon noch überstehen. Sie füllte den Wasserkocher, stöpselte ihn ein und öffnete dann den Kühlschrank, um den Truthahn in Angriff zu nehmen. Der Anblick des blassen, runzligen Fleischbergs in dem alten Email-Bräter erinnerte sie an den beunruhigenden Traum, der sie aus dem Schlaf gerissen hatte. Sie hatte geträumt, Trevor sei wesentlich älter; er lag mit ihr im Bett, nackt und sehr erregt, doch sein verfallener, schlaffer und formloser Körper hatte sie abgestoßen.

Sie wusste, was diesen Traum provoziert hatte: Alis absurde Frage, ob Trevor sie in ihren intimeren Momenten so heiß mache, dass sie die Matratze zerfetzen könnte.

Typisch Ali, diese bildhafte Ausdrucksweise.

Doch die Wahrheit war, dass es zwischen ihnen gar keine intimen Momente gab. Die hatte es nicht mehr gegeben, seit Trevor begonnen hatte sich Sorgen zu machen, dass Hannah sie hören könnte. Und sie hatte so ihre Zweifel, ob sich daran etwas ändern würde, wenn Hannah nächstes Jahr zum Studium nach Oxford ging. Sarah hatte seit langem akzeptiert, dass Trevor in erster Linie Vater war. Ehemann war er quasi nur nebenbei.

Das hatte sie Ali gestern Abend zu erklären versucht.

»Mitleid für einen Menschen zu empfinden und ihn beschützen zu wollen, ist keine Basis für eine Ehe«, hatte Ali gesagt.

»Unsere Ehe hat immerhin achtzehn Jahre gehalten«, hatte Sarah entgegnet, »und Hannah ein glückliches und liebevolles Zuhause gegeben.«

»Aber um welchen Preis?«

»Ach, da kommt wieder die Buchhalterin in dir durch.«

»Komm mir nicht damit, Sarah. Du bist meine beste Freundin, und es gibt niemanden, der mir mehr am Herzen liegt als du, aber seit du Trevor geheiratet hast, habe ich zugesehen, wie du ihm dein Leben untergeordnet und dich für ihn geopfert hast. Ich möchte einfach nur begreifen, warum.«

»O Ali, ich wünschte, ich hätte ein Pfund für jedes dieser Gespräche bekommen, die wir schon geführt haben.«

»Ja, und ich wünschte, ich hätte ein Pfund für jedes Mal bekommen, wo du mir ausgewichen bist. Du hast mir immer wieder denselben Stuss serviert, dass du dich zu Trevor hingezogen fühltest, weil er aus einer ähnlichen Familiensituation kommt.«

»Mir gefällt das Wort ›Stuss‹ nicht. Es ist die Wahrheit.«

»Okay, ihr hattet also beide kalte, lieblose Eltern, und ich akzeptiere sogar, dass das reicht, um eine gewisse Zuneigung zwischen euch zu schaffen, aber eine Ehe?«

»Da war noch die unwesentliche Kleinigkeit, dass ich mit Hannah schwanger war, vergiss das nicht.«

»Aber du musstest ihn doch nicht heiraten.«

»Ich wollte ihr Stabilität geben. Und die hat sie bekommen. Trevor ist ein wundervoller Vater gewesen.«

»Und was ist mit dem wundervollen Ehemann?«

»Man kann nicht alles haben. Ich bin mit meinem Schicksal immer zufrieden gewesen. Hast du je gehört, dass ich mich beklage?«

»Nein, aber das liegt daran, dass du eine Heilige bist. Macht es dich nicht manchmal fertig, immer so verdammt gut zu sein?«

Sarah hatte gerade Luft geholt, um Ali zu sagen, sie solle sie nie wieder als Heilige bezeichnen, als die Tür aufgegangen und Trevor in die Küche gekommen war, gefolgt von einer Wolke eisiger Nachtluft. »Na, Mädels, immer noch hier?«, hatte er gesagt. »Wenn ihr einmal zusammensitzt, gibt's kein Ende, was?«

An dem Punkt war ihr Gespräch abgebrochen, und nachdem sie die Tür abgeschlossen und das Licht ausgemacht hatten und zu Bett gegangen waren, hatte Sarah bei sich gedacht, dass Ali ihr ebenso ausgewichen war. Indem sie Trevor angegriffen hatte, war sie geschickt der Frage ausgewichen, weshalb sie vorgehabt hatte, dieses Jahr Weihnachten allein zu bleiben.

»Morgen, Sarah.« Ali kam über den Korkboden getappt, in Wollsocken und ihrem dicksten Winterpyjama – sie wusste, wie frostig Smithy Cottage sein konnte. Sie umarmte Sarah. »Frohe Weihnachten. Wie lange bist du hier unten denn schon zugange?«

»Erst ein paar Minuten.«

»Kann ich dir bei irgendwas helfen? Kartoffeln, Rosenkohl, Preiselbeeren, Pastinaken?«

»Später. Fürs Erste kannst du uns einen Tee machen. Das Wasser hat gerade gekocht.«

Während der Tee zog, setzte sich Ali auf den Stuhl neben dem Boiler, auf dem Hannah am Abend zuvor gesessen hatte, und genau wie sie zog Ali die Knie unters Kinn, um sich zu wärmen. Sie sah zu, wie Sarah in der voll gestopften Küche erst eine große Zwiebel und dann ein Bund Salbei hackte. Es hatte etwas unendlich Wohltuendes, Heimeliges, jemandem beim Kochen zuzusehen. Als kleines Kind hatte sie es genossen, in der geräumigen, luftigen Küche von Sanderling, dem Haus ihrer Großeltern, zu sitzen und mit ihrer Oma zu plaudern, während die arbeitete. Äußerlich war die Mutter ihrer Mutter eher klein gewesen, aber vom Charakter her eine Riesin: lebhaft, unerschrocken, energiegeladen und absolut kompromisslos. Als kleines Mädchen hatte Ali gedacht, es gäbe nichts, was ihre Großmutter nicht konnte. »Wenn ich groß bin, will ich so sein wie du«, hatte sie zu ihr gesagt. »Ich will auch die Wellen zurückhalten können, genau wie du.« In ihrer Familie kursierte der Scherz, dass Grandma Hayling, wie alle sie nannten, so Respekt einflößend war, dass die örtliche Küstenwache sie bei Sturmfluten ans Ufer holte, um die gefährlichen Wellen im Zaum zu halten. Der Rest der Familie behauptete mittlerweile, Alis Wunsch sei in Erfüllung gegangen, sie sei tatsächlich das Ebenbild ihrer Großmutter geworden.

Es war Grandma Hayling gewesen, die Ali während der langen Sommerferien, die sie bei ihr verbrachte, das Schwimmen, Segeln und Kochen beigebracht hatte – aber vor allem hatte sie Ali gelehrt, immer die höchsten Ziele anzusteuern. »Das Zweitbeste ist nicht gut genug, Ali«, hatte sie zu ihr gesagt. »Wenn du dich mit dem Zweitbesten begnügst, nimmst du auch das Dritt-, Viert- und Fünftbeste. Und wo landest du dann? Ganz unten im Haufen.« Und als Sarah sie dann bei den Familienreisen nach Hayling Island begleitet hatte, war auch sie unter die Fittiche genommen worden.

»Du siehst so nachdenklich aus«, sagte Sarah. »Tut's dir etwa Leid, dass du gekommen bist?«

Ali lachte. »Noch nicht.« Sie stand auf und schenkte den Tee ein. Dann reichte sie Sarah den Becher mit der Aufschrift »Freunde fürs Leben«, den sie ihr vor Urzeiten mal zu Weihnachten geschenkt hatte. »Ich dachte gerade an meine Großmutter«, sagte sie. »Anfangs hattest du ein bisschen Schiss vor ihr, nicht?«

»Mir schlotterten die Knie.«

»Aber nicht so sehr wie den Jungs, die uns mal spätabends besuchen wollten. Sie hat ihnen gründlich den Kopf gewaschen. Weißt du noch?«

»Nicht mehr so richtig. Es waren zu viele. Sie waren wie Treibholz – wurden jeden Morgen mit der Flut angeschwemmt.«

»Und verschwanden gottlob abends wieder mit der nächsten. Irgendwann wurde dann mein grässlicher Bruder damit beauftragt, uns im Auge zu behalten.«

»Ich glaube, er fand das ganz lustig, obwohl er sich ständig mit den gemeinen Bemerkungen rumschlagen musste, die du ihm an den Kopf geworfen hast, in der Hoffnung, dass er beleidigt abziehen und uns in Ruhe lassen würde. Er war richtig süß.«

»Erzähl keinen Quatsch. An meinem großen Bruder war überhaupt nichts süß. Ist es bis heute nicht.«

»Was macht er eigentlich?«

»Hockt immer noch in Singapur und redet den Leuten ein, er sei der Gott der Finanzwelt. Wenn das stimmt, was auf seiner Weihnachtskarte stand, steuert er auf den Altar zu.«

»Nach all den Jahren?«

»Genau.«

»Wo wir gerade bei deiner Familie sind – und glaub ja nicht, du könntest mich ablenken wie gestern Abend –, würdest du mir freundlicherweise erklären, wieso du zu Weihnachten hier gelandet bist?«

Ali kauerte sich wieder auf den Stuhl beim Boiler und umschloss ihren heißen Becher mit den Händen. Sie starrte hinein und sagte: »Alle machen viel zu viel Wirbel darum, dass ich mal allein sein wollte. Ich fand einfach nur, dass es Zeit wird, auf eigenen Füßen zu stehen. Ich wollte nicht, dass die Leute nur wegen Isaac und wegen Weihnachten besonders nett zu mir sind.«

Sarah legte das Messer hin. Sie trank einen Schluck aus ihrem Becher und blickte Ali über den Rand hinweg an. Ganz leise fragte sie: »Warum willst du nicht, dass die Leute nett zu dir sind?«

Ali zuckte die Achseln.

»Vielleicht, weil du meinst, du hast es nicht verdient?«

»Pff, jetzt komm mir bloß nicht mit dieser Psychotour.«

Sarah ignorierte ihren Einwurf. »Du wärst nicht die Erste, die den Drang verspürt sich zu bestrafen.«

Ohne Sarah anzusehen, sagte Ali: »Ich bestrafe mich nicht, zumindest nicht bewusst.«

»Nein, das brauchst du auch nicht. Dein Unterbewusstsein kümmert sich schon nach Kräften darum. Aber du musst damit aufhören, Ali, und zwar bald, bevor es außer Kontrolle gerät. Sonst werden wir dieses Gespräch noch in zehn Jahren führen.« Sie lächelte. »Und ich glaube nicht, dass du dafür geschaffen bist, allzu viele Weihnachten im donovan'schen Haushalt zu verbringen.«

»Das wäre schon in Ordnung, wenn er nur aus Hannah und dir bestünde«, erwiderte Ali mürrisch.

Sarah stellte ihren Becher hin und widmete ihre Aufmerksamkeit wieder den Zwiebelstückchen, die in der Bratpfanne vor sich hin schmorten. Sie rührte sie um, würzte sie mit Pfeffer und Salz und gab den Salbei dazu. »Ich sollte dich besser vorwarnen«, sagte sie. »Trevor erwartet heute Morgen einen weiteren Kirchenbesuch mit der ganzen Mannschaft.«

»Was? Aber wir waren doch erst vor ein paar Stunden da.«

»Das ist bei uns nun mal so, Ali. Und nach der kleinen Auseinandersetzung gestern Abend wäre ich dir dankbar, wenn du die Wellen nicht allzu hoch schlagen ließest.«

»Aber wenn Hannah nicht hingehen will, sollte sie auch nicht dazu gezwungen werden.«

»Ich weiß das, und du weißt das, aber um dieses Weihnachten friedlich zu verbringen, wäre es mir lieber, wenn wir Trevor nicht mehr verärgern würden als unbedingt nötig.«

Ali stöhnte und dachte: Es geht immer nur um Trevor. Trevor dies, Trevor das. Von mir aus kann Trevor verrecken.

»Ali?«

»Mm?«

»Versprichst du mir, dass du dich bemühst?«

»Unter einer Bedingung.«

»Es geht jetzt nicht wieder um meine Ehe, oder?«

»Nein, das werde ich wohl als eines der großen Geheimnisse des Lebens akzeptieren müssen. Aber da ich dich gerade in der Zange habe, sag mir doch mal, wie du zu diesem ganzen Gotteskram gekommen bist. Ich habe mich nie getraut, dich danach zu fragen, weil ich Angst hatte, dass du versuchen würdest mich zu bekehren. Liegt's daran, dass du als Kind für Audrey Hepburn geschwärmt und davon geträumt hast, Nonne zu werden?«

Sarah gab sorgfältig ein Schälchen Paniermehl in die Pfanne, rührte die Mischung ein paar Mal um, nahm sie vom Herd und sagte: »Ali, bevor du alles in meinem Leben trivialisierst, solltest du mal über die Worte des berühmten Quäkers William Penn nachdenken: ›O Gott, hilf uns, dass wir nicht verachten oder bekämpfen, was wir nicht verstehen.‹«

»Hey, ich habe deinen Glauben nicht trivialisiert, ich –«

»Doch, hast du.«

»Nein, wirklich, Sarah, es hat eher was damit zu tun, dass ich nicht die richtigen Worte finde. Du weißt doch, wie wir Atheisten sind, wenn ihr gottesfürchtigen Christen anfangt, über Jesus zu reden, als wäre er euer bester Kumpel! Wir werden schrecklich nervös und unruhig und verlegen und flüchten uns in eine gotteslästerliche Sprache.«

Sarah lächelte. Und dann musste sie lachen. »Ali Anderson, du sitzt hier am Weihnachtsmorgen in meiner Küche, gibst die größten Ungeheuerlichkeiten von dir und bildest dir ein, du könntest dich aus allem und jedem herausreden.«

Ali lächelte ebenfalls. »So bin ich nun mal.«

»Und ich möchte betonen, dass ich nie auf die Idee käme, dich bekehren zu wollen. Jeder, der auch nur einen Funken Verstand hat, würde das Gott überlassen.« Sie wandte sich wieder zur Pfanne um und schüttete den Inhalt in eine flache Plastikschale. Ali sah zu und dachte, wie seltsam es war, dass sie Sarah kannte, seit sie zehn waren, und es trotzdem noch so viele Dinge an ihr gab, die sie nicht verstand. Ali hatte nie begriffen, was Sarah an diesem Kirchenkram fand. Soweit sie wusste, hatte es angefangen, als sie in Oxford waren, und obwohl Ali sich oft gefragt hatte, welche Erfüllung Sarah bei ihren zahlreichen Besuchen der Universitätskirche St. Mary the Virgin in the High wohl finden mochte, hatte sie sorgsam vermieden, in Sarahs anderes Leben hineinzuschnüffeln, aus Angst, mit hineingezogen zu werden.

Oder, schlimmer noch, Sarah zu verlieren.

Aber sie hatte Sarah genauestens beobachtet, stets auf der Lauer nach Zeichen der Veränderung, voller Angst, eines Tages ausgelatschte Sandalen und einen glückseligen Gesichtsausdruck bei ihr zu entdecken, wie bei der dämlichen Linguistik-Studentin im Nachbarzimmer – einem Mädchen mit Sternenaugen, das anscheinend der Überzeugung war, Jesus liebe sie mehr, wenn sie aufhörte, sich die Beine zu rasieren, und einen alten Parka trug, der nach nassem Hund stank. Doch Sarah hatte keine dramatische Erleuchtungserfahrung durchgemacht, und welche himmlischen Freuden sie auch verfolgt hatte, sie hatte sie streng für sich behalten. Was sie auch heute noch tat. Nicht ein einziges Mal hatte sie Ali mit ihren Überzeugungen gepiesackt.

Was man von Trevor nicht behaupten konnte.

Wenn man Trevor und die Religion zusammentat, bekam man etwas heraus, das an Herpes erinnerte – eine lästige Störung, die man nie wieder loswurde. Als Sarah nach Hannahs Geburt gesagt hatte, sie wolle Ali als Patentante, wäre Trevor vor Abscheu fast erstickt. »Aber sie ist Atheistin!« Er hatte Ali, die die zwei Wochen alte Hannah auf dem Arm hielt, misstrauisch angestarrt und vermutlich gedacht, sie würde bereits die wehrlose Seele seiner Tochter verderben. »Was für eine spirituelle Führung kann sie ihr denn schon geben?«

»Nun, das werden wir dann ja sehen«, hatte Sarahs ziemlich undurchsichtige Antwort gelautet.

Während sie zusah, wie Sarah dem Truthahn geschickt einen großen Klops Wurstmasse in den Hintern stopfte, fragte sie: »Also, Sarah, was für einen Deal hast du mit Gott geschlossen? Womit hat er dich geködert?«

»Das klingt aber gefährlich nach einer Agnostikerin, nicht

nach der Atheistin, die ich kenne und liebe. Behauptest du jetzt, es gibt einen Gott?«

»Ganz gewiss nicht. Ich versuche bloß zu verstehen, was dich dazu veranlasst, an etwas zu glauben, wofür es keinen Beweis gibt.«

»Das ist ja gerade der Sinn des Glaubens: den Mut zu haben, in das Unsichtbare zu vertrauen.«

»Aber ist das nicht bloß eine riesige faule Ausrede?«

Sarah trat an die Spüle und wusch sich die Hände. »Mag sein, aber mit bin ich glücklicher als ohne.«

Trevor führte ein strenges Regiment, was Weihnachten betraf. Das Frühstück bestand aus einer kargen Schale Müsli – »Wir wollen uns ja nicht den Appetit fürs Mittagessen verderben, was, Mädels?« –, und es war keine Rede davon, irgendwelche Geschenke auch nur anzurühren, bevor sie von der Kirche zurück waren. »Der Austausch von Geschenken darf nicht zum Mittelpunkt des Tages werden«, tönte er, als er sie durch den kalten, flackerigen Wind und den Regen zu St. Cuthbert's schleifte.

»Warum sind die drei Weisen dann mit ihren teuren Geschenken durch die Gegend gelaufen?«, rief Ali über den böigen Wind hinweg, der ihr ins Gesicht pustete.

Er schlug ihr mit seiner großen, knochigen Hand auf die Schulter und stieß ein humorloses Lachen aus. »Gütiger Himmel, Ali, ich könnte schwören, dass Gott dich als Prüfung für mich in die Welt gesetzt hat.«

»Allerdings«, murmelte Ali leise und lief ein paar Schritte vor, um neben Sarah zu gehen, »und ich könnte schwören, dass du der stechende Dorn in meiner Seite bist.«

St. Cuthbert's war genauso aufregend wie am Abend zuvor, wobei in der Predigt diesmal reichlich von Babys die Rede war, die ein Symbol der Hoffnung und neuen Lebens seien. Dank des hervorragend funktionierenden Lautsprechersystems war es unmöglich, nicht zu hören, was der Pfarrer sagte – der an einer Stelle des Gottesdienstes tatsächlich gähnte –, und Ali bemühte sich vergeblich, nicht an Isaac zu denken. Sarah nahm Alis Hand und drückte sie leicht. »Ist gleich vorbei«, sagte sie. »Halt durch.«

Endlich war der Gottesdienst zu Ende, doch Alis Hoffnungen auf einen schnellen Abgang wurden von einer kleinen Abordnung der Gemeinde zerstört, die auf Trevor und Sarah zukam, um ihnen frohe Weihnachten zu wünschen.

»AHW«, flüsterte Hannah Ali ins Ohr.

»Abgetakelte Huren-Wichser?«, murmelte Ali leise.

Hannah lachte schallend. »Astley Hopes Würdenträger, aber deins ist besser. Viel treffender. Oh nein, ich fasse es nicht, Dad lädt sie zum Tee ein.« Sie stöhnte. »Ich schwöre dir, Ali, das wird ein Weihnachten, das du nie vergisst.«

Alis Gesicht verhärtete sich. »Ich habe Schlimmeres erlebt, das kannst du mir glauben.«

Hannahs unschuldiges junges Gesicht lief dunkelrot an. »Entschuldigung«, sagte sie, »ich habe nicht daran gedacht. Tut mir wirklich Leid.«

Ali riss sich zusammen und lächelte. »Schon gut. Hilf mir einfach nur, den Rest des Tages zu überstehen. Hast du einen Hausschlüssel?«

»Ja.«

»Na, worauf warten wir dann noch? Überlassen wir deine Mum und deinen Dad ihren gesellschaftlichen Pflichten und düsen nach Hause. Und es ist mir schnurz, was dein Vater sagt, es ist Zeit für einen Drink.«

Als sie, gegen den scharfen Wind gelehnt, nach Smithy Cottage zurückgingen, fragte Ali Hannah, wie das Disko-Debakel ausgegangen war. »Ich hatte noch keine Gelegenheit, deine Mutter danach zu fragen, aber ich schätze, wenn es wirklich dramatisch gewesen wäre, hätte sie es mir schon erzählt.«

»Das Ganze ist irgendwie im Sande verlaufen«, sagte Hannah. »Ich dachte, Dad flippt so richtig aus, aber es kam nichts.«

»Wie, keine Gardinenpredigt?«

»Doch, klar, und nicht zu knapp.« Sie ahmte den schlimmsten Lamentierton ihres Vaters nach. »›Wie konntest du mich belügen? Wie konntest du zu so einem schrecklichen Ort gehen? Wie konntest du dich so anziehen?‹ Aber ich glaube, Mum hat noch mehr abgekriegt als ich. Arme alte Mum.«

»Allerdings, arme alte Mum.«

Als Trevor und Sarah wenig später nach Hause kamen, putzte Ali gerade den Rosenkohl; Hannah schob unauffällig ihr Wodkaglas hinter den Vorhang am Fenster. Die Küche war angenehm warm und voller Dampf: Der Christmas Pudding blubberte in einem großen Topf vor sich hin, und aus dem Ofen kam ein appetitlicher Duft nach brutzelndem Truthahn. Es war beinahe weihnachtlich – so sehr, dass Trevor sich geradezu gehen ließ. »Ich denke, wir können jetzt ein paar von den kleineren Geschenken auspacken«, verkündete er und rieb sich die knochigen Hände, was er wohl für eine einladende Geste festlicher Großmütigkeit hielt, ihn jedoch wie Uriah Heep aussehen ließ. »Die größeren kommen erst nach der Ansprache der Queen dran«, fügte er hinzu, für den Fall, dass jemand allzu sehr in Extase geriet.

Ali missachtete seine Anweisung absichtlich und gab Sarah und Hannah ihre Hauptgeschenke. Hannah war hingerissen von ihrer schwarzen Diesel-Jacke und probierte sie sofort an. Sie passte wie angegossen. Sie inspizierte das Schild und fragte: »Ist die echt?«

»Liebe Güte, glaubst du vielleicht, ich kaufe dir unechten Billigschrott?«

Vor lauter Begeisterung drehte Hannah eine kleine Pirouette, womit sie beinahe den Weihnachtsbaum umgeworfen hätte. Sie umarmte Ali stürmisch. »Danke«, sagte sie. »Die ist klasse.«

Sarah packte ihr Kästchen vorsichtig aus und machte große Augen, als sie die Goldkette sah, die Ali ihr geschenkt hatte. »Sie ist wunderschön«, sagte sie leise. Ali wappnete sich für ein Lamento, dass das doch viel zu teuer sei, dass sie es auf keinen Fall annehmen könne und so weiter und so fort. Zu ihrer Erleichterung kam nichts dergleichen. »Hilf mir mal, sie umzulegen«, sagte Sarah aufgeregt. »Ich möchte sie sofort tragen.« Und während sie sich in dem Spiegel über dem Gasofen betrachtete, gab Ali Trevor sein Geschenk.

»Oh«, sagte er, als er sah, dass sie Billy Grahams Autobiographie für ihn gekauft hatte. »Danke, Ali. Das ist sehr aufmerksam und großzügig von dir.«

Mit Großzügigkeit hatte Trevors Geschenk wenig zu tun. Sie hatte das Buch mit dem Hintergedanken gekauft, dass Billy Grahams Lebensgeschichte ihn für den größten Teil der Feiertage beschäftigt halten würde.

Sie setzten sich um halb zwei zu Tisch, doch obwohl das Essen köstlich schmeckte, war die Stimmung trübe, himmelweit von dem entfernt, was Ali gewohnt war. Bei ihren Eltern in Sanderling würde alles ganz anders ablaufen. Zuallererst wäre niemand vor neun wach gewesen, da sie am Abend zuvor kräftig gefeiert hätten. Ihr Vater wäre als Erster nach unten getaumelt und hätte für alle Tee gekocht. Dann wäre er mit dem Tablett voller Becher nach oben gekommen, hätte reihum an die Türen geklopft und allen verkündet, dass sie sich in fünf Minuten in seinem und Mums Schlafzimmer einzufinden hätten, zum feierlichen Auspacken der Geschenkstrümpfe. Sich den Schlaf aus den Augen reibend, wäre Ali über den Flur gegangen und zu Mum unter die Decke geschlüpft, und auf Dads Zeichen hin hätte sich alles auf die prall gefüllten Strümpfe gestürzt. Selbst als sie verheiratet war und sie und Elliot Sam zu Weihnachten nach Sanderling mitgenommen hatten, war dieses Ritual beibehalten worden. Alle machten mit, niemand wurde ausgeschlossen. Sie und ihre Mutter saßen im Bett, besprühten sich mit ihrem neuen Parfüm und knabberten Pralinen, während die Männer – einschließlich Alastair, sofern er gerade im Land war und sie mit seiner Anwesenheit beehrte – herumstanden und ihre Socken und Whisky-Fläschchen verglichen, wobei Letztere unweigerlich innerhalb von Sekunden geleert wurden. »Damit wir nicht aus der Übung kommen«, erklärten sie, albern, wie sie waren.

Die Küche war zu Weihnachten immer Dads Einsatzgebiet, und er machte sich jedes Jahr voller Hingabe ans Werk. Zum Frühstück gab es Toast mit Rührei und irischem Räucherlachs, großzügig mit grob gemahlenem Pfeffer bestreut und begleitet von einem Glas perfekt gekühltem Champagner. Darauf folgte die erste Geschenk-Auspack-Runde, und dann verzog Dad sich irgendwann, bewaffnet mit einer Flasche achtzehn Jahre altem Glenmorangie – ein Geschenk von Mum –, in die Küche, um den Kampf mit dem gewaltigen Truthahn aufzunehmen, den er immer anschleppte. »Wenn er nicht groß genug ist, um mir in die Augen zu sehen, nehme ich ihn nicht«, erklärte er jedes Jahr, wenn er beim Metzger die Bestellung aufgab. Und wenn er dann Heiligabend nach Hause kam, das Vieh neben sich auf dem Beifahrersitz, stellte er stolz seinen neuen Freund vor. »Ich habe ihn im Pub getroffen«, scherzte er. »Er heißt Fred. Sagt ihm guten Tag.« Bis sie sich dann am ersten Weihnachtstag zu Tisch setzten, war es später Nachmittag, und sie waren so beschwipst, dass sie es nicht einmal bemerkt hätten, wenn Fred in Anzug und Krawatte bei Tisch aufgetaucht wäre, eine Zigarre in der entsprechenden Öffnung.

Ali stöhnte innerlich, als sie die frostige Atmosphäre in Smithy Cottage registrierte – beziehungsweise Kohlenkasten-Cottage, wie sie das Haus oft nannte. Das hier war definitiv Welten von dem entfernt, was sie gewohnt war. In all den Jahren, die sie schon hierher gekommen war, hatte sie sich nicht ein einziges Mal richtig wohl gefühlt. Um genau zu sein, war ihr nicht einmal warm gewesen. Sie verstand nicht, wie Sarah das durchgehalten hatte. Es war ein merkwürdiges Haus. Von außen sah es viel versprechend aus: weiß gekalkte Wände, Schieferdach, Butzenfenster, eine überdachte Veranda und je ein Schornstein an den beiden Enden des Giebels – es hatte den zauberhaften Charme eines klassischen, hundert Jahre alten Cottage. Doch innen war es trotz Sarahs Bemühungen nichts sagend und charakterlos. Es gab keine dunklen Holzbalken, keine urigen Ecken und Winkel, keinen alten Kamin, kein Sichtmauerwerk und keine Türen aus gewachstem Fichtenholz, nur eine unbarmherzige Ansammlung von Raufasertapeten, künstlichem Stuck und fantasielosen quadratischen Räumen, aus denen die Vorbesitzer alles Originelle herausgerissen hatten. Soweit sie sich erinnerte, waren die Leute, von denen Sarah und Trevor das Haus gekauft hatten, auch überhaupt nicht von der Sorte gewesen, die etwas für stilgerechte Restaurierung übrig hatte. Sarah hatte sie einmal zu einer Besichtigung mitgenommen, bevor Trevor ein Angebot gemacht hatte. Der Garten war kein Stück besser gewesen, aber so, wie Sarah ihn mit ihrem grünen Daumen verändert hatte, war es kaum noch vorstellbar, dass er mal als Müllhalde für Holzpaletten, aussortierte Möbel und einen zerbeulten alten Wohnwagen ohne Dach gedient hatte – sehr zur Freude von Astley Hopes dankbarer Rattenbevölkerung. Ali hätte den Besitzern keinen müden Penny dafür gegeben, doch Sarah hatte gesagt: »Ali, es ist billig, etwas Besseres können wir uns nicht leisten. Wir renovieren es Stück für Stück, wenn wir das Geld dafür haben.« Das musste man Sarah lassen, sie hatte ihr Bestes getan, das Haus mit etwas Farbe und hübschen Stoffen aufzupeppen, doch um wirklich eine Verbesserung zu erreichen, wäre eine kräftige Geldspritze nötig.

Und Geld hatten sie nie gehabt. Das heißt, bis Sarahs Eltern das Zeitliche gesegnet hatten. Es machte Ali noch immer wütend, dass das Geld, das sie ausdrücklich Sarah vermacht hatten, nicht zu ihren Gunsten ausgegeben worden war. Sie hatte versucht, Sarah Tipps zum Investieren oder Sparen zu geben, doch vergebens. Trevor hatte die Gelegenheit beim Schopf gepackt, einen auf Aussteiger zu machen, genau wie dieser dämliche Kerl im Radio letzte Woche.

Als habe er ihre Gedanken gelesen, ließ Trevor sich vernehmen, wie froh er gerade in dieser Zeit sei, aus dem Hamsterrad heraus zu sein. Während er sich einen Löffel Preiselbeersoße auffüllte, sagte er: »Wir brauchen mehr Leute, die den Mut haben, kreative Seitenwege einzuschlagen, so wie ich.« Ali wusste ganz genau, dass man Trevor am besten einfach reden ließ, bis seine Batterie leer war. Doch die Versuchung, ihm zu widersprechen, war zu groß. Es kostete sie schon übermenschliche Kraft, nicht vor Hohn aufzuheulen, ihn am Aufschlag seiner aalglatten Selbstgefälligkeit zu packen und ihm einen kräftigen Tritt in den Hintern zu versetzen. »Nun, Trevor«, sagte sie mit samtiger Stimme, »was glaubst du, wie lange es dauern würde, bis das ganze Land mit einem Knirschen zum Stillstand käme, wenn alle einfach ihren Job schmeißen würden? Was, wenn alle Krankenschwestern und Ärzte in England Verband und Skalpell beiseite legen und Sojabohnen züchten würden?«

»Wenn wir uns alle vernünftiger ernähren würden, bräuchten wir vermutlich gar keine konventionellen Ärzte und Krankenschwestern mehr.«

»Pah! Das ist doch überhaupt kein Argument. Das ist genau das Problem mit Leuten wie dir, Trevor: Alles, was du sagst, ist nichts als heiße Luft.«

»Wusstet ihr«, lenkte Hannah geschickt das Gespräch in andere Bahnen, »dass Buddhas Jünger auf ihrer Suche nach der Wahrheit allen weltlichen Gütern entsagt und um Nahrung gebettelt haben und im Austausch die Menschen an ihrer Weisheit und ihren Lehren teilhaben ließen?«

Alles sah sie an.

»Dachte bloß, es interessiert euch vielleicht«, sagte sie ungerührt.

»Der heilige Paulus und die ersten Christen taten ungefähr dasselbe«, bemerkte Sarah.

»Aber was ich am Zen-Buddhismus besonders interessant finde«, fuhr Hannah fort, »ist, dass es dabei immer um Erleuchtung geht. Und Erleuchtung erlangt man durch disziplinierte Meditation, nicht durch gute Taten, Studium oder –«

»Du scheinst dich ja sehr genau über diesen modischen Blödsinn informiert zu haben, Hannah«, fuhr Trevor scharf dazwischen.

»Trevor, bitte beleidige Hannahs Intelligenz nicht«, sagte

Sarah. »Buddhismus ist keine Mode. Möchte noch jemand Truthahn?«

Ali wäre eine ordentliche Portion Whisky-Nirwana lieber gewesen, um den Rest des Tages zu überstehen. Doch das Leben war nun mal hart. Und um sechs Uhr abends verschlechterte sich ihr Tag noch um einiges.

Die AHW kamen zum Kaffee.

Sarah hatte versucht sie vorzuwarnen, was sie erwartete. Doch nach ein paar Minuten war klar, dass das Bild, das sie entworfen hatte, noch kräftig geschönt war. Sie kamen alle gleichzeitig, standen im Türrahmen und sangen die erste Strophe von »Oh Come All Ye Faithful«, dann standen sie plaudernd im Hausflur herum, während sie ihre Straßenschuhe gegen Hausschuhe tauschten, die sie in Plastiktüten mitgebracht hatten – ein besonders kühner Mann hatte sie sogar einfach in die Taschen seines Anoraks gesteckt. Sie schienen sich in dem kalten, zugigen Flur ausgesprochen wohl zu fühlen und machten keinerlei Anstalten, ihn zu verlassen, doch nach einer Weile schlurften sie schließlich ins Wohnzimmer, wo Ali ihnen vorgestellt wurde. Eine beängstigend aussehende, übergewichtige Frau in einem langen Blümchenrock mit Schnürbund und Rüschenvolant und einem großen Emailkreuz um den Hals machte sich an Ali heran und fragte sie, umwabert von einer Mobilat-Wolke, ob sie errettet sei.

Ali wäre weniger schockiert gewesen, wenn sie sie gefragt hätte, ob sie auf Sadomasochismus stünde. Sie starrte die Frau an und durchforstete ihr verdutztes Hirn nach einer passenden Antwort. »Nein, Fettie, bin ich nicht«, lag wohl kaum auf der sanftmütig-innigen Wellenlänge, die dieser verrückte Haufen anscheinend propagierte. Doch bevor sie Gelegenheit hatte, den Mund aufzumachen, sagte Sarah taktvoll: »Ali spielt gerne den Advocatus Diaboli, Shirley. Sie hat sich noch nicht entschlossen. Wie geht's deinem Rücken? Schon etwas besser?«

Ein Blick auf den heilsbeseelten Gesichtsausdruck der Frau, und Ali wusste, dass Shirley sich kein bisschen für ihren

Rücken interessierte, solange es eine Seele gab, die gerettet werden musste. Nun, dazu würde sie sie erst mal einfangen müssen. Mit einem geschickten Hüftschwung durchquerte sie das überfüllte Wohnzimmer und flüchtete mit dem Angebot, das Wasser aufzusetzen, zur Tür hinaus. Hannah folgte ihr in die Küche. »GBS«, sagte sie, als sie zusah, wie Ali löffelweise Kaffee in eine lange Reihe Becher gab.

»Geile Böcke und Säue?«, erwiderte Ali, als sie fertig war.

»Nein. Glückliche Brüder und Schwestern.«

Ali drückte den Deckel auf die Kaffeedose und stellte sich vor den Boiler. »Sind die so durchgeknallt, wie ich denke?«

»Noch schlimmer. Sie haben vor, eine Gebetsgruppe zu gründen, mit Dad als Anführer.«

»Was hat man sich darunter denn vorzustellen?«

»Eine Zusammenkunft zum Tratschen und Beten. Wir hatten so was bei unserem früheren Pfarrer, aber seit Gordon hier ist, läuft's irgendwie nicht so richtig.«

»Ist Gordon der Typ von gestern Abend und heute Morgen?«

»Ja.«

»Ich fand, er sah aus, als würde er jeden Moment aus den Latschen kippen.«

»*Aha!* Hier habt ihr euch also versteckt.«

Hannah und Ali fuhren herum. Shirleys massige Gestalt lauerte im Türrahmen. Zu Alis Entsetzen kam sie direkt auf sie zu, legte ihr die Hand auf die Schulter und sagte: »Ali, ich möchte Ihnen sagen, dass ich mich vom Herrn berufen fühle, für Sie zu beten.«

Ali sah ihr unverwandt in die Augen und entgegnete: »Ich hoffe, Sie werden mich entschuldigen – ich fühle mich berufen, aufs Klo zu gehen.«

Spätabends, als Ali im Bett lag und die Füße an die Wärmflasche drückte, die Sarah ihr gerade gebracht hatte, sagte sie zu ihr: »Danke für den Quilt, den du mir genäht hast. Er ist wunderschön, viel einfallsreicher und kreativer als das Geschenk, das ich dir gegeben habe.«

Sarah berührte die Goldkette an ihrem schlanken Hals. Sie lächelte. »Wir haben einander das geschenkt, von dem wir wussten, dass es der anderen am meisten Freude bereiten würde. Ich kann mich nicht erinnern, wann ich das letzte Mal etwas bekommen habe, das auch nur annähernd so frivol war.«

Ali sah ihre Freundin forschend an. »In deinem Leben hat es nicht allzu viel Frivolität gegeben, nicht wahr?«

Sarah runzelte die Stirn. »Davon gab es jede Menge, als ich mit dir in Sanderling war. Es waren glückliche, sorglose Zeiten, und ich hänge sehr an diesen Erinnerungen.«

»Das klingt aber furchtbar traurig.«

»Nein, ganz und gar nicht. So, Schluss jetzt, ich muss dich verlassen. Trevor fragt sich bestimmt schon, wo ich stecke.«

Doch als sie die Hand auf die Türklinke legte, sagte Ali: »Sarah, diese Leute, die heute hier waren ... Du ... du wirst doch nie so wie sie, oder?«

»Soweit kommt's noch!«

Ali sah erleichtert aus. »Pass auf diese Shirley auf, die hat wirklich nicht alle Tassen im Schrank.«

»Oh, mach dir ihretwegen keine Sorgen. Sie geht dauernd zu irgendwelchen Leuten und erzählt ihnen, sie sei berufen, für sie zu beten. Das ist einfach ein Tick von ihr.«

»Ist dir das nicht unheimlich?«

»Es gibt Schlimmeres im Leben. Aber jetzt ist Sendepause, ich muss ins Bett. Ich bin fix und fertig.«

Die Tür ging zu, und Ali ließ sich in die Kissen sinken. Sie hörte, wie der Wind draußen durch die Bäume fegte. Und sie hörte ebenfalls, wie ein eisiger Luftzug durch eine Ritze in dem halb verrotteten Fenster neben dem Bett pfiff. Ein Schauer überlief sie, und sie zog die Decke und den Patchwork-Quilt, den Sarah für sie genäht hatte, fester um sich. Sie dachte an die vielen Stunden, die ihre Freundin geduldig darauf verwandt hatte, und musste plötzlich weinen: wegen des schrecklichen Lebens, das Sarah führte; weil sie Weihnachten nicht bei ihrer Familie verbrachte; um Isaac und um ihre zerbrochene Ehe. Sie fragte sich, was Elliot und

Sam wohl gerade taten. Vor ihrem inneren Auge sah sie Sam, wie er mit einer gelenkigen, spärlich bekleideten exotischen Tänzerin Limbo tanzte. Der Gedanke heiterte sie sofort wieder auf. Sie schaltete die Nachttischlampe aus und tastete unter der Decke nach Mr. Squeezy, Isaacs Teddy; sie schlief nie ohne ihn.

10

Elliot schloss leise die Tür hinter sich und folgte dem makellos gefegten Weg, der zu dem von Palmen gesäumten Strand hinunterführte. Abgesehen von einem Mitarbeiter des Hotels, der den Sand harkte, schien er das vor ihm liegende Ufer für sich allein zu haben. Der junge schwarze Mann hielt in seiner Arbeit inne und hob die Hand. Elliot erwiderte den Gruß und lief los. Ihm war bewusst, dass er schrecklich angeberisch aussah, als er mit Laufklamotten und Sonnenbrille über den weichen, goldenen Sand joggte, doch es war ihm völlig egal: Es gab einige Dinge, auf die er großen Wert legte, und dazu gehörte, niemals so zu werden wie die anderen Seniorpartner im Büro. Ali hatte früher immer gefrotzelt, es sei nur eine Frage der Zeit, bis er ein Ebenbild der Männer würde, die er so verachtete – die fettgesichtigen, chauvinistischen Speckschwarten, wie sie die Leute bezeichnet hatte, über die er nun als geschäftsführender Partner herrschte.

Er legte Tempo zu und vergrößerte den Abstand zwischen sich und dem Hotel. Es dauerte nicht lange, bis er trotz der frühen Stunde die Wärme der Sonnenstrahlen spürte. Er wischte sich den Schweiß ab, der ihm in die Augen rann, und trieb sich voran. Joggen war für ihn dasselbe wie Schwimmen: ein Akt der Selbstbeherrschung, bei dem er sein Durchhaltevermögen mit unbarmherziger, eiserner Zielstrebigkeit auf die Probe stellen konnte. Anders ausgedrückt: Er konnte sich körperlich fertig machen wie kein anderer. Er spielte ab und zu Squash, doch seit Isaacs Tod war ihm das Tempo zu lahm geworden, und er fand kaum noch Spielpartner, da sie die schweigenden, aber gnadenlos aggressiven Kämpfe, die er ihnen aufzwang, satt hatten. Aber Joggen war genau das Richtige für ihn. Er konnte laufen und laufen, bis ihm das Blut in den Schläfen pochte und ihm vor Atemlosigkeit fast übel war.

Nach dreißig Minuten kehrte er um und lief dieselbe Strecke zurück. Als er am Hotel ankam, sah er, dass inzwischen die vorderste Reihe der Liegestühle, direkt am Wasser, wie an den anderen Tagen mit Badetüchern belegt war. Laut einem der Kellner, mit dem Sam sich angefreundet hatte, waren es stets die Frauen, die sich in aller Herrgottsfrühe im Nachthemd an den Strand schlichen, um sich die besten Liegen und die Sonnenschirme unter den Nagel zu reißen.

Er hielt an, um wieder zu Atem zu kommen, setzte sich auf die niedrige Mauer, die den Strand vom Swimmingpool-Bereich des Hotels trennte, und blickte hinaus aufs Meer. Er bemerkte eine Frau, die aufs Ufer zuschwamm – offenbar war er nicht der einzige Frühaufsteher. Sie kam aus dem Wasser und drückte sich im Gehen das lange, dunkle Haar aus. Er sah zu, wie sie sich zum Sand hinunterbeugte und einen bunten Sarong aufhob, den sie sich um die schlanke Taille knotete. Sie war eine attraktive Frau, fast so groß wie er und mit langen, geraden Beinen. Anscheinend war sie jünger als er, aber nicht so jung wie Ali. Als sie bei ihm ankam, sagte sie: »Frohe Weihnachten. Bisschen anders als zu Hause, nicht?«

Höflich grüßte er zurück und stimmte ihr zu.

»Sind Sie zum ersten Mal hier?«, fragte sie.

»Ja.« Und da er merkte, dass er kurz angebunden und unhöflich klang, zwang er sich zu der Frage, wie lange sie schon in dem Hotel sei – ihrer Bräune nach zu urteilen, eine ganze Weile länger als er und Sam.

»Das ist unsere zweite Woche«, sagte sie. »Wir reisen Samstag ab. Und Sie?«

»Wir sind letzten Sonntag gekommen und fliegen diesen Sonntag zurück.«

»Schade, dass Sie nicht noch eine Woche länger bleiben können, es ist einfach ein wunderbarer Ort zum Entspannen. Nutzen Sie es aus, solange Sie können. Sie sind mit Ihrem Vater hier, nicht?«

Er nickte, nicht überrascht von ihrer Frage. Sam war einer der geselligsten Menschen, die er kannte; in der kurzen Zeit, die sie hier waren, hatte er es geschafft, sich bereits mit mehreren Kellnern und Kellnerinnen anzufreunden, und hatte mit zahlreichen anderen Gästen Bekanntschaft geschlossen, unter anderem einem irischen Ehepaar aus Dun Laoghaire, mit dem er letzte Nacht nach der Weihnachtsfeier bis in die frühen Morgenstunden Karten gespielt hatte. Es war nicht ausgeschlossen, dass mittlerweile jeder Hotelgast Elliots und Sams Lebensgeschichte kannte. Nicht, dass er seinem Vater vorwerfen würde, eine Tratschtante zu sein. Das war er nicht. Für Sam war ein herzliches Gespräch mit einem Fremden so natürlich wie Atmen.

»Ich bin in der gleichen Situation wie Sie«, sagte die Frau. »Ich bin mit meiner Mutter hier – vielleicht können wir die beiden ja zusammenbringen.« Als er darauf nichts erwiderte, sagte sie: »Ich gehe jetzt frühstücken. Vielleicht bis später.«

Sam saß auf dem Balkon ihrer Suite mit Meerblick, als Elliot die Tür öffnete. Er war geduscht, rasiert und mit Bermuda-Shorts und einem kurzärmeligen Hemd bekleidet. Er las einen Dick-Francis-Krimi, war aber noch nicht weit damit gekommen – im Gegensatz zu Elliot, der bereits sein zweites Buch angefangen hatte.

»Wer ist die Schöne mit den langen Beinen und dem Sarong?«, fragte er beiläufig, ohne aufzublicken.

»Keine Ahnung«, erwiderte Elliot, »aber sei auf der Hut, sie hat vor, dich mit ihrer Mutter zu verkuppeln.«

Sam senkte sein Buch. »Was für eine Art Mutter ist sie denn? Typ Sophia Loren oder eher Vera Duckworth?«

»Weiß ich nicht, aber du wirst es sicher bald rauskriegen. Ich springe mal eben unter die Dusche.« Er zog sein schweißgetränktes T-Shirt aus und hängte es sich über die Schulter.

»Gute Idee. Ich hab mich schon gefragt, was hier so stinkt. Aber mach nicht so lange, das Frühstück wartet.«

»Geh doch schon mal runter, wenn du magst.«

»Macht es dir nichts aus?«

»Natürlich nicht. Ich brauche sowieso nicht lange. Höchstens zehn Minuten. In der Zeit kannst du ja schon mal *Mutter* abchecken.«

Draußen auf der Restaurantterrasse, unbelastet von Elliots spielverderberischem, argwöhnischem Blick, füllte Sam sich vier scharfe Würstchen, ein paar Scheiben knusprigen Speck, eine Portion Eier und einige gebratene Bananen auf den Teller. Er liebte diese Frühstücksbüfetts: genau die richtige Basis, um einen Mann für den Tag startklar zu machen. Ihm war bewusst, dass der Zauberjunge es nur gut meinte mit seinem Gerede von frischem Gemüse und weißem Fleisch, aber schließlich hatte er sein ganzes Leben lang so gegessen, wie es ihm schmeckte, und er war immer noch fit wie ein Metzgerhund, also konnte er es ruhig noch ein Weilchen länger riskieren. Er schenkte sich ein Glas Ananassaft ein, grüßte einige der anderen Gäste und wanderte dann mit seinem Teller zu ihrem Lieblingstisch, von dem man einen der Swimmingpools und das glitzernde Meer dahinter betrachten konnte. Es lief wieder das Band mit Calypso-Weihnachtsliedern, und zu den Klängen einer Steeldrum-Version von »Joy to the World« ließ er sich in dem angenehm gepolsterten Korbsessel nieder und nahm sein Frühstück in Angriff. Genüsslich biss er vom ersten Würstchen ab und betrachtete den Ausblick. Wirklich ein sagenhaftes Plätzchen, das Elliot da für sie ausgesucht hatte, einfach fantastisch. Eine tolle Art, Weihnachten zu verbringen, wenn man keine Lust auf die klassische Variante hatte. Und auf jeden Fall Lichtjahre von allen anderen Weihnachtsfesten entfernt, die er je erlebt hatte.

Er lächelte und fragte sich, was die liebe alte Connie wohl dazu gesagt hätte. »Sam«, hätte sie gesagt, »zieh den Bauch ein und benimm dich. Du bist hier bei schicken Leuten.«

Arme Connie, sie hatte sich nie wohl gefühlt, wenn die Menschen um sie herum nicht den gleichen breiten Yorkshire-Akzent hatten wie sie.

Abgesehen vom Zauberjungen natürlich.

Seltsam, aber schon in jungen Jahren war sein Akzent weicher, weniger ausgeprägt gewesen als der seiner Freunde. Anfangs hatten sie ihn deswegen aufgezogen, doch nachdem er ihnen eine saftige Tracht Prügel verpasst hatte, hatten sie eingesehen, dass es klüger war, ihn in Ruhe zu lassen. Connie hatte die Prügeleien, in die Elliot sich immer wieder verstrickte – und die er jedes Mal gewann –, stets missbilligt, doch Sam hatte sich hinter seinen Sohn gestellt und erklärt, manchmal sei das der einzige Weg.

Elliot war drei Jahre alt gewesen, als sie zum ersten Mal geahnt hatten, dass ihr einziges Kind außergewöhnlich helle war. Er konnte bereits lesen, und bald darauf steckte er den Kopf in jedes Buch, das er in die Finger bekam. Da sie damals so gut wie kein Geld hatten und es sich nicht leisten konnten, Elliot ständig neues Lesefutter zu kaufen, war Connie gewissenhaft jeden Samstagmorgen mit ihm zur örtlichen Leihbücherei gegangen. Mit sieben las er Tolkien, und mit neun hatte er die Kinderabteilung durch und kam mit Charles Dickens nach Hause. Schließlich hatte eine der Frauen, bei denen Connie putzte, vorgeschlagen, Elliot zum Aufnahmetest für die Bradford Grammar School zu schicken. Sie und Sam hatten dieser Idee anfangs keinerlei Beachtung geschenkt, da sie wussten, dass sie die Schulgebühren nicht bezahlen konnten, doch als die Lehrer andeuteten, dass Elliot gut genug sei, um ein Stipendium zu bekommen, dachten sie, es sei zumindest einen Versuch wert. Noch heute sah Sam Connies Gesichtsausdruck vor sich, als sie den Brief des Schulleiters öffnete, in dem stand, dass Elliot angenommen sei. Und nicht einfach bloß angenommen: Er hatte ein Vollstipendium bekommen. Connie war vor Stolz fast geplatzt und hatte den ganzen restlichen Tag über geweint. Doch abends war sie im Schlafzimmer auf und ab gelaufen, hatte die Hände gerungen und auf ihrer Unterlippe herumgekaut. »Was ist los?«, hatte er gefragt. »Der Junge hat's geschafft, er ist reingekommen, genau, wie wir's gehofft hatten.«

»Ja, aber vielleicht liebt er uns dann nicht mehr. Vielleicht denkt er dann, wir sind nicht gut genug für ihn. O Sam, was haben wir nur getan?«

»Manchen Leuten kann man's einfach nie recht machen«, hatte er gesagt, sie zu sich ins Bett gezogen und sie fest im Arm gehalten, da er nur zu gut wusste, was sie quälte; ihm war es genauso gegangen, er hatte sich wochenlang mit der Vorstellung geplagt, dass Elliot ihnen entwachsen, sich von ihnen weg entwickeln würde.

Doch schlimmste Befürchtungen bewahrheiten sich nur selten, und Elliot hatte sich nicht verändert. Er blieb derselbe stille, zurückhaltende, in sich gekehrte und rücksichtsvolle Junge, der er immer gewesen war, brachte mühelos die sieben Jahre Gymnasium hinter sich, ging dann nach Oxford, um Betriebswirtschaft zu studieren, und schloss das Ganze, was niemanden überraschte, mit einer Eins ab. Jawoll, wie die Fußballprofis sagen würden, der Junge hat was drauf.

Ein Jammer, dass Connie nicht mehr erlebt hatte, wie erfolgreich der Junge geworden war. Oder Sam, nebenbei bemerkt. Manchmal fühlte er sich schuldig, weil sie nur die harten, mageren Zeiten gekannt hatte. Sie hatte nicht lange genug gelebt, um zu sehen, wie sein Baugeschäft florierte. Selbst er war erstaunt gewesen, als er sich vor ein paar Jahren zur Ruhe gesetzt und das tatsächliche Ausmaß seiner ursprünglichen Nebeneinkünfte erkannt hatte. Anfang der achtziger Jahre hatte er neben seinem Hauptgeschäft angefangen, heruntergekommene Reihenhäuser in Leeds zu restaurieren und sie zu vermieten, anstatt sie für einen schnellen, leichten Gewinn zu verkaufen. Wie sich zeigte, war das eine lukrative Idee gewesen, und sie machte ihm Spaß. Bald genoss er den Ruf, ein fairer Vermieter zu sein, der ebenso großen Wert auf die Qualität seiner Wohnungen legte wie auf die der Mieter, die in ihnen wohnten. Die meisten von ihnen waren junge Studenten, die in ihm eine wohltuende Abwechslung von den gierigen Miethaien sahen. Ein paar von den Häusern hatte er behalten, quasi als Hobby, doch den größten Teil seines Geschäfts hatte er inzwischen verkauft, und nun genoss er die Früchte seiner lebenslangen harten Arbeit. Er war fest entschlossen, sich, verdammt noch mal, zu amüsieren. Was nützte einem die ganze Kohle, wenn man sich nicht ein bisschen Spaß gönnte?

»Wie geht's Ihnen heute Morgen, Sam?«

Er wandte sich um und erblickte das lächelnde Gesicht von Justin, dem netten jungen Kellner, der immer dafür sorgte, dass dieser spezielle Tisch für Sam und Elliot frei gehalten wurde. »Mir geht's prima, Justin, und selbst?«

»'n bisschen daneben.«

»Wieder zu lange und zu heftig gefeiert?«

»Nee, 'ne Familienfeier. Die sind immer am schlimmsten.«

Sam lachte. »Kommt auf die Familie an, Justin.«

»Und, was darf ich Ihnen bringen? Tee oder Kaffee?«

»Für mich bitte Tee, und es wär klasse, wenn Sie einen zusätzlichen Beutel in die Kanne hängen könnten. Ich finde, Tee muss ordentlich Farbe haben. Elliot trinkt wahrscheinlich Kaffee.«

»Schläft er heute Morgen aus?«

»Nein, mein Junge, Elliot ist keiner von den Genießern.«

Justin sah sich um und erwiderte in seinem gedehnten Tonfall: »Was macht er dann hier?«

»Weglaufen«, murmelte Sam leise, nachdem Justin gegangen war. Weglaufen, genau wie die ganzen letzten zwei Jahre.

Elliot erschien ein paar Minuten später. Nach einem kurzen Blick auf Sams Teller sagte er: »Wieder eine Fett-und-Cholesterin-Bombe?«

»Keine Sorge. Ich schwitze die Kalorien nachher am Pool aus.«

Elliot schnalzte missbilligend. »Ich hab's dir doch schon zigmal gesagt, Dad, Kalorien muss man verbrennen.«

»Dann sollte ich bei der Hitze besser aufpassen, sonst ist nichts mehr von mir übrig, wenn wir zurückfliegen. Ich habe dir übrigens Kaffee bestellt. Justin hat ihn gerade gebracht, er ist also bestimmt noch schön heiß.«

»Danke. Ich gehe mal los und hole mir was zu essen. Soll ich dir was mitbringen? Irgendwas mit einem Hauch Vitamin C?«

Sam tickte sein Messer gegen das noch unberührte Glas mit Ananassaft. »Das hier dürfte reichen, Junge.«

Als Elliot mit einer großen Schale voller Melone, Papaya und Mango zurückkam, fragte er: »Hast du *Mutter* schon gesichtet?« Sam lächelte. »Die hatte ich ganz vergessen.« Beide wandten den Kopf um und ließen den Blick durch das Restaurant schweifen. »Immer hübsch unauffällig«, sagte Sam. »Ich habe *Sarong* entdeckt. Rechts von dir, auf zwei Uhr neben der Palme. Aber ich kann nicht sehen, ob jemand neben ihr sitzt, die Säule ist im Weg.«

Elliot sah in die angegebene Richtung. Er zog die eine Augenbraue hoch.

»Heißt das, sie ist der Sophia-Loren-Typ?«, fragte Sam hoffnungsvoll. »Ist sie scharf?«

»Ich weiß nicht, wie ich es ausdrücken soll, Dad.«

Sam stöhnte. »Ich Glückskind. Sieht sie aus wie Frankensteins Braut vor lauter Schönheitsoperationen, oder hat sie kleine rosa Löckchen und den Ansatz eines Schnurrbarts?«

»Überzeug dich selbst, sie kommen rüber.«

11

Ali hatte immer gesagt: »Trau niemals einer Frau mit schlaffer Haut und goldfarbenen Schuhen, schon gar nicht, wenn sie auch noch eine passende Handtasche dazu trägt. Und größte Vorsicht ist geboten, wenn sie knallrote Lippen und Nägel hat.«

Ein einziger kurzer Blick bestätigte Elliot, dass *Mutter* alle drei Bedingungen erfüllte und somit Alis Rat zufolge nur aus sicherer Distanz zu genießen war. Doch die absolute Krönung war für Elliot ihre atemberaubend aufgetürmte kastanienbraune Betonfrisur.

Er und Sam erhoben sich, als Mutter und Tochter zu ihrem Tisch kamen. Man stellte sich vor – *Mutter* hieß Pamela und *Sarong* Rosalind –, rückte Stühle zurecht, und die Frauen versicherten, sie hätten schon ausgiebig gefrühstückt und bräuchten keine weitere Stärkung, noch eine Tasse Kaffee sei jedoch willkommen. Sam schlüpfte sofort in die Rolle des aufmerksamen Gastgebers, winkte Justin herbei und bestellte eine neue Kanne.

»Hach, ist das nicht reizend?«, sagte Pamela, schlang ihre rot leuchtenden Fingernägel um die Tasse und konzentrierte ihre Aufmerksamkeit auf Sam. »Und was für ein Zufall, dass Sie mit Ihrem Sohn hier sind und ich mit meiner Tochter. Sind Sie schon mal in dieser Ecke der Welt gewesen?«

»Nein, für mich ist es das erste Mal, und ich genieße jede einzelne Sekunde davon.«

»Und Sie?«, fragte Rosalind.

»Oh, er ist schon überall gewesen.« Sam lachte. »Tobago, St. Lucia, Antigua – suchen Sie sich was aus. Fragen Sie ihn lieber, wo er noch nicht war.«

»Das ist etwas übertrieben«, murmelte Elliot, »aber das hier ist mein erster Aufenthalt auf Barbados.«

»Wie ist es im Vergleich zu Antigua?«, fragte Pamela. »Wir spielen mit dem Gedanken, nächstes Jahr dorthin zu fliegen.«

»Besser«, erwiderte er nur. Was sollte er sonst dazu sagen? Dort hatten er und Ali ihre Flitterwochen verbracht. Es waren zwei Wochen unbeschreiblichen Glücks gewesen; sie hatten nichts anderes wahrgenommen als die selige Selbstgenügsamkeit ihrer Liebe. Ihre Tage und Nächte reihten sich fließend aneinander: Sonne und Mond lösten einander ab, während sie nach Lust und Laune aßen, schwammen, schliefen und sich liebten. Oft gingen sie im Mondlicht baden, und einmal machten sie um zwei Uhr morgens einen langen Strandspaziergang. Die Luft war noch warm und angefüllt vom Summen der Insekten und dem Plätschern der Wellen auf dem weichen, weißen Sand. Sie zogen sich aus und gingen schwimmen, und danach kehrten sie in ihr Hotelzimmer zurück und liebten sich. Zwischen ihnen hatte es nie irgendwelche Verlegenheit gegeben, wenn es um Sex ging, und er genoss es, sich dabei Zeit zu lassen. Ali hatte ihn oft aufgezogen, er sei im Bett genauso pingelig wie bei der Arbeit. »Du bist der gründlichste Mann, den ich kenne«, hatte sie in jener Nacht zu ihm gesagt, als er ihr den Nacken und die Schultern auf herrlich wohltuende Art massierte.

»Das klingt aber verdächtig nach dem Vorwurf, ich sei ein Langweiler«, hatte er erwidert, sie auf den Rücken gedreht und ihre warmen, salzigen Lippen geküsst. Lächelnd hatte sie widersprochen: »Keine Frau, die mit dir im Bett war, würde dich je als Langweiler bezeichnen. Ich hab's dir doch schon gesagt, Elliot, du bist der aufregendste Mann auf diesem Planeten ...«

Es kam, wie es kommen musste. Sam schlug vor, dass sie zusammen zu Mittag essen sollten. Pamela willigte sofort ein. »Was für eine reizende Idee«, sagte sie und hängte sich die goldene Tasche über die gepolsterte Schulter. »Rosalind und ich fahren zu einem kleinen Einkaufsbummel nach Bridgetown. Wenn Sie mögen, können Sie gerne mitkommen, aber ich weiß ja, wie ihr Männer auf die leiseste Erwähnung des Wortes ›Einkaufen‹ reagiert.«

»Ich denke, wir überlassen Bridgetown Ihren fähigen Händen«, sagte Sam. »Elliot und ich schnuppern mal in eine der Rum-Destillerien hinein. Wenn die Zeit reicht und wir nicht zu ausgiebig probiert haben, gönnen wir uns vielleicht noch eine Spazierfahrt an der Küste entlang.«

Sie wedelte neckisch mit ihrem spitzen Finger herum. »Na, dann will ich mal hoffen, dass Sie sich anständig benehmen.«

»Nette Frau«, sagte Sam, als sie wieder allein waren. »Die Tochter ist auch nicht übel.«

Elliot warf ihm einen misstrauischen Blick zu und schenkte sich noch eine Tasse Kaffee ein. Er sah, wie sich ein langsames, aber wenig überraschendes Grinsen auf Sams Gesicht ausbreitete. »Vergiss es«, sagte er. »Ich bin nicht interessiert.«

»Ich könnte dir helfen. Ich könnte Pamela ablenken, damit du die holde Rosalind für dich allein hast.«

»Das würdest du für mich tun?«, erwiderte Elliot mit gespielter Dankbarkeit.

»Komm schon, Sohnemann. Hast du nicht gemerkt, wie sie dich mit ihren Blicken verschlungen hat?«

»Nein, habe ich, ehrlich gesagt, nicht.«

»Dann bist du noch weiter ab vom Schuss, als ich dachte. Greif zu, Elliot. Was kann eine kleine Urlaubsromanze schon schaden?«

Elliot trank seinen Kaffee aus und sah aufs Meer hinaus. Die Augen gegen das helle Sonnenlicht zusammengekniffen, sagte er: »Ich sagte doch, ich bin nicht interessiert.«

Sam runzelte die Stirn. »Gut«, sagte er in versöhnlichem Tonfall, »ich verstehe ja, dass die Erinnerung an Ali stark ist, und sie hat die Latte verdammt hoch gehängt, aber du musst nach vorne schauen. Du kannst nicht ewig in der Vergangenheit leben. Du hast mir oft genug gesagt, es gibt keine Hoffnung, dass ihr beide wieder zusammenkommt, also leb dein eigenes Leben. So viel Zurückhaltung ist auf Dauer nicht gesund. Gönn dir ein bisschen Spaß. Wer weiß? Vielleicht tut dir ein kleiner Flirt mal ganz gut. Vielleicht hörst du dann endlich auf, vor dir selbst wegzulaufen.«

Elliot war stocksauer. Nicht genug damit, dass Sam Amor spielte, nein, nun erzählte er ihm auch noch, er liefe vor sich selbst weg.

Natürlich hatte er Recht damit, und das war der eigentliche Grund für Elliots Wut. Niemand hörte gerne unangenehme Wahrheiten über sich selbst. Und wie ein ständig wiederkehrender Zahnschmerz hatten ihn Sams Worte während der Führung durch die Destillerie immer wieder gepiesackt. Nicht einmal der berauschende, süßliche Duft und Geschmack des bestens Rums der Insel konnten seinen Selbsthass mildern.

Krachend legte er den ersten Gang ihres gemieteten offenen Mini Moke ein und trat das Gaspedal bis zum Boden durch. Der winzige Motor wehrte sich jaulend dagegen, wie ein Formel-Eins-Rennwagen behandelt zu werden, doch Elliot scherte sich nicht darum; unbarmherzig trat er aufs Gas und trieb das Auto vorwärts. Viel zu schnell rasten sie über die schmale Straße, die durch die Zuckerrohrfelder zu beiden Seiten führte; der warme tropische Wind peitschte ihnen ins Gesicht und durch die Haare, während sie Richtung Cherry Tree Hill und zur Ostküste der Insel fuhren. Nachdem sie eine Zeit lang immer höher gekommen waren, holperten sie nun bergab, und nach einem Linksschlenker war das Zuckerrohr plötzlich gewaltig hoch, es überragte sie und versperrte ihnen die Sicht. Ohne jede Vorwarnung machte die Straße eine scharfe Kurve, erst nach rechts, dann wieder nach links. Elliot unterschätzte sie, verlor die Kontrolle über den Wagen, und sie schleuderten eine halbe Ewigkeit im Zickzackkurs über die staubige, mit Schlaglöchern übersäte Straße. Elliot packte das Steuer mit aller Kraft, betete, dass ihnen niemand entgegenkam und schaffte es schließlich, den Wagen in einem flachen Graben zu einem abrupten, ziemlich uneleganten Halt zu bringen.

Ein paar Sekunden lang saßen beide wortlos da. Dann rückte Sam seinen Panamahut zurecht und sagte: »Nun, ich hoffe, du fühlst dich jetzt besser.«

Elliot riss sich die Sonnenbrille von der Nase und fuhr sich mit zitternder Hand durchs Haar. Er wusste nicht, was er sagen sollte. Er stieg aus dem Auto und stakste davon. Als er zu einer erhöht liegenden Lichtung im Zuckerrohr kam, schirmte er die Augen mit der Hand gegen die grelle Mittagssonne ab und betrachtete die unverbaute felsige Küste, die an einigen Stellen gefährlich für Schwimmer war, an anderen jedoch hervorragend zum Surfen geeignet. Das Entscheidende war, den Unterschied zu kennen.

Genau wie den richtigen Zeitpunkt zum Wütendsein. Jetzt war nicht der richtige Zeitpunkt. Er hätte um ein Haar seinen Vater getötet. Bei dem Gedanken an seine egoistische Dummheit überlief ihn ein Schauer. Was er getan hatte, war unverzeihlich. Wie viele Tote brauchte er noch auf seinem Gewissen? Er hörte Schritte hinter sich.

»Was hat dich am meisten geärgert?«, fragte Sam, als er sich neben ihn stellte und den eindrucksvollen Ausblick betrachtete. »Dass ich versucht habe, dich mit einer gut aussehenden Frau zu verkuppeln, oder dass ich dir vorgeworfen habe, vor dir selbst wegzulaufen?«

»Weder noch«, log Elliot. »Es war die Vorstellung von dir und Pamela.« Er brachte es nicht über sich, seinem Vater zu sagen, dass sein Zorn von der wachsenden Überzeugung herrührte, sich niemals von der Vergangenheit befreien zu können. Ali und Isaac waren nicht nur seine Vergangenheit, sondern auch seine Gegenwart und seine Zukunft, und anscheinend gab es nichts, was er dagegen tun konnte.

Sam nahm seinen Hut ab und wischte sich mit einem Taschentuch über die Stirn. »Um mich mach dir mal keine Sorgen«, sagte er. »Mit Frauen wie Pamela komme ich schon zurecht. Sie ist gar nicht so übel, ich hab schon schlimmere gehabt.«

Langsam drehte Elliot sich zu ihm um.

»Sieh mich nicht so entgeistert an, Junge. Das Junggesellendasein liegt mir nun mal nicht ... im Gegensatz zu dir.«

Elliot wandte sich wieder der Aussicht zu und stopfte die Hände in die Taschen seiner Shorts. »Ich weiß nicht, wie du darauf kommst, dass es mir Spaß macht, wie ein verdammter Mönch zu leben.«

»Muss wohl damit zusammenhängen, dass du dich weigerst, die Vergangenheit hinter dir zu lassen, und keinerlei Anstalten machst, dir ein Mädchen zu suchen –«

»Du meinst also, ein hirnloser Fick sei die Antwort, ja?«, unterbrach ihn Elliot. »Ein kurzer Austausch von Körperflüssigkeiten, und ich bin ein neuer Mann?«

Sie schwiegen eine Weile. Schließlich fragte Sam: »Fehlt dir das nicht ... du weißt schon, der Sex?«

Verfluchte Scheiße, natürlich fehlt mir das, hätte Elliot am liebsten gebrüllt. Wie sollte es mir nach allem, was ich mit Ali erlebt habe, nicht fehlen? Doch stattdessen sagte er: »Komm, es ist zu heiß hier, lass uns lieber weiterfahren.«

Sie gingen zum Auto zurück, und als Elliot den Motor anließ, dachte er daran, wie knapp sie möglicherweise den Krallen des Todes entgangen waren. Wieder überlief ihn ein Zittern. So ging es nicht weiter. Er musste sich zusammenreißen. Er konnte nicht ewig so weitermachen. »Vielleicht hast du Recht, Dad. Vielleicht ist es Zeit für mich, einen aktiven Schritt in die Zukunft zu machen.«

»Meinst du damit einen hirnlosen Fick mit der holden Rosalind?«

Elliot warf Sam einen seiner, wie Ali es genannt hätte, unergründlichen Blicke zu.

Als sie wieder im Hotel angekommen waren, sich den Straßenstaub abgewaschen hatten und von Justin zu ihrem

Tisch geführt worden waren, hatte Elliot beschlossen, dass es unterm Strich schließlich nicht schaden konnte, sich einen flüchtigen Moment sexuellen Genusses zu gönnen, wenn er dadurch von den Geistern der Vergangenheit befreit würde.

Genau in diesem Moment erblickte er Rosalind, die quer durch das Restaurant auf sie zukam.

12

Ein paar junge Männer von der Insel spielten am Rand des Wassers eine wilde und leidenschaftliche Partie improvisiertes Cricket, und von seinem Hocker an der überdachten Strandbar beobachtete Sam amüsiert das lebhafte Treiben. Er sog an dem Strohhalm in seinem Rum-Punsch und winkte der Frau zu, die jeden Tag hierher kam, um ihren Stand mit Inselsouvenirs aufzubauen. Der Nachmittag ging seinem Ende zu, und sie war dabei, ihre bedruckten T-Shirts, Ledersandalen, Perlen- und Muschelketten und Batik-Sarongs in einige zerfledderte Pappkartons zu packen. Neben ihr war eine zweite Frau, die jeden Tag damit verbrachte, ihrem kleinen Radio zu lauschen, während sie Touristen winzige Zöpfe ins Haar flocht. Auch sie packte ihre Sachen zusammen.

Sam bestellte sich noch einen Drink und wartete weiter auf Pamela, die aufs Zimmer gegangen war, um ihren Fotoapparat zu holen – sie und Rosalind würden am nächsten Morgen abreisen, und es war ihre letzte Gelegenheit, einen karibischen Sonnenuntergang zu fotografieren. Nun, da ihr Urlaub fast vorbei war, wurde auch Sam sich bewusst, dass er und Elliot bald wieder in das kalte, nasse England zurückkehren würden. Die Abreise würde ihm schwer fallen. Er hatte die Zeit sehr genossen und war Elliot dankbar dafür, dass er die Reise organisiert hatte. Er verstand sehr gut, weshalb so viele Leute zu Stammgästen wurden. Gestern beim

Frühstück hatte er sich mit einem Paar unterhalten, das vor fünf Jahren hier geheiratet hatte und seither jedes Jahr zu seinem Hochzeitstag wiederkam. Erst heute Morgen hatte es in dem Hotel eine Hochzeit gegeben, eine amerikanische Riesenparty mit allem Drum und Dran: die junge Braut aufgetakelt wie ein Sahnebaiser, der Bräutigam in seinem John-Travolta-Anzug bleich und steif wie eine Leiche, und die Brautjungfern, die durch die Gegend hüpften und Blumengestecke umwarfen, während die Gästeschar in der Hitze vor sich hin schwitzte und Champagner pichelte. Angesichts der Kosten für diese Party hatte Sam gehofft, dass die Ehe von Dauer sein würde und dies ungeschickterweise Elliot gegenüber erwähnt. Armer Teufel. Mit muffiger Miene hatte er erwidert:

»Dann ist es ja gut, dass Ali und ich damals auf einer Billighochzeit bestanden haben.«

»Tut mir Leid«, hatte Sam gesagt, »so war es nicht gemeint. Muss wohl an der Sonne und dem Rum-Punsch liegen – meine Zunge hat sich verselbständigt.«

Bei dem Gedanken an Elliot fragte Sam sich, wie die Dinge für ihn wohl liefen. Er und Rosalind hatten sich einen Katamaran gemietet und waren nun schon drei Stunden weg. »Sind sie nicht ein hübsches Paar?«, hatte Pamela schalkhaft bemerkt, als sie den beiden nachsah. »Sie scheinen sich ja fantastisch zu verstehen.« Obwohl Sam davon nicht so überzeugt war, hatte er aus Höflichkeit zugestimmt.

Seit ihrem »Ausrutscher« am zweiten Weihnachtstag hatte Elliot seine Rolle als Rosalinds Verehrer recht ordentlich gespielt, doch Sam wusste, dass sein Sohn nicht mit dem Herzen dabei war. Es war ihm schwer gefallen, Elliot zu einem Urlaubsflirt zu animieren, während er im Stillen immer noch die – wenn auch geringe – Hoffnung hegte, dass sein Sohn und Ali die Vergangenheit hinter sich lassen und wieder zueinander finden würden. Doch Ali war neulich bei dem Mittagessen so unnachgiebig gewesen, dass sogar er zugeben musste, dass es für alle Beteiligten nur noch eine realistische Möglichkeit gab, nämlich ein neues Kapitel zu beginnen.

Auch Elliot.

Vor allem Elliot.

Doch Sam war klar, dass der »Austausch von Körperflüssigkeiten« keine dauerhafte Lösung für Elliots Probleme war. Eine Liebelei würde ihn bestenfalls für eine kleine Weile von der Vergangenheit ablenken. Und Sam wusste, wovon er sprach: Er hatte selbst eine ähnliche Situation durchgemacht. Die meisten geschiedenen oder verwitweten Männer, die er kannte, hatten so schnell wie möglich wieder geheiratet, doch nach Connies langem, zähem Kampf mit dem Brustkrebs, den sie letzten Endes verloren hatte, hatte ihm nichts ferner gelegen. Anfangs hatte ihn die Vorstellung, mit einer anderen Frau zusammenzuleben, entsetzt, doch mit der Zeit hatte er die Dinge in einem anderen Licht gesehen und festgestellt, dass ihm die Gesellschaft des schönen Geschlechts fehlte. Es war nun mal so, dass er den körperlichen Aspekt einer Beziehung genoss, und es gab keinen Grund, sich das zu versagen. Doch eine weitere Ehe kam für ihn einfach nicht in Frage. Sein Leben gefiel ihm genau so, wie es war. Gut, es war vielleicht ein wenig ziellos und oberflächlich, aber es ließ sich sehr gut ertragen.

Doch für jemand wie Elliot war es absolut nicht das Richtige.

Elliot war nicht für so einen lässigen *Laissez-faire*-Lebensstil geschaffen. Für ihn musste alles klar, geordnet und gesichert sein. Er hatte nie die lockere, entspannte Einstellung gehabt, die Dinge dem Zufall zu überlassen; sein *modus operandi* war, sich ein Ziel zu setzen und unermüdlich darauf hinzuarbeiten, bis er es erreicht hatte.

Und genau das hatte er getan.

Nachdem ein solides Fundament geschaffen war, hatte er sich mit ein paar ziemlich klaren Zielen in die Arena des Erwachsenseins begeben, und um diese zu erreichen, hatte er langsam, stetig und mit aller Sorgfalt ein Gerüst aus Sicherheit um sich herum geschaffen, das dauerhaft und unzerstörbar sein sollte. Nachdem er die anspruchsvolle Karriere umgesetzt hatte, die er anstrebte, die Frau geheiratet hatte, die er begehrte, und den Sohn gezeugt hatte, den er sich wünschte, musste er angenommen haben, dass es ihm gelungen war, sein Leben bis ins kleinste Detail zu beherrschen. Er hatte nichts dem Zufall überlassen. Er war auf alles vorbereitet gewesen.

Hatte er jedenfalls gedacht.

Die Ereignisse der vergangenen zwei Jahre hatten bewiesen, dass selbst seine sorgfältige Methode fehlbar war. So viel in so kurzer Zeit verloren zu haben, war schon niederschmetternd genug, aber sich auch noch die Schuld dafür zu geben, trieb einen an den Rand des Wahnsinns. Wie oft Sam Elliot auch sagte, es sei nicht seine Schuld gewesen, er hörte einfach nicht auf ihn. Selbst die Ärzte hatten ihm gesagt, dass unter diesen Umständen niemand irgendetwas hätte tun können. Doch Elliot hatte sich geweigert, ihnen zu glauben. Und er hatte sich ebenfalls geweigert, irgendjemand – und ganz besonders Ali – zu erzählen, was genau in jener Nacht passiert war. »Ich versuche nur, sie zu schützen«, hatte er gesagt, als Sam ihn ins Kreuzverhör genommen hatte. »Ich will nicht, dass sie Isaac so in Erinnerung behält. Sie darf es nie erfahren.« Obwohl Sam es sehr lobenswert fand, dass Elliot seine Frau schützen wollte, war er sich nicht sicher gewesen, ob es an dieser Stelle angebracht war. Er hatte mehrfach versucht, Elliot dazu zu bringen, ihm von seinen letzten Momenten mit Isaac zu erzählen, doch er weigerte sich standhaft, und Sam konnte nur raten, welche entsetzlichen Dinge er mit sich herumtrug.

»Sie sehen aus wie der trübseligste Mann der ganzen Karibik«, sagte eine zwitschernde Stimme. Sam blickte auf und sah Pamela vor sich, die Kamera in der Hand und mit dem Finger auf ihn weisend.

»Tut mir Leid, Herzchen«, sagte er. »So besser?« Er setzte sein strahlendstes Lächeln auf und erhob sein Glas.

»Viel besser«, erwiderte sie. »Genauso werde ich Sie in

Erinnerung behalten. So, wo ist denn nun mein Sonnenuntergang?«

Keine Meile davon entfernt saßen Elliot und Rosalind unter einem Halbkreis von Kokospalmen an einem einsamen Strandstück und sahen zu, wie die Sonne langsam sank.

»Danke für diesen Nachmittag«, sagte Rosalind und brach damit das Schweigen, das seit ein paar Minuten zwischen ihnen herrschte. »Es hat mir wirklich großen Spaß gemacht.«

»Schön«, erwiderte er, »mir auch.« In gewisser Weise stimmte das sogar. In den letzten beiden Tagen hatte er Rosalinds Gesellschaft mehr genossen als er anfangs erwartet hatte. Sie arbeitete als Anwältin in einer großen Kanzlei in Guildford und hatte sich auf Familienrecht spezialisiert. »Ich glaube nicht, dass ich je heiraten werde«, hatte sie gestern Abend nach dem Essen zu ihm gesagt, als sie Sam und Pamela bei der Calypso-Party im Hotel zurückgelassen hatten und mit dem Taxi an der Küste entlang nach St. Lawrence Gap gefahren waren. »Ich habe zu lange mit dem hässlichen Teil der Ehe zu tun gehabt, um noch zu glauben, dass es je funktionieren könnte. Außerdem bin ich in den Genuss gekommen, die Scheidung meiner Eltern und zwei meiner besten Freundinnen aus nächster Nähe mitzuerleben, und es war kein schöner Anblick. Monogamie hat heutzutage einfach keine Chance mehr.« Er hatte ihr von seiner Scheidung erzählt, ohne jedoch ins Detail zu gehen. Von Isaac hatte er nichts gesagt. Doch das tat er ohnehin so gut wie nie.

Er sah hinaus auf die dunkler werdende Meeresfläche und den Himmel, eine leuchtende Mischung aus flammendem Orange, Violett und tintigem Blau, wo sich einzelne Wolkenstreifen gebildet hatten. Ein kleines Segelboot trieb langsam vor der untergehenden Sonne dahin, die in ein paar Sekunden den Horizont berühren würde.

»Sie sagen nie viel, nicht?«, hörte er Rosalind sagen.

Er hielt den Atem an. Der Satz hätte von Ali sein können – damals in seinem Büro, als sie ihm zugeteilt worden war, um ihm bei einer großen Buchprüfung zu helfen. Es war ihr erster Tag in seiner Abteilung gewesen, und sie hatte neben ihm an seinem Schreibtisch gestanden und eine Kundenakte durchgesehen. Plötzlich hatte sie innegehalten und gesagt: »Sind Sie immer so still?«

»Ja«, hatte er geantwortet, amüsiert über ihre Direktheit.

Lächelnd hatte sie erwidert: »Gut – bleiben Sie so, es passt zu Ihnen.«

Er wandte sich um und betrachtete Rosalind, deren Haut im glühenden Licht des Himmels leuchtete. In dem verzweifelten Versuch, die quälende Erinnerung an Alis lächelndes Gesicht zu vertreiben, beugte er sich zu ihr und küsste sie auf die leicht geöffneten Lippen. Sie schien nicht überrascht und erwiderte seinen Kuss mit erstaunlicher Überzeugung und Leidenschaft. Das ist es also, dachte er, als er sie sanft in den weichen Sand drückte und seinen Mund auf ihren presste. Das ist die Lösung. Doch fast augenblicklich begriff er mit grenzenloser Enttäuschung, dass er – wie intensiv ihr Kuss auch sein mochte – es nicht über sich bringen würde, sie zu berühren, nicht so, wie sie ihn berührte. Er zwang sich, seine Hand auf ihren Oberschenkel zu legen, und drückte ihn vorsichtig ein wenig. Er versuchte sich einzureden, dass es ihm etwas bedeutete. Dass er jeden Moment den Funken des Begehrens spüren würde – immerhin war sie attraktiv und offensichtlich willens. Doch als ihre Zunge in seinen Mund glitt, wusste er, dass er das Ganze abbrechen musste. Aber wie, ohne sie zu verletzen? Er schloss die Augen, als ob ihm das die Antwort bringen würde, und plötzlich – plötzlich war es Ali in seinen Armen. Augenblicklich entspannte er sich. Instinktiv bewegte er seine Hand, streichelte sanft die warme, glatte Haut unter seinen Fingerspitzen und verlangsamte das Tempo ihres Kusses. Er spürte, wie sie sich unter ihm bewegte, bemerkte, dass ihr Atem schneller ging. Auch er atmete schneller und seinen Körper durchzog auf wundersame Weise die Explosion des Verlangens. Er öffnete die Augen, um Ali anzusehen, um ihr zu sagen, wie sehr er sie liebte, wie sehr er –

Entsetzt riss er sich los.

Er wusste nicht, was ihn mehr schockierte – dass sein Geisteszustand labil genug war, ihn in eine solche Situation zu bringen, oder dass er Ali noch immer liebte. Fassungslos setzte er sich auf und fuhr sich mit beiden Händen durchs Haar.

Rosalind richtete sich ebenfalls auf. »Was ist? Was ist passiert?« Verständlicherweise klang sie verstimmt.

Verlegen murmelte er: »Tut mir Leid, ich – ich hätte das nicht tun sollen.«

»Oh«, sagte sie ausdruckslos. »Möchtest du darüber reden?«

Er schüttelte den Kopf.

»Ist so was schon mal vorgekommen, Elliot?« Ihre Stimme klang jetzt etwas weicher.

Wieder schüttelte er den Kopf.

Sie berührte ihn leicht am Arm. »Du wärst nicht der erste Mann, der Schwierigkeiten mit den Nachwehen seiner Scheidung hat.«

Er wollte gerade fauchen: »Was zum Teufel weißt du schon davon?«, als ihm wieder einfiel, womit sie ihr Geld verdiente; sie musste in ihrer Kanzlei zahllose Wracks wie ihn gesehen haben.

»Vielleicht brauchst du einfach mehr Zeit«, sagte sie.

»Vielleicht wird die Zeit nie reichen«, erwiderte er trübsinnig.

»Liebst du sie noch?«

Er schluckte, überrascht über ihre scharfsichtige Frage. »Ich dachte, nein, aber jetzt ...« Seine Stimme erstarb.

»Aber jetzt bist du dir nicht mehr sicher?«

Voller Angst, seine wahren Gefühle zuzugeben, und sei es nur sich selbst gegenüber, zuckte er die Achseln.

»Hast du versucht, mit ihr zu reden?«

»Das wäre zwecklos. Sie glaubt, dass ich sie genauso hasse wie sie mich.«

»Hass ist so ein überstrapaziertes Wort.«

»Dann eben Verachtung. Unterm Strich ist es dasselbe.«

»Beweise ihr, dass sie sich irrt.«

Er hätte fast gelacht. »Das wäre fatal. Ali kann es nicht leiden, wenn sie sich irrt.«

»Das geht allen so. Das ist eine der vielen unbequemen Wahrheiten und Herausforderungen, mit denen wir uns manchmal auseinander setzen müssen.«

Er seufzte. »Es kommt mir vor, als hätten wir beide genug Herausforderungen für den Rest des Lebens gehabt.«

Sie drückte seinen Arm. »Du siehst nicht aus wie ein Mann, der so ohne weiteres aufgibt. Habt ihr euch keine Hilfe gesucht, als ihr gemerkt habt, dass die Ehe in Gefahr war?«

Er nahm eine Hand voll warmen Sand und ließ ihn langsam durch seine Finger rinnen. »Nein«, murmelte er, »dafür war es zu kompliziert.« Es war keine besonders gute Erklärung, aber er war nicht bereit, irgendwelche Einzelheiten preiszugeben. Wie sollte jemand, der ihm nahezu fremd war, begreifen können, was er und Ali durchgemacht hatten? Dass Isaacs grausamer Tod sie in einen Strudel von Selbsthass gerissen hatte, den sie systematisch auf den anderen projiziert hatten, und dass die Gegenwart eines Dritten, der in ihren tiefsten und empfindlichsten Wunden bohrte, alles andere als eine Hilfe gewesen wäre.

»Wie steht's bei dir mit guten Vorsätzen fürs neue Jahr?«

Überrascht wandte er sich zu ihr um. »Wie bitte?«

Sie lächelte. »Die meisten Leute halten sich nicht an Vorsätze, die sie in der Hitze eines alkoholgeschwängerten Moments getroffen haben. Das hängt wohl mit dem katerbedingten Gedächtnisverlust am nächsten Morgen zusammen. Deshalb mache ich sie lieber, wenn ich stocknüchtern bin.« Sie stand auf. »Komm, wir brauchen ein bisschen Symbolismus.«

Er folgte ihr zum Wasser und sah zu, wie sie sich im Dämmerlicht zum Sand hinunterbeugte. Sie hob eine kleine perlmuttschimmernde, rosa Muschel auf und gab sie ihm. »Wenn du wieder zu Hause bist«, sagte sie, »leg sie auf die Ablage im Bad. Dann wirst du jedes Mal, wenn du dich wäschst oder rasierst, an den Vorsatz erinnert, den du am Strand von Barbados in Gegenwart einer Frau getroffen hast, die dich, wenn sie noch einmal die Gelegenheit bekäme, nicht so leicht entwischen lassen würde.«

Fragend zog er die eine Augenbraue hoch. »Und was ist das für ein Vorsatz?«

Sie schnalzte missbilligend. »Spiel nicht den Ahnungslosen, Elliot. Ich lasse dich einen Moment nachdenken, während ich das Boot fertig mache. Wir sollten zurückfahren, bevor es völlig dunkel wird.«

Zögernd wie ein kleines, aber hoffnungsvolles Kind, das sich etwas wünscht, wandte Elliot das Gesicht zum Meer, schloss die Augen und schwor sich, dass er irgendwann im neuen Jahr – wenn er auch noch nicht wusste, wann und wie – versuchen würde, Ali zu sagen, wie viel sie ihm noch immer bedeutete.

13

Es war ein strahlender Morgen Ende März, die Luft angefüllt mit dem süßen Duft eines milden Frühlingstags. Blasses Sonnenlicht ergoss sich über die Dächer von Astley Hope und schien mit sanfter Wärme auf Sarahs Gesicht, als sie das Gartentor von Smithy Cottage hinter sich zuzog. Der harte Winter hatte sich zu lange hingezogen; es war unbarmherzig kalt, nass und windig gewesen, und der Gedanke, dass sie es nun womöglich endlich hinter sich hatten, war ermutigend. Als sie die Straße entlangging und dabei der Symphonie des Vogelgezwitschers lauschte, den frischen Geruch nach feuchter Erde einatmete und bemerkte, dass die Knospen der Weißdornhecke merklich dicker geworden waren, erfüllte sie ein befriedigendes Wohlgefühl. Sie verlangsamte sogar ihren Schritt, um die üppigen goldgelben Narzissen zu bewundern, die die Straße zu beiden Seiten säumten.

Vier Jahre zuvor hatte der damalige Pfarrer von St. Cuthbert's, Christopher Llewellyn, ein wahres Energiebündel, eine Kampagne mit dem Motto *Pflanze eine Blume und erleuchte die Welt* angeregt – eine Inititative, die sämtliche Dorfbewohner mobilisiert hatte, die körperlich in der Lage waren, eine Pflanzschaufel in die Erde zu stoßen. Drei rückenstrapazierende Wochenenden lang hatten sie sich durch das Dorf geackert und Hunderte von »King Alfred«-

Zwiebeln in die Beeteinfassungen und Hecken gepflanzt, aber ihre Anstrengungen hatten sich bezahlt gemacht: Jetzt war die Hauptstraße, die durch Astley Hope führte, nicht nur der ganze Stolz der Einwohner, der ihnen jedes Jahr etwa vier Wochen lang Freude schenkte, sondern war sogar mehrere Male auf der Titelseite der Oster-Ausgabe von *Cheshire Life* abgebildet worden.

Allerdings war dies wohl auch das Einzige, wofür Astley Hope je berühmt sein würde; abgesehen von der Narzissenpracht war es ein ziemlich nichts sagender Ort. Das Dorf hatte kein richtiges Zentrum; es gab kein Postgebäude, keine Ansammlung von hübschen kleinen Geschäften, kein Pub, das mit Blumenampeln und nachgemachten Kutscherlaternen dekoriert war, ja nicht einmal eine alte, viktorianische Grundschule aus rotem Backstein, von deren Pausenhof fröhliches Lachen herüberklang.

Das Einzige, womit das Dorf aufwarten konnte, war eine Ansammlung von Häusern unterschiedlichen Alters und Baustils, von hübschen weißgestrichenen georgianischen Cottages bis zu Reihenhäusern aus den dreißiger Jahren mit den typischen großen Erkerfenstern, und dort, wo früher die Dorfmolkerei gewesen war, stand jetzt eine Neubausiedlung mit kleinen, auf ländlich getrimmten Billighäusern. Mehr gab es in Astley Hope nicht, und so war es nicht weiter verwunderlich, dass St. Cuthbert's und das dazugehörige, halb verfallene Gemeindehaus mangels Alternative der Anlaufpunkt für die Einwohner und das Zentrum des gesamten Dorfklatsches war. Als Sarah an der kleinen Kirche und dem grau verputzten Pfarrhaus vorbeiging, das sie seit jeher als einschüchternd und abweisend empfunden hatte, fragte sie sich, welche Schauergeschichten wohl gerade über ihren Pfarrer kursierten, der den Ort vor kurzem verlassen hatte.

Gordon Watkins, der Nachfolger des Initiators der Pflanzaktion, hatte es noch nicht geschafft, St. Cuthbert's seinen eigenen Stempel aufzudrücken. Oder besser gesagt, man hatte ihn nicht gelassen. Die wenigen Veränderungen, die er seit seiner Ankunft im vergangenen Oktober hatte vornehmen wollen – zum Beispiel die Generalüberholung des Chors und die Abschaffung des ständigen Niederkniens –, waren auf eine Mauer des Widerstands gestoßen. Wenig hilfreich war auch, dass er ein so nichts sagender Mann und, laut Trevor, in Bezug auf einige Punkte der Bibel ziemlich lasch war. Zahlreiche nostalgische Anspielungen auf den körperlich robusten und geistig dynamischen Christopher Llewellyn waren in Gordons Hörweite gefallen. Seit Christopher St. Cuthbert's samt seiner bewunderswert gut organisierten und tüchtigen Frau und den beiden Bilderbuchkindern verlassen hatte, war er von seiner todtraurigen Gemeinde nahezu heilig gesprochen worden. Er hatte ihnen stets gute Dienste geleistet, sagten die Gemeindemitglieder mit sehnsuchtvollem Lächeln, auch wenn er sie verlassen hatte, um zu neuen Weidegründen aufzubrechen. Standhaft im rechten Flügel der Church of England angesiedelt, wo es wenig Raum für Zweifel oder Unsicherheit gab, hatte er in seinen Predigten kein Blatt vor den Mund genommen. Dass er in einer Zeit der *political correctness* die Dinge beim Namen nannte, hatte ihm überraschenderweise eine Menge Freunde und Unterstützung eingebracht, und wenn man seinen Erfolg an der Anzahl der Hintern auf St. Cuthbert's Bänken messen wollte, war er auf dem besten Weg zum Bischof. Doch Sarah hatte sich bei seinem Kanzeldogmatismus nicht immer so ganz wohl gefühlt, und während sie beobachtet hatte, wie er seine Predigten mit der geschickt eingesetzten Mimik seines ansprechenden Gesichts untermalte, hatte sie sich im Stillen gefragt, wie es ihm wohl ergehen würde, falls er je eine Glaubenskrise durchmachte.

Während die Einwohner von Astley Hope Christopher Llewellyn sozusagen aufgeschleckt und gierig um einen Nachschlag gebettelt hatten, hatten sie auf Gordon Watkins nur widerstrebend herumgekaut und ihn auf Grund seines faden Geschmacks wieder ausgespuckt. Sie mochten seine verschwommenen Ansichten nicht. Homosexualität war doch falsch, oder? Und Frauen als Priester auch, nicht wahr? Und dass er auch noch offen zugegeben hatte, ein Fan von

David Jenkins zu sein, diesem fürchterlichen ehemaligen Bischof von Durham, also wirklich! Christopher war es gelungen, die verschiedenen Lager der Gemeinde in Einklang zu bringen, doch auch hier war Gordon gescheitert. Mit seinen liberalen Ansichten hatte er sowohl die Fundamentalisten als auch die verknöcherten Vertreter des traditionellen Anglikanismus vergrätzt.

Bevor er nach Astley Hope gekommen war, hatte Gordon in einer schwierigen Großstadtgemeinde gearbeitet, wo er vermutlich mit mehr Dingen zwischen Himmel und Erde konfrontiert worden war als Astleys selbstgerechte, überhebliche Einwohnerschaft sich überhaupt vorstellen konnte. Und das hatte ihn wahrscheinlich fertig gemacht. Der arme Kerl hatte Mitte Januar einen Nervenzusammenbruch gehabt, und seither stand das Pfarrhaus leer.

Natürlich waren daraufhin Gerüchte durchs Dorf gewabert, er habe sich in eine Depression gesoffen.

Es hieß, es sei eine Frau im Spiel.

Es hieß, es sei ein Mann im Spiel.

Es hieß, er habe seinen Glauben verloren.

Doch nichts von dieser Panikmache entsprach der Wahrheit. Er hatte sich einfach in seinem letzten Pfarrbezirk überarbeitet. Vielleicht hatten seine Vorgesetzten gedacht, er würde seine geistigen und körperlichen Kräfte zurückgewinnen, wenn sie ihn zur Erholung in eine ruhige, wohlerzogene Gemeinde wie Astley Hope schickten. Was für ein Schock musste es gewesen sein, als ihm aufgegangen war, was ihn erwartete. Die Apathie, Missbilligung und Kritik, die ihm schon bei seiner Ankunft entgegengeschlagen war, musste Tag für Tag an seiner Psyche genagt haben. Vielleicht hätte er es durchgestanden, wenn er verheiratet gewesen wäre und eine Frau gehabt hätte, der er sich anvertrauen konnte. Unter den gegebenen Umständen war es ein Wunder, dass er überhaupt so lange durchgehalten hatte. Hätte irgendjemand von ihnen es an seiner Stelle besser gemacht?

Doch genau das war ja das Schlimme: Niemand im Dorf hatte auch nur versucht, sich in Gordon hineinzuversetzen, und obwohl Sarah gemerkt hatte, dass er von Mal zu Mal erschöpfter aussah, musste sie sich zu ihrer Schande eingestehen, dass sie zu sehr mit ihrem eigenen Leben beschäftigt gewesen war, um zu erkennen, was er durchmachte.

Die traurige Wahrheit lautete, dass sie ihn samt und sonders im Stich gelassen hatten.

Vielleicht sollte sie das bei Audreys morgendlichem Kaffeetrinken, zu dem sie gerade unterwegs war, zur Sprache bringen. Ach, wenn sie doch nur den Mut hätte zu sagen: »Wo waren wir alle, als unser Pfarrer einsam war und gelitten hat?« Noch besser wäre es, wenn sie hinzufügen könnte: »Wenn Gordon das verborgene Gesicht von Christus war, dann haben wir alle versagt, denn wir haben den Glauben nicht praktiziert, nach dem wir angeblich alle leben.«

Ja, das würde sie wachrütteln.

Sie wies sich innerlich zurecht. Sie sollte nicht den Wunsch haben, einen so misstönenden Klang anzuschlagen. Die neue Gebetsgruppe, die Trevor im Januar gegründet hatte, sollte seinen Worten zufolge »eine melodische und harmonische Mischung aus spiritueller Vereinigung und Beisammensein« darstellen. Eine nörgelnde, kritische Stimme war da fehl am Platze.

Aber es war so schwierig, sich bedingungslos dem anzuschließen, woran Trevor glaubte; er hatte so einen Hang, die Dinge zu übertreiben. »Solange wir keinen Pfarrer haben, besteht die Gefahr, dass die spirituellen Wasser unserer Kirche versiegen«, hatte er an dem Tag verkündet, als Gordon St. Cuthbert's und seine Gemeinde sich selbst überlassen hatte, »also brauchen wir eine aktive Gebetsgruppe.« Und als die kleine, frisch gegründete Gruppe sich zum ersten offiziellen Treffen in ihrem Wohnzimmer in Smithy Cottage versammelt hatte, hatte er gesagt: »Es ist, als wäre es vorherbestimmt. Wer weiß, wohin der Heilige Geist uns führen wird?«

Gute Frage.

Und während Trevor sich enthusiastisch über die Bedeutung des Zeitpunkts und die Kraft ausgelassen hatte, die die

Gruppe im Namen des Herrn erzeugen könnte, hatte in Sarahs Kopf eine leise warnende Stimme geflüstert, dass Trevor die Situation ausnutzte. Sie hatte den Verdacht, dass er, während sich die hohen Herren der Church of England auf die mühsame und langwierige Suche nach einem Nachfolger für ihre Gemeinde machten, versuchen würde, sich selbst ein bisschen ins Rampenlicht zu stellen. Mangels einer zuverlässigen leitenden Hand am Steuer von St. Cuthbert's griff Trevor selbst danach, und er genoss jede Sekunde davon.

Obwohl er nie etwas Derartiges gesagt hatte, wusste Sarah, wie sehr es Trevor wurmte, dass er bisher keine Gelegenheit gehabt hatte, eine zentrale Rolle in der Leitung der Gemeinde zu spielen. Die Auserwählten des Gemeinderats bestanden aus einer Gruppe von Frauen und Männern, die Trevor die Sonntags-Snobs nannte, weil sie seiner Ansicht nach das Abendmahl auf derselben Ebene wie ihre Mitgliedschaft im Golfclub sahen und sich einbildeten, die Kirche ihres Dorfs auf die gleiche Weise leiten zu können – je exklusiver und elitärer, desto besser. Und obwohl Sarah mit Trevor darin übereinstimmte, dass das falsch war, konnte sie sich doch nicht ganz seiner Theorie anschließen, dass der Gemeinderat auf ihn herabsah, weil er einen Golfschläger nicht von einer Harke unterscheiden konnte. Sie brachte es nicht übers Herz, ihm zu sagen, dass es sein Händegewedel in der Kirche war, mit dem er sich die Chancen verspielt hatte.

Doch nun, da St. Cuthbert's keine nennenswerte Galionsfigur mehr hatte, war Trevor in seinem Element. Er hatte ein Häufchen Außenseiter aus der Gemeinde um sich geschart, sich zu ihrem Anführer aufgeschwungen und war nun wild darauf versessen, dem Alltäglichen einen spirituellen Anstrich zu geben, was er mit einem Besorgnis erregenden Aufwand an fundamentalistischer Muskelkraft betrieb. Anfangs hatte Sarah in der Gruppe eine Art Hobby für Trevor gesehen, etwas, das ihn davon ablenkte, dass er seine Tochter an das Erwachsensein verlor, doch mittlerweile machte sie sich Sorgen, wohin das alles führen würde, und hatte Ali von ihren Bedenken erzählt.

»Ich hab dich gewarnt, Mädel«, hatte Ali letzte Woche am Telefon gesagt. »Ich habe dir Weihnachten schon gesagt, dass Trevor kurz davor ist, sich seinen eigenen Heiligenschein zu basteln. Hat er schon einen Namen für die Gruppe gefunden? Ich hoffe, du hast ihm meinen Vorschlag mitgeteilt: die Schlappen-Gang.«

So passend der Name war – die Mitglieder brachten als Zeichen kameradschaftlicher Rücksicht auf die Teppiche ihres Gastgebers stets ihre Hausschuhe mit –, hatte Sarah ihn Trevor gegenüber nicht erwähnt. »Er hat sich für die ›Jünger‹ entschieden«, hatte Sarah erwidert.

»Wie schrecklich. Und alle Jünger sind gleich, mit Ausnahme von einem, der deutlich gleicher ist als die anderen?«, hatte Alis spöttischer Kommentar gelautet.

Sarah war jetzt am Woodside House angekommen, einem wenig anziehenden Reihenhaus aus den Dreißigern, dem Heim von Audrey und Maurice Taylor. Audrey empfing Sarah mit einem Teller voller Kekse. Sarahs Herz sank. Sie hatte vollkommen vergessen, dass sie sich erboten hatte, zu Audreys Morgenkaffee einen Kuchen mitzubringen.

»Keine Sorge«, sagte Audrey strahlend, als Sarah sich entschuldigte. »Ich kann bestimmt noch was in meinem Vorratsschrank auftreiben.« Das bezweifelte Sarah keine Sekunde: Audrey gehörte zu den Frauen, die jederzeit für alle kulinarischen Notlagen gerüstet waren – sie wäre im Stande gewesen, auf die letzte Minute alles Nötige für das biblische Abendmahl auf den Tisch zu bringen. Diese außergewöhnliche Findigkeit verdankte sie der Rationierung zu Kriegszeiten; außerdem war sie der einzige Mensch, den Sarah kannte, der noch Socken und Strümpfe stopfte und stolz die abgetragenen Unterhosen ihres Mannes aufbewahrte, um sie zum Staubwischen zu benutzen.

Audrey führte sie ins Wohnzimmer, wo bereits alle anderen – größtenteils weiblichen – Mitglieder der »Jünger« versammelt waren. In der Mitte des Sofas saß Beryl Wade mit ihrer Mopp-Frisur à la Bobby Crush, eingezwängt zwischen Valerie Thompson und Elaine Stewart. Mitten in der Zugluft des offenen Fensters hockte zusammengekauert Brenda Parry, der es nie in den Sinn käme, sich zu beschweren, dass ihr kalt sei, obwohl sie in ihrer kurzärmeligen Bluse mit dem Bubikragen zitterte. In dem bequemsten Sessel und am weitesten vom offenen Fenster entfernt thronte Shirley Makepiece, die Rückenleidende. Sie war auf mehrere Kissen gestützt und trug Bischofslila – eine Farbe, die ihr absolut nicht stand.

»Entschuldigt, dass ich zu spät bin«, sagte Sarah, obwohl sie wusste, das es nicht stimmte; alle anderen waren zu früh gekommen. Sie hielten in ihrem Geplauder inne, um ihr wohlwollend zuzunicken. Audrey drückte ihr eine Tasse Kaffee in die Hand, und sie sah sich nach einem freien Stuhl um. Pech gehabt. Da sie als Letzte angekommen war, musste sie mit dem Klavierhocker vorlieb nehmen, der für ihre kurzen Beine viel zu hoch war und ihr eine qualvolle Stunde angespannter Wadenmuskeln bescheren würde, während derer ihre Zehen über Audreys Scotchgard-imprägnierten Teppich streiften.

»Wir sprachen gerade über Anna«, sagte Beryl laut und hielt Audrey ihre Kaffeetasse zum Nachschenken hin. Beryl gehörte zu den nervtötenden Leuten, die sich in der Kunst der falschen Aussprache übten: Sie verunstaltete ständig Hannahs Namen und bestand darauf, bestimmte Wörter auf ihre ganz persönliche Weise zu betonen; sie fuhr einen *Pö*scho und kaufte in einem Lebens-*mittel*-geschäft ein. »Shirley sagte gerade, dass wir sie schon seit ein paar Wochen nicht mehr in der Kirche gesehen haben. Muss sie so viel lernen?«

»Ja, sie ist sehr beschäftigt«, sagte Sarah unverbindlich.

»Für den Herrn sollte man immer Zeit haben«, ließ sich Shirley vernehmen, das Gesicht spitz vor lauter Pietät.

Ja, wenn er sich rechtzeitig anmeldet, hätte Sarah am liebsten erwidert, doch sie hielt sich weise zurück – ein solcher Kommentar hätte Shirley dazu veranlasst, für sie zu beten.

Du meine Güte, dachte sie, ich werde schon genauso zynisch wie Hannah. Seit Weihnachten, als Hannah Trevor gesagt hatte, dass sie nicht mehr in die Kirche gehen wollte, hatte sich die Spannung zwischen ihnen verstärkt, und es gab immer öfter Streitereien über den freien Willen und die Gefahren der Indoktrination, bei denen Sarah, wie immer, Vermittlerin und Friedensengel spielte. Sie hatte Hannah überredet, sich wenigstens ab und zu in St. Cuthbert's blicken zu lassen, um die Lage etwas zu entspannen, wenn schon nicht um Trevors oder ihrer selbst willen, dann wenigstens für Sarah. Vielleicht war es falsch, die Loyalität ihrer Tochter auf so grobe Art zu manipulieren, aber es war das Beste, was sie tun konnte, um den Frieden zu wahren. Unglücklicherweise musste Hannah trotzdem weiter rebellieren, und neulich hatte sie Trevor fast zur Raserei gebracht, indem sie damit drohte, sich die Nase piercen zu lassen. »Und wenn ich schon mal dabei bin, lasse ich mir vielleicht auch gleich den Bauchnabel machen«, hatte sie gesagt und sich an dem Entsetzen auf seinem Gesicht ergötzt. Sie schockierte ihn auch absichtlich mit ihrer Kleidung, und er erbleichte jedes Mal sichtlich, wenn sie in ihrem so genannten »City-Look« im Haus herumlief: ein winziges Top, das ihr besser gepasst hätte, als sie zehn war, und dazu eine Kampfhose, die ihr auf den Hüften hing und ihren beneidenswert flachen Bauch zur Schau stellte. Er hatte versucht, sie daran zu hindern, in dem Aufzug das Haus zu verlassen, doch vergebens. Sie hatte seinem missbilligenden Blick standgehalten und gesagt: »Wenn du mich nicht gehen lässt, lerne ich nicht für meine Prüfungen, und wenn ich durchfalle, werde ich arbeitslos, und um mein armseliges Dasein ein bisschen amüsanter zu machen, werde ich heroinabhängig, und um mein teures Hobby zu finanzieren, werde ich gezwungen sein, zu klauen und auf den Strich zu gehen, und dann lebe ich für alle Zeiten unglücklich mit meinem drogensüchtigen Zuhälter in einer heruntergekommenen Bude. Und das alles, weil du mich nicht gehen lassen wolltest.« Trevor hatte Hannah noch nie zur Strafe auf ihr Zimmer geschickt, und jetzt, wo er es zum ersten Mal gerne getan hätte, traute er sich nicht, weil er Angst hatte, dass sie ihn auslachen würde. Armer Trevor. Er war der neuen Hannah wirklich nicht gewachsen.

Wenn ihr Vater nicht in der Nähe war, legte Hannah ihr giftiges, kriegerisches Verhalten ab und benahm sich ziemlich normal. Sarah hatte sie angefleht, nicht so grausam zu Trevor zu sein, doch Hannah hatte erwidert: »Ich kann nicht anders, Mum, er reizt mich dazu. Er begreift nicht, dass ich erwachsen bin. Er behandelt mich, als wäre ich noch in der Grundschule.«

Sarah hatte versucht, mit ihm zu reden, doch er wollte nichts hören. Eines Tages, als er wieder einmal bei einem Streit mit Hannah den Kürzeren gezogen hatte, hatte er Sarah angebrüllt: »Es ist alles deine Schuld! Wenn du sie nicht dazu angestiftet hättest, mich zu belügen, hätte ich sie noch im Griff. Du hast sie gegen ihren eigenen Vater aufgehetzt.«

Sarah hatte ihn fassungslos angestarrt. »Sie im Griff haben?«, hatte sie gefragt. »Siehst du so deine Beziehung zu Hannah?«

Er hatte seinen Fehler bemerkt und sich herauszureden versucht. »Du weißt ganz genau, dass ich es nicht so gemeint habe. Du – du drehst mir die Worte im Mund herum.«

Doch dieser verbale Ausrutscher verriet so viel über Trevor. Er versuchte Hannah zu kontrollieren, so wie seine Eltern ihn kontrolliert hatten. Sarah hatte Trevors Mutter und Vater nie kennen gelernt; sie hatten jeglichen Kontakt zu ihm abgebrochen, nachdem er ihnen gesagt hatte, dass er und Sarah heiraten würden, weil sie schwanger war. Als strenge Methodisten vom alten Schlag waren sie entsetzt über das schändliche Betragen ihres Sohns gewesen. »Du hast uns enttäuscht«, hatte sein Vater ihm geschrieben. »Du hast mit dem Teufel getanzt. Jetzt musst du für die Folgen büßen.« Trevor hatte ihr vorher schon Leid getan, aber nach diesem Brief hatte sich ihr Herz vor Mitleid zusammengezogen. Es musste furchtbar sein, so einfach weggeschoben zu werden. Sie hatte schreckliche Schuldgefühle gehabt, aber gehofft, dass seine Eltern mit der Zeit zugänglicher würden. Vergeblich. Sie hatten sich stur an ihren Beschluss gehalten und waren vor zehn Jahren gestorben, ohne ihr einziges Enkelkind je gesehen zu haben. Nach dem, was Trevor ihr von seiner Kindheit erzählt hatte, musste sie ihrer eigenen erstaunlich ähnlich gewesen sein, nur dass ihre Eltern nicht religiös gewesen waren. Er war ein einsames Kind ohne Geschwister gewesen und hatte schon sehr früh gelernt, dass er, wenn er genau das tat, was seine Eltern von ihm verlangten, ihr Wohlwollen gewann. Liebe hatte er nie bekommen.

Bis er sie traf.

Es war seine Kindheit, die Sarah sich immer wieder vor Augen hielt, wenn sie ihn tyrannisch und unerträglich fand.

Hab Geduld mit ihm, sagte sie sich dann.

Hab Verständnis.

Versuch, ihn bedingungslos zu lieben.

Mach es anders als die anderen in seinem Leben.

Er braucht dich.

Doch ihre Geduld ging rasant zur Neige. Sie war sich nicht einmal mehr sicher, dass sie weiter Verständnis für Trevor finden konnte. Sie hatte fast zwanzig Jahre mit dem Versuch zugebracht, es anders zu machen, und offensichtlich hatte sie das keinen Schritt weiter gebracht. Immer stärker wurde ihre Sorge, dass er ihre Geduld überstrapazierte, dass plötzlich all die Jahre der Toleranz in ihr explodierten und sie sich zu etwas hinreißen ließ, das ihr hinterher Leid tat. Als ihre Gedanken vor ein paar Tagen zum ersten Mal diesen gefährlichen Weg genommen hatten, war ihr ein Spiel aus Kindertagen eingefallen, das sie und Ali früher gespielt hatten. Alis Großmutter hatte die Idee gehabt, dass beide Mädchen ein Alter Ego haben sollten: Sarah die Dreiste und Ali die Brave. Ali die Brave sollte ihre Hitzköpfigkeit mildern, und Sarah die Dreiste sollte ihr eine Prise frecher Kühnheit geben.

Vielleicht, überlegte Sarah, war es Zeit, dieses zweite Ich wieder zu beleben und zu sehen, ob es ihr half, und sei es nur, indem es sie zum Lachen brachte und die Wirkung milderte, die Trevor auf sie hatte. Es wäre eine Art Ventil, mit dem sie möglicherweise den ständig steigenden Druck der Unzufriedenheit in ihrem Innern kontrollieren konnte.

Und als ob das alles noch nicht ausreichte, war Sarah mittlerweile überzeugt, dass Trevor die Gruppe dazu benutzte, sich die Anerkennung zu holen, die er zu Hause nicht bekam. Zweifelsohne schätzte die Schlappen-Gang seine Gedanken und Ansichten wesentlich mehr als sie und Hannah. Ja, sie hatte sogar den leisen Verdacht, dass da eine Art Heldenverehrung im Gange war. Frauen in einem gewissen Alter hatten oft eine Schwäche für Männer mit klaren, unmissverständlichen Ansichten, und Shirley zum Beispiel nickte jedes Mal eifrig mit ihrem Lockenkopf, sobald Trevor nur den Mund aufmachte.

Sarah trank ihren Kaffee aus, ließ den Blick durch Audreys Wohnzimmer schweifen und bemerkte, dass Shirley sie unverwandt ansah. Was sie vermutlich schon seit einer ganzen Weile tat. Oh Gott, dachte Sarah entmutigt, sie hat wieder diesen Ich-fühle-mich-berufen-für-dich-zu-beten-Ausdruck auf dem Gesicht. »Weiß jemand, wie es Gordon geht?«, fragte sie, um von sich abzulenken. Doch niemand wusste etwas über Gordons Heilungsweg, und mit kalter, unverhohlener Gleichgültigkeit wandten sie sich wieder ihrer Diskussion über die verschiedenen Gastpfarrer zu, die St. Cuthbert's seit Januar beehrt hatten. Dann verfielen sie, wie nicht anders zu erwarten, in nostalgische Lobgesänge über den heiligen Christopher Llewellyn: »Ach, wenn wir doch nur das Glück hätten, einen zweiten Christopher zu bekommen«, sagte Elaine mit einem wehmütigen Seufzer.

»Das sehe ich anders«, widersprach Sarah, die vermutete, dass Elaines sehnsüchtiger Seufzer weniger mit Christophers pastoralen Fähigkeiten zu tun hatte als mit menopausal bedingtem Verlangen. Außerdem würde sie es sich nie verzeihen, wenn sie Gordon nicht verteidigte.

»Oh?«, ließ sich Valerie von ihrem beengten Sofaplatz vernehmen. »Was meinst du damit, Sarah?«

»Ich finde, wir sollten wieder jemanden wie Gordon bekommen«, sagte Sarah. Bei diesen Worten klirrten schlagartig alle Tassen auf ihre Untertassen. »Es wäre interessant zu sehen, ob wir alle noch mal denselben Fehler machen würden, uns so gleichgültig zu zeigen.«

Shirley unterbrach die darauf folgende Stille, begleitet von einem, wie Sarah fand, bohrenden Blick in ihre Richtung, mit dem Vorschlag, den Morgen mit einem kurzen Gebet zu schließen.

Das Gespräch mit ihrem Schöpfer war für Sarah immer eine persönliche, einsame Angelegenheit gewesen. Ihr lag diese gemeinsame, exhibitionistische Art der Gottesverehrung nicht, doch als Shirley begann, eine endlose Litanei von Bitten um Gottes Zeit und Aufmerksamkeit herunterzuleiern, senkte Sarah pflichtbewusst den Kopf. Dabei fiel ihr eine Locke ihres üppigen Haars ins Gesicht, und während sie sie fest um ihren Finger wickelte, betete sie, dass sie den Mut fand, sich diesen schauerlichen morgendlichen Kaffeetrinken zu entziehen, wobei sie sich im Nachhinein wünschte, sie hätte sie zusammen mit der Schokolade zur Fastenzeit geopfert. Dann meldete sich wieder ihr christliches Gewissen, und sie rief sich ins Gedächtnis, dass sie diese Frauen nicht nur mögen, sondern sogar lieben sollte. Sie meinen es nur gut, sagte sie sich. Wirklich.

Sogar Shirley.

Sie schloss die Augen und bemühte sich nach Kräften, über jede von ihnen etwas Nettes zu denken, doch es funktionierte nicht, also ließ sie die Gedanken durch die zunehmend dunkler werdenden Gänge ihres Glaubens streifen und dachte daran, dass der Grundgedanke des Betens eigentlich darin liegen sollte, in Kontakt mit einer besseren Welt zu treten … und einem besseren Ich. Doch in letzter Zeit fand sie sich immer häufiger auf der falschen Seite des Zauns wieder. Es war, als stünde sie davor, das Gesicht gegen das Gitter gedrückt, und wartete darauf, dass jemand sie bemerkte.

Mit schwerem Herzen ging sie nach Hause; ihre heitere Frühjahrsstimmung von vorhin war restlos verschwunden. Nicht einmal die Pracht der *Pflanze-eine-Blume-und-erleuchte-die-Welt*-Narzissen konnte sie aufheitern, und als sie sich Smithy Cottage näherte, verspürte sie nicht die geringste Lust hineinzugehen. Sie beschloss, Astley Hopes neuester Einwohnerin einen Besuch abzustatten. Sie hatte schon mehrfach vorgehabt, die Frau zu besuchen, die letzte Woche in den kleinen Bungalow eingezogen war, der ihrem Haus am nächsten lag, doch irgendwie war es nie der rechte Moment gewesen.

Jetzt war er da.

Sie öffnete das Gartentor und ging den Asphaltweg entlang, der an einigen Stellen Risse hatte, in denen Unkraut wuchs. Der kleine Vorgarten war erst vor kurzem gepflegt worden – der Rasen war frisch gemäht, was noch an dem wunderbar süßen Duft zu erkennen war, und die Blumenbeete waren zwar noch unbepflanzt, aber sorgfältig umgegraben. Sarah sah einen dicken Regenwurm, der sich durch die saftige Erde schlängelte. Sie klingelte, und es dauerte nur wenige Sekunden, bis die mit Glasscheiben durchsetzte Tür aufging. Sie hatte eine ältere, weißhaarige Dame erwartet – eine Witwe, wie sie von dem Paar erfahren hatte, das den Bungalow verkauft hatte, um nach Cornwall zu ziehen –, doch zu ihrer Überraschung öffnete ihr ein hoch gewachsener Mann Ende vierzig, bekleidet mit einem O'Neill-T-Shirt und verwaschenen Jeans, deren Knie lehmverschmiert waren. Ihr Gesichtsausdruck musste ihre Verwirrung verraten haben, denn er sagte: »Sie wollen sicher zu meiner Mutter. Warten Sie einen Moment, ich hole sie.«

Ein paar Sekunden später tauchte die Frau, mit der Sarah gerechnet hatte, in der Tür auf; allerdings war sie nicht so alt, wie sie gedacht hatte. Sarah stellte sich vor.

»Oh, dann müssen Sie aber hereinkommen«, sagte die Dame. Sie hieß Grace – ein Name, der perfekt zu ihr passte, dachte Sarah, als sie sie betrachtete: weiches graues Haar, elegant zurückgeschoben um ein Gesicht, das nur feine Linien aufwies und von einem Paar leuchtend blauer Augen akzentuiert wurde, die trotz des Alters nichts von ihrer Schärfe verloren hatten. »Callum hat gerade den Garten für mich fertig gemacht, und wir wollten uns eben ein frühes Mittagessen gönnen. Möchten Sie sich dazugesellen?«

Sarah stand zögernd im Türrahmen, fasziniert von dem klaren blauen Blick, der zugleich beruhigend und verlockend war. »Ich wollte eigentlich nur kurz hallo sagen. Ich hatte nicht –«

»Es ist nichts Aufregendes, nur ein Glas Wein und etwas Brot und Käse. Wir dachten, wir genießen die Sonne im Wintergarten. Es ist so ein schöner Tag.«

Es klang himmlisch. Doch Sarah zögerte noch immer.

»Übertreib's nicht, Mum«, sagte Callum, der hinter seiner Mutter stand. »Vielleicht hat sie was Besseres vor, als mit zwei Fremden zu Mittag zu essen.«

»Ach, sei still, Callum. Du verjagst sie noch. Bitte, Sarah, kommen Sie doch herein. Ich würde gerne den einzigen Menschen in diesem Dorf kennen lernen, der sich die Mühe gemacht hat, bei mir vorbeizuschauen.«

Sarah dachte an ihr kaltes, leeres Haus und die halb fertigen Vorhänge, die sie dort erwarteten. Sie erwiderte das Lächeln in dem netten, freundlichen Gesicht vor ihr, und da sie sich von ihrer warmherzigen neuen Nachbarin unwiderstehlich angezogen fühlte, nahm sie die Einladung mit Freuden an.

14

Sarah saß im Gästezimmer und arbeitete, als Hannah nachmittags aus der Schule kam. Auf dem Gesicht ihrer Tochter lag ein unübersehbares Lächeln.

»War's ein guter Tag?«, fragte Sarah, schaltete die Nähmaschine aus und schob einen Schwall teuren italienischen Brokats in Blau und Gold beiseite.

»Nicht übel.« Hannah seufzte. Sie stellte sich vor den kleinen Spiegel über der Kommode, in der Sarah ihr Nähgarn und die Stoffreste aufbewahrte. Sie schob sich das lange dunkle Haar zurück, das sie unübersehbar von ihrer Mutter geerbt hatte, und betrachtete eingehend ihr Gesicht, wobei sie den Kopf hin und her drehte, als wolle sie eine gründliche und unvoreingenommene Prüfung ihrer selbst vornehmen.

Ihren Lachreiz unterdrückend, fragte Sarah: »Na, wie heißt er?«

Hannah wandte sich zu ihr um, und ihre Wangen schimmerten plötzlich in einem bezaubernden Zartrosa. »Ich weiß nicht, was du meinst.«

Sarah lachte. »Nach allem, was ich von ihm gesehen habe, wirkte er ganz appetitlich.«

»*Mum!* Hast du mir etwa nachspioniert?«

»Natürlich nicht. Ich habe Stimmen gehört und aus dem Fenster gesehen, und da sah ich euch beide am Tor stehen und reden. Wer ist er?«

Hannah setzte sich aufs Bett. Sarah sah, dass sie trotz ihrer vermeintlichen Verärgerung darauf brannte, ihr alles zu erzählen. Sie war froh, dass ihre Tochter immer noch bereit war, sich ihr anzuvertrauen. »Ich habe ihn getroffen, als ich aus dem Schulbus gestiegen bin. Er hatte sich verlaufen und suchte das Haus, in das seine Großmutter gerade eingezogen ist. Er sollte sich dort mit seinem Dad treffen.«

»Heißt er zufällig Jamie?«

Hannah sah sie mit großen Augen an. »Woher weißt du das?«

Sarah lächelte. »Weil ich unglaublich clever bin.« Sie erzählte Hannah von ihrem auswärtigen Mittagessen. »Seine Großmutter und sein Vater waren sehr nett. Ich habe Grace angeboten, ihr Vorhänge zu nähen. Ich denke, wir werden uns öfter sehen.«

Hannah lächelte ebenfalls. »Und ich hoffe, dass ich Jamie auch öfter sehe. Er hat mich eingeladen, heute Abend mit ihm auszugehen – er will sich von seinem Vater den Wagen leihen und mit mir ins *Cholmondely Arms* fahren. Ist das okay?«

Sarah sah sie erstaunt an. »Du fragst mich um Erlaubnis? Was ist aus der Ihr-könnt-mich-mal-ich-mach-was-ich-will-Hannah geworden?«

»Ich versuche bloß, dich bei Laune zu halten.«

»Beziehungsweise du willst, dass ich deinen Vater bei Laune halte.«

»Tust du doch, oder? Ich will nicht, dass er mir das kaputtmacht.«

»Und was soll ich ihm erzählen?«

Hannah zuckte die Achseln und stellte sich wieder vor den Spiegel, um ihr Gesicht auf Pickel zu überprüfen. »Du könntest ihm sagen, dass ich bei Emily bin.«

»Die Wahrheit wäre mir lieber.«

»Aber dann gibt's wieder einen Riesenaufstand. Darf ich dich daran erinnern, dass ich vorhabe, den Abend mit einem Angehörigen des anderen Geschlechts zu verbringen? Er wird total ausflippen.«

»Umgekehrt gibt's einen Riesenkrach, wenn er rauskriegt, dass wir ihn wieder angelogen haben.«

Hannah schien darüber nachzudenken. Nachdem sie sich davon überzeugt hatte, dass ihr Gesicht von keinerlei hässlichen Pickeln verunstaltet war, wandte sie sich zu ihrer Mutter um und sagte: »Mum, du verbringst dein ganzes Leben damit, andere Leute zu beschützen. Hast du nie die Nase voll davon?«

Doch, sagte Sarah zu sich, als Hannah hinausgegangen war. Ich habe die Nase gestrichen voll.

Nach dem Tee, als Hannah oben im Bad war, um sich die Haare zu waschen, sagte Sarah Trevor, dass ihre Tochter sich für eine Verabredung zurechtmachte. Es war eine Szene, die sie noch nie durchgespielt hatten, aber Sarah war überzeugt, dass sie bestmöglich darauf vorbereitet war. Sie hatte immer gewusst, dass dieser Augenblick irgendwann kommen würde, und in den meisten Familien war dieses Thema längst abgehakt. Doch bisher hatte sich Hannahs Interesse für Jungen auf kritische Beobachtung beschränkt; sie hatte nie irgendeine Neigung gezeigt, sich näher mit einem zu befassen. Bis jetzt. Und Sarah musste zugeben, dass Hannah eine hervorragende Wahl getroffen hatte.

»Was für eine Art Verabredung?«, fragte Trevor scharf und senkte seine Zeitung ein paar Zentimeter.

Die Frage war so absurd, dass sich plötzlich aus dem Nichts Sarahs aufmüpfiges, spöttisches Alter Ego meldete und sie mit wildem Kopfnicken und lauter, hitziger Stimme drängte zu erwidern: »Oh, du weißt schon, Liebling, mit ihrem Zahnarzt. Sie macht sich schön, damit er ihr heute Abend in aller Ruhe sämtliche Weisheitszähne rausnehmen kann.« Sie verbannte Sarah die Dreiste auf ihr Zimmer; erstaunlicherweise war sie seit ihrer Entstehung in der Teenagerzeit keinen Tag gealtert. Die brave, zurückhaltende Sarah wischte den Küchentisch ab und sagte: »Sie geht mit einem jungen Mann aus, den sie heute Nachmittag kennen gelernt hat. Er ist der Enkel der Frau, bei der ich zu Mittag gegessen habe.« Sarah die Dreiste steckte den Kopf aus der Zimmertür und brüllte den Flur hinunter: »Und bestimmt küsst er wahnsinnig gut!« *Reiß dich zusammen, junge Dame!*

»Was wissen wir denn über diesen *jungen Mann*?« Trevor sprach die letzten beiden Worte aus, als hielte er sie wie einen schmutzigen Lappen am ausgestreckten Arm zwischen Daumen und Zeigefinger.

»So gut wie gar nichts«, gab Sarah zu, »aber wenn er seinem Vater und seiner Großmutter ähnelt, ist er bestimmt zuvorkommend und wohlerzogen.«

»Und wenn nicht? Wenn er nun –«

»Dann werden wir wohl die Daumen drücken und auf das Beste hoffen müssen.«

Er sah sie indigniert an. »Um wie viel Uhr holt er Hannah ab?«

Sarah war misstrauisch. Er blieb viel zu ruhig. Warum lief er nicht hektisch auf und ab? Warum grummelte er nichts von anstehenden Prüfungen und drohte, Hannah an ihren Schreibtisch zu ketten? »Er holt sie nicht hier ab«, sagte sie. »Sie haben sich bei Grace verabredet.«

»So viel zum Thema Zuvorkommenheit.« Einige Sekunden vergingen. Dann faltete er die halb gelesene Zeitung zusammen, lehnte sich in seinem Stuhl zurück und verschränkte die Arme vor der Brust; er sah aus wie ein braver Schuljunge, der vor der Klasse stand, selbstgefällig, weil er der Einzige war, der die richtigen Antworten wusste. »In diesem Fall werde ich sie dorthin begleiten und mir den Kerl erst mal ansehen.«

»Trevor, das kannst du doch nicht machen.«

»Sarah, nur weil du offensichtlich jeglichen Verstand verloren und beschlossen hast, Hannah jeden nur erdenklichen Fehler machen zu lassen, solltest du nicht glauben, dass ich dasselbe tue.«

Oben hatte sich Sarah die Dreiste schon wieder aus ihrem Zimmer geschlichen und holte gerade Luft, um ihren Kommentar abzugeben, doch ihr Auftritt wurde von Hannah unterbrochen, die in die Küche kam. Sarah stöhnte innerlich, als sie sah, was Hannah für ihren Abend mit Jamie angezogen hatte. Gab es wirklich so kurze Röcke? Und würde sie sich in dem winzigen Top nicht zu Tode frieren? Du lieber Himmel, und dann diese langen Beine! Wo kamen die denn plötzlich her?

»Ich geh dann mal«, sagte Hannah fröhlich, ohne den geradezu mörderischen Blick ihres Vaters zu beachten. Lässig warf sie sich ihre schwarze Diesel-Jacke über die Schulter.

»Nicht so hastig«, sagte Trevor. Er stand langsam auf und starrte sie an. »Ich würde vorschlagen, du ziehst den Rest deiner Kleidung an, den du anscheinend in der Eile vergessen hast, und wenn du damit fertig bist, werde ich dich nach nebenan begleiten, damit du ihn mir vorstellen kannst.«

Hannah wich vor ihm zurück. Sie stemmte die Fäuste in die Hüften und sagte: »Kommt nicht in Frage, Dad. Vergiss es.«

»Bitte, wie du willst. Entweder so oder gar nicht.« Er klang schrecklich distanziert, überhaupt nicht wie der liebende Vater, der er immer gewesen war.

Doch Hannah ließ sich das nicht gefallen. Sie drehte sich um und marschierte Richtung Flur. Trevor rannte hinter ihr her. »Du tust, was ich dir sage«, sagte er, »sonst –«

Sie fuhr herum und funkelte ihn wütend mit ihren sorgfältig geschminkten Augen an. »Sonst was?«, fragte sie herausfordernd.

Sarah bekam Angst: Angst um Hannah, falls Trevor sie schlug; Angst um Trevor, weil er es sich nie verzeihen würde, wenn er die Hand gegen seine Tochter erhob; und Angst um sich selbst, denn nur der Himmel wusste, welche Anschuldigungen sie dann erwarteten.

Für den Bruchteil einer Sekunde herrschte Schweigen, und Hannah nutzte den Moment, um die Haustür zu öffnen und hinauszuschlüpfen. Trevor stand reglos und verdattert da und sah ihrer verschwindenden Gestalt nach, während die kalte Abendluft wie ein böser Geist ins Haus wehte.

»Du musst sie loslassen«, sagte Sarah leise und schloss die Tür. »Sie ist jetzt erwachsen. Du musst anfangen, sie entsprechend zu behandeln.«

Er wandte sich um und senkte seinen verwirrten Blick auf sie. Einen Moment lang dachte Sarah, er würde zugeben, dass sie Recht hatte. Besänftigend und versöhnlich legte sie die Hand auf seinen Arm. Doch sein ganzer Körper versteifte sich, und er zuckte vor ihr zurück.

»Ich habe keine Zeit für all das«, fuhr er sie an. »Ich muss beten, bevor die Gruppe kommt.«

Die Schlappen-Gang war pünktlich wie immer und kam auf einen Schlag. Sarah hatte keine Ahnung, wie sie das anstellten. Klingelten sie reihum und verglichen ihre Uhren? »Das Treffen findet um Punkt zwanzig Uhr statt. Es ist jetzt neunzehn Uhr dreiundvierzig ...«

»Nein, ich glaube, es ist bereits neunzehn Uhr fünfundvierzig ...«

»Entschuldigung, aber nach meiner äußerst zuverlässigen Uhr, die nie falsch geht, ist es genau neunzehn Uhr sechsundvierzig und dreißig Sekunden.«

»Oje, diese Vierundzwanzig-Stunden-Einteilung bringt mich immer ganz durcheinander, wie spät ist es denn nun eigentlich?«

Sarah sah sie förmlich vor sich, wie sie stundenlang über ihren Uhren hockten. Einen amüsanten Aspekt hatte die Gruppe ja, nämlich ihr Talent, ständig vom Thema abzukommen, was vermutlich der Grund dafür war, dass sie so froh waren, Trevor als Anführer zu haben. Sie brauchten jemand, der ihnen sagte, was zu tun war. »Die Führung ist ein grundlegendes Element des Evangelismus«, hatte Maurice vor ein paar Wochen gesagt. Und es gab keinen Zweifel, dass Trevor nur zu gerne bereit war, die Leitung der »Soldaten des Herrn«, wie er sie manchmal nannte, zu übernehmen.

Als die Gruppe vom Flur ins Wohnzimmer kam, die Straßenschuhe gegen Hausschuhe getauscht, beobachtete

Sarah Trevor, der jeden zu seinem Sitzplatz führte. Er schien es kaum erwarten zu können, die Versammlung zu beginnen. Sie fragte sich, wie um alles in der Welt er es geschafft hatte, sich nach der kurzen, aber heftigen Auseinandersetzung mit Hannah so weit zu beruhigen.

Die Macht des Gebets, sagte sie sich sarkastisch.

»Nun gut«, sagte er laut, als alle auf ihrem Platz saßen, aber munter wichtige Minuten mit Geschwätz verplemperten. Er klatschte in die Hände, um sich Gehör zu verschaffen.

»Meine Güte, Trevor«, rief Audrey verdutzt, »jetzt hast du mich aber erschreckt.«

Zustimmendes Gemurmel erhob sich, das sich rasch in eine Flutwelle erneuten Geschwätzes verwandelte, bis Trevor ihnen mit erhobenen Händen Einhalt gebot. »Fünf Minuten Schweigen«, verkündete er, »damit wir in die richtige Ausgangsstimmung kommen.«

Es klang wie ein Trainingskommando. Ein paar Sekunden lang rutschte alles hin und her und räusperte sich, doch dann wurden endlich die Augen geschlossen und die Gedanken angeblich von allem Überflüssigen und Trivialen befreit. Sarahs Schweigeminuten folgten fast immer dem gleichen beunruhigenden Schema: Anfangs war sie noch ganz zuversichtlich und schlenderte mühelos durch die sonnigen, blumenübersäten Wiesen ihrer Gedanken, doch wenig später stolperte sie über die Brennnesseln und Dornensträucher ihrer kritischen Einstellung gegenüber Trevor und der Gruppe. Die restliche Zeit, die sie eigentlich bedeutsamer Meditation widmen sollte, verbrachte sie schlechten Gewissens damit, Gott und seiner Gedankenpolizei aus dem Weg zu gehen.

Um einen klaren Kopf zu bekommen, sollten sie sich auf ein bestimmtes Bild konzentrieren und alle anderen Gedanken ausschalten. Sarahs Bild, sofern sie dieser Anweisung folgte, war Holman Hunts berühmtes Gemälde *Das Licht der Welt*. Bisher hatte es sich immer bewährt, um den Wirrwarr aus ihrem Kopf zu vertreiben, doch als sie an diesem

Abend versuchte, sich auf seine Komposition zu konzentrieren, hatte sie das beunruhigende Gefühl, jemand habe die Kerze in der Laterne, die Christus in der Hand trug, ausgepustet. Die Einzelheiten des Bildes, die sonst so klar und leuchtend waren, wirkten jetzt dunkel und verschwommen. Sie kniff die Augen zusammen, wie um sich an die schattige Finsternis des Bildes zu gewöhnen. Doch je mehr sie sich bemühte, sich auf Hunts Christusfigur zu konzentrieren, desto mehr entzog sie sich ihr, und schließlich verschwand sie ganz.

Sie öffnete die Augen einen Spalt und sah sich im Raum um, neugierig, ob noch jemand anders ähnliche Schwierigkeiten hatte. Audrey und Maurice zu ihrer Linken waren völlig versunken, worin auch immer. Sarah musste an Maurice' recycelte Unterhosen denken und wandte rasch ihren Blick zu Trevor, der aussah, als wäre er im Koma, so reglos und geistesabwesend wirkte er. Links von ihm saß Martin Wade, dünn wie ein Streichholz, und rutschte unruhig auf seinem Stuhl herum. Er war ein ziemlich alberner Kerl, der die Ansicht vertrat, dass alles, was Spaß machte, eine Sünde und Teufelszeug war, weshalb er auch den puritanisch harten Küchenstuhl gewählt hatte. Seine Frau Beryl hatte es bequemer, nicht nur weil sie behauptete, Gott im Griff zu haben, sondern weil sie zusammen mit Elaine und Tom auf dem Sofa saß. Und so, wie Toms spärlich behaarter Kopf zur Seite hing, war er kurz davor, sanft zu entschlummern. Links neben Tom saß Shirley, in einem reichlich mit Kissen ausgestopften Sessel; sie hatte ihre übliche Positur eingenommen – die Augen geschlossen und die Handflächen zu Jesus erhoben. Die kürzlich wiederauferstandene Sarah die Dreiste flüsterte Sarah ins Ohr: »Hey, wäre es nicht komisch, irgendwas Kaltes, Schleimiges in diese erwartungsvollen Hände fallen zu lassen?« *Benimm dich!* Vor dem Fenster saßen Valerie und ihr Mann Stan. Beide trugen die gleichen albernen Hundepuschen, deren zottelige Köpfe genau wie die ihrer Besitzer in demütiger Einheit gesenkt waren. Und daneben schließlich die beiden neuesten und jüngsten – und nach Sarahs Ansicht auch die nettesten – Mitglieder der Gruppe, Brenda und Dave Perry mit ihren Reißverschlussbibeln, die ebenso neu und unbefleckt waren wie ihr Glaube. Sarah fand, die beiden brachten einen dringend nötigen frischen Wind in die Versammlungen, da sie mit schöner Regelmäßigkeit ins Fettnäpfchen traten.

Ohne es zu wollen, brachten sie immer wieder Trevors hohle, pedantische Wortblasen zum Zerplatzen.

Gerade als Sarah wieder die Augen schließen und nachsehen wollte, ob *Das Licht der Welt* wieder funktionierte, bemerkte sie, wie Brenda auf die Uhr sah und Dave ein Pfefferminzbonbon gab. Sie lächelte in sich hinein, getröstet, dass sie nicht die Einzige war, der es schwer fiel, sich zu konzentrieren.

Schließlich befand Trevor, dass die Anzeige ihrer Schweigezeit im roten Bereich angekommen war, räusperte sich und raschelte geräuschvoll mit den Blättern seines Notizblocks. Alle außer Tom sahen auf. Elaine stieß ihren Mann verstohlen in die Rippen. »Entschuldigt bitte, aber ich habe das Thema des heutigen Abends geändert«, sagte Trevor.

Enttäuscht fragte Sarah sich, was er nun wieder vorhatte. Sie hatte sich auf das Gespräch über Gideon gefreut, diesen wunderbaren alttestamentarischen Glaubenshelden, der immer wieder zwischen dem Vertrauen in die eigene Macht und die Gottes geschwankt hatte.

Trevor stand auf und begann, Stifte und DIN-A-4-Bögen zu verteilen. »Wir werden ein kleines Spiel machen«, sagte er. »Ich möchte, dass ihr jeweils euren Namen oben auf das Papier schreibt und es dann eurem Nachbarn gebt –«

»Dem rechten oder dem linken, Trevor?«

»Dem rechten, Dave.«

»Das heißt, ich gebe mein Blatt Brenda?«

»Genau. Also, wie ich sagte –«

»Und Brenda gibt ihres Stan?«

»Ja.«

Brenda kicherte. »Klingt wie ein Juxspiel. Gibt es einen Preis?«

Trevor zupfte an seinem Bart. »Der Preis ist Erleuchtung, Brenda«, sagte er streng. »So, habt ihr das alle gemacht? Gut. Jetzt möchte ich, dass ihr unter dem Namen und nur mit einem einzigen Wort die Person beschreibt.« Er warf Dave einen scharfen Blick zu. »Ist das klar?«

»Klar wie Kloßbrühe, Trevor. Ich soll ein Wort schreiben, das Brenda am besten beschreibt.«

»Nein! Auf dem Blatt Papier, das du in der Hand hältst, steht doch Sarahs Name, oder nicht? *Sie* sollst du beschreiben.«

Dave sah Sarah entschuldigend an. »Hoppla«, sagte er. »Ich wollte gerade schreiben, du wärst kuschelig. Nicht, dass du das nicht wärst, aber das müsste dann ja Trevor schreiben, nicht ich, oder?«

»Können wir jetzt bitte weitermachen?«, sagte Trevor genervt. »Wenn ihr das gemacht habt, faltet ihr das Papier so um, dass nur noch der Name zu sehen ist, und gebt es dem Nächsten, so lange, bis jeder wieder sein eigenes Blatt in der Hand hat. Und wenn alle das getan haben, was sie tun sollten«, wieder warf einen grimmigen Blick zu den Perrys hinüber, »müsste jeder von uns eine Liste mit zwölf Wörtern vor sich haben, die uns helfen sollte, unsere eigene Persönlichkeit ein wenig besser zu verstehen. Und ich möchte betonen, dass das Ganze nur dann einen Sinn hat, wenn wir alle ehrlich gegenüber unseren Brüdern und Schwestern im Herrn sind. Außerdem ist es hilfreich, nicht zu lesen, was die anderen geschrieben haben.«

Das Spiel ging los.

»Erfindungsreich« schrieb Sarah zu Audrey. »Feigling«, flüsterte Sarah die Dreiste, »›angeberisch‹ trifft's eher. Diese Superhausfrau-Nummer spielt sie doch nur, um Bewunderung einzuheimsen.«

Zu Maurice schrieb sie »hemmungslos«. Du lieber Himmel! Sie dachte schon wieder an diese dämlichen Unterhosen.

Dann lag Trevors Name vor ihr. Sarah die Dreiste wurde eilends nach oben auf ihr Zimmer verfrachtet, bevor sie

Gelegenheit hatte, den Mund aufzumachen. *Und diesmal bleibst du da oben!* Sarah klopfte sich mit dem Stift gegen die Zähne und überlegte, was sie schreiben sollte. Sie bemerkte, dass Trevor ihr einen seltsamen Blick zuwarf, und schrieb voller Panik das erste ungefährliche Wort hin, das ihr in den Sinn kam: »Zielstrebig«. Und so ging es weiter. Die Einzige andere, mit der sie Schwierigkeiten hatte, war Shirley.

»Fehlgeleitet.«

»Irregeführt.«

»Seltsam.«

Alles möglich.

»*Durchgeknallt!*«, rief eine Stimme von oben.

»Gefühlsbetont«, erschien ihr sicherer.

»Na bitte«, sagte Trevor, als alle schließlich wieder ihr eigenes Blatt in der Hand hielten. »Lest euch die Kommentare durch und bittet um Gottes Führung, wenn ihr etwas seht, das euch besonders herausfordert.«

Sarah ging ihre Liste von oben nach unten durch, damit sie sehen konnte, wer was geschrieben hatte. Audrey hatte mit ihrer ordentlichen kleinen Schrift notiert, sie sei »nachdenklich«. Nun, das war ja durchaus akzeptabel. Maurice hatte »tiefsinnig« geschrieben. Gut, da schien sich ja eine Art Thema zu entwickeln. Dann las sie, was Trevor geschrieben hatte.

Doch Trevor hatte geschummelt und drei Wörter benutzt, um sie zu beschreiben: »Widerspenstiges verlorenes Schaf.«

Fassungslos starrte sie darauf; ihr Kopf war vor Schreck wie leer. Dann hätte sie am liebsten laut gelacht, verkniff es sich aber. Ihr dämmerte eine schreckliche Erkenntnis: Die ganze Übung war nur ein feiger und nicht besonders subtiler Weg gewesen, ihr zu sagen, was er von ihrem Verhalten in letzter Zeit hielt. Er musste eine Strichliste geführt haben für jedes Mal, wenn sie sich auf Hannahs Seite gestellt hatte anstatt auf seine; jetzt hatte er offenbar vor, sich zu rächen.

Sie faltete das Blatt Papier Stück für Stück zusammen und fragte sich, wie viele von den Anwesenden seine Worte gelesen hatten. Sie blickte auf und sah, wie Shirley und Trevor einen kurzen, wissenden Blick wechselten, und ihr wurde klar, dass er sich ihr irgendwann anvertraut haben musste. »Sie wird abtrünnig, Shirley«, hörte sie ihn im Geiste sagen. »Was soll ich nur mit ihr machen?« »Bete, Trevor«, hatte sie ihm sicher geraten. »Knie nieder und bete.«

Und – o Gott! – genau das hatte diese fürchterliche Frau jetzt offensichtlich vor. Rückenleiden hin oder her, Shirley hievte sich aus ihrem Sessel und kam auf Sarah zu.

15

Ali war dran mit Kaffeekochen. Sie nahm Margarets Rettet-den-Regenwald-Becher mit ins Vorzimmer. Margaret war der festen Überzeugung, sie sei die Einzige, die wusste, was Sache war, und bis zu einem gewissen Grad stimmte das auch. Sie war nicht nur Alis und Daniels Sekretärin und Empfangsdame, sondern auch ihre Informantin, was die dramatischen Geschehnisse im restlichen Gebäude betraf; ohne sie wäre das Leben langweilig gewesen. Ali und Daniel hatten ihre Büroräume von drei jungen Senkrechtstartern gemietet, die eine beeindruckende Investmentfirma mit stetig ansteigender Mitarbeiterschaft führten, was regelmäßig für unterhaltsame Seifenopern-Episoden sorgte. Zeitweise war es schwierig, mit dem Wirrwarr aus Lieben, Trieben und Hieben Schritt zu halten, doch Margaret tat ihr Bestes, um sie auf dem Laufenden zu halten.

Sie war gerade am Telefon und stauchte eine Lieferfirma zusammen, die zum zweiten Mal ihren vertraglichen Verpflichtungen nicht nachgekommen war. Froh, dass es kein Kunde war, der diese Schimpfkanonade abbekam, überließ Ali Margaret ihrer Attacke und kehrte ins Hauptbüro zurück, wo Daniel, die Füße auf dem Tisch, eine Reihe von Overheadfolien studierte – ihre visuell-sexuellen Hilfsmittel, wie er sie nannte. Sie gab ihm seinen Becher vom National Trust mit der Aufschrift »Seine Lordschaft«.

»Wie? Keine Kekse?«, fragte er.

»Tut mir Leid, ich habe den Letzten aufgegessen, während ich darauf gewartet habe, dass das Wasser kocht. Ich wollte nicht, dass du dich mit Margaret darum prügelst.«

»Wir hätten uns nicht geprügelt. Ich hätte ihn ihr mit Freuden überlassen. Ein Mann sollte immer wissen, wann er sich wie ein Gentleman benehmen muss.«

Ali lachte. »Du spielst dich bloß wieder auf.«

»Unsinn. Es hat etwas ausgesprochen Geschmackloses, wenn ein Mann und eine Frau sich um den letzten Schokoladenkeks rangeln.«

»Vor allem, weil sie dich zu Hackfleisch verarbeiten würde.«

»Eben. So, jetzt aber zum Geschäftlichen. Unsere Sexutensilien hier wirken ein bisschen abgenutzt. Sie verlieren ihren Reiz. Ich finde, wir sollten sie entweder aufmotzen oder ganz von vorne anfangen. Irgendwelche Ideen?«

Ali setzte sich auf die Tischkante und warf einen Blick auf die Folien. »Im Moment wäre ich eher für die Aufmotzaktion.«

Um diese Jahreszeit lief das Geschäft relativ ruhig. Die Steuererklärungen waren alle unter Dach und Fach, und während sie die Unterlagen ihrer Klienten routinemäßig aufbereiteten, nutzten sie die Flaute, um Werbung für sich zu machen. Dazu gaben sie ein paar Seminare, meistens für andere Finanzbuchhalter und Steuerberater, die ihre Kenntnisse in Auslandssteuerrecht auffrischen wollten. Ali hatte nie vorgehabt, sich in diesem Bereich zu spezialisieren, doch damals als Abteilungsleiterin in Manchester hatte man ihr angeboten, eine neue Abteilung aufzubauen, die sich ausschließlich mit Auslandsangelegenheiten befassen sollte. Unterstützt wurde das Angebot durch einen besonderen Anreiz: Wenn sie wirklich etwas aus der Abteilung machte, stünden die Chancen gut, dass sie bald auf dem Weg zu einer Partnerschaft war. Sie hatte die Gelegenheit beim Schopf gepackt, doch als aus Monaten Jahre wurden und sie einer Partnerschaft noch keinen Schritt näher war, hatte sie begriffen, dass man sie an der Nase herumgeführt hatte. Das Lockmittel war nichts anderes gewesen als ein uralter Trick, den die Seniorpartner anwandten, um die Untergebenen zu Höchstleistungen anzuspornen – vor allem Frauen, die so erpicht darauf waren, zu gefallen und ihre Karriere voranzutreiben. Indem sie ihren Ehrgeiz ausgenutzt, ihr immer schön die Möhre vor die Nase gehalten und bei jedem Beförderungsgespräch erneut erzählt hatten, es sei jetzt noch nicht der richtige Moment, hatten sie genau das bekommen, was sie gewollt hatten: eine perfekt organisierte Abteilung, von der sich die meisten anderen eine Scheibe abschneiden konnten, und das Ganze, ohne selbst auch nur einen Finger krumm zu machen. Sie hätte wirklich nicht so überrascht über ihre Verlogenheit sein müssen. Es war schließlich allgemein bekannt, dass jede männerdominierte Industrie so funktionierte. Aber es brachte sie noch immer auf die Palme, dass sie so blauäugig gewesen war.

Auf der anderen Seite hatte sie durch diese Erfahrung alles gelernt, was man über Auslandssteuerrecht nur wissen konnte, und damit war sie hervorragend auf die kommenden Seminare vorbereitet. An diesem Morgen bereiteten sie einen Vortrag für die Personalabteilung einer großen Elektronikfirma vor, die ihre Übersee-Dependancen erweitern wollte.

Während der nächsten Stunden arbeiteten Ali und Daniel daran, ihre Folien auf den neuesten Informationsstand der britischen Steuerbehörde zu bringen. »Gut«, sagte Daniel, als sie schließlich zufrieden waren. »Wie wär's mit einem Probedurchlauf?«

Diesen Teil hasste Ali. Sie war keine geborene Entertainerin wie Daniel; jedes Mal, wenn sie vor Publikum stand, klang sie steif und ein wenig aggressiv, und wenn die Nerven mit ihr durchgingen, erreichte ihre Stimme Höhen, auf die jeder Knabensopran stolz gewesen wäre. Oft gab ihr Daniel dann ein Zeichen, das Tempo herunterzuschalten und zur Beruhigung erst einmal einen Schluck Wasser aus dem Glas zu trinken, das er ihr immer neben ihre Unterlagen stellte.

»Muss das sein?«, fragte sie, obwohl sie genau wusste, wie die Antwort lauten würde.

Er warf ihr über den Rand der Brille einen freundlich-mahnenden Blick zu. »Schätzchen«, sagte er, »du weißt, dass es dir gut tut. Es ist wie beim Safersex: Vorbereitung ist alles.«

»Meinetwegen, aber dann fang du an. Du brauchst die Übung dringender als ich.«

»Na klar, und mein Vater ist der Weihnachtsmann.«

»Ach, jetzt mach schon, sonst erzähle ich Margaret, dass du den letzten Schokokeks aufgegessen hast.«

»Zimtzicke!«

Daniel legte einen mühelosen Vortrag aufs Parkett. Er war entspannt, er war eloquent, er war exakt, er war witzig. Er war all das, was Ali nie sein würde, wenn es um freies Reden ging.

»Dan Divine, du bist ein Mistkerl. Wieso musst du so gut sein?«

»Damit du schlecht aussiehst. Na, komm schon. Hoch mit dir. Denk dran, Körpersprache ist alles.«

»Eben hast du noch gesagt, Vorbereitung ist alles.«

»Das auch. Meine Güte, jetzt steh doch nicht so stocksteif da. Du siehst aus, als hättest du seit zwei Wochen Verstopfung. Entspann dich, Schultern zurück, und dann eine ordentliche Prise von deinem alten Sexappeal.«

»Ach, hör auf. Jetzt wirst du albern.«

»Nein, ganz und gar nicht. Vertrau mir. Setz dich auf die Ecke deines Schreibtischs und bezirz mich mit deinem verlockendsten Blick.«

»Eher fresse ich meine eigenen Innereien.«

»Und wenn du nicht tust, was ich dir sage, reiße ich sie dir höchstpersönlich heraus. Denk sexy, Ali. Sei provokant.«

»Kann ich nicht!«, rief sie aus. »Ich hab vergessen, wie das geht. Ich bin total verkrampft.«

Er rang die Hände. »Heiliger Strohsack, was man im Namen der Arbeit so alles tun muss.« Er nahm seine Brille ab, ging auf Ali zu, packte sie an den Schultern und drückte sie rücklings auf den Tisch. Seine Bewegungen waren so schnell und geschickt, dass sie keine Zeit hatte, sich zu wehren. Er blickte ihr verführerisch in die Augen, fuhr mit dem Finger über ihre Lippen und sagte in seinem theatralischsten Tonfall: »Küss mich, Süße.«

Sie brach unter ihm in schallendes Gelächter aus und versuchte, sich frei zu winden. »Nein«, sagte er und hielt ihre Arme auf dem Tisch fest, »du bleibst hier, bis du mich geküsst hast.«

»Aber, Daniel, du bist doch schwul!«

Er grinste hinterhältig. »Dann beweis mir, dass ich's nicht bin.«

Als er sich über sie neigte und ihre Lippen sich berührten, beschloss sie, das Spiel mitzuspielen, und küsste ihn ausgiebig und hingebungsvoll. Sie nahm an, dass er zurückweichen würde, doch er tat es nicht, und zu ihrer Verblüffung begann ihr Herz schneller zu schlagen. Schockiert presste sie den Mund zu und wandte den Kopf ab. Daniel blickte ihr tief in die Augen und sagte: »Liebling, ich weiß nicht, wie ich es dir sagen soll, aber es funktioniert nicht. Ich bin immer noch schwul.«

Sie lachte und schob ihn weg. »Gott, du bist unerträglich, und ich schwöre dir, ich erzähle Richard, was für eine miese kleine Hure du bist.«

Er fasste sich dramatisch an die Stirn. »O bitte, alles, nur das nicht!«

»Daniel, du bist total verrückt, völlig gaga. Ich weiß gar nicht, warum ich mich überhaupt mit so einem alten Knallkopf wie dir abgebe.«

»Weil du mich bis zum Wahnsinn liebst.«

»Stimmt.«

»Und weil ich es gerade geschafft habe, dich zu lockern.«

»Stimmt auch.«

»Gut. Dann setz dich jetzt auf deine Schreibtischkante und sei provokant.«

Sie tat, was er sagte, und warf sich in eine Und-ewig-lockt-das-Weib-Pose mit Schmollmund und hoch gezogenem Rocksaum. »Na, Süßer, wie mache ich das?«

»Vielleicht komme ich ungelegen«, sagte eine Stimme von der Tür.

Es war Elliot.

Ali sprang vom Tisch, dass die Aktenordner, Stifte und Büroklammern durcheinander flogen. Wieso musste ausgerechnet Elliot sie in so einer peinlichen Situation erwischen? Und was zum Teufel hatte er hier überhaupt zu suchen?

Nach ein paar Höflichkeitsfloskeln, einschließlich einer Erklärung für das, was Ali gerade getan hatte – so unglaubwürdig sie auch klang –, machte Daniel sich unter dem Vorwand, etwas aus dem Druckerraum zu benötigen, aus dem Staub.

Als sie allein waren, sagte Ali: »Du siehst gut aus, Elliot.« Obwohl Weihnachten schon eine ganze Weile her war, konnte man die Woche in der Sonne noch erahnen: Er sah fit und leicht gebräunt aus.

»Du auch.«

»Tja«, sagte sie und wandte sich um, um das Durcheinander auf ihrem Schreibtisch aufzuräumen, »ich schätze, damit haben wir wohl unseren Vorrat an Komplimenten ausgeschöpft. Was kann ich für dich tun? So dünn werden die Klienten bei dir ja wohl nicht gesät sein, dass du zu mir kommst, um mir ein paar wegzuschnappen, oder?«

Elliot zwang sich, nicht auf Alis brüske, ablehnende Bemerkung zu reagieren. Es ist Gewohnheit, sagte er sich. Sie kann aus Gewohnheit nicht nett zu dir sein. Er schluckte hart und sprang vom Rand der Klippe. »Ich habe mich gefragt, ob du vielleicht mit mir essen gehst.«

Sie hielt in der Bewegung inne. »Essen?«

»Ja.«

»Du meinst, *essen*?«

»Ja, sich etwas auf die Gabel tun und es in den Mund stecken.«

Sie kniff die Augen zusammen. »Und wann, wenn ich fragen darf?«

Er sah auf die Uhr. »Wie wär's mit jetzt?«

Sie gingen die paar Schritte zu dem Restaurant, wo Ali und Sam in der Woche vor Weihnachten gegessen hatten. Damals war es eisig kalt und trübe gewesen. Heute war der Himmel klar und blau, und die Sonne schien. Ein paar tapfere Seelen taten so, als sei der Frühling bereits in vollem Gange und trugen T-Shirts; ein junges Mädchen, das auf dem Platz neben einer Mülltonne saß und Chips knabberte, zeigte mutig seine winterweißen Beine.

»Hier bin ich noch nie gewesen«, sagte Elliot, als er Ali die Tür des Restaurants aufhielt. »Ist das Essen gut?«

»Natürlich ist es gut, warum würde ich wohl sonst hierhin gehen?«

Ihre Antwort war wie eine Ohrfeige, und er fragte sich, wozu er sich das antat. Doch dann hörte er sie sagen: »Tut mir Leid, ist mir nur so rausgerutscht.« Es war ein winziger Hoffnungsschimmer, auch wenn mit mehr vielleicht nicht zu rechnen war.

Ali sah zu, wie Elliot ihre Mäntel an der Garderobe aufhängte, und wartete darauf, dass jemand kam und ihnen einen Tisch zuwies. Sie war entsetzlich nervös und konnte es kaum fassen, dass sie sich tatsächlich einverstanden erklärt hatte, mit ihm essen zu gehen. Sie hätte ohne weiteres ablehnen können, sagen, dass sie zu viel zu tun hatte. Jede Entschuldigung hätte es getan, doch sie hatte wie ein Idiot dagestanden, genickt und gesagt, dass sie nicht allzu viel Zeit hatte.

Sie wurden an einen diskreten Tisch in der Ecke geführt, und als sie einander in altvertrautem unbehaglichem Schweigen gegenübersaßen, verlor Ali die Nerven. »Das wird nichts«, sagte sie. »Hätten wir nicht einfach was trinken können und es dabei bewenden lassen?«

»Bitte«, sagte er, »lass uns wenigstens dieses eine Mal versuchen, ein normales Gespräch zu führen.«

»Aber wozu?«

»Können wir erst bestellen und dann reden?«

»Klar.« Typisch Elliot, dachte sie, noch verunsicherter durch seine ruhige Distanziertheit. Immer systematisch, immer der Reihe nach. Sie wandte sich nach rechts und studierte die Tafel mit der Tageskarte. Nachdem sie ihre Wahl getroffen hatte, überlegte sie, weshalb er sich die Mühe gemacht hatte, einfach so in ihr Büro zu kommen. Warum hatte er nicht vorher angerufen? Wahrscheinlich, weil er wusste, dass es ihr dann leichter gefallen wäre, ihn abzuwimmeln. Er hatte es garantiert so geplant. Er war unangemeldet hereingeschneit, in der Hoffnung, dass sie zu überrascht wäre, um abzulehnen.

Aber wozu dieser Aufwand?

Sie bestellten ihr Essen, und als sie wieder allein waren, bemerkte Elliot, dass Alis wache braune Augen unruhig über ihn hinweg und um ihn herum blickten – überallhin, um genau zu sein, nur nicht *auf* ihn. Wie gerne hätte er sie beruhigt. Er machte seinen Eröffnungszug. »Ali, ich möchte mich entschuldigen.«

Zögernd wie ein Schmetterling, der sich auf einer Blüte niederlässt, senkte sich ihr Blick nun endlich auf ihn. Sie fixierte ihn über den Rand ihres Mineralwasserglases hinweg. »Tatsächlich? Wofür denn?« Sie klang distanziert. Feindlich.

Gute Frage. Wo sollte er anfangen? Es gab so vieles, das ihm Leid tat – sie würden den ganzen Tag hier sitzen, wenn er sich für alles entschuldigen wollte, was er falsch gemacht hatte. Es war vielleicht keine schlechte Idee, mit dem Trivialen anzufangen. »Es tut mir Leid, dass ich mich bei der Einladung, Weihnachten zusammen mit Dad und mir zu verbringen, so ungeschickt angestellt habe.«

Sie zuckte die Achseln. »In Anbetracht der Umstände hast du dich doch ganz wacker geschlagen. Wie war's denn in Barbados? Hat es Sam gefallen?«

Auf Elliots Gesicht zeigte sich eine Andeutung seines seltenen Lächelns. Doch es verschwand so schnell, dass sie sich fragte, ob sie es sich nur eingebildet hatte. »Ja, er hat es richtig genossen. Hat sogar eine kleine Romanze eingelegt.«

»Schön für ihn. Und du? Obwohl es mich natürlich nichts angeht.«

»Ich war der übliche Langweiler, meistens mit einem Buch vor der Nase. Und wie war dein Weihnachten? Dad hat mir erzählt, du warst bei Sarah.«

»Stimmt.« Sie nahm eins von den Brötchen aus dem Korb und riss ein kleines Stück ab. Nachdenklich kaute sie darauf herum. Wenn sie ehrlich war, hatte sie Weihnachten im Kohlenkasten-Cottage unsäglich deprimierend gefunden, doch ihre Loyalität Sarah gegenüber gestattete es ihr nicht, das zuzugeben.

Ihr Essen kam, und als der Kellner gegangen war, wurde Elliot sich der unangenehmen Tatsache bewusst, dass ihr Gespräch verstummt war. Er wählte ein Thema, das Ali garantiert zum Sprechen bringen würde. »Wie bist du mit Trevor klargekommen, als du dort warst?«

Ali zog eine Grimasse. »Genauso wenig wie sonst auch. Der alte Holzkopf ist noch unerträglicher geworden, falls das überhaupt möglich ist.«

»Und wie geht's Hannah?«

»Wird zusehends erwachsen. Ganz die junge Dame. Wenn alles klappt, geht sie im Herbst nach Oxford. Brasenose hat ihr einen Platz –« Sie brach mitten im Satz ab und starrte mit leerem Blick auf ihren Teller.

»Was ist?«, fragte er. »Stimmt was nicht mit deinem Essen?«

Sie ließ Messer und Gabel fallen und griff nach ihrer Serviette. Sie knüllte sie zu einer kleinen Kugel zusammen. »Es hat keinen Sinn«, murmelte sie. »Ich kann das nicht. Ich kann nicht hier sitzen und hirnlosen Smalltalk von mir geben.«

»Ich verstehe nicht.« Das war genau die falsche Bemerkung.

»Natürlich nicht«, sagte sie mit schneidender Verbitterung. »Natürlich verstehst du nicht, wie schwer es mir fällt, hier zu sein.«

»Glaubst du vielleicht, für mich ist es einfacher?«

Sie sah zu ihm hoch; ihre Augen blitzten zornig. Anklagend. »*Du* wolltest hierher kommen.«

Wieder eine Ohrfeige.

Er atmete aus. Würden sie je über dieses Stadium hinauskommen? »Bitte, Ali, ich will nicht mit dir streiten.«

»Was willst du denn?«

Er sah sie nachdenklich an. Ich will dir sagen, dass ... dass ich dich immer noch liebe. Dass ich wünschte, wir wären noch verheiratet; dass es mir Leid tut, wie viel Schmerz ich dir zugefügt habe. Doch er sagte nichts davon. So viel Offenheit konnte er nicht riskieren. Es war zu früh. Es gab zu viel, das er selbst noch nicht verstand. »Ich möchte uns wenigstens ein einziges Mal beweisen, dass wir uns wie zwei normale Menschen benehmen können, die friedlich miteinander zu Mittag essen.«

Sie runzelte zweifelnd die Stirn, nahm dann jedoch mit einer seltenen Geste der Zustimmung ihr Besteck wieder auf.

Er stieß innerlich einen Erleichterungsseufzer aus; ihm war klar, dass sie ihn um ein Haar in der Luft zerfetzt hätte. Von dem Moment am Strand mit Rosalind an, als ihm schlagartig klar geworden war, was er noch immer für Ali empfand, hatte er gewusst, dass es nicht einfach sein würde, mit ihr zu reden. Wochenlang hatte er die kleine rosa Muschel, die er, Rosalinds Rat folgend, auf seine Ablage im Bad gelegt hatte, ignoriert, doch an diesem Morgen beim Rasieren hatte er beschlossen, seinen Vorsatz in die Tat umzusetzen. Es musste spontan sein, hatte er sich gesagt. Er würde einfach ohne Vorwarnung in Alis Büro auftauchen, ihr anbieten, mit ihm zu Mittag zu essen, und sie zum Reden bringen. Es wäre ein Anfang.

Womit er allerdings nicht gerechnet hatte, war die Stärke von Alis Überraschung: Die Art und der Moment seines Erscheinens hatten sie ernsthaft aus der Fassung gebracht, was nicht seine Absicht gewesen war. Als er die Stufen zu Alis und Daniels Büro hinaufgegangen war, hatte niemand am Empfang gesessen, also hatte er beschlossen, sich selbst anzumelden. Gerade als er an die Tür klopfen wollte, hatte er bemerkt, dass sie einen Spalt offen stand, und ein paar außerordentliche Sekunden lang war er in den Genuss von

Alis Anblick gekommen, die verführerisch auf ihrem Schreibtisch hingegossen lag. Er wünschte, er hätte den Mut ihr zu sagen, wie unglaublich begehrenswert sie ausgesehen hatte.

Vorsichtig sah er zu ihr hinüber, betrachtete das sanft gewellte Haar, die dunklen Augen, die zierlichen, eleganten Hände und den eng anliegenden grauen Blazer, passend zu dem kurzen Rock, der vor einer knappen Stunde ihre wunderschönen Beine in voller Länge entblößt hatte. Als er wieder daran denken musste, wie sie auf dem Tisch gelegen hatte, senkte er den Blick, aus Angst, sie könnte seine Gedanken erraten.

Bis Weihnachten hatte er keine Ahnung gehabt, was er wirklich für Ali empfand. Nach Isaacs Tod hatte er gedacht, alle Gefühle in ihm seien mit seinem Sohn gestorben. Es war eine paradoxe Zeit gewesen: Gerade als er die Wärme eines anderen Menschen am meisten brauchte, hatte er niemanden an sich herangelassen. Er wollte allein sein. Er wollte den Schmerz fühlen. Sich trösten zu lassen kam nicht in Frage. Er verdiente es nicht. Und in seinem Drang nach Selbstbestrafung war er so weit gegangen, sich sogar die Liebe seiner Frau zu versagen.

Erst als er mit Rosalind am Strand gelegen und sich vorgestellt hatte, es sei Ali, die er da im Arm hielt, war ihm bewusst geworden, wie sich seine Gefühle für Ali verändert hatten. Anstatt die Erinnerung an sie wegzustoßen, wollte er sie nun näher an sich heranziehen. Mehr als alles andere sehnte er sich danach, dass sie wieder Teil seines Lebens wurde. In jener Nacht auf Barbados, als er auf die Wellen gelauscht hatte, die ein paar Meter vor seinem Hotelfenster leise über den Sand spülten, hatte er über die ironische Fügung nachgedacht, dass die einzige Frau, die er je wirklich begehrt hatte, genau diejenige war, die ihn am wenigsten leiden konnte … und dass es obendrein noch seine eigene Schuld war. Er selbst hatte dafür gesorgt, dass Ali ihn hasste. Als er sich am nächsten Tag von Rosalind verabschiedet hatte, die sich mit ihrer Mutter zum Flughafen aufmachte, hatte sie zu ihm gesagt: »Bleib bei deinem Vorsatz, Elliot. Wenn dir Ali wirklich so viel bedeutet, wie ich glaube, hab Geduld mit ihr. Und vor allem hab Geduld mit dir selbst.«

Doch es war nicht Geduld gewesen, die ihn fast drei Monate hatte warten lassen, bevor er Kontakt mit Ali aufgenommen hatte, sondern Angst. Angst, dass sie sofort jedwede Möglichkeit, eines Tages auch nur so etwas wie Freundschaft für ihn zu empfinden, beiseite fegen würde.

Entschlossen, diese Angst zu vertreiben, sagte er: »So schlimm war dieses Essen doch nicht, oder?« Er wartete auf ihre Antwort, suchte in ihrem Gesicht nach einer ehrlichen, unverstellten Regung. Doch ihre Haltung blieb undurchschaubar. Ihr Blick war distanziert und gab nichts preis. Und sie sagte auch nichts.

»Meinst du, du könntest es noch mal riskieren?«

»Würde es irgendwas nützen?« Ihr Tonfall war nicht mehr so bissig wie zuvor. Jetzt lag eher ein Hauch von Endgültigkeit darin.

»Vielleicht.«

»Elliot, ich glaube, wir können beide zufrieden sein, dass wir es geschafft haben, unversehrt bis zum Ende einer Mahlzeit zu gelangen. Sam wäre stolz auf uns. Aber du musst verstehen, dass jedes Mal, wenn ich mit dir zusammen bin, der ganze Schmerz über Isaacs Tod zurückkommt ... und es tut mir Leid, aber das ist einfach zu viel für mich. Kannst du das verstehen?«

Er nickte traurig. O ja, er verstand das sehr gut. Aber konnte sie verstehen, dass er bis vor kurzem genau wie sie empfunden hatte? Doch wenn er sie jetzt ansah oder an sie dachte, wurde der schlimmste Schmerz über Isaacs Tod auf wundersame Weise gedämpft und für ein paar kostbare Sekunden sah es so aus, als würde sich die Finsternis, in der er sich bewegte, aufhellen.

16

Ali war der festen Überzeugung, dass Häuser, genau wie Schuhe, eine Menge über ihren Besitzer aussagten, und als sie sich in der riesigen Emailbadewanne mit den Klauenfüßen ausstreckte, die Stunden brauchte, um voll zu laufen, dankte sie Owen für seinen wunderbaren Geschmack und die Fähigkeit, vor allem diesem Raum so perfekt seinen Stempel aufzudrücken. Das exquisite Dekor und die ausgefallene Einrichtung sprachen Bände über den Genuss, mit dem dieser Mann seinen Waschungen nachging, denn dies war kein normales Badezimmer. Owen hatte es offensichtlich nach seinen ganz persönlichen Bedürfnissen maßschneidern lassen, die anscheinend über die alltägliche Routine des Waschens und Rasierens hinausgingen.

Die Fliesen, die sich über die gerundeten Wände zogen, waren größtenteils weiß, jedoch in unregelmäßigen Abständen von blauweißen Delfter Kacheln unterbrochen – echten, handgearbeiteten Delfter Kacheln, von Owen selbst ausgesucht, als er bei einer seiner Geschäftsreisen nach Holland die Fabrik besichtigt hatte. Gegenüber der Badewanne befand sich ein gewaltiges Marmorwaschbecken und darüber ein hell erleuchteter Spiegel mit Goldrahmen, auf dem sich ein wirbelnder Haufen von pummeligen Cherubim tummelte; rechts und links davon hingen zwei wildromantische Messingleuchter. Der Boden bestand aus poliertem Kirschholz und schimmerte in einem warmen Honigton. Neben dem Kopfende der Wanne, in bequemer Reichweite, befand sich ein eingebauter Wandschrank, der jedoch nicht, wie man hätte annehmen können, als diskreter Aufbewahrungsort für Toilettenpapier und -bürste diente, sondern als Bar. Und da Owens Auswahl an Weinen und Hochprozentigem mit seinem restlichen Haushalt nach Brüssel gezogen war, hatte Ali ihre eigenen Vorräte dort untergebracht. Jetzt hatte sie Lust auf einen Drink, und so beugte sie sich über den abgerundeten kühlen Wannenrand, öffnete die Paneeltür und schenkte sich einen großzügig bemessenen Jack Daniel's ein. Dann griff sie nach der Fernbedienung des CD-Spielers, der nebenan in ihrem Schlafzimmer stand, und setzte Bachs *Goldberg-Variationen* in Gang. Von den beiden Lautsprechern auf dem Regal über der Wanne perlte die zurückhaltende, sanft fließende Musik über sie hinweg. Sie schloss die Augen und begann sich zu entspannen.

Was für ein Tag.

Sie dachte zurück an den Morgen, als Daniel sie geküsst hatte.

Oder hatte sie ihn geküsst?

Wie auch immer. Es war nicht die Tatsache, dass sie sich geküsst hatten, die sie beschäftigte, sondern wie sie darauf reagiert hatte. Seit der Zeit vor Isaacs Tod hatte sie diese Art von Körperkontakt nicht mehr erlebt, und er hatte in ihr etwas geweckt, das sie verloren geglaubt hatte.

Verlangen.

Sie wusste, dass zwischen Daniel und ihr keine sexuelle Anziehung bestand; sie hatten einfach nur herumgealbert, aber eins stand fest: Die Berührung seiner Lippen hatte Erregung in ihr ausgelöst. Sie hoffte, er hatte es nicht bemerkt und womöglich falsch interpretiert. Es würde ihre Beziehung kaputtmachen, wenn er glaubte, sie verzehre sich nach ihm. Doch zumindest hatte sie nun den Beweis, dass sie, falls eines Tages der richtige Mann auftauchte, keine Angst zu haben brauchte, nichts für ihn zu empfinden. Nicht, dass sie das ständig beschäftigte, aber es hatte Momente gegeben, in denen sie Zweifel gehabt hatte, ob sie je wieder so für einen Mann empfinden könnte, wie sie es einmal getan hatte. Die Kombination aus dem Verlust ihres Kindes und Elliots Zurückweisung hatte ihr jeden Gedanken an so etwas wie Lust ausgetrieben. Wenn man dann noch hinzunahm, dass sie sich fast ständig am Rand der Erschöpfung befand – und zwar absichtlich –, war es nur natürlich, dass sie ihre Energiereserven nicht für etwas so Überflüssiges wie eine sexuelle Begegnung verschwendete.

Aber jetzt ... nun ja, jetzt schien Sex gar keine so üble Idee zu sein – als Entspannungstherapie, versteht sich.

Sie trank einen Schluck von ihrem Whisky und seufzte. Wozu diese Überlegungen? Welcher auch nur halbwegs vernünftige, geistig gesunde Mann würde je auf die Idee kommen, etwas mit einem emotionalen Wrack wie ihr anzufangen? Nein. Es wäre wesentlich einfacher, wenn Sex für sie auch weiterhin uninteressant bliebe; es wäre weitaus unkomplizierter, kühl und leidenschaftslos zu bleiben anstatt zu versuchen, eine wieder erwachte Libido in Schach zu halten, die vermutlich in den unpassendsten Augenblicken aus ihrem Winkel hervorspringen würde.

Sie lächelte über dieses Bild, stellte ihr Glas neben der Wanne ab und griff nach dem Telefon, das auf dem Wandschrank stand. Als sie nach der Arbeit nach Hause gekommen war, hatte sie eine Nachricht von Sarah auf dem Anrufbeantworter gehabt, die sie beunruhigt hatte; ihre Freundin hatte ganz und gar nicht wie sonst geklungen.

Es dauerte eine Weile, bis sie Sarahs Stimme am anderen Ende der Leitung hörte. Ihr Verdacht, dass etwas nicht in Ordnung war, wurde prompt bestätigt.

»Ali«, sagte Sarah, »ich muss dich sehen und mit dir reden.«

»Warum? Was ist los?«

»Ich möchte jetzt nicht darüber sprechen. Können wir uns zum Mittagessen treffen?«

»O Sarah, wahnsinnig gern, aber diese Woche ist im Büro die Hölle los. Daniel und ich halten einen –«

»Wie wäre es mit Samstag?«

»Ja, wunderbar. Aber was ist denn so dringend?«

»Ich muss einfach mit jemandem reden.«

»Ist etwas passiert?«

»Könnte man so sagen.«

Ali hatte ihre Freundin am Telefon noch nie zuvor so angespannt erlebt. Sarahs Stimme war immer freundlich und warm, nie so knapp und abgehackt wie jetzt. »Sarah, ich höre an deinem Tonfall, dass es etwas Ernstes sein muss. Kannst du es mir nicht sagen?«

»Nein. Lass uns bis Samstag warten.«

»Okay. Aber warum bleibst du nicht über Nacht? Machen wir doch ein Wochenende daraus. Wir haben so selten Zeit füreinander. Überlass Trevor Hannahs Aufsicht und übernachte bei mir. Wir lassen uns was zu essen bringen und gönnen uns eine Flasche –«

»Gut, ich frage mal, ob Trevor –«

»Vergiss Trevor, tu es einfach.«

»Ali, bitte sag mir nicht, was ich zu tun habe. Das erlebe ich hier bei Trevor schon genug. Also dann, gute Nacht und bis Samstag, so gegen drei.«

Als Sarah aufgelegt hatte, ließ Ali sich wieder in das warme, duftende Wasser gleiten und griff nach ihrem Glas. Sie war seltsam verletzt von Sarahs Bemerkung. *Bitte sag mir nicht, was ich zu tun habe.* Es waren nicht so sehr die Worte, die sie trafen, sondern der Ton, in dem sie gesagt worden waren. Sarah, die wohlerzogene, friedliche Sarah, hatte noch nie so barsch mit ihr gesprochen. Was zum Teufel war da los? Oder, genauer gesagt, was zum Teufel hatte Trevor angestellt?

Der Tag wurde immer merkwürdiger.

Sie hatte sich noch nicht von dem Schock erholt, dass Elliot so unerwartet in ihrem Büro aufgetaucht war. Sie hätte gerne mit Sarah darüber gesprochen, und obwohl sie wusste, wie selbstsüchtig sie war, verspürte sie Enttäuschung darüber, dass sie keine Gelegenheit gehabt hatte, ihre Gedanken bei ihrer Freundin abzuladen.

Nachdem sie sich von Elliot verabschiedet hatte, war sie zum Büro zurückgeeilt, in der Hoffnung, Daniel noch zu erwischen, bevor er zu seinem Nachmittagstermin mit einer neuen Kundin verschwand – ausgerechnet einer Autorin von Liebesromanen. Typisch Daniel, sich so eine Kitsch-Klientin auszusuchen! Doch sie war zu spät gekommen, er war bereits unterwegs, und so hatte sie den Rest des Nachmittags damit zugebracht, für ihre Vortragsreihe zu üben. Sie hatte allerdings nicht viel auf die Reihe gekriegt: Ihre Gedanken waren ständig von den neuesten Änderungen im Steuergesetz zu Elliot abgewandert. Bei dem Gedanken an seinen Gesichtsausdruck, als er sie auf dem Schreibtisch ausgestreckt erblickt hatte, zog sie eine Grimasse. Dem Himmel sei Dank, dass er nicht eher gekommen war und sie mit Daniel auf ihr erwischt hatte.

Sie schüttelte sich und stöhnte laut auf. Plötzlich klingelte das Telefon. Sie zuckte zusammen und verschüttete einen Teil des Whiskys auf Hals und Brust.

»Ja«, fauchte sie schlecht gelaunt in den Hörer.

»Entschuldigung, ich muss mich verwählt haben.«

»Daniel, bist du das?«

»Ja, aber bist *du* das, Babe?«

»Natürlich bin ich's.«

»Warum dann so giftig?«

»Du hast mich so erschreckt, dass ich meinen Drink verschüttet habe.«

»Heißt das, du musst jetzt dringend irgendwelche Kleider in kaltes Wasser einweichen?«

»Nicht nötig, ich liege in der Wanne. Was willst du?«

»Sämtliche Einzelheiten über dein Essen mit Elliot.«

»Ach, das«, sagte sie flüchtig, als habe sie die Episode schon wieder vergessen. Und nur um ihn zu ärgern, fragte sie: »Wie war's denn bei Jessica Lloyd? War sie eine rosa Tüllwolke mit zwei langhaarigen Kötern unterm Arm?«

»Das erzähle ich ihr. Sie war sehr nett. Sie hat mich an dich erinnert: intelligent, geistreich und sehr direkt.«

»Und hat sie auch, genau wie ich, deinen fatalen Charme durchschaut?«

»Oh, bis auf die Knochen, schätze ich. Sie hat übrigens einen hervorragenden Geschmack, was Männer betrifft.«

»Ich weiß, was für ein Frauenmagnet du bist, Dan Divine, aber willst du damit sagen, dass sie dich angebaggert hat?«

Er lachte. »Ich will damit sagen, dass sie einen höchst attraktiven Mann hat. Überall in ihrem Arbeitszimmer hingen Fotos von ihm, sogar eins, auf dem er –«

»Ja, schon gut, schon gut, ich hab's kapiert, er ist ein wahrer Sexgott. Kannst du eigentlich an nichts anderes denken?«

»Nanu, so empfindlich, Madam?«

»Ich bin nicht empfindlich.«

»Doch, bist du. Du bist doch nicht sauer, weil ich dich heute Morgen geküsst habe, oder?«

Ali trank ihren letzten Schluck Whisky. »Hm ... da du schon davon angefangen hast ... Ich wollte dich mal was fragen in Zusammenhang mit –«

»Aha, du möchtest eine Bewertung, ja? Nun, deine Technik ist vielleicht ein bisschen eingerostet – ein paar von den Himbeerkernen zwischen meinen Backenzähnen hast du übersehen –, doch insgesamt und in Anbetracht der Situation war es kein schlechter Kuss. Wirklich, gar nicht übel.«

»Daniel, du arrogantes Schwein, hör auf, dich über mich lustig zu machen.«

»*Moi?*«

»Ja, du. Und jetzt sei still und lass mich reden.«

»Ich warne dich, ein kritisches Wort über meine Technik, und ich rede nie wieder mit dir.«

»Das wäre die reinste Wohltat!«

»Kriegst du deine Tage?«

»Nein!«

»Dann hast du wahrscheinlich gerade deinen Eisprung. Anders kann ich mir deine Hitzigkeit nicht erklären.«

»Daniel.«

»Ja?«

»Halt die Klappe. Sei wenigstens so lange still, bis ich dir gesagt habe, dass ... nun ja, bloß weil wir uns geküsst haben, ich meine auf diese Art ... also, das bedeutet nicht, dass ich in dich verliebt bin. Ich möchte nicht, dass du denkst –«

»Ali, bitte hör auf, du machst mich verlegen.«

»Ich bin selbst total verlegen.«

»Ein Grund mehr, nicht weiterzureden. Ich weiß genau, was in deinem hübschen Kopf vorgegangen ist, als ich über dich hergefallen bin.«

»Tatsächlich?«

»Ja, du dachtest: Der Kerl küsst fantastisch, schade, dass es der Falsche ist.«

»Hm ... nicht ganz. Aber es kommt schon ungefähr hin.«

Sie schwiegen einen Moment.

»Erzählst du mir jetzt von deinem Mittagessen mit Elliot?«, fragte Daniel. »Nachdem du nicht nur um den heißen Brei, sondern um das gesamte Büffet herumgeredet hast, in der Hoffnung, ich würde den eigentlichen Grund meines Anrufs vergessen.«

Ali gab ihm einen ausführlichen Bericht. »Es war furchtbar«, sagte sie. »Es war so unwirklich. Er hat versucht, mit mir zu plaudern, als wäre es völlig normal, dass wir zusammen zu Mittag essen. Er hat sogar vorgeschlagen, es zu wiederholen.«

»Und was hast du gesagt?«

»Ich habe nein gesagt, weil es mir zu sehr wehtun würde. O Daniel, ich will diesen ganzen albernen Lass-uns-Freunde-sein-Quatsch nicht, ich muss versuchen, mein Leben weiterzuführen, als ob es Elliot und Isaac nie gegeben hätte.«

»Aber, Babe, du kannst nicht so tun, als wärst du nie mit Elliot verheiratet gewesen, und vor allem kannst du nicht so tun, als hättest du nicht den hinreißendsten Sohn der Welt gehabt.«

Sie seufzte. »Ich weiß. Es geht auch nicht darum, dass ich Isaac vergessen will, das könnte ich gar nicht. Er ist immer noch ein riesiger Teil von mir. Aber es liegt bei mir, ob ich mich weiter verletzen lassen will, indem ich mich mit Elliot treffe.«

Wieder herrschte Schweigen.

»Daniel?«

»Ali, ich werde dich jetzt etwas so gnadenlos Offensichtliches fragen, dass du wahrscheinlich wieder deinen Drink verschüttest, also stell ihn besser weg. Was glaubst du, weshalb Elliot sich heute mit dir treffen wollte? Was meinst du, warum er dich gefragt hat, ob du irgendwann demnächst noch mal mit ihm zu Mittag isst?«

»Ich weiß nicht. Vielleicht hat er nichts Besseres zu tun. Vielleicht langweilt er sich und braucht ein Hobby, um sich von seinem öden Leben abzulenken.«

Diesmal war das Schweigen noch länger.

»Daniel, sag was.«

»Ich warte darauf, dass du etwas Vernünftiges von dir gibst. Komm schon, sag es einfach.«

»Was soll ich sagen?«

»Warum kannst du nicht zugeben, dass der Mann noch immer etwas für dich empfindet? Und wenn ich an den Ausdruck auf seinem Gesicht denke, als er dich auf dem Tisch gesehen hat, den Rock bis unters Kinn hochgezogen, würde ich behaupten, dass seine Gefühle für dich nicht nur freundschaftlicher Natur waren, wie es so schön heißt. Aber ich bin ja schwul, was verstehe ich also schon von heterosexuellem Verlangen?«

»Das ist nicht witzig, Daniel.«

»Sollte es auch nicht sein.«

»Ach, das ist doch absurd.«

»Meinst du wirklich? Ich würde eher sagen, du hast Schiss. Du hast Schiss, dass du, wenn du dich wieder mit Elliot triffst und ihr beide tatsächlich nett zueinander seid, daran erinnert wirst, was du einmal gehabt hast.«

»Und warum sollte ich davor Angst haben?«

»Weil du dann womöglich zugeben müsstest, dass es falsch war, dich von ihm scheiden zu lassen.«

17

Jedes Mal wieder gab es Diskussionen darüber, welche Musik sie hören wollten, während sie in der Werkstatt arbeiteten: An diesem Abend hatte Sam für *South Pacific* gestimmt, Elliot hingegen wollte eine seiner Leonard-Cohen-Kassetten einlegen.

Leonard Cohen war ein schlechtes Zeichen.

Sam wusste, wenn dieser spezielle Sänger seine Stimmbänder schwingen ließ, mit dem unnachahmlichen Talent, seine Worte klingen zu lassen, als würden sie durch die Kaffeemühle gedreht, war etwas ganz und gar nicht in Ordnung. Deshalb hatte er sich auch stur gestellt und auf einer Stunde harmloser, leicht verdaulicher Mitsing-Nummern bestanden. Er wusste nicht, was mit Elliot los war, aber er war stiller als sonst gewesen, seit er von der Arbeit nach Hause gekommen war.

Während *South Pacific* »There is Nothing Like a Dame« anstimmte, strich Sam liebevoll über den geschwungenen Kotflügel des 1963er Morris-Minor-Viertürers, den er und Elliot restaurierten. Sie hatten ihn als traurigen, heruntergekommenen Haufen rostiges Metall gekauft und in ihrer Freizeit immer wieder daran gearbeitet. Für einige der zu reparierenden Stellen hatten sie Schablonen aus Pappe angefertigt und das Ganze dann aus Zinkblech nachgeformt, aber für die wirklich kniffligen tragenden Stücke hatten sie fertige Ersatzteile bestellt. Das Schweißen hatte ewig gedauert und war das Schlimmste an der ganzen Sache gewesen, doch Geduld und Durchhaltevermögen hatten schließlich gesiegt. Der Motor war zum Glück in sehr gutem Zustand und erst fünfundachtzigtausend Meilen gelaufen; Sam war überzeugt, dass er mindestens noch mal so viel schaffen würde. Die nächste größere Unternehmung, die für Tilly – wie sie ihr Auto liebevoll nannten – anstand, war ein Besuch beim Lackierer. Sie hatten es zuerst selbst versucht, hatten sich einen Kompressor, Rostschutzgrund und fünf Liter taubengraue Farbe gekauft, doch da sie so dumm gewesen waren, das Auto draußen zu spritzen, hatten sie nach kurzer Zeit Hunderte von toten Fliegen auf der Karosse gehabt. So waren sie gezwungen gewesen, den ruinierten Anstrich wieder zu entfernen, und hatten resigniert beschlossen, Tilly einem professionellen Lackierer zu überlassen. Der Tag nahte im Sturmschritt: nur noch ein paar Wochen Arbeit, dann würde Sam das Auto zu einem Morris-Minor-Spezialisten in Flint bringen.

Wenn das erledigt war, mussten er und Elliot sich ein neues Projekt suchen. So lange er zurückdenken konnte, hatten sie zusammen an Autos herumgebastelt. Während seine Klassenkameraden auf dem Rugbyfeld um Ruhm und Ehre gekämpft hatten, war Elliot – falls er nicht über seinen Büchern hing oder Klavier übte – mit Sam in, auf und unter Autos herumgekrochen. Mit fünfzehn war er in der Lage gewesen, eine Gangschaltung auseinander zu nehmen, und konnte ohne allzu große Schwierigkeiten die Bremsbeläge einer Scheibenbremse auswechseln. Connie hatte immer gemurrt, weil Sam den Zauberjungen dazu brachte, sich die Kleidung und, schlimmer noch, die Hände zu ruinieren. »Seine Klavierlehrerin würde einen Anfall kriegen, wenn sie das Öl unter seinen Fingernägeln sehen könnte«, hatte sie entsetzt gesagt, wenn sie so dreckig aus der Garage zurückkamen, dass sie sie zwang, sich auf Zeitungspapier zu stellen, während sie sich an der Küchenspüle die Hände wuschen.

Obwohl er nicht viel Hoffnung hatte, dass es tatsächlich dazu kommen würde, wünschte er sich sehnlichst, dass sie als nächstes Projekt das Geschenk in Angriff nehmen würden, das er Elliot in dem Jahr zu Weihnachten hatte schenken wollen, als Isaac gestorben war. Er hatte Monate gebraucht, um diese Überraschung für Elliot zu organisieren, hatte mit dem Jaguarclub Kontakt aufgenommen und war quer durch das ganze Land gereist, bis er schließlich ein brauchbares Restaurierungsobjekt gefunden hatte: einen 1964er 3,8-Liter-Jaguar E-Type. Der Wagen hatte fast zwanzig Jahre lang bei der Schwester des verstorbenen Besitzers im Kuhstall gestanden. Da niemand daran herumgepfuscht hatte, war es ein echter Fund. Und vor allem war er bezahlbar – als waschechter, ausgefuchster Yorkshire-Mann ließ Sam sich nicht mit schönen Worten dazu überreden, mehr Geld auszugeben als nötig. Ursprünglich hatte er beabsichtigt, den Wagen zusammen mit Elliot fertig zu machen und ihn später Isaac zum achtzehnten Geburtstag zu schenken – Sam hatte sich schon auf diesen Tag gefreut, da er hoffte, das noch miterleben zu können. Er war nie auf die Idee gekommen, dass sein Enkel den Tag nicht mehr erleben würde. Und so hatte es keiner von beiden übers Herz gebracht, die Plane zu lüften, die seit Isaacs Tod über dem Wagen lag. Sam warf einen Blick in den hinteren Teil der Werkstatt, wo der Jaguar jetzt auf Ziegeln aufgebockt stand, ignoriert und unerwünscht, und sagte sich, dass sie früher oder später den Stier bei den Hörnern packen mussten. Wenn sie schon sonst keinen Grund fanden, ihn zu restaurieren, dann wenigstens in Erinnerung an Isaac.

»Müssen wir uns diesen Schrott anhören?«, fragte Elliot vom Kofferraum des Morris Minor, den er gerade abschliff. Nellie sang mit entschlossener Stimme, sie würde sich diesen Mann jetzt aus den Haaren waschen.

»Hey, Kumpel«, sagte Sam in gespielt lässigem Tonfall, »hast du'n Problem, über das du reden willst?«

»Nein, nichts Besonderes.«

Sam ging zu Tillys Heck und sah zu Elliot hinunter, der auf dem Boden kniete. »Sicher?«

Einige Sekunden verstrichen, während Elliot so tat, als brauche er seine ganze Konzentration, um die glänzenden Heckklappenscharniere aus Chrom zu polieren. Dann sagte er, ohne aufzusehen: »Ich habe heute mit Ali zu Mittag gegessen.«

Das war es also, dachte Sam. Er stellte den Kassettenrekorder aus, zwang sich zu größtmöglicher Zurückhaltung und erwiderte: »Ah ja? Wie geht's ihr?«

Elliot stand auf und wischte sich die Hände an den Beinen seines Overalls ab. »Ihr geht's gut, und sie lässt schön grüßen.«

»Das ist gut. Und, äh ... wie ist es dazu gekommen? Seid ihr euch zufällig über den Weg gelaufen?«

Elliot hörte die bemühte Beiläufigkeit in der Frage seines Vaters und beschloss, die Karten auf den Tisch zu legen. »Nein, es war meine Idee«, sagte er. »Ich habe sie einfach im Büro besucht und gefragt, ob sie mit mir essen geht.«

Sam konnte seine Überraschung nicht verbergen. Und seine Freude. Nicht nur, dass Elliot die Initiative ergriffen hatte, Ali war sogar darauf eingegangen. »Und, habt ihr schon einen Folgetermin ausgemacht? Gibt es ein Rückspiel?«

Elliot war klar, welchen Schluss Sam sofort gezogen hatte. Er wollte nicht, dass sein Vater sich von einer Welle des Optimismus davontragen ließ, nur um dann auf dem harten Boden der Realität aufzuschlagen, also sagte er: »Wie sich herausstellte, war es eine einmalige Veranstaltung.« Er ging zur Werkbank und zog seinen Overall aus.

»Was ist passiert?« Sams Enttäuschung war ebenso offensichtlich wie kurz zuvor seine Freude. »Oh, sag's nicht – du hast es in den Sand gesetzt. Hast du ihr wieder Vorwürfe gemacht und sie von oben herab behandelt? Ali hasst das.«

»Soweit ich mich erinnere, war ich weder vorwurfsvoll noch von oben herab. Wenn du es unbedingt wissen willst, sie hat gesagt, es würde ihr zu sehr wehtun, mich wieder zu sehen. Kommst du jetzt mit rein? Es ist schon ziemlich spät.«

Sam spürte, dass Elliot die Unterhaltung damit als beendet ansah, doch er hatte andere Pläne. Er schälte sich aus seinem abgewetzten, fleckigen Overall, warf ihn auf die Werkbank und eilte seinem Sohn hinterher, der bereits die Neonröhren ausschaltete. Als sie im Haus waren und sich im Geräteraum die Hände wuschen, fragte er: »Woher dieser plötzliche Sinneswandel? Wieso wolltest du dich mit Ali treffen?«

Elliot ging zum Trockner und nahm ein sauberes Handtuch aus dem Stapel, der darauf lag. Nachdenklich betrachtete er den Hinterkopf seines Vaters. Er wusste, dass es unfair war, Sam mit Halbwahrheiten und Ausreden abzuspeisen, und obwohl er es vorgezogen hätte, nicht weiter über das Thema zu reden, zwang er sich zu sagen: »Ich hatte schon eine ganze Weile vor, mich mit ihr zu treffen.«

Sam wandte Elliot weiter den Rücken zu. Er vermutete, dass er mehr erfahren würde, wenn er direkten Augenkontakt vermied. Trotz ihrer engen Beziehung war es ihm nie so recht gelungen, aus seinem zurückhaltenden Sohn irgendwelche Informationen herauszulocken. Connie hatte da manchmal mehr Glück gehabt. Zum Beispiel damals, als Elliot ihnen nichts von der Klassenfahrt in die Normandie erzählt hatte.

»Ich hatte keine Lust mitzufahren«, war sein Kommentar gewesen, als sie es herausgefunden und ihn gefragt hatten, warum er sich nicht dazu angemeldet hatte. Schließlich hatte Connie aus ihm herausgekriegt, dass er sich Sorgen gemacht hatte, sie könnten es sich nicht leisten, ihn mitfahren zu lassen. Sam griff nach der Nagelbürste und tat so, als bräuchten seine Fingernägel eine gründliche Schrubbaktion. Er sagte: »Eine ganze Weile, soso.«

Vollkommen im Klaren darüber, was sein Vater tat und warum, erwiderte Elliot: »Dad, wenn wir dieses Gespräch schon fortführen müssen, könnten wir es dann vielleicht von Angesicht zu Angesicht und bei einem Drink tun?«

Das Wohnzimmer war dunkel, und während Sam die Lampen einschaltete und die Vorhänge zuzog, ging Elliot zu dem Getränketablett auf dem Tisch hinterm Sofa und schenkte ihnen zwei Scotch ein. Er gab Sam eines der beiden Kristallgläser, setzte sich jedoch nicht in den Sessel ihm gegenüber, sondern auf die Klavierbank. Er klappte den Deckel des Flügels auf und strich wehmütig über die Tasten. Er spielte eine sehnsuchtsvolle, melancholische Tonleiter und ließ sie anschwellen, bis seine Hände über die gesamte Tastatur glitten. Dann hielt er abrupt inne und lauschte dem Klang nach, der in der Stille versiegte.

In letzter Zeit spielte er selten, und wenn, dann zur Entspannung. In glücklicheren Zeiten hatte er für Ali gespielt: Rachmaninow, Chopin, Haydn, Mozart. Eines ihrer Lieblingsstücke war der dritte Satz von Beethovens Mondschein-Sonate. »Dieses kitschige Adagio am Anfang ist ja ganz nett«, hatte sie provozierend gesagt, »aber es ist so schrecklich trübselig. Das aufregende, leidenschaftliche Stück gefällt mir viel besser. Es ist so sexy.« Ali tat gerne so, als verstünde sie so gut wie gar nichts von klassischer Musik, aber es war nur Fassade, und sie genoss es, wenn jemand so dumm war, sich als musikalischer Besserwisser aufzuspielen. Den Fehler machte derjenige nur einmal. Ab und zu schlich sie sich von hinten an, während er spielte, und setzte sich neben ihn auf die Klavierbank. Dann saß sie in verzücktem Schweigen da, manchmal mit geschlossenen Augen, doch meistens waren sie offen und folgten seinen Händen. Oft war ihr Musikgenuss ein Vorspiel für die Liebe. Hinterher scherzte sie, der Anblick seiner Hände, die über die Tasten glitten, und seines in völlige Konzentration versunkenen Gesichts sei die schnellste und sicherste Methode, um sie zu erregen. Was seine arme, gequälte Klavierlehrerin wohl dazu sagen würde, wenn sie wüsste, dass die zahllosen Unterrichtsstunden nun dazu dienten, die Frau, die Elliot liebte, ins Bett zu kriegen. Und wie viel mehr hätte er geübt, wenn man ihm als Teenager gesagt hätte, welche Belohnung ihn erwartete!

Plötzlich klappte er den Deckel wieder zu und stand auf. Er setzte sich zu seinem Vater, trank einen Schluck von seinem Scotch und erzählte ihm dann, was ihn dazu bewogen hatte, sich mit Ali zu treffen. Er berichtete ihm sogar von dem peinlichen Zwischenfall am Strand von Barbados mit Rosalind. Als er fertig war, sagte Sam: »Und jetzt? Wenn du sie immer noch liebst, red nicht um den heißen Brei herum, sag ihr, was du fühlst.«

Elliot schüttelte den Kopf. »Aber wie, wenn sie mich nicht sehen will? Sie hat ganz klar gesagt, dass ein weiteres Mittagessen oder irgendwas in der Art nicht in Frage kommt. Und sag jetzt nicht, dass ich ihr schreiben soll – ich würde nie im Leben die richtigen Worte zu Papier bringen.«

»Soll ich mit ihr reden?«

»Nein. Auf keinen Fall. Und bitte tu nichts hinter meinem Rücken. Weiß der Himmel, wie, aber das hier muss ich alleine auf die Reihe kriegen.«

18

Daniel fuhr früher als sonst ins Büro. Er zog leise die Tür hinter sich ins Schloss, voller Neid auf Richard, der noch im Bett lag – er musste heute nicht ins Gericht und wollte ein paar Stunden zu Hause arbeiten, bevor er am Nachmittag in seine Kanzlei nach Manchester fuhr. Anwälte, dachte Daniel mit einem Lächeln. Nichts als Dolce Vita.

Es war ein zauberhafter Morgen: Die Luft war kühl und frisch, und von den tauübersäten Weiden, die an ihr Grundstück anschlossen, klang das klagende Blöken der Schafe und neugeborenen Lämmer herüber. Ganz weit hinten bemerkte Daniel ein mageres schwarzbeiniges, das hinter seiner Mutter her hoppelte; es sah so verletzlich und wehrlos aus, dass er hoffte, das momentane milde Frühlingswetter würde nicht noch einmal von winterlicher Kälte abgelöst.

Doch danach sah es nicht aus: Trotz der frühen Stunde leuchtete die Sonne bereits wie eine glänzend polierte weiße Scheibe vom wolkenlosen Himmel. Sie stand allerdings noch sehr tief, und so setzte Daniel, nachdem er seine Anzugjacke und die Aktentasche auf den Rücksitz seines Audi A3 gelegt hatte, die Sonnenbrille auf – nicht um anzugeben, wie Richard so gerne lästerte, sondern wegen der Blendgefahr.

Als er den Motor anließ, erschallte Händels *Messias*, genau an der Stelle, wo er ihn gestern Abend nach seiner Rückkehr von dem Termin mit Jessica Lloyd ausgestellt hatte. »Denn es ist uns ein Kind geboren«, sang die Huddersfield Choral Society, und Daniel sang aus vollem Herzen, wenn auch nicht ganz richtig, mit, während er den Wagen wendete und die lange, gewundene Einfahrt entlangfuhr. Genau so ein Morgen war es damals vor fünf Jahren gewesen, als er und Richard Lane End Farmhouse zum ersten Mal erblickt hatten. Und das Haus machte seinem Namen alle Ehre. Es lag in einer Talsohle im Cheshire Peak District, zwischen den Dörfern Rainow und Kerridge, mit einem atemberaubenden Blick auf den steinernen Turm der White Nancy, und ihre nächsten Nachbarn waren eine drei viertel Meile entfernt.

Als er und Richard beschlossen hatten, dass es Zeit war, ein Haus zu kaufen, in dem sie sich niederlassen konnten, hatten sie sich von vornherein nur Objekte angesehen, die zurückgezogen und versteckt lagen – ihnen war durchaus klar, dass nicht alle Leute scharf darauf waren, ein schwules Paar auf der anderen Seite ihres gepflegten, respektablen Gartenzauns zu haben. Natürlich könnte man jetzt sagen, sie seien feige gewesen, sie hätten mitten zwischen lauter reaktionäre, schwulenfeindliche Spießer ziehen sollen und ihren Status provokativ zur Schau stellen. Doch sie waren der Überzeugung, dass ihre Sexualität niemanden etwas anging; sie brauchten sie nicht zu beweisen, zu verbreiten oder zu rechtfertigen. Und keiner von ihnen verspürte den Drang, aus ihrer Beziehung einen Kreuzzug für die Rechte der Schwulen zu machen.

Wie sich herausstellte, bot ihnen das Leben in Lane End Farmhouse – einem bescheidenen, zweihundert Jahre alten steinernen Herrenhaus – die Vorzüge beider Welten: Einerseits waren sie so zurückgezogen, wie sie es sich nur wünschen konnten, einschließlich gelegentlicher Abgeschnittenheit durch meterhohe Schneeverwehungen, andererseits hatten sie jedoch ein paar Autominuten entfernt auch ein nettes Dorf. Im örtlichen Pub hatte Richard bei den Dorfbewohnern schon bald einen bleibenden Eindruck hinterlassen. Als bekennender Nachrichtenfreak und Sammler von

Allgemeinwissen war er immer heiß begehrt, wenn im *Weary Traveller* Quiz-Nacht war – das Team, in dem er mitspielte, gewann meistens um Längen.

Als Daniel an Adlington Hall vorbei und auf die B 5358 fuhr, lenkte er seine Gedanken von seinem bis dato relativ sorgenfreien Dasein auf den Kamikaze-Kampf mit Ali am Abend zuvor. Nachdem er den Hörer aufgelegt hatte, hatte er Richard vorgewarnt, er könne schon mal die Gästeliste für seine Beerdigung zusammenstellen – nur Freunde und Verwandte, keine Blumen.

Wie zu erwarten, war Ali stocksauer über seine Worte gewesen. Gut, dass das Bildtelefon noch nicht eingeführt war; er war froh, dass er ihr Gesicht nicht sehen konnte, als er ihr gesagt hatte, die Scheidung von Elliot sei ein Fehler gewesen. Er wusste, dass man entweder sehr mutig oder sehr dumm sein musste, um Ali zu sagen, sie habe Unrecht, doch der Drang dazu war stärker gewesen als seine Angst vor den Konsequenzen. Sie waren schon so lange befreundet, dass er es nicht fertig brachte, etwas für sich zu behalten, was einfach gesagt werden musste.

Ihm war durchaus bewusst, was Ali durchgemacht hatte und noch immer durchmachte, doch da er sie jeden Tag sah, war ihm klarer als irgendjemandem sonst, dass sie dem Ziel, die Tragödie hinter sich zu lassen, keinen Schritt näher war als vor einem Jahr.

Er war sogar bei ihr gewesen, als es passiert war, als sie den Anruf von Elliot bekommen hatte. Sie waren auf einer Geschäftsreise in Frankfurt gewesen, bei einer Handelsbank, die den Rat eines Spezialisten in Auslandssteuerrecht gebraucht hatte. Eigentlich hatte es keinen vernünftigen Grund gegeben, sie beide dorthin zu schicken: Als Leiterin der Abteilung und Daniels direkte Vorgesetzte war Ali vollkommen in der Lage, sich allein um die Angelegenheit zu kümmern, doch ein oder zwei Partner hatten gemeint, die Gegenwart eines Mannes sei nötig – auch wenn er ironischerweise schwul war. Sie waren gerade erst in ihrem Hotel angekommen – ihr Flug hatte mehrere Stunden Verspätung gehabt – und gönnten sich in Alis Zimmer einen kleinen Erfrischungstrunk aus der Minibar, als das Telefon klingelte. Sie nahm den Hörer ab, und innerhalb von Sekunden sah er, wie sich Bestürzung auf ihrem Gesicht ausbreitete. Sie hatte noch das Fläschchen Jack Daniel's in der Hand, und als er sah, wie fest sie es umklammerte, nahm er es ihr weg, da er Angst hatte, es würde zerspringen. Es war überflüssig zu fragen, was passiert war. Ihre Antworten auf das, was Elliot sagte, reichten aus, um ihm klarzumachen, dass Isaac schwer krank war. »Ich nehme das erste Flugzeug, das ich kriege«, sagte sie. »Ich komme direkt zum Krankenhaus.«

Nachdem sie aufgelegt hatte, besorgte er ihr ein Taxi zum Flughafen. Er begleitete sie dorthin und bestand darauf, da er sie nicht allein lassen wollte, mit ihr nach Manchester zurückzufliegen, schließlich könnten sie den Termin mit der Bank absagen, jeder würde Verständnis dafür haben. Doch sie weigerte sich, auf ihn zu hören. »Nein«, sagte sie, »das ist nicht nötig. Du musst hier bleiben. Ich rufe dich an, sobald ich weiß, was los ist.«

Er hatte ihren verkrampften Körper umarmt, ihr die Tränen der Angst weggewischt und ihr zum Abschied nachgewinkt. Er hatte keine Ahnung, wie sie sich während des Flugs gefühlt hatte, und konnte nur raten, was ihr durch den Kopf gegangen sein musste. Er war mit dem Taxi zum Hotel zurückgefahren und hatte dem kleinen Isaac inbrünstig die Daumen gedrückt, dass er die schreckliche Krankheit, die ihn so plötzlich und so heftig gepackt hatte, besiegen würde.

Doch sein Bemühen war vergeblich gewesen.

Was er und Ali nicht gewusst hatten, war, dass Isaac bereits tot war.

Elliot hatte Ali am Telefon absichtlich belogen, um ihr die Qual zu ersparen, den ganzen langen Weg in dem Wissen zurückzulegen, dass ihr Sohn soeben gestorben war. Er hatte ihr gesagt, Isaac sei furchtbar krank und sie müsse zurückkommen. Seine Beweggründe waren verständlich, doch Ali hatte ihm diese Lüge nie verziehen. Sie hatte sie nie als das gesehen, was sie war – der Versuch eines Mannes, die Frau zu beschützen, die er liebte. Bis zu diesem Tag wusste Daniel nicht, welches schreckliche Szenario Ali bei ihrer Ankunft im Krankenhaus vorgefunden hatte. Es war ihm schleierhaft, wie Elliot den Mut aufgebracht hatte, es ihr zu sagen.

Und Mut – wenn auch eine viel alltäglichere Art – würde auch Daniel heute Morgen brauchen, um Ali gegenüberzutreten. Dies war auch der Grund, weshalb er früher als sonst von zu Hause weggefahren war; er wollte unbedingt vor ihr im Büro sein, damit er sie mit einer Tasse Kaffee und einer weißen Flagge begrüßen konnte. Er hatte sogar die Küchenschränke durchforstet und ein Päckchen von Richards heiß geliebten Mandel-Schokochip-Keksen als Friedensangebot stibitzt. Und obwohl er sehr gerne das Gespräch von gestern Abend fortsetzen würde, bei dem er ihr nahe gelegt hatte, Elliot in einem etwas wohlwollenderen Licht zu betrachten, war ihm klar, dass es nutzlos wäre. Außerdem war es ihm fürs Erste wichtiger, dafür zu sorgen, dass sie sich beruhigte und nicht mehr wütend auf ihn war. Falls ihm das nicht gelang, würde sie die Präsentation, die heute Morgen anstand, nie im Leben durchstehen. Wenn sie, wie er annahm, immer noch Feuer spuckte, würde der Vormittag die reinste Katastrophe.

Doch als Ali um fünf nach halb neun schwungvoll ins Büro kam und die Aktentasche neben ihrem Schreibtisch abstellte, wirkte sie alles andere als wütend. »Morgen«, sagte sie strahlend. Ihre heitere Stimmung weckte Daniels Argwohn; er beobachtete sie genau, während sie ihren Blazer auszog und ihn über die Stuhllehne hängte. Während sie ihre Post durchsah, ging er hinaus, um Kaffee zu kochen. Als er zurückkam und vorsichtig ihren Becher und einen Teller mit Richards Keksen vor ihr abstellte, sagte sie: »Daniel, es ist schon in Ordnung, ich habe nicht vor, dich zu beißen.«

Trotz ihres harmlosen Tonfalls verzog er sich hinter seinem Schreibtisch, bevor er entgegnete: »Und warum sollte ich befürchten, dass du mich beißt?«

Sie öffnete einen weiteren Umschlag. »Keine Ahnung, sag du's mir.«

O Mist, dachte Daniel. Dieses Katz-und-Maus-Spiel ist viel schlimmer als offener Zorn. Ein ordentlicher Krach wäre wesentlich angenehmer. Er beschloss, es auf die lockere Art zu versuchen. »Babe, du machst mir Angst. Ich weiß, dass da noch irgendwo ein Haken ist. Du hast doch hoffentlich keinen Schlägertypen angeheuert, um mich zu vermöbeln, oder?«

»Ich weiß nicht, wovon du redest«, sagte sie desinteressiert, ohne auch nur von dem Schreiben in ihrer Hand aufzusehen.

Diese Gleichgültigkeit war zu viel für Daniel. Er verzichtete auf die gespielte Heiterkeit und verlegte sich auf undurchschaubare Strenge. »Ali«, sagte er scharf, »leg das weg und sprich mit mir.«

Sie tat, wie ihr geheißen. »Nun, wie du siehst, bin ich ganz Ohr. Worüber soll ich denn mit dir reden?«

Er runzelte die Stirn, unsicher, was er eigentlich von ihr hören wollte. »Ich möchte mit dir über gestern Abend sprechen«, sagte er in der Hoffnung, es sei zumindest eine gute Einleitung.

Sie wandte sich ab. »Da gibt es nichts zu besprechen.«

»Das sehe ich anders. Wir müssen die Luft reinigen.«

Sie ignorierte ihn und begann, den nächsten Umschlag aufzureißen.

Daniel hatte noch nie erlebt, dass sie ihn so kühl behandelte. »Ali«, sagte er, da ihm aufging, dass es an ihm war, den ersten Schritt zu einer Entschuldigung zu machen, »was ich gesagt habe, tut mir Leid. Du findest wahrscheinlich, dass ich zu weit gegangen bin, aber ich möchte, dass du weißt –«

Sie sah auf, und ihr unverwandter Blick ließ ihn verstummen. »Du hast nur deine Meinung gesagt, Daniel. Dazu hast du jedes Recht.«

»Aber ich hatte nie die Absicht, dich zu verletzen, indem ich –«

»Mich zu verletzen?«, unterbrach sie ihn. »Wie kommst du darauf, dass du mich verletzt hast?«

»Nun, ich wüsste nicht, warum wir sonst dieses tiefgekühlte Gespräch führen würden.«

Sie legte den Brief aus der Hand. »Daniel, lass uns das ein für alle Mal klarstellen, ja? Du hast mich nicht verletzt.«

»Nicht? Bist du sicher?«

Sie nickte. »Ganz sicher.«

»Na, da bin ich aber froh.« Er entspannte sich. Doch zu früh.

»Um ehrlich zu sein, habe ich lange über deine Worte nachgedacht, und ich werde dir beweisen, dass du dich vollkommen irrst.«

Er sah sie prüfend an, voller unguter Ahnung, dass der Haken jetzt kam. »Das heißt, du willst beweisen, dass du Recht hast?«

»Gut erkannt, Daniel.«

»Aber wozu soll das gut sein? Ich habe das alles nur gesagt, damit du die Dinge etwas klarer siehst. Ich wollte dir helfen.«

»Und ich habe dir gestern am Telefon gesagt, dass ich keine Hilfe brauche. Mir geht's gut. Wenn ihr alle diese kleine, aber sehr bedeutsame Tatsache doch bloß endlich kapieren würdet. Vielleicht sollten wir eine Nachricht ins Internet setzen: ›Ali Anderson geht es gut. Ali Anderson kommt prima mit ihrer Trauer zurecht. Es wird vielleicht noch ein Weilchen dauern, aber sie bemüht sich nach Kräften.‹ Na, wie klingt das?«

Wie ein klassischer Fall von Selbstbetrug, dachte Daniel. »Und wie willst du mir jetzt beweisen, dass ich Unrecht habe?«, fragte er.

Sie warf ihm ein eiskaltes Lächeln zu. Dann blätterte sie ruhig in ihrem Rolodex, griff nach dem Telefon und wählte. »Guten Morgen«, sagte sie nach einer kurzen Weile, »ich möchte bitte mit Elliot Anderson sprechen. Nein, er erwartet meinen Anruf nicht, und ja, ich weiß, dass er sehr beschäftigt ist, das war er schon immer. Sagen Sie ihm einfach, hier ist Ali, dann wird er mir sicher ein paar Minuten seiner kostbaren Zeit schenken.«

Daniel beobachtete sie mit wachsendem Entsetzen. Was zum Teufel hatte sie vor?

»Elliot, ja, ich bin's, eine ziemliche Überraschung, ich weiß. Ich wollte dir bloß für das Essen gestern danken und sagen, dass ich vielleicht ein bisschen zu voreilig war, als ich gesagt habe, dass ich dich nicht wieder sehen möchte. Hast du vielleicht Lust auf ein gemeinsames Abendessen, irgendwann diese Woche? Ja? Wunderbar. Wir wär's, wenn du zu mir kommst, und ich koche uns was? Passt dir Freitag, acht Uhr? Prima, dann bis übermorgen.«

Sie legte auf und wandte sich zu Daniel um. »Na, was sagst du dazu?«

Daniel stand auf und ging hinüber zu ihrem Schreibtisch. Er stützte sich mit den Händen darauf, sah ihr direkt in die Augen und sagte: »Die Frage ist wohl eher, was du dir dabei gedacht hast.«

Sie wich zurück, aber nur ein paar Zentimeter. »Ich werde dir beweisen, dass ich nett zu Elliot sein kann, ohne auch nur ein einziges Mal daran zu denken, dass es falsch war, mich von ihm scheiden zu lassen. Ich werde zuckersüß zu ihm sein und meine Entscheidung nicht eine Sekunde bereuen.«

Daniel starrte Ali bestürzt an. Er wollte die Kälte in ihrer Stimme nicht hören, die gefühllose Härte auf ihrem Gesicht nicht sehen. Er war entsetzt über das, was sie tat, aber schuld daran war nur er selbst. Hätte er gestern Abend doch bloß seine verdammte Klappe gehalten! Aber er war wirklich überzeugt gewesen, dass er ihr damit half. Er hatte nur das Beste gewollt. Er hatte die ganze Zeit über vermutet, dass Elliot nie wirklich aufgehört hatte Ali zu lieben, und als sein Verdacht gestern durch den Ausdruck in Elliots Gesicht bestätigt worden war, hatte er gedacht, eine Prise gesunder Menschenverstand würde vielleicht helfen, die

Weichen für einen längst überfälligen Friedensvertrag zu stellen.

Doch stattdessen hatte er nichts als Durcheinander gestiftet. Wenn Ali Elliot kalt lächelnd dazu benutzen wollte, der Welt zu beweisen, dass sie niemals Unrecht hatte, dann möge der Himmel dem armen Kerl beistehen.

19

Sarah war allein in der Küche von Smithy Cottage und dachte bei sich, dass sie durchdrehen würde, wenn sie nicht bald mit jemandem sprach. Trevor war gerade nach Buxton gefahren, um eine Ladung Ebenholz abzuholen, das er für ein paar Kerzenhalter brauchte, und hatte sie mit dem Abwasch und der dringenden Aufforderung, ihr Herz dem Herrn zu öffnen, stehen lassen. »Führe mich nicht in Versuchung«, hätte sie ihm am liebsten spöttisch hinterhergerufen, als er in einer stinkenden, schwarzen Abgaswolke mit dem alten Sierra davongefahren war.

Nach einer besinnlichen, bußfertigen Unterhaltung mit Gott stand ihr der Sinn nun wahrlich nicht, ganz im Gegenteil, sie hätte Ihm gerne mal so richtig die Meinung gesagt. Und zwar nicht auf die zurückhaltende Art, wie sie es sonst tat. Was dachte Er sich eigentlich dabei, Trevor auf diesen verrückten Kreuzzug besessener Gläubigkeit zu schicken?

Die Geschehnisse von Montagabend – und die darauf folgenden Gespräche mit Trevor – hatten Sarah nur allzu deutlich gezeigt, dass der gesunde Menschenverstand aus dem Fenster flog, wenn Fanatismus zur Tür hereingepoltert kam. Das, was in der Gruppe passierte, war ein klarer Fall von absichtlichem Missbrauch biblischer Prinzipien: Mit ihrem blinden Glauben und ihrer Ignoranz benutzten sie die Heilige Schrift dazu, ihre Vorurteile zu untermauern.

Sie hatte schon Schauergeschichten von Hauskirchen und Splittergruppen gehört, die vollkommen außer Kontrolle geraten waren; von Menschen, die angeblich mit großer Hingabe Christus dienen wollten, letzten Endes jedoch nur ihre egoistischen Bedürfnisse befriedigt und den Gott, den sie auf ihrer Fahne trugen, in den Schmutz gezogen hatten. Aber konnte das denn auch auf Trevor und die Schlappen-Gang zutreffen? Oder reagierte sie überempfindlich? Trevor würde sagen, sie versuche unbewusst, das zu zerstören, was die anderen hatten und sie nicht. Und hatte sie nicht selbst ins gleiche Horn gestoßen, als sie Weihnachten Ali gegenüber William Penn zitiert hatte – ›O Gott, hilf uns, dass wir nicht verachten oder bekämpfen, was wir nicht verstehen‹?

Doch das hier war etwas anderes.

Ganz bestimmt.

Es musste etwas anderes sein.

Nachdem Trevor sie mit seinem dämlichen Spiel bloßgestellt und sie als ungehorsames, verlorenes Schaf bezeichnet hatte, war Shirley mit ihrer Ich-fühle-mich-berufen-für-dich-zu-beten-Nummer über sie hergefallen. Sarah war aufgesprungen und hatte die grässliche Frau beiseite geschoben. Sie hatte versucht, sich mit dem Angebot, Kaffee zu kochen, in die Küche zu verdrücken, doch Trevor hatte sie festgehalten, als sie an ihm vorbeigehen wollte, und mit leiser Stimme gesagt: »Vielleicht möchtest du, dass wir für dich beten, Sarah.«

In ungläubigem Erstaunen hatte sie ihn angesehen. »Weshalb, um alles in der Welt?«

Mit einem Blick auf die Bibel in seinem Schoß hatte er erwidert: »Epheser, Kapitel fünf, Vers zweiundzwanzig.«

Am liebsten hätte sie ausgerufen: O nein, doch nicht wieder die olle Kamelle über die Frauen, die sich ihren Männern unterordnen sollen – fällt dir nichts Besseres ein? Doch sie hatte sich gezwungen zu lachen und beiläufig zu sagen: »Ich glaube nicht, dass dies der richtige Zeitpunkt ist, um unsere häuslichen Meinungsverschiedenheiten zu besprechen, Trevor. Wir wollen unsere Freunde doch nicht langweilen oder in Verlegenheit bringen.«

»Als eine Schwester im Herrn könntest du uns gar nicht langweiligen oder in Verlegenheit bringen«, hatte Shirley erwidert, die noch immer stand und vermutlich nur auf eine Gelegenheit wartete, Sarah doch noch die Hände aufzulegen.

»Shirley hat Recht«, ließ sich Martin Wade vernehmen. »Häuslicher Unfrieden ist eine der Lieblingswaffen des Teufels. Man sollte ihm nie gestatten, Fuß zu fassen.«

»Amen«, sagte Stan darauf und überkreuzte die Beine, so dass der eine Hundepuschen aussah, als ob er zustimmend nickte.

»Hast du schon mal daran gedacht zu fasten?«

Sarah drehte sich zu Beryl um und dachte: Nein, aber hast du schon mal daran gedacht, dich um deinen eigenen Mist zu kümmern? »Nein, nie«, sagte sie, krampfhaft um Zurückhaltung bemüht. »Ich bezweifle, dass es zu irgendetwas nutze ist ... außer zum Abnehmen.«

Ihre sarkastische Antwort brachte Trevor auf die Palme, und er sagte in besonders frömmelndem Tonfall: »Sarah, ich mache mir große Sorgen um dich. Du scheinst nicht mit uns Schritt zu halten ... Du verlierst doch nicht etwa deinen Glauben, oder?«

Eine spürbare Stille breitete sich im Raum aus, und während alles auf ihre Antwort wartete, stand sie reglos da und versuchte sich einzureden, es sei alles nur ein böser Traum, sie könne sagen, was immer sie wolle, ohne dass es irgendwelche Konsequenzen hätte. Plötzlich kam Sarah die Dreiste, die bisher erstaunlich still gewesen war, aus dem Nichts hervorgeschossen und platzte heraus: »Mein Glaube ist meine Sache und geht niemanden etwas an. Aber eins kann ich euch sagen, der Gott, zu dem ich bete, ist nicht der, den ihr euch in eure selbstgefälligen Taschen gesteckt habt.«

Dann stellte sie zu ihrem Entsetzen fest, dass nicht ihr Alter Ego gesprochen hatte, sondern sie selbst. Schockiert floh sie in die Küche. Das leise Getrappel von bekehrungseifrigen, behausschuhten Füßen folgte ihr, und Sekunden später befand sie sich in einem weiblichen Rugby-Gedränge gläubiger Besorgnis. Audrey betete darum, Sarah möge erneuert werden, Beryl appellierte an sie, ihre Seele sterben zu lassen, auf dass sie wieder geboren werde, und Shirley flehte darum, die Sünde, die sie von Gott entfernt habe, möge ausgelöscht werden. Und, was noch schlimmer war: Trevor stand neben dem Kühlschrank, zupfte sich am Bart und murmelte etwas von Dämonenaustreibung.

Sie hatte nicht die Kraft, sie abzuwehren.

Und selbst wenn sie die Kraft dazu gehabt hätte, war doch die Angst vor ihnen zu groß.

Es schien einfacher, sie an ihre spirituelle Muskelkraft glauben zu lassen. Sollten sie doch denken, sie hätten einen triumphalen Sieg über die dunklen, satanischen Mächte des Zweifels und des Bösen errungen.

»Geht's dir jetzt besser?«, fragte Beryl, als sie sie endlich losließen.

Sie nickte, und in dem drängenden Bedürfnis, allein zu sein, sagte sie: »Ich glaube, ich muss mich einen Moment hinlegen, mir ist ein bisschen komisch.«

»Aha«, sagte Audrey lächelnd, »das ist bestimmt der Heilige Geist, der in dir arbeitet.«

»Möchtest du, das jemand von uns mitkommt und sich zu dir setzt?«, fragte Shirley.

»Danke, das ist sehr nett, aber ich komme schon zurecht.«

Sie war nach oben gegangen und dort geblieben, bis sie sie anderthalb Stunden später hatte gehen hören.

Am nächsten Morgen hatte Trevor sie mit einer Rücksicht behandelt, die sie an ihm überhaupt nicht kannte. Er hatte ihr eine Tasse Tee ans Bett gebracht und darauf bestanden, dass sie es langsam angehen lassen sollte. »Du hast in der letzten Zeit offensichtlich unter starker Belastung gestanden«, hatte er gesagt und ihre Hand getätschelt, die auf der Decke lag, »aber von jetzt an wird es dir gut gehen. Es tut mir Leid, dass ich so drastische Maßnahmen ergreifen musste. Aber es hat sich gelohnt, nicht wahr? Du fühlst dich doch besser, oder nicht?«

Obwohl er es nicht ausgesprochen hatte, war erschreckend klar, dass er meinte, sie sei in den vergangenen Monaten ein Werkzeug des Teufels gewesen. Und noch klarer war seine Überzeugung, die Kraft des Gebets habe den Teufel aus Smithy Cottage vertrieben.

Da sie nicht wusste, ob sie über ihn lachen oder wütend auf ihn sein sollte, hielt sie sich zurück. Doch als er ihr später ein christliches Taschenbuch mit dem Titel *Der Teufel und seine gerissenen Methoden* gegeben hatte, war sie sicher gewesen, dass einer von ihnen beiden dringend Hilfe brauchte. Daraufhin hatte sie die Nachricht auf Alis Anrufbeantworter gesprochen.

Als sie mit dem Abwasch fertig war, wrang sie den Spüllappen aus und hängte ihn über den tropfenden Wasserhahn, den Trevor schon seit Ewigkeiten reparieren wollte, es aber nie tat – wahrscheinlich wartete er darauf, dass ein Engel des Herrn mit Werkzeugtasche und Dichtungsringen vorbeikam. Sie nahm ein übrig gebliebenes Toaststück und ging damit in den Garten, wo sie es zerkrümelte und ins Vogelhäuschen streute. Sobald sie wieder in der Küche war, kam Gomez angeflogen. Beim Anblick seines kugeligen kleinen Körpers musste sie lächeln und fühlte sich zumindest ein wenig besser. Sie stieß einen tiefen Seufzer aus, wobei ihr voller Trauer bewusst wurde, wie angespannt und erschöpft sie sich in letzter Zeit fühlte. Sie musste unbedingt einen effektiveren Weg finden, mit Trevor und der Schlappen-Gang klarzukommen. Wenn sie ihnen gegenüber andeutete, dass sie mehr Schaden als Nutzen anrichteten, würden sie nur auf die Knie fallen und für Sarahs verwirrte Seele beten. Nein, es war sicherer, sich ihnen anzupassen. Auf diese Weise könnte sie zumindest ab und zu die Stimme der Vernunft sein. Aber wenn sie das tun wollte, würde sie Sarah die Dreiste knebeln müssen. Noch so ein Ausbruch wie vorgestern Abend, und sie wäre endgültig unten durch.

Sie dachte über das nach, was sie gesagt hatte: »Mein Glaube ist meine Sache und geht niemanden etwas an.«

Wie stand es denn momentan um ihren Glauben?

Noch vor gar nicht langer Zeit hätte sie eine klare Antwort auf diese Frage gehabt. Doch jetzt war sie nicht mehr so sicher. Genau wie bei dem *Licht-der-Welt*-Bild, auf das sie sich am Montagabend zu konzentrieren versucht hatte, verschwammen die bisher so deutlichen Linien ihres Glaubens auf beunruhigende Weise. Während er früher die Lücke in ihrem Leben gefüllt hatte, trug er nun zu dem hallenden Echo bei, wie ein dumpfer Glockenschlag in der wachsenden Leere.

Noch ein müder Seufzer.

Oh, wo sollte das alles nur enden? Und wie viel Energie würde sie noch brauchen, um alles zusammenzuhalten? Da sie wusste, dass sie darauf keine Antwort hatte, holte sie das Bügelbrett heraus und begann, Hannahs Schulblusen zu bügeln, dankbar, dass zumindest ihre Tochter zu sehr mit ihren bevorstehenden Prüfungen beschäftigt war, um mitzubekommen, was los war. Und ihre restliche Aufmerksamkeit war glücklicherweise völlig von Jamie belegt.

Trevors unvermeidliche Vorhaltungen, als Hannah nach ihrem Abend mit Jamie zurückgekommen war, hatte sie mit einem beiläufigen »Tut mir Leid, Dad, aber du hättest mich einfach nicht so anbrüllen sollen. Das war absolut überflüssig, noch dazu, wo ich jetzt achtzehn bin« abgewürgt. Sie hatte Trevor hilflos vor lauter väterlicher Frustration an der Treppe stehen lassen und war nach oben in ihr Zimmer getänzelt. Vielleicht war er auch nur zu erschöpft gewesen, um mit ihr zu streiten. Schließlich hatte er gerade seiner Frau den Teufel ausgetrieben.

Obwohl Hannah Jamie erst zwei Tage kannte, konnte sie über nichts anderes reden. »Er ist wirklich nett«, hatte sie gestern Morgen gesagt, als sie zum Frühstück herunter gekommen war und Trevor noch unter der Dusche gestanden hatte. »Er lebt mit seinem Vater ein Stück hinter Nantwich und hat ein Pausenjahr eingelegt, bevor er nach Bristol geht, um Jura zu studieren. Im Sommer will er kreuz und quer durch Frankreich reisen. Gott, was gäbe ich dafür, wenn ich das könnte!«

»Und wie will er seine kleine Frankreich-Tour finanzieren?« Sarah hatte sich für diese Frage verachtet, aber wie alle Eltern nur versucht, den armen Jungen einzuordnen.

»Er hat sein Pausenjahr dazu genutzt, in der Kanzlei seines Vaters in Chester zu arbeiten. Vor kurzem hat er seinen Führerschein gemacht, und in ein paar Wochen will er sich mit Hilfe seines Dads ein eigenes Auto kaufen.«

»Scheint ihm ja nicht an Motivation zu fehlen, was?«

»Glaub mir, Mum, ihm fehlt's an gar nichts«, hatte Hannah grinsend erwidert.

»Dann werden wir ihn ja öfter zu sehen bekommen, nehme ich an.«

»Hoffentlich. Er hat gesagt, er ruft heute Abend an.«

Wie versprochen hatte Jamie dann auch gestern Abend angerufen, und zu Trevors Besorgnis hatten sie fast eine halbe Stunde lang geplaudert.

»Ein Freund kommt überhaupt nicht in Frage«, hatte er in der Küche zu Sarah gesagt und derweil durch den Türspalt zu Hannah hinübergespäht. »Sie steht kurz vor ihrer Abschlussprüfung, und eine solche Ablenkung kann sie jetzt nicht gebrauchen.«

Sarah stimmte ihm zu; einerseits wollte sie ebenfalls nicht, dass Hannah sich ihre Chancen verscherzte, aber andererseits war ihr auch klar, dass Trevors Widerwille gegen Jamie eher damit zu tun hatte, dass er sich die wichtige Rolle im Leben seiner Tochter nicht von einem »dahergelaufenen« Jungen entreißen lassen wollte.

Als sie mit dem Bügeln fertig war, überlegte Sarah, was sie als Nächstes tun sollte. Ausnahmsweise hatte sie einen freien Tag. Sollte sie ihr Herz dem Herrn öffnen, wie Trevor es ihr aufgetragen hatte, oder zu Grace hinübergehen, um mit ihr über die Schlafzimmervorhänge zu sprechen? Dann hätte sie wenigstens jemanden zum Reden; jemanden, der sie daran hindern würde, verrückt zu werden.

Grace war hoch erfreut, sie zu sehen. »Die reinste Gedankenübertragung – ich wollte auch gerade zu Ihnen.«

»Ich habe Ihnen etwas mitgebracht«, sagte Sarah, als sie ins Wohnzimmer geführt wurde, und gab Grace eine Dose mit selbst gebackenem Früchtekuchen. »Als Dankeschön für die Essenseinladung neulich.«

»Wie reizend von Ihnen. Ich setze Wasser auf und schneide uns ein paar Stückchen ab, ja? Tee oder Kaffee?«

»Tee, bitte.«

Als Sarah allein war, nutzte sie die Gelegenheit, sich ein wenig umzusehen. Was ihr an dem Raum als Erstes auffiel, war die unglaubliche Ordnung. O Gott, dachte sie enttäuscht, war ihre neue Nachbarin etwa eine Aufräumfanatikerin? Falls ja, würde sie eine böse Überraschung erleben, wenn sie ins Smithy Cottage kam. Der Kontrast zwischen den beiden Häusern hätte nicht größer sein können. So sehr Sarah sich auch bemühte, Ordnung zu halten, es gelang ihr einfach nicht. Mit Trevor und Hannah im Haus herrschte ständig Chaos, wenn auch immerhin ein sauberes. Als sie Graces Sachen von Nahem betrachtete, wurde ihr klar, dass die aufgeräumte Wirkung daher kam, dass es so wenige waren. Es gab ein paar gerahmte Fotos auf dem Kaminsims und einige ausgesucht schöne Möbelstücke: einen zierlichen Satinholz-Sekretär, einen Beistelltisch aus Rosenholz und ein verglastes Bücherregal aus Mahagoni, die in diesem modernen Bungalow mit Kunststofffenstern und rustikal verputzter Decke allesamt etwas fehl am Platz wirkten. Es hingen keine Bilder an den Wänden und es standen auch keine Porzellanfigürchen von fragwürdigem Geschmack herum. Vielleicht hatte sie noch nicht alles ausgepackt.

»So«, sagte Grace, als sie zurückkam und das Tablett mit Tee und Kuchen auf dem Rosenholztisch abstellte. »Jetzt haben wir alles, was wir für ein nettes Plauderstündchen brauchen. Sagen Sie, Sarah, was sagt Hannah zu Jamie?«

Sarah lächelte. »Sie mag ihn sehr.«

»Wie schön. Als er neulich hier war, nachdem er sie bei

Ihnen abgesetzt hatte, machte er mir ganz den Eindruck, als hätte er den Abend sehr genossen. Auf seinem Gesicht lag ein Lächeln, das ich vorher nicht bei ihm gesehen habe. Der Junge ist ein Glückspilz.«

»Da bin ich mir nicht so sicher«, sagte Sarah.

»Na, na, nur keine falsche Bescheidenheit. Jamie hat Hannah hereingebracht, als sie kam, um ihn abzuholen, und ich konnte mich selbst davon überzeugen, dass sie ein außergewöhnlich hübsches Mädchen ist. Ich wünschte, ich hätte solche Beine gehabt, als ich in dem Alter war.«

Sarah zog eine Grimasse. »Ihr Rock war wirklich ausgesprochen kurz. Ich hoffe, Sie waren nicht schockiert.«

Grace lachte. »Aber ganz und gar nicht. Obwohl ich zugeben muss, dass Callum ziemlich irritiert geguckt hat. Ich glaube, er war überrascht, dass sein Sohn es geschafft hat, ein so zauberhaftes Mädchen anzulocken. Das ist das Problem mit dem Elterndasein: Wir unterschätzen unsere Kinder immer wieder.«

»Auf Väter trifft das vielleicht noch stärker zu.«

»Ja«, sagte Grace nachdenklich. »Da haben Sie möglicherweise Recht. Mütter passen sich im Allgemeinen der Entwicklung ihrer Kinder besser an, während die meisten Väter, die armen Kerle, eines Tages von der Arbeit nach Hause kommen und feststellen, dass ihr Sohn oder ihre Tochter nicht nur genauso groß ist wie sie, sondern kurz davor, das Haus zu verlassen. Gehört Hannahs Vater zu dieser Kategorie?«

»In vielerlei Hinsicht ja, und er kommt gar nicht gut damit zurecht, dass Hannah nicht mehr sein kleines Mädchen ist. Und er ist auch nicht gerade begeistert, dass Jamie auf der Bildfläche erschienen ist – Hannahs Abschlussprüfungen beginnen im Mai.«

»Das hat Jamie erzählt. Er sagte auch, Hannah hätte vor, nach Oxford zu gehen.«

»Ja, das stimmt.« Und unfähig, ihren Stolz zu verbergen, fügte Sarah hinzu: »Sie hat einen Platz in meinem alten College angeboten bekommen.«

»Wie wunderbar. Sie sind bestimmt schrecklich stolz auf sie. Kommt sie in allen Dingen nach Ihnen?«

»Um Himmels willen, ich hoffe nicht«, erwiderte Sarah mit zögerndem Lächeln. Und als sie ihre Teetasse zum Mund führte, dachte sie bei sich, dass ihre neue Nachbarin offenbar zu den Leuten gehörte, die ein intuitives Gespür für andere hatten und deren Fragen viel tiefer gingen, als man auf Anhieb dachte.

Erst kurz vor der Mittagszeit hatte Elliot Gelegenheit, über Alis morgendlichen Anruf nachzudenken.

Sobald er den Hörer aufgelegt hatte, hatte er seinen Vater anrufen wollen, um herauszufinden, was zum Teufel er da ausgeheckt hatte. Er hatte ihn doch ausdrücklich gebeten, nichts hinter seinem Rücken zu unternehmen – und genau das musste er getan haben, denn was hätte Ali sonst dazu bewegen sollen, so schnell ihre Meinung zu ändern? Doch er hatte keine freie Minute gehabt, um mit Sam zu reden: Er saß seit drei Stunden in einer Besprechung mit seinen Seniorpartnern, und erst jetzt schien sich ein Ende abzuzeichnen.

Es gehörte zu Elliots Aufgaben, alle auf Kurs zu halten, und als er nun den Blick über die Runde gleiten ließ und das egoistische Positionsgerangel zwischen seinen Kollegen beobachtete, kam er sich vor wie ein unbeliebter Lehrer, der versuchte, eine Klasse voller aufmüpfiger Teenager unter Kontrolle zu bringen.

Als man ihn zum geschäftsführenden Partner befördert hatte, war ihm klar gewesen, dass diese Entscheidung bei einigen Leuten nicht auf Begeisterung stoßen würde – vor allem bei Gervase Merchant-Taylor und Scott Hunt, den beiden ehrgeizigsten Anwärtern für diese Stellung; beide waren deutlich älter als Elliot und überzeugt, dass nur sie für den Job in Frage kamen. Die beiden hatten die Nachricht aus London, dass Elliot die Filiale in Manchester leiten sollte, alles andere als wohlwollend aufgenommen. Bei der Bekanntgabe der Ernennung war Elliot sich bewusst gewesen, dass London von ihm erwartete, die daraus resultierenden Ressentiments abzumildern. Das Ganze war zu einem Zeitpunkt gekommen, als er eine Ablenkung von dem Chaos in seinem Privatleben brauchte, und da war die Aufgabe, diesen Haufen auf Vordermann zu bringen, ein Geschenk des Himmels gewesen. Sie hatte ihm den dringend benötigten Fokus gegeben und dazu noch einen ausgezeichneten Vorwand, zu arbeiten wie ein Wahnsinniger, was ihn davon abgehalten hatte, mehr als unbedingt nötig zu Hause zu hocken und über Isaac nachzudenken.

Im Großen und Ganzen zog er eine Menge Befriedigung aus seiner Arbeit und genoss die Herausforderungen, die seine Position an ihn stellte, aber es gab auch einige Aspekte, die ihm ganz und gar nicht passten. Die Lage seines Büros etwa war nicht gerade hilfreich. Prunkvoll, riesig und in der obersten Etage eines neunstöckigen Gebäudes gelegen, machte es ihn praktisch unerreichbar. Doch was ihm am meisten gegen den Strich ging, war die widerwärtige Speichelleckerei. Mit Gervase und Scott, die einander ebenso verabscheuten wie ihn, konnte er ja noch leben, aber die Arschkriecherei der restlichen Seniorpartner, die ihm mit Ausnahme des eher zurückhaltenden Howard Jenkins ständig auf den Pelz rückten, war einfach unerträglich. Und als ob das noch nicht genug wäre, bohrte Gervase bei ihm andauernd nach vertraulichen Informationen über die anderen Partner und die Vorgänge in der Firma; er konnte den Gedanken nicht ertragen, dass Elliot irgendetwas vor ihm erfuhr. Elliot hatte sehr schnell gelernt, niemals wichtige Dokumente aus London in seinem Büro herumliegen zu lassen. Diesen Fehler hatte er einmal gemacht und dann Gervase spät abends dabei erwischt, wie er auf seinem Schreibtisch herumschnüffelte.

Es war eine einsame Tätigkeit, und dies noch umso mehr, als er keinen Kollegen hatte, dem er sich anvertrauen konnte. Doch er konnte sich nicht beklagen: Schließlich war es eine der allgemein anerkannten und unvermeidlichen Konsequenzen eines so frühen und schnellen Aufstiegs. Da er vom ersten Tag seiner Trainee-Zeit an auf der Überholspur Karriere gemacht hatte, war es schwierig gewesen, sich mit Kollegen enger anzufreunden. Er hatte Ali immer um Daniels Freundschaft bei der Arbeit beneidet; sie hatten seit jeher absolutes Vertrauen zueinander. Und das war wohl auch der Grund gewesen, warum er seinem Vater vorgeschlagen hatte, sich zusammenzutun. War es ein Wunder, dass er, der mit erbitterten Rivalen und Speichelleckern zusammenarbeiten musste und niemanden hatte, mit dem er reden konnte, sich nach der Gesellschaft eines Menschen gesehnt hatte, auf den er sich hundertprozentig verlassen konnte?

Die Besprechung zog sich immer weiter in die Länge, da Gervase und Scott keine Gelegenheit ausließen, sich bei jedem neuen Argument gegenseitig das Wasser abzugraben. Doch nun hatte Elliot endgültig genug. Er wies auf die fortgeschrittene Uhrzeit hin, klappte seine Mappe zu, schob seinen Füller in die Hülle und gab deutlich zu erkennen, dass er ihre ausufernde Diskussion als beendet betrachtete. Alle erhoben sich und verschwanden in ihre Büros.

Alle außer Gervase, der ungewöhnlich lange zu brauchen schien, um seine Unterlagen zu sortieren. »Könnte ich wohl kurz mit Ihnen sprechen?«, fragte er, als sie allein waren und der Letzte die Tür zugezogen hatte.

Obwohl er endlich allein sein wollte, um seinen Vater anzurufen, sagte Elliot: »Natürlich.« Er setzte sich hinter seinen Schreibtisch und betrachtete den abstoßenden Mann mit dem Schweinegesicht vor ihm voller Misstrauen. »Was gibt es?«

»Ich dachte, Sie sollten wissen, dass wir möglicherweise ein Problem mit Scott haben.«

»So?«, sagte Elliot ausdruckslos.

Gervase beobachtete ihn mit träger Wachsamkeit. »Wie es scheint, hat er seine Fühler auf dem Arbeitsmarkt ausgestreckt.« Sein ganzes Verhalten roch nach schmierigem, intrigantem Wichser. »Dachte nur, ich sollte Sie informieren«, fügte er hinzu. »Ich weiß ja, wie schwer Sie's haben, hier oben in Ihrem Elfenbeinturm das Ohr am Boden zu halten.«

»Danke, Gervase. Ich werde es berücksichtigen. Gibt es sonst noch etwas?«

Verärgerung machte sich in Gervases schwabbeligem Gesicht breit. Offenbar hatte er mit einer anderen Reaktion gerechnet. »Mein lieber Junge«, tönte er, »Sie werden doch wohl was dagegen unternehmen, oder? Geteilte Loyalität gibt's hier nicht. So was können wir uns in diesem Haus nicht leisten.«

Elliot hätte ihn zu Boden schlagen können. Noch nie war ihm die anmaßende, affektierte Selbstgefälligkeit dieses Trottels so sehr auf den Wecker gegangen. Jedes einzelne Atom von Gervases teurer, überprivilegierter Erziehung weckte in ihm den Straßenkämpfer. Er hatte genügend jugendliche Prügeleien gewonnen, um zu wissen, dass er dieses arrogante Schwein windelweich schlagen konnte, wenn er wollte.

Und er wollte nichts lieber!

»Wie ich schon sagte, Gervase, ich werde es berücksichtigen. Wenn das alles war, würde ich jetzt gerne ein wichtiges Telefonat erledigen. Sie entschuldigen mich?« Er wartete, bis Gervase aufgestanden und zur Tür gegangen war, bevor er noch einen wohlgezielten Warnschuss abgab. »Ach, übrigens, wie geht's Jim Collins? Wie ich höre, haben Sie letzten Monat mit ihm zu Mittag gegessen.«

Gervases Hand rutschte von der Türklinke und sein teigiges Gesicht lief bis zum weit zurückliegenden Haaransatz rot an. »Es geht ihm gut«, war alles, was er erwiderte.

Als Elliot allein war, gestattete er sich ein kleines spöttisches Lächeln. Jim Collins war sein Gegenpart in einer konkurrierenden Buchhaltungsfirma in Manchester, und Gervase wusste doch mit Sicherheit, dass sie gelegentlich zusammen Squash spielten. Jim hatte Elliot nach ihrem letzten Spiel bei einem Drink in der Bar erzählt, Gervase habe ihn zum Mittagessen eingeladen und ihm ziemlich unverblümt angedeutet, dass er erwäge, auf ein anderes Pferd umzusatteln – und ob Jim nicht ein paar Vollblüter kannte, die einen guten Jockey brauchten?

Auch wenn Gervase der falschen Annahme unterlag, Elliot habe nicht den Finger am Puls, brauchte es mehr als den angeblichen Elfenbeinturm, um seine Wahrnehmung dessen zu trüben, was um ihn herum vorging. So wie er bereits wusste, dass Scott sich nach einem neuen Job umsah, war ihm auch zu Ohren gekommen, dass Gervase sich bei einigen Frauen in seiner Abteilung noch unbeliebter machte, als er es ohnehin schon war. Nach Elliots Überzeugung war es nur noch eine Frage der Zeit, bis jemand offiziell Beschwerde einlegte.

Er machte sich eine Notiz, sich darum zu kümmern, und rief dann Sam an.

»Hallo, ich bin's«, sagte er, als sein Vater in Timbersbrook den Hörer abnahm; im Hintergrund liefen die Ein-Uhr-Nachrichten.

»Na, mein Sohn, was kann ich für dich tun? Hast du was vergessen?«

»Nein, nichts dergleichen. Aber sag mir die Wahrheit, und keine Mätzchen – hast du heute Morgen mit Ali gesprochen?«

»Nein. Du hast ja klar und deutlich gesagt, dass du das nicht willst.«

Elliot hörte die Entrüstung in Sams Stimme und wusste, dass er die Wahrheit sagte. Aber wenn sein Vater Ali nicht dazu überredet hatte, sich noch mal mit ihm zu treffen, wer oder was hatte sie dann dazu gebracht, ihre Meinung zu ändern?

20

Ali hatte ihr Vorgehen sofort bereut, nachdem sie Daniel am Mittwochmorgen von ihren Plänen erzählt hatte, aber nicht etwa, weil sie meinte, es könne ein Körnchen Wahrheit in seinen Worten liegen, sondern weil sie ihn so sichtlich verletzt hatte. Obwohl es nicht zu einem offenen Streit gekommen war, hatte sich seither eine Atmosphäre angespannter Kühle ausgebreitet, vor allem eine Stunde später im Auto, als sie mit ihm nach Macclesfield gefahren war, wo sie ihre erste Präsentation in dieser Woche abhalten sollten.

Sie hatte keine Ahnung, wie sie es hinter sich gebracht hatten. Als der unbestrittene Eisbrecher in ihrem Duo hatte Daniel angefangen, aber ihr war sofort aufgefallen, dass sein Vortrag nicht so geschmeidig und gewitzt war wie sonst; an einem Punkt sah es sogar so aus, als hätte er den Faden verloren. Nach seiner ungewohnt zerstreuten Darbietung und in dem Wissen, dass sie der Grund dafür war, konnte sie sich absolut nicht mehr konzentrieren, als sie an der Reihe war. Dann ließen sie ihre Nerven im Stich, und als sie mitten im Vortrag mit dem Overheadprojektor kämpfen musste, geriet sie in Panik. Zu allem Überfluss warf sie in ihrer Hektik noch das Wasserglas um und ruinierte sich ihre Unterlagen.

Alles in allem war es ein ziemlich unprofessioneller Auftritt gewesen, was sie auf dem Rückweg im Auto auch andeutete.

»Allerdings«, erwiderte er knapp. »Wir sollten zusehen, dass wir bei unserer nächsten Slapstick-Nummer am Freitag besser drauf sind.«

»So schlimm war es nun auch wieder nicht.«

»Burlesk wäre eine treffende Beschreibung.«

»Du glaubst also nicht, dass sie uns um eine Zugabe bitten werden?« Sie sagte es locker, fast beiläufig, in dem Versuch, seine Stimmung zu heben. Doch es funktionierte nicht.

Er wandte sich langsam zu ihr um und warf ihr einen langen, bohrenden Blick zu. Froh, dass sie am Steuer saß und den Blick nicht erwidern musste, konzentrierte sie sich auf die Straße vor sich. Nach ein paar Minuten sagte er zu ihrer Überraschung: »Bitte tu's nicht, Ali. Elliot hat schon genug mitgemacht, ohne dass du ihm vorgaukelst, es gäbe eine Chance, wieder mit dir zusammenzukommen, und ihm dann seine Hoffnungen wieder zerstörst.«

»Ach, jetzt übertreib doch nicht so«, fuhr sie ihn an. »Ein Abendessen bedeutet noch keine Versöhnung. Außerdem weiß ich ganz sicher, dass Elliot nicht auf die Weise an mir interessiert ist, die du meinst.«

»Ach ja? Und wie kommst du darauf?«

»Das liegt doch auf der Hand. Er braucht mich nur, um sein Gewissen zu beruhigen. Er hat Schuldgefühle, weil unsere Ehe gescheitert ist, und will jetzt Frieden stiften, damit er nachts wieder ruhig schlafen kann. Wenn's dir so sehr am Herzen liegt, sage ich den Freitagabend wieder ab. Ich rufe Elliot an und –«

»Ach, Quatsch, als ob das irgendwas damit zu tun hätte, was mir am Herzen liegt.«

Die restliche Fahrt hatten sie schweigend zurückgelegt. Zu ihrer Erleichterung hatte Ali am nächsten Tag lauter Kundentermine außer Haus; sie war völlig ratlos, wie sie Daniel in seiner augenblicklichen Stimmung behandeln sollte, und auch ihre eigenen Gefühle ihm gegenüber waren ziemlich verworren. Sie fühlte sich betrogen, weil er auf einmal so auf Elliots Seite zu stehen schien. Wieso dieses plötzliche Mitgefühl für Elliot? *Elliot hat schon genug mitgemacht.*

Männer!

Hetero oder schwul, letzten Endes hielten sie doch immer zusammen.

Ihr Ärger hatte sie den ganzen gestrigen Tag begleitet, weil sie immer wieder an die Dinge denken musste, die Daniel ihr vorgeworfen hatte. Was er gesagt hatte, war natürlich kompletter Quatsch, ein Haufen absurden Unsinns, das Produkt einer überhitzten Fantasie. Seine Behauptung, sie weigere sich nur deshalb, sich mit Elliot zu treffen, weil sie Angst habe, wieder etwas für ihn zu empfinden, war einfach unglaublich. Und, wie sie Daniel erklärt hatte, war sie der festen Überzeugung, dass Elliot lediglich die Lass-uns-gute-Freunde-sein-Nummer im Sinn hatte und sie dazu brauchte, um seine Trauer ein wenig abzumildern. Wenn hier also jemand benutzt wurde, dann doch wohl sie.

Doch wie überzeugt sie ihre Ansichten auch vertrat, es änderte nichts an der verkorksten Stimmung zwischen ihr und Daniel. Sie befürchtete, dass diese krasse Meinungsverschiedenheit, wenn sie allzu lange vor sich hingärte, eine unüberbrückbare Distanz zwischen ihnen schaffen würde. Und das wollte sie um keinen Preis: Daniel war ihr bester Freund. Was bedeutete, dass sie wohl oder übel einen Schritt von ihrem prekären Standpunkt herunterkommen musste. Dummerweise gehörte das Zurückstecken nicht unbedingt zu ihren Stärken.

Mit diesen Gedanken fuhr sie nun am Freitagmorgen durch Stockports verstopfte Straßen, um sich bei der Elektronikfirma, bei der sie ihre nächste Präsentation hatten, mit Daniel zu treffen. Sie entdeckte ihn im luxuriösen marmorgefliesten und mit Topfpflanzen dekorierten Foyer, wo er mit einer der Empfangsdamen plauderte. Als er sie sah, kam er zu ihr.

»Können wir uns einen Moment unterhalten, bevor wir loslegen?«, fragte sie. Abgesehen von dem drängenden

Wunsch, ihre Freundschaft wiederherzustellen, war Ali klar, dass sie möglichst bald ihr entspanntes Gleichgewicht wieder finden mussten, da sie sonst Gefahr liefen, eine Wiederholung des Fiaskos vom Mittwoch hinzulegen.

Sie setzten sich auf das massige Sofa, vor dem ein entsprechend großer Tisch aus Stahl und Glas stand, bedeckt mit einem kunstvollen Fächer der aktuellen Tageszeitungen. Auf allen Titelseiten stand die gleiche Meldung, die Ali schon im Auto in den Nachrichten gehört hatte, und überall sprangen ihr Bilder von den überfluteten Regionen in Bangladesh entgegen. Den Schlagzeilen zufolge handelte es sich um die schlimmste Flutkatastrophe seit Menschengedenken, mit über fünfzehnhundert Toten und dreimal so vielen Obdachlosen, die von Armut und Krankheit bedroht waren. Jede Zeitung hatte ihre eigenen Schreckensbilder, um das Desaster zu dokumentieren, doch die Geschichte dahinter war die gleiche: Dies war der Tod in einem riesigen, unvorstellbaren Ausmaß.

»Was gibt's, Ali?«, fragte Daniel. »Wir haben nicht viel Zeit.«

Plötzlich krampfte sich alles, was Ali hatte sagen wollen, in einem dicken Knoten gefühlsbeladener Verwirrung in ihrer Kehle zusammen. Sie war fest entschlossen gewesen, die Luft zwischen ihr und Daniel zu klären, doch der erschütternde Anblick solch geballten menschlichen Leids ließ sie all ihre sorgfältig zurechtgelegten Worte vergessen und führte ihr vor Augen, wie oberflächlich ihre Gedanken gewesen waren. In ihrer Arroganz hatte sie nicht eine Sekunde lang bezweifelt, dass sie Daniel von ihrer Sicht der Dinge überzeugen und somit *ihn* dazu bringen konnte, die nötige Entschuldigung auszusprechen, um die Harmonie zwischen ihnen wiederherzustellen. So viel zum Thema Zurückstecken. Diese Einsicht machte ihr auch bewusst, wie rachsüchtig ihr Schachzug gewesen war, Elliot zum Abendessen einzuladen. Entsetzt und voller Scham über ihr Verhalten saß sie wortlos da.

»Ali«, drängte Daniel, »die erwarten uns in fünf Minuten oben im Konferenzraum. Wir müssen hoch.«

Sie riss den Blick von der obersten Zeitung los, auf der eine verstörte junge Mutter abgebildet war, die mit ihrem toten Baby auf dem Arm im Schlamm hockte. Sie sieht selbst noch wie ein Kind aus, dachte Ali voll brennendem Mitgefühl. »Ich … ich wollte nur sagen, dass es mir Leid tut«, murmelte sie, als sie endlich ihre Stimme wieder gefunden hatte. Sie blickte in Daniels besorgtes Gesicht. »Ich habe mich schrecklich benommen, nicht?«

Da er genau wusste, welches der vielen Fotos vor ihnen Ali am meisten verstörte, ergriff er ihre Hand und drückte sie sanft. »So? Wann war denn das? Habe ich gar nicht mitgekriegt.«

»Mach bitte keine Witze, Daniel. Nicht jetzt.«

»Entschuldigung. Und es tut mir auch Leid wegen ein paar Sachen, die ich zu dir gesagt habe.«

»Nur ein paar?«

»Ja. Ich überlasse es dir, die richtigen herauszufinden.«

»Na, das wird nicht allzu schwierig. Sobald wir eine Minute Zeit haben, rufe ich Elliot an und sage das Essen heute Abend ab. Ich weiß nicht, wie ich so etwas Berechnendes tun konnte. Das war ausgesprochen gemein.«

Er lächelte. »Es war deine rabiate Art, mir zu sagen, dass ich mich um meinen eigenen Kram kümmern soll.«

»Und ich wollte dir eine Lektion erteilen.«

»Das auch. Apropos Lektion: Gibst du zu, dass einer von uns beiden – jemand, der mir lieb und teuer ist, der aber ungenannt bleiben soll – Unrecht hatte?«

Sie nickte betreten. »Aber ich gebe nur zu, dass ich Unrecht hatte, Elliot zu manipulieren, um mich zu beweisen. Der Rest steht nach wie vor.«

»Warum riskierst du dann nicht trotzdem das Essen mit ihm … nur wegen der guten alten Zeiten?«

Sie schüttelte den Kopf. »Nein, besser nicht. Wenn du Recht hast, was Elliot betrifft, wäre es unfair, ihm Hoffnungen zu machen.«

»Wie du willst, Babe. So, los jetzt, das Publikum wartet schon. Zeig mir dein verführerischstes Lächeln, und dann hauen wir ihnen eine Oscar-reife Show um die Ohren.«

Der Tag ging wie im Flug vorüber, und es war bereits Viertel vor vier, als sie eine kurze Teepause einlegten und Ali Gelegenheit fand, sich zu verdrücken und bei Elliot im Büro anzurufen. Als sie endlich durchgekommen war, erklärte ihr eine übertrieben diensteifrige Frau, Mr. Anderson sei nicht zu sprechen.

»Aber es ist ungeheuer wichtig, dass ich mit ihm spreche«, sagte Ali.

»Das glaube ich Ihnen, aber er ist heute nicht hier.«

»Ist er zu Hause?«

»Wer sind Sie denn?«

Die Frage ließ erkennen, dass die Weitergabe eventueller Informationen davon abhing, wie die Antwort ausfiel.

Aufgebracht erwiderte Ali: »Ach, lecken Sie mich doch!«, schaltete das Handy ab und warf es in ihre Tasche.

»Gibt's ein Problem?«, fragte Daniel, der gerade mit einer Tasse Tee für sie auftauchte.

»Ja. Elliot ist heute nicht im Büro, und seine blöde Sekretärin war nicht gerade benutzerfreundlich.«

Daniel stellte die Teetasse auf dem Tisch ab, an dem Ali lehnte, streckte die Hand aus und sagte: »Gib her. Das ist ein Fall für Bob Schlock III.«

Sie gab ihm das Handy und sah zu, wie er auf Wiederwahl drückte. »Elliot Anderson«, bellte er mit einem heftig übertriebenen amerikanischen Akzent, der sie zum Lächeln brachte. Bob Schlock III. war eine uralte Erfindung, die immer mal wieder aus der Mottenkiste geholt wurde, wenn Daniel ein lästiges Hindernis umgehen wollte. Als man ihn zu Elliots sturer Sekretärin durchgestellt hatte, kam er richtig in Fahrt. »Hier ist Bob Schlock von Texas Incorporates«, sagte er gedehnt. »Elliot hatte mich um Rückruf gebeten. Was soll das heißen, er ist nicht da? Wo zum Henker steckt er? Nun halten Sie mal die Luft an, junge Lady, und erzählen Sie mir keine Märchen, ich rufe schließlich nicht zu meinem

Vergnügen an, okay? Sie sind jetzt hübsch brav und geben mir eine Nummer, wo ich ihn erreichen kann. Nein. Keine Nachricht, Schätzchen. So, denn mal noch einen schönen Tag.«

Daniel gab Ali ihr Handy zurück. »Ist doch ganz easy, Schätzchen. Du musst ihnen nur klarmachen, wer der Boss ist.«

Ali verdrehte amüsiert die Augen. »Und, was ist Sache, Schlock III.? Wo steckt Elliot?«

»Bei einer Lagebesprechung in London. Er hat den 17.15-Uhr-Flieger ab Heathrow gebucht.« Er warf einen Blick auf seine Armbanduhr. »Wahrscheinlich ist er schon am Flughafen.«

Ali stöhnte. »Was soll ich denn jetzt machen?«

»Herzchen, es sieht ganz so aus, als ob du dich doch in deine Schürze werfen und ihn bekochen musst, wie es geplant war.«

»O Daniel, ich kann nicht. Es muss doch einen Weg geben.« Sie überlegte einen Moment, dann sagte sie: »Ich hab's: Ich rufe Sam an und hinterlasse ihm eine Nachricht.«

Doch in Timbersbrook ging niemand ans Telefon, nicht einmal das nervtötende Band, das ihr sagte, dass niemand da war, um ihren Anruf entgegenzunehmen.

Elliot wusste, dass er knapp dran war, aber solange der Flug keine Verspätung hatte, würde es gerade noch reichen, um zu Hause vorbeizufahren, unter die Dusche zu springen und sich umzuziehen, bevor er um acht zu Ali fuhr. In der Zwischenzeit machte er es sich mit einem Drink und dem Londoner *Evening Standard* geduldig in der VIP-Lounge bequem, um auf den Aufruf seines Flugs nach Manchester zu warten.

Er hatte Glück, und wenig später verstaute er seinen Mantel und Aktenkoffer im Gepäckfach über dem Sitz, zusammen mit den Blumen und Pralinen, die er für Ali gekauft hatte; dann setzte er sich auf seinen Platz. Im Schnitt machte er diese Reise nach London und zurück alle zwei

Wochen und war mit dem Ablauf ebenso vertraut wie mit den Besprechungen der Geschäftsleitung, an denen er bei seinen Besuchen teilnahm – es war die alte Masche von Angriff und Verteidigung. In London war man allgemein der Ansicht, von allen regionalen Filialen sei Manchester die effizienteste; außerdem war bekannt, dass in ihr die heißesten Positionskämpfe stattfanden. Es war nie ein offenes Wort darüber gefallen, aber Elliot war gewitzt genug, um zu wissen, dass seine Beförderung ein sorgfältig durchdachter Schachzug nach dem Motto »Teile und herrsche« gewesen war – London hatte ihn in der Überzeugung ausgewählt, dass seine Berufung ein wenig Luft im Unterholz schaffen würde. Doch nach zwölf Monaten war Gervase immer noch da, vermutlich in der Hoffnung, dass stattdessen Elliot die Koffer packen würde, wenn er ihn nur genug piesackte. Doch so leicht ließ Elliot sich nicht kleinkriegen. Wenn es etwas gab, wofür er seinem Vater dankbar war, dann für die Lehre: »Wer nicht wagt, der nicht gewinnt.« Das war eines von Sams Lieblingssprichwörtern gewesen, oft begleitet von weiteren motivierenden Mantras wie »Bleib dran, Junge« oder »Halt durch, du schaffst es« und »Lass dich von diesen Mistkerlen nicht unterkriegen«. Sam war nie ein treibender Vater gewesen – das brauchte er bei Elliots Ehrgeiz auch nicht –, aber er hatte immer darauf bestanden, einmal Angefangenes auch zu Ende zu führen, und Elliot vermutete, dass dies eine der wenigen von den vielen hervorragenden Eigenschaften seines Vaters war, die er geerbt hatte. Er hatte sich oft gefragt, ob er in seinen Jugendjahren eine Enttäuschung für seinen Vater gewesen war. Bestimmt war er ein langweiliges Kind gewesen, immer über seinen Büchern, immer beim Lernen, und selbst in Oxford hatte er sich nicht geändert. Das bisschen Freizeit, das er sich gönnte, hatte er damit zugebracht, um die Christ Church Meadow und am Cherwell entlang zu joggen oder auf seinem Zimmer Musik zu hören, anstatt in der Collegebar herumzuhängen und auszuprobieren, wie viel er trinken konnte, bevor er bewusstlos vom Hocker fiel.

Während seines zweiten Trimesters hatte einer seiner Tutoren taktvoll angedeutet, dass er sich vielleicht ein bisschen enthusiastischer am Collegeleben beteiligen könnte. Widerstrebend hatte er sich als Zeichen des guten Willens dazu aufgerafft, sich einmal in der Woche im Gemeinschaftsraum der unteren Semester blicken zu lassen und fünf Minuten länger beim Frühstück sitzen zu bleiben. Innerhalb kurzer Zeit hatte man ihm den Spitznamen LSF verpasst – langweiliger Stummfisch –, doch Mitte des Frühjahrstrimesters hatte er voller Zorn und Verlegenheit festgestellt, dass der umfangreiche Kreis hirnloser Freundinnen seines Zimmernachbarn daraus STP gemacht hatten – stiller Traumprinz. Der Auslöser dafür war, dass eine von ihnen auf der Treppe gestolpert war und er sie aufgefangen hatte, als er nach einer ausgiebigen Joggingrunde im Regen hinter ihr nach oben gegangen war. Nachdem er sie sicher in das Zimmer seines Nachbarn getragen hatte, da sie behauptete, sich den Knöchel verstaucht zu haben, hatte er durch die Wand gehört, wie sie kichernd gesagt hatte, sie würde mit Freuden auf das Kleidergeld für ein Jahr verzichten, wenn sie dafür eine Nacht mit ihm verbringen dürfte. »Auf euch ungehobelte, biersaufende Nieten kann ich verzichten«, hatte sie lauthals gekreischt. »So ein starker, stiller Mann in einem nassen T-Shirt ist viel aufregender.«

Nach der Landung in Manchester kämpfte Elliot sich durch die überfüllte Ankunftshalle, bezahlte seinen Parkschein und spurtete ins dritte Geschoss, wo er seinen Wagen morgens um halb sieben abgestellt hatte. Um zehn nach sieben war er zu Hause, und nachdem er Sams Notiz gelesen hatte, dass er erst spätabends zurückkommen würde, stand er um sechzehn Minuten nach sieben unter der Dusche. Er wusch und rasierte sich, putzte sich die Zähne, zog sich an und saß um zwanzig vor acht wieder im Auto – ein Meisterwerk der Zeitplanung. Und erst jetzt, als er die A 535 in südlicher Richtung entlangfuhr, gestattete er sich, seine Gedanken auf den Abend zu lenken, der vor ihm lag. Bisher hatte er alles in seiner Macht Stehende getan, um nicht darüber nachzudenken, was Ali dazu gebracht hatte, ihn zum Abendessen einzuladen. Er war zu dem Schluss gekommen, dass sie sich im besten Fall dafür entschuldigen wollte, dass sie am Dienstag so kurz angebunden gewesen war.

Und im schlimmsten Fall?

Oh, das war einfach.

Im schlimmsten Fall hatte sie vor, ihm auf ihrem eigenen Territorium Wort für Wort zu erklären, weshalb sie ihn nie wieder sehen wollte.

»Das darf nicht wahr sein«, murmelte Ali zu sich selbst, »es ist nur ein schlechter Traum. Gleich wache ich auf, und es ist Morgen, und ich kann Elliot anrufen und ihm absagen. Oder, noch besser, ich merke, dass diese ganze Woche ein einziger langer Albtraum war.«

Sie trank noch einen kräftigen Schluck Wein und sah erneut auf die Uhr. Zehn vor acht. Sie stöhnte und wünschte, sie würde Elliot nicht so gut kennen. Es war zwecklos zu hoffen, dass er zu spät kommen oder überhaupt nicht auftauchen würde. Elliot war der pünktlichste Mensch, den sie kannte. Er kam nie zu spät. Er hatte es immer geschafft, die Zeit für sich arbeiten zu lassen. Wenn früher, als sie noch zusammengearbeitet hatten, ein Riesenauftrag anstand und alle in panische Aktivität ausbrachen, hatte er keine Sekunde über den Abgabetermin nachgedacht, der wie ein Damoklesschwert über ihnen hing. Er hatte sich still an die Arbeit gemacht und sich von nichts aus der Ruhe bringen lassen. In Besprechungen genau das Gleiche. Wie heiß es auch um ihn herum hergehen mochte, er hatte stets undurchschaubar und gelassen gewirkt. Diese unwiderstehliche Technik hatte sie einmal bei einer lebhaften, hitzigen Debatte aus dem Konzept gebracht. Es war in der Anfangszeit ihrer Trainee-Ausbildung gewesen; sein unbewegter Gesichtsausdruck hatte sie so sehr fasziniert, dass sie nicht mehr zugehört hatte. Als er sie plötzlich nach ihrer Meinung gefragt hatte, war Daniel eingesprungen und hatte sie gerettet.

Das war ihr nur ein einziges Mal passiert. Von dem Moment an hatte sie ihr Verlangen nach ihm fest unter Kontrolle gehalten.

Doch zumindest damit würde sie sich heute Abend nicht herumschlagen müssen. Sie empfand alles Mögliche für Elliot, aber Verlangen gehörte nicht dazu. Und trotz Daniels Vermutungen, was Elliots Gefühle für sie betraf, war sie überzeugt, dass auch er anderes im Sinn hatte als Lust.

Als sie und Daniel am späten Nachmittag endlich aus Stockport herausgekommen waren, hatten sie noch einen Abstecher ins Büro gemacht, um sich mit Margaret kurzzuschließen. Nachdem sie ihre E-Mail durchgesehen, einige Kunden zurückgerufen, das Licht aus- und die Alarmanlage eingeschaltet hatten, hatte Daniel gesagt: »Lass es heute Abend locker angehen, Babe, okay? Es kostet zu viel Energie, ständig miteinander zu kämpfen. Gönnt euch mal 'ne Pause.«

»Pah! Locker angehen lassen – dass ich nicht lache«, sagte sie, während sie die Blätterteigpastete mit Schellfisch und Krabben, die sie zusammengeschustert hatte, als sie von der Arbeit zurückgekommen war, mit Eigelb bestrich; da sie wusste, wie eigen Elliot mit allem war, was er aß, hatte sie beschlossen, ihn nicht mit einem Gericht aus rotem Fleisch und gesättigten Fetten zu quälen, und sich für Fisch entschieden.

War das locker genug?

Oder würde sie trotzdem zu hören bekommen, dass sie ihm ein hübsches kleines Frikassee aus gut abgelagerter Verbitterung auf einem Bett aus Vorwürfen und Schuldzuweisungen servierte?

Als sie das drohende Geräusch eines nahenden Autos vernahm, kippte sie noch einen Schluck Wein herunter und trat an das kleine Küchenfenster, das auf die Mill Lane hinausging.

Wie befürchtet erblickte sie in der Dunkelheit die Scheinwerfer von Elliots leicht zu erkennendem XK8, die sich langsam der Mühle näherten. Ein Blick auf die Uhr bestätigte ihr, dass er wie immer auf die Minute pünktlich war.

Dieser verfluchte Kerl! Würde er sie denn nie überraschen? Würde er nie die Schwerkraft seiner Perfektion überwinden? Sie holte noch einmal tief Luft und wappnete sich für den Abend, der ihr bevorstand.

21

Elliot merkte sofort, wie angespannt Ali war, als sie ihm die Tür öffnete.

»Auf die Minute pünktlich, Elliot«, sagte sie. »Zumindest darin hat sich nichts geändert.« Sie warf die Tür mit einem so lauten und unerwarteten Knall zu, dass er zusammenfuhr. »Entschuldigung, ich unterschätze manchmal meine eigene Kraft. Dachte, sie klemmt mal wieder. Kein Mantel? Auf dem Rückweg wirst du das bedauern.«

Als er sah, was für eine furchtbare Wirkung er auf sie hatte, sank Elliot vor Niedergeschlagenheit das Herz. »Ali«, hätte er am liebsten gesagt, »ich weiß, das ist eine schwierige Situation, aber schalt mal einen Gang zurück und entspann dich.« Doch eine solche Bemerkung würde mehr schaden als nützen: Damit würde er sie in Alarmbereitschaft versetzen und noch hektischer machen.

Ein freundschaftlicher Kuss auf die Wange kam eindeutig nicht in Frage, also gab er ihr die Blumen und Pralinen. Sie wurden mit höflichem Dank entgegengenommen, dann führte sie ihn die Wendeltreppe hinauf in den ersten Stock der Windmühle, wo sie bei seinem ersten und bisher einzigen Besuch gesessen hatten. Es sah genauso aus wie damals, allerdings ohne die Weihnachtskarten, die zwischen den Messinglampen gehangen hatten. Beide waren eingeschaltet, ebenso wie zwei Tischlampen mit Seidenschirm; warmes Licht strahlte von den rot gestrichenen Wänden ab.

»Was möchtest du trinken?«, fragte sie. »Ich habe schon mal mit Weißwein angefangen, aber du kannst dir aussuchen, was du willst.«

»Wein ist wunderbar, danke.«

Er folgte ihr in den Küchenbereich und sah, dass sie den Tisch bereits gedeckt hatte. Allerdings gab es keine stimmungsvolle Dekoration wie Kerzen oder Blumen. Neben dem Herd wartete ihr Abendessen darauf, in den Ofen geschoben zu werden; es war eines seiner Lieblingsgerichte, das Ali früher oft für sie beide gekocht hatte. Als sie ihm das Weinglas reichte, bemerkte sie seinen Blick auf die Pastete. Sie öffnete die Backofentür und schob sie mit der Bemerkung hinein: »Tut mir Leid, dass ich so fantasielos bin, aber mein kulinarisches Repertoire hatte wenig Gelegenheit sich zu entwickeln, seit …« Sie brach ab.

Betreten wartete er darauf, dass sie den Satz beendete. Als sie es nicht tat, sagte er: »Seit wir uns getrennt haben – wolltest du das sagen?«

»Nein«, erwiderte sie mit ärgerlichem Stirnrunzeln. »Ich wollte sagen, seit ich so viel zu tun habe und nicht mehr dazu komme, stundenlang in der Küche herumzuwirbeln, so wie früher.«

Nach dieser Abfuhr ging er zurück in den Wohnzimmerbereich und schlenderte hinüber zu einem großen Schwarzweißfoto von der Mühle, das aus der Zeit stammte, als sie noch ihre Flügel gehabt hatte. Während er an seinem Wein nippte und so tat, als betrachte er das Bild, überlegte er, ob und wie er den Verlauf des Abends beeinflussen konnte. So, wie es im Moment aussah, würde sie ihn in Kürze vor die Tür setzen. Als er Ali hinter sich spürte, wandte er sich um und fragte: »Wie wär's mit einer Führung?«

Sie stellte ihr Glas hin. »Wenn du willst, aber viel zu sehen gibt's hier nicht.«

Wieder ging sie vor ihm her, und als sie die schmale Holztreppe erklommen, sagte sie: »Wir gehen ganz nach oben und arbeiten uns dann nach unten durch.«

Elliot, der ein paar Stufen hinter ihr ging, bemühte sich, seinen Blick von Alis Beinen und ihrem kurzen Rock abzuwenden, der kaum unter ihrer Seidenbluse hervorlugte. Sie würde dich in der Luft zerfetzen, wenn sie wüsste, woran du gerade denkst, wies er sich zurecht. »Wie viele Etagen sind es?«, fragte er, um seine Gedanken in sicherere Bahnen zu lenken.

»Fünf.«

»Und weißt du zufällig, wie hoch die Mühle ist?«

»*Genau* einundzwanzig Meter«, sagte sie betont. Als sie ganz oben angekommen waren, blieb sie etwas außer Atem stehen und stieß eine Kiefernholztür auf. »Das hier ist eigentlich mein Arbeitszimmer, aber ich benutze es kaum. Irgendwie lande ich immer mit meinem Laptop am Küchentisch.«

Elliot sah sich in dem kleinen runden Zimmer mit den weißen Wänden und den beiden winzigen Fenstern um; es erinnerte ihn an eine Zelle. Der Durchmesser betrug etwa vier Meter, und die einzigen Einrichtungsgegenstände waren ein Schreibtisch, ein Stuhl und zwei Bücherregale, bestückt mit mehreren Reihen von Aktenordnern und einer Auswahl von Standardwerken über Finanzbuchhaltung. Auf dem Tisch stand ein Computer, ein kleiner Canon-Drucker und ein Telefon, sonst nichts.

Sie gingen in das Stockwerk darunter, das aus einem Schlafzimmer und einem kleinen Badezimmer mit Dusche bestand. Das Schlafzimmer sah aus, als warte es auf einen Gast: Es war makellos aufgeräumt, das Doppelbett war bezogen und mit drei dekorativ gegen das Kopfende gelehnten Kissen verziert, und auf der Kommode, die sich unter einem der drei Fenster befand, standen eine pastellfarbene Kleenex-Schachtel und eine Kristallvase mit Narzissen.

»Erwartest du Besuch?«, fragte er.

»Ja. Sarah.«

»Mit oder ohne Trevor?«

»Ohne. Es wird ein reines Weiberwochenende.«

Als sie im Stockwerk darunter angekommen waren, blieb Ali stehen. »Mein Schlafzimmer«, sagte sie nach kurzem Zögern. Sie öffnete die Tür und ließ ihn vorgehen. Seite an Seite standen sie kurz vor der einen Ecke des Bettes. Elliot durchzuckte ein schmerzhafter Stich der Eifersucht – ob sie schon einmal einen anderen Mann hierher gebracht hatte? Er versuchte krampfhaft, sich die Szene nicht vorzustellen, doch es gelang ihm nicht, und schon sah er sie vor sich, wie sie in den Armen eines Fremden zum Höhepunkt kam. Er stopfte die Hände in die Hosentaschen, räusperte sich und wandte sich zur Seite. »Gut gemachte Einbauschränke«, sagte er und ging hinüber, um sich die hervorragende Handarbeit anzusehen, die sich perfekt in die Wölbung und Neigung der Wand schmiegte.

»Ja«, stimmte sie hinter seinem Rücken zu.

Als er sich ein Stück nach rechts drehte, bemerkte er zum ersten Mal den Nachttisch, beziehungsweise das, was darauf stand: ein gerahmtes Foto von Ali, wie sie mit Isaac auf dem Schoß am Strand saß. Der Kleine trug die Baseballkappe von den New York Yankees, die Elliot ihm von einer Geschäftsreise aus Amerika mitgebracht hatte. Viel zu groß für seinen kleinen Kopf, war sie zur Seite gerutscht und hatte ihm einen niedlichen, verwegenen Ausdruck gegeben. Augenblicklich erinnerte Elliot sich an den Tag, als er das Bild gemacht hatte. Sie waren in Hayling gewesen, bei Alis Eltern. Es war ein traumhafter Sommertag gewesen, heiß und sonnig mit einer erfrischenden Brise, die vom Meer herüberwehte. Sie hatten den Nachmittag am Strand verbracht, geplantscht, Sandburgen gebaut und Schwertmuscheln gesammelt. Als sie Eis gekauft hatten, hatte Isaac darauf bestanden, seins selbst zu halten, und in der heißen Augustsonne war es geschmolzen und über seine Hände gekleckert, bevor er auch nur einmal daran geleckt hatte. Ali war mit ihm zum Wasser hinuntergegangen, um ihn zu waschen, während Elliot Ersatz besorgt hatte. Das Bild, wie sie alle zusammen am Strand waren, sah Elliot so klar und deutlich vor sich, dass er für den Bruchteil einer Sekunde überzeugt war, er bräuchte nur die Augen zu schließen, um wieder dort zu sein, den Duft des Meeres einzuatmen und Isaacs übermütiges Jauchzen zu hören, als die heranschwappenden Wellen seine winzigen Füße umspülten und ihm den Sand unter den Zehen wegzogen.

Er riss den Blick von dem Foto los, sah jedoch sofort etwas anderes, das eine weitere schmerzliche Erinnerung an die Vergangenheit auslöste. Halb unter der Decke versteckt saß Mr. Squeezy. Ohne nachzudenken, ging Elliot zum Bett und nahm den kleinen Bären hoch. Zärtlich hielt er ihn in der Hand, betrachtete die so vertraute krumme Nase, die langen, baumelnden Arme und Beine und den weichen, abgegriffenen Körper. Er schluckte, und sein Kiefer verspannte sich, als er daran dachte, wie schlaff und leblos der Teddy sich anfühlte ... genauso schlaff und leblos wie Isaac zum Schluss. »Ich wusste nicht, dass du ihn aufgehoben hast«, murmelte er fast unhörbar.

Ali öffnete den Mund, um etwas zu sagen, brachte jedoch kein Wort heraus. Sie war wie gelähmt von dem verzweifelten Wunsch, Elliot möge Mr. Squeezy wieder ins Bett zurücklegen. Sie wollte nicht, dass er den kostbaren kleinen Bären berührte. Er war praktisch alles, was ihr von Isaac geblieben war. Plötzlich merkte sie, dass ihr die Tränen in die Augen stiegen, und wütend über ihre Schwäche flüsterte sie: »Bitte leg ihn wieder hin.«

Elliot hob den Blick und sah den brennenden Schmerz in Alis Augen. Erschrocken tat er sofort, worum sie ihn gebeten hatte. »Tut mir Leid, ich wollte nicht –«

Sie hob abwehrend die Hand. »Nein, sag nichts. Kein Wort.« Dann wandte sie sich zur Tür und sagte steif: »Wir sollten jetzt besser nach unten gehen. Das Essen dürfte inzwischen fertig sein.«

Ali trug das Essen auf, während Elliot auf ihren Vorschlag hin eine CD auswählte. Als sein Blick über die Reihe von CDs glitt, kam ihm der Gedanke, dass sie ihn vielleicht auf die Probe stellen wollte: Falls er etwas auswählte, was sie früher beide gerne gehört hatten, würde sie ihm womöglich widerliche Sentimentalität vorwerfen. Seine Finger schwebten über *Eric Clapton Unplugged*, zuckten dann jedoch zurück – auf dem Album war »Tears in Heaven«, und er wusste zwar nicht, wie es Ali ging, aber er hielt nur mit einem gewaltigen Alkoholpegel bis zum Ende dieses Songs durch. Seine Hand wanderte weiter am Regal entlang, wobei er instinktiv alles Klassische ausließ – Rachmaninow, Brahms, Beethoven und Chopin waren zu gefährlich, sie würden jede Menge quälender erotischer Erinnerungen wachrufen. Schließlich blieben seine Finger an einer CD von einer Interpretin namens Frances Black hängen. Er kannte weder die Sängerin noch den Titel *Talk to me*. Nun, das passte ja ganz gut. Er nahm die CD, die noch im Gerät lag, heraus und suchte nach der dazugehörigen Hülle. Ali war noch nie gut darin gewesen, Dinge an den Platz zurückzuräumen, wo sie hingehörten. Nachdem er seine Suche etwas ausgeweitet hatte, fand er sie unter der aktuellen Ausgabe von *Taxation*, einer Fachzeitschrift für Steuerberater.

»Wie lange braucht ein Buchhalter dafür, eine CD aufzulegen?«, rief Ali aus dem Küchenbereich herüber, wo sie gerade die Gläser nachfüllte und dabei seine Bemühungen beobachtete.

»Ich weiß nicht«, erwiderte er. »Wie lange braucht er denn?«

»Anscheinend doppelt so lange wie alle anderen.«

Er regulierte die Lautstärke, und als er die ersten Worte des Songs hörte – »All die Lügen, die du mir erzählt hast, all die Tränen, die ich geweint habe« –, hoffte er, dass er seine Wahl nicht bereuen würde. Er kam zu Ali an den Tisch, setzte sich in den Stuhl ihr gegenüber, und nachdem er ihr ein Kompliment über das Essen gemacht hatte, auf das sie nichts erwiderte, stellte er die Frage, die ihn seit Mittwochmorgen beschäftigte, als sie ihn angerufen hatte. »Was hat dich dazu gebracht, deine Meinung zu ändern und dich doch mit mir zu treffen?«

Oh, verdammt, dachte Ali. Was soll ich ihm denn jetzt

sagen? Dass er nur hier ist, weil ich so wütend auf Daniel war? »Ich weiß es selbst nicht so genau«, log sie.

»Oh«, sagte er ausdruckslos. Es war keine besonders befriedigende Antwort. Er wusste immer noch nicht, woran er bei ihr war. Schweigen machte sich breit, und Elliot wandte seine Aufmerksamkeit der CD zu. Die Sängerin war inzwischen bei ihrem nächsten Song angekommen, und ihre Worte trafen ihn mit der Subtilität eines Vorschlaghammers – »Ich wünschte, du würdest mir sagen, was ich falsch mache, wir könnten darüber reden und versuchen, miteinander klarzukommen …« Peinlich berührt legte er Messer und Gabel aus der Hand und griff nach seinem Weinglas. Hoffentlich würde die Sängerin bald zum Ende kommen, ohne sie noch mehr mit der schmerzhaften Treffsicherheit ihres Textes zu quälen. Doch sein Wunsch wurde nicht erhört. Ohne sich an seinem Unbehagen zu stören, aalte sie sich weiter im Fettnäpfchen: »Sei mein Freund oder mein Feind, was immer du willst, aber bitte sei kein Fremder …«

Auch Ali lauschte auf den Text. Verwirrt stellte sie fest, dass sie sich nicht daran erinnern konnte, die CD gekauft zu haben. Ihr war auch nicht bewusst, dass sie sie je gehört hatte. Aber sie konnte nicht leugnen, dass die Worte passten. Sie und Elliot waren Fremde geworden. Daniel hatte im Lauf des Tages gesagt, seiner Meinung nach sei ihre Scheidung genauso eine sinnlose Tragödie gewesen wie Isaacs Tod. Und in ihrem Herzen wusste sie, dass er Recht hatte. Aber es nützte nichts. Es änderte nichts an der Tatsache, dass sie unbedingt Abstand zu Elliot halten musste. »Aber was ist, wenn es eine Möglichkeit gibt, einen Teil dessen, was geschehen ist, rückgängig zu machen?«, hatte Daniel gefragt. Sie hatte ihm nicht geantwortet, weil sie sich nicht dazu überwinden konnte zuzugeben, dass ein Teil von ihr gar nicht wollte, dass die Wunden verheilten. Noch nicht. Sie war noch nicht so weit. Sie musste immer noch darin herumstochern.

Der Song ging zu Ende, und ihr fiel wieder ein, dass Daniel ihr die CD geschenkt hatte. Sie erinnerte sich sogar noch daran, was er damals gesagt hatte. »Mach sie schön laut, Süße, und hör gut zu.« Was sie natürlich nicht getan hatte. Aber sie tat ja ohnhin so gut wie nie, was andere ihr sagten.

Als ihr bewusst wurde, dass seit ein paar Minuten keiner von ihnen etwas gesagt hatte, blickte Ali von ihrem Teller auf und sah, dass Elliot sie anschaute. Sein Gesicht war überraschend ernst, und seine sonst so klaren blauen Augen überzog ein Schleier von Traurigkeit. O Gott, dachte sie voller Reue, das hat er nicht verdient. Warum hatte er zugestimmt, hierher zu kommen und sich dieses Leid anzutun? Wollte er sich bestrafen? Hatte sie seine Motive, sie zu benutzen, falsch eingeschätzt? War er gar nicht, wie sie angenommen hatte, hier, um Freundschaft zu schließen und damit sein schlechtes Gewissen zu beruhigen, sondern um sich mit Erinnerungen daran zu quälen, wie es einmal gewesen war? In dem Drang, die düstere Stimmung zu vertreiben, die sich auf sie gesenkt hatte, fragte sie: »Wie war dein Tag in London?«

Seine Augen zogen sich ein winziges Stück zusammen. »Woher weißt du, dass ich in London war?«

Sie bemerkte ihren Fehler. Wenn sie ihm die Wahrheit sagte, dass sie nämlich versucht hatte ihn anzurufen, um den Abend abzusagen, würde er sie nach dem Grund fragen. »Ich habe heute Nachmittag bei dir im Büro angerufen, um sicherzugehen, dass es bei heute Abend bleibt«, log sie. »Wer ist diese wenig zuvorkommende Frau, die bei dir zurzeit Sekretärin spielt?«

Er zog die eine Augenbraue hoch. »Sie heißt Dawn, und in höflichen Kreisen würde man sie als ›nicht jedermanns Geschmack‹ bezeichnen.«

»Und, entspricht sie deinem Geschmack?«

»Nein, ich kann sie nicht ausstehen.«

»Dann wirf sie raus.«

»Abgesehen von meinem Ärger über ihre schnippische Art habe ich dazu keinen Grund. Sie macht ihre Arbeit erstaunlich gut.«

»Historisch gesehen hat das noch keinen Geschäftsführer davon abgehalten, die große Axt zu schwingen.«

»Stimmt, aber auch wenn ich mir da vielleicht etwas vormache, bilde ich mir doch ein, nicht zu diesen industriellen Dinosauriern zu gehören.«

Hätte irgendein anderer Mann dies gesagt, hätte Ali ihm vorgeworfen, auf Komplimente aus zu sein, doch aus Elliots Mund war es etwas anderes. Er war nie einer von diesen Idioten gewesen, die Streicheleinheiten für ihr Ego brauchten. »Wie hat man sich diese Dawn denn vorzustellen? Ich wette, sie ist eine richtige alte Hexe.«

Er legte Messer und Gabel aus der Hand und wischte sich sorgfältig mit der Serviette über den Mund. »Manche halten sie für einen ziemlichen Reißer.«

»Ja? Wen reißt sie denn alles auf? Oder ist sie nicht wählerisch? Vielleicht hat sie eine Skalp-Sammlung zu Hause?«

»Würde mich nicht wundern. Aber eine Zeit lang ging das Gerücht um, sie hätte was mit Scott laufen.«

Ali griff nach der Weinflasche. Sie bot sie Elliot an, doch er schüttelte den Kopf. Als sie sich nachgeschenkt hatte, sagte sie: »Und, ist Dawn die Geile auch scharf auf den Hauptgewinn der Firma?«

»Wen meinst du? Gervase?«

Sie verdrehte die Augen. »Ich glaube, wir können davon ausgehen, dass Gervase auch in tausend Jahren nicht als Hauptgewinn gelten wird. Ich meine den Boss. Hat sie versucht, *dich* anzubaggern?«

Elliot sah sie entrüstet an. »Natürlich nicht.«

Ali lächelte in sich hinein. Er hat wirklich keine Ahnung, wie attraktiv er ist, dachte sie, und was für ein leichtes Opfer er dadurch ist. »Wie geht's denn Gervase so?«, fragte sie. »Macht er noch immer alle platt, die es wagen, sich ihm in den Weg zu stellen?«

»Mehr oder weniger.«

Sie stöhnte. »Es geht doch nichts über den Zerstörungswettkampf der großen Firmenpolitik. Wie zum Teufel hältst du das nur aus, Elliot?«

Er zuckte die Achseln. »Es ist nur ein Job.«

»Ach, tu doch nicht so. Deine Karriere liegt dir sehr am Herzen.«

Er klopfte leise mit den Fingern auf den Tisch und lächelte beinahe. »Stimmt. Vielleicht ist es gerade der Machtkampf, der mir so gefällt.«

»Was? Zu wissen, dass du es geschafft hast und die anderen nicht?«

»Nein. Zuzusehen, wie sie sich alle bekämpfen, und zu wissen, dass es sinnlos ist. Wahre Macht liegt in der Erkenntnis, dass sie letzten Endes nicht zählt.«

»Leicht zu sagen, wenn man gemütlich im heiß begehrten Büro im neunten Stock sitzt.«

»Wird das mein Grabspruch? ›Er schaffte es bis in den neunten Stock‹?«

»Es könnte schlimmer sein. Zum Beispiel: ›Er schaffte es nur bis in den dritten Stock‹.«

»Oder wie wär's mit: ›Er schummelte und nahm den Aufzug‹?«

»Das ist kein Schummeln, das ist geschicktes Taktieren. Was ich sehr schätze.«

»Und wie sieht's mit dir aus? Fühlst du dich wohl in deiner mächtigen Position? Schließlich bist du ja jetzt auch der Boss.«

»Schon, aber eine andere Art von Boss.«

»Menschlicher? Mitfühlender?«

»Natürlich. Frauen-Power, wie sie im Buche steht.«

»Also geht es doch um Macht.«

»Schon möglich, wenn man das Gefühl hat, dass sie einem jahrelang auf Grund männlicher Vorurteile absichtlich vorenthalten worden ist.«

»Sieht Daniel das genauso?«

Ali lachte. »Um Himmels willen, nein. Daniel doch nicht. Der ist viel zu tolerant.«

Elliot nippte nachdenklich an seinem Wein. Nach einer Weile sagte er: »Toleranz ist eine Eigenschaft, die wir zu unserem eigenen Nachteil verachten.«

»Ist das dein Leitgedanke, wenn du Gervase gegenüberstehst?«

Er lehnte sich in seinem Stuhl zurück und strich mit den Fingern über den langen, schlanken Fuß seines Weinglases. »Ich fürchte, der einzige Gedanke, der mir durch den Kopf geht, wenn ich den Kerl vor mir habe, ist, ihn ungespitzt in den Boden zu hauen.«

Ali tat schockiert. »So was sollte ein Geschäftsführer aber nicht sagen.«

»Dann dürfte Gervase mit dem, was er vermutlich schon seit jeher über mich denkt, wohl Recht haben.«

»Nämlich?«

»Dass ich der falsche Mann für den Posten bin. Mein familiärer Hintergrund und meine Referenzen sind alles andere als passend.«

»Jawoll, Sohnemann, wie Sam sagen würde. Dir fehlt das Brandzeichen auf der Hinterbacke.«

Beide mussten lachen.

Doch sofort verstummten sie wieder, als ihnen aufging, was gerade passiert war: Sie hatten sich eine kurze Atempause der Unbeschwertheit gegönnt. Beide suchten nach einer Ablenkung; Ali fischte nach den letzten Raukeblättern in der Salatschüssel, und Elliot faltete sorgfältig seine Serviette und legte sie neben seinen Teller. Gerne hätte er Ali gesagt, wie wohl er sich in ihrer Gesellschaft fühlte, jetzt, wo sie sich entspannt hatte, und dass ihr Geplauder über den Guano des Bigbusiness, wie sie es früher immer genannt hatten, ihm wie die natürlichste Sache der Welt vorkam. Doch gerade als er den Mund öffnen wollte, stand sie auf und begann den Tisch abzuräumen. »Ich hole den nächsten Gang«, sagte sie. »Wie wär's, wenn du uns eine neue CD einlegst?«

Während sie Teller und Besteck mit lautem Klappern auf der Spüle abstellte, bemühte sich Ali, das wirre Durcheinander in ihrem Kopf zu ordnen. Noch vor ein paar Stunden war sie felsenfest überzeugt gewesen, dass Elliots

Gründe für ein Wiedersehen mit ihr nur zweifelhafter Natur sein konnten, doch jetzt war sie nicht mehr so sicher. Was da eben zwischen ihnen abgelaufen war, war im Grunde nicht viel mehr als höflicher Smalltalk, aber es brachte ihr zum ersten Mal seit ihrer Trennung zu Bewusstsein, wie es sein könnte, wenn sie aufhörten, einander zu bekämpfen. Es führte sie in Versuchung, Daniels seit langem vertretene Ansicht in Erwägung zu ziehen, dass durch einen Waffenstillstand mit Elliot der schlimmste und zermürbendste Schmerz über Isaacs Tod gelindert werden könnte.

Ob er Recht hatte?

War es wirklich so einfach?

Lohnte es einen Versuch?

»Ja«, flüsterte eine leise Stimme in ihr. »Lass los. Lass die Vergangenheit los. Hör auf, ihn zu bekämpfen.«

Doch eine energischere, vertrautere Stimme widersprach: »Warum solltet ihr beide Frieden finden, wenn ihr es doch nicht verdient?«

Sie schüttelte die beiden Stimmen aus ihrem Kopf und nahm den Deckel von der Käseplatte, die sie vorbereitet hatte. Sie stellte sie zusammen mit einem Schälchen Vollkornkräcker auf ein Tablett und trug sie zum Tisch.

Elliot stand vor dem Regal neben dem Sofa und sah sich die Hülle der CD an, die Daniel ihr geschenkt hatte, und während er ihr den Rücken zudrehte, nutzte Ali die Gelegenheit, ihn in Ruhe zu betrachten, was sie bisher noch nicht getan hatte. Er trug ein cremefarbenes Hemd mit offenem Kragen und eine salbeigrüne Leinenhose mit einem Gürtel, der auf das braune Leder seiner Docksides abgestimmt war. Sein Haar war für ihren Geschmack zu kurz und ließ ihn ein wenig streng aussehen, was jedoch seiner Attraktivität keinen Abbruch tat.

Gerade als sie zu diesem Schluss gekommen war, drehte er sich um, bemerkte, dass sie ihn heimlich gemustert hatte, und ganz langsam und zögernd breitete sich ein Lächeln auf seinem Gesicht aus.

Er hätte keinen tödlicheren Schuss abfeuern können. Dieses Lächeln traf sie mit der Zielsicherheit und Wucht eines Marschflugkörpers, und noch dazu völlig unerwartet.

Heiliger Bimbam, dachte sie, als sie wieder halbwegs klar denken konnte, wo kam *das* denn her?

22

Es überraschte Ali nicht, dass ihr erster Gedanke beim Aufwachen um Elliot kreiste. Sie hatte nicht viel geschlafen. Und selbst das bisschen war unruhig und wenig erholsam gewesen.

Es war Samstagmorgen, und anstatt sich den Luxus zu gönnen, in Ruhe auszuschlafen, zwang sie der Wirrwarr in ihrem Kopf zum Aufstehen. Sie schlug die Decke zurück und ging nach unten, um sich eine Kanne Tee zu kochen. Während sie darauf wartete, dass das Wasser kochte, blickte sie hinaus in das graue Zwielicht eines enttäuschend trüben Tages. Die Sonne war nur ein geisterhafter Kreis am Himmel, und die umliegenden frisch gepflügten Felder verschwammen hinter einer dünnen Dunstschicht. Hoch oben in den noch winterlich kahlen Ästen der Erlen am Ende der Straße sah sie die geduckten Umrisse von drei großen Krähen. Der Anblick der Vögel, die ihr Territorium aus nacktem Ackerland überwachten, hatte etwas Unheimliches, Bedrohliches.

Sie erschauerte, wandte sich vom Fenster ab und schmierte sich zwei Lagen Vollkorntoast mit Erdnussbutter. Dann stellte sie ihr Frühstück auf ein Tablett, ging damit nach oben und kroch wieder ins Bett. Sie schenkte sich einen Becher Rose Pouchong ein und biss in die erste Scheibe Toast. Nachdenklich kaute sie auf dem leckeren Stück herum, das garantiert mindestens hundert Kalorien pro Quadratzentimeter hatte.

Jetzt war es Zeit, an Elliot zu denken.

Elliot.

Elliot.

Elliot.

Wie oft sie seinen Namen auch sagte, es löste nicht den Knoten verworrener Gedanken, der sie den größten Teil der Nacht wach gehalten hatte. Bei unvoreingenommener Betrachtung musste sie zugeben, dass der Abend besser verlaufen war, als sie je gedacht hätte. Abgesehen von dem schrecklichen Augenblick hier im Schlafzimmer mit Mr. Squeezy, war es wirklich gar nicht so schlimm gewesen. Die Stimmung zwischen ihnen war vielleicht ein wenig angespannt gewesen, aber auf jeden Fall deutlich weniger aggressiv als bei ihren bisherigen Begegnungen.

Aber sie konnte nicht leugnen, wie erleichtert sie gewesen war, als Elliot gesagt hatte, er müsse jetzt gehen. Sie hatte keinen Versuch unternommen, ihn mit dem Angebot einer weiteren Tasse Kaffee aufzuhalten, sondern war vom Sofa aufgestanden und hatte gesagt: »Grüß Sam ganz herzlich von mir, ja?«

Woraufhin er erwidert hatte: »Und du Sarah, wenn sie morgen kommt.«

Keiner von ihnen hatte gesagt: »Das war nett, wir sollten uns mal wieder treffen«; sie hatten es dabei belassen, dass er sie anrufen würde. Unten an der Tür hatte es einen schwierigen Moment gegeben, als ihnen beiden klar geworden war, dass sie den Abend irgendwie abschließen mussten. Aber wie?

Mit einem formellen Händeschütteln?

Mit einem beiläufigen Nicken?

Oder mit einem Kuss auf die Wange?

Wie betäubt vor Ratlosigkeit hatte sie dagestanden, während die kalte Nachtluft durch die offene Tür hereingewirbelt war und sie in die Knöchel gezwickt hatte wie ein bissiger kleiner Hund. Doch sie hatte in Elliots Blick gesehen, dass er zu einer Entscheidung gelangt war, und nur mit einem winzigen Zögern hatte er seine Hand auf ihren Arm gelegt und sich zu ihr hinuntergebeugt, um sie zu küssen. Aber sie hatte Panik bekommen. Sie war einen Schritt zurückgewichen und hatte gesagt: »Brrr ... es ist kalt hier draußen. Ich hatte dir ja gesagt, du würdest es bereuen, dass du keinen Mantel mitgenommen hast.«

Sie war nicht an der Tür stehen geblieben und hatte ihm höflich nachgewinkt, sondern hatte den Schlüssel herumgedreht, den Riegel zugedonnert und war mit zornrotem Gesicht und zitternden Knien nach oben gerannt.

Er hatte versucht sie zu küssen!

So eine gottverdammte Unverschämtheit!

Eine Fischpastete zum Abendessen, und schon meinte er, er könne sich bei ihr bedienen!

Der Kerl hatte Nerven!

Das alles war ihr durch den Kopf geschossen, als sie vergeblich versucht hatte einzuschlafen. Doch als sie jetzt den letzten Bissen Toast aß, fragte sie sich, ob sie nicht überreagiert hatte. Der Abend war zwar stellenweise etwas kühl gewesen, aber es hatte in ihrem Gespräch auch ein paar spürbare warme Wellen gegeben, vor allem als sie über die Arbeit gesprochen hatten. Das Thema bot ihnen eine angenehm unverfängliche und ergiebige Gesprächsgrundlage, vor allem wenn es um den beiderseits verhassten Gervase Merchant-Taylor ging.

Doch was war mit ihrer Reaktion, als Elliot ihr sein seltenes Lächeln geschenkt hatte? Wollte sie das etwa auch als bloße »warme Welle« abtun? War das nicht der wahre Grund für ihre schlaflose Nacht gewesen? Hatte es ihr nicht eine Höllenangst eingejagt, dass er nach allem, was sie beide durchgemacht hatten, noch immer dieselbe Starkstromwirkung auf sie hatte? Und das war auch der Grund für ihre Panik gewesen, als er versucht hatte sie zu küssen, oder nicht? Sie hatte sich selbst nicht vertraut. Ein Schritt auf diesen Weg, hatte sie gedacht, und der Himmel weiß, wo du landest.

Sie lächelte bei der Vorstellung, was Daniel wohl sagen würde, wenn er jetzt hier wäre. Mit breitem Grinsen würde er spötteln: »Na bitte, was hab ich dir gesagt?«

Am Nachmittag, als das schwache Tageslicht noch trüber geworden war, legte Ali ein paar frische Scheite in den Kamin und trat ans Fenster, um nach Sarah Ausschau zu halten. Es war fast vier; sie hätte schon vor einer Stunde da sein sollen.

Normalerweise kam Sarah nie zu spät, und Ali hoffte, dass sie unterwegs keine Panne gehabt hatte. Sie wusste, dass Sarah eine langsame Fahrerin war, aber selbst mit einer zusätzlich eingerechneten Viertelstunde Fahrzeit hätte sie längst da sein müssen. Ali hatte schon in Smithy Cottage angerufen, aber es hatte niemand abgenommen, so dass sie nichts anderes tun konnte als in dem dämmrigen Licht nach dem alten Sierra ihrer Freundin Ausschau zu halten. Die Felder waren noch immer in Dunst gehüllt, dessen kalte, melancholische Feuchtigkeit, wie es Ali schien, im Lauf des Tages durch die Wände der Mühle gedrungen war und sie eingehüllt hatte.

Sie hatte den Vormittag damit verbracht, den liegen gebliebenen privaten Papierkram aufzuarbeiten, eine Tätigkeit, die sie hasste und immer so lange wie möglich vor sich her schob. Widerstrebend hatte sie sich zwei Stunden lang dem Briefstapel gewidmet, der zwischen der Obstschale und der Mikrowelle dahinvegetierte.

Als sie endlich damit fertig gewesen war, Briefe zu beantworten, Schecks für ihre Kreditkartenrechnungen auszuschreiben und ihre Kontoauszüge zu überprüfen, war sie nach oben gegangen, um nachzusehen, ob sie etwas für Sarah fand. Sarah gab selten Geld für sich aus, und schon gar nicht für Kleidung, aber da sie und Ali die gleiche Größe hatten, vererbte Ali ihr alles, was sie nicht mehr trug. Diese Geste hatte nie den unangebrachten Beigeschmack von Mildtätigkeit, und Sarah nahm die Sachen in dem Geist an, in dem sie ihr angeboten wurden. Nur einmal war Ali zu weit gegangen, als sie ein Kleid von Max Mara von vornherein mit Blick auf Sarahs schönes schwarzes Haar und ihren viel dunkleren Teint gekauft hatte. Sie hatte es ihr beiläufig mit den Worten gegeben: »Einer von diesen Spontankäufen, die ich besser gelassen hätte. Es steht mir überhaupt nicht.« Doch Sarah hatte sie sofort durchschaut. »Ali«, hatte sie streng gesagt – nun ja, streng für Sarahs Verhältnisse –, »ich will nur echte abgelegte Sachen. Tu das nie wieder.« Sie hatte sich geweigert, das Kleid anzunehmen, und Ali gezwungen, es in den Laden zurückzubringen.

Und als sie ihren Schrank nun nach »echten abgelegten Sachen« für Sarah durchgesehen hatte, war sie auf den Schuhkarton gestoßen. Sie hätte ihn nie aufmachen dürfen, aber ein Drang, der stärker war als der gesunde Menschenverstand, brachte sie dazu, ihn mit zum Bett zu nehmen und den Deckel zu öffnen, um sich den Inhalt anzusehen. Sorgfältig in weißes Seidenpapier verpackt, lag dort einer von Isaacs ersten Strampelanzügen und ein Foto von ihm, auf dem er ihn trug. Auf dem Bild lag er fest schlafend in ihren Armen, das blasse Gesicht entspannt, die obere Lippe ein wenig über die untere geschoben; er war erst eine Woche alt, aber ohne es zu ahnen, hatte er in seinen winzigen Händen den Schlüssel zu ihrer Erfüllung gehalten. Sie hielt den weichen, tröstenden Stoff an ihr Gesicht und schloss die Augen, und wie erwartet spürte sie, wie der vertraute Schmerz der Trauer sich durch ihren Körper wand. Sie blieb so stehen, bis ihr ungebetene Tränen über die Wangen liefen; dann fiel sie auf die Knie, vergrub das Gesicht in der Decke und weinte laut und hemmungslos. Und so ungehindert wie ihre Tränen floss der Strom der unbeantworteten Fragen. Warum hatte Isaac sterben müssen? Warum er? Warum ihr Kind? Warum ihr kleiner Junge?

Als sie sich ausgeweint hatte, packte sie den Strampler und das Foto wieder ein und stellte den Karton zurück in ihren Schrank. Dann ging sie ins Bad, um sich das Gesicht zu waschen. Sie konnte sich nicht dazu überwinden, in den Spiegel zu sehen – sie wusste, dass sie furchtbar aussah, und brauchte keine Bestätigung dafür. Sie griff nach einem frischen Waschlappen, und als sie sich das Gesicht damit abrieb, sog sie den süßen, angenehmen Duft nach Weichspüler ein. Sofort musste sie an einen ähnlichen Duft denken und an einen anderen Moment, in dem sie die Kontrolle verloren hatte. Es war zwei Monate nach Isaacs Tod gewesen; sie hatte bei Sainsbury's eingekauft. Sie hatte den Wagen an dem Regal mit Müsli und Frühstücksflocken vorbeigeschoben und dann um die Ecke, wo bisher immer die Putzmittel gestanden hatten. Doch wie sie feststellen musste, hatte der Supermarkt umgeräumt: Sie stand vor einer Wand voller Babyprodukte. In den Wochen davor hatte sie ihre Route sorgfältig geplant, um die Regale mit Windeln und Babybrei zu vermeiden. Doch nun war es zu spät, und während sie sich zwang weiterzugehen, umfing sie der Duft von Säuglingspflegeprodukten – Windeln, Shampoo, Schaumbad, Wischtücher, Puder. Der süßliche Duft stieg ihr in die Nase, und ihr wurde schlagartig übel. Sie ließ den Einkaufswagen stehen, rannte nach draußen zu ihrem Auto und fuhr nach Hause, von unkontrollierbarem Zittern und Schluchzen gepackt. Elliot war so besorgt um sie gewesen, dass er den Arzt gerufen hatte, der ihr einen Cocktail aus Schlaftabletten und Beruhigungsmitteln verschrieben hatte. Doch sie hatte sich geweigert, sie zu nehmen, und die Schachteln ungeöffnet in ihre Nachttischschublade gestopft.

Es war noch immer keine Spur von Sarah zu sehen, und als Ali sich vom Fenster abwandte, dachte sie daran, wie einsam und verbittert sie sich vorhin gefühlt hatte, als sie um Isaac geweint hatte. Sie hatte es nie jemandem erzählt, aber es waren diese Momente völliger Verzweiflung, in denen sie sich Isaac am nächsten fühlte. Es war, als gäben ihr die Tränen, die sie um ihn weinte, ein perverses Gefühl des Trostes. Nur wenn der Schmerz sie überschwemmte, hatte sie das Gefühl, dass ihre Liebe zu Isaac noch existierte, dass *er* noch existierte. Einige von ihren Erinnerungen an Isaac verblassten bereits – wie ein geliebtes Foto, das man zu lange mit sich herumgetragen hatte –, und sie hatte Angst, dass sie, falls sie sich je mit seinem Tod abfand, damit nicht nur sein kurzes Leben verriet, sondern auch alles verlor, was ihr noch von ihm geblieben war.

Also musste der Schmerz weitergehen. Er war ihr einziger wirklicher Trost.

Als Sarah ankam und ihre Tasche auf den Boden plumpsen ließ, waren ihre ersten Worte: »Kann ich bitte ein riesiges Glas Wein haben, und wenn ich das weggekippt habe, ein zweites?«

Überrascht öffnete Ali eine Flasche gut gekühlten Sauvignon und sah in verdutztem Schweigen zu, wie ihre Freundin sich auf das Sofa fallen ließ, das Glas in einem Zug leerte und es ihr zum Nachschenken hinhielt. Ali tat ihr den Gefallen, und als auch die zweite Fuhre verschwunden war, fragte sie: »Und wie lange muss ich warten, bis ich eine Erklärung dafür bekomme, weshalb meine sonst so stocknüchterne Freundin plötzlich säuft, als wolle sie Charles Bukowski Konkurrenz machen?«

»Eine ganze Weile«, antwortete Sarah. »Ich will mich besaufen. Restlos. Dann rede ich. Eher nicht.«

»Hat es etwas mit Trevor zu tun?«

Sarah blieb stur. »Mehr Wein, bitte.«

Eine weitere Füllung verschwand, und Ali begann, sich Sorgen zu machen. Sie brachte die Flasche außer Sichtweite ihrer Freundin und fragte: »Bist du jetzt bereit zu reden?«

»Nein. Ich will so lange weitertrinken, bis alles Schlimme in meinem Leben verschwindet.«

»Sarah«, sagte Ali sanft, »wenn es möglich wäre, seine Probleme wegzutrinken, glaubst du nicht, dass ich es versucht hätte? Jetzt ist erst mal Schluss mit dem Zeug, bis du mir gesagt hast, was los ist. Und als allererstes werde ich Wasser aufsetzen, denn bis das kocht, wird der ganze Wein, den du weggekippt hast, seine Wirkung zeigen, und dann wirst du dringend ein paar Tassen starken schwarzen Kaffee brauchen.«

»Aber ich will nicht nüchtern sein«, sagte Sarah und

sprang vom Sofa auf, das Gesicht gerötet und die Stimme halb erstickt von aufsteigenden Tränen. »Ich bin hierher gekommen, um mich zu betrinken. Verstehst du das nicht? Ich bin hergekommen, um anders zu sein. Ich bin es leid, so zu sein, wie ich bin. Ich will nicht mehr die Sarah sein, die du kennst oder zu kennen glaubst. Ich will die Sarah sein, die ich eigentlich werden sollte.« Ihre Schultern bebten, und sie begann zu schluchzen.

Ali ging zu ihr und nahm sie in die Arme. »Was ist denn nur los? Was ist passiert, wovon du mir nichts erzählt hast?«

Es dauerte ein paar Minuten, bis Sarah sprechen konnte, und als sie es tat, merkte sie, dass Ali Recht gehabt hatte, was die Wirkung des Weins betraf. »Kann ich jetzt einen Kaffee haben?«, fragte sie leicht beschämt. »Mein Kopf fühlt sich an, als ob er ein paar Zentimeter über den Schultern schwebt.«

Eilig bereitete Ali eine große Kanne Kaffee zu, klemmte sich eine Schachtel Papiertücher unter den Arm und kehrte in den Wohnbereich zurück, wo sie sich neben Sarah aufs Sofa setzte. »Du hattest Recht, es hat was mit Trevor zu tun«, sagte Sarah, als sie sich wieder gefasst hatte.

Am liebsten hätte Ali erwidert: »Natürlich. Wer sonst könnte dich so fertig machen?«, aber klugerweise hielt sie den Mund. Dies war nicht der richtige Moment für eine Hasstirade gegen den Mann, der ihrer Meinung nach für alles Schlimme in Sarahs Leben verantwortlich war.

»Ich weiß gar nicht, wo oder wie ich anfangen soll«, sagte Sarah und nippte vorsichtig an ihrem Kaffee.

Wieder hätte Ali am liebsten gesagt: »Am besten fängst du damit an, wie du eingewilligt hast, diesen Trottel zu heiraten. Das ist mit Sicherheit der Punkt, an dem all deine Probleme begonnen haben.« Doch sie riss sich zusammen und sagte stattdessen: »Warum erzählst du mir nicht, weshalb du mich am Dienstagabend angerufen hast? Du klangst überhaupt nicht wie sonst. Ist da etwas passiert?«

Unfähig, Ali in die Augen zu sehen, berichtete Sarah ihr, was in Smithy Cottage vor sich gegangen war. Sie erzählte ihr, wie weit Trevor sich in das Projekt der Schlappen-Gang hineingesteigert hatte und wie merkwürdig er sich benahm. Dann erklärte sie Ali, was am Montagabend bei dem Treffen der Gebetsgruppe passiert war und was für ein armseliges Spiel Trevor gespielt hatte.

Ali platzte fast vor Wut. »Verflucht und zugenäht!«, donnerte sie. »Das ist ja nicht zu fassen. Der Kerl ist völlig durchgeknallt.«

»Das war noch nicht alles«, murmelte Sarah.

Ali sah sie besorgt an. »Er hat dich doch nicht geschlagen, oder? Denn wenn er auch nur den kleinen Finger gegen dich erhoben hat, dann werde ich –«

Sarah schüttelte den Kopf. »Nein. Nichts in der Art.«

»Was dann?«

Sie erzählte Ali von Jamie.

»Ich kann's mir denken – Trevor ist nicht damit einverstanden.«

»Das ist noch milde ausgedrückt.«

»Aber das ist doch relativ harmlos im Vergleich zu der Vorstellung, du wärst mit meinem alten Kumpel Beelzebub im Bunde, oder?«

»Heute Morgen ist er … er ist in Hannahs Zimmer gegangen, und da hat er ihr Tagebuch gefunden und –«

»Moment mal«, unterbrach Ali sie. »Was meinst du mit ›gefunden‹?«

Sarah sah betreten aus. Sie stellte ihren Kaffeebecher ab, griff nach einer Locke ihres Haars und drehte sie um ihren Finger.

Ali erkannte diese Geste sofort: Es war ein Zeichen, dass Sarah mit ihrem Gewissen kämpfte. Andere Leute kauten auf der Unterlippe herum, knabberten an den Fingernägeln oder kneteten die Hände, und Sarah fummelte an ihrem Haar herum. Ali war fassungslos, dass Sarah sogar nach allem, was sie ihr gerade erzählt hatte, noch bemüht war, Trevor gegenüber loyal zu bleiben.

Endlich antwortete Sarah. »Während Hannah heute Morgen in Chester war, hat er ihr Zimmer durchsucht, bis er es gefunden hatte. O Ali, sie hat über Jamie und ihre Gefühle für ihn geschrieben. Er ist ihr erster Freund. Es war so unschuldig, so süß und rührend. Aber Trevor hat daraus etwas Widerliches, Verdorbenes gemacht.«

Ali kochte vor Zorn. »Er hat kein Recht, das zu tun«, donnerte sie. »Was ist er bloß für ein Vater?«

»Ein Vater, der Angst hat«, sagte Sarah leise.

»Das klingt ja so, als ob du ihn noch in Schutz nimmst.«

»Das tue ich nicht. Aber ich kann verstehen, was ihn dazu getrieben hat. Er versucht verzweifelt, etwas zu kontrollieren, das nicht mehr in seiner Macht liegt. Er will sein kleines Mädchen wiederhaben. Ganz einfach.«

Ali stand auf und legte ein neues Scheit ins Feuer. »Nun, er wird sie für immer verlieren, wenn er sich weiter so aufführt. Weiß Hannah, was er getan hat?«

»Ja. Er hat ihr das Tagebuch unter die Nase gehalten, als sie nach Hause kam. Ich habe sie noch nie so verletzt und so wütend erlebt. Sie ist in Tränen ausgebrochen und hat ihn furchtbar angeschrien. Sie hat ein paar schlimme Sachen gesagt.«

»Was man ihr wahrlich nicht verübeln kann. Du hast sie doch hoffentlich nicht mit ihm allein gelassen, oder?«

»Nein. Ich dachte mir, wir könnten alle etwas Abstand gebrauchen. Ich habe sie zu Emily gebracht, und das ist auch der Grund, weshalb ich erst so spät zu dir gekommen bin.«

Ali setzte sich wieder aufs Sofa und zog die Beine hoch. »Und in welchem Zustand hast du Trevor zurückgelassen? Auf den Knien, inbrünstig für eure sterblichen Seelen betend?«

»Nicht ganz. Er war in der Werkstatt und hat seinen Frust an einem Stück Holz ausgelassen. Ich habe keine Ahnung, was mich erwartet, wenn ich morgen zurückkomme.«

»Dann geh nicht zurück.«

Die Worte hingen provozierend in der Luft.

Sarah blickte auf und sah, dass Ali es ernst meinte. »Ich muss«, sagte sie leise.

»Nein, musst du nicht.«

»Ali, ich weiß, worauf du hinauswillst, aber es steckt einfach nicht in mir.«

»Aber es steckt in dir, mit einem Mann zusammenzubleiben, der einen Dachschaden hat?«

»Er hat keinen Dachschaden«, sagte Sarah mit einem Stirnrunzeln. »Ich bin sicher, dass er nur eine Art Midlifecrisis durchmacht. Er benutzt die Schlappen-Gang als Ersatz für die Beziehung, die Hannah ihm entzieht. Wenn ich nur Geduld habe und warte, bis er da durch ist, wird schon alles wieder gut.«

»O Sarah, hör dich doch nur mal an. Die ganze Zeit verteidigst du ihn. Warum?«

»Weil er mein Mann ist.«

»Ach, komm mir doch nicht damit! Kein vernünftiger Mann erniedrigt seine Frau öffentlich, indem er behauptet, sie sei von einem bösen Geist besessen, der ausgetrieben werden muss. Mach endlich die Augen auf. Er verletzt und misshandelt dich und wird das auch weiterhin tun, solange du es zulässt. Verlass ihn. Wenn Hannah mit ihren Prüfungen fertig ist, komm her und zieh bei mir ein. Hier ist Platz genug. Es wird fantastisch, wir –«

»Hör auf, Ali. Bitte hör auf. Es geht nicht.«

»Warum nicht?«

»Ich hab's dir schon gesagt, weil er mein Mann ist. Ich könnte ihn niemals verlassen.«

»Was bedeutet, du wirst niemals wirklich glücklich sein. Wie kannst du damit leben?«

Sarah blickte mit ernstem Gesicht in das flackernde Kaminfeuer. »Weil ich nicht mit dem Wissen leben könnte, dass ich mein Ehegelübde gebrochen habe«, erwiderte sie leise.

Ali ließ die Worte einsickern. Sie hatte das unangenehme Gefühl, Sarah würde nun gleich das Banner ihrer religiösen Überzeugungen schwenken, um damit ihr Verharren in dieser unverständlichen Ehe zu begründen. Um Zeit zu gewinnen, sagte sie: »Sarah, eine Frage: Könntest du dir überhaupt vorstellen, allein zu leben und glücklich zu sein?«

Sarah sah Ali an, und ganz langsam breitete sich ein zaghaftes Lächeln auf ihrem Gesicht aus, das sich schließlich in ein fröhliches Strahlen verwandelte. Dann warf sie den Kopf in den Nacken und lachte. »O ja«, sagte sie, während ihr Lachen noch durch den Raum hallte, »ich glaube, ich könnte wahnsinnig glücklich sein ohne Trevor.«

23

Das helle, sorglose Lachen, das den Raum so unerwartet erfüllt hatte, erstarb, und in wesentlich gedämpfterem Ton sagte Sarah: »Du hast ja keine Ahnung, wie gut es tut, endlich mal laut zu sagen, was ich so oft gedacht habe, aber nie auszusprechen wagte. Bist du sehr schockiert?«

Ali *war* schockiert. Aber nicht aus dem Grund, den ihre Freundin annahm. Sie kam nicht über den unglaublichen Wechsel auf Sarahs Gesicht hinweg, als sie diesen Satz gesagt hatte: *Ich glaube, ich könnte wahnsinnig glücklich sein ohne Trevor*. Seit Jahren hatte sie Sarah nicht mit so viel inbrünstiger Freude – und Leidenschaft – sprechen hören.

»Ali?«

Ali riss sich aus ihren Gedanken. »Natürlich bin ich nicht schockiert, Sarah, ich bin nur überrascht, dass du weißt, wie anders und wie viel schöner dein Leben sein könnte, aber nicht bereit bist, irgendwas dafür zu tun.«

»So einfach ist das nicht.«

»Könnte es aber sein.«

Sarah schüttelte entschlossen den Kopf. »Nein. Eine Scheidung kommt für mich nicht in Frage.« Dann sagte sie: »Tut mir Leid, dass ich in so einem hysterischen Zustand hier aufgekreuzt bin.«

»In Anbetracht der Umstände würde ich sagen, dass du dich benommen hast wie immer, mit bewundernswerter

Selbstbeherrschung. Ich an deiner Stelle würde nicht hier sitzen und mit meiner Freundin Kaffee trinken, sondern da draußen rumlaufen und ein passendes Versteck für die identifizierbaren Überreste von Trevors zerstückelter Leiche suchen. Gibt es denn gar nichts, womit ich dir Vernunft einreden kann?«

Sarah beugte sich vor, um ihren leeren Becher auf dem Tisch abzustellen. »Nein. Es war mein Ernst, als ich gesagt habe, eine Scheidung kommt für mich nicht in Frage.«

Ali zog ein Knie an, stützte den Ellbogen darauf und fixierte Sarah mit einem bohrenden Blick. »Okay, dann mal raus damit. Gott steckt hinter dem ganzen Kram, nicht wahr? Der Gott, der so nett war, dir Trevor auf den Hals zu schicken, erwartet von dir, dass du mit ihm zusammenbleibst, egal was passiert. Selbst wenn dadurch dein Leben zur Farce wird und seinen Sinn verliert. Na, wie bin ich? Trifft es das in etwa?«

»Wie immer liegst du auf deine unnachahmliche Weise völlig falsch«, sagte Sarah genervt.

»Oh, keine Sorge, ich liege genau richtig«, erwiderte Ali hitzig. »Du hast Angst, dass Gottes zornige Hand dich in einem Anfall boshafter Vergeltung niederstreckt, wenn du nicht tust, was er dir sagt.«

»Meine Güte, für eine Atheistin hast du aber eine Menge zu sagen über etwas, das deiner Meinung nach gar nicht existiert«, konterte Sarah.

»Ja, weil überall so viel Propaganda verbreitet wird, dass man gar nicht umhin kommt, etwas davon aufzunehmen. Und wo wir schon mal dabei sind – verzeih mir die mangelnde Originalität meiner Frage, aber ich hätte wahnsinnig gerne eine glaubwürdige Antwort: Wenn dein Glaube in der Annahme wurzelt, Gott sei allmächtig und nichts sei zu unbedeutend oder zu groß für ihn, warum müssen wir uns dann den größten Teil unseres Lebens mit so vielen furchtbaren Dingen herumschlagen? Oder liegt das daran, dass wir kriegen, was wir verdient haben? Die Strafe entspricht dem Verbrechen. Du bist eine so schreckliche Sünderin, dass

Gott dir Trevor geschickt hat, und natürlich müssen all die armen Teufel in Bangladesh wirklich abgrundtief schlecht sein, dass sie eine Überschwemmung brauchen, um das Elend und die Armut schätzen zu lernen, in denen sie bisher gelebt haben. Und was mich betrifft, na, das liegt doch auf der Hand, oder nicht? Meine Verbrechen gegen die Menschheit waren so groß, dass … dass …« Doch ihre Worte lösten sich auf, und mit heißem Gesicht starrte sie auf die Wüste ihrer angestauten Wut.

»Dass man dir Isaac genommen hat, um dir eine Lektion in Demut zu erteilen«, murmelte Sarah leise.

»Genau«, erwiderte Ali, die Augen dunkel vor Verbitterung. Sie putzte sich die Nase und warf das Papiertuch ins Feuer, traf jedoch daneben. »Aus deiner Sicht macht mich dieser kindische Ausbruch sicher wieder zu einer blöden Agnostikerin, nicht?«

Sarah warf ihr einen liebevollen Blick zu. »Der Zufall wäre eine feine Sache. Aber ich muss sagen, von einem theologischen Standpunkt aus betrachtet, liegst du mit deiner Theorie völlig daneben. Isaac ist nicht gestorben, um dich zu bestrafen, und genauso wenig haben die Leute in Bangladesh diese Katastrophe verdient. Die Frage, die wir uns stellen sollten, ist nicht, was das für ein Gott ist, der zulässt, dass Tausende von unschuldigen Menschen bei einem Unglück sterben, sondern was das für ein Mensch ist, der tatenlos zusieht, wie sein Nachbar leidet. Unsere Frage sollte immer sein: Was kann ich tun, um zu helfen?«

Ali wandte ihr wieder den Blick zu und sagte: »Das versuche ich ja gerade bei dir. Ich will dir helfen, aber du lässt mich nicht.«

»Aber du hilfst mir doch. In diesem Moment hilfst du mir, indem du mir Gelegenheit gibst, meine Gedanken auszusprechen. Ich bin sicher, wenn ich mir erst mal alles von der Seele geredet und mich beruhigt habe, wird alles in Ordnung sein, wenn ich morgen wieder nach Hause fahre.«

Ali sah sie zweifelnd an. »Das glaubst du doch nicht wirklich, oder?«

»Ich muss es glauben.«

»Aber was ist, wenn Trevor immer schlimmer wird? Wenn ihn irgendwelche Wahnvorstellungen packen? Wenn er versucht, Hannah den Teufel auszutreiben?«

»Das wird er nicht«, sagte Sarah bestimmt. »Tief in seinem Innern weiß er sicher, dass sie nur eine typische aufmüpfige Teenagerphase durchmacht.«

»Wenn er das tatsächlich denkt, weshalb kann er dann nicht die entsprechende Rolle des leicht irritierten Vaters spielen, anstatt auszuflippen und mit diesem fanatischen Exorzistenquatsch um sich zu werfen?«

»Das kann ich dir auch nicht beantworten. Ich wüsste es ja selbst gerne.«

»Und ich wüsste gerne, warum du um deines Glaubens willen auf dein Glück verzichtest. Scheidung ist in der Church of England schon so lange etabliert, dass selbst eine Heilige wie du deswegen keine Schuldgefühle zu haben braucht.«

Sarah lächelte geduldig. »Ich habe mein ganzes Leben nach meinem Glauben ausgerichtet«, sie hob die Hand, um Ali davon abzuhalten sie zu unterbrechen, »und ja, mir ist klar, dass du jetzt gerne ein schnelles, besserwisserisches ›Und sieh dir an, wohin es dich gebracht hat‹ vom Stapel lassen würdest, aber zufällig bin ich davon überzeugt, dass ich ohne ihn wesentlich ärmer gewesen wäre. Ich weiß, als wir in Oxford waren, hast du befürchtet, ich würde mich auf diesen ›religiösen Blödsinn‹ stürzen, wie du es so intellektuell genannt hast, weil ich angeblich eine seelische Krücke brauchte, um –«

»Stimmt«, Ali konnte nicht länger den Mund halten, »genau das habe ich gedacht. Und mehr noch: Ich glaube, dass du dich immer noch an diese Krücke klammerst, in der irrigen Hoffnung, sie würde die Leere füllen, die eigentlich ein liebender Mann füllen sollte.«

Sarah riss die Augen auf. »Ali, ich kann nicht glauben, dass du das gesagt hast! Ausgerechnet du, die glühende Inkarnation der unabhängigen Frau, die sich jeden Morgen mit dem Schlachtruf ›Männer – so überflüssig wie ein Kropf‹ auf die Brust trommelt.«

»Scherzkeks. Aber du hast meine Frage nicht beantwortet.«

»Das wollte ich gerade tun, bevor du mich so grob unterbrochen hast.«

»Entschuldige. Sprich weiter.«

»Wie man zu Religion, Spiritualität, Glauben – oder wie immer du es nennen willst – steht, ist eine sehr persönliche Sache, aber mir gibt es keinen Funken Sicherheit, ja nicht einmal garantierten Seelenfrieden –«

»Wozu dann das Ganze?«

Mit amüsierter Nachsicht lächelte Sarah über diese erneute Unterbrechung. »Es gibt einem den Mut, die Dinge zu akzeptieren, die man nicht versteht«, erklärte sie geduldig.

Ali dachte darüber nach. »Willst du damit sagen, es ist der Glaube, der dich deine elende Ehe ertragen lässt und dich dazu bringt, weiterzumachen?«

Sarah nickte.

Ali stieß geräuschvoll die Luft aus. »Grundgütiger, das nenne ich einen Akt des Glaubens.«

»Die Ehe ist nichts anderes.«

»Aber ... aber du kannst doch weiter an Christus und seine tollen Apostel glauben, auch wenn du geschieden bist. Das eine schließt das andere doch nicht aus. Warum kannst du nicht einfach die klassische christliche Nummer abziehen – beichten, Buße tun und neu anfangen? Ich dachte, das sei der Sinn und Zweck der Wiederauferstehung?«

»Man muss den grundlegenden Prinzipien seines Glaubens treu bleiben. Tut mir Leid, aber ich bin nun mal nicht der Ansicht, dass man sich nur die Rosinen aus der Bibel herauspicken kann. Wenn wir das täten, würde sie auseinander fallen, und dann bliebe nichts Brauchbares übrig.«

»Also kein Spielraum?«

»Nein. Einen Grundsatz der Heiligen Schrift zu missachten, nur weil er einem gerade nicht in den Kram passt, ist ein schändlicher Glaubensbruch. Wie du dich vielleicht erinnerst, habe ich das damals in Oxford einmal getan, und das ist der Grund, weshalb ich jetzt mit Trevor verheiratet bin.«

»Aber fast alles, was in der Bibel steht, bietet Anlass zu Mutmaßungen und Interpretationen. Sie ist vor Jahrhunderten geschrieben worden und für eine ganz andere Kultur.«

»Und um einen Satz zu zitieren, den du Weihnachten zu mir gesagt hast: Ist das nicht bloß eine riesige faule Ausrede? So, und jetzt würde ich das Thema gerne beenden und etwas essen. Das Mittagessen ist ausgefallen, und ich bin am Verhungern.«

Sie kochten sich gemeinsam ihr Abendessen, und während Ali die Lammkoteletts im Ofen wendete, beobachtete sie aus dem Augenwinkel, wie Sarah Milch und Butter in die Kartoffeln gab, die sie gerade zu Brei verarbeitete. Sie sah aus wie der Gleichmut in Person, und Ali staunte über ihre scheinbare Ausgeglichenheit. War es möglich, dass sie noch vor kurzem todunglücklich und frustriert gewesen war?

Aber ging es nicht allen so? Hatte sie selbst nicht heute Nachmittag noch auf den Knien gelegen und vor Schmerz und Trauer geschluchzt? Alle trugen Masken, das war das ganze Geheimnis. Es war einfacher, die Maske aufrechtzuerhalten als sie sinken zu lassen und sein wahres Ich zu zeigen. Und sie wusste, wovon sie sprach: Sie tat es jetzt seit über zwei Jahren.

»Elliot war gestern Abend hier«, sagte sie so beiläufig wie möglich, da sie fand, Sarah habe eine Ruhepause von ihrem Kreuzverhör verdient. »Zum Abendessen. Ich hatte ihn eingeladen.«

»Was du nicht sagst.« Sarah kam ebenfalls zum Herd und stellte den Topf mit dem Kartoffelbrei auf die Flamme.

»Ja, und hinterher haben wir uns bis Sonnenaufgang geliebt.«

»Natürlich, meine Liebe. War das bevor oder nachdem ihr nackt um den Maibaum getanzt habt?«

Ali lachte. »Warum schaffe ich es nie, dass du anbeißt?

Wenn ich den Satz zu Daniel gesagt hätte, hätte er mich gierig bestürmt, ihm sämtliche erotischen Details zu erzählen.«

»Ja, weil er genauso ist wie du: unverbesserlich neugierig.« Ohne den Blick vom Topf zu wenden, fuhr Sarah fort: »Und, hast du daran gedacht, dich mit Elliot bis Sonnenaufgang zu lieben, als er hier war?«

»*Sarah!*«

Sie lächelte. »Also hast du daran gedacht.«

»Höchstens eine Sekunde, ich schwör's.« Ali war ein wenig entsetzt, dass sie es ausgesprochen hatte, aber auch erleichtert.

Anscheinend konnte Sarah ihre Gedanken lesen. »Komm schon, Ali«, sagte sie, »beichten ist gut für die Seele. Warum erzählst du mir nicht, was du sonst noch alles gedacht hast, als er hier war. Aber vorher wüsste ich gerne, wie es überhaupt dazu gekommen ist, dass du ihn zum Essen eingeladen hast.«

»Ich fürchte, meine Beweggründe werden dir nicht gefallen.«

»Haben sie das je?«

»Aber diesmal waren sie ganz besonders unschön. Selbst ich schäme mich dafür.«

Sie füllten sich ihr Essen auf und trugen es hinüber an den Tisch. Ali öffnete eine weitere Flasche Wein und berichtete Sarah von ihrer Woche: davon, wie Elliot überraschend im Büro aufgetaucht war, als sie quasi halb nackt auf dem Schreibtisch gelegen hatte, von ihrem gemeinsamen Mittagessen und von Daniels ungebetenen Weisheiten, die sie dazu angestachelt hatten, ihm zu beweisen, dass er Unrecht hatte.

»Und, wer hatte nun letzten Endes Unrecht?«, fragte Sarah, als Ali geendet hatte.

»Weiß der Himmel. Gerade als ich dachte, ich hätte die Antwort auf dieses ganze Chaos, habe ich gemerkt, dass es nicht stimmt. Ich bin total durcheinander. Ich dachte, ich hätte Elliot durchschaut. Ich dachte, ich wäre ihm auf die Schliche gekommen. Doch nach gestern Abend bin ich mir nicht mehr so sicher. Ich hatte Horror davor, dass er hierher kommt, und anfangs wurde meine Angst auch bestätigt. Wir waren furchtbar distanziert und kalt zueinander, aber nach einer Weile kamen wir ins Gespräch, über die Arbeit, und die Atmosphäre entspannte sich. Es gab Momente, da war es sogar fast nett.«

»Und wann bist du dann auf die Idee mit dem Sex gekommen?«

»Als ich den Käse und die Kräcker geholt habe. Ich habe ihn mir so richtig in aller Ruhe angesehen, als er mir den Rücken zugekehrt hat, und dann hat er sich plötzlich umgedreht und ... O Gott, das ist alles so peinlich.« Sie ließ den Kopf hängen.

»Weiter, was hat er gesagt?«

Ali hob den Kopf. »Er hat nichts gesagt. Was mich umgehauen hat war sein Zauberlächeln, das so selten ist wie ein lupenreiner Diamant. Zack, und weg war ich.«

»Und dann?«

Ali grinste. »Dann habe ich mir die Kleider vom Leib gerissen, mich zu seinen Füßen hingeworfen und gesagt: ›Entweder die Vollkornkräcker oder ich. Du hast die Wahl!‹«

Sarah lächelte nicht. Sie nippte mit ernstem Gesicht an ihrem Wein. »Immer wenn du anfängst, Witze zu reißen, Ali Anderson, weiß ich, dass ich nah dran bin. Sei ehrlich, was war das für ein Gefühl zu merken, dass er noch immer diese Wirkung auf dich hat?«

Ali verzog das Gesicht. »Ich war verwirrt. Später dann, als er versucht hat, mir einen Gutenachtkuss zu geben, war ich wütend. Stinksauer.«

»War das ein Kuss auf den Mund oder auf die Wange?«

»So weit kam's gar nicht. Ich habe mich gerade noch rechtzeitig geduckt.«

»Was für ein Glück«, sagte Sarah trocken. »Wenn er dir also sein verführerisches Lächeln geschenkt hat, an das ich mich noch sehr gut erinnere, *und* versucht hat, dich zu küssen, was meinst du wohl, was Elliot für dich empfindet, Ali?«

»Wenn du Daniel fragen würdest, würde er dir sagen, dass Elliot –«

»Ich frage aber nicht Daniel, ich frage *dich*.«

»Dann fragst du die Falsche. Ich habe keinen Schimmer, was Elliot über mich denkt.«

»Aber du bist doch im Stande, eine halbwegs intelligente Vermutung zu äußern.«

Ali griff nach der Weinflasche und schenkte sich nach. »Versuchst du mich in die Ecke zu drängen?«

»Kommt es dir so vor?«

Ali verdrehte die Augen. »So fühlt es sich jedenfalls an, verdammt noch mal. Und falls du vorhast, mich so lange zu bearbeiten, bis du eine Antwort bekommst, kann ich dir die Mühe ersparen. Es gibt zwei Möglichkeiten: Entweder will Elliot sich selbst bestrafen, indem er sich mit mir trifft, oder er will mich dazu benutzen, seine Schuldgefühle zu mildern. Ich persönlich tippe auf die zweite Variante.«

Sarah stellte ihr Glas auf den Tisch und sagte: »Und das ist das Letzte, wobei du ihm helfen willst, nicht wahr?«

Es herrschte angespannte Stille, während Sarah darauf wartete, dass Ali explodierte. Doch sie tat es nicht. Geschickt das Thema wechselnd, sagte sie: »Oh, hätte ich fast vergessen: Ich soll dich ganz herzlich von Elliot grüßen.«

Es war verlockend zu antworten: »Grüß ihn zurück, wenn du ihn das nächste Mal siehst«, doch Sarah wollte Ali nicht noch mehr verärgern. Sie ließ ihre Gedanken bei Elliot verweilen und dachte darüber nach, wie schade es war, dass sie ihn seit der Scheidung nicht mehr gesehen hatte. Er war ein netter, rücksichtsvoller Mann, der stets sehr taktvoll gewesen war, wenn Trevor ihn in einer seiner weniger liebenswerten Stimmungen angegriffen hatte. »Buchhalter«, hatte Trevor mal gescherzt, »kaum mehr als Parasiten, die sich auf Kosten der harten Arbeit eines anderen durchfressen.« Es war leicht zu durchschauen, weshalb Trevor sich so benahm: Er fühlte sich als Außenseiter in ihrer Runde. Sie, Ali und Elliot waren alle in Oxford gewesen, Trevor jedoch nicht; er hatte an der Fachhochschule in Headington studiert, und das rieb er allen unablässig unter die Nase. »Diese elitären akademischen Elfenbeintürme sind ja ganz nett«, dozierte er, »aber die solide, praktische Ausbildung, auf die die Industrie Wert legt, gibt es nur an der Fachhochschule.« Je mehr er insistierte, desto stärker betonte er seine soziale und akademische Unterlegenheit. Es war schrecklich peinlich. Ali riss oft der Geduldsfaden, und sie fuhr ihn an, er solle nicht so ein alberner Sturkopf sein, doch Elliot hörte geduldig zu und wechselte dann zu einem anderen Thema, das Trevor in einem besseren Licht erscheinen ließ. »Wie kommt Hannah mit ihrer Flöte voran?«, fragte er zum Beispiel, und schon legte Trevor los, glücklich wie ein Kind, dass er mit den musikalischen Fähigkeiten seiner Tochter angeben konnte. Trevors Stolz auf Hannah, verbunden mit seinen Hoffnungen und seinem Ehrgeiz, war eine seiner merkwürdigen, aber nachvollziehbaren Paradoxien. Auf der einen Seite wetterte er offen gegen das System, das Ali, Elliot und seine Frau ausgebildet hatte, auf der anderen Seite war es vollkommen in Ordnung, dass seine Tochter ebenfalls nach Oxford ging. »Heutzutage ist das natürlich ganz was anderes«, hatte er gesagt, als Hannah zum ersten Mal erwähnt hatte, dass sie sich gerne dort bewerben würde. »Die mussten ja mit der Zeit gehen und ihr ganzes Ethos verändern. Heutzutage kann man es sich nicht mehr erlauben, so elitär zu sein.«

Es war keine besonders subtile Veränderung der Regeln, doch Sarah war nur zu gerne bereit, ein Auge zuzudrücken. Nachgeben war schließlich eine ihrer großen Stärken.

Im Gegensatz zu Ali.

Ali hatte vermutlich noch nie in ihrem Leben irgendwo nachgegeben. Das war ihr genauso fremd wie Vergeben und Vergessen. Und wenn sie das nur könnte, dachte Sarah traurig, als sie ihre Freundin über den Tisch hinweg ansah, wäre sie so viel glücklicher. Nach allem, was Ali ihr von Elliot erzählt hatte, schien er bereit zu sein, den Blick nach vorne zu richten, Isaacs tragischen Tod hinter sich zu lassen, und aus irgendeinem Grund schien Ali für ihn bei diesem Prozess eine wichtige Rolle zu spielen.

Als hätte sie gespürt, in welche gefährliche Richtung Sarahs Gedanken wanderten, schob Ali ihren leeren Teller beiseite, stützte die Ellbogen auf den Tisch und sagte: »Zurück zu dieser Scheidungssache. Ich kapier's noch immer nicht. Es muss doch eine Möglichkeit geben.«

Fehlte nur noch, dass sie sich die Ärmel hochkrempelte, dachte Sarah mit einem spöttischen Lächeln. Nun, das Spiel beherrschte sie genauso gut. »Bevor du mich einem weiteren Verhör unterziehst«, sagte sie, »habe ich eine Frage an dich. Wie lange willst du Elliot noch als Zielscheibe für deinen Schmerz und deine Wut benutzen?«

24

Ali stieß ein verächtliches Lachen aus. »Was habt ihr eigentlich alle?«, fragte sie. »Auf einmal kehrt hier jeder den Hobbypsychologen raus, erst Daniel, und jetzt du.«

Unbeirrt sagte Sarah: »Das ist genau deine typische ausweichende Reaktion auf eine Frage, die du nicht beantworten willst. Gibt es irgendeine Chance, noch was von dem Wein zu kriegen, oder hast du vor, die Flasche für den Rest des Abends unter Verschluss zu halten?«

Ali schob sie über den Tisch und fragte sich, weshalb ausgerechnet ihre beiden engsten Freunde sie auf einmal so löcherten. Das hatten sie noch nie getan. Wieso also jetzt dieses Kreuzverhör? Sie entschied sich für den direkten Weg. »Bevor ich mich deiner wenig subtilen Holzhammermethode unterwerfe, dürfte ich erfahren, woher dieses plötzliche Interesse an allem, was ich tue, sage oder denke, kommt? Was habe ich angestellt, dass ihr mich so filzt?«

Sarah hörte die Schärfe in Alis Stimme. Sollte sie alles riskieren und das Gespräch fortführen, in der Hoffnung, dass Ali schließlich die Wahrheit zugab, oder sollte sie den Mund halten? Eine wahre Freundin würde versuchen zu helfen, sagte sie sich. Und ohne auf Alis Frage einzugehen, raffte sie ihren Mut zusammen und sagte: »Kannst du dir vorstellen, was es Elliot in Anbetracht deiner manchmal ziemlich ruppigen Art für einen Mut gekostet haben muss, unangemeldet in deinem Büro aufzukreuzen und dich zu fragen, ob du mit ihm zu Mittag isst?«

Ali zuckte gleichgültig die Achseln. »Ehre, wem Ehre gebührt – Elliot war noch nie ein Feigling. Worauf willst du hinaus?«

»Auf das, was dir selbst eigentlich auch schon aufgefallen sein sollte.«

»Nämlich?«

»Mir scheint, Elliot ist bereit, nach vorne zu blicken. Vielleicht bemüht er sich nach Kräften, Isaacs tragischen Tod hinter sich zu lassen. Und ich will wissen, ob du auch dazu bereit bist.«

Ali fixierte das halb leere Glas in ihrer Hand. Die Finger um den Stiel gelegt, drehte sie es unablässig hin und her, so dass der Fuß über den Tisch schabte. »Tja, schön für ihn«, sagte sie, ohne aufzusehen.

»Aber sollte das nicht auch dein Ziel sein?«

Schweigend fingerte Ali weiter an dem Glas herum.

Sarah wusste, was Ali ihr verschwieg, und sie war überzeugt, dass dies der Schlüssel zu dem Gefängnis war, in dem sich ihre Freundin verbarrikadiert hatte. »Ali«, sagte sie sanft, »sieh mich an und sag mir, warum du nicht vorwärts gehen willst.«

Widerstrebend sah Ali auf. »Weil es ein Verrat wäre.«

»An wem?«

»An Isaac natürlich.«

»Dich zu bestrafen ist also ein Weg, um Isaac lebendig zu erhalten. Ist es das, was du sagen willst?«

»Ich bestrafe mich nicht.«

»Doch, Ali, das tust du. Und nicht nur dich.«

Alis Gesicht verfinsterte sich. Sie ließ das Glas los und rutschte unruhig auf ihrem Stuhl herum. »Jetzt holst du wirklich die ältesten Kamellen aus der Trickkiste«, sagte sie ausweichend und stieß die Luft aus, als habe sie das Thema satt.

Ohne sich von Alis vermeintlichem Überdruss täuschen zu lassen, holte Sarah innerlich tief Luft und bohrte in dem unerschütterlichen Glauben weiter, dass das, was sie tat, richtig war. Es musste sein. Sie hatte Ali schon so weit gebracht, da würde sie sie jetzt nicht entwischen lassen. »Ich rede von deinem Drang, Elliot zu bestrafen«, sagte sie unerschrocken. »Dadurch, dass du ihm seine Zurückweisung nicht vergibst, hältst du ihn in derselben Hölle fest, in der du lebst. Du brauchst seine Gegenwart dort, weil du den Gedanken nicht erträgst, ganz allein an diesem elenden Ort zu hocken. Wenn niemand anders mehr da ist, auf dem du herumhacken kannst, wirst du dich selbst noch mehr bestrafen. Und wie wir alle wissen, bestraft uns niemand härter als wir selbst.«

Langsam wich alle Farbe aus Alis Gesicht. Sie griff erneut nach dem Weinglas, schob es dann jedoch weg, als hätte sie es sich anders überlegt. »Ich hasse es, wenn du so clever wirst«, sagte sie leise. »Warum habe ich mir keine Freundin gesucht, die genauso dumm ist wie ich?«

Sarah lächelte ihr liebevoll zu, erleichtert, dass ihre Worte keinen Anfall wutentbrannten Leugnens hervorgerufen hatten. Alis spöttische Bemerkung war nur ihre Art zu zeigen, dass sie Sarahs Worte akzeptierte, und so lockerte sie die Stimmung auf, indem sie erwiderte: »Du hast mich nicht ausgesucht. Ich habe dich ausgesucht. In dem Moment, als ich dich auf dem Schulhof sah, mit Catherine Rothwell auf dir drauf, dachte ich: Hm, da ist jemand, der alles falsch anpackt.«

»Da habe ich mich wohl nicht sehr verändert, was?«, sagte Ali kleinlaut.

»So seltsam es scheinen mag, das ist ein Teil deines Charmes. Das ist der Grund, weshalb Daniel und ich dich so mögen.«

»Na ja, ich finde mich nicht besonders charmant. Ich sollte mehr wie du sein, verständnisvoll, aufmerksam und weise.« Sie lächelte verlegen. »Weißt du noch, wie meine Großmutter uns ein Alter Ego verpasst hat? Ich sollte von dir lernen, rücksichtsvoller zu sein, und du solltest dir eine Scheibe von meinem Selbstbewusstsein abschneiden.«

»Ich glaube, wir müssen beide zugeben, dass wir bei dieser kleinen Übung versagt haben. Aber es ist witzig, dass du von unserem Alter Ego sprichst. Nachdem ich jahrelang nicht an sie gedacht habe, ist Sarah die Dreiste neulich wieder aufgetaucht.«

»Du meine Güte, ich hatte ganz vergessen, dass wir ihnen Namen gegeben hatten. Wie hieß meine noch?«

»Ali die Brave.«

Ali stöhnte. »Stimmt. Hat mir nicht viel genützt, die Gute.«

»Vielleicht solltest du sie wieder auferstehen lassen.«

»Was? Und mir dann anhören, was für ein grässlicher Mensch ich geworden bin?«

»Sei nicht so streng mit dir. Was du durchgemacht hast, war alles andere als einfach. In Anbetracht dessen, was du verloren hast, sind deine Fehler durchaus verständlich.« Nach einer kurzen Pause sagte sie: »Warum erzählst du mir nicht den Rest?«

»Den Rest?«

»Ja. Was hat dich wirklich dazu gebracht, Elliot wegzustoßen?«

Genervt runzelte Ali die Stirn und kaute auf ihrer Lippe herum. »Aber so war es doch gar nicht. *Er* hat *mich* kaltgestellt. Er hat mich nicht an sich herangelassen, er –«

Sarah berührte sanft Alis Hand. »Ja, so war es am Anfang, aber was dann? Hast du mit ihm geredet? Hast du versucht ihm zu helfen, oder hast du Elliot absichtlich provoziert, indem du kalt und unversöhnlich zu ihm warst, wie du es so gut kannst?«

Mit einer schnellen, verärgerten Bewegung zog Ali ihre Hand zurück.

»Und stimmt es nicht«, fuhr Sarah unbeirrt fort, »dass du ihn immer weiter verletzt hast, bis du überzeugt warst, dass er genauso litt wie du, wenn nicht mehr?«

»Wie kannst du so was sagen!«, zischte Ali, das Gesicht vor Wut und Schmerz kreidebleich. »Das ... das habe ich nicht getan. Wie kommst du nur auf so einen Gedanken?«

Doch ihre zitternden Lippen verrieten sie. Sie senkte den Kopf, und ein quälendes Schweigen legte sich über sie. Als Ali schließlich wieder aufsah, schwammen Tränen in ihren Augen. »O Sarah«, sagte sie, und aller erboster Widerstand war verschwunden, »ich hab's nicht so gemeint, ich war wahnsinnig vor Trauer. Ich konnte einfach nicht akzeptieren, dass Isaac tot war, es ging nicht. Und als Elliot sich von mir zurückgezogen hat, hatte ich das Gefühl, dass – dass mir nichts mehr geblieben war, dass ich alles verloren hatte. Ich war so wütend ... Und als ich einmal angefangen hatte, ihm wehzutun, konnte ich nicht mehr aufhören. Es war ... es war wie eine Droge, ich habe so lange auf seine empfindlichste Stelle eingedroschen, bis ich sicher war, dass er mich hasste. Es war die schlimmste Strafe, die ich ihm zufügen konnte: die Liebe zu zerstören, die uns verbunden hatte. Ihn in dieselbe Hölle zu stoßen, in der ich gelandet war.«

»Bist du nie auf die Idee gekommen, dass er schon in der Hölle war?«

Ali erschauerte. »Ich war nicht in der Lage, logisch zu denken. Ich wusste nur, wenn wir beide verdammt waren, waren wir wenigstens auf eine verrückte Weise miteinander verbunden.«

»Hast du je versucht, Elliot das zu erklären?«

Ali wischte sich mit dem Ärmel über die Augen und schniefte. »Nein.«

»Wäre es nicht Zeit, das nachzuholen?«

»Ich weiß nicht. Wahrscheinlich ist es zu spät. Der Schaden ist passiert. Er würde es nie verstehen.«

»Ich glaube schon, dass er es versteht. Ich habe das Gefühl, dass er eine Menge mehr begriffen hat, als du ihm zutraust. Die Frage ist: Wenn er dir vergeben hat, kannst du dasselbe für ihn tun?«

Als Ali darauf nichts erwiderte, sagte Sarah: »Elliot zu vergeben bedeutet ja nicht unbedingt, dass du wieder mit ihm zusammen sein musst.«

»Ich denke darüber nach«, sagte Ali und stand auf, um

anzudeuten, dass sie genug von dem Gespräch hatte. »Es ist spät, wir sollten zu Bett gehen.«

Sarah wurde von einem Klopfen an ihrer Tür geweckt. Schläfrig murmelte sie: »Ja«, und Ali kam, noch im Schlafanzug, mit einem großen Tablett ins Zimmer. Sie stellte es auf dem Bett ab und kletterte neben Sarah in das Doppelbett.

»Es ist halb elf, Zeit zum Aufstehen«, sagte sie munter.

»Halb elf? Das ist doch wohl ein Scherz.« Sarah setzte sich auf und sah auf die Uhr. Es stimmte. »Aber ich schlafe sonst nie so lange«, sagte sie.

Ali schenkte ihnen Tee ein und erwiderte: »Das liegt daran, dass das donovan'sche Haus der kälteste Ort auf Erden ist. Wenn man da zu lange liegen bleibt, erfriert man.«

»So schlimm ist es doch nicht, oder?«

Ali reichte ihr eine Tasse Rose Pouchong und einen Teller mit Toast. »Kalt wie die Höhle eines Eisbären.«

Sie aßen ihr Frühstück in freundschaftlichem Schweigen, und Sarah dachte daran, wie froh sie war, hier bei Ali zu sein. Trotz all der unerfreulichen Dinge, über die sie seit ihrer Ankunft geredet hatten, schien sie zu ihrer sonstigen Gelassenheit zurückgefunden zu haben. Seltsam – obwohl sie seit ein paar Wochen begonnen hatte, an ihrem Glauben zu zweifeln, hatte sie ihn gestern bei Alis Angriffen instinktiv verteidigt. Das war ja ermutigend. Offensichtlich war er also noch unversehrt. Nach den derben Stößen, die Trevor und die Schlappen-Gang ihm in letzter Zeit versetzt hatten, war es ein Wunder, dass er nicht beleidigt die Koffer gepackt und sich verkrümelt hatte. Sie musste über dieses Bild lächeln und stellte sich vor, wie ihr Glaube schmollend die Tür zuschlug und durch den Vorgarten davonstapfte, ganz gekränkte Eitelkeit – *Und bilde dir bloß nicht ein, dass ich je zurückkomme!*

»Was schmunzelst du?«, fragte Ali.

»Ein privater Scherz«, erwiderte Sarah, »und einer, mit dem du nichts anfangen könntest.«

»Hat Sarah die Dreiste etwa wieder um die Ecke gelinst?«

»Nein, nicht ganz.«

»Du hast mir gestern Abend gar nicht erzählt, weshalb sie plötzlich wieder aufgetaucht ist.«

»Zur moralischen Unterstützung, nehme ich an.«

»Gott hat dir also nicht gereicht?«

Sarah lächelte. »Der war gerade mit dir beschäftigt.«

»Und hat sich dabei garantiert köstlich amüsiert. Hast du gut geschlafen? Ist das Bett in Ordnung?«

»Wunderbar. Und du?«

»Ganz und gar nicht. Ich musste immer wieder über das nachdenken, worüber wir gesprochen haben. Beziehungsweise was du mir ohne Betäubung Stück für Stück aus dem Herzen gepult hast.«

»Tut mir Leid. Vergibst du mir?«

»Ich werde es dich wissen lassen.«

»Na gut, aber versprich mir eins. Versprich mir, dass du mit Elliot redest. Es würde euch beiden so sehr helfen, mit dem, was passiert ist, zurechtzukommen.«

»Hmm ... Auch das werde ich dich wissen lassen. Aber eins verstehe ich nicht. Wieso hast du bis jetzt damit gewartet, mir die Daumenschrauben anzulegen und mich zu zwingen, all meine Missetaten zuzugeben?«

»Ich habe gestern Abend alles auf eine Karte gesetzt und einfach meinem Gefühl vertraut, dass du bereit warst mir zuzuhören. Vor einem Jahr hätte ich das nicht gewagt. Da warst du noch nicht so weit – du hättest wahrscheinlich unsere Freundschaft abgebrochen.«

Ali dachte darüber nach und musste sich eingestehen, dass Sarah Recht hatte. Außerdem wurde ihr klar, dass sie, ohne es zu merken, ganz langsam gelernt hatte, einen Teil ihres Zorns über die Ungerechtigkeit des Schicksals zu verarbeiten. »Ich würde gerne denken, dass du dich da irrst, aber ich bin froh, dass du es nicht riskiert hast. Jetzt aber genug von meinen Problemen, ich will da weitermachen, wo wir gestern Abend bei dir stehen geblieben sind.«

Amüsiert über Alis unablässiges Verlangen, ihre Ehe unter

die Lupe zu nehmen, sagte sie lachend: »Da sind keine Überraschungen zu erwarten.«

»Und ich will keine von deinen geschickten Ablenkungsfragen mehr hören, verstanden?«

»Den Trick hab ich doch von dir gelernt, Ali.«

»Na, dann mach dich darauf gefasst, dass ich dich überliste. Erste Frage: Als du gestern Nachmittag angekommen bist und dich über den Wein hergemacht hast, als ob du vier Wochen in der Wüste gewesen wärst, hast du gesagt, du willst die Sarah sein, die du eigentlich werden solltest. Was hast du damit gemeint?«

Sarah hielt ihr die leere Tasse hin, um noch etwas Tee zu bekommen, und sagte: »Ich fürchte, da war ich wohl ein bisschen melodramatisch.«

»So könnte man es nennen, aber das führt uns sofort zu der Frage, weshalb du so ungewöhnlich melodramatisch warst. Vor allem, weil ich nicht glaube, dass es direkt mit Trevor und seinen Wahnsinnsanfällen zusammenhängt. Ich habe den starken Verdacht, dass das, was dich zu diesem Satz veranlasst hat, weniger mit Trevor als mit dir selbst zu tun hat.«

»Stimmt. Hat es. Ich bin hier wie eine rasende Irre aufgetaucht, weil mir aufgegangen ist, dass ich es satt habe, immer Sarah die Friedensstifterin zu sein. Ich wollte ein einziges Mal Sarah die Furie sein. Ich wollte auch mal mein eigenes kleines Drama haben. Seit Jahr und Tag bin ich immer nur Statistin im Drama anderer Leute gewesen.«

Ali hatte ein schlechtes Gewissen. »Oje«, sagte sie, »und im Handumdrehen warst du wieder Sarah die Friedensstifterin, die mich bei meinen Problemen berät.«

»Aber begreifst du denn nicht? Genau das mache ich doch ständig. Ich selbst schlüpfe in diese Rolle. Es ist mir tausendmal lieber, anderen bei ihren Problemen zu helfen als mich mit meinen eigenen auseinander zu setzen. Ich bin ein elender Feigling.«

»Unsinn! Mit Trevor zusammenzuleben, ist ein Beweis unerschütterlichen Mutes.«

»Das stimmt nicht. Ich habe mich von Trevors Problemen abgewandt, anstatt mich mit ihnen zu beschäftigen.«

»Zum Beispiel?«

Sarah zögerte. Instinktiv wanderte ihre Hand hinauf zu dem vom Schlaf zerzausten Haar und zupfte an einer Locke. Wie immer war das Band der Loyalität, das sie Trevor gegenüber empfand, schwer abzuschütteln. Oder war es ihr einfach bloß peinlich? Sie wagte den Sprung und sagte: »Na ja, zum Beispiel haben Trevor und ich seit fast zehn Jahren nicht mehr miteinander geschlafen.«

Ali starrte sie verdutzt an. »Warum nicht?«

»Er will nicht. Nicht mehr, seit er fürchtet, dass Hannah uns hören könnte.«

»Stört dich das?«

»Anfangs ja. Aber jetzt nicht mehr. Ich habe mich daran gewöhnt. Um ehrlich zu sein, weiß ich nicht mal, wie ich reagieren würde, wenn er plötzlich wieder Interesse hätte.«

Ali wusste, wie *sie* reagieren würde: rennen, was die Beine hergaben. »Jetzt kommt eine gemeine Frage«, sagte sie, »und ich bin gewappnet für jedweden Ablenkungstrick von deiner Seite. Weihnachten hast du mir gesagt, du hättest immer Mitleid für Trevor empfunden. Ist das alles, was du fühlst, oder liebst du ihn?«

Sarah schob die Toastkrümel auf ihrem Teller zusammen und zog mit dem Finger eine Linie hindurch. Sie erwog zu lügen, doch in Anbetracht der Wahrheiten, die sie aus Ali herausgequetscht hatte, erschien ihr das nicht fair. »Nein, ich liebe ihn nicht«, sagte sie nüchtern.

»Hast du ihn je geliebt?«

»In gewisser Weise ja.« Wieder dieser sachliche Ton.

Ali überlegte einen Moment. »Okay«, sagte sie dann. »Fassen wir zusammen. Du hast Trevor nie wirklich geliebt – nicht auf die Herz-Schmerz-Art. Du führst keine richtige Ehe, sprich: Unter der Bettdecke herrscht Flaute. Du willst dich nicht scheiden lassen, wegen deines christlichen Glaubens an die Heiligkeit der Ehe. Und du weißt, dass du ohne ihn glücklicher wärst. Stimmt das so? Habe ich alles?«

Sarah runzelte die Stirn. »Es klingt viel schlimmer, wenn du es so knallhart ausdrückst. Da ist kein Wort von dem Respekt, den ich früher für Trevor hatte, weil er so ein guter Vater war und weil –«

»Ja, ja, schon gut«, unterbrach Ali sie ungeduldig, »geben wir dem Mann ein paar Trostpunkte, wenn du dich dann besser fühlst.«

»Es geht doch nicht darum, Punkte –«

Ali hob die Hand. »Sarah, falls du vorhast, irgendein hinterhältiges Ablenkungsmanöver zu starten, vergiss es. Ich habe eine wirklich wichtige Frage, und ich will eine Antwort darauf. Ist nach deinen geradezu absurd strengen und antiquierten christlichen Glaubenssätzen eine Scheidung *überhaupt* möglich?«

Sarah seufzte. »Ja.«

»Halleluja! Endlich kommen wir ein Stück vorwärts. Ich wusste doch, dass es irgendwo in all diesem Brimborium ein hübsches kleines Schlupfloch gibt. Also, was ist es?«

»Ehebruch.«

Ali starrte Sarah an. »Und damit wäre eine Scheidung aus deiner Sicht gerechtfertigt? So einfach?«

»Theoretisch ja.«

»Wenn Trevor also eine Affäre hätte, würde das alles ändern?«

»Wie ich gerade sagte, theoretisch ja.«

Ali warf den Kopf zurück und lachte. »Wir brauchen also bloß jemanden zu finden, der blöd genug ist, mit Trevor ins Bett zu gehen, und dann wärst du eine freie Frau?«

Sarah verdrehte die Augen und schnalzte missbilligend über Alis unorthodoxe Denkweise.

»Wie wär's mit dieser schrägen Shirley?«, fragte Ali, als sie aufgehört hatte zu lachen. »Meinst du, sie käme in Frage?«

Nun musste auch Sarah lachen. »Dann noch eher du!«

Später, als Ali draußen vor der Mühle im Nieselregen stand, Sarah nachwinkte und sich fragte, was für eine trübselige

Stimmung sie in Smithy Cottage wohl erwartete, dachte sie über das nach, was ihre Freundin ihr am Morgen gesagt hatte. Ein Seitensprung war also offenbar die Lösung für Sarahs gesamte Probleme. Nichts weiter. Nur ein verbotenes, fiebriges Gefummel von Trevors Seite, und der ganze Spuk wäre vorbei.

Der Gedanke ließ Ali den ganzen restlichen Nachmittag nicht mehr los, nagte beharrlich an ihr, während sie sich aufs Sofa kuschelte und zum Zeitvertreib den Fernseher einschaltete. Während sie ruhelos zwischen Golf, Fußball, Rugby, einem Abenteuer-Musical und einer Wiederholung von *Are You Being Served?* hin und her schaltete, zuckte ihr immer wieder eine absolut verrückte Idee durch den Kopf. Und wenn … wenn *sie* nun mit Trevor schlief?

Nein.

Nein, nein, nein, NEIN!

Es war Wahnsinn. Purer, reiner Wahnsinn. Sie liebte Sarah über alles, aber den widerlichen Trevor zu verführen, um sie aus dieser sinnlosen Ehe zu erlösen, war selbst für ihre treue Ergebenheit zu viel. Als auf dem Bildschirm eine weitere anzügliche Bemerkung über Mrs. Slocombes »Muschi« gemacht wurde, sah sie vor ihrem inneren Auge plötzlich das Bild, wie Trevor hechelnd und japsend auf ihr lag. Sie schüttelte sich vor Ekel. Grundgütiger, sie würde sich mit einem ganzen Fass Jack Daniel's bis zur Besinnungslosigkeit besaufen müssen, um so eine selbstlose Nummer durchziehen zu können.

25

Es war Ende Juni, und seit dem Beginn von Hannahs Abschlussprüfungen Mitte Mai herrschte fantastisches Sommerwetter. Glühender Sonnenschein hatte Hannah und Emily gelockt, ihre Büffelei zu unterbrechen und sich draußen auf den ausgetrockneten Rasen zu legen, doch sie hatten der Versuchung mit bewundernswerter Entschlossenheit widerstanden. Und in gleichem Maße wie die Temperatur war auch die Anspannung in Smithy Cottage kontinuierlich angestiegen – obwohl man zu Hannahs Verteidigung sagen musste, dass es seit Prüfungsbeginn nur wenige Tage nägelkauender Nervosität gegeben hatte, nämlich als sie felsenfest davon überzeugt gewesen war, dass sie ihre Französischklausur in den Sand gesetzt hatte, und daraufhin ihren Frust an ihrem Vater ausgelassen hatte. Doch jetzt war die harte Arbeit vorüber und Smithy Cottage wieder eine relativ stressfreie Zone.

Es war auch kurz davor, eine tochterfreie Zone zu werden. Während Sarah zusah, wie Hannah ihren kleinen schwarzen Lederrucksack überprüfte, in dem sich ihr Pass und ein bescheidener Vorrat an Bargeld und Reiseschecks befand, mit deren Hilfe sie hoffentlich über den Sommer kommen würde, bemühte sie sich, nicht allzu neidisch zu sein. Was würde sie nicht darum geben, einfach ein paar Sachen in einen Rucksack zu werfen und für sechs traumhaft sorglose Wochen in der Sonne zu verschwinden!

In den zwei Wochen, seit ihre Prüfungen vorbei waren, hatte Hannah über nichts anderes reden können als über ihren bevorstehenden Urlaub. Sie und Emily schlossen sich Jamie und seinem Freund Craig bei ihrer Reise nach Frankreich an. Sie würden mit Jamies neuem Auto fahren, und ihr Plan sah vor, die Bretagne zu erforschen und sich dann an der Atlantikküste hinunter bis nach Biarritz vorzuarbeiten, wobei sie *en route* für ein paar Tage bei einer Tante von Craig Halt machen würden, die irgendwo in der Nähe von La Rochelle lebte. In den letzten Tagen hatte die beiden Mädchen das Fieber der Vorfreude gepackt, und sie hatten zigmal umgeplant, was sie nun mitnehmen würden und was nicht.

Waren megakurze Shorts in oder out?

Wirkten Hannahs Hüften in dem kurzen seidigen Kleid schmaler?

Was brachte Emilys spektakuläres Dekolleté besser zur Geltung: der Bikini oder der neongrüne Einteiler?

Die Rucksäcke wurden gepackt und wieder umgepackt.

Und die ganze Zeit stand Trevor in der Gegend herum und murmelte finster etwas über die drohenden Gefahren, die Hannah jenseits des Ärmelkanals erwarteten.

»Es wird ihr schon nichts passieren.« Sarah hatte ihn beschwichtigen müssen. »Sie ist ja schließlich nicht allein – Emily, Jamie und Craig sind bei ihr. Sie ist in guten Händen.«

»Emily hat nicht mehr Verstand als eine Stubenfliege«, hatte er entgegnet, »und dann diese Jungen – was wissen wir denn schon über sie?«

Doch Sarah hatte großes Vertrauen in Jamie. Er war genau das, was sie sich als Freund für ihre Tochter immer gewünscht hatte. Er war höflich, liebevoll und reif für sein Alter. Und was Trevors Vorhersage betraf, dass er Hannah nur von ihren Prüfungen ablenken würde, so war genau das Gegenteil eingetreten: Er hatte ihr beim Lernen geholfen und sie bei ihren gelegentlichen Panikanfällen beruhigt und aufgebaut. Und so sehr Trevor auch versucht hatte, Jamie in die Schublade »nichtsnutzige Niete« zu stecken, hatte er zu Sarahs großer Freude widerstrebend zugegeben, dass es kaum etwas gegen ihn zu sagen gab – außer dass er kein Bruder im Herrn war.

Jamies Freund Craig, der mit ihm zusammen zur Schule gegangen war und ebenfalls ein Pausenjahr eingelegt hatte, war Hannah zufolge »abgedreht, aber cool«. Diese kurze Beschreibung erklärte bereits ausreichend, weshalb er sich prompt zu der verrückten Emily hingezogen gefühlt hatte. Und kaum dass sich dieses perfekte Kleeblatt gebildet hatte, war auch schon der Vorschlag gekommen, die Mädchen sollten Jamie und Craig doch auf ihrer Reise begleiten. Als Hannah eines Abends nach Hause gekommen war und das Thema angesprochen hatte, hatte Trevor sofort gefragt: »Aber was ist, wenn etwas schief geht? Wie willst du damit klarkommen? Was würdest du tun? Du könntest überfallen werden, und wir wüssten nicht einmal, dass du in Schwierigkeiten bist. Ich halte das wirklich nicht für eine gute Idee, Hannah.«

»Aber das könnte mir hier genauso passieren, Dad«, hatte Hannah erwidert. »Und du wirst es nicht glauben, in Frankreich gibt's auch Telefone.«

Sarah machte sich ebensolche Sorgen um die Sicherheit ihrer Tochter wie Trevor, doch sie wusste, dass ihnen nichts anderes übrig blieb, als Hannah gehen zu lassen. Schließlich war es nur Frankreich. Sie hatte ja nicht vor, allein durch Bogotá zu wandern. Sie ist achtzehn, sagte sie sich immer wieder, und schon sehr reif für ihr Alter. Doch diese beruhigenden Worte halfen nicht, Sarahs schlimmste Sorge zu vertreiben, dass Hannah schwanger aus Frankreich zurückkehren könnte. In der Vergangenheit hatten sie und ihre Tochter relativ offen über Sex geredet, doch das war vor Jamie gewesen. Sarah ahnte, dass Hannah jetzt etwas zurückhaltender auf das Thema reagieren würde.

Hannah war nun fertig mit ihrer Tasche: Sie hatte noch ein Päckchen Taschentücher eingepackt, außerdem eine Sonnenbrille, ein Buch, etwas Kaugummi und Lippenpomade mit Erdbeergeschmack.

»Versprichst du mir, dass du vorsichtig bist?«, sagte Sarah.

Hannah setzte sich neben ihre Mutter aufs Bett. »Vorsichtig mit dem Essen oder mit meinem Geld?«

»Mit deinem Körper.«

Hannah warf Sarah einen ihrer Erwachsenen-Blicke zu, die sie sich in letzter Zeit angewöhnt hatte. »Soll das eine Frage sein, ob ich vorhabe, während dieses Urlaubs mit Jamie zu schlafen?«

»So was in der Art, ja.«

Hannah lächelte. »Und wer sagt, dass wir es nicht schon getan haben?«

»Ich glaube, das hätte ich mitgekriegt.«

»Das denken alle Eltern.«

»Liege ich also falsch?«

Wieder lächelte Hannah. »Wozu dieses Gespräch, Mum?«

»Weil ich nicht möchte, dass du mit zusätzlichem Gepäck aus Frankreich zurückkommst. Es würde dir den Urlaub verderben.«

»Ganz zu schweigen von meiner Zukunft.«

»Genau.«

»Habe ich dir deine Zukunft verdorben?«

Autsch!, dachte Sarah. Selbst schuld.

Zu Sarahs Verlegenheit war Hannah schon in sehr jungen Jahren darauf gekommen, dass ihrer Ankunft in dieser Welt eine überstürzte Heirat ihrer Eltern vorangegangen war. »Dann bin ich also ein Fehler, Mum?«, hatte sie gefragt, als sie den Zusammenhang zwischen ihrem Geburtstag und dem nur wenige Monate davor liegenden Hochzeitstag ihrer Eltern begriffen hatte. »Kein Fehler«, hatte Sarah eilends betont, »sondern eine Überraschung, und noch dazu eine ganz zauberhafte.«

Ohne auf Hannahs Frage zu antworten, trat Sarah ans Fenster, das auf den sonnenüberfluteten Garten hinausging. Die Beete waren eine einzige Farbenpracht: vorne Nelken, Lavendel, Elfenspiegel, Phlox und Petunien, dahinter, hoch gewachsen vor dem altersschwachen Zaun, der keinen weiteren Winter mehr überstehen würde, Fingerhut, Rittersporn und Lupinen. Hinten, am Ende des Rasens, standen Malvenbüsche, deren Zweige sich unter einer Flut rosafarbener Blüten bogen. Sie hatte hart gearbeitet, um dem Garten einen natürlichen, aufgelockerten Stil zu geben, wie sie es auch in ihrer Ehe versucht hatte. Mit einem matten Gefühl der Niederlage musste sie zugeben, dass sie bei den Pflanzen erfolgreicher gewesen war.

Hannah stellte sich neben sie und nahm eins der vielen Plüschtiere von der Fensterbank, von denen sie sich noch nicht getrennt hatte. »Die Frage war nicht so böse gemeint, wie sie geklungen hat«, sagte sie und legte einen Arm um Sarahs Schultern, »aber es muss dir doch Leid getan haben, Oxford zu verlassen, bevor du deinen Abschluss hattest.«

Sarah drehte sich um und sah sie an – oder sah vielmehr zu ihr auf, denn Hannah war gut fünfzehn Zentimeter größer als sie.

»Für jede Enttäuschung gibt es eine Entschädigung«, sagte sie.

Hannah drückte sie an sich. »Du sagst immer das Richtige, Mum. Das wird mir fehlen, wenn ich weg bin.«

»Oh, sag jetzt bitte nicht so was, sonst fange ich noch an zu weinen, und das ist keine gute Idee.«

Hannah streichelte das Plüschtier und setzte es dann wieder zu seinen leuchtend bunten Kameraden. »Du kommst doch klar, oder?«

»In welcher Beziehung?«

»In der Dad-Verkraftungs-Beziehung.«

»Oh, du kennst mich doch, ich komme schon zurecht.«

»Ich wünschte, du würdest ihm klipp und klar die Meinung sagen, so wie ich.«

Sarah musste lächeln, als sie an die Szene dachte, die sich bei ihrer und Hannahs Rückkehr nach dem Zwischenfall mit dem Tagebuch abgespielt hatte. Hannah hatte ihrem Vater in der Tat klipp und klar die Meinung gesagt, als er sie mit einer seiner typischen ungeschickten Entschuldigungen begrüßt hatte. Um ihren wütenden, herausfordernden Blick nicht ertragen zu müssen, hatte er zu Boden gesehen und sein bärtiges Kinn fast in den Kragen seines Hemdes geschoben, so dass es ausgesehen hatte, als spräche er nicht mit Hannah, sondern mit seinen zerknautschten Hush Puppies. Er wirkte tatsächlich zerknirscht und gab auch zu, dass er zu weit gegangen war, wobei er sein Benehmen mit einem Übermaß an väterlicher Sorge zu rechtfertigen versuchte – doch war seine Darbietung für Hannah überzeugend genug, um ihm zu verzeihen? Mit angehaltenem Atem wartete Sarah auf die Reaktion ihrer Tochter. Sie erfolgte in einem ausgiebigen, gelangweilten Seufzer mit einem mitleidig-herablassenden Unterton. »Dad«, sagte sie, »hast du mich in letzter Zeit mal angesehen?« Er hob den Kopf, und sein verwirrter Gesichtsausdruck zeigte, dass sie ihre Frage erklären musste. »Sieh mich mal in aller Ruhe an«, fuhr sie fort. »Fällt dir irgendeine Veränderung auf, seit du mich zuletzt mit deinem Blick bedacht hast? Denn nur für den Fall, dass du es noch nicht bemerkt haben solltest: Ich bin jetzt, technisch gesehen, eine Frau. Ich fahre nicht mehr auf dem Dreirad durch die Gegend, und ich spiele auch nicht mehr mit Barbiepuppen. Also hör auf, Dad. Nerv mich nicht mehr mit dieser albernen Vaternummer.« Dann ging sie nach oben in ihr Zimmer, nahm ihre Flöte heraus und begann, eines ihrer Lieblingsstücke zu spielen. Der klare, silbrige, liebliche Klang von Poulencs Flötensonate wehte die Treppe hinunter und zeigte an, dass zumindest an der Oberfläche alles wieder in Ordnung war. Trevor war so erleichtert, dass er sich sogar nach Ali erkundigte.

»Wie geht es ihr?«, fragte er, während er zusah, wie Sarah den Tee zubereitete.

»Gut, und sie lässt herzlich grüßen«, log sie. Dann wandte sie sich zu ihm um und sagte mit sanfter, aber fester Stimme: »Trevor, du musst mir versprechen, dass du Hannah nie wieder etwas so Verletzendes antust. Du hast unglaubliches Glück gehabt, dass du so leicht davongekommen bist. Eine Menge anderer Töchter hätten dir das nicht verziehen.«

Betreten runzelte er die Stirn und zupfte an seinem Bart.

Er sah so beschämt aus, dass Sarahs Herz sich öffnete. »Ich möchte wirklich nicht darüber reden«, sagte er, stand auf und verzog sich in seine geheiligte Werkstatt.

Er weiß, dass er sie um ein Haar verloren hätte, dachte Sarah. Sie hoffte, diese Erkenntnis würde ihn retten.

Von dem Tag an hatte er sich nach Kräften bemüht, Hannah mit mehr Respekt zu behandeln, vor allem in den Wochen vor ihrem Examen. Er hatte sogar den Mund gehalten, als sie nach der vermeintlich in den Sand gesetzten Französischklausur beim Abendessen versucht hatte, ihn in eine Diskussion über die Übel der Indoktrination zu verwickeln. Diese Szene hatte sie sofort an Alis Streitereien mit ihm erinnert, nur dass Trevor sich in jenem Fall die flammende Rede seiner Gegnerin angehört und dann lediglich gemurmelt hatte, dass er für sie beten würde.

Als Sarah nun das selbstsichere, offene Gesicht ihrer Tochter betrachtete, dachte sie: Sie hat Recht, ich sollte Klartext mit Trevor reden.

Aber das werde ich vermutlich nie tun.

»Na, fertig?«, fragte sie mit einem Blick auf das Bett. »Oder hast du vielleicht noch irgendwas Wichtiges vergessen? Nein, vergiss, dass ich das gesagt habe. Ich würde wahnsinnig, wenn ich zusehen müsste, wie du deinen Rucksack zum siebenundzwanzigsten Mal umpackst.«

Hannah grinste. »Warte nur, bis ich ihn mit den dreckigen, stinkenden Klamotten von sechs Wochen zurückbringe.«

Sarah zog eine Grimasse. »Ich kann's kaum erwarten.«

»Aber im Grunde deines Herzens weißt du, dass ich es wert bin.«

Sarah lächelte nachsichtig. »O ja, natürlich bist du es wert. Jeder einzelne Zentimeter von dir. Und nur für die Akten: Du hast mir meine Zukunft nicht verdorben. Ganz im Gegenteil, du hast ihr einen Mittelpunkt gegeben.«

Hannah schloss sie erneut in die Arme. »Und ebenfalls für die Akten: Jamie und ich haben noch nicht miteinander geschlafen.«

Als sie sich voneinander lösten, sagte Sarah: »Aber wenn es so weit ist, bist du vorsichtig, ja?«

»Hey, hatten wir das nicht eben schon mal?«

»Ich brauche einfach die Bestätigung.«

»Okay, wie wär's denn damit: Ich habe ein Päckchen Kondome in meinem Waschbeutel ... nur für den Notfall.«

Sarah sah sie mit unverhohlenem Erstaunen an. »Tatsächlich?«

»Und rate mal, von wem ich die habe – von Ali.«

»*Ali!*«

»Ja, sie hat sie mir quasi als Juxgeschenk geschickt. Ich sollte dir nichts davon sagen, aber sie meinte, es gehöre zu ihrer Pflicht als Patentante. Außerdem hat sie mir noch Geld für den Urlaub geschenkt, aber davon sollte ich dir auch nichts sagen.«

Sarah verdrehte die Augen zur Decke. »Na, meinetwegen, aber erzähl bloß nichts deinem Vater. Er würde Ali in der Luft zerreißen!«

Der Gedanke an Alis »Geschenk« ließ Sarah den ganzen Tag über nicht los, bis Trevor sie und Hannah am Nachmittag wortkarg und mit ausdruckslosem Gesicht zu dem Haus von Jamies Vater fuhr, wo sich alle zu einem Abschiedstrunk trafen. Sie kam einfach nicht über Alis dreiste Einmischung hinweg und konnte sich nicht entscheiden, ob sie wütend sein sollte oder nicht.

Sie hatte Ali seit dem aufschlussreichen Wochenende im März nicht mehr gesehen, da sich in den vergangenen Monaten alles um Hannah und ihre Prüfungen gedreht hatte. Doch sie hatten regelmäßig miteinander telefoniert, meistens wenn Trevor auf einem Kunsthandwerksmarkt oder bei einem seiner Holzlieferanten war. Ali hatte sie schwören lassen, dass sie sofort Bescheid sagen würde, falls Trevor wieder irgendwelche religiösen Partytricks vom Stapel ließ. Gottseidank schien Trevor jedoch zufrieden zu sein, dass er seine Frau wieder zurück in die Herde getrieben hatte, und da sie ihn nicht enttäuschen wollte, hatte sie das Spiel mitgespielt. Sie hatte die Schlappen-Gang über sich ergehen lassen, die sie mit nervtötender Rücksicht behandelte, zweifelsohne besorgt, sie würde womöglich in ihr früheres sündiges Verhalten zurückfallen. Jener bizarre Abend, als sie alle für Sarah gebetet hatten, war nie wieder erwähnt worden, aber ihre selbstgerechten Gedanken kreisten ganz sicher unablässig um sie. An manchen Abenden, wenn sie sich trafen und sich selbstgefällig darüber freuten, dass ihre Namen im Lebensbuch des Lammes standen, hätte sie am liebsten für einen Wirbel gottesfürchtiger Bestürzung gesorgt. Doch es war zu riskant, und sie wollte den Frieden, der sich über Smithy Cottage gesenkt hatte, nicht gefährden, indem sie in Trevor den Verdacht weckte, sie sei der Gruppe nicht so ergeben wie er.

Sie trafen sich jetzt zweimal in der Woche; sie hatten sich von St. Cuthbert's losgesagt und hielten ihren eigenen Gottesdienst ab, da sie der Überzeugung waren, er sei bedeutsamer als alles, was die Church of England ihnen bieten könne. Über diesen Schritt war Sarah gar nicht glücklich. Sie spürte, dass die Gruppe sich immer mehr von der Wirklichkeit entfernte, zusehends einen alternativen Lebensstil vertrat und sich dem Gefühl hingab, den anderen überlegen zu sein. Ihre Versammlungen waren von einer Aura der Selbstgefälligkeit umgeben, als sei der Glaube der anderen nur ein billiger Abklatsch.

Doch was Sarah noch mehr belastete, war, dass ihr St. Cuthbert's fehlte. Sie hatte den Abendgottesdienst immer genossen; er war ihr eine zuverlässige Quelle des Trosts gewesen. Damit war nun Schluss, und das Einzige, was sie noch hatte, war das schwachsinnige Gefasel der Schlappen-Gang. Sie bezeichnete sich mittlerweile als Hauskirche, und dieser erhabene Status brachte sie auf den Gedanken, sich zu vergrößern und andere bedürftige Seelen zu erretten. Es war viel die Rede davon, eine Glaubensgemeinschaft zu gründen, was Sarah amüsierte, da sie sich kaum vorstellen konnte, dass dieser unfähige Haufen im Stande war, irgendetwas Komplexeres und Dauerhafteres als ein Osterfeuer zusammenzustellen. Doch um ihnen Gerechtigkeit widerfahren zu lassen: Die ersten Männer des Glaubens hatten sich auch ständig gestritten und die Dinge missverstanden. Nicht, dass es in der Schlappen-Gang irgendwelche Streitereien gegeben hätte – im Gegenteil, die Mitglieder schlossen sich geradezu Besorgnis erregend bereitwillig Trevors Ansichten an. Sein neuester Kreuzzug bestand darin, ihnen klar zu machen, wie wichtig es war, »den Herrn nicht zu intellektualisieren, sondern Ihn zu erfahren«. Er hatte es überhaupt sehr mit »Erfahrung« und war gerade in ein Buch über »spezielle spirituelle Gaben« versunken.

Die Vorstellung, wie Trevor in Zungen redete, war zu viel für Sarah, und sie hatte sich nicht getraut, Ali davon zu erzählen. Sie ahnte schon, was die Antwort wäre: »Ich dachte, das täte er schon seit Jahren.« Zeichen und Wunder war ebenfalls eins von seinen Lieblingsthemen, und erst kürzlich hatte er auf einem seiner Märkte einen Mann getroffen, der ihm ausgiebig vom so genannten »Toronto-Segen« berichtet hatte. Er hatte Trevor erzählt, wie der Heilige Geist in seiner Heimatkirche »wunderbare Werke vollführte und eine große Zahl der Gläubigen spirituell niederstreckte«. Sarah hatte sich krampfhaft bemüht, nicht zu lachen, als Trevor ihr vollen Ernstes mitgeteilt hatte, das sei genau das Richtige, um die Gruppe anzufeuern. Es gab durchaus ein paar Mitglieder der Schlappen-Gang, die sie gerne niedergestreckt gesehen hätte, doch sie wusste, dass Trevor es nicht in diesem Sinn gemeint hatte.

Sie kamen ein paar Minuten zu spät bei Callum an und hängten ihren Sierra an die Reihe geparkter Autos in der Einfahrt. Jamie empfing sie an der Haustür und führte sie durch das elegante viktorianische Haus hindurch in den beeindruckend gepflegten Garten, wo sein Vater gerade Emilys Eltern Getränke servierte. Craigs Eltern mussten als Erste gekommen sein, da ihre Gläser bereits fast leer waren. Trevor war Callum noch nicht begegnet, somit begann die Vorstellungsrunde bei ihm, gefolgt von Mr. und Mrs. Jackson,

Craigs Eltern, die auch Sarah noch nicht kannte. Als das Händeschütteln vorüber war, sagte Trevor, der so aussah, als wolle er noch einen letzten Versuch starten, die Pläne seiner Tochter zu durchkreuzen: »Ich habe heute Mittag die Wettervorhersage gehört. Wie es aussieht, soll der Kanal heute Nacht ziemlich unruhig werden. Vielleicht wäre es keine schlechte Idee, wenn sie erst morgen losfahren.«

Callum stieß ein gutmütiges Lachen aus. »Ein kleiner Anfall von Seekrankheit kann gar nicht schaden. Schließlich wollen wir's ihnen ja nicht zu leicht machen.«

»Ja«, stimmte Emilys Vater ihm zu. »Von Rechts wegen sollten sie die Tour mit öffentlichen Verkehrsmitteln machen; das mit dem Auto ist doch purer Luxus. Als ich Student war, bin ich mit dem Greyhound-Bus quer durch die Staaten gefahren. Himmel, war das eng! Eng, aber billig.«

Nachdem etliche Was-hat-die-Jugend-es-heute-doch-gut-Geschichten ausgetauscht worden waren, bot Callum Sarah etwas zu trinken an. »Ich habe Rotwein, Weißwein, Bier und alkoholfreie Getränke im Haus. Oder vielleicht einen Gin-Tonic? Was möchten Sie?«

»Weißwein wäre wunderbar.«

Er nahm eine Flasche Jacob's Creek aus einem Terrakotta-Weinkühler, der hinter ihm im Schatten des Flieders auf einem Holztisch stand, und schenkte ihr ein großes Glas ein. »Grace ist übrigens auch hier«, sagte er, als er es ihr gab. »Sie ist in der Küche und legt letzte Hand an eine Überraschung, die sie für die ›jungen Leute‹ gemacht hat, wie sie sie immer so reizend nennt. Wenn Sie zu ihr hineingehen wollen, tun Sie sich keinen Zwang an.«

»Danke, ja, das werde ich tun.« Nachdem sie eine Weile mit Emilys Mutter geplaudert hatte, machte Sarah sich auf die Suche nach Grace. Draußen im Garten, der nach Süden lag, war es heiß, und sie war froh über die Gelegenheit, sich ein wenig abzukühlen.

Sie hatten sich in der letzten Zeit oft getroffen, und Sarah sah in Grace mehr als nur eine Nachbarin: Sie war zu einer guten Freundin geworden, der sie so manche Dinge anvertraut hatte.

Die meisten davon betrafen Trevor.

Ohne Sarah etwas von seinem Vorhaben zu sagen – und zu ihrem großen Entsetzen, als sie es schließlich herausfand –, hatte Trevor Grace eines Nachmittags einen Besuch abgestattet, und zwar mit zwei Zielen: Nachforschungen über den jungen Mann anzustellen, der Absichten auf seine Tochter hatte, und in Erfahrung zu bringen, ob ihre neue Nachbarin ihr Herz dem Herrn geöffnet hatte oder Interesse hatte, dies zu tun. Sarah hatte sich vor Scham gewunden, als Grace ihr von seinem Besuch erzählt hatte.

»Es tut mir furchtbar Leid«, hatte sie gesagt, entsetzt, dass ihr nun womöglich der gleiche Stempel des Fanatismus aufgedrückt wurde.

»Braucht es nicht«, hatte Grace fröhlich erwidert. »Das kenne ich schon.«

»Tatsächlich?«

»Ja, von meiner früheren Kirche. Da gab es einen Mann, ganz ähnlich wie Ihr Trevor, der seinen Glauben immer auf einem Silbertablett vor sich her trug. Er war vollkommen überzeugt, Jesus war sein Ein und Alles. Er hatte die Bibel komplett im Griff; für ihn gab es darin nicht eine einzige Grauzone. Sünde und Vergeltung waren für ihn Speis und Trank.«

Bis zu diesem Moment war das Thema Religion zwischen den beiden Frauen nie aufgekommen, und obwohl es jetzt auf dem Tisch war, hatte Sarah Bedenken, darüber zu sprechen. Nicht so Grace. »Trevor hat versucht, mich davon zu überzeugen, auch zu Ihrer Hauskirche zu kommen«, sagte sie mit freundlichem Lächeln. »Meinen Sie, ich sollte St. Cuthbert's aufgeben und mich zu Ihnen gesellen?«

»Nein. Auf gar keinen Fall«, platzte Sarah heraus, ohne über ihre Antwort nachzudenken.

Graces Lächeln wurde breiter. »Sie glauben also nicht, dass es das Richtige für mich wäre?«

»Nein, vermutlich nicht.«

»Und ist es das Richtige für Sie, Sarah?«

Da war ihr das erste Eingeständnis herausgerutscht. Nichts allzu Persönliches, nichts allzu Illoyales, nur die kleinen Alltagsärgernisse, die sich ergeben, wenn man mit einem Mann zusammenlebt, der alles daransetzt, Seelen für Christus zu gewinnen.

Im Vergleich zu der Hitze draußen war es in Callums schönem Haus wohltuend kühl. Während sie durch das nach Möbelpolitur duftende Esszimmer schlenderte und im Flur eine hübsche viktorianische Aquarell-Landschaft bewunderte, die über einem geschmackvollen Sideboard mit geschwungener Front hing, hörte sie von oben das Nerven zermürbende Stampfen lauter Musik. Die Deckenlampe vibrierte, und sie fragte sich, wie Callum sich fühlen würde, wenn Jamie im Herbst aufs College ging und er plötzlich allein hier wohnte. Die Vorstellung, bald für immer auf Hannahs Gegenwart verzichten zu müssen, ängstigte sie schon jetzt, und sie brachte es kaum fertig, sich die kalte Leere auszumalen, die sie erwartete.

Sie fand Grace in der provenzalisch eingerichteten Küche. Sie war über einen ovalen Tisch gebeugt und führte eine alte, ausgeblichene Teigspritze über die Oberfläche eines großen eckigen Kuchens, der auf einem Silbertablett stand.

Als sie bemerkte, dass jemand in den Raum gekommen war, sah sie auf.

»Sarah«, sagte sie mit hörbarer Freude, »wie schön, Sie zu sehen.« Sie richtete sich auf. »Was sagen Sie zu meinem Kunstwerk? Aber seien Sie nachsichtig, ich bin keine Expertin, was Glasuren betrifft, und meine Finger sind auch schon ein bisschen steif.«

Sarah trat näher und betrachtete den Kuchen und seine Dekoration. Im Teig steckte ein Cocktailstäbchen mit einer französischen Flagge, und daneben war ein kleines Spielzeugauto, das genauso aussah wie Jamies roter Nissan. Drumherum rankten sich in spinnwebfeiner roter Glasur die Worte »*Bonne chance*« und »*Bon voyage*«. »Er ist einfach fantastisch«, sagte sie.

»Nicht zu kindisch für die jungen Leute?«

»Sie werden begeistert sein.«

»Ob ich noch ein paar von denen dazu tun soll, was meinen Sie?« Sie zeigte Sarah einen Margarinetopf mit Miniaturkerzen und sah sie fragend an.

»Die dürfen auf keinem Kuchen fehlen«, sagte Sarah mit fröhlichem Lachen. »Kommen Sie, ich helfe Ihnen.«

Der Kuchen war ein großer Erfolg, und nachdem die Kerzen ausgepustet worden waren, beschloss Callum, seinen Sohn mit einer Rede in Verlegenheit zu bringen.

»Es gibt eigentlich nichts zu sagen –«, begann er.

»Dann halt den Mund und setz dich hin«, lästerte Jamie gutmütig.

Ohne auf ihn zu hören, fuhr Callum grinsend fort: »– außer, dass ich euch allen eine verdammt tolle Zeit wünsche, und wagt es ja nicht, als dieselben Menschen zurückzukommen, als die ihr abgefahren seid. Ich erwarte, dass Horizonte erweitert, Willen gestärkt und Einsichten vertieft werden, und außerdem natürlich eine Kofferraumladung mit zollfreiem Gesöff für mich!«

Eine Stunde später war es Zeit, Abschied zu nehmen. Alle Autos in der Einfahrt mussten umgestellt werden, damit Jamie mit seinem herausfahren konnte, und nachdem die Rucksäcke untergebracht und die letzten Ermahnungen gesagt worden waren – Trevor prüfte Jamie schnell noch einmal auf die Autobahnregeln und erinnerte ihn daran, auf welcher Straßenseite er fahren musste, sobald sie in Cherbourg angekommen waren –, fuhren sie los. Hände winkten aus Autofenstern, und die friedliche Ruhe der gepflegten Straße wurde für ein paar Sekunden aufs Empfindlichste gestört, als Jamie auf die Hupe drückte und Craig den Kopf aus dem Sonnendach steckte und brüllte: »Tschüss, ihr Armleuchter!«

Trevors Gesicht verzog sich zu einer Grimasse der Missbilligung, doch alle anderen lachten. »Na«, sagte Callum, als das Auto außer Sichtweite war und Sarah ihren sehnsüchtigen letzten Blick auf Hannah erhascht hatte, »jetzt, wo wir die Plagegeister los sind, sollten wir uns noch ein Gläschen Wein gönnen, oder?«

Zustimmendes Gemurmel war die Antwort. Sarah hatte das Gefühl, sie hätte noch nie so nötig einen Drink gebraucht; sie wollte sich gerade Grace anschließen und anbieten, ihr beim Aufräumen zu helfen, als Trevor seine Schlüssel aus der Hosentasche nahm und sagte: »Danke, aber wir müssen jetzt wirklich los. Haben noch zu tun.« Das Herz rutschte ihr in die Knie. Sie war noch nicht bereit, in das leere Smithy Cottage zurückzukehren. Sie hatte nicht die geringste Lust, sich dem zu stellen, was das trostlose kleine Haus ohne Hannahs Gegenwart nun symbolisierte. Als spüre er ihr Zögern und wolle es gar nicht erst hochkommen lassen, gab Trevor allen die Hand und besiegelte damit ihre Abfahrt.

26

Zwei Wochen waren vergangen, seit Hannah ihren ersten richtigen Schritt in die unbekannte Weite ihrer Zukunft unternommen hatte, und Trevor hatte den größten Teil davon in gequälter Erwartung verbracht; jeden Morgen gegen Viertel vor acht hatte er sich in den Flur gestellt und darauf gewartet, dass der Postbote kam.

Als Sarah nun mit einem kleinen Bündel Wäsche unter dem Arm die Treppe hinunterkam, hoffte sie, dass ihm ein weiterer Tag der Enttäuschung erspart bleiben würde. »Ich glaube, wir sollten keine Nachricht als gute Nachricht werten. Bestimmt genießt sie den Urlaub viel zu sehr, um sich mit Briefeschreiben abzugeben«, hatte sie gestern Morgen zu ihm gesagt, als lediglich ein Werbeprospekt in der Post gewesen war.

Immerhin hatte Hannah angerufen, als sie in Cherbourg angekommen waren, um ihnen zu sagen, dass bisher alles in Ordnung war: Die Fähre war nicht gesunken, sie war nicht überfallen worden, Craig hatte sie mit seinem kriminellen Sinn für Humor nicht ins Gefängnis gebracht, und Jamie trank nie berauschendere Getränke als Pepsi, wenn er fuhr. Sarah hatte ihr gesagt, sie brauche nicht noch mal anzurufen. »Das ist viel zu teuer«, hatte sie gesagt. »Schick uns einfach eine Karte, wenn du Zeit hast.« Doch das war Trevor nicht genug gewesen, und er hatte Hannah das Versprechen abgenommen, ihnen regelmäßig ihren genauen Aufenthaltsort schriftlich mitzuteilen. Doch seine Hartnäckigkeit hatte nur dazu geführt, dass er nun jeden Tag voller Unbehagen und Nervosität auf die heiß ersehnten Nachrichten wartete.

Sarah überließ Trevor seiner Wache am Briefkasten, ging in die Küche und stopfte die schmutzigen Sachen in die Waschmaschine. Dann füllte sie Waschmittel ein und schaltete auf Sparprogramm. Unglaublich, wie wenig Wäsche sich ohne Hannah ansammelte. Amüsiert fragte sie sich, wie sie und Emily mit den paar Sachen auskamen, die sie mitgenommen hatten. Oder waren sie bereits dabei, das wenige Geld, das sie hatten, für »megascharfe« Mini-Tops auszugeben, um ihre minimalistische Garderobe aufzustocken?

Beim Geklapper des Briefkastens betete Sarah im Stillen, dass Trevor heute endlich von seinem Elend erlöst würde. Ein paar hingekritzelte Zeilen auf einer Postkarte würden ja schon reichen, fügte sie noch hinzu.

Sekunden später stand Trevor in der Küche, mit strahlendem Gesicht und einem Luftpostbrief in der Hand. »Endlich«, sagte er und wedelte damit in der Luft herum, »endlich hat sie geschrieben.« Er sah aus, als seien Weihnachten und alle seine Geburtstage auf einen Tag gefallen. Dann setzte er sich an den Tisch und knibbelte vorsichtig mit dem Daumennagel an der einen Ecke des Umschlags. Das unbändige Verlangen unterdrückend, ihm den Brief aus der Hand zu reißen, ihn aufzuschlitzen und gierig Hannahs Worte zu verschlingen, um den bohrenden Hunger nach tröstendem Kontakt zu ihrer Tochter zu stillen, wandte Sarah sich um und setzte Wasser auf. Sie beobachtete Trevor aus dem Augenwinkel und sah, wie er den einzelnen Bogen Papier vorsichtig glatt strich, als sei es eine kostbare Papyrusrolle. Er begann zu lesen.

Es dauerte nicht lange.

Zu ihrem Verdruss las er ihn jedoch noch mal. Sarah konnte es kaum erwarten zu erfahren, was darin stand. »Und?«, fragte sie schließlich. »Was erzählt sie so?«

»Lies selbst«, sagte er düster. Er stand auf und ging zum Brotkasten.

Eifrig überflog Sarah die saubere Handschrift ihrer Tochter, auf der Suche nach dem Punkt, der Trevor so plötzlich die Laune verdorben hatte.

Liebe Mum, lieber Dad,

ihr werdet's nicht glauben, aber die Bretagne war uns zu langweilig, und so sind wir nach Paris gefahren. Die Stadt ist einfach obercool! Wir waren auf dem Montmartre, und Emily hätte sich fast porträtieren lassen, aber wie sich herausstellte, war dieser bekloppte Maler nicht nur an ihrem Gesicht interessiert. Wir haben auf einem Zeltplatz außerhalb von Paris übernachtet, der total ätzend war. Überall Fliegen, vor allem auf den Klos (oder Scheißhäusern, wie Craig sie nennt) – die haben gestunken, dass man fast tot umfiel. Der Platz war so übel, dass wir im Auto schlafen mussten, damit es nicht geklaut wurde. Emilys Vater wäre stolz auf uns.

Gestern sind wir nach Chartres gefahren. Jetzt sind wir unterwegs nach La Rochelle, um Craigs Tante zu besuchen. Himmel, was gäbe ich für eine Badewanne und ein anständiges Klo, auf das ich wenigstens meinen Hintern parken könnte!

Viele Grüße von den anderen.

Alles Liebe, Hannah

Genau wie Trevor las auch Sarah den Brief ein zweites Mal. Sie hätte ihn auch noch ein drittes Mal gelesen, wenn der Toaster nicht verrückt gespielt hätte. Während Trevor das verkohlte Brot aus dem altersschwachen Gerät pulte, riss sie das Fenster auf, um den beißenden Gestank loszuwerden. »Es wird Zeit, dass wir einen neuen kaufen«, bemerkte sie. Als er nichts darauf erwiderte, sagte sie: »Es ist doch schön zu wissen, dass es Hannah gut geht und sie ihren Urlaub genießt, nicht wahr?«

Er gab ein Knurren von sich, verzichtete auf den Toast,

stellte seinen unbenutzten Teller zurück und nahm sich ein Schälchen Bran Flakes.

»Was ist los, Trevor?«, fragte sie. »Sie hat geschrieben, genau wie du wolltest.«

Er sah von seinen Getreideflocken auf, die er, gegen die Arbeitsfläche gelehnt, im Stehen aß. »Es klingt gar nicht wie Hannah«, sagte er mit beleidigt gerunzelter Stirn.

Ach, das war es, dachte Sarah. Er hatte einen Brief von der früheren Hannah erwartet, von dem kleinen Mädchen, das zu christlichen Ferienfreizeiten fuhr und ihnen sofort einen Tag nach ihrer Ankunft pflichtbewusst einen eng beschriebenen Mir-geht's-gut-ich-hoffe-euch-auch-Brief geschickt hatte, mit einem Herz und einem hübschen, bunten Regenbogen unten auf der Seite. Dagegen waren die Sätze über Scheißhäuser und unsittliche Anträge am Montmarte natürlich der denkbar größte Kontrast. Aber selbst Trevor hatte doch wohl keinen zuckersüßen Brief von Hannah erwartet, in dem stand, sie habe Heimweh und würde schon die Tage zählen, bis sie wieder in Astley Hope sei. Sie betrachtete sein zerfurchtes Gesicht, während er sich wieder seinem Frühstück zuwandte. Er sah so unglücklich aus. So niedergeschlagen. Ihre eigene Trauer über die Trennung von ihrer Tochter beiseite schiebend, dachte Sarah über Trevors Gefühle nach. Es war so einfach, alles abzutun, was er sagte oder tat, aber war es nicht möglich, dass er Hannah noch mehr vermisste als sie? Allgemein wurde immer angenommen, dass das Flüggewerden eines Kindes die Mutter stärker mitnahm als den Vater. Doch was war, wenn der Vater seine Tochter achtzehn Jahre lang auf ein Podest gestellt hatte? Wenn er voller Liebe und Selbstaufgabe jede freie Minute in ihre Erziehung gesteckt hatte? Würde ihm das nicht ebenso viel Recht geben, sich auf Grund der Trennung einsam und verzweifelt zu fühlen wie ihre Mutter? Wenn nicht sogar mehr?

Blitzartig wurde Sarahs Mitgefühl für Trevor von Schuldgefühlen überlagert. Wo war ihre Unterstützung für Trevor geblieben, während sie sich vor lauter Sehnsucht nach Hannah in ihrem Selbstmitleid gewälzt hatte? Dann durchzuckte sie ein noch schlimmerer Gedanke: War es möglich, dass sie ihn durch ihre Rücksichtslosigkeit dazu getrieben hatte, anderswo Trost zu suchen? Zum Beispiel bei jemandem aus der Schlappen-Gang?

Doch so schnell, wie der Gedanke aufgetaucht war, tat sie ihn als unsinnig ab. Es gab niemanden in der Gruppe, an den Trevor sich wenden konnte, weil er als ihr Anführer jederzeit alles im Griff haben musste. Das war das Dumme, wenn man als unfehlbarer Stützpfeiler verehrt wurde: Man durfte keine irdischen Probleme haben. Man konnte durchaus Tag und Nacht mit einem dornigen spirituellen Punkt ringen – oder sogar eine Ehefrau haben, die abtrünnig zu werden drohte –, aber man durfte keine emotionalen Probleme haben, denn das bedeutete, dass man nicht eins mit dem Herrn war. Und was war das für ein Vorbild für die Gruppe? Hatte der heilige Paulus je zugegeben, dass er sich ein wenig unsicher fühlte? Hatte Christus je gesagt, er sei heute nicht so gut drauf und die Bergpredigt müsse warten, bis er sich wieder fit fühle? Es war schon für einen normalen Mann schwer genug zuzugeben, dass er unglücklich war, aber für einen spirituellen Guru war es schlechterdings unmöglich. Wieder warf sie einen Blick auf Trevors trauriges Gesicht und fragte sich, ob er dasselbe dachte wie sie: dass ihre Zukunft nun, da sie ihre Pflicht Hannah gegenüber erfüllt hatten, nur noch aus einem langsamen, einsamen Absinken in das Alter bestand.

In dem vertrauten Bedürfnis, Trevor alles recht zu machen, schenkte Sarah ihm einen Tee ein und sagte munter: »Was hast du heute vor? Wenn du nicht arbeiten musst, könnte ich ein Picknick zusammenstellen und wir könnten eine kleine Tour machen. Vielleicht nach Peckforton. Es ist so ein schöner –«

»Ich habe zu viel zu tun«, unterbrach er sie. »Ich habe drei Kunsthandwerksmärkte vor mir, und ich muss noch meine Notizen für heute Abend vorbereiten.«

»Oh«, sagte Sarah ernüchtert. Ihr Mitgefühl für ihn löste

sich schlagartig in Luft auf. Sie sah ihm nach, wie er mit seinem Teebecher Richtung Werkstatt verschwand, und murmelte leise: »Trevor Donovan, du machst es einem wirklich nicht leicht, dir zu helfen.« Und es war ihr egal, dass dies kein besonders liebevoller Gedanke war.

Später am Vormittag, als Sarah die Schlafzimmervorhänge für Grace fertig gestellt hatte und den hübschen blauweißen Stoff bügelte, ging ihr durch den Kopf, wie gut das Muster in Alis Badezimmer mit den wunderschönen Delfter Kacheln passen würde. Sie hatte Ali am Tag nach Hannahs Abreise nach Frankreich angerufen, um ihr für das Taschengeld zu danken, das sie Hannah gegeben hatte, und sich mit ihr über das andere, etwas dubiosere Geschenk zu unterhalten.

»Du bist mir doch nicht böse, oder?«, hatte Ali gefragt.

»Nein, wie kommst du darauf?«

»Oje, du bist stinksauer. Ich höre es an deiner Stimme. Du klingst so liebreizend wie eine rachelüsterne Margaret Thatcher.«

»Und du so schuldbewusst wie Bill Clinton.«

»Donnerwetter, du bist heute aber auf Zack. Soll das heißen, ich bin nicht länger deine Freundin? Wirst du mich enterben?«

»Das habe ich schon vor Jahren getan.«

»So ein Pech aber auch!«

»Jetzt sag mir mal, warum du das getan hast.«

»Warum ich was getan habe?«

»Spiel nicht den Unschuldsengel. Sag mir, warum du meiner Tochter für ihren Urlaub ein Päckchen Kondome geschickt hast.«

»Um Himmels willen, das hast du völlig falsch verstanden. Das waren keine Kondome, sondern die neueste Erfindung fürs Camping. Man benutzt sie nachts, um die Insekten fern zu halten.«

»*Ali!*«

»Schon gut, schon gut. Ich geb's ja zu. Ich habe mich unter dem Deckmäntelchen der pflichtbewussten Patentante eingemischt. Mir war klar, dass du und Trevor nicht vernünftig genug seid, um so praktisch zu denken, also habe ich das übernommen. Ich wollte nicht, dass sich die Geschichte wiederholt.«

»Du meinst, du wolltest nicht zusehen, wie sie sich ebenso das Leben ruiniert wie ich?«

»Genau.«

Es war typisch Ali, so brutal offen zu sein. Aber sie hatte Recht gehabt mit dem, was sie getan hatte, das wusste Sarah. Trevor würde das natürlich vollkommen anders sehen. Er würde ihr endlose Vorträge über das christliche Ideal des Geschlechtsverkehrs in der Ehe halten und darüber, dass alles andere Sünde war. Wie leicht es wäre, ihm seinen und ihren eigenen Verstoß gegen dieses Ideal entgegenzuhalten. Doch das würde sie niemals tun. Nie und nimmer.

Als sie die Vorhänge fertig gebügelt hatte, rief sie Grace an, um zu fragen, ob es ihr recht war, wenn sie sie vorbeibrachte.

»Meine Güte«, sagte Grace, »Sie sind aber fix. Ich habe Ihnen den Stoff doch erst vor ein paar Tagen gegeben.«

»Sie waren ganz einfach zu nähen.«

»Für Sie vielleicht. Ich hätte mit meiner alten Singer eine Ewigkeit daran herumgefummelt. Wie wär's – haben Sie Lust, jetzt gleich rüberzukommen und mit mir zu Mittag zu essen? Oder haben Sie zu viel zu tun?«

»Nein, ich komme gerne. Ich muss nur noch eben die Wäsche aufhängen und Trevor ein Sandwich machen. Soll ich irgendwas mitbringen?«

»So weit kommt's noch. Ich kann es nicht leiden, wenn Leute ihre Freunde zum Essen einladen und dann erwarten, dass sie es selbst mitbringen.«

Nachdem sie aufgelegt hatte, ging Sarah mit der Wäsche in den Garten und hängte sie auf die Leine. Die Sonne stand direkt über ihr, strahlend und heiß. Als sie ihre brennende Kraft auf der Haut spürte, dachte sie an Hannah und hoffte, dass ihre Tochter die unverschämt teure Sonnencreme mit dem extra hohen Lichtschutzfaktor, die sie ihr gekauft hatte, auch benutzte. Dann kehrte sie ins Haus zurück, schmierte schnell ein Sandwich für Trevor, wickelte es in Frischhaltefolie ein und ging zur Werkstatt, um ihm Bescheid zu sagen, dass sie zu Grace wollte.

Er stellte seine Drehbank ab, nahm die weiße Staubschutzmaske vom Gesicht und sah sie durch seine bullaugenartige Schutzbrille an. Mit seinem Meißel auf die Werkbank klopfend, sagte er: »Du verbringst aber eine ganze Menge Zeit mit dieser Frau.«

»*Diese Frau?*«, wiederholte Sarah. »Das klingt nicht gerade sehr höflich. Sie heißt Grace.«

»Hm … Ich weiß einfach nicht, was ich von ihr halten soll.«

»Das verstehe ich nicht.« Doch leider verstand sie sehr gut. Trevors Abneigung gegenüber Grace rührte daher, dass er an dem Nachmittag bei Callum, als sie Hannah verabschiedet hatten, herausgefunden hatte, dass sie Psychotherapeutin im Ruhestand war. Und wie Martin Wade von der Schlappen-Gang jedem bereitwillig versicherte, der dumm genug war ihm zuzuhören, war Psychotherapie des Teufels, genau wie Yoga, Aromatherapie und alles andere, das ihm nicht in den Kram passte.

»Leute wie sie vertreten meiner Meinung nach ein paar ziemlich unorthodoxe Ansichten«, sagte Trevor und klopfte erneut auf die Werkbank. »Ich habe so meine Zweifel, ob sie zu uns passt.«

»Und wer passt zu uns, Trevor?«, fragte sie unschuldsvoll.

»Du weißt, was ich meine, Sarah. Sie behauptet, sie kenne den Herrn, aber ich bin mir nicht sicher, ob sie wirklich errettet ist.«

Beinahe hätte Sarah erwidert: »Nun, in dem Fall wäre es doch wohl deine christliche Pflicht, sie besser kennen zu lernen«, hielt jedoch klugerweise den Mund. Eine solche Herausforderung würde Trevor womöglich zu einem weiteren Versuch anstiften, Grace in die Gruppe zu locken.

Grace war begeistert über die Vorhänge. »Sie sind zauberhaft«, strahlte sie. »Sie sind wirklich unglaublich geschickt. Wie viel schulde ich Ihnen?«

»Nichts. Ich habe sie im Handumdrehen fertig gehabt.«

»Sarah, ich frage Sie ein letztes Mal: wie viel?«

»Ich überleg's mir.«

Da sie damit in einer Sackgasse waren, sagte Grace: »Glauben Sie ja nicht, dass ich es vergessen werde. So, und jetzt kommen Sie, das Essen wartet.« Sie ging mit Sarah hinaus in den kleinen Garten, der auf seltsame Weise das Innere des Bungalows widerspiegelte. Er war sehr schlicht und schnörkellos. Rechts in der Ecke stand ein knorriger alter Holzapfelbaum, und sonst gab es nur eine Blutbuchenhecke, die vor kurzem zurückgeschnitten worden war, und ein ordentliches Rasenrechteck mit kleinen Gänseblümchentupfern. Das war alles. Keine duftenden Beete, kein Steingarten, nicht einmal ein Kübel mit Sommerblumen. Als leidenschaftliche Hobbygärtnerin fand Sarah es immer wieder seltsam, dass Graces Garten so kahl war. Einmal hatte sie Grace gefragt, ob sie ihr helfen sollte, ihn ein wenig aufzuheitern. Ihre ältere Freundin hatte das Angebot offenbar amüsiert. »Warum?«, hatte sie gefragt. »Stimmt etwas mit meinem Garten nicht?«

»Nein, natürlich nicht«, hatte sie sofort erwidert, besorgt, Grace könnte denken, dass sie ihre Nase in Dinge steckte, die sie nichts angingen. »Ich habe so viel in meinem Garten, da dachte ich, Sie hätten vielleicht gerne ein paar Ableger.«

»Wie nett von Ihnen. Aber ich bin nicht so ein Freund von Rüschen und Schnörkeln. Ich mag es, wenn alles schlicht und klar ist.«

Und als Sarah sich an den kleinen runden Tisch im Halbschatten des Holzapfelbaums setzte, bemerkte sie, dass Grace das Mittagessen auf ihre typische zurückhaltende und unkomplizierte Weise gedeckt hatte. Was nicht heißen sollte, dass sie sich keine Mühe gegeben hatte – das war offensichtlich –, aber im Gegensatz zu einem Mittagstisch bei

Audrey, der über und über beladen wäre mit Silberzeug, kleinen Blumenvasen, kompliziert gemusterten Zierdeckchen aus Papier, kunstvoll gefalteten Servietten und albernen kleinen Fähnchen, um die verschiedenen Gerichte zu kennzeichnen, hatte Grace ihre Mahlzeit unaufdringlich und formlos angerichtet. Der Gartentisch war mit einer schlichten weißen Decke versehen und darauf standen zwei Gläser mit Orangensaft, zwei Teller mit je einem Stück Quiche, einer Portion Reissalat und einem Brötchen, und in der Mitte zwei Schälchen mit leicht gezuckerten Erdbeeren, bei deren Anblick einem das Wasser im Munde zusammenlief.

»Ich hoffe, es schmeckt Ihnen«, sagte Grace, als sie Sarah gegenüber Platz nahm.

»Ganz bestimmt. Es ist viel mehr, als ich erwartet hatte. Sie haben sich so viel Mühe gemacht.«

»Ja, nicht wahr?«

Sarah bemerkte den belustigten Tonfall und sah auf. »Einer von uns meint es nicht ernst«, sagte sie lächelnd.

Grace griff nach Messer und Gabel und erwiderte: »Nun, essen wir erst mal, dann entscheiden wir, wer. Wie sieht's aus in Smithy Cottage?«

»Öde wäre wohl das treffende Wort.«

»Oje. Sie vermissen Hannah, nicht?«

»Ja, schrecklich. Ich weiß gar nicht, wie ich im Herbst zurechtkommen soll, wenn sie aufs College geht.«

»Dann denken Sie nicht darüber nach. Warten Sie damit, bis es so weit ist.«

»Ist das nicht ziemlich kindisch? Ich hätte nicht gedacht, dass Sie die Vogel-Strauß-Politik vertreten.«

»Tue ich auch nicht. Aber ich bin realistisch. Was haben Sie denn davon, wenn Sie sich jetzt schon Sorgen über etwas machen, das erst in vier Monaten geschehen wird? Und haben Sie nicht schon genug andere Sorgen, die Sie beschäftigen?«

Sarah hörte auf zu essen. »So sehen Sie mich? Sorgengeplagt?«

Im Halbschatten blinzelnd fixierte Grace Sarah mit ihrem

überraschend durchdringenden Blick und sagte: »Ja. Und mehr noch – manchmal habe ich den Eindruck, Sie sind einer der unglücklichsten Menschen, die ich kenne.«

»Dann muss ich mir angewöhnen, in Ihrer Gegenwart mehr zu lächeln«, erwiderte Sarah schlagfertig.

»Oder ehrlicher zu sein.«

Sarahs Schlagfertigkeit löste sich in Luft auf, und sie wurde wachsam. »Warum sagen Sie das?«

»Weil ich annehme, dass es stimmt.«

Sarah rutschte unbehaglich auf ihrem Stuhl herum. Ihr fiel ein, dass Grace Psychotherapeutin war, und sie fragte sich, ob sie sie jetzt wie eine Klientin behandelte. Sie begann wieder zu essen, vermied es jedoch einige Minuten lang, Grace anzusehen, was gar nicht so einfach war, da sie ihr direkt gegenübersaß.

»Habe ich Sie mit meiner Offenheit verletzt?«, fragte Grace nach einer Weile. »Wenn ja, tut es mir wirklich Leid.«

Sarah hatte ihre Fassung zurückgewonnen. »Seien Sie nicht albern, Sie haben mich absolut nicht verletzt.«

»Aber ich habe Sie aus der Fassung gebracht, nicht?«

»Nur weil es mir bei den Gesprächen mit Ihnen allmählich so vorkommt, als ob ich auf Ihrer Therapeutencouch liege. Außerdem haben Sie mir gerade vorgeworfen, ich hätte gelogen.«

Grace sah sie ernst an. »Ich war sehr wütend auf Callum, weil er Ihnen und Trevor gesagt hat, was mein früherer Beruf war. Ich habe mir schon gedacht, dass Sie so reagieren würden. Falls es Ihnen hilft, ich habe nicht die Angewohnheit, meine Freunde zu analysieren; das ist viel zu anstrengend. Und es stimmt nicht, dass ich Ihnen vorgeworfen habe zu lügen.«

»Sie haben angedeutet, dass ich –«

»Nein, Sarah, Sie haben meine Worte so interpretiert. Ich habe nur angedeutet, dass Sie recht sparsam mit Ihren Gefühlen sind, und das vermutlich schon seit langer Zeit.«

»Wenn das keine Analyse ist, dann weiß ich es nicht.«

»Ich bin nur ehrlich und objektiv. Wenn Ihre Freundin Ali

hier an meinem Platz säße, würde sie nicht ungefähr dasselbe sagen?«

Sarah lächelte überraschend. »Außerhalb ihres Arbeitsbereichs ist Ali nicht für einen Penny objektiv. Sie handelt erst und denkt später. Sie ist sehr eigensinnig, was –«

»Was ein vernünftiges Gespräch über schwierige, persönliche Dinge, die Sie beschäftigen, problematisch gestalten kann.«

»Genau. Ich kann mit ihr zum Beispiel nie über Trevor oder meine Ehe sprechen, ohne dass sie völlig überreagiert. Jedes Mal fängt sie an –« Sarah brach ab, da ihr, wenn auch zu spät, aufging, wie geschickt Grace gewesen war. »Das haben Sie absichtlich gemacht, nicht wahr?«, sagte sie wütend. »Sie haben das mit einem Trick aus mir herausgeholt.«

»Sarah, ich bin keine zwielichtige Hypnose-Zauberin, die Sie dazu bringt, irgendetwas gegen Ihren Willen zu tun. Wir sind zwei Freundinnen, die zusammen zu Mittag essen und ein, wie ich hoffe, zivilisiertes Gespräch führen, weil ich mir Sorgen um Sie mache.«

Sarah spürte, wie ernst es Grace war, und entschuldigte sich sofort. »Tut mir Leid. Wirklich. Es ist nur ... Ich bin in letzter Zeit dauernd auf der Hut.«

»Darf ich fragen, warum?«

Sarah lehnte sich zurück und dachte über die Frage nach. Sie brauchte nur ja oder nein zu sagen. Ein Nein würde bedeuten, dass sie Graces gut gemeinte Fragen weiterhin abwehren müsste. Wohingegen ein Ja ... ihr vielleicht helfen könnte. Graces klares, objektives Denken würde ihr möglicherweise das geben, was Ali ihr niemals geben konnte: Sie könnte ihr helfen, ihre Zukunft mit Trevor in einem positiveren Licht zu sehen.

Sie rang sich zu einer Entscheidung durch, und während sie sich eine Haarsträhne um den Finger wickelte und mit dem Blick einem Spatz folgte, der in der Buchenhecke herumhüpfte, sagte sie: »Ich habe den größten Teil meines Lebens mit dem Versuch zugebracht, jemanden zu lieben, der nicht liebenswert ist, und ich weiß nicht, ob ich noch die Kraft habe, es weiterhin zu tun.«

Falls Grace über Sarahs Worte überrascht war, so ließ sie sich nichts davon anmerken. »Trevor?«, war alles, was sie sagte.

Langsam wandte Sarah ihren Blick wieder zu Grace. »Ja, Trevor.«

»Und Sie haben das Gefühl, Sie müssten es weiter versuchen, nicht wahr?«

»O ja. Das bin ich Trevor und Hannah schuldig. Und allem, woran ich glaube.«

»Aber nicht Ihnen selbst?«

»Ich glaube nicht, dass es hierbei um mich geht.«

Grace antwortete nicht sofort auf diese Bemerkung. Sie saßen schweigend da und lauschten auf den Flügelschlag einer vorbeifliegenden Ringeltaube und auf das Gurren eines Taubenpärchens, das auf dem Dach des Bungalows in der Sonne saß. Die ganze innere Zerrissenheit, die Sarah noch vor wenigen Minuten empfunden hatte, war verschwunden. Sie ließ ihr Haar los und wartete geduldig darauf, dass Grace sprach, denn sie wusste, was immer sie sagen würde, es wäre hörenswert. Und sie hatte Recht.

»Natürlich«, sagte Grace langsam und griff nach ihrem Orangensaft, »sind wir als Christen dazu aufgerufen, einem Mann zu folgen, dessen oberstes Gebot lautete, diejenigen zu lieben, die nicht liebenswert sind ... sogar einen schwierigen Ehemann, und ohne Zweifel ist es sehr lobenswert, an einer vom Scheitern bedrohten Beziehung zu arbeiten. Es ist unendlich befriedigend, wenn es einem gelingt.«

»Und wenn man scheitert?«

»Nun, dann muss man wohl erst einmal klären, was man unter Scheitern versteht.«

»Tief in ihrem Innern hält Ali mich ganz sicher für sehr schwach, weil ich all die Jahre bei Trevor geblieben bin, obwohl ich ihn nicht liebe. Aus ihrer Sicht ist das wohl ein klassisches Beispiel von Selbstverleugnung.«

»Aus meiner Sicht ist es eher ein Zeichen enormer Stärke, dass Sie so lange in einer schwierigen Ehe ausgehalten haben, was sie wiederum zu einem Erfolg macht. Beziehungen sind niemals einfach. Meine Mutter hat immer gesagt, in einer Ehe muss man mehr Herausforderungen bestehen als in der wildesten Schlacht. Ich weiß, Sie haben Angst, dass ich in meinen weißen Kittel schlüpfe, und ich versichere Ihnen, ich spreche als Freundin, aber darf ich Ihnen eine Frage stellen?«

»Nur zu.«

»Eben haben Sie gesagt, Sie glauben nicht, dass es hierbei um Sie geht, als seien Sie gar nicht Teil des Puzzles. Meinen Sie das wirklich, oder haben Sie das gesagt, weil Sie denken, die Bibel verlangt es von Ihnen? Der heilige Paulus war ein großer Vertreter der Selbstverleugnung, aber es ist nicht zu übersehen, dass er ziemlich von sich überzeugt war, obwohl das wahrscheinlich an seiner Erziehung und Kultur lag. Ich will damit nicht andeuten, dass Sie ein übersteigertes Selbstbewusstsein haben, Sarah, aber Sie sind ein Mensch wie wir alle, und ich könnte mir vorstellen, dass auch Sie ein paar persönliche Hoffnungen und Erwartungen haben.«

Sarah dachte darüber nach. Es fiel ihr schwer es zuzugeben, aber es stimmte, sie sehnte sich tatsächlich nach einem besseren Leben, und das war mit Sicherheit die Wurzel des Problems. Sich selbst immer wieder hintenan zu stellen, wurde allmählich verdammt anstrengend, und sie war es Leid, diese Wagenladung an Bescheidenheit vor sich herzuschieben. Sie wünschte sich verzweifelt, sie loszulassen. Aber das konnte sie nicht. Die Konsequenzen waren zu beängstigend. »Ja«, sagte sie, da sie bemerkte, dass Grace sie aufmerksam ansah und auf ihre Antwort wartete. »Ja, ich habe persönliche Hoffnungen. Ich bin es Leid, Verständnis für Trevor zu haben und ständig Nachsicht zu üben. Ich hätte so gerne ein eigenes Leben.« Sie beschloss, Grace von dem Gespräch mit Ali zu erzählen, als sie im März bei ihr in der Windmühle gewesen war. »Damals habe ich gesagt, ich wollte die Sarah sein, die ich eigentlich werden sollte, nicht diese unechte Sarah, die ich geworden bin.«

»Aber Sarah, meine Liebe, es gibt nur einen Menschen, der zugelassen hat, dass das passiert ist, und das sind Sie.«

»Aber –«

»Noch etwas, worüber Sie nachdenken können, während ich hineingehe, um die Dessertlöffel zu holen, die ich dummerweise in der Küche liegen gelassen habe: Was meinen Sie, wie viele Opfer Sie noch erbringen müssen?«

27

Am Abend gab es in Smithy Cottage wieder das übliche Chaos des Schuhe-gegen-Schlappen-Austauschens, begleitet von dem üblichen Geplapper: »Hoppla, war das dein Fuß? ... Tolles Wetter ... An die dreißig Grad, würde ich sagen, wenn nicht sogar darüber ... Ich komme damit überhaupt nicht klar, ich kann nicht schlafen ... Ich auch nicht ... Nein, nein, stell deine Schuhe ruhig dahin, meine passen sowieso nicht in die Lücke ... Meint ihr, es gibt wieder eine Bewässerungssperre?«

Sarah beobachtete die Schlappen-Gang mit stiller Erheiterung. Die Szene erinnerte sie an die Serie *Dad's Army* und Captain Mainwarings zahllose vergebliche Versuche, aus seiner Einheit eine einsatzfähige Kampftruppe zu machen: Der Geist war willig, aber das Fleisch war schwach und wesentlich mehr an einem netten kleinen Plausch interessiert als daran, zackig Haltung einzunehmen.

Als Erste setzte sich Shirley und belegte damit, wie gewohnt, den bequemsten Sessel am Fenster, das an diesem Abend in der vergeblichen Hoffnung auf eine kühle Brise offen stand.

Während Trevor das Ganze von der Tür aus überwachte, trudelte nach und nach der Rest der Gruppe ein, und als endlich auch der Letzte hineingetrieben und auf seinen Platz verwiesen war – Dave natürlich, wie immer, der sich für

Brendas Abwesenheit entschuldigte –, wurden die Augen für die Schweigezeit geschlossen.

Sarah setzte sich und schloss erleichtert die Augen. Sie überflog kurz Holman Hunts *Licht der Welt*, um sicherzugehen, dass das detailreiche Bild nicht wieder von irgendwelchen Nebeln des Zweifels verschleiert wurde. Sie hatte es genau vor Augen und sah, dass alles in Ordnung war: Die siebeneckige Laterne leuchtete sanft, das Wiesengrün war üppig und bunt gemischt, die Äpfel kugelten über den Boden, und vor allem war Christus noch da und klopfte an die Tür. Dann wandte sie sich dem vergangenen Nachmittag und ihrem Gespräch mit Grace zu.

Während sie recht geschickt darin geworden war, Alis bohrenden Fragen auszuweichen, wenn sie sie nicht beantworten wollte, hatte sie gemerkt, dass Grace, deren lockere Art verbarg, wie hellsichtig sie war, eine wesentlich größere Herausforderung darstellte. Nur wenige von den wohl überlegten Fragen der älteren Frau hatten gereicht, die Schichten des Selbstschutzes zu durchdringen, unter denen Sarah ihr wahres Ich so sorgfältig verborgen hatte. Grace hatte schon Recht mit ihrer Behauptung, dass Sarah selbst dafür verantwortlich war, in welcher Weise sich ihre Ehe entwickelt hatte. Und ebenso war auch nur sie dafür verantwortlich, dass sie da stand, wo sie jetzt stand. Grace hatte gesagt: »Und was glauben Sie, warum Sie das getan haben?«

»Ich … ich weiß nicht«, hatte sie geantwortet.

Das warmherzige Lächeln auf Graces Gesicht hatte ihr gezeigt, dass sie ihr nicht glaubte. Sehr eindringlich hatte sie gesagt: »Sarah, Sie sind eine intelligente Frau. Wenn Sie gewollt hätten, dass Ihr Mann Sie besser behandelt, hätten Sie dafür gesorgt. Doch anscheinend haben Sie sich ganz bewusst damit abgefunden, dass Trevor sich wie ein verzogenes Kind benimmt. Und Sie haben ihn verwöhnt wie eine schuldbewusste Mutter, stimmt's?«

»Ja, das habe ich wohl getan.«

»Warum?« Wieder diese leise, eindringliche Stimme, die

so sanft war wie das Geturtel der Tauben auf dem Dach des Bungalows, aber auch so durchdringend wie die heißen Sonnenstrahlen zwischen den Schatten spendenden Blättern des Holzapfelbaums.

»Weil ich mich immer so schuldig gefühlt habe«, gestand Sarah. Sie erklärte ihr die Sache mit Hannah und der übereilten Hochzeit. »Trevors Eltern haben ihm nie verziehen.«

»Obwohl er ihnen eine so wundervolle Enkelin geschenkt hat?«

»Sie haben sie nie zu Gesicht bekommen. Sie wollten nichts mehr mit uns zu tun haben. Sie waren sehr strenge, traditionelle Methodisten. Sie tranken nicht, tanzten nicht und akzeptierten vor allem kein Kind, das außerhalb des ehelichen Bundes gezeugt war.«

»Wie traurig.«

»Und grausam.«

»Ja. Das war sehr grausam von ihnen. Und was ist mit Ihren Eltern? Wie haben die ihren Schwiegersohn aufgenommen?«

»Sie mochten ihn nicht. Sie fanden, er sei nicht gut genug, und gaben ungerechterweise ihm die Schuld dafür, dass meine Ausbildung in Oxford ein so abruptes Ende fand.«

»Meinen Sie, dass Trevor deswegen Schuldgefühle gehabt hat?«

»Aus dem Blickwinkel habe ich es noch nie betrachtet.«

»Nein, das glaube ich Ihnen sofort. Sie waren viel zu sehr damit beschäftigt, sich die Schuld dafür zu geben, dass der Kontakt zwischen Trevor und seiner Familie abgebrochen war, nicht wahr?«

»Aber das stimmt doch auch. Wenn ich nicht gewesen wäre –«

»Nein, Sarah. Es war nicht Ihre Entscheidung, sondern die seiner Eltern, ihren Sohn aus ihrer engstirnigen Welt zu verbannen. Sich selbst die Verantwortung für die Handlungen eines anderen zu geben ist sinnlos und letzten Endes zerstörerisch. Sie sehen ja, wohin es Sie gebracht hat.«

»Jetzt klingen Sie schon genau wie Ali.«

»Tut mir Leid. Soll ich uns einen Tee kochen?«

»Wollen Sie mich das nicht machen lassen? Ich komme mir so faul vor, hier zu sitzen und gar nichts zu tun.«

»Nein, Sie bleiben, wo Sie sind, aber denken Sie mal über das nach, was ich vorhin gesagt habe, über die Opfer, die Sie meinen, bringen zu müssen – denn genau das tun Sie, indem Sie bei Trevor bleiben, nicht wahr? Ich nehme an, indem Sie sich demütig auf dem Altar Ihres Glaubens ausstrecken, sehen Sie sich als permanentes Sühneopfer für die Vergangenheit.«

Mit dieser unangenehmen, messerscharfen Beobachtung allein gelassen, verspürte Sarah den Drang, sich aus Graces ruhigem, ordentlichen Garten zu stehlen und nach Smithy Cottage zurückzugehen, in dessen Sammelsurium und Durcheinander keine Gefahr bestand, dass jemand sie so klar durchschaute.

Als Grace mit dem Teetablett zurückkam, sagte sie: »So, wie Sie mich ansehen, sind Sie wieder böse auf mich, stimmt's?« Unbeeindruckt von Sarahs feindseligem Schweigen fuhr sie fort: »Gut. Das bedeutet, dass wir vorankommen. Was für eine Antwort haben Sie für mich?«

In eindeutig mürrischem Tonfall antwortete Sarah: »Gar keine.«

Grace lächelte. »Wissen Sie, Sarah, wenn unser Selbstbild bedroht ist, entwickeln wir die erstaunlichste Geschicklichkeit, uns einzureden, dass auch das Falscheste wahr ist.«

»Jetzt werden Sie ermüdend und viel zu esoterisch für so einen herrlichen Sommertag im Garten.«

»Na, dann lassen wir es einfach dabei bewenden, ja? Haben Sie schon Nachricht von Hannah? Ich habe heute Morgen eine Karte von Jamie bekommen. Anscheinend amüsieren sie sich prächtig. Wie ich sie beneide.«

Ohne eine einzige weitere Bemerkung über das, worüber sie zuvor gesprochen hatten und was Sarah durch seine irritierende Direktheit so beunruhigend erschienen war, hatte Grace das Gespräch in ruhigere Bahnen geleitet und es dort belassen, bis Sarah nach Hause gegangen war.

»Ähem«, erklang Trevors Stimme vom anderen Ende des Raums.

Sarah hob den Kopf und bemerkte, dass alle sie ansahen, einschließlich Trevor, der ihren Schweigemoment anscheinend bereits vor einer Weile beendet hatte. Verlegen bemühte sie sich, so zu tun, als sei sie in tiefes Gebet versunken gewesen.

Trevor räusperte sich und öffnete die Mappe auf seinem Schoß. »Nun, ich nehme an, ihr habt alle diesen Artikel in der Sonntagszeitung gelesen und genauso darauf reagiert wie ich. Doch aus Gründen der Klarheit«, er warf einen kurzen Blick auf Dave, »dachte ich mir, wir gehen es noch mal gemeinsam durch, um uns absolut sicher zu sein, wo wir in dieser Angelegenheit stehen, die Auswirkungen auf –«

»Äh ... entschuldige, Trevor«, sagte Dave, »tut mir Leid, wenn ich dich unterbreche, aber wir waren am Wochenende bei Brendas Mutter. Sie bekommt bald eine neue Hüfte eingesetzt. Wäre es vielleicht möglich, dass wir hinterher für sie beten?«

»Natürlich, Dave, ich notiere es mir«, sagte Trevor und kritzelte sofort eine Notiz auf seinen Zettel. »Also, was ich mit euch besprechen möchte, ist –«

»Entschuldigung«, unterbrach Dave ihn erneut, »aber was ich damit sagen wollte, ist, dass Brenda und ich am Sonntag keine Zeitung gelesen haben und ich daher nicht weiß, worauf wir alle reagieren sollen.«

Geduldig hielt Trevor eine sorgfältig ausgeschnittene halbe Seite aus der *Sunday Times* hoch. Auch Sarah hatte am Sonntag keine Zeitung gelesen, da sie zu sehr mit dem Garten beschäftigt gewesen war. Sie warf einen Blick auf den Ausschnitt und las die Überschrift: »Bischöfe plädieren für Wiederheirat in der Kirche.« Nun, es war nicht allzu schwierig sich auszumalen, in welche Richtung Trevors Kommentare gehen würden.

Er begann, laut aus dem Artikel vorzulesen: »›Jahrhundertealte Doktrin soll auf den Schrotthaufen ausgemusterter Traditionen und Konventionen geworfen werden – Bischöfe fordern Änderungen in der Church of England.‹« Empört sah er auf. »Da haben wir's. Wieder einmal beugt sich die englische Kirche dem weltlichen Druck. Wenn die fortschrittsgierigen Geistlichen sich mit ihren verworrenen Ansichten erst einmal durchgesetzt haben, ist nichts mehr übrig von dem, worauf die Kirche ursprünglich gegründet war.«

»Ganz recht«, stimmte Audrey ihm zu. »Wiederheirat nach einer Scheidung ist in den Augen des Herrn Ehebruch.«

»Absolut richtig«, bestätigte Maurice.

»Das ist ein Verstoß gegen das siebte Gebot: ›Du sollst nicht ehebrechen‹«, ließ Beryl sich vernehmen.

Elaine blätterte auf der Suche nach einer treffenden Passage in ihrer Bibel, doch Shirley war schneller. »Lukas sagt es ganz deutlich«, meldete sie sich zu Wort. »Kapitel sechzehn, Vers achtzehn: ›Wer die von ihrem Mann Geschiedene heiratet, der bricht die Ehe.‹«

»Nun, ich bin froh, dass wir in diesem Punkt alle derselben Meinung sind«, sagte Trevor.

Doch zu ihrer Freude sah Sarah aus dem Augenwinkel, wie Dave sich am Kopf kratzte. »Äh … ich weiß nicht so recht, ob ich das richtig kapiert habe, Trevor.«

»Ja, Dave, was verstehst du denn nicht?«

»Na ja, es geht um Brendas Schwester.«

»Ja?«

»Sie hat letzten Sommer einen geschiedenen Mann geheiratet. Es war eine tolle Hochzeit, und seine Tochter war Brautjungfer, aber ist das dann dasselbe, was Shirley gerade gesagt hat?«

»Es macht keinen Unterschied, ob es eine Frau oder ein Mann ist, der sich scheiden lässt und wieder heiratet«, sagte Trevor.

Doch Dave sah noch immer verwirrt aus. »Aber was ist dann mit Susan, Brendas Schwester? Wenn Russell ein Ehebrecher ist, heißt das, dass Susan und er, als sie zum ersten Mal, na ja, du weißt schon, als sie … ähm, also –«

»Meinst du, als sie zum ersten Mal Geschlechtsverkehr miteinander hatten, Dave?«

Dave wand sich sichtlich unter Shirleys unverblümter Frage. Selbst Stans und Valeries Hundepuschen sahen verlegen aus: Ihre Schnauzen vergruben sich im Teppich, und ihre Schlappohren waren über die Augen geklappt. »Ja«, murmelte Dave, und wieder Trevor zugewandt, sagte er: »Bedeutet das also, dass sie, als sie, äh ... ehelichen Verkehr hatten, beide zu Ehebrechern geworden sind, dass Russell Susan sozusagen damit angesteckt hat?«

Sarah wäre am liebsten aufgesprungen, um Dave zu umarmen. Wenn sie ihn nicht so gut gekannt hätte, wäre sie fast auf den Gedanken gekommen, dass er die Gruppe auf den Arm nahm, doch wie so oft zog gerade seine echte Verwirrung den selbstgerechten Dogmatismus der Schlappen-Gang ins Absurde. »Ehebruch ist keine Krankheit, Dave«, sagte sie, als niemand ihm antwortete. »Es ist nichts Ansteckendes.«

»Falls ich mir die bescheidene Anmerkung erlauben darf, Sarah, genau da liegst du falsch«, ließ sich Martin von seinem gottesfürchtigen, marternden Küchenstuhl vernehmen. »Die Sünde *ist* wie eine Krankheit. Sie verbreitet ihre Mikroorganismen, ohne dass wir es merken. Wir können froh und munter dahin schlendern, ohne einen einzigen Gedanken an die Sünde des Fleisches, und *zack!* stecken wir plötzlich bis zu den Achseln im Sumpf der Versuchung. Vertut euch da bloß nicht – wir befinden uns tagein, tagaus im Krankheitslabor des Teufels.«

»Klingt, als bräuchten wir eine Impfung«, murmelte Sarah leise vor sich hin.

Doch Trevor hatte sie gehört und sagte: »Gottes Wort ist unsere Impfung, Sarah.« Er klopfte rechthaberisch mit dem Zeigefinger auf seine Bibel.

»Was ist denn nun mit Susan und Russell?«, hakte Dave nach. »Wo stehen sie denn eurer Meinung nach in den Augen des Herrn?«

Sarah wartete darauf, dass jemand auf Daves Frage antwortete, doch der Raum war ungewöhnlich still geworden. Feiglinge, dachte sie, während die überkandidelte Gruppe mit ihrem anhaltenden Schweigen und den gesenkten Blicken Leute wie Susan und Russell offenbar in ihre spezielle Hölle verbannte. »Dave«, sagte sie schließlich, »wenn das, was deine Schwägerin und ihr Mann getan haben, eine Sünde ist – was ich nicht glaube –, dann versichere ich dir, dass es keine größere Sünde ist als die meisten, die wir alle jeden Tag unseres Lebens begehen.« Dann wandte sie sich der übrigen Gruppe zu und fragte: »Soll ich jetzt Kaffee kochen? Oder möchtet ihr lieber etwas Kaltes?«

Ja, etwas, das genauso kalt ist wie euer Mitgefühl für andere Menschen, dachte sie, als sie in der Küche stand, darauf wartete, dass das Wasser kochte, und ein Päckchen Kekse auf einen Teller schüttete. Durch die offene Tür hörte sie, wie Trevor im Wohnzimmer Dave zu erklären versuchte, dass sie vergessen hatte hinzuzufügen, dass Susan und Russell sich bemühen müssten, Gottes Vergebung zu erlangen. Und obwohl Sarah ihn nicht sehen konnte, wusste sie, dass Trevor garantiert wieder seine besonders ernste und ach so bescheidene Miene aufgesetzt hatte, bei der es sie jedes Mal in den Fingern juckte, ihm eine Ohrfeige zu verpassen. Dann hörte sie, wie Dave mit besorgter Stimme sagte: »Aber Trevor, wie können sie Vergebung bekommen, wenn sie nicht mal in die Kirche gehen? Oder meinst du, es würde funktionieren, wenn ich es an ihrer Stelle versuche?«

Du meine Güte, dachte Sarah. Wie kompliziert es wurde, wenn einem der Glaube in tausend Stücke zersprang. War dieser Unsinn Teil von Gottes ursprünglichem Plan gewesen? Und wie kam es, fragte sie sich, als sie das kochende Wasser in die Becher mit Instantkaffee goss, dass sie unbeirrbar an die Erlösung der Menschheit glaubte, sich jedoch weigerte zu akzeptieren, dass sie selbst ebenfalls Vergebung verdient hatte?

28

Am gleichen Abend schloss Ali drüben in Little Linton die Haustür auf, in der Hoffnung, dass die Windmühle mit ihren dicken Mauern trotz der Hitzewelle halbwegs kühl geblieben war. Im Erdgeschoss war die Temperatur gar nicht so übel, doch als sie die Post vom Boden aufgehoben hatte und in den ersten Stock hinaufging, empfing sie eine schwüle, stickige Hitze, die ihr den Atem raubte. Sie warf Einkaufstüte, Aktentasche und Post auf den Küchentisch und riss die Kühlschranktür auf. Die kühle Luft war eine Wohltat auf ihrer heißen, feuchten Haut. Sie griff nach einer Flasche Mineralwasser, drückte das eiskalte Glas gegen ihre Stirn und rollte es über Gesicht und Hals. Dann schraubte sie den Verschluss auf und trank gierig.

»Du wirst allmählich zur Schlampe«, sagte sie, nachdem sie ihren Durst gelöscht hatte. »Na und, was soll's?«, entgegnete sie sich selbst, wischte sich mit der Hand über den Mund und stellte die Flasche zurück in den Kühlschrank. Dann kickte sie die Schuhe in die Ecke und schälte sich aus der Nylonstrumpfhose. Ein paar köstliche Minuten blieb sie einfach so stehen und genoss das Gefühl des relativ kühlen Holzbodens unter ihren heißen, verschwitzten Füßen. Dann öffnete sie die Tür, die auf den galerieartigen Balkon führte. Sie befestigte den schmiedeeisernen Türgriff außen an dem Wandhaken und ließ die Tür sperrangelweit offen, während sie nach oben ging, um sich zu duschen.

Die Rückfahrt aus Blackpool, wo sie den Tag mit einem Klienten verbracht hatte, war die reinste Hölle gewesen. Als wäre es nicht schon genug gewesen, dass der übliche Stau auf der M 6 durch kilometerlange Baustellen verschlimmert wurde, hatte auch noch ein Wagen mit überhitztem Motor den ohnehin schon kriechenden Verkehr komplett zum Stillstand gebracht. Die Klimaanlage von Alis Saab hatte beschlossen zu streiken, und so hatte sie mit geöffnetem Verdeck fast vierzig Minuten in der glühenden Hitze gesessen. Die ganze Zeit über hatte sie Horrorvisionen gehabt, wie sich ihre Reifen mit frisch verlegtem, geschmolzenem Asphalt überzogen. Das Einzige, was sie bei Sinnen gehalten hatte, während sie versucht hatte, die lästigen, lüsternen Blicke der LKW-Fahrer in ihren verschwitzten Bruce-Willis-Westen zu ignorieren, war die Vorstellung von einer kalten Dusche.

Sie zog sich aus und stellte sich unter den Massagestrahl. Eine Explosion eiskalter Nadeln prickelte auf ihrer Haut. Sie drehte den Kopf und hielt ihr Gesicht in den pulsierenden Wasserstrahl. Es war himmlisch, wunderbar belebend.

Hin oder her, es sind die kleinen Dinge im Leben, die einem die größte Freude bereiten, dachte sie, als sie eine Stunde später auf dem Balkon saß und den Ausblick auf die Getreidefelder und die fernen Hügel im Süden genoss, die sich träge über den dunstverhangenen Horizont zogen wie der bucklige Rücken eines schlafenden Dinosauriers. Erfrischt und mit alten Shorts und einem Tommy-Hilfiger-T-Shirt bekleidet, ein Glas eiskalten Wein in der Hand und eine Tüte Chips auf dem Schoß, fühlte sie sich wie ein neuer Mensch.

Es war albern, dass so ein gewöhnlicher Moment so herrlich sein konnte, doch in der öden Landschaft ihres alltäglichen Daseins war es das Beste, was sie erwarten konnte. Sie musste an etwas denken, das sie einmal gelesen hatte: Wenn es kein Elend in der Welt gäbe, wären wir vielleicht so selbstgefällig zu glauben, wir befänden uns im Paradies, und würden das Schöne gar nicht mehr wahrnehmen. Nun, es bestand keine Gefahr, dass das bisschen Freude, das sie in diesem Moment empfand, in einem Übermaß an Vergnügen unterging.

Sie schob sich einen weiteren Chip in den Mund und genoss den Geschmack. Mmh ... köstlich. Gab es eine himmlischere Kombination als Salz und Essig, um den Gaumen zu erfreuen? Die einzige mögliche Steigerung wäre eine Portion Pommes frites an Stelle der mit Fußballern bedruckten Chipstüte. Pommes frites wären die absolute Vollendung. Der Gedanke daran ließ ihr das Wasser im Munde zusammenlaufen und rief ihr das Bild in Erinnerung, wie Sarah und sie, vom Wind zerzaust und in warmem Sonnenschein gebadet, sich in Hayling am Strand eine Portion Fish and Chips geteilt hatten. Und was hatten sie getan, als sie aufgegessen und sich die Finger abgeleckt hatten? Was sie immer getan hatten: Sie waren direkt zur Kirmes gegangen und eine Runde mit der Krake gefahren. Wie sie es geschafft hatten, das Essen im Magen zu behalten, war ihr ein Rätsel. Wenn sie es heute noch mal versuchten, wäre ihnen garantiert innerhalb von Sekunden schlecht.

In den vielen Ferien, die sie mit Sarah in Hayling verbracht hatte, schien so etwas wie Krankheit nicht vorzukommen; sie konnte sich nicht erinnern, dass einer von ihnen je übel gewesen wäre. Und es hatte auch nie geregnet, zumindest kam es ihr so vor. Ein idyllischer, sonniger Sommertag war auf den anderen gefolgt, während sie beide sorglos und glücklich über die Insel gestreift waren.

Aber so waren Kindheitserinnerungen nun mal. Bilder von Ferien am Meer waren die Lieblingskekse in der Nostalgie-Dose – die lästige Schule und die endlosen Stunden, die man mit Hausaufgaben zugebracht hatte, waren die Orangenkekse, die keiner mochte.

Von heute Abend an hatte sie Urlaub. Offiziell hatte sie frei, doch inoffiziell würde sie sich ab und zu ins Büro schleichen – andernfalls würde sie wahrscheinlich vor Langeweile eingehen. Letzte Woche hatte Daniel ihr eine regelrechte Szene gemacht, weil sie keinen Urlaub gebucht hatte. Seit er von einem zweiwöchigen Aufenthalt in einer weißgekalkten Villa in *Andalucía* zurückgekehrt war, wo er und Richard kaum etwas anderes getan hatten als essen, trinken und in ihrem hauseigenen Pool schwimmen, hatte er ihr mit seinen Flamenco-Fingern vor der Nase herumgeschnippt, damit sie auch etwas für sich organisierte.

»Nun mach schon, Ali«, hatte er gesagt, nachdem er ihr zum hundertsten Mal vorgeschwärmt hatte, wie wundervoll die zwei Wochen gewesen waren. »Wann hast du das letzte Mal deinen Koffer gepackt und die Stadt verlassen?«

Ihr Gemurmel, sie habe zu viel zu tun, war sofort abgewiesen worden. »Ali, pack deinen Krempel zusammen und buch irgendwas.«

»So einfach ist das nicht«, hatte sie gejammert. »Du hast Richard, mit dem du fahren kannst, aber ich bin allein. Ich wäre mir eine ziemlich miese Gesellschaft.«

»Warum probierst du es nicht mal mit einem speziell organisierten Single-Urlaub?«

»Was? Abseilen in Aviemore oder Kerzenziehen in den Cotswolds? Nein, danke, Daniel.«

»Nicht mal Bumsen in Borneo?«

»Wenn es so was gäbe, wäre es längst ausgebucht.«

»Das weißt du doch nicht.«

»Nein, mein Lieber, aber was ich weiß, ist, dass diese Hobby-Ferien für allein stehende Trauerklöße organisiert werden, und zu denen geselle ich mich nicht, nicht einmal, um dir einen Gefallen zu tun.«

»Trauerklöße wie du, Babe?«

»Ha, ha, deine Witze gehen mir in letzter Zeit ziemlich auf den Wecker.«

»Und mir stinkt dein ewiges Selbstmitleid.«

»Dann hau doch ab.«

Ihr war aufgefallen, dass Daniel sie in den letzten Monaten anders behandelte. Sie hatte den Eindruck, als habe er sich vorgenommen, sie zu piesacken. Angefangen hatte es nach dem Abend im März, als sie Elliot zum Abendessen eingeladen hatte. Am Montag danach hatte Daniel sie morgens sofort ins Kreuzverhör genommen, wie der Abend verlaufen war.

»War ganz nett«, hatte sie unverbindlich erwidert und sich hinter ihrem Computer verkrochen, als er die erste Frage losgelassen hatte.

Sein Blick über den Rand der Brille hinweg hatte ihr zu verstehen gegeben, dass er etwas detailliertere Informationen erwartete.

»Na gut«, sagte sie, »es war einen Hauch mehr als nett. Wir haben uns keine Vorwürfe gemacht, keine Schuldzuweisungen abgelassen und uns nicht gegenseitig fertig gemacht. Es war ausgesprochen langweilig.«

»Langweilig?«, wiederholte er skeptisch. »Das bezweifle ich irgendwie. Langweilig war es zwischen euch nie, weder in den guten noch in den schlechten Zeiten.«

»Ich meinte es in dem Sinn, dass es keine dramatischen Vorfälle zu berichten gibt.«

»Hast du dich in seiner Gegenwart wohl gefühlt?«

»Wenn du es genau wissen willst, mit Elliot zusammen zu sein, hat sich angefühlt, wie wenn man einen schlecht sitzenden Schuh trägt. Es hat hier und da gezwickt.«

Darüber musste er lächeln. »Und wie hat es sich angefühlt, wenn es nicht gezwickt hat?«

»Unheimlich.«

»Weil du gemerkt hast, wie es zwischen euch sein könnte?«

Sie hatte sich geweigert, ihm zu antworten, und sich demonstrativ ihrer Arbeit zugewandt. Doch Daniel hatte sich, stur wie er war, auf seine Steter-Tropfen-höhlt-den-Stein-Methode verlegt und sie bei jeder Gelegenheit mit seinen besserwisserischen Fragen und Bemerkungen genervt.

Die Tage und Wochen waren dahingegangen, ohne dass Elliot sich gemeldet hatte. Daniel hatte vorgeschlagen, sie solle ihn anrufen, doch dazu konnte sie sich nicht überwinden. Elliot bereute den Abend ganz offensichtlich und hatte seine eventuellen Vorsätze, sich erneut mit ihr zu treffen, *ad acta* gelegt.

Auch Sarah hatte versucht, Ali dazu zu bringen, sich bei Elliot zu melden. »Nun habe ich dir schon mühsam alles ›aus dem Herzen gepult‹«, hatte sie sich beschwert, »und du machst nichts daraus. Ich bin enttäuscht von dir. Triff dich wenigstens noch einmal mit ihm und sag ihm das, was du mir gesagt hast. Es würde euch beiden so sehr helfen.«

»Ich werde darüber nachdenken«, hatte sie zu Sarah gesagt.

Doch sie hatten beide gewusst, dass sie es nicht tun würde. Der Drang zum Handeln war verschwunden.

Doch die Wirkung des besagten Gesprächs mit Sarah damals im März war nicht verschwunden. So ehrlich war sie noch nie gewesen, weder einem anderen gegenüber noch sich selbst. Es war ihr unendlich schwer gefallen zuzugeben, dass sie absichtlich versucht hatte, Elliot zu verletzen. Doch hinter ihrem Verhalten stand noch ein anderer Grund, der so finster und bedrohlich war, dass er jeden Gedanken an Elliot überlagerte. Dieser Grund konnte so viel Schaden anrichten, dass sie selbst jetzt noch nicht dazu stehen konnte. Und sie wusste nicht, ob sie je dazu in der Lage sein würde.

Aus Angst vor der düsteren Stimmung, die sich über sie senkte, vor allem in Anbetracht der Bedeutung dieses speziellen Wochenendes – übermorgen wäre Isaacs vierter Geburtstag gewesen –, stand sie auf und ging hinein, um ihr mittlerweile leeres Weinglas aufzufüllen. Ihr Blick fiel auf den Stapel Briefe, den sie bei ihrer Rückkehr auf den Tisch gelegt hatte. Sie nahm sie mit nach draußen, zusammen mit ihrem Weinglas, und blätterte sie durch. Das meiste davon gehörte zu der lästigen Art von Korrespondenz, die neben der Obstschale landen würde, doch ein Fetzen von blauem Himmel und schaumgekrönten Wellen sah nach etwas wesentlich Vielversprechenderem aus. Es war eine Karte von Hannah, und ihre Schrift war mikroskopisch klein, so viel hatte sie zu erzählen.

Liebe Ali,

ich hatte versprochen, dir zu schreiben, also tue ich es. Der Urlaub ist einfach megageil. Wir sind jetzt in La Rochelle. Wir wohnen in einem eigenen, separaten Anbau – superschick mit richtigen Betten und einem spitzenmäßigen Swimmingpool. Emily und ich sind unglaublich braun. Sag bloß Dad nichts davon, aber tagsüber laufen wir oben ohne herum und abends unten ohne (na ja, fast)! Danke übrigens für das Geld, ich habe einen Teil davon für ein Geschenk für Mum angelegt.

Alles Liebe, Hannah

Ali lächelte. Schön für dich, Mädel. Genieß die Zeit. Schnapp dir jede Gelegenheit zum Glücklichsein, solange du kannst. Sie trank einen Schluck Wein und betrachtete nachdenklich die Karte. Dann drehte sie sie um und ließ den Blick über den unglaublich blauen Himmel, das verlockende Wasser und den schimmernden weißen Sand wandern. Sie musste an Daniels Ermahnungen denken.

Vielleicht hatte er Recht.

Vielleicht sollte sie wirklich nicht hier herumhängen und sich zu Tode langweilen, nur um ein paar Tage frei zu machen. Sie stellte das Glas auf den Boden, ging noch einmal nach drinnen und wühlte in ihrer Tasche nach dem Kalender. Nachdem sie die Einträge für die übernächste Woche studiert hatte, griff sie entschlossen nach ihrem Handy. Es ging doch nichts über spontane Entscheidungen. Sie tippte die Nummer ihrer Eltern ein und schlenderte wieder nach draußen. Während sie darauf wartete, dass jemand in Sanderling den Hörer abnahm, lehnte sie sich gegen das Holzgeländer des Balkons und sah zu, wie der glühende Ball der Sonne langsam hinter dem Horizont versank. Endlich antwortete die Stimme ihres Vaters. »Ali«, sagte er, »wie geht's dir, Mädel? Wir haben gerade von dir gesprochen.«

»Nur Nettes, hoffe ich doch.«

»Natürlich, was sollte ich denn sonst über meine Lieblingstochter sagen?«

»Warst du wieder am Flaschenschrank, Dad?«

»Wieso, kannst du die Fahne auf diese Entfernung riechen?«

»Na klar, mir ist schon ganz schwindlig.«

»Frech wie immer, Ali. Aber weißt du schon das Neueste? Alastair hat gerade angerufen und verkündet, dass er sich offiziell mit Phoebe verlobt hat und eine Dienstreise nach London mit einem Besuch bei seinen bescheidenen Eltern verbindet, um seine zukünftige Gattin vorzustellen.«

»Heiliger Strohsack, ich kann's nicht fassen.«

»Wir auch nicht. Wir haben uns gerade gefragt, ob wir zu diesem Anlass die ganze königliche Familie zusammenkriegen. Was meinst du? Kann ich dich zu einem Besuch bei uns verführen?«

»Natürlich, was für eine Frage.«

»Fantastisch. Soll ich die Memsahib an den Apparat holen, damit ihr die Details besprechen könnt? Du weißt ja, ich würde mich nie in die schwindelnden Höhen eines Maître de Plaisir versteigen.«

»Hallo, Mum«, sagte Ali, als ihre Mutter ans Telefon kam. »Was soll man dazu sagen – den ewigen Junggesellen hat's nun doch noch erwischt.«

»Ja, dein Vater und ich können es auch kaum glauben. Nach all den Jahren. Sie muss schon etwas Besonderes sein, wenn sie ihn dazu gebracht hat, seine Meinung zu ändern.«

»Das kannst du laut sagen. Wann kommen sie denn?«

»Nächste Woche Samstag. Du kommst doch auch, oder? Wir würden uns so freuen, dich zu sehen.«

»Das war genau der Grund, weshalb ich angerufen habe. Ich hatte gehofft, mich für zwei Wochen bei euch einnisten zu können. Habt ihr ab Montag noch ein Bett frei?«

»O Ali, das wäre wunderbar. Das einzig Dumme ist, dass wir für ein paar Tage nach Dorset wollen, und wir fahren Montagmorgen. Aber selbstverständlich kannst du es dir gerne gemütlich machen, während wir weg sind.«

Ali überlegte einen Moment. Allein in Sanderling zu hocken, war genau dasselbe, wie allein zu Hause zu sitzen.

Wozu sollte das gut sein? Sie wäre genauso unglücklich wie hier.

Ihre Mutter musste Alis Enttäuschung gespürt haben. »Gibt es denn niemanden, den du mitbringen könntest?«

»Wen denn? Vielleicht ein gut gebautes Muskelpaket, das mir Gesellschaft leistet?«

»Sei nicht albern, Liebes, ich habe an Sarah gedacht. Hast du letzte Woche am Telefon nicht gesagt, dass Hannah in Frankreich ist und Sarah sie fürchterlich vermisst? Ein kleiner Urlaub würde sie bestimmt aufheitern. Es wäre für euch wie in alten Zeiten.«

»Mum, du bist genial!«

»Wenn du meinst.«

»Ich rufe Sarah sofort an und frage sie, was sie davon hält. Ich melde mich morgen früh bei dir und sage dir Bescheid, ja?«

»Geht in Ordnung. Aber nicht zu früh. Dein Vater und ich schlafen in letzter Zeit gerne etwas länger.«

Sarah nahm in Smithy Cottage ab.

»Hallo, Ali«, sagte sie im Flüsterton, was Ali sofort zu verstehen gab, dass sie nicht allein war.

»Ist der Moment ungünstig gewählt?«

»Ja, die Gruppe ist hier.«

»Oh, nun, dann mache ich es kurz und schmerzlos. Hättest du Lust, zusammen mit mir Urlaub in Hayling zu machen? Nur wir beide«, fügte sie hastig hinzu, damit Sarah gar nicht erst auf die Idee kam, Trevor sei ebenfalls eingeladen.

»Du meine Güte, Ali, ich weiß nicht. Wann willst du denn fahren? Und für wie lange?«

»Am Montag und für zwei volle Wochen.«

»*Was?*«

»Ich weiß, es klingt impulsiv, aber es wäre doch bestimmt lustig, meinst du nicht? Und wenn du dir Sorgen machst wegen deiner Arbeit, nimm deine Nähmaschine mit. Ich könnte dir sogar helfen.«

»Falls das als Ermutigung gemeint ist, vergiss es. Ich denke gar nicht daran, dich auch nur in die Nähe meiner Maschine zu lassen.«

»Also, was sagst du?«

»Die Frage ist eher, was sage ich Trevor?«

»Sag ihm die Wahrheit, dass du Hannah schrecklich vermisst und etwas Ablenkung brauchst. Oh, bitte sag ja. Ich möchte unbedingt, dass du mitkommst. Mum und Dad sind in der ersten Woche nicht da, und wir können tun und lassen, was wir wollen.«

»Na gut, du hast mich überredet.«

»Super! Ich hole dich Montag gegen zehn Uhr ab. Dann kommen wir nicht mehr in den Berufsverkehr. Jetzt schleich dich mal wieder zurück zur Schlappen-Gang, bevor die merken, dass du weg bist.«

Ali freute sich wie ein Schneekönig bei dem Gedanken, dass sie mit Sarah wegfahren würde, und beschloss, Daniel anzurufen, um ihm die Neuigkeit zu erzählen und ihn zu fragen, ob er die zusätzliche Woche, die sie sich frei nehmen wollte, allein zurechtkam.

»Gute Idee, Babe«, sagte er. »Ich wusste doch, dass du irgendwann auf mich hören würdest. Aber, hey, das bedeutet doch wohl nicht, dass du am Sonntag nicht zu Richards Barbecue kommst, oder?«

»Und mir den kulinarischen Höhepunkt des Jahres entgehen lasse? Ich denke doch nicht im Traum daran. Aber ich komme vielleicht ein bisschen später, weil ich vorher noch ins Büro muss, um ein paar Sachen zu regeln.«

»Wenn ich irgendwas für dich tun soll, während du weg bist, leg mir einen Stapel Zettel auf den Schreibtisch.«

»Mach ich. Dann bis Sonntag.«

Ali schaltete ihr Handy aus und lehnte sich zurück, zufrieden mit ihrer abendlichen Arbeit.

Es war mittlerweile fast dunkel, und als sie in die zunehmende Schwärze hinaussah und auf das Schweigen um sie herum lauschte, bemerkte sie, wie reglos und still der Abend war. Die Luft war warm und schwer, und Hunderte von

Insekten schwebten darin, als wären sie in der zähen Schwüle der Nacht gefangen. Dann klang von weither, jenseits der unbewegten Felder, ein Bellen herüber, aber es war ein träges, halbherziges Bellen; wahrscheinlich war es dem Hund zu heiß, um sich mehr Mühe zu geben.

Sie merkte, dass ihre Lider schwer wurden, und um sich wach zu halten, begann sie eine Liste mit Dingen zusammenzustellen, die erledigt werden mussten. Als Erstes würde sie anfangen zu packen, dann würde sie Lizzie anrufen und ihr sagen, dass sie die nächsten zwei Wochen nicht zu kommen brauchte, und wenn es spät genug war, würde sie ihre Eltern anrufen und ihnen zusagen. Dann würde sie noch ein paar lebensnotwendige Sachen besorgen – Sonnencreme und einige Bücher, um sich die langen Stunden zu vertreiben, die sie am Strand oder auf dem Liegestuhl im Garten ihrer Eltern verbringen wollte. Lebensmittel konnte sie noch kaufen, wenn sie angekommen waren. Außerdem quoll die Tiefkühltruhe ihrer Mutter bestimmt über vor lauter Leckereien, die dringend gegessen werden mussten. Ihr Vater nannte sie immer das Bermuda-Dreieck – alles Mögliche verschwand darin und tauchte nie wieder auf.

Als sie nach ihrem Glas griff, um einen Toast auf sich selbst auszusprechen, weil sie eine so fabelhafte Idee gehabt hatte, sah sie, dass ein langbeiniges Insekt in dem Rest ihres Weins schwamm. Sie fischte es heraus und hoffte, dass dies kein ungutes Vorzeichen war. Sie wollte nicht, dass ihr irgendetwas die nächsten beiden Wochen verdarb. Zum ersten Mal seit einer Ewigkeit hatte sie etwas, worauf sie sich freute.

Es war fast sieben, als Elliot zu Hause ankam. Der Flug von Heathrow nach Manchester hatte zwei Stunden Verspätung gehabt, und nachdem sie endlich an Bord gehen durften, hatten sie noch weitere vierzig Minuten auf dem Asphalt gestanden und auf die Starterlaubnis gewartet, und das ohne Klimaanlage. Es war unerträglich heiß gewesen, und obendrein hatte er noch das Glück gehabt, neben einem widerlichen Kerl zu sitzen, der meinte, er hätte das Recht, die jungen Stewardessen nach Herzenslust herunterzuputzen.

Das Haus war dunkel, als er die Tür aufschloss. Er hatte vergessen, dass Sam mit seinen Kartenspiel-Kumpels in Yorkshire war. Er ging durch den Flur in sein Arbeitszimmer, stellte seine Aktentasche neben dem Schreibtisch ab und hängte Sakko und Krawatte über die Stuhllehne. Ein kurzer Blick auf die Briefe, die Sam ihm hingelegt hatte, sagte ihm, dass nichts Wichtiges dabei war. Doch ein Umschlag aus dem unteren Teil des Stapels sah anders aus als der Rest: Er war quadratisch, leuchtend weiß, und die Adresse war mit goldener Tinte und in einer ihm unbekannten Handschrift geschrieben. Er schlitzte ihn auf. Es war eine Einladung von Daniel, zu einem mittäglichen Barbecue anlässlich von Richards vierzigstem Geburtstag. Er warf einen Blick auf das Datum und stellte fest, dass die Einladung für diesen Sonntag war.

Warum hatte Daniel das wohl getan?, fragte er sich und fächelte sich mit der dicken, teuren Karte Luft zu. Seit er und Ali sich getrennt hatten und Daniel beschlossen hatte, dass seine Loyalität Ali galt, hatte es keine Einladungen dieser Art mehr gegeben.

Verwirrt verließ er sein Arbeitszimmer und ging in die Küche, um sich ein großes Glas gekühlten Orangensaft einzuschenken. Er fügte ein paar Eiswürfel hinzu, rührte das Ganze um und trank es dann langsam, wobei seine Gedanken weiter um Daniels mögliche Beweggründe für die Einladung kreisten.

War es nur eine harmlose Geste, um die Vergangenheit Vergangenheit sein zu lassen, oder steckte mehr dahinter?

Zum Beispiel?

Zum Beispiel Ali, die Daniel darum gebeten hatte, weil sie ihn, Elliot, wieder sehen wollte?

Nein, sagte er sich entschlossen. Er würde seine Gedanken nicht in diese Richtung wandern lassen. Das hatte er vor einigen Monaten schon einmal getan, und mittlerweile bereute er es; er hatte nicht die Absicht, den gleichen Fehler noch mal zu machen.

Er beschloss, eine Runde zu schwimmen.

Der Schwimmbadraum war stickig und unerträglich heiß. Er schaltete die Unterwasserbeleuchtung ein, aber nicht die restlichen Lampen, und öffnete die drei großen Schiebetüren. Draußen war es nur einen Hauch kühler, und auch wenn die Innentemperatur dadurch kaum angenehmer wurde, würde doch zumindest der starke Chlorgeruch ein wenig nachlassen. Er warf seine Kleider auf einen Hocker und sprang in das kühle, erfrischende Wasser. Das war ohne Zweifel der beste Teil dieses Tages. Die Besprechung in London war ein klassischer Fall von Immer-auf-der-Hut-sein-und-sich-keine-Blöße-geben gewesen, und obwohl es geistig stimulierend war, den anderen immer einen Schritt voraus zu sein, fand er es doch ziemlich ermüdend. Zum ersten Mal in seiner Karriere hatte er sich gefragt, ob ihm das alles wirklich so wichtig war.

Ein gefährlicher Gedanke, wo seine Arbeit doch das Einzige war, was er hatte.

Er schwamm weiter und gab der Hitze die Schuld an seiner Gereiztheit und seinem Zynismus. Was er brauchte, war ein entspannendes Wochenende. Er würde die ganze Zeit im Haus und im Garten faulenzen und einfach mal gar nichts tun.

Doch dann fiel ihm ein, dass Sonntag Isaacs vierter Geburtstag gewesen wäre und dass es vielleicht besser war, Daniels Einladung zu folgen, um ein wenig Ablenkung zu haben.

Die Frage war nur: Würde Ali auch da sein?

Natürlich würde sie da sein.

Seit dem Abend im März, als sie zusammen zu Abend gegessen hatten, hatte er sich nicht mehr bei ihr gemeldet. Selbst jetzt wand er sich noch bei der überaus peinlichen Erinnerung, wie er versucht hatte, ihr einen Gutenachtkuss zu geben, und sie vor ihm zurückgewichen war. Er hatte es nur als Geste der Höflichkeit gemeint, doch ihre Reaktion hatte ihm unmissverständlich zu verstehen gegeben, dass sie ihn vollkommen abstoßend fand und ihn ebenso wenig freiwillig berühren würde wie eine Klapperschlange.

Somit wäre es also das Beste, wenn er Daniel morgen früh anrief und seine Einladung höflich ablehnte.

29

Es war Sonntag, der Tag von Richards Party, und unter einem drückend heißen, schwülen Himmel trug Daniel die letzte Salatschüssel von der Küche zu dem überdachten Büffet, das der Partyservice aus dem Dorf vorbereitet hatte. Er betrachtete den Tapeziertisch daneben, der mit Getränken beladen war, und hoffte in Anbetracht der durstfördernden Temperatur, dass sie ausreichen würden. Das Wetter war einfach unglaublich, fast so heiß wie in Spanien. Im Radio hatten sie heute Morgen Gewitter für den Norden Englands angesagt; hoffentlich würden sie erst abends kommen.

Ein Duft nach Thymian und Rosmarin stieg ihm in die Nase, und er sah zum Grill neben dem Haus hinüber, wo der Mann, der sich um das Barbecue kümmerte, gerade eine Hand voll Kräuter in die Glut geworfen hatte. Er schenkte sich ein Glas Sangria ein und ließ den Blick über die Gästeschar wandern, wobei er vor allem nach zwei Gesichtern Ausschau hielt.

Da er keines von beiden entdeckte, erweiterte er seine Suche auf den Garten und schließlich auf den schattigen Obstgarten. Auch hier wurde er nicht fündig. Doch sein Blick fiel auf Richard, der, genau wie er selbst und die meisten männlichen Gäste, lässig in Shorts und Polohemd gekleidet war. Er hatte den Kopf zur Seite gewandt, und

Daniel hielt einen Moment inne, um das fröhlich lächelnde, dunkeläugige Gesicht zu betrachten, das ihm so vertraut war wie sein eigenes. Richard war amüsant, charmant und liebte geistreiche, schlagfertige Antworten. Sein Geist war scharf wie ein Rasiermesser, und Daniel wusste, dass er im Gerichtssaal zu einem gefährlichen Mann wurde. Er konnte die überzeugendsten und ausgefeiltesten Plädoyers mit einem Geschick auseinander nehmen, um das ihn jeder beneidete, der ihn einmal in Aktion erlebt hatte. Jetzt jedoch sah er so harmlos aus wie der alte Apfelbaum, unter dem er saß und sich mit Julia unterhielt, einer Anwaltskollegin aus seiner Kanzlei, die ihr zweites Kind erwartete. Ihr Erstgeborener, der vier Jahre alte Toby, saß auf dem Stück, das von ihrem Schoß noch übrig geblieben war, tauchte seine Finger in ihre Limonade und leckte sie dann ab.

Eine Hand klopfte ihm auf die Schulter, und Daniel drehte sich um, in der Hoffnung, es sei vielleicht Ali. Doch es war der Barbecue-Mann. »Die erste Runde ist so gut wie fertig«, sagte er. »Wenn Sie wollen, können Sie den Startschuss geben.« Er nahm seinen Strohhut ab, den ein breites Band mit der Aufschrift »Smoky-Joes mobiles BBQ« zierte, wischte sich die glänzende Stirn mit einer Papierserviette ab und stopfte sie in die Bauchtasche seiner metzgerähnlichen Schürze.

»Wunderbar«, erwiderte Daniel. »Ich sage den Leuten Bescheid.« Um jedermanns Aufmerksamkeit auf sich zu ziehen, läutete er die Schiffsglocke aus Messing, die neben der Haustür hing. »Essen ist fertig«, rief er. »Frauen und Kinder vom Zwischendeck zuerst. Kein Drängeln und Schubsen.«

»Mein Timing ist wie immer perfekt«, erklang eine Stimme hinter ihm.

Diesmal war es Ali.

»Endlich. Ich hatte dich schon fast aufgegeben.« Er schob seine Sonnenbrille hoch und beugte sich hinunter, um ihr einen Kuss zu geben. Dann fuhr er mit dem Finger über den einen Spaghettiträger, der ihr über die Schulter gerutscht war, und sagte: »Hübsches Kleid, Babe. Du hast dich ja richtig aufgebrezelt.«

»Was man von dir nicht gerade behaupten kann. Das Hemd mag ja von Armani sein, aber es hat ein Loch, und zwar da.« Sie deutete auf seine Brust, und er senkte den Blick, um ihrem Finger zu folgen. Lachend versetzte sie ihm einen kleinen Klaps auf die Nase. »Leg dich nicht mit mir an, Dan Divine. So, wo steckt denn das Geburtstagskind?«

»Kühlt sich im Obstgarten ab.«

»Sehr vernünftig. Ich gehe mal zu ihm und gebe ihm das hier.«

Neugierig beäugte Daniel das Päckchen, das sie in der Hand hatte. »Was ist da drin?«

»Geht dich gar nichts an. Kümmer du dich um deine anderen Gäste und lass mich in Ruhe mit Richard lästern. Und frag bloß nicht, über wen!«

Lächelnd sah Daniel ihr nach, wie sie sich durch das Knäuel von Gästen auf der Terrasse schob und die drei Stufen hinunterging, die in den Garten und den Obstgarten dahinter führten. Er sah, wie Richard aufstand, als er sie erblickte. Er umarmte sie innig und zog dann einen weiteren Stuhl heran, damit sie sich zu ihm und Julia setzen konnte. Da Daniel wusste, dass Ali ihre Geschenke immer sehr sorgfältig wählte, war er versucht, hinüberzugehen und sich anzusehen, was sie Richard mitgebracht hatte.

Doch das war nicht der einzige Grund, weshalb er sich zu ihnen gesellen wollte. Er verlor die Nerven. Die Idee, Elliot ebenfalls einzuladen, erschien ihm jetzt vollkommen schwachsinnig, und er hatte das Gefühl, er müsse Ali vorwarnen, damit sie sich darauf einstellen konnte. Andererseits war es schon fast zwei, und es konnte gut sein, dass Elliot nicht mehr auftauchte. Und in diesem Fall würde Ali gar nichts davon erfahren, wenn er den Mund hielt.

Der Gedanke, Elliot zu der Party einzuladen, war ihm Dienstagabend gekommen, als er und Richard zu Bett gegangen waren. »Was meinst du?«, hatte er Richard gefragt. »Wie würden sie reagieren?«

Von dem Schriftsatz aufblickend, an dem er gerade arbeitete, hatte Richard gesagt: »Elliot würde sich bestimmt formvollendet benehmen, wie immer, aber Ali würde dich wahrscheinlich stehenden Fußes aufschlitzen, dein leckeres kleines Bries auf den Grill werfen und dann den Rest von dir zu Kebab verarbeiten.«

»Du meinst also, ich sollte es lieber nicht tun.«

»Das habe ich nicht gesagt.«

»Sondern?«

»Ich wollte dich nur darauf hinweisen, dass du auf die möglichen Konsequenzen gefasst sein musst, falls Ali meint, dass du hinter ihrem Rücken Ränke schmiedest.«

»Aber doch nur zu ihrem eigenen Besten.«

»Natürlich. Was könntest du auch sonst im Sinn haben?«

»Du klingst allmählich, als wolltest du mich ins Kreuzverhör nehmen.«

»Schick Elliot einfach die Einladung. Was soll denn schon passieren? Ali wird dich immer lieben, sie kann gar nicht anders. Schlimmstenfalls wird sie dir eine Weile böse sein, und wenn sie sich wieder beruhigt hat, versöhnt ihr euch wieder.«

»Und bestenfalls?«

Den Blick wieder seinen Akten zuwendend, die auf der Bettdecke lagen, hatte Richard gesagt: »Ich denke, wir wissen beide, auf welches Ergebnis du aus bist, oder nicht? Du bist ein sentimentaler alter Trottel, der sich nach einem Happyend sehnt.«

Die Schlange vor dem Grill hatte sich mittlerweile geordnet, und nachdem Daniel mit ein paar Freunden vom Chor geplaudert und sich davon überzeugt hatte, dass alle mit Getränken versorgt waren, ging er zum Tennisplatz hinüber, wo sich die älteren Kinder versammelt hatten. Er sagte ihnen, dass sie sich beeilen sollten, wenn sie noch etwas von den Hamburgern und Würstchen haben wollten. Sie ließen ihre Schläger fallen und rannten vom Platz. Amy, seine dreizehnjährige Nichte, die älteste Tochter seiner Schwester, lächelte ihm im Vorbeilaufen zu und schnippte mit dem Finger an ihre Calvin-Klein-Baseballkappe. Er staunte über ihre Energie bei dieser Hitze. Ich werde alt, sagte er sich. Was für ein deprimierender Gedanke. Das Geräusch eines herannahenden Autos brachte ihn dazu, sich umzudrehen, und er wusste sofort, wer es war. Sollte er Elliot entgegengehen? Oder sollte er sich ins Haus zurückschleichen und alles Messerähnliche verstecken, womit Ali ihn aufschlitzen könnte?

Elliot bremste und parkte hinter Alis Saab. Er stellte den Motor ab und griff nach der Flasche mit erstklassigem Portwein, die er für Richard besorgt hatte. Als er aus dem Auto stieg, sah er Daniel auf sich zukommen.

»Hallo«, sagte Daniel. »Ich dachte schon, du kommst nicht mehr.«

»Ich war mir selbst nicht sicher«, erwiderte Elliot.

Und stimmte das nicht? Seit Freitagabend hatte er seine Meinung so oft geändert, dass er schließlich vor einer Stunde eine Münze geworfen hatte, um sich die Entscheidung abzunehmen: Zahl, und er würde zu Hause bleiben und die Sonntagszeitung lesen; Kopf, und er würde sich erneut in die Hölle wagen. Er wies mit dem Kopf auf Alis Wagen und fragte: »In was für einer Stimmung ist sie?«

»Entspannt und glücklich. Sie tratscht gerade mit Richard über mich.«

»Weiß sie, dass ich eingeladen bin?«

»Äh … nein.«

»Also eine Überraschung?«

Daniel nickte schuldbewusst.

»Na, dann hoffen wir mal, dass es keine allzu üble wird.«

Sie gingen an der langen Autoreihe entlang zum Haus, und als sie auf der Terrasse angekommen waren, bot Daniel Elliot einen Drink an. »Sieht aus, als ob die Sangria zur Neige geht«, sagte er mit einem Blick in den großen spanischen Tonkrug. »Wie wär's mit einem Glas Wein?«

»Ein Bier wäre mir lieber, um ehrlich zu sein.«

»Ich glaube, ich schließe mich dir an.« Daniel beugte sich hinunter zu den Kühlboxen, die unter dem Tisch standen, und nahm zwei Dosen Budweiser heraus.

»Danke«, sagte Elliot und zog an dem Ringverschluss. »Prost.« Nachdem beide ein paar Schluck getrunken hatten, sagte Elliot, als sei beiden vollkommen klar, weshalb er hier war: »Es war nett von dir, mich einzuladen. Ich bin dir wirklich dankbar.«

Daniel antwortete mit einem beiläufigen Achselzucken, das seine wahren Gefühle verbarg. »Ich hielt es für eine gute Idee«, sagte er und hätte am liebsten hinzugefügt: »Bis heute.« Und während er sich nach Kräften bemühte, sich nicht vorzustellen, wie seine Eingeweide langsam aus ihm herausgezogen wurden, schwor er im Stillen, sich nie, *nie* wieder in Alis Privatangelegenheiten einzumischen.

Mit angedeutetem Lächeln erwiderte Elliot: »Hoffen wir, dass das nachher auch noch der Fall ist. Sollen wir es direkt hinter uns bringen?«

Daniels Eingeweide verflüssigten sich. »Warum nicht?«, murmelte er, wobei ihm ungefähr eine Million gute Gründe einfielen, warum nicht. »Das letzte Mal, als ich sie gesehen habe, saß sie im Obstgarten. Ich bringe dich hin.«

Als sie den Rasen überquerten, vernahm Elliot über die Musik und das Stimmengewirr hinweg Alis unverkennbares Lachen. Suchend kniff er die Augen zusammen und erblickte sie im Schatten der Apfelbäume. Sie wirkte genauso, wie Daniel sie beschrieben hatte: entspannt und fröhlich. Neben ihr saß Richard, zu ihr geneigt wie ein aufmerksamer Liebhaber, und schob ihr etwas von seinem Teller in den Mund. Alis Kopf war leicht zurückgelegt, was ihren blassen, schlanken Hals verführerisch zur Geltung brachte. Elliot konnte sich nicht erinnern, wann er sie zuletzt so locker erlebt hatte. Und schon gar nicht in seiner Gegenwart. Eine plötzliche Welle eifersüchtiger Liebe überrollte ihn, und er spürte, wie sein Körper sich versteifte. Er hätte niemals hierher kommen dürfen. Doch nun war es zu spät, um den Rückzug anzutreten. Richard hatte ihn entdeckt, und als sie auf die beiden zugingen, bemerkte Elliot einen kurzen Blickwechsel zwischen ihm und Daniel.

»Wie schön, dich zu sehen, Elliot«, sagte Richard und

stand mit strahlendem Lächeln auf. »Ich freue mich riesig, dass du meine Einladung angenommen hast. Daniel, unser sensibles Seelchen, war strikt dagegen, aber ich bin stur geblieben. Es ist meine Party, habe ich zu ihm gesagt, und da lade ich ein, wen ich will. Du hast ja noch gar nichts zu essen. Daniel, wie wär's, wenn du dich darum kümmerst, und ich besorge Ali noch etwas zu trinken? Oh, und erblicke ich da etwa ein Geschenk in deinen Händen, wie die jungfräuliche Königin zu Sir Francis Drake gesagt haben soll, als er zu den holden Ufern Englands zurückgekehrt war?«

Als sie allein waren, deutete Elliot auf den Holzstuhl, auf dem Richard gesessen hatte. »Darf ich?«

Sie nickte, und er setzte sich. »Ich weiß, Anwälte sind berühmt für ihre schauspielerischen Fähigkeiten«, sagte Ali, »aber ich frage mich, was diese kleine Scharade wohl bedeuten soll.«

Aus ihrer Stimme klang eher Ironie als Verärgerung. Er übernahm ihren Tonfall. »Vielleicht, dass Richard sich freut, mich zu sehen?«

Sie warf ihm einen misstrauischen Blick zu. »Schon möglich. Daniel schien sich allerdings weniger zu freuen. Er sah aus wie die Panik in Person, und ich könnte schwören, auf seiner Stirn stand in dicken, schwarzen Buchstaben ›Erschießt mich‹.«

Wie immer hatte sie Recht, Daniel hatte tatsächlich ausgesehen, als habe sein letztes Stündlein geschlagen, doch Elliot war nicht erpicht darauf, die Hintergründe dafür zu erörtern; er zog eine Runde Smalltalk vor – falls so etwas mit Ali möglich war. »Wie geht es dir?«, fragte er, als sie ihren skeptischen Blick von ihm abgewandt hatte. »Du siehst gut aus.«

Sie lehnte sich zurück und zupfte den Saum und den einen Träger ihres Kleides zurecht, der sich schon wieder selbstständig gemacht hatte. »Danke. Das kommt wahrscheinlich von der Vorfreude auf den Urlaub, in den ich morgen fahre.«

»Wohin geht's denn?«

»Nach Sanderling. Zusammen mit Sarah.«

»Eine gemeinsame Reise in die Vergangenheit.«

»Sozusagen.«

»Sam ist dieses Wochenende auch unterwegs. Er ist mit seinen Pokerfreunden nach Yorkshire gefahren.«

»Was dir die Freiheit gibt, mittägliche Barbecue-Einladungen anzunehmen.«

»Ja, so was in der Art.«

Da ihr Vorrat an Smalltalk damit aufgebraucht war, starrte Elliot geradeaus. Sein Blick blieb an einem kleinen blonden Jungen in dunkelblauen Shorts und einem blauweiß gestreiften T-Shirt hängen. Er saß zu Füßen seiner Mutter und schob mit voller Konzentration ein Spielzeugauto durch das hohe Gras, begleitet von einem hingebungsvollen *Brrrmmmm.* Seine Mutter, die, wie Elliot schätzte, etwa im sechsten Monat schwanger war, sah lächelnd zu ihm hinunter. Dann sagte sie etwas zu dem Mann neben ihr, der ihr einen Kuss gab und in einer zärtlich-beschützenden Geste über ihren zukünftigen Nachwuchs strich. Es war ein zauberhaftes Stillleben der Intimität, ein Schnappschuss glücklichen Familienlebens. Elliot zwang sich wegzusehen. »Ali«, sagte er mit belegter Stimme, »wenn ich dir den Nachmittag verderbe, sag es mir, dann verschwinde ich.«

Auch Ali hatte die anrührende Szene beobachtet, und es hatte sie mitten ins Herz getroffen: In einem anderen Leben war sie diese Frau gewesen, Elliot dieser Mann … und Isaac dieser Sohn. Dieses Spiegelbild weckte in ihr die Sehnsucht nach dem Unmöglichen, danach, die Zeit zurückzudrehen und all die Zärtlichkeit und Liebe noch einmal zu empfinden. Das Verlangen danach war so stark, dass es schmerzte. Doch sie wusste, es war unmöglich.

Aber du könntest dich entschuldigen, hörte sie Sarahs Stimme in ihrem Kopf flüstern.

Du könntest es wieder gutmachen.

Tu für Elliot, was er selbst nicht für sich tun kann.

Vergib ihm.

Sag es einfach, und ihr könntet wieder nett zueinander sein.

Und plötzlich wusste Ali, dass der Moment gekommen war. Endlich begriff sie, dass der Schmerz und die Verbitterung, mit denen sie so lange gelebt hatte, ausgelöscht werden mussten. Sie holte tief Luft und wandte sich zu Elliot um. Doch zu ihrer Überraschung war er aufgestanden und entfernte sich von ihr. Verwirrt sah sie ihm nach. Dann verstand sie, was passiert war. Sie hatte zu lange mit ihrer Antwort gewartet, und er hatte ihr Schweigen so interpretiert, dass sie ihn nicht um sich haben wollte. Erstaunt über die Entdeckung, dass sie nun bereit war, die Vergangenheit hinter sich zurückzulassen, sah sie, wie er den Halbschatten des Obstgartens verließ und auf den von Sonnenlicht überfluteten Rasen trat. Sie beschloss, ihm etwas Zeit zu lassen, um sich zu beruhigen, bevor sie ihm nachgehen würde.

Elliot war entschlossen gewesen, nach Hause zu fahren, doch Daniel hatte ihn mit einem gefüllten Teller abgefangen und ihn später zu einem Tennismatch herausgefordert. Immerhin eine Möglichkeit, sich bis zum Umfallen zu verausgaben. Mittlerweile lag er zwei Sets in Führung und war gerade am Aufschlag für den Matchball. Der Sonne zugewandt, die inzwischen halb von düsteren Gewitterwolken verborgen war, warf Elliot den Ball hoch in die Luft. Er holte mit dem geliehenen Schläger aus und peitschte ihn mit aller Kraft und Frustration über die Schulter. Der Ball schoss über das Netz und an Daniel vorbei, bevor der auch nur Zeit gehabt hatte, sich auf ihn einzustellen.

»Das war das letzte Mal, dass ich mit dir Tennis gespielt habe«, schnaufte Daniel, als sie vom Platz gingen.

»Ich hatte bloß Glück«, sagte Elliot bescheiden, wischte sich mit den Händen den Schweiß von der Stirn und rieb sie dann an seiner Leinenhose ab.

»Erzähl keinen Quatsch. Du hast mich restlos an die Wand gespielt.«

Sie schlenderten zum Haus zurück und gönnten sich ein

eisgekühltes Bier. »Ich weiß ja nicht, wie's dir geht«, stöhnte Daniel, »aber ich muss mich setzen. Ich bin fix und fertig.«

Da im Obstgarten kein Stuhl mehr frei war, ließen sie sich auf den Rasen fallen. Der kleine Junge, den Elliot zuvor mit seinen Eltern gesehen hatte, gesellte sich zu ihnen. Er hatte eine Schale mit frischen Himbeeren in der Hand, die er vorsichtig auf seinen gekreuzten Beinen abstellte, als er sich hinsetzte. »Du siehst aus, als ob dir sehr heiß ist«, sagte er zu Daniel.

»Ja, mir ist auch sehr heiß, Toby. Ich habe gerade Tennis gespielt. Aber wenn ich eine von diesen herrlichen, saftigen Himbeeren esse, geht es mir bestimmt gleich viel besser.«

Der kleine Junge lächelte, dass seine winzigen weißen Zähne blitzten, und hielt ihm die Schale hin. Scheu reichte er sie dann an Elliot weiter, obwohl nur noch wenige Beeren übrig waren. Gerührt über die Großzügigkeit des Kindes sagte er: »Nein, vielen Dank, dann hast du ja keine mehr.«

»Na, das lässt sich aber bestimmt ändern«, meinte Daniel. Er stand auf und ging zur Terrasse, wo das Büffet aufgebaut war.

»Holt Daniel uns noch mehr?«, fragte der kleine Junge.

»Ich glaube schon.«

Er schob sich die letzte Himbeere in den Mund und sah Elliot nachdenklich an. »Wusstest du, dass meine Mummy ein Baby bekommt?«

»Ja, das habe ich mir gedacht.«

»Bist du ein Daddy?«

Elliot verneinte und betete, dass Daniel bald zurückkommen würde. Er wollte nicht mit diesem Kind und seinem typischen wissbegierigen Geplapper allein sein. Das Muster war ihm nur allzu vertraut. Eine Frage würde auf die nächste folgen. Warum? Warum? Warum? So waren Kinder nun mal.

»Magst du keine Kinder?«

Na bitte, es ging schon los. »Ich mag sie sogar sehr gerne«, murmelte er nervös. Er sah zur Terrasse hinüber, auf der Suche nach Daniel. Er stand lachend bei einem Mädchen mit Baseballkappe. Nun mach schon, Daniel, drängte er schweigend. Über ihm grollte der erste Donner, und er zupfte zerstreut an dem Gras zwischen seinen Füßen. Ohne aufzusehen, fragte er sich, wie alt der Junge wohl sein mochte. Wahrscheinlich vier … genauso alt, wie Isaac heute geworden wäre. Bei diesem Gedanken schnürte sich ihm die Kehle zusammen. Er fuhr sich mit der Hand über das Gesicht und spürte, wie das Herz in seiner Brust zu pochen begann. Heftig blinzelnd stieß er die Luft aus; ihm war jetzt heißer als vorhin auf dem Tennisplatz. Das liegt an der Luftfeuchtigkeit, sagte er sich energisch in dem verzweifelten Versuch, eine vernünftige, triviale Erklärung für das zu finden, was mit ihm geschah. Alles, nur nicht die Wahrheit. Er konnte nur hoffen, dass der Augenblick vorübergehen würde. Dann sah er erleichtert, dass Daniel auf sie zuschlenderte.

Der kleine Junge hatte ihn auch erblickt, und als Daniel sich wieder neben ihnen auf dem Gras ausgestreckt hatte, fragte er ihn: »Ist dein Freund wie du und Richard? Hat er darum keine Kinder?«

Amüsiert sah Daniel Toby an. Gütiger Himmel, das war mal wieder typisch Julia, ihrem Sohn so klipp und klar die Wahrheit zu sagen! Doch sein Grinsen verschwand, als er Elliots totenbleiches Gesicht sah. Verdammt, dachte er, was zum Teufel ist denn hier passiert? Er gab Toby die Schale mit Himbeeren, die er mitgebracht hatte, und sagte: »Nein, Elliot ist überhaupt nicht wie Richard und ich. Und jetzt iss deine Beeren und hör mit deinen neugierigen Fragen auf.«

Lächelnd beugte sich Toby zu Daniel hinüber und fragte in lautem Flüsterton: »Warum guckt er so böse?«

»Er ist nicht böse«, flüsterte Daniel zurück.

»Ist er traurig?«

Ohne Toby zu knebeln, schien es keine Möglichkeit zu geben, die Flut unschuldiger Fragen zu unterbrechen. Daniel warf Elliot einen hilflosen Blick zu. Doch dann hörte er zu seiner Überraschung, wie Elliot sagte: »Ich bin nicht böse, Toby, aber traurig bin ich schon, da hast du Recht.«

»Warum bist du traurig?«

»Weil ich auch mal einen kleinen Jungen hatte. Er war ein bisschen jünger als du und … und er ist gestorben.«

Sowohl Elliot als auch Daniel nahmen an, dass dies wie immer als Gesprächsbremse funktionieren würde, doch prompt folgte eine neue Frage von Toby. »Ist er im Schlaf gestorben? Mummy sagt, das ist die beste Art zu sterben.«

Nun war das Gespräch völlig außer Kontrolle geraten, und als in der Ferne erneutes Donnergrollen erklang, trieb ein stechender, brennender Schmerz Elliot auf die Füße. Zu seinem Entsetzen stellte er fest, dass sein Herz noch schneller pochte als vor ein paar Minuten und dass sein ganzer Körper schweißnass war. Er taumelte davon. Ihm war mit schrecklicher Sicherheit bewusst, dass er sich gleich übergeben würde. Er folgte einem schmalen Pfad, der den sanft geschwungenen Hügel hinunter und zu dem Waldstück führte, das Daniels und Richards Land begrenzte. Sein Kopf dröhnte, und sein Magen stülpte sich um. Er beugte sich über eine halb zerfallene Bruchsteinmauer und erbrach sich heftig.

Als es endlich aufhörte, zog er sein Taschentuch aus der Hosentasche und wischte sich mit zitternder Hand das Gesicht ab. Er blieb, wo er war, schwer auf die Mauer gestützt, die Schultern angespannt, und rang nach Atem. Doch obwohl sein Blick auf der Schafherde lag, die auf einem nahe gelegenen Feld im Schatten eines Baumes döste, waren seine Gedanken bei Isaac und der Nacht, in der er gestorben war.

An seinem Tod war nichts Friedvolles gewesen, nichts von dem märchenhaften sanften Aufstieg zum Himmel während des Schlafs, von dem man Toby wahrscheinlich erzählt hatte.

Der Tag hatte ganz normal begonnen; beim Frühstück hatte absolut nichts darauf hingewiesen, dass ihr Leben am Ende dieses Tages unwiderruflich zerstört sein würde. Der einzige Unterschied in ihrem Alltag war gewesen, dass ihr Kindermädchen, das sich um Isaac gekümmert hatte, seit er vier Monate alt gewesen war, sich einen Tag frei genommen hatte, und da Ali am Nachmittag nach Frankfurt musste, war Elliot zu Hause geblieben, um sich um Isaac zu kümmern. Sie hatten Ali nachgewinkt, als sie zur Arbeit gefahren war, und alles war in Ordnung gewesen, bis gegen fünf, als Isaac ein wenig unwohl ausgesehen und sich geweigert hatte, seine Nachmittagsmahlzeit zu essen. Da Elliot annahm, dass er eine Erkältung ausbrütete, hatte er ihn gebadet und zu Bett gebracht. Er hatte ihm eine Geschichte vorgelesen, einen Gutenachtkuss gegeben und war dann nach unten gegangen, weil das Telefon klingelte. Es war Gervase aus dem Büro; der ekelhafte Kerl hatte über eine Stunde auf ihn eingequatscht.

Nachdem er aufgelegt hatte, war Elliot noch einmal nach oben gegangen, um nach Isaac zu sehen. Auf den ersten Blick hatte er gewusst, dass etwas nicht in Ordnung war. Sein Atem ging schwer und rasselnd, sein Gesicht war bleich und die weit aufgerissenen Augen starrten ihn blicklos an. Elliot riss die zerwühlte Bettdecke weg und legte ihm die Hand auf die Stirn. Er war Besorgnis erregend heiß. Als Elliot das Oberteil seines Schlafanzugs aufknöpfte, sah er, wie sich die kleine Brust im Kampf um Sauerstoff zusammenkrampfte. Er erinnerte sich vage, dass kleine Kinder manchmal an Krupp litten, doch dies erschien ihm wesentlich schlimmer als alles, wovon er je gelesen oder gehört hatte. Er hatte Isaac auf den Arm genommen und war mit ihm nach unten zum Auto gerannt. Er war so schnell er konnte zum nächsten Krankenhaus gefahren und hatte dabei immer und immer wieder in den Rückspiegel geblickt, doch er hatte dort nur das gesehen, was er am meisten fürchtete – dass sein Sohn mit dem Tod rang.

Das Geräusch knackender Zweige ließ Elliot herumfahren. »Was zum Teufel willst du?«, zischte er, als er sah, wer es war.

Ali zögerte. »Daniel meinte, ich sollte nach dir sehen«, sagte sie. »Ist alles in Ordnung?«

Er drehte sein Taschentuch zwischen den Händen, wand es immer fester um seine Finger, bis es schmerzte. »Nein, es ist nicht alles in Ordnung, und es wäre mir lieber, wenn du mich in Ruhe lassen würdest.«

Ernsthaft besorgt, vor allem im Hinblick auf das, was Daniel ihr gerade ezählt hatte, ging Ali vorsichtig ein paar Schritte auf ihn zu. Sie lehnte sich gegen die Mauer, und als sie sah, was dahinter lag, wusste sie, dass Daniel mit seiner Sorge um Elliot Recht gehabt hatte. »Elliot«, sagte sie sanft, »was ist los?« Als er sich zu ihr umwandte, sah sie eine solche Qual in seinem Gesicht, dass sie instinktiv die Hand ausstreckte und ihn am Arm berührte. »Bitte sag mir, was los ist.«

Er presste die Zähne zusammen. »Musst du das wirklich noch fragen?«

»War es der kleine Junge, Toby?«

Er stieß ihre Hand fort und presste die Augen zusammen. »Lass mich allein. Geh. Das kannst du doch so gut.«

Die Verbitterung in seiner Stimme war schwer zu ertragen, doch sie blieb, wo sie war. »Elliot«, sagte sie leise, »ich habe dich schon einmal allein gelassen, und es hat keinem von uns beiden geholfen, oder?«

Er öffnete die Augen und sah sie an. »Was willst du damit sagen?«

»Ich will damit sagen, dass wir zu viel voreinander verborgen haben. Ich finde, wir sollten damit aufhören. Meinst du nicht auch?«

»Und was habe ich deiner Meinung nach vor dir verborgen?«

»Vieles. Zum Beispiel, was du für mich empfindest. Was du noch immer für Isaac empfindest. Vielleicht sogar, was du in Bezug auf die Geschehnisse in jener Nacht empfindest.«

Ihre allzu simple Vereinfachung dessen, was er durchmachte, brachte in Elliot etwas zum Explodieren. Der Ausdruck gequälten Schmerzes auf seinem Gesicht verwandelte sich schlagartig in rasenden Zorn. »Na gut«, fauchte er giftig, »du willst also, dass ich ehrlich zu dir bin, ja? Kannst du haben. Ich werde dir ganz genau erzählen, was in der Nacht passiert ist. Mit sämtlichen grauenvollen Einzelheiten. Ich werde dir nichts vorenthalten. Du bekommst die unzensierte Fassung. Dann kannst du, genau wie ich, jeden gottverdammten Tag durch die Hölle gehen. Ist es das, was du willst?«

Ali hatte Elliot noch nie so außer sich erlebt. Erschrocken über die Brutalität in seiner Stimme, konnte sie nur stumm nicken.

»Gut, dann wollen wir mal.« Er wandte sich von ihr ab, und während die ersten Regentropfen fielen, ging er auf dem steinernen Pfad auf und ab und begann, die Ereignisse der furchtbarsten Nacht seines Lebens zu berichten. Er erzählte ihr, wie er Isaac ins Krankenhaus gefahren hatte, sobald ihm klar geworden war, dass etwas nicht stimmte. »Ich weiß nicht, wer mehr Angst hatte«, sagte er, »Isaac, weil er keine Luft bekam, oder ich, weil ich nicht wusste, ob ich das Richtige tat. Wir waren gerade erst ein paar Minuten im Auto, als er buchstäblich grau wurde. Dann lief ihm der Speichel aus dem Mund, und was noch schlimmer war – oh Gott, tausendmal schlimmer –, das furchtbare Geräusch seiner kleinen Lungen, die nach Atem rangen, wurde schwächer.« Er hielt inne, fuhr sich mit der Hand durchs Haar und stürzte sich plötzlich auf sie. Er packte sie an den Schultern und schüttelte sie beinahe. »Begreifst du, wie das für mich war? Kannst du dir vorstellen, was das für ein Gefühl ist, wenn man sich entscheiden muss, ob man weiterfährt und nach Hilfe sucht, die vielleicht sowieso zu spät kommt, oder ob man anhält, damit ein kleines, angsterfülltes Kind wenigstens in den Armen seines Vaters sterben kann?«

Schockiert zitterte Ali unter seinen Händen. »Was hast du getan?« Ihr Frage war nur ein tonloses Flüstern. So hatte sie sich das nicht vorgestellt. Absolut nicht. Sie hatte sich an den Glauben geklammert, dass Isaac nicht gelitten hatte. Dass es schnell gegangen war – schnell und schmerzlos.

Der Regen war stärker geworden und fiel auf ihre Kleider und Gesichter. Alis dünnes Baumwollkleid war bereits durchnässt und klebte an ihrem Körper. Obwohl ihr nicht kalt war, zitterte sie. Ohne den Regen zu bemerken, ließ Elliot sie los und begann wieder auf und ab zu laufen. Der brennende, anklagende Zorn, der ihn an diesen Punkt gebracht hatte, war versiegt, doch auf seinem gequälten Gesicht lag noch immer grenzenlose Verzweiflung. »Ich beschloss weiterzufahren«, sagte er mit leiser Stimme. »Ich hatte nur einen Gedanken im Kopf: Isaac zu jemandem zu bringen, der wusste, was zu tun war, der ihn retten konnte. Doch dann lief er blau an, und als die Krämpfe begannen, wusste ich, dass ich anhalten musste. Es war grauenvoll, seine Arme und Beine zuckten, und als ich endlich am Rücksitz ankam, war er bewusstlos ... Er rührte sich nicht mehr. Er war so reglos. So verdammt reglos, und ich wusste, dass ich ihn verloren hatte. Ich versuchte ihn wieder zu beleben. Immer wieder – es kam mir wie eine Ewigkeit vor. Aber es nützte nichts. Egal, was ich tat, es war zwecklos. Dann – dann bin ich –« Doch seine Stimme brach. Das Entsetzen jener Nacht, das er erneut durchlebte, nahm ihm den Atem. Er hielt den Blick starr auf die ferne Hügelkette gerichtet, und von irgendwoher kam die Kraft fortzufahren. »Ich musste den restlichen Weg zum Krankenhaus in dem Wissen fahren, dass unser Sohn tot war. Ich trug ihn hinein, und jemand nahm ihn mir weg. Eine Krankenschwester setzte sich zu mir, und als ich dachte, ich sei ruhig genug, rief ich dich an.«

Er verstummte, schloss die Augen und atmete in einem langen Seufzer aus. Dann stand er vollkommen reglos da und lauschte auf den Regen, der um ihn herum auf den Boden platschte. Sein Zorn war verraucht. Das Schlimmste war vorüber. Gott sei Dank. Er hatte sich wieder unter Kontrolle.

Er öffnete die Augen und wandte sich zu Ali um, doch

plötzlich übermannte ihn aus dem Nichts eine betäubende Welle der Qual, als er sich daran erinnerte, wie er zum letzten Mal seine Lippen auf Isaacs zarte Wange gepresst hatte; sein schlaffer Körper war schon ein wenig kühl gewesen, als er ihn aus dem Auto getragen hatte. Ein unkontrollierbares Zittern packte ihn. Er schlug die Hände vor das Gesicht und weinte. Er dachte, er hätte bereits jede nur denkbare Form des Schmerzes durchlebt, wenn er an seinen Sohn dachte, doch das war ein Irrtum. Was er nun empfand, nachdem er endlich einem anderen Menschen gestanden hatte, was er in jener Nacht durchgemacht hatte, war eine Verschmelzung sämtlichen bisherigen Leids.

Nach und nach nahm er wahr, dass Ali hinter ihm stand. Er spürte ihre Hände auf seinen Schultern. Zuerst wehrte er sich gegen sie, starr und unbeugsam, doch als er merkte, dass sie ebenso sehr weinte wie er, ergab er sich ihrer Umarmung, und in dem sintflutartigen Regen, der sie mittlerweile völlig durchweicht hatte, taten sie, was sie noch niemals getan hatten, seit ihr Sohn gestorben war: Sie weinten in den Armen des anderen.

»O Ali«, schluchzte er an ihrem Hals, »ich schwöre, ich habe alles getan, was ich konnte, um ihn zu retten. Es war ein Albtraum. Ein einziger, beschissener Albtraum. Es ging so schnell, und es gab nichts, was ich tun konnte. Du musst mir glauben.«

30

Ali sprach als Erste. Sie löste den Kopf von Elliots Schulter, sah in sein schmerzzerfurchtes Gesicht und sagte: »Elliot, wir müssen reden.«

Sie nahmen sich einen Augenblick Zeit, um sich zu sammeln, und gingen dann den Pfad zurück zum Haus, in das sich die übrigen Gäste vor dem Regen geflüchet hatten. Ohne ein Wort zu irgendjemand verließen sie die Party.

In schweigender Konzentration fuhr Elliot sie nach Timbersbrook. Sein ernster Blick und die harte Linie seines Kinns zeigten deutlich, dass jetzt nicht der Moment war, ihr Gespräch zu beginnen.

Wie gut er sich von allem abschließen kann, dachte Ali, während sie neben ihm saß, denn so nah sie sich körperlich waren, spürte sie, dass er innerlich weit von ihr entfernt war. Und hatte er seit Isaacs Tod nicht genau das getan? Er hatte sich von allen abgekapselt. Auch von ihr. Das war seine Art gewesen, mit der Trauer fertig zu werden; sein von Natur aus stilles, zurückgezogenes Wesen hatte die Rollläden heruntergelassen und ihn gezwungen, sich in sich selbst zurückzuziehen. Jetzt, aus dem Rückblick, lag es auf der Hand, dass sie sich stärker hätte bemühen müssen, ihn zu erreichen, sich durch seine Schutzwälle zu schleichen und den eisernen Panzer zu durchdringen, hinter dem er sich versteckt hatte, doch sie hatte kaum die Kraft gefunden, sich durch ihr eigenes Elend zu schleppen, geschweige denn, Elliot zu unterstützen.

Wenn er ihr doch nur gesagt hätte, was er in jener Nacht durchgemacht hatte – wie anders hätte alles sein können! Doch ihre Bereitwilligkeit, seine ursprüngliche Version der Geschehnisse zu akzeptieren – Isaacs Tod sei so schnell gekommen, dass er kaum gelitten habe –, trug sicher ebenfalls einen Teil der Schuld. Wie jede Mutter hatte sie sich an den Glauben geklammert, dass ihr Sohn so gut wie keinen Schmerz erlitten hatte. Die ganze Zeit über hatte sie geglaubt, Isaac sei noch bei Bewusstsein gewesen, als Elliot ihn ins Krankenhaus gebracht hatte, und erst nach der Ankunft gestorben. Nur allzu bereitwillig hatte sie Elliots Versicherung geglaubt, dem Tod ihres Kindes sei kein furchtbares Ringen ums Überleben vorangegangen. Doch nun wusste sie, was wirklich geschehen war. Nun wusste sie, dass er um sein Leben gekämpft hatte, mit jeder Faser seines kleinen verängstigten, schmerzgeplagten Körpers, bis zum Letzten. Bis zum Allerletzten.

Sie presste die Augen zu, als ihr die entsetzliche Vorstellung dessen, was Elliot ihr gerade gesagt hatte, durch den Kopf schoss. Mit erschreckender Deutlichkeit sah sie das Bild vor sich, wie Elliot ganz allein an der Straße gestanden und verzweifelt versucht hatte, Isaac wieder zu beleben, und dann der grauenhafte Moment, als er erkennen musste, dass es zwecklos war. Dass er nichts tun konnte. Wie hätte sie in dieser Situation reagiert? In welche Tiefen wäre sie an seiner Stelle gesunken?

Doch sie hatte nie versucht, sich an Elliots Stelle zu versetzen. Sie hatte immer nur an Isaac gedacht. Und an sich selbst. An ihren Verlust.

Nicht einmal im Krankenhaus, als man ihr mitgeteilt hatte, was passiert war, hatte sie auch nur für einen Moment an die Tortur gedacht, die Elliot gerade durchgemacht hatte. Nur mit einem Ohr hatte sie dem Arzt zugehört, als er ihr erklärt hatte, der Tod ihres Sohns sei ein Szenario, vor dem sich jede medizinische Belegschaft fürchtete: Es hatte kaum Anzeichen gegeben, dass etwas ganz und gar nicht in Ordnung war. Man hatte ihr mitgeteilt, dass Isaac an Epiglottitis gestorben war, einer sehr seltenen Form von bakteriellem Krupp, die seinen Kehlkopf so hatte anschwellen lassen, dass er keine Luft mehr bekommen hatte. Weiter hatte der Arzt ihr gesagt, wie er es zuvor auch Elliot und Sam erklärt hatte, dass es nichts gab, was Elliot hätte tun können. Das Einzige, was Isaac vielleicht gerettet hätte, wäre ein sofortiger Luftröhrenschnitt gewesen.

Doch sie hatte sich geweigert, dem Arzt zu glauben. Das Leben eines Kindes konnte nicht einfach so genommen werden. Es konnte nicht so enden. Das war einfach unmöglich. Jemand musste die Schuld daran haben.

Grausamerweise hatte sie innerlich Elliot die Schuld gegeben; er hätte Isaac rechtzeitig ins Krankenhaus bringen müssen.

Später hatte Sam sie nach Hause gefahren und darauf bestanden, die Nacht bei ihnen zu verbringen. Doch keiner hatte geschlafen, und während sie allein oben auf dem Bett geweint und Sam eine Tasse Kaffee nach der anderen gekocht hatte, die niemand trank, hatte Elliot begonnen, sich in sich selbst zurückzuziehen. Um vier Uhr morgens hatte sie aus dem Schlafzimmerfenster geblickt und seine einsame Gestalt in der Dunkelheit des Gartens stehen sehen. Sie hatte keine Ahnung, wie lange er schon da draußen stand, aber nach der Atemwolke zu schließen, die in der kalten Winterluft hing, musste er halb erfroren sein. Sie wusste, dass er sie brauchte, doch ihr eigener Schmerz war so groß, dass er alle Gefühle für Elliot überlagerte; sie hatte die Stirn an die eiskalte Scheibe gedrückt und stumm die Worte geformt: *Du hättest ihn retten können ... Du hättest ihn retten können.*

Und in der einen oder anderen Weise hatte sie diese Worte seither immer wieder gedacht.

Sie hatte Elliot nie offen beschuldigt, Isaac im Stich gelassen zu haben, aber sie wusste, dass das, was sie getan hatte, kaum besser gewesen war: Sie hatte ihn unbarmherzig bestraft, indem sie ihn dazu gebracht hatte, sie zu hassen.

Dies war das letzte Eingeständnis, die Wahrheit, die nicht einmal Sarah erraten hatte; dies war es, was ihre Ehe tatsächlich zerstört hatte. Es war nicht nur Elliots Zurückweisung, die sie immer wieder dazu getrieben hatte, ihn zu bestrafen, sondern ihr furchtbarer, fehlgeleiteter Drang, ihn dafür büßen zu lassen, dass er den Tod ihres Sohns nicht verhindert hatte. Anfangs war ihr nicht bewusst gewesen, was sie tat, doch als sie begriffen hatte, welche Zerstörung sie betrieb, war es ihr egal gewesen. Es war alles seine Schuld, er hatte ihr Kind sterben lassen.

Von Schuldgefühlen und Scham überwältigt, schlang sie die Arme um ihre nassen Schultern und zitterte. Wie hatte sie sich nur so abscheulich benehmen können? Und noch dazu einem Mann gegenüber, der, wie sie nun wusste, einen viel schlimmeren Albtraum durchlebt hatte als sie. Natürlich hatte er alles Menschenmögliche getan, um Isaac zu retten. Wieso hatte sie je geglaubt, dass er das nicht getan hatte?

Elliot hatte Isaac von ganzem Herzen geliebt. Er war nie zu beschäftigt oder zu müde gewesen, um mit seinem Sohn zu spielen. Nie hatte er sich geweigert, seinen Anteil schlafloser Nächte zu übernehmen, als Isaac gezahnt hatte. Einmal hatte sie gehört, wie er nachts ganz sanft und leise mit Isaac gesprochen hatte, um ihn zu beruhigen. Er hatte ihm von all den Dingen erzählt, die sie zusammen unternehmen würden, wenn er alt genug war. Sie war aus dem Bett geschlüpft und hatte an der Tür gelauscht.

»Ich fahre mit dir nach Yorkshire«, hatte Elliot leise gemurmelt, Isaac, der verschwitzt und quengelig war, an seine Schulter gedrückt und die zarten Strähnen feuchten, blonden Haars in seinem Nacken gestreichelt. »Ich zeige dir, wo ich aufgewachsen bin. Wir nehmen einen Drachen und gehen ins Moor. Das hat dein Großvater früher oft mit mir gemacht. Vielleicht nehmen wir ihn mit. Und deine Mutter auch. Übrigens gibt es etwas, was du über deine Mutter wissen solltest. Bestimmt hast du es schon bemerkt, aber sie ist die schönste Frau auf der ganzen Welt. Außerdem ist sie auch die intelligenteste, und du solltest gut aufpassen, was sie tut. Eines Tages wirst du erkennen, wie wunderbar sie ist. Ich warne dich, es wird ein Schock sein. War es jedenfalls für mich. Natürlich wirst du sie nie so lieben wie ich, aber lieben wirst du sie, das schwöre ich dir, weil du gar nicht anders kannst. Und wenn es eines Tages so weit ist und du dich wahnsinnig und grenzenlos verliebst, dann hoffe ich, dass du so viel Glück hast wie dein Vater und die Frau heiratest, die dir mehr bedeutet als alles andere auf der Welt. Doch bis dahin musst du dich mit der Liebe deiner Eltern begnügen. Und das ist nicht wenig. Es gibt nichts, was wir nicht für dich tun würden. Wir werden dich immer beschützen. Dir kann nie etwas Schlimmes passieren.«

Mit Tränen in den Augen hatte sie Elliot sagen wollen, dass sie da war, dass sie seine Worte gehört hatte. Sie hätte ihm gerne gesagt, wie gerührt sie war, doch da sie ihn noch nie zuvor so überschwänglich erlebt hatte, war sie leise ins Bett zurückgeschlichen und hatte darauf gewartet, dass er zurückkam.

Als Ali an all die Liebe dachte, die sie so vorsätzlich zerstört hatte, hasste sie sich selbst. Ihr war regelrecht übel. Aus Angst, sich übergeben zu müssen, öffnete sie die Augen und bemerkte, dass Elliot sie ansah. Die Besorgnis auf seinem Gesicht machte ihre Schuldgefühle nur noch schlimmer.

Es hatte aufgehört zu regnen, als Elliot den Wagen anhielt, und die Sonne schien wieder. Er schloss die Haustür auf und führte sie wortlos ins Wohnzimmer, wo er ihnen zwei reichlich bemessene Jack Daniel's einschenkte. Ali stand unsicher in dem großen Raum und sah ihm zu. Als er ihr den Drink gab, bemerkte sie die Gruppe gerahmter Fotos auf dem Flügel. Zur Ablenkung ging sie hinüber, um sie sich anzusehen, und entdeckte zu ihrer Überraschung eine alte Aufnahme von sich in der Sammlung. Nervös strich sie mit der Hand über den Tastendeckel und fragte: »Spielst du noch?«

»So gut wie nie«, antwortete er.

»Warum nicht?«

Unruhig trank er einen Schluck von seinem Whisky. »Ich habe mein dankbarstes Publikum verloren.« Ohne auf eine Erwiderung von ihr zu warten, drehte er sich abrupt um und ging zu den Glastüren, die zum sonnenüberfluteten Garten hinausführten. Er öffnete sie und sog die frische Luft ein, die sich durch das Gewitter abgekühlt hatte.

Sie trat zu ihm. »Sollen wir uns nach draußen setzen?«, fragte sie.

Er führte sie zu einer Holzbank, die in einer kleinen schattigen Ecke des Gartens stand. Der Boden war mit moosbewachsenen Yorkshire-Steinen gepflastert, und überall standen große Töpfe mit Herz- und Königslilien. Alles sah nach dem Regenguss wie frisch gewaschen aus, und an den schweren Blättern und Blüten hingen kleine Wassertropfen wie glitzernde Juwelen. Es war sehr ruhig.

»Du hättest das, was in jener Nacht passiert ist, nie für dich behalten dürfen«, sagte Ali, nachdem Elliot die Bank mit seinem Taschentuch abgewischt und sie sich gesetzt hatten.

»Ich musste es tun«, erwiderte er schlicht.

»Aber warum?«

»Ich habe versucht dich zu beschützen ... Ich wollte nicht, dass du so albtraumhafte Erinnerungen an Isaac hast wie ich.«

»Wenn du mir die Wahrheit gesagt hättest, hätte ich dir vielleicht nicht noch zusätzlich wehgetan. Ich hätte es vielleicht besser verstanden – wäre in der Lage gewesen, dir zu helfen.«

»Es hätte nichts genützt. Ich hätte dich nicht in meine Nähe gelassen. Ich hasste mich dafür, dass ich Isaacs Tod nicht verhindert hatte.« Mit gesenktem Kopf starrte er blicklos in sein Glas. »Ich hasse mich noch immer. Für den Rest meines Lebens muss ich mit dem Wissen leben, dass ich, wenn ich eher bemerkt hätte, dass Isaac krank war, wenn ich Gervase eher abgewürgt hätte, wenn ich eher ins Krankenhaus gekommen wäre –«

Sie legte die Hand auf seinen Unterarm. »Elliot, du musst aufhören, dich mit diesen Gedanken zu quälen.«

Er hob den Kopf und sah sie an. »Ich glaube nicht, dass ich das kann. Jede Nacht, wenn ich schlafe, sehe ich sein verängstigtes Gesicht, sehe, wie betrogen er sich fühlte, weil sein eigener Vater ihn so leiden ließ, weil ich nichts dagegen getan habe. Ich höre, wie ich ihn anschreie, dass er nicht sterben soll. Wieder und wieder durchlebe ich den Moment, wo ich versuche ihn wieder zu beleben. Manchmal funktioniert es ... doch meistens liegt er nur schlaff und kalt in meinen Armen.« Er trank einen Schluck aus seinem Glas. »Manchmal träume ich, dass du es bist, die ich ins Leben zurückholen will.«

Ihre Kehle schnürte sich zusammen. »Funktioniert es manchmal?«, fragte sie.

»Nein«, sagte er düster. »Ich komme immer zu spät ... genau wie bei Isaac.«

»O Elliot, warum hast du nie versucht, mir diese Dinge zu sagen?«

»Dazu hatte ich wohl schon zu viel Hass in dir geweckt.«

Sie runzelte die Stirn. »Nein, es ist genau umgekehrt, ich hatte dich dazu gebracht, *mich* zu hassen.«

»Ich habe dich weggestoßen, Ali, weil ich niemanden in meiner Nähe ertragen konnte, aber ich habe dich nie gehasst. Bitte, wenigstens das musst du mir glauben.«

»Dann habe ich mich auch darin geirrt.« Sie seufzte. »Ich brauchte diese Vorstellung. Es war eine verrückte Art, mich selbst zu bestrafen – und dich. Ich wollte alles zerstören, was wir hatten. Ich redete mir ein, dass es mir besser gehen würde, wenn ich dafür sorgte, dass es dir schlechter ging.«

»Hat es funktioniert?«

»Was glaubst du?«

»Wahrscheinlich nicht.«

Sie wandte sich zu ihm. »Wenn ich dir tausendmal sagen würde, dass es mir Leid tut, würdest du mir vergeben?«

Er starrte sie an. »Aber, Ali, ich brauche *deine* Vergebung.

Wenn ich eher gehandelt hätte, wäre Isaac noch am Leben, wenn ich –«

»Nein, Elliot, du hast alles getan, was in deiner Macht stand. Ich kann das akzeptieren, und du musst es auch. Du musst aufhören, dich selbst zu bestrafen.«

Er sagte nichts, sondern legte ganz vorsichtig den Arm um sie und zog sie an sich, bis ihr Kopf an seiner Schulter lag. Sie schob ihre Finger zwischen seine, und so saßen sie still da und ließen sich von der heiteren Ruhe des Gartens umhüllen.

»Ich fühle mich plötzlich so friedvoll«, sagte Ali, als sie sich schließlich rührte.

»Ich weiß, was du meinst. Mir geht es ähnlich.«

»Falls es so was wie ein Leben nach dem Tod gibt, meinst du, Isaac sieht jetzt auf uns herunter und sagt: ›Dem Himmel sei Dank‹?«

»Wahrscheinlich. Er war ein kluges Kerlchen.«

»Im Gegensatz zu seinen Eltern.«

»Allerdings«, stimmte Elliot ihr zu.

Wieder schwiegen sie. Dann sagte Elliot: »Du findest das jetzt vielleicht unpassend, aber da wir sowieso aus diesen nassen Sachen raus müssen, wie wäre es mit einer Runde Schwimmen?«

Verdutzt setzte sie sich auf. »Schwimmen?«

Entschlossen zog er sie auf die Füße. »Na, komm schon. Es tut uns bestimmt gut. Danach sind wir sicher entspannter.«

»Aber ich habe nichts anzuziehen«, protestierte sie, als er sie zurück ins Haus und zum Schwimmbad führte.

Er stieß die Türen zur Terrasse auf. »Ich gucke nicht hin, Ehrenwort.«

»Wie, du meinst splitterfasernackt?«

Er ignorierte ihre Frage und den Tonfall indignierter Sittlichkeit. »Die Umkleidekabinen sind da drüben. Ich hole dir einen Bademantel und ein Handtuch.« Er öffnete einen der verspiegelten Schränke hinter sich und drückte ihr einen Stapel ordentlich gefaltetes weißes Frottee in die Hand.

Als sie aus der Umkleidekabine kam, scheu in den viel zu großen Bademantel gehüllt, war Elliot bereits im Becken, rücksichtsvoll mit einer Badehose bekleidet. Wie er versprochen hatte, sah er nicht zu ihr hin, bis sie ganz im Wasser war. Es war albern, dass ihr die Vorstellung peinlich war, er könne sie nackt sehen, aber irgendwie war es nicht richtig, dass der Exmann die Schätze betrachtete, die einst nur für ihn bestimmt waren, jetzt jedoch ein Schild mit der Aufschrift »Finger weg!« trugen.

In respektablem Abstand schwammen sie ihre Bahnen. Keiner sprach. Doch es dauerte nicht lange, da merkte sie, dass Elliot Recht gehabt hatte: Sie fühlte sich tatsächlich besser. Die Auswirkungen der schmerzlichen, aufwühlenden Tortur, die sie gerade durchgemacht hatten, begannen nachzulassen. Sie hoffte, dass es auch ihm besser ging. Ab und zu sah sie zu ihm hinüber, um sicher zu gehen, dass er ihn nicht doch den einen oder anderen Blick zuwarf. Doch wie immer, wenn er es wollte, war sein Gesichtsausdruck undurchdringlich. Sie ertappte sich bei der Frage, was er wohl gerade dachte. Gingen seine Gedanken in die gleiche Richtung wie ihre? Dass sie den Schlüssel zu ihrer Freiheit gefunden hatten?

Ihre Bemerkung im Garten, dass sie Frieden gefunden hatte, entsprach der Wahrheit. Sie hätte es nie für möglich gehalten, dass dieser Moment einmal kommen würde. Doch es war geschehen. Wie durch ein Wunder war die Last der vergangenen zweieinhalb Jahre von ihren Schultern genommen worden. An den Tatsachen hatte sich nichts geändert – Isaac war noch immer tot, und ihre Trauer um ihn war nach wie vor da –, doch ihr grausamer Drang zur Selbstbestrafung war verschwunden. Durch ihr Mitgefühl für Elliot und das tief in ihrem Innern verborgene Wissen, dass sie ihm nicht länger die Schuld gab, fühlte sie sich fast wieder wie ihr altes Ich. Vielleicht sogar wie ein besseres.

Allmählich wurde sie müde, und da sie wusste, dass sie mit Elliots starken Armen und Schultern, die mühelos durchs Wasser glitten, nicht mithalten konnte, sah sie zu, wie er vor ihr her schwamm. Es war schwer, ihn nicht zu bewundern, und sie fragte sich, ob es seit ihrer Scheidung eine Frau in seinem Leben gegeben hatte. Vermutlich konnte die Antwort nur ein Ja sein. Sie konnte sich nicht vorstellen, dass es eine Frau gab, die seinem ganz eigenen zurückhaltenden Sexappeal widerstehen konnte. Ganz bestimmt hatte er ihn in der Zeit seit ihrer Trennung geschickt zum Einsatz gebracht. Bei diesem Gedanken musste sie lächeln. Plötzlich bemerkte sie, dass er aufgehört hatte zu schwimmen und am flachen Ende auf sie wartete.

»Es ist eine Ewigkeit her, seit ich dich so lächeln gesehen habe«, sagte er. »Woran denkst du?«

»An dich.« Sie hielt neben ihm an. »Und wag es ja nicht, tiefer als auf mein Gesicht zu sehen«, fügte sie hinzu, da ihr wieder einfiel, dass sie keinen Faden am Leib trug, »nicht mal für eine Sekunde.«

Er schmunzelte. »Und wieso hast du gelächelt?«

»Ich habe mich gefragt, ob es seit mir viele Frauen in deinem Bett gegeben hat.«

Er zog die eine Augenbraue hoch. »Und du glaubst, du hättest ein Recht, das zu wissen?«

»Nein, eigentlich nicht. Das Recht habe ich abgegeben, als ich mich von dir scheiden ließ.«

Sein Blick wurde schärfer. »Nun, ich sag's dir trotzdem, nur um deine Neugier zu befriedigen. Es gab keine.«

»Nicht eine?«

Er schüttelte den Kopf. »Du scheinst ja sehr erstaunt zu sein über mein mönchisch karges Sexleben.«

»Ja, ich bin ziemlich überrascht.« Sie war auch überrascht festzustellen, dass sie entgegen jeder Logik erleichtert war. »Und wie viele waren es bei dir?«

»Hunderte«, sagte sie mit übermütigem Lächeln.

Er runzelte die Stirn. »Was soll das genau heißen?«

Lachend schwamm sie davon. »Das heißt Null, Loverboy.«

Er folgte ihr und holte sie mit einem einzigen kraftvollen Zug ein. In ihrem Tempo und nur ein paar Zentimeter von ihr entfernt schwimmend, vergaß er sein Versprechen und ließ den Blick über ihren geschmeidigen Körper gleiten. In diesem Moment erschien er ihr wie eine fließende, schimmernde Vision der Verheißung. Fast augenblicklich bemerkte sie, was er tat, und tauchte unter, doch er hatte ein Lächeln in ihren Mundwinkeln gesehen. Er holte tief Luft und tauchte hinter ihr her. Er schlängelte sich unbemerkt an, packte sie um die Taille und zog sie hinunter auf den Boden des Beckens. Als ihre überraschte Gegenwehr nachließ und sie sich in seine Arme schmiegte, bedeckte er ihre Lippen mit seinen und füllte ihren Mund sanft mit Luft. Er küsste sie so lange, wie sein Atem reichte, und als sie schließlich an die Oberfläche kamen, starrten sie sich reglos an. Es war Ali, die den nächsten Schritt tat. Sie zog ihn an sich und küsste ihn, drängend und voller Leidenschaft; von Kopf bis Fuß brannte sie vor Verlangen nach ihm. Seinen Körper an sich pressend und in seiner Vertrautheit schwelgend – es gab keinen einzigen Zentimeter an ihm, den sie nicht kannte –, unterbrach sie ihre Küsse nur, um immer wieder wie von Sinnen seinen Namen zu flüstern. Keiner von beiden schien die geringsten Zweifel zu haben, was nun passieren würde. Es war mehr die Frage, wo. Ali wollte ihn so sehr, dass sie im Wasser herumgeplatscht und das Risiko auf sich genommen hätte zu ertrinken. Doch Elliot hatte anderes im Sinn. Er half ihr aus dem Becken, streckte sie auf den Bademänteln und Handtüchern aus, und dann liebten sie sich, wie sie es immer getan hatten, mit einer Leidenschaft, die zugleich zärtlich und hemmungslos war.

»Ich hatte mir schon Sorgen gemacht, dass ich es nach der langen Phase der Keuschheit verlernt hätte«, murmelte er, als sie eng umschlungen dalagen, überwältigt, erschöpft und ziemlich verlegen.

»Hast du auch«, erwiderte sie atemlos, »ich hab nur so getan.«

Er stützte sich auf den Ellbogen und betrachtete ihr zufriedenes Gesicht, dessen Züge so sanft und zärtlich waren, genau wie ihre Hände ein paar Minuten zuvor. Das war die Ali, die er liebte. Die Ali, die im einen Augenblick noch selbstbewusst und durchsetzungsfähig war, wenn sie sich liebten jedoch zitterte und stöhnte und sich wehrlos vor Verlangen wand. Es hatte ihn seit jeher umgehauen, dass er eine solche Wirkung auf sie hatte.

»Ali –?«

Sie öffnete die Augen. »Nein«, flüsterte sie, »sag nichts. Nicht jetzt. Küss mich noch mal und beweis mir, dass ich nicht träume.«

»Da weiß ich was Besseres.« Er hüllte sich und Ali in die Bademäntel, trug sie hinüber ins Wohnzimmer und setzte sie auf die Klavierbank. Sie lachte, als sie begriff, was er vorhatte.

»Du weißt ja, wozu das führt«, sagte sie warnend.

Er schoss sein Marschflugkörper-Lächeln auf sie ab. »Genau darauf habe ich es ja angelegt.«

Er spielte aus dem Gedächtnis und war kaum bis zum Ende des zweiten Satzes ihrer geliebten Beethoven-Sonate gekommen, als sie darauf bestand, dass er mit ihr nach oben ging. Im Zwielicht der Abenddämmerung und in der warmen Brise, die durch das offene Fenster hereinwehte, liebten sie sich erneut.

»Gut, ich glaube es«, sagte sie hinterher. »Du hast mich überzeugt, dass ich nicht träume.«

Sie schliefen ein wenig, und als sie aufwachten, merkten sie, dass sie hungrig waren. Sie gingen hinunter und inspizierten den Kühlschrank. »Was hältst du von einem Teller mit kaltem Hühnchen und einer Flasche Chardonnay?«

»Jede Menge.«

Sie stellten ein Tablett zusammen und gingen damit zurück in sein Schlafzimmer. Nachdem er eingeschenkt und ihr ein Glas gereicht hatte, wurde sein Gesicht ernst. »Worauf sollen wir trinken?«

Sie wusste, was er eigentlich fragte: War dies ein Onenightstand oder ein neuer Beginn ihrer Beziehung? »Ich weiß nicht«, sagte sie bewusst zurückhaltend. »Was meinst du?«

»Auf die Zukunft vielleicht, damit liegt man immer richtig«, erwiderte er ebenso vorsichtig.

»Müssen wir die näher definieren?«

Sein Blick wich ihr ein wenig aus, als wisse er nicht so recht, wie er ihre Frage beantworten sollte. Dann stellte er ihre beiden Gläser hin und küsste sie ganz leicht, so dass ihre Lippen sich kaum berührten. Er glitt mit seiner Hand in das Oberhemd von ihm, das sie trug, und zeichnete die weiche, warme Kurve ihrer Brust nach. Er spürte, wie ihr Herz pochte, und zog sich ein Stück zurück, so dass er in die dunklen Tiefen ihrer Augen sehen konnte. »Ali, eine Zukunft ohne dich wäre so leer und bedeutungslos wie die letzten zweieinhalb Jahre. Ich muss bei dir sein. Ich brauche dich in meinem Leben.«

31

Als Elliot aufwachte, strömten die hellen Strahlen der Morgensonne durch das Schlafzimmerfenster hinein. Er brauchte nicht einmal eine Sekunde, um sich an die Ereignisse von gestern und vor allem von gestern Abend zu erinnern. Ganz vorsichtig, um Ali nicht zu wecken, drehte er sich auf die Seite und betrachtete ihr friedvolles, schlafendes Gesicht, bewunderte die Weichheit ihrer Wange, die zauberhafte Linie von Kiefer und Kinn. Sein Herz schwoll an vor Liebe, und er wünschte sich nichts sehnlicher, als den ganzen Tag mit ihr im Bett zu bleiben, doch eine Sitzung der Geschäftsleitung um neun erstickte diese Versuchung im Keim. Während er den Blick über die Konturen ihres Körpers unter der dünnen Decke wandern ließ und dem leisen Wispern ihres Atems lauschte, war ihm bewusst, dass er diesen Moment auskosten musste, für den Fall, dass sie beim Aufwachen das, was zwischen ihnen geschehen war, bereute.

Die Gefahr bestand durchaus, das war ihm klar. Aufgewühlt, wie sie gewesen waren, hatten sie Trost beieinander gesucht, und nun, da sich ihr Schmerz und ihre Verletzlichkeit ein wenig gelegt hatten, konnte es gut sein, dass Ali die Dinge in einem anderen Licht sah. Möglicherweise dachte sie sogar, dass er ganz egoistisch ihre Schwäche ausgenutzt hatte.

Doch das stimmte nicht. Alis Reaktion im Schwimmbad, als er sie geküsst hatte, war ganz allein von ihr gekommen – obwohl sie ihm mit vollem Recht vorwerfen konnte, dass er sich wie ein Neandertaler benommen und seine Stärke dazu ausgenutzt hatte, sie zu überwältigen. Das war nicht von der Hand zu weisen. Das Einzige, was er zu seiner Verteidigung vorbringen konnte, war, dass sein Verlangen nach ihr seine sonstige Zurückhaltung außer Kraft gesetzt hatte.

Es war ihre Antwort gewesen – *Das heißt Null, Loverboy* –, die ihn dazu gebracht hatte, alle Vorsicht fahren zu lassen und seinen wahren Gefühlen nachzugeben. Die freche Verspieltheit in ihrer Stimme hatte wie eine Aufforderung zum Flirt in der hallenden Luft des Schwimmbadraums gehangen, genau wie damals, als sie sich kennen gelernt hatten. Eines Abends hatten sie länger gearbeitet, nur sie beide, und er hatte sie gefragt, ob er sie nicht von etwas Netterem zu Hause abhielte – ein verdecktes Manöver, um herauszubekommen, ob sie einen Freund hatte. Worauf sie die eine Augenbraue ein wenig hoch gezogen und erwidert hatte: »Was könnte wohl netter sein als ein Abend Zahlenjonglieren mit meinem Chef?«

Abgesehen von dem, was in ihrer Personalakte stand, wusste er über Ali Edwards damals nur, dass sie mit Daniel Delafield zusammen wohnte, der in jenen Tagen, bevor seine sexuelle Orientierung allgemein bekannt wurde, das Interesse nahezu sämtlicher Frauen in der Belegschaft auf sich zog. Dementsprechend wurde Ali heftig beneidet. Im Gegensatz zu seinen Kollegen, die nichts dagegen hatten, Geschäft und Vergnügen zu vermischen, war Elliot immer der Überzeugung gewesen, dass es besser war, beides zu trennen. Zu oft hatte er die unschönen Folgen der Büro-Liebeleien miterlebt. Als ausgesprochen reservierter Mensch hatte er seine privaten Beziehungen immer außerhalb der Firma gehalten. Doch trotz seiner selbst auferlegten Zurückhaltung und Alis kämpferischem Ruf – sie hatte einem der Partner gesagt, er solle die Pfoten bei sich behalten, und wenn er sie noch einmal begrapschte, würde sie ihm das Knie in die Eier rammen –, hatte er sich zu ihr hingezogen gefühlt.

Als sie mit ihrer Arbeit fertig waren, raffte er allen Mut zusammen und fragte sie, ob sie Lust hätte, mit ihm etwas trinken zu gehen. Er hatte halb mit einem kaum verhüllten »Hau ab, du bist genauso schlimm wie die anderen« gerechnet, doch sie stimmte bereitwillig zu, und so verbrachten sie die nächsten zwei Stunden in einer Weinbar. Gefesselt lauschte er ihren spitzen, aber unterhaltsamen Bemerkungen über einige der Seniorpartner. Er beobachtete sie genau, als versuche er sich einzuprägen, auf welche Weise sie sich mit der Hand durch das kurze, lockige Haar fuhr, wie sie den Kopf beim Lachen zur Seite neigte und wie sich die blitzende Dunkelheit ihres intelligenten Blicks mit seinem verband, wenn sie ihn etwas fragte. Sie strahlte eine ruhige Selbstsicherheit und einen funkelnden Sinn für Humor aus, was ungeheuer anziehend war.

Es dauerte nicht lange, da ertappte er sich bei der Frage, wie sie wohl im Bett war, und bei dem Gedanken, wie gerne er das herausfinden würde. Auf dem Weg nach Hause, nachdem er sie zu ihrem Wagen gebracht hatte, wusste er, dass er sich unermüdlich um sie bemühen würde. Sie war, so beschloss er, die Frau, die er heiraten würde.

Da er ein absolut rationaler Mensch war, traf es ihn wie ein Schock, dass er zu einem so unvernünftigen Gedanken fähig war. So führte er doch sein Leben nicht. Er traf niemals eine Entscheidung auf Grund einer Gefühlslaune. Klar durchdachte, analytische Deduktion – das war es, was zählte.

Doch der nackte Instinkt war offenbar stärker als jedwede kopfgesteuerte Vorsicht, und innerhalb kurzer Zeit traf er sich außerhalb der Arbeit regelmäßig mit Ali. Das Schwierigste war, die Stärke seiner Liebe und seines Verlangens fest unter Kontrolle zu behalten; da er Angst hatte, dass sie sich bedrängt fühlen könnte, zwang er sich, sein Herz nicht zu früh zu offenbaren. Genau ein Jahr nach ihrem ersten gemeinsamen Drink lud er sie zu einem Überraschungswochenende nach New York ein, und oben auf dem sechsundachtzigsten Stockwerk des Empire State Building fragte er sie dann endlich, ob sie seine Frau werden wollte, nachdem er das Ganze auf dem siebenstündigen Flug, während sie schlief, im Geist immer wieder durchgeprobt hatte.

»Ich hatte mich schon gefragt, wann du wohl die Kurve kriegen würdest«, sagte sie, als sie auf der überfüllten Aussichtsplattform standen und auf Manhattan hinuntersahen.

»Soll das heißen, dass du der Vorstellung nicht völlig abgeneigt bist?«, fragte er vorsichtig.

»Du weißt doch wohl, worauf du dich einlässt, oder?«, entgegnete sie, ohne seine Frage zu beantworten. »Mit mir zusammen zu leben, ist die Hölle.«

»Ohne dich wäre es eine noch schlimmere Hölle.«

»Heißt das, ich täte dir damit sogar einen Gefallen?«

»Ich stünde für immer in deiner Schuld.«

Sie lächelte und fragte ihn mit einem Funkeln in ihren Augen: »Bist du schon mal auf die Idee gekommen, dass ich vielleicht um *deine* Hand anhalten wollte?«

Die Frage brachte ihn aus dem Konzept. »Äh ... nein.« Er hätte wissen müssen, dass Ali auf einen Heiratsantrag niemals mit einem klaren Ja oder Nein antworten würde.

»Ist es dir nie in den Sinn gekommen, dass es niemanden gibt, mit dem ich mein Leben lieber verbringen würde?«, fragte sie. »Dass du der erstaunlichste Mann bist, den ich kenne?«

»Erstaunlicher als Daniel?«

Sie lachte. »Jetzt übertreib aber nicht, Elliot. Daniel ist eine Klasse für sich.«

Auch er lachte, und dann nahm er sie in die Arme. »Wie lautet deine Antwort?«

Doch bevor Ali antworten konnte, beugte sich eine kleine, ältere Amerikanerin mit einem Gesicht, das so verschrumpelt war wie eine kalifornische Rosine, zu ihnen und sagte: »He, Süßer, wenn sie dumm genug ist, nein zu sagen, gibst du mir dann 'ne Chance?«

Doch Ali hatte nicht nein gesagt, und sie hatten den Nachmittag damit verbracht, einen Ring auszusuchen.

Als er Ali nun betrachtete, während sie schlafend neben ihm lag, fragte er sich, was sie wohl mit dem Diamantring gemacht hatte, den sie damals ausgesucht hatten. Hatte sie ihn verkauft? Oder weggeworfen, in einer symbolischen Geste, um ein Kapitel ihres Lebens abzuschließen, an das sie nicht erinnert werden wollte? Was den goldenen Trauring betraf, den sie für ihn ausgewählt hatten, so hatte er nie daran gedacht, sich von ihm zu trennen, und seit der Scheidung lag er in der antiken Holztruhe am Fußende seines Bettes, wo er auch seine anderen bittersüßen Erinnerungsstücke aufbewahrte – Isaacs Baseballkappe von den New York Yankees und ein kostbares Fotoalbum. Nur in Momenten großer Stärke brachte er es fertig, die Truhe zu öffnen und sich die Bilder seines Sohns anzusehen oder die Kappe in die Hand zu nehmen und sich daran zu erinnern, wie Isaac sie getragen hatte. Doch vielleicht würde es jetzt anders sein, weniger schmerzlich.

Lange, bis in die frühen Morgenstunden, hatten er und Ali über Isaac gesprochen, wie sie es noch nie zuvor getan hatten. Sie hatten darüber gesprochen, wie sehr sie ihn vermissten, wie viel er ihnen bedeutet hatte und noch immer bedeutete. Und so innig die körperliche Liebe auch gewesen war, spürte er doch, dass sie sich niemals näher gewesen waren als in diesen ehrlichen, offenbarenden Momenten, als sie über den schmerzlichen Tod ihres Sohns sprachen. Das Wissen, dass Ali ihm nicht länger die Schuld an Isaacs Tod gab, war eine unendliche Erleichterung für ihn. Vielleicht würde er nun eines Tages wirklich akzeptieren können, dass es nicht seine Schuld war, dass Isaacs Tod nicht seiner Nachlässigkeit zuzuschreiben war, sondern dem rücksichtslosen Schicksal, das ihre Welt zerstört hatte.

Selbst die Erinnerung an seine Reaktion auf den kleinen Jungen gestern bei der Party und dessen unschuldiges, aber hoch explosives Geplapper, das ihn in die Knie gezwungen hatte, beunruhigte ihn nicht so sehr, wie es sonst vielleicht der Fall gewesen wäre. Er erkannte, dass er ohne diesen Zusammenbruch niemals so weit gegangen wäre, Ali die

Wahrheit über jene Nacht vor zweieinhalb Jahren zu sagen. Ein Teil von ihm wünschte noch immer, er hätte ihr das Wissen darüber, was wirklich mit Isaac geschehen war, erspart; er wollte nicht, dass sie von solchen Albträumen heimgesucht wurde, wie sie ihn die ganze Zeit über gequält hatten.

Ein Blick auf die Uhr sagte ihm, dass es schon fast halb acht war. Er musste sich beeilen. Er senkte den Kopf und strich zart mit seinen Lippen über Alis. Sie regte sich und öffnete langsam die Augen.

Er hielt den Atem an. Der Augenblick der Wahrheit war gekommen. Würde sie im kalten Licht des Tages bereuen, dass sie nackt in seinem Bett lag, oder würde sie die unerwartete Wendung, die ihrer beider Leben genommen hatte, begrüßen?

32

Da ihr noch fast eine Stunde blieb, bis Ali kam, ging Sarah zu Trevor in die Werkstatt, um ihm Bescheid zu sagen, dass sie zu Grace musste. Er nahm seine Staubmaske und Schutzbrille ab und fragte sie über das laute Dröhnen und Kreischen der Drehbank hinweg: »Aber was ist, wenn Ali in der Zwischenzeit kommt?«

»Normalerweise wollte sie erst um zehn kommen, aber falls sie eher auftaucht, wirst du dich ja vielleicht eine Weile mit ihr unterhalten können.«

Er sah sie zweifelnd an. »Du weißt genau, dass Ali und ich nie ein gemeinsames Gesprächsthema finden.«

»Weil keiner von euch beiden sich bemüht.«

Trevor legte seine mit Sägemehl bestaubte Stirn in kindisch widerspenstige Falten. »Was gibt es denn so Wichtiges, dass du unbedingt zu Grace musst?«

Ohne darauf zu antworten, entfernte sie sich von der Werkbank. »Es dauert nicht lange. Keine Sorge, ich bin wieder da, bevor Ali kommt.«

Ein paar Minuten später lief sie durch den hellen Sonnenschein das kurze Stück zu Graces Bungalow und klopfte bei ihr an die Tür. Schon seit ihrem Gespräch am Freitag beim Mittagessen hatte Sarah sich bei Grace entschuldigen wollen. Das ganze Wochenende über hatte ihr biestiges Verhalten an dem Tag sie beschäftigt, und sie wollte nicht für zwei Wochen wegfahren, ohne Grace zu versichern, dass sie ihr nicht zu nahe getreten war.

»Du meine Güte, Sie sind aber früh unterwegs«, sagte Grace, als sie die Tür öffnete.

»Komme ich ungelegen?«

»Unsinn, natürlich nicht. Ich wollte mir gerade eine Tasse Kaffee gönnen, bevor ich mit dem Marmeladekochen anfange. Wollen Sie auch eine?«

»Liebend gerne«, sagte Sarah und folgte Grace in die Küche, wo auf der Spüle bereits ein großes Sieb mit Erdbeeren darauf wartete, geputzt und gewaschen zu werden, »aber ich kann nicht lange bleiben.« Sie erzählte ihr von Alis überraschender Einladung.

»Wie schön. Und was für ein guter Zeitpunkt.«

Sarah lächelte. »Wie kommt es nur, dass ich immer, wenn wir uns unterhalten, das Gefühl habe, Sie sind mir einen Schritt voraus?«

Auch Grace lächelte. »Aber es stimmt doch, oder? Dieser kleine Urlaub mit Ali wird Ihnen unglaublich gut tun. Wie reagiert Trevor denn darauf, dass Sie ihn im Stich lassen?«

»Still verärgert ist wohl die treffendste Beschreibung.«

»Spielt er den beleidigten kleinen Jungen?«

»Ein bisschen.«

»Er wird schon zurechtkommen. Zweifelsohne wird Hilfe herannahen, kaum dass Sie abgefahren sind.«

Sarah hörte den gutmütigen Spott in Graces Stimme. »Auch da haben Sie Recht. Shirley und Audrey haben bereits ihre Dienste angeboten. Sie werden sich förmlich überschlagen, ihn zu bekochen und seine Wäsche zu waschen. Oje, klinge ich jetzt sehr herzlos?«

»Nur einen gesunden Hauch zynisch.«

»So war ich früher nie.«

»Wir sind alle gezwungen, uns an die Veränderungen um uns herum anzupassen. Und was zählt, ist nicht, was wir einmal waren, sondern wie wir uns heute sehen.«

»Aber was ist, wenn uns nicht gefällt, wie wir sind?«

»Dann müssen wir herausfinden, was genau uns an der

Gegenwart stört. Man muss das grundlegende Problem erkennen und es in Angriff nehmen.«

»Und wenn wir das nicht können?«

Grace sah sie unverwandt an. »Nicht können oder nicht wollen, Sarah?«

Sarah ging zur Spüle und nahm sich eine Erdbeere. Sie betrachtete ihre vollkommene, reife Form und fragte sich, ob sie, genau wie das Leben, fade schmecken würde. Sie legte sie zurück in das Sieb und sagte, ohne Graces Frage zu beantworten: »Ich wollte mich nur für Freitagnachmittag entschuldigen.«

»Warum? Was haben Sie getan?«

»Ich war wütend auf Sie.«

»Ich glaube, Sie waren eher wütend auf sich selbst.«

»Mag sein, aber trotzdem tut es mir Leid, wie ich mich benommen habe.«

»Ich könnte mir vorstellen, dass das nur ein Kräuseln an der Oberfläche dessen war, was Sie wirklich empfanden, oder irre ich mich?«

»Wenn Sie Ali wären, würde ich Ihnen jetzt sagen, dass Sie die Klappe halten sollen.«

Obwohl Ali wusste, dass sie zu spät kommen würde, nahm sie sich die Zeit, noch einmal nachzusehen, ob sie die Windmühle auch wirklich abgeschlossen hatte – sie war nicht besonders erpicht darauf, Owen gestehen zu müssen, dass sein geliebtes Zuhause wegen ihrer Nachlässigkeit demoliert worden war.

Als sie sich überzeugt hatte, dass alles gesichert war, hievte sie ihre große Reisetasche in den Kofferraum ihres Autos und machte sich auf den Weg. Es war erst zwanzig vor zehn, aber sie fühlte sich bereits so, als hätte sie einen vollen Arbeitstag hinter sich. Nachdem Elliot sie in Timbersbrook House zurückgelassen hatte, war sie notgedrungen mit dem Taxi zu Daniel gefahren, um ihren Wagen abzuholen, und dann durch halb Cheshire gedüst, zurück zur Mühle, um sich umzuziehen und die letzten Urlaubsvorbereitungen zu treffen, die sie eigentlich am Abend zuvor hätte erledigen sollen.

Als sie morgens von Elliots Kuss aufgewacht war, hatten sein Anblick und seine Berührung sie augenblicklich erregt. Ohne die Teile ihres Körpers zu beachten, die noch von den Matratzenkunststücken der letzten Nacht schmerzten – sowie Elliots halbherzige Proteste, sie hätten keine Zeit –, hatten sie sich erneut geliebt. Falls er wirklich befürchtet hatte, dass seine Technik unter der langen Enthaltsamkeit gelitten hatte, so war die Sorge vollkommen unberechtigt. Wenn überhaupt, waren seine Liebeskünste noch ausgefeilter als zuvor. Sie hatten geduscht und hastig gefrühstückt, und kurz bevor Elliot sich auf den Weg zur Arbeit machen musste, hatte er gesagt: »Ali, wir müssen darüber reden, was jetzt weiter passiert. Wenn auch nur die geringste Möglichkeit besteht, dass du nach Sanderling fährst und bereust, was wir getan haben, dann muss ich es wissen. Ich glaube, ich könnte die Ungewissheit nicht ertragen.«

Sie hatte ihn geküsst und erwidert: »Hör auf, dir Sorgen zu machen, ich werde es nicht bereuen. Wenn ich zurückkomme, werden wir uns überlegen, wie es weitergehen soll. Aber es ist vielleicht ganz gut, wenn wir jetzt ein bisschen Abstand voneinander haben. Das gibt uns Zeit, uns wirklich über unsere Gefühle füreinander klar zu werden.«.

Er hatte sie fest an sich gedrückt. »In zwei Wochen muss ich in die Staaten. Kannst du deinen Urlaub nicht auf eine Woche verkürzen?«

»Nein«, hatte sie entschlossen gesagt, ihn von sich weggeschoben und hinzugefügt: »Und jetzt sieh zu, dass du los kommst, sonst macht Gervase sich noch selbstgefällig in deinem Sessel breit.«

»Rufst du mich heute Abend an?«

»Ja. Ehrenwort. Und jetzt *fahr*!«

Sie sah ihm nach, als er widerstrebend davonfuhr; sie spürte seine Angst, dass sie sich, sobald er ihr den Rücken zuwandte, wieder in die Frau zurückverwandeln würde, die sie seit Isaacs Tod gewesen war. Und wenn sie ehrlich war, befürchtete das auch ein kleiner Teil von ihr selbst.

Doch sie brauchte Zeit für sich, um mit den außerordentlichen Ereignissen der letzten vierundzwanzig Stunden und mit dem, was Elliot ihr gesagt hatte, zurechtzukommen. Sie bezweifelte, dass sie sich je mit dem Tod ihres Sohns abfinden und ihn als Teil eines größeren, höheren Plans anerkennen würde, aber zumindest konnte sie jetzt akzeptieren, dass niemand die Schuld daran trug, dass er gestorben war.

Am wenigsten Elliot.

Letzte Nacht hatte er lange über die furchtbaren Schuldgefühle gesprochen, die ihn gequält hatten, weil es ihm nicht gelungen war, Isaac zu retten. Und er hatte ihr auch gesagt, wie schmerzlich es für ihn gewesen war, ihr in die Augen zu blicken und dort den Vorwurf seines Versagens zu sehen.

Vor allem damit musste sie fertig werden: mit der bohrenden Scham, ihn so ungerecht behandelt zu haben.

Sie parkte hinter Sarahs und Trevors altem Sierra und hupte lautstark, um ihre Ankunft anzukündigen. Innerhalb von Sekunden war Sarah an der Haustür. »Ich fing schon an zu glauben, ich hätte deine Einladung nur geträumt. Was ist passiert? Hast du verschlafen?«

So sehr Ali auch darauf brannte, Sarah die unglaubliche Neuigkeit mitzuteilen, riss sie sich doch zusammen und hob es sich für später auf, wenn sie unter sich waren und sie den Gesichtsausdruck ihrer Freundin genießen konnte. »Das ist eine lange Geschichte«, sagte sie ausweichend, »die hebe ich mir für die Fahrt auf. Wo ist Trevor?«

»In der Werkstatt. Ich springe mal eben rüber und sage ihm Bescheid, dass du da bist.«

Während Sarah ihn holte, packte Ali hastig das Gepäck ihrer Freundin in den Kofferraum; sie war fest entschlossen, so schnell wie möglich aufzubrechen.

Trevor begrüßte Ali mit einer herablassenden Bemerkung, die er für witzig hielt. »Na, Ali, was macht die ruchlose

Finanzwelt? Kannst du nachts noch ruhig schlafen? Hält dich dein schlechtes Gewissen nicht wach?«

Merkte er eigentlich nicht, wie beleidigend er war? »Himmel, was bist du heute Morgen geistreich, Trevor«, sagte sie mit einem freundlichen Lächeln – in ihrer augenblicklichen Wolke-Sieben-Stimmung war sie bereit, großzügig zu sein. »Mach dir keine Sorgen um mein Gewissen, dem geht's gut. Und wie sieht's mit deinem aus?«

»Meinem?«

»Bastelst du immer noch in deiner Werkstatt herum und vergeudest wertvolle Rohstoffe?«

»Ich kann dir nicht ganz folgen.«

»Holz, Trevor. Regenwälder. Skandinavische Fichtenwälder. Wild lebende Tiere, die im Namen nutzlosen Zierrats bedroht werden.«

Er wedelte mit seinem langen, schmutzigen Zeigefinger vor ihrer Nase herum. »Also, du weißt doch ganz genau, dass ich nur Holz verwende, das von natürlich gefallenen Bäumen oder aus aufforstbaren Wäldern stammt.«

»Trevor, ich glaube, Ali zieht dich nur auf«, sagte Sarah und stellte sich zwischen sie. »Bist du sicher, dass du zurechtkommst? In der Kühltruhe ist jede Menge zu essen, und ich habe –«

»Ich komme schon klar«, sagte er gereizt. »Ich bin ja nicht völlig unfähig.«

Nein, dachte Ali, nur völlig unerträglich.

Endlich fuhren sie los, und als sich die Entfernung zwischen ihnen und Astley Hope vergrößerte und die Straße im Dunst der heißen Sonne schimmerte, freute Sarah sich auf die zwei Wochen, die vor ihr lagen. Es war Jahre her, seit sie im Urlaub gewesen war, und sie war fest entschlossen, diesen voll und ganz zu genießen. Grace hatte Recht gehabt mit ihrer Bemerkung, dass der Zeitpunkt nicht passender hätte sein können.

Ali unterbrach ihre Gedanken. »Da wir ohnehin schon in die gute alte Zeit zurückfahren, habe ich mir gedacht, wir könnten in Oxford Pause machen und dort zu Mittag essen. Was meinst du?«

»Muss das sein?«

»Welche Begeisterung, ich bin überwältigt.«

»Entschuldige.«

»Du bist nie wieder dort gewesen, oder?«

Sarah schüttelte den Kopf. Nein, war sie nicht. Nicht ein einziges Mal. Nicht einmal anlässlich Hannahs Bewerbungsgespräch im Dezember. Trevor hatte darauf bestanden, sie zu begleiten, und Sarah war nur allzu gerne zu Hause geblieben, unter dem Vorwand, zu viele Eltern würden die Bewerbung verderben.

»Warum? Weil es dir Leid tut, dass du nie deinen Abschluss gemacht hast?«

»Hannah hat mich das auch gefragt, an dem Tag, als sie nach Frankreich gefahren ist.«

»Und?«

»Natürlich tut es mir Leid.«

»Aber du sprichst nie darüber.«

»Wozu sollte das gut sein? Es würde nichts ändern. Ich hatte meine Chance, und ich habe sie weggeworfen.«

Ali war überrascht, dass Sarah so heftig wurde. »Aber du könntest doch wieder anfangen zu studieren, oder nicht?«, sagte sie. »Jetzt, wo Hannah weggeht, wäre es sogar die perfekte Gelegenheit. Dann hättest du ein Ziel.«

»Ich könnte mir ein Vollstudium gar nicht leisten. Und wozu sollte das gut sein? Es wäre eine Menge Arbeit, nur um mir zu beweisen, dass ich es kann.«

»Quatsch! Du hättest viel bessere Jobaussichten.«

»Du glaubst also nicht, dass ich bis ans Ende meiner Tage an der Nähmaschine sitze?«

»Wenn es dich glücklich macht, meinetwegen. Aber ich bin überzeugt, dass du mehr willst.«

»Komisch, dass wir immer meinen, wir wüssten, was für jemand anders das Beste ist.«

Ali lachte. »Mrs. Donovan, behalten Sie Ihre abfälligen Bemerkungen für sich.«

»Und Sie, Mrs. Anderson, hören Sie auf, mein Leben zu organisieren.«

Wie immer setzte Ali sich durch, und sie machten zum Mittagessen in Oxford Halt. Jetzt wollte sie Sarah von ihrem Wochenende erzählen. Entgegen allen Erwartungen fanden sie einen Parkplatz an der Broad Street und schlenderten hinüber zum Radcliffe Square, dessen Rasenfläche und honigfarbene Häuserfronten pittoresk im Sonnenlicht leuchteten. Eine Gruppe lärmender ausländischer Sommerstudenten hatte sich auf dem vertrockneten Gras ausgestreckt, und eine japanische Touristenschar, angeführt von ihrem schnell sprechenden Reiseleiter, blickte ehrfürchtig hinauf zur runden Kuppel der Radcliffe Camera.

»Es hat sich nichts verändert«, sagte Sarah, als sie die Szenerie betrachtete. »So viele Jahre, und nichts hat sich verändert.«

»Ist das gut oder schlecht?«

»Ich weiß nicht.«

Ali nahm Sarah am Arm und führte sie zu ihrem alten College. Überrascht spürte sie, wie ihre Freundin sich versteifte, als sie sich dem Haupteingang näherten, vor dem ein riesiger Campingwagen mit deutschem Kennzeichen auf dem Kopfsteinpflaster stand und ein College-Pförtner sich in ziemlich unfreundlichem Ton mit dem Fahrer unterhielt.

»Ach, lass uns erst etwas essen«, sagte Sarah und blieb stehen, als sie das einst so vertraute Pförtnerhäuschen und den Vorplatz mit seinem perfekt gepflegten, leuchtend grünen Rasen erblickte.

»Du hast damit wirklich ein Problem, nicht?«, fragte Ali.

Sie nickte. »Ich muss mir bloß ein bisschen Mut antrinken, dann geht's schon.«

Ali warf ihr einen skeptischen Blick zu. »Na gut«, lenkte sie ein, »wenn du unbedingt willst. Aber wir essen nicht im Brown's wie all die anderen nostalgischen Trottel, die hierher kommen, um sich an ihre Jugendzeit zu erinnern.«

In einer kleinen Seitenstraße der High Street entdeckten

sie ein elegantes, aber unspektakuläres französisches Restaurant – genau die Art von Lokal, die sie sich als Studentinnen nie hätten leisten können. Bei einem jungen Mann mit rosigem Gesicht und kräftig gestärkter weißer Schürze bestellten sie eine kleine Karaffe offenen Rotwein und zweimal Kräutersalat mit überbackenem Ziegenkäse. Erst als der Wein und das Essen auf dem Tisch standen, begleitet von Annie Lennox' Version von »A Whiter Shade of Pale«, erzählte Ali Sarah von sich und Elliot.

Schweigend hörte Sarah zu, erstaunt und gefesselt. Sie war sichtlich bewegt, als Ali Elliots Schockreaktion auf den kleinen Jungen bei der Party von Richard und Daniel beschrieb. Und wie Ali musste sie die Tränen unterdrücken, als ihre Freundin ihr erzählte, was Elliot in jener Nacht wirklich durchgemacht hatte, als er allein und von Entsetzen gepackt mit der Erkenntnis konfrontiert war, dass sein Sohn im Sterben lag und er nichts dagegen tun konnte. Wie bereitwillig hatten sie alle seine Version akzeptiert, Isaac habe kaum gelitten und sei ohne Schmerzen in die Bewusstlosigkeit geglitten, bevor er starb.

Als Ali verstummt war und sie sich wieder gefasst hatten, fragte Sarah: »Wie fühlst du dich nach dem, was zwischen dir und Elliot passiert ist?«

Ali sah sie über den Rand ihres Weinglases an. »Wie? Kein ›Hab ich's dir nicht gesagt‹?«

»Das hebe ich mir für später auf.«

»Da bin ich ja beruhigt. Aber um deine Frage zu beantworten: Ich fühle mich alles Mögliche – erbärmlich, weil ich Elliot so mies behandelt habe, grenzenlos erleichtert, weil wir aufgehört haben zu kämpfen, und«, sie hielt inne und lächelte, »völlig erschöpft nach so viel fantastischem Sex.«

Sarah lächelte ebenfalls. »Sonst noch was?«

Ali wurde wieder ernst. »Ja. Ich habe endlich Frieden gefunden.«

»In Bezug auf Isaac?«

Ali nickte. »Die Klärung mit Elliot hat irgendwie den Schmerz gelindert.«

»Ja, weil du nicht nur um Isaac getrauert hast. Als du ihn verloren hast, hast du auch Elliot verloren, deine Ehe und eure gemeinsame Zukunft. Es war sozusagen ein vierfacher Verlust.«

»Hätte es aber nicht sein müssen«, sagte Ali kleinlaut. »Wenn ich nicht so zickig gewesen wäre.«

»Du bist alles Mögliche gewesen, Ali, zum Bespiel dickköpfig, stur, entschlossen, arrogant und verwirrt, aber ganz bestimmt nicht zickig.«

»Das sehe ich anders.«

»Das kommt daher, weil du immer meinst, du müsstest das letzte Wort haben.«

»Unsinn.«

»Siehst du? Da haben wir's wieder.«

»Ach, halt den Mund und iss deinen Salat!«

Sie saßen noch so lange am Tisch und diskutierten darüber, wie es für Ali und Elliot nun weitergehen könnte, dass sie beide beschlossen, auf den Genuss eines *Wiedersehen mit Brasenose* zu verzichten und sich wieder auf den Weg zu machen. »Wenn du magst, können wir es ja auf dem Rückweg nachholen«, sagte Sarah, als sie die Sicherheitsgurte anlegten.

»Wir werden sehen«, erwiderte Ali und setzte schwungvoll aus der Parklücke. Es war nicht zu übersehen, dass Sarah höchst erleichtert war, die Spuren ihrer Studienzeit nicht allzu genau zurückverfolgen zu müssen, aber Ali fragte sich, weshalb das Thema nie zuvor zur Sprache gekommen war. In all den Jahren, seit Sarah Oxford verlassen hatte, hatte sie so gut wie nie über diese, wie sie es nannte, verlorene Chance gesprochen. War es möglich, dass Hannahs hoffnungsvoller Schritt in die Fußstapfen ihrer Mutter dieses Gefühl des Bedauerns ausgelöst hatte?

Wieder einmal verspürte Ali eine Welle bitterer Wut auf Trevor. Warum hatte dieser dämliche Trottel damals nicht besser aufgepasst? Wenn er Sarah nicht geschwängert hätte, wäre ihr Leben vollkommen anders verlaufen.

Und wesentlich besser.

Während sie sich in die Schlange vor der Ampel in der Randolph Street einfädelte, schwor Ali sich, dass sie diesen Urlaub dazu nutzen würde, Sarah zur Vernunft zu bringen. Wenn sie es in den zwei Wochen nicht schaffte, Sarah davon zu überzeugen, einen Neuanfang zu wagen, dann – dann würde sie, verdammt noch mal, mit dem albernen Kerl ins Bett gehen, damit Sarah den Grund zur Scheidung hatte, den sie offenbar brauchte, um vor ihrem Gewissen und den Augen ihres heiß geliebten Gottes bestehen zu können.

Von Widerwillen gepackt bei der Vorstellung, mit Trevor eine komplette Bumsnummer abziehen zu müssen, wandte sie sich von Sarah ab, damit sie ihr Gesicht nicht sehen konnte. Sie starrte auf das Märtyrerdenkmal zu ihrer Rechten und bemerkte plötzlich die Ironie, die darin lag. Märtyrertum und Leiden um der Sache willen waren eigentlich überhaupt nicht ihr Ding, aber ... vielleicht könnte sie dieses eine Mal eine Ausnahme machen? Und so furchtbar konnte es doch eigentlich nicht werden. Sie brauchte sich doch bloß auf den Rücken zu legen, die Augen zuzumachen, die Zähne zusammenzubeißen und an England zu denken. Nach ein paar Minuten wäre das Ganze vorbei, und sie brauchte es ja nur ein einziges Mal zu tun. Plötzlich musste sie lächeln und schüttelte den Kopf, als ihr klar wurde, wie gefährlich nah sie daran war, die Sache ernsthaft in Erwägung zu ziehen. Ich muss verrückt sein, dachte sie bei sich. Und eingebildet obendrein. Wie konnte sie so sicher sein, dass es so einfach wäre? War Trevor wirklich so leicht zu verführen? Wieder lächelte sie. Natürlich war er das. Du meine Güte, der Kerl hatte seit zehn Jahren nicht mehr gevögelt, er würde mehr als bereit sein. Die Frage war eher: War sie es?

Aufmerksam wie immer fragte Sarah: »Was schmunzelst du, Ali?«

Die Ampel schaltete auf Grün, und Ali legte den ersten Gang ein. »Oh, nur ein kleiner Privatscherz«, sagte sie.

Den du ganz bestimmt nicht komisch fändest.

33

Früh am nächsten Morgen und so tatendurstig, wie sie schon als Kind in Sanderling immer gewesen war, stieß Ali ihr Schlafzimmerfenster auf. Sie hockte sich auf den gepolsterten Fenstersitz, die Ellbogen auf den Sims gestützt, und sog die frische Meeresluft ein, während sie auf den ausgedehnten, gut gepflegten Garten hinuntersah. Er enthielt so viele Erinnerungen. Und es waren alles gute. Nichts Schlimmes war hier in Sanderling je geschehen. Oder war das nur eine kindliche Sichtweise, der sie noch immer nicht entwachsen war?

Nein. Sie war überzeugt, dass es stimmte. Das Haus ihrer Großmutter, jetzt das Heim ihrer Eltern, war ein Ort wahren Glücks, ein sicherer Hafen in der Unbill des Lebens. Ihre Besuche als Erwachsene – einschließlich derer mit Isaac – waren genauso perfekt und idyllisch gewesen wie die als junges Mädchen.

Sie lächelte bei der Erinnerung daran, wie sie Elliot zum ersten Mal hierhin mitgenommen hatte, um ihn ihren Eltern vorzustellen. Sie hatten ein langes Wochenende daraus gemacht, und ihre Mutter und ihr Vater hatten ihn sofort gemocht; er sei eine deutliche Verbesserung gegenüber den üblichen Waschlappen, die sie sonst so anschleppte, hatten sie gesagt.

Ohne mit der Wimper zu zucken, hatten sie akzeptiert,

dass Elliot zusammen mit ihr hier in diesem Zimmer schlief. Sie sah über die Schulter auf die zerwühlte Decke und erinnerte sich daran, was für ein seltsames Gefühl es gewesen war, mit Elliot in dem Bett zu liegen, in dem sie als Kind geschlafen hatte, manchmal auch zusammen mit Sarah, wenn mehr Gäste in Sanderling gewesen waren als Betten. Sie wusste auch noch, wie groß an dem Abend ihre Lust gewesen war, mit Elliot zu schlafen, und wie sehr sie sich darüber amüsiert hatte, dass er sich nicht so recht traute, weil er es nicht gleich mit ihren Eltern verderben wollte. »Falls du dir Sorgen machst, dass sie das Quietschen der alten Bettfedern hören«, hatte sie ihn aufgezogen, »das lässt sich verhindern.« Sie hatte Decke und Kopfkissen auf den Boden gezogen und seinen Widerstand untergraben.

»Aber nur, wenn du nicht deinen üblichen Lärm machst, wenn's dich erwischt«, sagte er.

»Dafür kann ich nicht garantieren«, erwiderte sie mit leisem Stöhnen, als seine Finger und Lippen ihre Hexerei begannen.

»Dann muss ich dich eben zum Schweigen bringen.«

Und das tat er. Genau in dem entscheidenden Augenblick, als ihr Körper Richtung Himmel schoss und wie ein Silvesterfeuerwerk explodierte, legte er seinen Mund auf ihren und ließ ihn dort, bis sie sich in seinen Armen entspannte.

Als ihre Mutter am nächsten Morgen mit einer Tasse Tee an die Tür klopfte und die beiden auf dem Boden vorfand, schmunzelte sie ihrer Tochter zu. »Stimmte etwas nicht mit dem Bett?«, fragte sie eine Stunde später beim Frühstück mit wissendem Lächeln.

»Wir wollten euch nicht stören«, erwiderte Ali und lächelte ihrerseits auf eine Weise, die erkennen ließ, dass sie nicht zögern würde, ihrer Mutter auch die intimeren Details zu verraten, falls sie sie provozierte. Elliot jedoch, den sonst nichts erschüttern konnte, beugte sich mit hoch rotem Gesicht über sein gekochtes Ei. Am nächsten Tag gestand er Ali, dass er in dem Moment gedacht hatte, ihre Eltern würden ihn vor die Tür setzen.

»Wir sind eine sehr offene Familie«, hatte sie im Auto zu ihm gesagt, als sie wieder gen Norden fuhren.

»Das habe ich gemerkt.«

Für einen so zugeknöpften Mann wie Elliot musste die Freizügigkeit ihrer Familie ein ziemlicher Schock gewesen sein.

Schock war auch ein Thema, über das sie gestern Abend am Telefon gesprochen hatten. Es war schon nach elf gewesen, als sie ihn von ihrem Bett aus über ihr Handy angerufen hatte. Er war gerade von einem Geschäftsessen mit einem Kunden nach Hause gekommen und klang erfreut, ihre Stimme zu hören. Sie hatte ihn gefragt, ob er ebenfalls noch unter Schock stand wegen dem, was geschehen war.

»Ja«, gab er zu, »und dass du weg bist, macht es nicht einfacher. Du ... du hast deine Meinung doch nicht geändert, oder?«

Gerührt von der Angst in seiner Stimme beeilte sie sich, ihn zu beruhigen. »Nein, absolut nicht. Ich habe Sarah erzählt, was passiert ist. Du bist mir doch nicht böse, oder?«

»Natürlich nicht. Was hat sie gesagt?«

»Alles Mögliche. Sie meinte, wir hätten einen vierfachen Verlust erlitten: Isaac, einander, unsere Ehe und alle unsere Träume.«

»Sie hat Recht.«

»Da haben wir noch eine Menge vor uns, nicht?«

»Ja.«

Sie hörte ihn seufzen. »Elliot, ist alles in Ordnung?«

»Du fehlst mir«, sagte er schlicht.

»Ich bin doch erst einen Tag weg.«

»Unter diesen Umständen ist das schon ein Tag zu viel.«

Sie lachte. »Ich finde es ganz gut, dass ich hier bin und nicht bei dir. Mein Körper muss sich erst mal von den Strapazen von so viel unerwartetem Sex erholen. Ich glaube, ich werde alt.«

»Ich weiß, was du meinst. Aber es war gut, nicht?«

»Mehr als gut.«

Sie schwiegen einen Moment.

»Ali?«

»Ja.«

»Ali, ich … Rufst du mich morgen Abend wieder an?«

Sie zögerte. »Elliot, war es das, was du ursprünglich sagen wolltest?«

Erneutes Schweigen.

»Nein, aber das kann warten.«

»Das ist nicht fair, das kannst du mir nicht antun. Ich werde die ganze Nacht kein Auge zutun, wenn ich nicht weiß, was es war. Sag's mir.«

»Ich … ich wollte dir nur sagen, dass ich dich liebe.«

Nun schwieg sie.

»Ali?«

»Sag's noch mal – bitte.«

»Ich liebe dich.«

»Noch mal.«

»Ich liebe – Ali, weinst du etwa?«

»Natürlich, was denn sonst?«

»Entschuldige, ich hätte den Mund halten sollen.«

»Ach, Unsinn. Es liegt an mir. Ich hatte ganz vergessen, wie wundervoll diese drei Worte klingen können.«

Noch immer vor dem offenen Fenster sitzend, den Blick in den unendlichen blauen Himmel gerichtet, zog Ali das Knie ans Kinn und sehnte sich danach, Elliots Stimme zu hören. Sie sah auf ihre Uhr und überlegte, ob sie ihn anrufen sollte, bevor er sich auf den Weg ins Büro machte.

Nein, sagte sie sich entschlossen.

Wenn sie das tat, würde sie ihn am Ende jede Stunde anrufen, und das kam überhaupt nicht in Frage. Hartnäckige telefonische Belästigung war das Letzte, was Elliot gebrauchen konnte. Heute Abend war früh genug. Dann würde sie ihn anrufen, wie sie es versprochen hatte.

Doch jemand anderen musste sie anrufen, und zwar bald: Daniel. Er und Richard hatten eine Erklärung verdient, weshalb sie und Elliot so plötzlich von der Party verschwunden waren und warum sie ihr Auto über Nacht in ihrer Einfahrt stehen gelassen hatte. Obwohl die beiden vermutlich bereits selbst zwei und zwei zusammengezählt hatten.

Als das Taxi sie gestern Morgen vor ihrem Haus abgesetzt hatte, waren Richard und Daniel bereits zur Arbeit gefahren, doch unter ihrem Scheibenwischer hatte sie einen Umschlag gefunden. Darin lag ein Zettel mit den Worten: »Redest du noch mit mir? Wenn ja, erzähl mir, was passiert ist, wenn du Zeit hast. Alles Liebe, Daniel.«

Der arme, alte Daniel – wahrscheinlich platzte er schon vor Neugier, was bei seiner Kungelei herausgekommen war. Wenn er es nicht so gut gemeint hätte und wenn die Dinge nicht so positiv verlaufen wären, hätte sie ihn vielleicht die ganzen zwei Wochen über schmoren lassen. Doch sie mochte Daniel zu sehr, um ihn so zu quälen, und deshalb würde sie ihn nachher im Büro anrufen und ihn von seinem Elend erlösen.

Sie wandte ihre Aufmerksamkeit wieder dem Garten zu. So lange, wie die Hitzewelle bereits dauerte, und in Anbetracht der Tatsache, dass die Regierung eine Bewässerungssperre verhängt hatte, vermutete Ali, dass ihre Mutter den Garten heimlich in der Nacht gesprengt haben musste. Die eindrucksvollen Beete, die ihre Großmutter so sorgfältig bepflanzt und gepflegt hatte, waren eine einzige Farbenpracht, und der Rasen war saftig und grün – ohne staubige, vertrocknete Flecken wie in ihrem eigenen Garten in Cheshire. Sie wäre nicht überrascht, wenn ihre Mutter später anrufen würde, um ihr zu erklären, welche subversiven Methoden sie während der Abwesenheit ihrer Eltern diesbezüglich anwenden sollte.

Sie hörte, wie die Briefkastenklappe mit ungewöhnlicher Kraftanstrengung aufgestoßen wurde, fragte sich, ob es der Postbote war, der ein Päckchen abliefern wollte, und ging hinunter, um nachzusehen. Entweder hatten ihre Eltern vergessen, die Zeitungen abzubestellen, oder sie hatten beschlossen, sie ihr und Sarah zu spendieren. Auf der Fußmatte lagen in einem Haufen die *Financial Times* ihres Vaters – heutzutage die einzige Zeitung, die eines Gentleman würdig war, wie er behauptete –, die *Daily Mail* für ihre Mutter – in Sanderling allgemein bekannt als *Klatschpostille* –

und eine leicht mitgenommene Hochglanzausgabe von *Country Life*. Ali trug den Stapel in die Küche, wo ihr der wenig appetitliche Mief ihres gestrigen Fish-and-Chips-Abendessens entgegenschlug. Sie und Sarah waren zu faul gewesen, die Teller in die Spülmaschine zu stellen, und so hatten sie ihren fettigen, essiggetränkten Charme auf ihre Umgebung verteilt. Hastig räumte Ali die geruchsintensiven Sachen in die Maschine und schloss die Klappe. Dann öffnete sie das Fenster und die Hintertür und setzte Wasser auf. Sie kochte sich eine Kanne Tee, klemmte sich die Zeitungen unter den Arm und ging mit dem Tablett hinaus in den Teil des Gartens, der bereits in der Sonne lag und wo ihre Eltern bei schönem Wetter oft den Tag begannen. Vor vielen Jahren, bevor Alan Titchmarsh und Charlie Dimmock in Mode kamen und das ganze Land sich mit verspiegelten Teichen und lila Gartenzäunen eindeckte, hatte Alis Großmutter sich eine Laube bauen lassen, die sie mit bequem gepolsterten Stühlen und einem kleinen Klapptisch ausgestattet hatte. Die Kissen waren schon viele Male erneuert worden, aber es war noch immer ein perfekter Schlupfwinkel, vor allem jetzt, wo sie mit Kaskaden von duftendem Geißblatt überwuchert war

Ali richtete sich auf ein gemütliches Stündchen ein, bis Sarah auftauchen würde, schenkte sich eine Tasse Tee ein und griff nach der *Financial Times*. Sie begann mit einem Artikel über den vor kurzem eingebrachten Gesetzentwurf über nicht genehmigte Aktienoptionen, die von nicht in Großbritannien ansässigen Leuten ausgeübt wurden, kam jedoch nicht über den zweiten Absatz hinaus und wechselte zur *Klatschpostille*. Doch selbst das Techtelmechtel irgendeines Talkshow-Püppchens mit ihrem ältlichen, Viagra-gestärkten Rockstar-Lover konnte ihre Aufmerksamkeit nicht fesseln.

War es ein Wunder, wo sie doch ihr eigenes Techtelmechtel hatte, das sie beschäftigte? Sie ließ die Zeitung sinken und starrte auf die Rauputzwände des Hauses, die fast völlig mit wildem Wein bedeckt waren.

Ich liebe dich, Elliot.

Sie hatte es gesagt. Als Antwort auf seine Erklärung am Telefon gestern Abend hatte sie tatsächlich gesagt: *Ich liebe dich, Elliot.*

Wie war das möglich? Wie war es überhaupt nur denkbar, dass sie so etwas gesagt hatte?

Weil du ihn immer geliebt hast, hörte sie Sarah ihr ins Ohr flüstern.

Weil du nie aufgehört hast ihn zu lieben, fiel Daniel ein.

Und es stimmte. Deshalb waren die vergangenen zweieinhalb Jahre so schrecklich gewesen, so pervers zerstörerisch. Sie hatte sich zerrissen, weil sie sich die unabänderliche Wahrheit nicht eingestehen wollte, dass sie Elliot liebte.

Sie legte die Zeitung auf ihren Schoß, schob ihre Sonnenbrille hoch und schloss die Augen, sanft umhüllt von der Wärme der Sonne. Dann erstand ganz langsam das Bild von Elliot, wie er sie an jenem Abend in der Mühle mit seinem Marschflugkörper-Lächeln attackiert hatte. In dem Moment hatte sie ganz genau gespürt, welche Wirkung er noch immer auf sie hatte, doch hinterher hatte sie es sich wieder ausgeredet. Was mal wieder zeigte, dachte sie reumütig, dass sie unschlagbar war, wenn es darum ging, sich selbst etwas vorzumachen.

In diesem Moment fiel ein Schatten auf ihr Gesicht, und für eine wilde, fantastische, flüchtige Sekunde dachte sie, es sei Elliot – dass er die Arbeit links liegen gelassen hatte, bei Morgengrauen ins Auto gesprungen und den ganzen weiten Weg hierher gefahren war, um sie zu sehen.

Doch es war nicht Elliot. Es war Sarah.

»Wie lange bist du schon auf?«, fragte sie, schob die unbeachtete *Financial Times* beiseite und setzte sich neben Ali.

»Ewigkeiten. Ich bin bereits schwimmen gewesen, zum Kiosk gejoggt, um die Zeitungen zu holen, und habe ein leichtes Frühstück vorbereitet.«

»Ich wünschte, das wäre wahr. Ich habe einen Mordshunger und weiß gar nicht, warum.«

»Das liegt an der Seeluft. Erinnerst du dich nicht mehr, dass sie merkwürdige Dinge mit dem Magen macht?«

Nach einem ausgedehnten Frühstück im Garten mit Croissants und schwarzer Johannisbeermarmelade aus dem Ort – alles dank der vorausschauenden Planung von Alis Mutter – beschlossen sie, zum Strand zu gehen. Es war nicht weit, nur zehn Minuten zu Fuß, entlang der baumbewachsenen Straße, die zu Sanderling gehörte, hinaus in den Sonnenschein, über die Hauptstraße, die den Osten und Westen der Insel verband, und dann über die Sanddünen und durch den pieksenden Stechginster und die Brombeerbüsche, die den Golfplatz umschlossen.

Alles war genau, wie Sarah es in Erinnerung hatte: die wohlige Wärme im Windschutz der üppigen Büsche, die Trauben gelber Blüten zwischen den violetten Dornen und die fedrigen, von der Sonne ausgetrockneten Gräser. Sogar die Reifenspuren, die zahllose Fahrräder auf dem viel benutzten Weg hinterlassen hatten, sahen genauso aus wie früher.

Sie verließen den Schutz der Dünen und kamen auf die weite, ebene Fläche des Kiesstrands, der bereits mit zahllosen Familien und dem entsprechenden Zubehör übersät war – Windschutzplanen, mit denen das Territorium abgesteckt war, leuchtend bunte Handtücher, ausgebreitet wie ein Mosaik, Kühlboxen, Plastikeimer und aufblasbare Bälle. Unten am Wasser tauchten kleine, nackte Sprösslinge vorsichtig ihre Zehen in die heranrauschenden Wellen, während die älteren, abenteuerlustigeren Kinder im tieferen Wasser herumplantschten, ihre Begeisterungsschreie gedämpft durch die Brise, die vom Meer herüberwehte.

Sarah betrachtete die Szenerie. Abgesehen von den aufwändigen Schutzvorrichtungen, die ein Stück weiter am Ufer entlang aufgebaut waren, um das Risiko der Erosion möglichst gering zu halten, schien kaum etwas anders zu sein als vor zwanzig Jahren. Sie freute sich, dass das Typische in Hayling, wie auch in Oxford, erfolgreich dem Druck widerstanden hatte, sich nur um der Veränderung willen zu verändern.

Letzte Nacht hatte sie lange wach gelegen und darüber

nachgedacht, wie konsequent Oxford mit seiner ureigenen Eleganz gleich geblieben war. Gleichzeitig hatte dieser unveränderliche Status Quo ihr vor Augen geführt, wie sehr sie den launischen Wendungen des Schicksals nachgegeben hatte.

Die Schwangerschaft hatte sie vollkommen aus der Bahn geworfen; über Nacht war sie gezwungen gewesen, ihr Leben umzuplanen.

Bevor sie schwanger geworden war, hatte sie klare Pläne für die Zukunft gehabt: Sie würde Brasenose mit einem Abschluss in Jura verlassen, eine Runde am Law College absolvieren und dann zu einer kleinen Kanzlei in der Provinz gehen, die für solide, faire Arbeit bekannt war – die aggressiven Großstadtfirmen würde sie den ehrgeizigen Leuten überlassen, die nach Ruhm und Erfolg gierten. In ihrer Vorstellung hätte sie ein paar Jahre gearbeitet, dann geheiratet und eine Familie gegründet, sich eine Auszeit genommen, um für die Kinder da zu sein, solange sie noch klein waren, und wenn der richtige Moment gekommen wäre, hätte sie dort weitergemacht, wo sie aufgehört hatte. Ihre Ehe wäre natürlich glücklich gewesen. Ihr Mann hätte sich liebevoll um sie gekümmert, und sie hätten zwei oder sogar drei wohlerzogene, zauberhafte Kinder in die Welt gesetzt. Sie wären eine zufriedene, sorglose, eng verbundene Familie gewesen. Kurz gesagt hatte sie sich eine Kopie von Alis Familie gewünscht.

Naiv, wie sie war, hatte sie gehofft, dass trotz der überraschenden Umstellung der Reihenfolge – vor allem, was die Empfängnis des ersten und, wie sich herausstellen sollte, einzigen wohlerzogenen, zauberhaften Kindes betraf – der Rest ihres Lebens nach Plan verlaufen würde.

Die Nacht, in der sie Trevor gesagt hatte, dass sie schwanger war, würde sie wohl nie vergessen. Es hatte Tage gedauert, bis sie den Mut aufgebracht hatte, ihn damit zu konfrontieren. Sie wusste, dass er sie sehr gern hatte und, wie er ihr eines Abends bei einem Teller Spaghetti Bolognese in einem schäbigen Bistro in der Iffley Road gesagt hatte, alles für sie tun würde. »Du weißt, wie sehr ich dich bewundere und respektiere«, hatte er gesagt. »Es gibt nichts, was ich nicht für dich tun würde.« Doch sie war sich nicht sicher, ob »alles« auch den Schritt in die Ehe umfasste, weil sie schwanger war. Bewunderung und Respekt waren vollkommen akzeptable Formen der Zuneigung, aber würden sie als Grundlage für eine lebenslange Verbindung ausreichen? Ganz bestimmt war es Liebe. Doch die Liebe hatte niemals die Schwelle ihrer seltsamen und ziemlich unausgewogenen Beziehung überschritten.

In dem Alter hätten eine Menge Männer sie zu einer Abtreibung gedrängt, mit der Begründung, dass sie zu jung waren, um die Verantwortung zu übernehmen, dass ein Kind alles ruinieren und ihnen im Weg stehen würde. Doch Trevors Ansichten waren nicht die eines durchschnittlichen Einundzwanzigjährigen, und in der Zeit, seit sie ihn durch die Gebetsgruppe kennen gelernt hatte, zu der sie beide gingen, hatte er seine Meinung zur Tötung unschuldiger Embryos in unmissverständlichen Worten geäußert. Doch sie befürchtete, dass er vorschlagen könnte, das Kind zur Adoption freizugeben. Und obwohl sie diese Möglichkeit nicht in Erwägung ziehen wollte, erkannte sie, wie verführerisch sie ihm erscheinen mochte: Sie gab ihnen die angenehme Möglichkeit, ihr Leben mit gutem Gewissen so weiterzuführen, wie sie es geplant hatten.

Sie vertraute auf Trevors Gewissen, sein Ehrgefühl und seine Güte, als er sie an dem Abend für, wie er meinte, ein paar gemütliche Stunden zu zweit in ihrem Zimmer im College besuchte. Während sie auf ihn wartete, putzte sie sich mehrmals hektisch die Zähne, um die Spuren der zwei Gläser Wodka zu vertuschen, die sie sich aus Alis Geheimvorrat im Schrank stibitzt und hinter die Binde gekippt hatte. Ali hatte sich aufgeregt für eine Verabredung mit einem ihrer zahllosen unglückseligen Verehrer zurechtgemacht und hätte es nicht einmal bemerkt, wenn neben ihr eine Bombe eingeschlagen wäre, so sehr war sie mit der Farbe ihres Lidschattens beschäftigt.

Als Trevor kam, ließ Sarah ihn herein, kochte einen Kaffee und sagte ihm, dass sie schwanger war. Den Rest überließ sie ihm. Seine erste Reaktion war pures Erstaunen.

»Aber – aber wie? Das verstehe ich nicht.«

Die Frage war durchaus berechtigt. Schließlich hatten sie nur ein einziges Mal miteinander geschlafen.

Er begann sich Vorwürfe zu machen. »Das ist alles meine Schuld.« Er lief in dem kleinen Zimmer auf und ab und raufte sich das kragenlange Haar. »Ich wusste, dass es falsch war, aber ich habe es zugelassen, dass mein Herz über meinen gesunden Menschenverstand siegte.«

Es waren seltsame Worte aus dem Mund eines einundzwanzigjährigen Mannes Ende der siebziger Jahre, doch nicht mehr ganz so seltsam, wenn man seinen familiären Hintergrund kannte: Er war während seiner prägenden Jahre einer streng religiösen Erziehung unterzogen worden, die auch den eigensinnigsten jungen Mann kleingekriegt hätte.

Aus Mitgefühl berührte sie ihn am Arm und sagte: »Es ist nicht deine Schuld, Trevor. Das darfst du niemals sagen.«

Voller Verwirrung sah er sie an. Sie manövrierte ihn auf einen Stuhl und drückte ihm seinen bisher unberührten Becher mit Kaffee in die Hand. »Ich erwarte nichts von dir«, sagte sie, ein Satz, für den sie all ihren Mut gebraucht hatte. Was sie eigentlich sagen wollte, war: »Du musst einwilligen, mich zu heiraten. Dieses Baby braucht einen Vater. Es hat ein Recht auf eine Mutter *und* einen Vater. Dieses Kind verdient mehr, als ich ihm allein geben kann. Was zählt, ist eine liebevolle Familie. Jetzt lieben wir uns zwar vielleicht noch nicht, doch das wird kommen, ich weiß es.«

Er stellte den Becher – noch immer unberührt – auf den Schreibtisch neben sich und starrte aus dem Fenster auf den Vorplatz, wo ein paar Physik-Erstsemester mit einer Flasche billigem Sekt herumalberten. Er wandte sich wieder zu ihr um. »Sarah«, sagte er, »wie mir scheint, gibt es für uns nur eine Möglichkeit. Wenn du einverstanden bist, denke ich, sollten wir heiraten.«

Es war nicht der romantische, leidenschaftliche Antrag,

von dem sie als Teenager geträumt hatte, doch es würde reichen.

Dann besprachen sie, welche Pläne zu machen waren – Trevor hoffte, im Herbst einen Posten als Lehrer in Sheffield zu bekommen, und er musste sich nun nach einer anderen Unterkunft umsehen als der, die er sich bereits ausgesucht hatte. Als er sie schließlich verließ, um zu seiner Bude in Headington zurückzuradeln, war ihr furchtbar übel.

Sie hätte es gerne auf den gestohlenen Wodka oder auf verspätete morgendliche Übelkeit geschoben, doch sie wusste, dass der wirkliche Grund dafür eine Woge von Erleichterung und Bedauern war.

Am nächsten Morgen sagte sie Ali, dass sie und Trevor im Sommer heiraten würden. Sie würde im September nicht zum College zurückkehren, sondern bei Trevor in Sheffield bleiben, wo er seine Arbeit als Lehrer beginnen würde.

Noch nie zuvor hatte sie erlebt, dass Ali nicht wusste, was sie sagen sollte, und der entsetzte Gesichtsausdruck ihrer Freundin schockierte sie. Sie brach in Tränen aus.

»Aber das kannst du doch nicht machen«, sagte Ali, nun ebenfalls weinend und die Arme um Sarah geschlungen. »Ich lasse nicht zu, dass du ihn heiratest. Ich lasse es nicht zu.«

»Aber ich muss«, flüsterte sie beschämt. »Ich bin schwanger.«

Ali löste sich von ihr. »Schwanger?« Der Ausdruck des Entsetzens auf ihrem Gesicht verstärkte sich noch. »Das glaube ich nicht.«

»Habe ich zuerst auch nicht.«

»Aber, Sarah, das muss doch alles nicht so eine Katastrophe werden, wie du es darstellst.«

»Was meinst du damit?«

»Ich meine damit, dass du Trevor nicht heiraten musst.«

»Und wie soll ich klarkommen?«

»Ich helfe dir – und deine Eltern bestimmt auch.«

»Du weißt genau, dass sie das nicht tun würden.«

»Wenn sie den Schock erst mal verdaut haben, schon. Keiner in ihrem Alter kann dem Drang widerstehen, Oma oder Opa zu spielen.«

Wie sich herausstellte, hatte Ali Recht behalten, ihre Eltern hatten den Schock tatsächlich verdaut – etwa zwei Jahre nach der Hochzeit – und waren Hannah auf ihre unauffällige Art durchaus liebevolle Großeltern gewesen. Ironischerweise schien ihnen diese Rolle besser zu liegen als die der Eltern von Sarah.

Doch sie hatten sich nie an Trevor gewöhnt. Ihre Enttäuschung über die Wahl ihrer Tochter war ebenso deutlich wie die von Ali, und dabei war es auch bis zu ihrem Tod geblieben.

Nachdem sie sich ins kalte Wasser gewagt und eine Weile in der Sonne gelegen hatten, sammelten sie ihre Sachen ein und machten sich auf die Suche nach etwas zu essen. Hinter der Reihe von bunt bemalten Strandhütten stand der alte Kiosk, in dem sie als Teenager ein paar Sommer lang hungrigen Tagesbesuchern Beefburger, Hotdogs, fragwürdige Fleischpasteten, Getränkedosen, Eiskrem und Schokoriegel verkauft hatten. Alis Großmutter hatte die Kioskbesitzerin gekannt und sie dazu überredet, die Mädchen einzustellen, während sie in Sanderling waren. Die Bezahlung war gut, und die Trinkgelder konnten sich auch sehen lassen. Außerdem kamen den ganzen Tag lang gut aussehende und weniger gut aussehende Jungs, um mit ihnen zu plaudern, und, was noch besser war, sie durften die zerbrochenen Eislutscher aufessen, die nicht mehr verkauft werden konnten.

Als sie sich dem Kiosk näherten, stellte Sarah fest, dass sich auch hier nicht viel verändert hatte. Die Pasteten sahen noch genauso fragwürdig aus, und eine Gruppe pickeliger, sonnenverbrannter Jungen flirtete ungeschickt mit den beiden Mädchen hinter der Theke. Sarah grinste Ali an und sagte: »Kannst du dir vorstellen, dass wir das mal waren?«

»Komm, hör auf! Wir waren viel tüchtiger.«

»Ach was, du warst hoffnungslos mit der Kasse, du hast dauernd falsch rausgegeben.«

»Wieso bin ich dann wohl Buchhalterin geworden, hm?«

Sie kauften ihre Hotdogs und Fanta-Dosen und schlenderten gemächlich zum Strand zurück.

»Du bist so still geworden«, sagte Ali, als sie sich mit ihren Handtüchern wieder auf den Kieseln ausgestreckt hatten. »Eine Überdosis Nostalgie?«

»Ja. Ich fühle mich entsetzlich alt und klapprig.«

»Hör bloß auf«, sagte Ali lachend, »du hast keine einzige Falte.«

»Wir sind achtunddreißig, Ali, mit strammem Kurs auf die Vierzig.«

»Nun, wie es so schön heißt, Schluss ist erst, wenn sie den Deckel zunageln. Und überhaupt solltest du lieber über die Zukunft nachdenken als in der Vergangenheit herumzustochern.«

Doch Sarah wusste, dass das sinnlos war – ihre Zukunft würde immer von ihrer Vergangenheit überschattet sein.

34

Am Abend schenkte Ali sich ein Glas von dem exzellenten Islay-Malt ihres Vaters ein, überließ Sarah in der Küche ihrer Nähmaschine und ging nach oben, um ein Bad zu nehmen und Elliot anzurufen. Als sie in dem duftenden Wasser lag, griff sie nach ihrem Handy und tippte seine Nummer ein. Während sie darauf wartete, dass er in Timbersbrook den Hörer abnahm, nippte sie an ihrem Whisky und genoss seinen weichen, torfigen Geschmack.

»Warte eine Sekunde«, sagte er, als er erkannte, dass sie es war.

»Ist es ein ungünstiger Moment?«, fragte sie, als er wieder am Apparat war.

»Nein, ich wollte nur die Tür zumachen.«

»Warum? Sind Leute da?«

»Nur Sam.«

»Aha. Wann ist der alte Gauner denn zurückgekommen?«

»Heute Morgen.«

»Und, ist er reicher oder ärmer?«

»Ali, wir reden von meinem Vater. Natürlich hat er gewonnen. Weiß der Henker, wie viele Hunderter er seinen Freunden aus der Tasche gezogen hat.«

Ali lachte. »Hast du ihm von uns erzählt?« Sie hörte, wie er zögerte. »Elliot?«

»Nein, habe ich nicht.«

»Warum nicht?«

»Ich dachte, damit würde ich vielleicht das Schicksal herausfordern. Außerdem würde er fragen, wie es weitergehen soll, und darauf habe ich keine Antwort.«

»Sarah hat mir diese Frage auch gestellt.«

»Und, was hast du ihr gesagt?«

»Dass wir es langsam angehen lassen wollen.«

»Nicht allzu langsam, hoffe ich.«

»Langsam genug, dass wir beide wirklich wissen, was wir wollen.«

Es folgte ein langes Schweigen. Dann sagte Elliot: »Ich weiß genau, was ich will, Ali. Es ist das, was ich schon immer gewollt habe.«

Nun war es an Ali zu schweigen, und nicht ganz freiwillig: Ihre Kehle schnürte sich aus einer Mischung von Glück und Nervosität zusammen. »Meinst du damit das, was ich denke?«

»Ich meine damit, dass ich den Rest meines Lebens mit dir verbringen will.«

Obwohl er nur das ausgesprochen hatte, was sie selbst dachte, traf es sie doch wie ein Schock, als er die Worte so klar und deutlich sagte. Sie hatte nicht gedacht, dass einer von ihnen diesen Schritt so schnell machen würde. Nicht, solange sie noch so viele Dinge zu klären hatten.

Als sie nicht reagierte, sagte er: »Ali, es tut mir Leid. Ich bin zu schnell, nicht? Habe ich es jetzt kaputtgemacht?«

»Es könnte ein furchtbares Risiko sein, Elliot«, murmelte sie. »Ja, aber es ist einen Versuch wert.« Seine Stimme war ebenso leise wie ihre.

»Du klingst so sicher.«

»Und du so unsicher.«

»Weil ich Angst habe.«

»Wovor?«

»Dich wieder zu verletzen.«

»Ein zweites Mal lasse ich das nicht zu.«

»Du meinst, beim ersten Mal hättest du es verhindern können?«

»In gewisser Weise, ja. Wenn ich mir weniger Vorwürfe gemacht, mich selbst weniger gehasst hätte, hätte ich vielleicht mehr Kraft dafür eingesetzt, unsere Ehe zu retten.«

»O Elliot, das warst nicht nur du. Ich war es genauso. Wir beide haben furchtbaren Mist gebaut.«

»Zu unserer Verteidigung kann man vielleicht anbringen, dass wir es nicht besser wussten.«

»Und jetzt wissen wir's?«

»Ja, ich glaube schon.«

»Ich habe aber immer noch Angst … am meisten vor mir selbst. Ich glaube nicht, dass du – oder irgendwer sonst – je wirkliche Kontrolle über meine Handlungen haben wird, und ich selbst sowieso am wenigsten. Du weißt ja, was Daniel immer sagt: dass ich unberechenbar bin wie eine führerlose Dampfwalze.«

»Das mag ja sein, aber Kontrolle hat in einer ernsthaften Beziehung, die auf Liebe basiert, nichts zu suchen.«

Sie musste plötzlich lachen. »Weißt du was? Genau darauf haben meine Eltern damals gehofft. An dem ersten Wochenende, als ich dich hierher mitgenommen habe, war meine Mutter so beeindruckt von dir, dass sie gesagt hat: ›Endlich eine gute Wahl, Ali. Er ist so viel besser als all die Jungs, die du bisher herumgescheucht hast. Der hier wird dir die Stirn bieten.‹«

»So sehr ich deine Mutter immer gemocht habe, sie muss verrückt sein, wenn sie je geglaubt hat, ich hätte auch nur die geringste Kontrolle über dich.«

Froh, dass der Ton ihres Gesprächs leichter geworden war, erzählte Ali ihm, wie sie an ihre erste gemeinsame Nacht in Sanderling gedacht hatte.

»Ich erinnere mich sehr gut«, sagte er, »vor allem an den nächsten Morgen.«

»Ha! Das gekochte Ei ist also besser in deinem Gedächtnis hängen geblieben als der fantastische Sex, den wir hatten.«

»Bitte fang jetzt nicht von Sex an. Das ist nicht fair, wo du so weit weg bist und ich dich nicht berühren kann.«

»Hatte ich schon erwähnt, dass ich gerade in der Badewanne liege?«, neckte sie ihn.

Er stöhnte. »Ich könnte in vier Stunden da sein.«

»Dann liege ich schon im Bett.«

»Umso besser.«

»Schlafend.«

»Noch besser. Ich würde dich mit einem Kuss wecken.«

»Ist das alles?«

»Ich habe ja nicht gesagt, wo ich dich küssen würde.«

Wieder lachte sie. »Das wächst sich langsam zu regelrechtem Telefonsex aus.« Dann, mit gedämpfterer Stimme: »Elliot, was machst du am Wochenende?«

»So weit habe ich noch nicht gedacht. Wieso?«

»Warum kommst du nicht vorbei? Mum und Dad sind dann wieder da, und unter den gegebenen Umständen würden sie sich riesig freuen, dich wieder zu sehen.«

»Was soll ich Sam sagen?«

»Die Wahrheit.«

»Und die wäre?«

»Dass du das Wochenende mit deiner Exfrau verbringst, in der Absicht, eine neue gemeinsame Zukunft zu planen.«

Wenig später legte Elliot den Hörer auf und schüttelte ungläubig den Kopf. Eines der vielen Dinge, die er an Ali immer geliebt hatte, war ihre Unvorhersehbarkeit. Gerade als er gedacht hatte, er habe alles in den Sand gesetzt, weil er zu früh die Karten auf den Tisch gelegt hatte – ihre Antwort war ja nicht gerade ermutigend gewesen –, hatte sie ihn überrascht.

Er stand auf, verließ sein Arbeitszimmer und suchte seinen Vater. Er fand ihn in der Küche, wo er gerade eine Oldtimer-Zeitschrift durchblätterte und bei einem seiner Lieblingsmusicals mitsang, das aus dem CD-Player neben dem

Weinregal dröhnte. Es war *Mack and Mabel*, und das Lied hieß »I Promise You a Happy Ending.«

Mit schiefem Lächeln ging Elliot zu der Anlage und stellte sie leiser. »Dad«, sagte er, »ich muss dir etwas sagen.«

Sam sah auf. »So? Na, denn mal raus damit, Junge.«

35

Der Freitag war bald gekommen, und in einem Anfall plötzlicher Tatkraft – das Anstrengendste, was sie in den letzten vierundzwanzig Stunden getan hatten, war, sich die Fußnägel zu lackieren – verbrachten Ali und Sarah den größten Teil des Tages damit, das Haus aufzuräumen, die Betten zu machen und die Dinge einzukaufen, um die Alis Mutter sie bei ihrem Anruf gestern Abend gebeten hatte. Außerdem gingen sie Erdbeeren pflücken, was seit jeher ein Höhepunkt jedes Sommeraufenthalts in Sanderling gewesen war. Als Kinder hatten Ali und Sarah daraus jedes Mal einen Nachmittagsausflug gemacht: Sie waren mit dem Rad die West Lane hinaufgefahren und hatten Stunden damit zugebracht, auf Händen und Knien die sonnengereiften Früchte zu pflücken und dabei die tratschenden Frauen um sie herum zu belauschen, die meinten, die beiden Mädchen seien noch zu jung, um zu verstehen, worüber sie sprachen. Wie viele Körbe sie auch füllten, Grandma Hayling fragte stets nach den fehlenden Beeren. »Wie viele habt ihr diesmal gegessen?«, fragte sie, wenn sie mit saftverklebten Händen und rot umränderten Lippen zurückkamen.

Nun lagen sie auf den Liegestühlen und genossen den, laut Wettervorhersage, letzten Rest der Hitzeperiode. Ab morgen sollte die Temperatur sinken und ein kräftiger Nordwestwind wehen, um ihnen allen den Spaß zu verderben.

Ali legte die aktuelle Ausgabe der *Klatschpostille* beiseite und sah zu Sarah hinüber. Sie hatte seit einer halben Stunde kein Wort mehr gesagt, und obwohl sie die Augen geschlossen hatte, konnte Ali sehen, dass sie nicht schlief, da sie mit der einen Hand unaufhörlich auf die hölzerne Lehne ihres Liegestuhls tappte. Wenn sie sich nicht sehr irrte, war Sarah, sonst die Ausgeglichenheit in Person, unruhig. »Alles in Ordnung?«, fragte Ali.

Sarahs Finger hielten abrupt inne. Sie öffnete die Augen. »Mir geht's gut, wieso?« Ihre Stimme klang auffällig defensiv.

»Du wirkst nervös.«

Nach einer kurzen Pause sagte Sarah: »Das nennt man Schuldgefühle.«

»Was um alles in der Welt hast du angestellt, um die zu haben?«

Sarah beugte sich vor und schwang die Beine von der Liege, so dass ihre nackten Füße zwischen ihr und Ali auf dem Rasen standen. »Irgendwie ist es nicht richtig, dass ich hier bin. Ich sollte zu Hause bei Trevor sein.«

»Aha«, sagte Ali. »Ich hatte mich schon gefragt, wann du anfangen würdest dich zu geißeln. Es ist ein Wunder, dass es so lange gedauert hat.«

»Das ist nicht nett.«

»Nein, aber es ist wahr. Verdirb dir nicht alles, Sarah. Es ist nichts Schlimmes dabei, wenn eine Ehefrau mit ihrer Freundin in Urlaub fährt. Selbst die rosigste Ehe profitiert von einer kleinen Auszeit.«

Doch Sarah sah alles andere als überzeugt aus. »Ich hätte mich nie von dir dazu überreden lassen sollen«, murmelte sie.

Ali lächelte. »Ich kann mich nicht erinnern, dass ich dich allzu sehr foltern musste, damit du mitkommst.«

Sarah runzelte die Stirn und stand auf. »Möchtest du noch was zu trinken?«

»Nein, danke.« Besorgt sah Ali ihr nach, als sie über den Rasen und ins Haus ging. Sie fragte sich, was Sarahs Stimmungsschwankung verursacht hatte. Hatte sie Angst, das fünfte Rad am Wagen zu sein, wenn Elliot heute Abend kam? Oder verunsicherte es sie, dass Alastair und seine Zukünftige morgen anreisen würden? Ach, das war doch Unsinn! Sarah hatte keinen Grund, sich als Außenseiter zu fühlen – sie hatte immer dazugehört, wie ein Mitglied der Familie. Vielleicht war es gar nicht so kompliziert. Vielleicht hatte Sarah tatsächlich Schuldgefühle, weil sie Trevor so lange allein ließ. Gerade als Ali wünschte, Trevor würde endlich das einzig Vernünftige tun und tot umfallen, kam Sarah zurück in den Garten. »Ali«, rief sie, »deine Eltern sind angekommen.«

Wie die meisten Eltern betrachteten Maggie und Lawrence Edwards ihren Nachwuchs nach wie vor als Kinder, Sarah eingeschlossen. Abgesehen davon, ihr den Kopf zu tätscheln und zu sagen: »Meine Güte, bist du groß geworden!«, überschütteten sie sie mit jedweder Form von elterlicher Freude und Zuneigung. »Himmel«, rief Maggie, nachdem sie sie umarmt und einen Bericht über die Ereignisse in Astley Hope und vor allem über Hannah verlangt hatte, »wie lange ist es her, dass du das letzte Mal hier bei uns warst?«

»Ich weiß, wann es war«, sagte Lawrence und schob seine Frau zur Seite, um seinen Teil von Sarah zu beanspruchen. »Das war in dem Jahr, als du geheiratet hast.«

»Genau«, stimmte Maggie ihm zu. »Es war Ostern.«

»Nein, das kann nicht sein«, widersprach Lawrence, »es muss eher gewesen sein. Ich weiß noch, dass es geschneit hat. Es war im Februar.«

»Du meine Güte«, sagte Sarah, die sich ein wenig überwältigt fühlte, es aber dennoch genoss, »was für ein unglaubliches Gedächtnis ihr habt.«

»Das liegt an ihrem Alter«, spöttelte Ali. »Wir werden irgendwann genauso sein. Wir werden uns bis ins winzigste Detail an Dinge erinnern, die fünfzig Jahre zurückliegen, aber nicht daran, wo wir unsere Hausschuhe und Brillen gelassen haben.«

Lawrence lachte, und bevor Ali eine Chance hatte, ihm zu entwischen, schloss er sie in seine Arme. »Ein wenig Respekt«, sagte er und hob sie gute zwanzig Zentimeter vom Boden, »mehr habe ich nie von dir verlangt.«

»Nie im Leben!«, rief sie und versuchte, sich ihm zu entwinden.

Er drückte sie fester an sich und kitzelte sie an den Rippen, als wäre sie ein kleines Kind. »Ich verstehe dich so schlecht«, sagte er, »werde wohl allmählich taub.«

»Nun, Sarah«, sagte Maggie mit fröhlichem Lächeln, »ich glaube, wir überlassen die beiden am besten sich selbst. Lass uns reingehen, ich lechze nach einer Tasse Tee.«

»Und das ist ein weiteres Zeichen des Alters«, rief Ali über die Schulter ihres Vaters, als Sarah und Maggie verschwanden, »Tattergreise verbringen ihre gesamte Zeit damit, schöne Tassen Tee zu trinken.«

»Wohingegen du, junge Dame«, sagte Lawrence und ließ seine Tochter endlich wieder herunter, »dich bestimmt über meinen Whiskyvorrat hergemacht hast.«

»Nur über das billige Zeug.«

»Billiges Zeug?«, dröhnte er. »So was gibt's bei mir nicht. Zur Strafe für deine Frechheit darfst du mir beim Gepäck helfen. Das ganze Auto ist voll – du weißt ja, wie gerne deine Mutter für sämtliche Eventualitäten vorsorgt.«

Während Ali ihrem Vater half, die Koffer auszuladen und nach oben zu tragen, bereiteten Sarah und Maggie das Teetablett vor, gekrönt von einem Schokoladenkuchen, den Sarah extra für diesen Anlass gebacken hatte.

»Ali bäckt mir nie Kuchen«, sagte Maggie mit gespielter Beleidigung, als sie in der Laube saßen und sie den Tee einschenkte.

Ali verdrehte die Augen. »Oh, wunderbar, jetzt bin ich plötzlich die Höllentochter.«

»Von ›plötzlich‹ kann gar nicht die Rede sein«, sagte Lawrence, während er genüsslich seinen Kuchen aß und eine Wespe verscheuchte. »Von dem Moment an, als du geboren warst, gab's Ärger.«

»Was bist du heute wieder reizend, Dad.«

Er warf ihr einen Kuss zu. »Und du wärst sogar noch reizender, wenn du so leckere Kuchen backen würdest wie Sarah.«

Sarah trank schweigend ihren Tee und beobachtete die Verbundenheit zwischen Ali und ihren Eltern, während sie wehmütig den innigen Austausch von Zuneigung verfolgte. Es war nicht schwer zu erkennen, woher Ali ihren Sinn für Humor hatte.

Das erste Mal hatte Sarah die Eltern ihrer Freundin getroffen, als Ali sie eines Tages nach der Schule zum Tee nach Hause mitgenommen hatte; die Einladung war eine Woche nach ihrer ersten Begegnung erfolgt. »Ich warne dich lieber vor, sie sind total verrückt«, hatte Ali ganz sachlich gesagt, als sie darauf gewartet hatten, dass ihre Mutter sie am Haupteingang der Schule abholte. »Durchgeknallt wie zwei Silvesterböller. Dad macht die schauerlichsten Witze, und Mum ist dumm genug, ihn sogar noch anzuspornen.« Nach dieser kurzen Beschreibung von Mr. und Mrs. Edwards hatte Sarah eine gewisse Kühle zwischen ihrer neuen Freundin und deren Eltern erwartet. Den anderen Mädchen in der Schule zufolge war es allgemein üblich, so zu tun, als wäre man seinen alten, hinterwäldlerischen Eltern weit überlegen. Doch Sarah begriff bald, dass Alis Beschreibung nur ein Tarnmanöver gewesen war: Sie vergötterte ihre Mutter und ihren Vater ganz offensichtlich ebenso wie die beiden sie, und das Wort ‘verrückt’ hatte sie auf die netteste Art gemeint, denn soweit Sarah sehen konnte, war Ali genauso spinnert wie sie. Mrs. Edwards war, wie sich herausstellte, genau die Art von Mutter, wie Sarah sie gern gehabt hätte – warmherzig, großzügig und mit einem subtilen Geschick, dafür zu sorgen, dass Sarah sich wie zu Hause fühlte. Ali hatte nie erwähnt, in was für einem Haus sie wohnte – ganz im Gegensatz zu den meisten anderen in ihrer ziemlich snobistischen Grundschule, die sich gegenseitig auszustechen versuchten –, so dass Sarah angenommen hatte, Ali käme wie sie aus bescheidenen Verhältnissen. Doch sie hatte sich schwer geirrt. Ali lebte in einem riesigen Haus, das Sarahs locker zum Frühstück hätte verspeisen können und immer noch Platz für eine Hand voll Bungalows als Nachschlag gehabt hätte. Sarah hatte noch nie etwas so Gewaltiges gesehen. Und etwas so Schönes. Es war hell und luftig und unglaublich geräumig. Es war die Art von Haus, die sie nur aus dem Fernsehen oder aus Zeitschriften kannte. Alle Räume waren groß und mit hübsch gemusterten Tapeten verziert; später begriff sie, dass Mrs. Edwards eine Art Chamäleon war, was die Heimdekoration betraf, und sich zu dem Zeitpunkt gerade in ihrer frühen Laura-Ashley-Phase befunden hatte, bevor sie zur Sanderson-Linie übergewechselt war, wie Ali den wechselhaften Geschmack ihrer Mutter beschrieb.

Alis Vater war an dem Nachmittag überraschend eher nach Hause gekommen, und so hatten sie alle zusammen gegessen. Anfangs hatte Sarah ein wenig Angst vor ihm gehabt; er war so laut und massig, ganz anders als der kleine, steiflippige Mann, der ihr eigener Vater war. »Lawrence, mein Schatz, sprich ein bisschen leiser. Merkst du denn nicht, dass du unseren Gast erschreckst?«, sagte Alis Mutter, da sie offenbar bemerkt hatte, dass Sarah immer kleiner geworden war, als der gewaltige Mann mit der Wucht eines Tornados in die Küche geplatzt war. »Keine Angst, Sarah«, fügte sie hinzu, »er ist bloß ein gutmütiger Riese, der möchte, dass alle mit ihm spielen.«

Während sie in der hübsch eingerichteten Küche saß, in der alles mit roten und weißen Pünktchen dekoriert war – sogar die Geschirrtücher waren auf die Vorhänge und Tapeten abgestimmt –, bemühte sich Sarah nach Kräften, nicht linkisch zu erscheinen und sich nicht anmerken zu lassen, dass sie so viel Stil und eine so lebendige Konversation, die wie ein Pingpongball über den Tisch schoss, nicht gewohnt war. Doch als sie die leckeren Sachen aß, die Alis Mutter zubereitet hatte, kämpfte sie mit einem Gefühl der Enttäuschung. Sie hatte gedacht, dass sie in Ali eine Freundin gefunden hatte, doch selbst in diesem jungen Alter wusste Sarah, wie die Welt funktionierte: Die Unterschiede zwischen ihnen waren so groß, dass Alis erster Besuch bei ihr zu Hause auch ihr letzter sein würde. Ali würde sie augenblicklich fallen lassen, wenn sie merkte, dass sie aus ganz verschiedenen Welten kamen.

Doch Ali hatte sie nicht fallen gelassen, und nun saßen sie hier, fast dreißig Jahre später, und waren noch immer eng befreundet. Es wäre schön gewesen, sagen zu können, sie seien älter und weiser geworden, doch das glaubte Sarah nicht.

Älter, ja, aber ganz sicher nicht weiser.

Zusammengenommen konnten sie eine eindrucksvolle Liste akademischer Weihen vorweisen, doch was hatte ihnen das letzten Endes genützt? Hatte es sie davon abgehalten, ein paar schreckliche Fehler zu machen? Hatte das Einser-Studium Ali beigebracht, wie man mit dem Verlust eines Menschen umging? Hatte es ihr beigebracht, wie man seine Ehe zusammenhielt? Und hatte der fehlgeschlagene Versuch, einen Abschluss zu erreichen, Sarah geholfen, eine bessere Ehefrau zu sein? Hatte er ihr geholfen, sich auch nur annähernd mit den Konsequenzen des selbstsüchtigen, überflüssigen Risikos, das sie vor vielen Jahren eingegangen war, abzufinden?

Die Antwort war ein klares Nein.

Elliot kam um kurz nach acht.

Ali hatte nervös vom Wohnzimmerfenster Ausschau nach seinem Wagen gehalten. Als sie endlich den mittlerweile vertrauten XK8 durch die Steinpfosten am Ende der Einfahrt fahren sah, sprang sie aus dem Fenstersitz und rannte aus dem Raum. Am liebsten hätte sie ihn heimlich ins Haus geschmuggelt, die Treppe hinaufgezerrt und die Episode auf dem Fußboden ihres Zimmers noch einmal wiederholt, doch ihre Mutter erschien im Flur, sich die Hände mit einem Geschirrtuch abtrocknend. Mit neckend schief gelegtem Kopf fragte sie: »War das ein Auto, was ich da gerade gehört habe?«

»Natürlich, und das weißt du ganz genau, Mum.«

Lawrence und Sarah kamen ebenfalls in den Flur. Sie grinsten sie an.

»Du solltest ihn besser reinlassen«, sagte Lawrence mit einem Zwinkern.

»Das tue ich auch, wenn ihr euch alle verkrümelt habt. Ich will nicht, dass ihr ihn gleich verschreckt.«

Niemand rührte sich.

»Ach, ich geb's auf! Bei euch ist Hopfen und Malz verloren.«

Sie öffnete die Tür und ging Elliot entgegen. Er nahm gerade eine kleine Tasche aus dem Auto, ließ sie jedoch sofort los, als er sie erblickte. Er schloss sie in die Arme und küsste sie. Es war kein zartes Streifen von Lippen über Wange, kein höflicher Schön-dich-zu-sehen-Schmatz, sondern ein richtiger, leidenschaftlicher Cinemascope-Kuss, und während er sie rücklings gegen das Auto drückte, sagte er: »Wie wär's mit einem kleinen Aufwärmtraining, jetzt gleich?«

Sie lachte laut auf. »Von mir aus – wenn dich das Publikum nicht stört.«

Er richtete sich auf und sah zum Haus hinüber. Drei lächelnde Gesichter begrüßten ihn.

Später im Schlafzimmer, nach langem, konzentriertem Nachdenken, fragte Maggie, während sie sich ihre Antifaltencreme unter die Augen tupfte, ihren Mann, ob er es für möglich halte, dass Ali und Elliot noch einmal heirateten.

Lawrence, der zur Deckenrosette hinaufgestarrt und in etwa die gleiche Gedankenkette verfolgt hatte, erwiderte: »Wenn sie auch nur einen Funken Verstand haben, werden sie es tun.«

Maggie wandte sich um und sah ihn an. »Sie sind genau wie wir, nicht? Wie füreinander geschaffen.«

Lächelnd nahm er ihre Hand und führte sie an seine Lippen. »Du sagst die sentimentalsten Sachen.«

»Aber es stimmt. Ich wünschte nur, wir hätten uns damals

mehr bemüht, sie davon abzuhalten, sich überhaupt scheiden zu lassen.«

Er schüttelte energisch den Kopf. »Jetzt hör aber auf. Es gab nichts, was wir hätten tun können. Als Eltern blieb uns gar nichts anderes übrig, als uns herauszuhalten und sie allein entscheiden zu lassen.«

»Aber sie haben so viel wertvolle Zeit vergeudet.«

»Nun, nach dem, was wir von Elliots Ankunft mitgekriegt haben, gehe ich jede Wette ein, dass sie das Versäumte auf die eine oder andere Weise nachholen werden. Und bevor du davon anfängst, ich glaube nicht, dass sie unsere Hilfe brauchen, um sich über ihre Zukunft zu einigen.«

»Du wirfst mir nicht zufällig gerade vor, dass ich mich einmische, oder?«

Er lächelte und gab ihr einen Kuss. »Gute Nacht, Mrs. Amor.«

Sie schalteten ihre Nachttischlampen aus und kuschelten sich aneinander. Doch Maggie konnte nicht schlafen. Letzte Nacht hatte sie auch nicht geschlafen. Sie war zu aufgedreht gewesen. Als Ali ihr gestern Abend am Telefon gesagt hatte, dass es am Wochenende einen zusätzlichen Besucher geben würde, wäre sie in ihren wildesten Träumen nicht auf die Idee gekommen, dass es Elliot sein könnte. »Aber warum hast du denn nichts davon gesagt, dass ihr wieder zusammen seid?«, hatte sie gefragt, als Ali ihr gesagt hatte, wer der Überraschungsgast sein würde.

»Weil alles so plötzlich gekommen ist, und nach allem, was wir hinter uns haben, muss ich mir ganz sicher sein, was ich für ihn empfinde.«

»Was *meinst* du denn, was du für ihn empfindest?«

Ali hatte gelacht und erwidert: »Es beginnt mit L und endet mit E.«

»O Liebes, ich freue mich so für euch beide. Ich muss es deinem Vater erzählen – geh nicht weg, er will bestimmt mit dir reden.«

Nun, als der Mond durch den Spalt zwischen den Vorhängen vor dem offenen Fenster hereinschien und einen

Streifen auf den verblichenen Perserteppich malte, der schon ihren Eltern gehört hatte, musste Maggie lächeln; Lawrence hatte so glücklich gestrahlt, als sie ihm die Neuigkeit mitgeteilt hatte. Er war schon immer ein großer Softie gewesen, wenn es um Ali ging. Nach Isaacs Tod hatte er oft den Drang verspürt, seine Tochter in die Arme zu nehmen und zu trösten. Einmal hatte er es versucht, am Tag der Beerdigung, doch sie hatte ihn schluchzend weggestoßen.

»Lawrence?«

»Mm – ?«

»Ich kann nicht schlafen.«

»Ist ganz einfach. Du brauchst bloß die Augen zuzumachen.«

»Lawrence?«

»Ja.«

»Meinst du, Sarah ist glücklich?«

Er drehte sich um und sah sie durch die Dunkelheit an. »Wie kommst du denn jetzt darauf?«

»Ali war heute Abend so strahlend und fröhlich, da ist mir richtig aufgefallen, wie traurig Sarah im Vergleich zu ihr aussieht.«

»Ich weiß, was du meinst. Sie vermittelt einem den Eindruck, als ob sie nicht so glücklich ist, wie sie es sein könnte.«

»Das Gefühl habe ich schon immer gehabt.«

»Ich auch. Und da wir uns ja vollkommen einig sind, darf ich jetzt schlafen?« Er gab ihr einen Kuss auf die Wange und drehte sich wieder auf die Seite.

Nach ein paar Minuten sagte Maggie: »Ich wünschte, ich könnte einen Zauberstab schwingen.«

»Glaub mir, ich auch«, grunzte Lawrence aus den Tiefen seines Daunenkissens. »Du wärst die Erste, an der ich ihn ausprobieren würde.«

»Ich meine es ernst.«

»Ich auch.«

»Aber geht es dir denn nicht genauso? Möchtest du nicht auch etwas dafür tun, dass es allen besser geht?«

»Mir genügt es schon, wenn ich es schaffe, dass es mir besser geht.«

»In einer idealen Welt würde ich Sarah den Mut geben, Trevor zu verlassen.«

»In einer idealen Welt hätte ich verhindert, dass sie ihn überhaupt heiratet.«

»Du hast Sarah schon immer sehr gern gehabt, nicht?«

Lawrence gab den Versuch zu schlafen auf und drehte sich auf den Rücken. »Ja«, sagte er schlicht. »Ihre Eltern hatten sie überhaupt nicht verdient. Sie haben ihr nichts gegeben. Keine Liebe. Keine richtige Anleitung. Und ganz gewiss keine Unterstützung.«

»Immerhin haben sie ihr eine Ausbildung gegeben, die sie sich eigentlich gar nicht leisten konnten.«

»Wirklich großzügig von ihnen. Vergiss nicht, dass sie ein Stipendium hatte. Sie mussten ihre kalten, lieblosen Hände nicht allzu tief in den Geldbeutel stecken.«

»Ich weiß noch, wie du damals, als Ali uns erzählte, dass Sarah schwanger war und Oxford verlassen wollte, um Trevor zu heiraten, unbedingt zu ihr fahren wolltest, um sie zur Vernunft zu bringen. Und Trevor ordentlich die Meinung zu sagen.«

Er lächelte. »Das Einzige, was mich davon abgehalten hat, war die Einsicht, dass es nichts nützen würde. Auf ihre stille Art ist Sarah schon immer genauso stur und dickköpfig gewesen wie Ali. Wie sonst hätte sie es so lange mit dieser trüben Tasse ausgehalten?«

»Vielleicht hat Trevor Vorzüge, die man nicht auf den ersten Blick sieht.«

»Ja, natürlich. Kannst du mir auch nur einen einzigen nennen?«

»Nun, auf seine Weise ist er sehr ernsthaft. Und verlässlich.«

Lawrence stöhnte. »Und unendlich langweilig.«

Maggie lächelte. »Ich habe dir davon nichts erzählt, aber vor ein paar Monaten hat Ali mir gesagt, dass Sarah nur wegen ihrer religiösen Überzeugungen bei ihm bleibt.«

»Na, dann danke ich aber Gott, dass ich Atheist bin. So, darf ich jetzt endlich schlafen, oder soll ich runtergehen und uns einen Drink holen?«

»Ich fänd's netter, wenn du mit mir schlafen würdest.«

Er lachte lauthals. »Heiliger Strohsack, Frau, du bist ja genauso schlimm wie deine Tochter – Sex, Sex und noch mal Sex.«

»Einmal würde mir schon reichen.«

»Na, dann leg dich mal hin und lass dich überraschen.«

36

Am nächsten Morgen, als Ali und Elliot sich endlich unten blicken ließen, lange nachdem das Frühstück abgeräumt worden war, schlug Maggie mit ihrem üblichen Takt und Einfühlungsvermögen vor, sie sollten einen Spaziergang machen.

»Was ist mit den Vorbereitungen für die Rückkehr des elenden verlorenen Sohns?«, fragte Ali.

»Ist alles unter Kontrolle«, ließ Lawrence sich von der Spüle vernehmen, wo er und Sarah damit beschäftigt waren, neue Kartoffeln abzuschrubben. »Wenn wir hier fertig sind, gehen wir raus aufs Feld, um das gemästete Kalb zu schlachten.«

»Seid ihr sicher, dass wir euch nicht helfen können? Ich möchte doch nicht den ganzen Spaß verpassen.«

Maggie sah mit tränenglänzenden Augen von den Zwiebeln auf, die sie gerade hackte. »Nimm sie mit, Elliot«, schniefte sie, »und komm erst wieder zurück, wenn sie sich ausgetobt hat.«

Das Wetter hatte sich in der Tat, wie vorhergesagt, verschlechtert. Der gestern noch makellos blaue Himmel war nun mit zerzausten weißen Wolken übersät, die von einem kräftigen, böigen Wind umhergetrieben wurden.

Sie gingen Richtung Strand, nahmen die Abkürzung durch die Dünen und über den Golfplatz und näherten sich zunächst den kleinen Strandhütten, bevor sie sich auf die stürmische offene Fläche wagten. Es war Flut, und außer ihnen waren nur ein paar hart gesottene Surfer in Neoprenanzügen zu sehen, die sich bereitmachten, es mit den krachenden Wellen aufzunehmen, und eine einzelne Frau mit ihrem verspielten schwarzen Labrador. Sie hob grüßend die Hand, als sie Ali und Elliot erblickte, und der Hund kam herbei, um an ihren Beinen zu schnüffeln; er hüpfte um sie herum, als erwarte er, dass sie einen Ball für ihn warfen. Als seine Besitzerin nach ihm rief, schoss er davon.

»Wohin soll's gehen?«, fragte Ali. »Zur Kirmes oder zum Ferry Boat?«

Elliot schob die Hände in die Taschen seiner Jeans und blickte erst nach links, dann nach rechts. »Hm ... eine Runde Autoskooter oder ein Drink. Schwierige Entscheidung. Nein, stimmt nicht, eigentlich ganz einfach. Du warst immer die reinste Hexe im Autoskooter. Wir gehen zum Pub. Wenigstens muss ich dann hinterher nicht mit einer Halskrause herumlaufen.«

»Feigling!«

Ohne Vorwarnung packte er sie an den Handgelenken und schleifte sie Richtung Wasser. »Wie hast du mich genannt?«

»Feigling!« Sie lachte.

Er nahm sie hoch und hielt sie bedrohlich nah an die Wellen. »Du hast nicht zufällig die Absicht, deine Meinung über mich noch mal zu überdenken?«

»Nein!«, rief sie und klammerte sich an seinen Arm. »Du bist immer noch ein riesengroßer Feigling!«

Er tat, als ließe er sie fallen, und zur Erheiterung der Surfer kreischte sie auf. »Okay, okay«, rief sie, »ich gebe auf. Dafür, dass du nur ein Mann bist, bist du unglaublich gescheit und sehr mutig.«

Er trug sie in Sicherheit, und als sie wieder auf ihren Füßen stand, schlang er die Arme um ihre Taille und küsste sie.

»Sich auf rohe Gewalt zu verlegen, ist ein sicheres Zeichen von Schwäche«, sagte sie lächelnd, als er innehielt.

»Das ist ein interessantes Paradox. Darüber können wir gleich bei einem Drink diskutieren. Los, komm.«

Hand in Hand gingen sie am Strand entlang, begleitet vom Kreischen der Möwen über ihren Köpfen und dem lauten Knirschen ihrer Schuhe auf den Kieseln.

»Ich kann mich nicht erinnern, wann ich zuletzt so glücklich war«, sagte Ali und fügte dann hinzu: »Ganz schön gewöhnungsbedürftig, nicht?«

Er legte den Arm um sie. »Ja, da hast du Recht.«

»Ich wünschte nur, Isaac könnte es miterleben … Irgendwie erscheint es mir nicht richtig, so glücklich zu sein, während er …« Ihr unbeendeter Satz wurde von einem Windstoß davongetragen. Sie blieb stehen und sah aufs Meer hinaus, das düster und drohend unter dem grauen Himmel auf und ab wogte. Zwei Möwen kreisten über einem Teil der aufgewühlten See, die weiten, geschwungenen Flügel gegen den Wind gestemmt. »Er sollte hier bei uns sein«, sagte sie mit trauriger, verlorener Stimme. Dann, zu Elliot gewandt: »Wenn ich ihn doch nur fühlen könnte. Nur um sicher zu sein, dass sein kurzes Leben mehr bedeutet hat als die achtzehn Monate, die er bei uns war. Vielleicht würde ich es dann verstehen.«

Für eine Weile herrschte Schweigen. »Du hast nie an den Himmel geglaubt, nicht?«, fragte Elliot.

Überrascht antwortete sie: »Zumindest nicht an Trevors Schwachsinn von ewiger himmlischer Glückseligkeit.«

»Und was ist mit Sarahs Version?«

»Ich glaube nicht, dass die sich sehr von Trevors unterscheidet. Unterm Strich ist es nur ein Haufen allegorischer Unfug.«

»Du glaubst also nicht, dass die Religion eine Möglichkeit ist, das Unbegreifliche verständlich zu machen, aus Chaos Ordnung zu schaffen, das Unerreichbare –«

»Nein. Sie kehrt nur alles unter den Teppich. Sie teilt und herrscht.«

»Sie spendet also keine Kraft, keinen Trost?«

Ali begann wieder zu gehen. »Sie führt die Menschen in

die Irre und gibt ihnen nur einen bitteren Tropfen falscher Hoffnung.«

Er drückte ihre Schulter und wechselte das Thema. »Deinen Eltern scheint es gut zu gehen.«

»Ja, nicht? Und noch besser, seit sie dich wieder gesehen haben.«

»Wann hast du ihnen von uns erzählt?«

»Per Telefon, am Abend, bevor sie zurückgekommen sind. Ich habe es ganz beiläufig ins Gespräch einfließen lassen: ›Ach, übrigens, macht es euch etwas aus, wenn wir am Wochenende einen zusätzlichen Gast haben?‹«

»Waren sie überrascht?«

»Total. Anfangs war Mum noch ganz normal, aber dann wurde sie rührselig und fing an zu weinen, so dass sie nicht mehr sprechen konnte, und dann musste Dad den Hörer nehmen, aber jedes Mal, wenn er etwas sagen wollte, redete Mum dazwischen und wollte alles ganz genau wissen.«

»Ich hab's Sam gesagt.«

»Und?«

»Er will wissen, wann er losrennen und sich einen Hut kaufen kann.«

Ali lachte. »Jetzt noch nicht, aber wenn es so weit ist, kann unser Sam den größten und auffälligsten Hut haben, der aufzutreiben ist – mit Federn, Blumen, Schleier und allem Drum und Dran, so dass Carmen Miranda daneben wie ein Waisenmädchen aussieht.«

Elliot verlangsamte seinen Schritt und blieb dann stehen. Er nahm Ali fest in die Arme und sah ihr in die Augen.

»Was ist los?«, fragte sie.

Sein Gesichtsausdruck war ernst. »Wir tun doch das Richtige, wenn wir es noch mal versuchen, oder?«

»Kalte Füße, Elliot?«

Er runzelte die Stirn. »Ich mache mir Sorgen, dass ich dich überrumpelt habe.«

»Gerade du solltest mich doch kennen. Niemand hat mich je dazu gebracht, etwas zu tun, was ich nicht wollte.«

»Aber ich muss sicher sein, dass ich dich nicht zu etwas gezwungen habe, das du später vielleicht bedauerst.«

»Willst du damit etwa andeuten, dass ich nicht weiß, was ich will?«

Er antwortete ihr nicht. Sein Blick forschte in den Tiefen ihrer Augen, als suche er nach der Wahrheit.

»Na, gib's schon zu«, sagte sie.

Er strich ihr das vom Wind zerzauste Haar aus dem Gesicht. »Es ist nur ... Es ist alles so schnell gegangen. Im einen Moment ertragen wir es kaum, miteinander zu reden, und im nächsten –«

»– liegen wir erschöpft im Bett und planen unsere gemeinsame Zukunft. Verrückt, nicht?«

»So kann man es auch nennen.«

»Tja, du weißt ja, es heißt, Liebe und Hass sind zwei Seiten derselben Münze. Wir haben uns gehasst, jetzt lieben wir uns.«

Er zuckte zusammen. »Ich habe dich nie gehasst.«

»In Wirklichkeit habe ich dich auch nicht gehasst, aber du weißt, was ich meine.«

»Und was ist, wenn die Münze wieder umkippt?«

»Dann lassen wir es.«

»Einfach so?«

»Ja.« Sie beugte sich hinunter, um einen großen, flachen Stein aufzuheben, betrachtete ihn und warf ihn dann ins Meer. »Dann müssen wir uns eben mit einem weiteren Leben in der Hölle abfinden.«

Auch er nahm einen Stein und ließ ihn über die Wasseroberfläche fliegen. »Wir machen also das Beste aus dem, was wir haben, solange wir können. Ist es das, was du sagen willst?«

»Ja, so in etwa.«

»Klingt ziemlich unabsehbar.«

»So sind Beziehungen nun mal. Und das Leben. In der einen Sekunde hat man es noch, in der nächsten ist es weg ... wie wir beide nur allzu gut wissen.«

Sie standen eine Weile schweigend da. Dann fragte Elliot:

»Ali, weshalb hast du deine Meinung geändert, es langsam angehen zu lassen?«

»Weil ich plötzlich erkannt habe, dass es unsinnig ist. Nach allem, was wir durchgemacht haben, umeinander herumzuschleichen, erschien mir wie eine groteske, überflüssige Zeitverschwendung.«

»Du bist dir also sicher? Du willst wirklich, dass wir wieder zusammen sind?«

»Elliot, was soll das? Brauchst du es schriftlich?«

»Du weißt doch, wie gründlich ich bin.«

»Ja«, sagte sie lächelnd, »und allmählich geht es mir auf den Wecker.«

Er ergriff ihre Hände, zog sie zu sich heran und versenkte sich in ihren sanften, dunklen, liebevollen Augen. »Entschuldige«, sagte er. »Sam hat zu mir gesagt, ich solle mit meiner Ernsthaftigkeit nicht alles verderben.«

»Du solltest öfter auf ihn hören. So, und jetzt lass uns gehen, sonst wird aus dem Drink nie etwas.«

Als sie beim Ferry Boat Inn ankamen, hatten die Wolken sich so weit gelockert, dass die Sonne durchkam. Sie bezahlten ihre Getränke und setzten sich damit nach draußen auf eine Holzbank, von der sie das Treiben im Hafen beobachten konnten. Ein paar angeberische Jugendliche düsten mit ihren Jet-Skis herum, dass das Wasser hinter ihnen nur so aufspritzte, während drüben auf der Betonrampe eine Gruppe schreiender Männer und Frauen ein windschnittiges Schnellboot vom Anhänger eines Geländewagens zu Wasser ließ. In der Ferne durchquerte die kleine Fähre das stark befahrene Stück zwischen Hayling und Portsmouth – ein Transportmittel, das Ali und Sarah als Teenager oft benutzt hatten, wenn sie aufregendere Unterhaltung suchten, als die Insel zu bieten hatte.

»Wo sollen wir wohnen?«, unterbrach Elliot Alis Gedanken.

Sie nippte an ihrem Cider. Darüber hatte sie gestern Abend im Bett nachgedacht, als sie neben ihm gelegen und das wunderbare Gefühl genossen hatte, von seinem Körper umschlungen zu sein. In Anbetracht der Tatsache, dass sie die Mühle nur von Owen gemietet hatte und sein Brüsseler Exil nicht ewig dauern würde, wäre es das Logischste, bei Elliot einzuziehen. Aber wo sollte Sam dann bleiben? Überhaupt – egal, wo sie letztlich wohnten, was war mit Sam?

Als hätte er ihre Gedanken gelesen, sagte Elliot: »Dad und ich hatten gehofft, dass du bei uns in Timbersbrook einziehen würdest.«

»Aber was ist mit –?«

»Sam?«

»Ja. Käme er sich nicht vor wie das sprichwörtliche fünfte Rad am Wagen?«

»Als ich Timbersbrook gekauft habe, hatten wir ursprünglich vor, eins der Nebengebäude für ihn umzubauen. Uns beiden lag sehr daran, ein bisschen Abstand zu wahren.«

»Und, warum habt ihr es nicht gemacht?«

»Weiß ich eigentlich auch nicht so genau. Sam hatte plötzlich kein Interesse mehr daran.«

»Bis jetzt?«

Er nickte. »Ja.«

Ali wusste, dass Elliots Vorschlag vollkommen vernünftig war, aber sie wusste auch, dass Sam alles für seinen Sohn tun würde, wenn dessen Glück auf dem Spiel stand. »Ich weiß nicht«, sagte sie. »Ich hätte immer das Gefühl, ihn rausgedrängt zu haben.«

Elliot legte seine Hand auf ihre. »Er hat gesagt, dass du das sagen würdest. Und er hat gesagt, dass du mit ihm darüber reden sollst, damit er das klarstellen kann.«

Sie lachte. »Du meinst, damit er mich so lange bezirzen kann, bis ich so denke wie er.«

»So was in der Art.« Elliot nahm einen ausgiebigen Schluck von seinem Bier und dachte bei sich, wenn irgendjemand Ali zu etwas überreden konnte, dann war es Sam. Und schließlich war es für alle die ideale Lösung.

Als Elliot seinem Vater von ihm und Ali erzählt hatte, hatte Sam anfangs, wie nicht anders zu erwarten, etwas davon gemurmelt, dass er sich eine andere Bleibe suchen würde, doch Elliot hatte nichts davon hören wollen. »Timbersbrook wäre nicht dasselbe ohne dich«, hatte er gesagt, »und außerdem ist es genauso dein Zuhause wie meins.«

Was er nicht gesagt hatte, war, dass er auch an die Zukunft dachte. So unwahrscheinlich es schien – Sam hatte die Konstitution eines Ochsen –, konnte doch irgendwann der Tag kommen, an dem sein Vater jemanden brauchte, der sich um ihn kümmerte. Und nach allem, was sein Vater für ihn getan hatte, stand es für Elliot außer Frage, dass er dieser Jemand sein würde.

37

Bei ihrer Rückkehr nach Sanderling sahen Ali und Elliot, dass ein weiteres Auto in der Einfahrt stand.

»Alastair und Phoebe, nehme ich mal an«, bemerkte Ali, als sie um das Haus herum zur Hintertür gingen. Im Flur stand ein Stapel teures Ledergepäck, und aus dem Wohnzimmer erklangen Stimmen. Maggie und Lawrence hatten Alastair offenbar über die neuesten Entwicklungen informiert, denn als sie in den Raum kamen, begrüßte Alis Bruder Elliot, als hätten die vergangenen zweieinhalb Jahre nie stattgefunden. Dann wandte er sich Ali zu, beugte sich zu ihr hinunter und umarmte sie, dass ihre Knochen krachten. »Und wie geht's meiner kleinen Schwester? Immer noch nicht gewachsen, wie ich sehe.«

Sie stieß ihn liebevoll von sich. »Lass mich los, du Ungeheuer, und stell mich dem armen Mädchen vor, das verrückt genug ist, dich zu heiraten. Fünf Minuten mit mir, und sie wird sich das noch mal gut überlegen.«

»Höchstens, weil sie dann fürchtet, dass es in unserer Familie Geisteskranke gibt.«

Phoebe war der Inbegriff beneidenswert stromlinienförmiger Schönheit und Jugend und, wie Ali mit leisem Neid feststellte, vermutlich gute zehn Jahre jünger als sie und Sarah. Mit den mörderisch hohen schwarzen Riemchensandaletten war sie fast so groß wie Alastair, doch während er blond war wie Ali und ihre Mutter, war Phoebe dunkel und exotisch. Ihre Haut hatte eine ebenmäßige, mediterrane Tönung, und ihr Haar, das sie aus dem Gesicht gestrichen und im Nacken zu einem schicken Knoten geschlungen hatte, gab ihr eine Aura eleganter Schönheit. Sie war atemberaubend, und als sie vortrat, um ihrer zukünftigen Schwägerin vorgestellt zu werden, fragte sich Ali, wie um alles in der Welt ihr langweiliger alter Bruder zu so einer bildschönen Frau gekommen war. Wahrscheinlich liegt's an dem vielen Geld, dachte sie, als sie Phoebe die Hand gab und den gewaltigen Diamanten an ihrem langen, eleganten Ringfinger bemerkte. Plötzlich wurde sie sich ihrer eigenen Erscheinung bewusst und wünschte, ihr Haar wäre nicht so zerzaust von dem Spaziergang am Strand. Sie wünschte sich auch, sie hätte nicht ausgerechnet ihr Uralt-T-Shirt und die ausgetretenen Turnschuhe an und würde nicht so penetrant nach dem Cider riechen, den sie sich im Pub über die Jeans gegossen hatte. Ihr Blick kreuzte sich mit Sarahs, und nachdem die Vorstellungsrunde vorüber war, gesellte sie sich zu ihrer Freundin auf den Fenstersitz. »'n ganz schöner Reißer, was?«, flüsterte sie, überzeugt, dass niemand sie hören konnte, da Alastair Maggie und Lawrence gerade wortreich erzählte, wie er und Phoebe sich bei einem Wohltätigkeitsball in Singapur kennen gelernt hatten.

»Schön *und* intelligent«, flüsterte Sarah zurück. »Sie arbeitet im Investmentbanking, genau wie Alastair.«

»Weiß der Himmel, wie mein hässlicher, Nerven sägender Bruder diesen Hauptgewinn ergattert hat. Sie ist unglaublich elegant.«

»Jetzt hör aber auf, Ali, er ist alles andere als hässlich. Er sieht sogar ziemlich gut aus.«

»Ach, Unsinn. Er ist absolut schauerlich. Ungefähr so hinreißend wie Freddy Krueger.«

Sarah lächelte. »Das liegt daran, dass du ihn mit den Augen der kleinen Schwester siehst.«

»Und wie siehst du ihn?«

»Ein bisschen objektiver.«

Ali schüttelte ungläubig den Kopf. »Meine Sarah – diplomatisch bis zum Letzten.«

Elliot kam zu ihnen und sagte mit gesenkter Stimme: »Jetzt fehlen nur noch die Fächer, dann seht ihr aus wie die beiden Frauen aus *Gefährliche Liebschaften*. Ich möchte gar nicht wissen, worüber ihr beide gerade tratscht.«

Ali rückte ein Stück und machte ihm Platz.

»Sie ist ziemlich hübsch, nicht?«, sagte Sarah versonnen.

»Überleg dir gut, was du jetzt sagst, Elliot«, warnte Ali. »Ich kann ziemlich unangenehm werden, wenn man mich eifersüchtig macht. Du weißt ja, wie sehr ich unter Minderwertigkeitskomplexen leide.«

Elliot sah zu Phoebe hinüber, die neben Alastair auf dem Sofa saß, die langen Beine in der eng anliegenden schwarzen Lederhose elegant gekreuzt. Sie war in der Tat eine sehr attraktive Frau. Doch ihm war sie zu kühl, zu gesetzt. Sie hatte etwas Unwirkliches an sich, das ihn an die zahllosen Vorzeige-Ehefrauen erinnerte, die er über die Jahre hinweg bei Geschäftsfeiern gesehen hatte. »Mir sind Blondinen viel lieber«, sagte er und nahm Alis Hand, »vor allem die kleinen, zerzausten.«

»Du elender Schmeichler«, erwiderte Ali mit fröhlichem Lachen.

Maggie bestand darauf, dass sich alle für das Abendessen in Schale warfen. »Los, ihr beiden«, sagte sie zu Ali und Sarah, »ab nach oben, macht euch fein.« Alis Proteste, sie und Sarah hätten nichts auch nur halbwegs Präsentables mitgenommen, ernteten nur ein energisches: »Wir haben heute eine Menge zu feiern: die Verlobung deines Bruders und die Versöhnung von dir und Elliot, also gebt euch gefälligst etwas Mühe. Ich weiß, ihr beide seid ein ganzes Stück schlanker als ich, aber wühlt mal ein bisschen in meinen Sachen und schaut, ob ihr was findet.«

Ali ging mit Sarah nach oben, um den Inhalt der üppigen Kleiderschränke ihrer Mutter unter die Lupe zu nehmen, und während Sarah sich aufs Bett setzte, riss sie die Schranktüren auf. »Mann, das sieht ja aus wie bei Imelda Marcos!«, sagte sie und trat einen Schritt zurück, um die Stangen voller Kleider und die ordentlich gestapelten Schuhkartons zu betrachten.

»Ja, aber wesentlich geschmackvoller.«

Ali stöberte in den nach Farben sortierten Kleidern. »Was möchtest du?«, fragte sie. »Etwas in Smaragdgrün oder Fuchsia oder beides?«

»Etwas Zurückhaltenderes wäre mir lieber.«

Ali ging an der Stange entlang und zog ein schlichtes Shiftkleid in einem warmen Karamellton heraus. Es war aus Seide und schimmerte luxuriös. »Darin würdest du fantastisch aussehen«, sagte sie.

»Meinst du?«, fragte Sarah zweifelnd. Sie rutschte vom Bett und nahm das Kleid. »Es sieht furchtbar teuer aus.«

Ali schnalzte spöttisch mit der Zunge. »Sprich: Wenn es mehr als einen Zehner kostet, steht es dir nicht?«

Sarah ignorierte die sarkastische Bemerkung ihrer Freundin, hielt sich das Kleid vor den Körper und ging hinüber zu dem Drehspiegel am Fenster, um sich darin zu betrachten. Doch der Anblick von Alastair und Phoebe, die unten in der Laube saßen, lenkte sie ab. Die beiden blickten am Haus hinauf, als ob Alastair gerade eine Geschichte aus seiner Kindheit erzählte. Sie wirkten sehr harmonisch und entspannt. Sarah verspürte plötzlich einen Stich der Eifersucht. Überall um sie herum waren Leute, die in glücklichen, liebevollen Beziehungen lebten.

Da waren Maggie und Lawrence, einander noch immer so ergeben wie eh und je; dann Ali und Elliot, die die schrecklichen Barrieren zwischen sich niedergerissen und erkannt hatten, dass sie nie aufgehört hatten sich zu lieben; und nun auch noch Alastair, einst überzeugter Junggeselle, der schließlich doch eine Frau gefunden hatte, mit der er sein Leben teilen wollte.

Und was war mit ihr? O lieber Gott, was war mit ihr? Welches Glück hatte sie denn? Würde sie überhaupt je welches erfahren?

Maggie war begeistert, wie schön der Abend verlief. Als sie im flackernden Kerzenlicht ihre Familie um sich herum betrachtete, überkam sie eine Welle mütterlichen Stolzes. Am anderen Ende des Tisches, hinter den Schwaden von Damast, Kristall und Silber, saß Lawrence, das Gesicht leicht gerötet von dem Übermaß an gutem Wein und Essen. Er plauderte munter mit Phoebe, die zu seiner Rechten saß, bekleidet mit einem glamourösen, tief ausgeschnittenen Teil, das mehr als nur die Perlenkette an ihrem Hals zur Geltung brachte.

Links von Lawrence, wo er sie immer haben wollte, wenn sie zu Hause war, saß Ali. Sie trug ein trägerloses schwarzes Samtkleid, in dem sie, wenn sie es vor einem Jahr getragen hätte, als sie so ausgemergelt und blass gewesen war, furchtbar ausgesehen hätte. Doch heute Abend war an Ali nichts Bleiches oder Hageres: Ihre Augen funkelten, und sie war von einer strahlenden Aura umgeben, die Maggie seit langem nicht mehr an ihr gesehen hatte. Das Kinn in die Hand gestützt, hatte sie sich zu Elliot geneigt und lauschte gebannt seinen Worten, wobei sie sein Gesicht so konzentriert betrachtete, als müsse sie von seinen Lippen lesen. Die beiden taten Maggie fast Leid, weil sie sich dieser Familienveranstaltung anschließen mussten – wahrscheinlich wären sie lieber oben, allein.

Schon als sie Ali und Elliot zum ersten Mal zusammen gesehen hatte, war sie überzeugt gewesen, dass sie füreinander geschaffen waren; sie passten einfach hervorragend zusammen. Bevor Elliot im Leben ihrer Tochter aufgetaucht war, hatte Maggie befürchtet, Ali würde eine katastrophale Bindung mit einem Mann eingehen, der sich von ihrem starken, eigenwilligen Charakter bedroht fühlen und entweder versuchen würde sie zu ändern oder sich davonschleichen würde, um sich eine fügsamere Gefährtin zu suchen. Bei der Auswahl junger Männer, mit denen Ali bisher getändelt hatte, war jedes Mal der zweite Fall eingetreten – obwohl oft genug sie es gewesen war, die sie in die Wüste geschickt hatte. Doch Elliot hatte standgehalten. Sie erinnerte sich noch, wie Ali aus heiterem Himmel angerufen und ihr erzählt hatte, dass sie bei der Arbeit jemand »Besonderes« kennen gelernt hatte. »Er ist ganz anders, Mum«, hatte sie gesagt. »Er lächelt nie und sagt kaum was, er steht einfach nur da und macht diese unglaubliche Sache.«

»Und was ist diese unglaubliche *Sache?*«

»Er strahlt so eine magische Aura von Sexappeal aus. Eimerweise. Ich glaube, ich bin verliebt.«

Ihre darauf folgenden Gespräche waren ähnlich verlaufen und hatten für Maggie keinen Zweifel daran gelassen, dass ihre Tochter tatsächlich verliebt war. Sie war froh gewesen, dass sie mit ihrer Tochter eine so gute Beziehung verband, die es ihnen ermöglichte, auf eine Weise miteinander zu reden, wie es sonst nur engen Freundinnen vorbehalten war.

Und da sie gerade bei engen Freundinnen war – links neben Elliot saß Sarah und unterhielt sich über den Tisch hinweg mit Alastair. Das Seidenkleid, das sie sich ausgesucht hatte, stand ihr ausgezeichnet. Maggie hatte es seit Jahren nicht getragen; sie überlegte, ob sie es wagen konnte, es Sarah zu schenken. Sie bemerkte die hübsche Goldkette an Sarahs Hals und erinnerte sich, dass Ali ihr letztes Jahr erzählt hatte, sie habe für Sarah zu Weihnachten eine Kette gekauft, sei sich aber nicht sicher, ob sie sie überhaupt annehmen würde, weil sie sie vielleicht zu extravagant fände. Arme Sarah, dachte Maggie, immer damit beschäftigt, die wohlmeinende Großzügigkeit ihrer besten Freundin abzuwehren, ganz zu schweigen von den guten Absichten der dazugehörigen Familie.

Sie lauschte, worüber Sarah und Alastair sprachen, und stellte zu ihrer Überraschung fest, dass ihr Sohn sich für etwas anderes interessierte als sich selbst – so sehr sie ihn auch liebte, gab Maggie doch unverhohlen zu, dass ihr Ältester sich gelegentlich aufführte wie ein unausstehlicher, selbstgefälliger Wichtigtuer. Er hatte nach Hannah gefragt, und Sarah erzählte ihm, dass sie gerade mit Freunden in Frankreich war und dann im Herbst nach Oxford gehen würde.

»Für welches College hat sie sich angemeldet?«

»Brasenose.«

»Aha. Der Ruf der Alma Mater. Wie sind ihre Chancen deiner Meinung nach?«

»Sie braucht drei glatte Einsen.«

»Und, ist das ein schwieriges Ziel?«

»Ja und nein.«

»Du scheinst nicht besonders sicher zu sein, dass sie es schafft.«

»Ihre akademischen Fähigkeiten stelle ich nicht in Zweifel, aber man weiß schließlich nie, was so alles passieren kann.«

Maggie wusste, dass diese Bemerkung auf Sarahs eigenes Leben bezogen war. Sie bewunderte Sarah sehr. Viele Frauen in ihrer Situation hätten sich bemitleidet. Doch nicht Sarah. Nun, das brauchte sie ja auch nicht, oder? In gewisser Weise hatte die Familie Edwards das für sie übernommen, wenn auch nicht absichtlich. Als sie noch ein Kind gewesen war, hatten sie es sich zur Aufgabe gemacht, ihr Los zu verbessern, und dasselbe hatten sie auch noch versucht, als sie erwachsen war, da sie ihre Ehe im Stillen als eine Art lebenslängliches Fegefeuer betrachtet hatten. Manch einer mochte sagen, es sei arrogant, so ein vorschnelles Urteil zu fällen, doch Maggie sagte sich, sie taten es nur, weil sie Sarah liebten wie eine eigene Tochter.

Sie überließ Sarah und Alastair ihrer Unterhaltung und wandte ihre Aufmerksamkeit noch einmal Phoebe zu. Als Alastair angerufen hatte, um ihnen zu sagen, dass er sich verlobt hatte, war Maggie vor Überraschung sprachlos gewesen. Sie hatte sich bereits damit abgefunden, dass ihr Sohn keinerlei Neigung verspürte, eine ernsthafte, langfristige Beziehung einzugehen. Sein Problem war, so vermutete sie, dass er zu der Nerven aufreibend ruhelosen Sorte Mann gehörte, die keine zwei Minuten still sitzen konnte. Die Frau, die seine Aufmerksamkeit lange genug fesselte, um nicht vor die Tür gesetzt zu werden, musste schon etwas Besonderes sein. In seinen späten Jugendjahren war er schon genauso gewesen, was Ali an den Rand der Weißglut getrieben hatte; sie hatte gehofft, dass eine feste Freundin ihn endlich von ihr und Sarah loseisen würde. Mehr als einmal war Ali in die Luft gegangen, weil er die Rolle des großen Bruders übertrieben hatte. »Nein, du kannst *nicht* mit uns Tennis spielen«, hatte sie ihn angebrüllt, als er versucht hatte, ihnen auf dem Fahrrad durch den Park und zum Tennisplatz zu folgen. »Wir spielen Einzel, nicht Tripel.« Sarah war geduldiger und toleranter gewesen und hatte ihm vorgeschlagen, ein anderes Mal mitzuspielen. Maggie war damals sicher gewesen, dass Alis Wut vor allem daher rührte, dass Alastair in ihr »Revier« eingedrungen war, doch sie hatte sich auch gefragt, ob er scharf auf Sarah war. Maggie hatte diese Vermutung Ali gegenüber einmal angedeutet, doch die war nur in schallendes Gelächter ausgebrochen. »Der einzige Mensch, auf den Alastair scharf ist, ist er selbst«, hatte sie gesagt. »Er und seine Karriere, das ist alles, was ihn interessiert.« Sicher, seitdem er das College verlassen hatte, war die Karriere immer wichtig für ihn gewesen, und er hatte seine ganze Energie darauf konzentriert. Doch wenn sie sich die hinreißende junge Frau am anderen Ende des Tisches ansah, die bald ein Mitglied der Familie sein würde, konnte Maggie nur zu dem Schluss kommen, dass ihr Sohn sich verändert haben musste – auf wundersame Weise hatte er die Zeit und den Willen gefunden, sich zu verlieben. Vielleicht bestand sogar die Möglichkeit, dass er in nicht allzu ferner Zukunft Vater wurde. Das wäre doch mal eine Überraschung.

Doch es wäre auch eine traurige Erinnerung an Isaac.

Wie glücklich sie und Lawrence gewesen waren, als Elliot angerufen hatte, um ihnen zu sagen, dass Ali einen kleinen Jungen zur Welt gebracht hatte. »Er ist absolut vollkommen«, hatte Elliot begeistert gesagt, »genau wie seine Mutter.« Maggie hatte nie den seltenen Anfall von Bewegung in seiner Stimme vergessen, als er ihnen beschrieben hatte, wie blond das Haar ihres Enkelsohns war, wie weich seine Haut, wie blau seine Augen und wie unglaublich klein seine Hände und Füße. »Seine Finger«, hatte er geschwärmt, »sind so winzig, ihr könnt es euch gar nicht vorstellen. So winzig.« Es war besonders rührend gewesen, ihren sonst so lakonischen Schwiegersohn so überschwänglich zu erleben.

Wie anders war der Anruf achtzehn Monate später gewesen, als er ihnen gesagt hatte, dass Isaac tot war. Sie würde wohl nie vergessen, wie seine Stimme gebrochen war, als er versucht hatte, ihnen die Nachricht zu übermitteln. Da er nicht in der Lage gewesen war weiterzusprechen, hatte Sam, der bei ihm im Krankenhaus war, den Hörer genommen und ihnen erklärt, was passiert war. Sie und Lawrence hatten geweint und schlaflos im Bett gelegen, bis sie es nicht mehr ausgehalten hatten. Sie hatten sich angezogen und ein paar Sachen zusammengepackt und waren nach Cheshire gefahren, ohne die leiseste Ahnung, was für ein Albtraum Ali und Elliot erwartete.

Sie ließ den Blick über den Tisch zu den beiden wandern und sah, dass sie noch immer völlig ineinander versunken waren. Es war schon erstaunlich, wie zwei Menschen, die sich mit solcher Intensität liebten, im anderen sowohl pure Glückseligkeit als auch unendliche Verzweiflung auslösen konnten.

Oh, mögen sie von nun an nur noch Glückseligkeit erleben, dachte Maggie und erhob ihr Glas, um ihrer Familie im Stillen alles Gute zu wünschen.

38

Am nächsten Tag nach dem Mittagessen machte Elliot sich wieder auf den Weg nach Cheshire.

»Ich wünschte, du würdest hier bleiben«, sagte Ali, nachdem alle anderen ihm eine gute Fahrt gewünscht und sich diskret zurückgezogen hatten, damit die beiden sich voneinander verabschieden konnten. »Kannst du das, was du tun musst, nicht absagen, verschieben oder delegieren?«

Er zog sie näher an sich. »Würdest du das, wenn du an meiner Stelle wärst, ernsthaft in Erwägung ziehen, während Gervase auf der Lauer liegt?«

»Hm ... Wahrscheinlich nicht. Rufst du mich an, wenn du zu Hause angekommen bist?«

»Natürlich.«

»Grüß Sam von mir und sag ihm, wenn ich zurück bin, ist ein gemeinsames Mittagessen fällig. Warn ihn schon mal vor, es gibt eine Menge zu besprechen.«

»Bin ich bei diesem *Tête-à-tête* eingeschlossen?«

»Nein, ich will Sam ganz für mich allein.«

Der Verkehr war erstaunlich leicht für einen Sonntag im Hochsommer, und nicht einmal die infektionsartig ausgebreiteten Baustellen und die endlosen Wohnwagenkarawanen behinderten Elliots Vorankommen nennenswert. Er kam um kurz nach sechs in Timbersbrook an, wo er eine Notiz von Sam fand, er sei zu dem Morris-Minor-Spezialisten in Flint gefahren, um die frisch lackierte Tilly abzuholen, und käme gegen acht zurück. Elliot schenkte sich ein Glas Orangensaft ein, schlenderte zum Tisch hinüber und betrachtete die großen Papierbögen, die Sam offenbar während seiner Abwesenheit studiert hatte: Es waren die Pläne, die er für das Liebesnest entworfen hatte. Aus irgendeinem Grund hoffte er, dass Sams Eifer nicht voreilig war. Obwohl er keinen Grund hatte, an Alis Liebe oder an seinen Gefühlen für sie zu zweifeln, schlummerte tief in seinem Innern noch immer die Angst, dass zwischen ihnen etwas schief gehen könnte.

Er hätte es gern auf seine von Natur aus vorsichtige Art geschoben, doch er wusste, dass seine Sorge dem grundlegendsten aller Instinkte entstammte: der Angst. Er hatte Angst davor, noch einmal so verletzlich zu sein. Seine Liebe zu Ali brachte ihn in eine Position völliger Wehrlosigkeit.

Er hatte Isaac geliebt und ihn verloren.

Er hatte Ali geliebt und wirklich geglaubt, dass er sie verloren hatte.

Die Vorstellung, sie noch einmal zu verlieren, war zu viel für ihn. Was, wenn sie einen tödlichen Unfall hatte? Wenn sie Krebs bekam wie seine Mutter damals, als er in Oxford gewesen war? Wie würde er damit fertig werden zusehen zu müssen, wie die fröhliche und lebendige Frau, die er innig liebte, langsam vor seinen Augen starb? Er hatte seinen Sohn in den Armen gehalten, als er starb. Erwartete ihn dasselbe grauenvolle Schicksal mit Ali?

Entsetzt über seine düsteren Gedankengänge, faltete er Sams Zukunftspläne vorsichtig zusammen und ging in sein Arbeitszimmer, um Ali anzurufen. Er brauchte ihre Stimme, um das verstörende Bild zu verjagen, wie sie ihm entrissen wurde.

Um neun Uhr fünfunddreißig am nächsten Morgen wartete Elliot darauf, dass die allwöchentliche Besprechung der Partner losgehen konnte. Alle waren um den großen ovalen

Tisch in seinem Büro versammelt – alle außer Gervase, der zu Elliots Verärgerung bereits zehn Minuten zu spät war. Und gerade mit Gervase musste er sprechen. Die Frage war nur, sollte er vor den anderen mit ihm reden oder warten, bis die Besprechung zu Ende war? Ein öffentlicher Anschiss war eine verlockende Aussicht, so wenig, wie er den Kerl leiden konnte, doch ein Gespräch unter vier Augen war zweifellos die professionellere Variante.

In einer Mappe in seiner Schreibtischschublade lag ein Beschwerdebrief von Paul Davidson, dem Geschäftsführer von Hayes and Clarke, einem ihrer wichtigsten Kunden. Er hatte Elliot geschrieben, dass er mit dem Service anlässlich eines wichtigen Akquisitionsprojekts alles andere als zufrieden sei und sich, falls die Angelegenheit nicht zu seiner Zufriedenheit geregelt würde, gezwungen sähe, die Buchhaltung seiner Firma jemand anders anzuvertrauen.

Nach Elliots Ansicht war es nicht nur schlampig und unprofessionell, einen Kunden – und obendrein einen alt eingesessenen, lukrativen Kunden – zu enttäuschen, es war unverzeihlich.

Und wer war für diese Buchhaltung verantwortlich gewesen?

Niemand anders als Gervase Merchant-Taylor.

Elliot war wütend, dass der Ruf der Firma kompromittiert worden war, und er war fest entschlossen, Gervase zur Verantwortung zu ziehen und ihn dafür büßen zu lassen. Genau in diesem Moment ging die Tür auf, und er kam hereingeschlendert. Sein selbstgefälliger Gesichtsausdruck und das Fehlen jeglicher Entschuldigung dafür, dass er alle hatte warten lassen, reizten Elliot so sehr, dass er sich ihn am liebsten direkt vorgeknöpft hätte, doch er gewährte Gervase ein paar Sekunden, um sich auf seinen Platz zu setzen und seine Unterlagen zu sortieren. Dann schlug Elliot, wie es seine Gewohnheit war, die Mappe vor sich auf, schraubte die Hülle von seinem Füllhalter und schlug vor, sich zunächst mit den umfangreichen, schwierigen Projekten zu befassen, die in Arbeit waren, und mit den abgeschlossenen, die noch in Rechnung gestellt werden mussten. Ihm war aufgefallen, dass sich in Howards Abteilung überdurchschnittlich viele Buchprüfungen angesammelt hatten, die bereits überfällig waren, und es war nicht mehr als recht und billig, eine Erklärung zu verlangen oder, besser noch, eine Versicherung, dass die Dinge sich ändern würden.

Zwei Stunden später waren sie durch. Elliot stand auf und wollte Gervase gerade fragen, ob er einen Moment Zeit habe, als dieser verkündete, er und seine Frau gäben am Wochenende einen kleinen Empfang. »Nichts Besonderes«, sagte er auf seine nervtötend wichtigtuerische Art, »aber Sie sind alle eingeladen. Zwischen acht und halb neun.« Von allen Seiten erklangen gemurmelte Zusagen, manche eine Spur weniger enthusiastisch als andere.

Arme Teufel, dachte Elliot, als er den Tisch verließ und zu seinem Schreibtisch am anderen Ende des Raums ging. Keiner von ihnen traute sich, bei einer von Gervases schauerlichen Gin-Tonic-Partys zu fehlen, aus Angst, in ihrer Abwesenheit zum Opfer von Verleumdungen und Intrigen zu werden.

»Wie steht's mit Ihnen, Elliot?«, fragte Gervase. »Sie kommen doch auch, oder? Sie wissen ja, zu viel Arbeit und zu wenig Spiel ist gar nicht gut für den kleinen Elliot Anderson.«

In Anbetracht ihres bevorstehenden Gesprächs antwortete Elliot mit einem unverbindlichen: »Danke, aber ich muss erst in meinem Kalender nachsehen.« Dann sagte er: »Haben Sie einen Moment Zeit? Es gibt etwas, das ich mit Ihnen besprechen möchte.«

»Es muss aber kurz und knackig sein, alter Knabe. Ich erwarte –«

»Es wird kurz und knackig sein, das verspreche ich Ihnen.«

Als sie allein waren, setzte Gervase sich vor Elliots Schreibtisch und sagte: »Ich nehme an, Sie wollen mit mir über Howard sprechen, nicht? Ehrlich gesagt bin ich überrascht, dass es so lange gedauert hat, bis Ihnen der schlampige Zustand seiner Abteilung aufgefallen ist. Was schlagen Sie vor, um die Sache in den Griff zu kriegen?«

Elliot lehnte sich in seinem Stuhl zurück und legte die Fingerspitzen aneinander. Er überlegte, ob er noch ein bisschen länger schweigen und Gervase damit Gelegenheit geben sollte, sich ein noch größeres und tieferes Loch zu schaufeln. Schließlich geschähe es dem widerlichen Mistkerl ganz recht. Doch stattdessen nahm er die vertrauliche Mappe aus seiner Schublade, öffnete sie und schob Paul Davidsons Brief über den Schreibtisch.

»Was ist das?«, fragte Gervase.

»Sagen Sie es mir«, erwiderte Elliot beiläufig.

Klug genug, jetzt auf der Hut zu sein, griff Gervase nach dem Brief und begann ihn zu lesen. Elliot beobachtete genau sein Gesicht und bemerkte sowohl den Farbwechsel als auch den Gedankenprozess, der hinter den Schweinchenaugen ablief, die hin und her wanderten, während er das Schreiben überflog. Er wettete darauf, dass Gervase mit einer Geschichte über irgendein Missverständnis losplatzen würde, das geschehen sein musste, und dass Paul Davidson nur einen Sturm im Wasserglas inszenierte. Doch als Gervase ihm den Brief zurückgab und sagte: »Ich hatte entgegen allen Aussichten gehofft, dass das nicht passieren würde«, war er einen Moment lang außer Fassung.

»Ich glaube, Sie sollten mir mal erklären, was eigentlich passiert ist«, sagte er. »Wo genau liegt das Problem?«

Gervase hob in einer Geste resignierter Erschöpfung die Hände. »Rachel Vincent ist das Problem. Oder vielmehr, sie war es.«

Erneut lehnte Elliot sich zurück und betrachtete den Mann vor sich, wobei er kaum merklich die Augen zusammenkniff. Das war also seine Masche – jegliche Verantwortung von sich zu weisen und sie auf die Schultern einer Abteilungsleiterin zu schieben, die die Firma zu Elliots großer Überraschung vor ein paar Wochen unerwartet verlassen hatte. Er hatte Rachel als professionell und hoch kompetent eingeschätzt. Nun deutete Gervase etwas anderes an. »Ich habe Rachel immer für eine unserer sorgfältigsten Abteilungsleiter gehalten«, sagte Elliot langsam.

»Das dachte ich auch.«

Ganz und gar nicht überzeugt, dass dies Gervases ehrliche Meinung war, sagte Elliot: »Vielleicht sollten Sie mir Ihre Bedenken mitteilen.« Er hoffte, wenn er dem Kerl genug Seil gab, würde er sich irgendwann erhängen.

Gervase pflückte einen winzigen Fussel von seiner Nadelstreifenhose und sagte: »Wenn sie hier wäre, würde sie natürlich alles leugnen, aber die traurige Wahrheit ist, dass bei ihr die rechte Hand nicht wusste, was die linke tat. Sie hat dem Kunden eine Rechnung gestellt, die weit über die besprochene Gebühr hinausging.«

»Wenn es ein so offensichtlicher Fehler war, warum sollte sie es leugnen?«

»Sie wissen doch, wie Frauen sind.«

Instinktiv Ärger erahnend, hakte Elliot nach. »Nein, Gervase, das weiß ich nicht. Wie sind Frauen denn?«

Gervase stieß sein widerwärtiges, selbstgefälliges Lachen aus. »Keine Ahnung vom Geschäft, um es mal höflich zu formulieren.«

Elliot dachte daran, wie Ali reagieren würde, wenn sie hier wäre. Höchstwahrscheinlich hätte sie Gervases Genitalien bereits durch den Reißwolf gejagt. »Ich würde mir gerne mal den Ordner mit den Rechnungen ansehen«, sagte er. Seine Worte hatten den befriedigenden Effekt, Gervases schmieriges Wir-Männer-unter-uns-Lachen auf der Stelle abzuwürgen.

»Du lieber Himmel, das wird doch wohl nicht nötig sein, oder?«

»Wie bitte?«

»Ich meine, überlassen Sie das Ganze ruhig mir. Ich werde mit Paul Davidson sprechen und sehen, ob wir die Sache wieder gerade biegen können, indem wir ihm den zu viel gezahlten Betrag verrechnen.«

»Wenn jemand mit Paul Davidson spricht, dann bin ich das. Und das werde ich erst tun, wenn ich den Rechnungsordner gesehen habe.« Plötzlich schoss er mit dem Oberkörper nach vorne, legte die Ellbogen auf den Tisch und fixierte Gervase mit einem kalten, bohrenden Blick. »Nun, da Rachel Ihnen ja direkt unterstellt war, gehe ich davon aus, dass Sie wissen, was passiert ist, und mir die genauen Zahlen nennen können.«

Gervase rutschte nervös auf seinem Stuhl hin und her. Er kratzte sich am Hinterkopf und fummelte dann am Knoten seiner Krawatte herum. »Ich werde veranlassen, dass jemand die Unterlagen raussucht«, murmelte er gereizt.

»Gut. Ich möchte sie gleich morgen früh sehen.«

»Morgen früh?«

»Passt Ihnen das etwa nicht?«

»Ich bin heute den ganzen Tag unterwegs und habe eine Menge zu tun.«

»Ich ebenfalls. Ich bin nächste Woche in den Staaten, und ich will, dass diese unangenehme und peinliche Angelegenheit bis dahin aus der Welt geschafft ist.«

Als er allein war, lehnte Elliot sich zurück, ließ Revue passieren, was Gervase ihm gesagt hatte, und war überzeugt, dass es von A bis Z erfunden war. Der Kerl log, sobald er nur seinen hässlichen Mund aufmachte. Er überlegte, ob er einen Präventivschlag starten und selbst die Unterlagen heraussuchen sollte. Es war Gervase durchaus zuzutrauen, dass er sich vor ihn hinstellte und mit seiner tuntigen Stimme flötete, er könne es sich überhaupt nicht erklären, aber der Ordner sei einfach unauffindbar. Elliot war absolut sicher, dass Gervase – und nicht Rachel – die Sache verbockt hatte und die Schuld daran trug, dass eine falsche Summe in Rechnung gestellt worden war. Und was Gervase völlig übersehen hatte: Selbst wenn Rachel den Fehler gemacht hatte, lag der schwarze Peter bei ihm, da er für die Handlungen einer ihm unterstellten Abteilungsleiterin verantwortlich war.

Doch was Elliot am meisten zu schaffen machte, war die Tatsache, dass die Gervases dieser Welt, wie inkompetent sie auch sein mochten, auf Grund ihres Reichtums und ihres angeborenen Hochmuts aus jedem Scheißhaufen geschniegelt hervorkamen.

Nun, diesmal nicht. Nicht, solange Elliot etwas zu sagen hatte. Er war fest entschlossen, Gervase als großmäuligen Betrüger bloßzustellen.

Um das zu erreichen, gab es zwei Dinge zu tun: Als Erstes musste er die Rechnungsunterlagen sicherstellen, bevor ihm jemand zuvorkam, und dann musste er mit Rachel Vincent sprechen und den wahren Grund für ihre plötzliche Kündigung herausfinden. Sie hatte zu keinem Zeitpunkt den Eindruck erweckt, dass sie bei ihrer Arbeit nicht zufrieden war. Soweit er es beurteilen konnte, hatte sie stets ein gesundes Interesse daran gezeigt, ihre viel versprechende Karriere in der Firma voranzutreiben.

Da Elliot den starken Verdacht hatte, dass Gervase seine Sekretärin als Spitzel benutzte, dachte er gar nicht erst daran, Dawn bei seiner Suche nach Rachels Privatadresse und den Informationen über Hayes and Clarke um Hilfe zu bitten. Er sagte ihr, er sei während der nächsten Stunde nicht zu sprechen, und verließ sein Büro. Er fuhr mit dem Aufzug hinunter in den zweiten Stock, in der Hoffnung, dass ihm dabei nicht Gervase mit derselben Absicht über den Weg laufen würde. Kurz darauf stand er vor Rachels früherem Büro, doch anstatt sich mit seinen Nachfoschungen an ihre Nachfolgerin zu wenden, klopfte er an die schulterhohe Trennwand daneben.

Zwei Trainees sahen zu ihm auf. Augenblicklich ließen sie alles stehen und liegen und sprangen auf die Füße wie zwei Fünftklässlerinnen, die vom Schuldirektor beim Rauchen auf der Toilette erwischt worden waren. Dies war ein Aspekt seines Jobs, den Elliot hasste: So sehr er sich auch bemühte, sich als ansprechbarer Boss nach dem Motto »Meine Tür steht Ihnen jederzeit offen« darzustellen, hatten die Mitarbeiter in den niedrigeren Positionen immer ein wenig Angst vor ihm. Diese beiden jungen Frauen waren keine Ausnahme. Nervös sahen sie ihn an, offenbar das Schlimmste befürchtend.

Froh, dass er nie einen Namen vergaß, betrat er ihr kleines Büro und sagte: »Claire und Louise, hätten Sie wohl einen Moment Zeit für mich?«

Mit unverhohlenem, unruhigem Misstrauen boten sie ihm einen Stuhl an, und die Größere von ihnen, Claire, erwiderte: »Selbstverständlich, Mr. Anderson. Es ist doch nichts passiert, oder?«

Er nahm den Stuhl nicht an, sondern lehnte sich gegen den Aktenschrank, um die Situation ein wenig zu entspannen. »Ganz und gar nicht. Ich dachte nur, Sie könnten mir vielleicht helfen. Wissen Sie, was Rachel inzwischen macht?«

Die Frage überraschte sie. Sie warfen sich einen vorsichtigen Blick zu und wandten sich dann wieder zu ihm. »Ich glaube, sie wollte ein paar Wochen Urlaub machen, bevor sie zum nächsten Ersten einen neuen Job anfängt«, sagte Louise.

»Wissen Sie, ob sie verreisen wollte oder zu Hause geblieben ist?«

Wieder tauschten die beiden Frauen zurückhaltende Blicke. Keine von ihnen schien geneigt, ihm zu antworten. Plötzlich begriff er, was los war. Sie dachten, er sei genau wie Gervase und würde nicht zögern, sein Geschlecht und seine Position zu benutzen, um genau das zu bekommen, was er wollte. Das war also die Realität, wenn man in einer männlich dominierten Firma wie dieser arbeitete, wo ein Überschuss an Testosteron das Zepter schwang, weibliche Angestellte automatisch an den Rand gedrängt wurden und man von ihnen erwartete, brav mit dem Strom zu schwimmen. Angewidert und verärgert, weil er nicht schon eher Schritte unternommen hatte, um diese eingefleischte Ordnung zu ändern, beschloss Elliot, ehrlich zu den beiden jungen Frauen zu sein. »Hören Sie«, sagte er, »haben Sie irgendeine Idee, weshalb Rachel so unerwartet gegangen ist? Hat sie sich bei ihrer Arbeit zum Beispiel in letzter Zeit unwohl gefühlt?«

Der Ausdruck der Verachtung auf den beiden Gesichtern bestätigte seine schlimmsten Befürchtungen. Er versuchte es noch direkter und senkte die Stimme. »Sie brauchen mir keine Einzelheiten zu erzählen, wenn Sie nicht möchten, aber sagen Sie mir bitte, war es aus Ihrer Sicht ein Fall von sexueller Belästigung?«

Nach einem weiteren kurzen Seitenblick nickten beide.

Eine halbe Stunde später verließ Elliot den zweiten Stock und kehrte in sein Büro zurück. Er hatte jetzt die Unterlagen, die er brauchte, und auch Rachel Vincents private Telefonnummer. Er schloss die beiden wichtigen Informationen in seinem Schreibtisch ein, um sich am Abend damit zu befassen, und wandte sich dann den Dingen zu, um die er sich eigentlich hätte kümmern sollen, anstatt Detektiv zu spielen.

39

Als Elliot Gervase gesagt hatte, er habe viel zu tun, war das nicht übertrieben, und obwohl er Zeit gehabt hatte, sich zu Hause die Rechnungsunterlagen von Hayes and Clarke anzusehen – und festzustellen, dass wichtige Informationen fehlten –, war er nicht dazu gekommen, etwas zu unternehmen. Und er hatte es auch nicht geschafft, mit Rachel Vincent Kontakt aufzunehmen: Sie hatte auf keine seiner Nachrichten, die er auf ihrem Anrufbeantworter hinterlassen hatte, reagiert, und solange er nicht mit ihr gesprochen hatte, konnte er in Bezug auf Gervase nichts unternehmen. Da er übermorgen in die Staaten flog, blieb ihm nichts anderes übrig, als geduldig zu sein und zu hoffen, dass Rachel ihn nur deshalb noch nicht zurückgerufen hatte, weil sie noch im Urlaub war.

In der Zwischenzeit hatte er die Unterlagen zurückgelegt und mit Paul Davidson gesprochen, um ihm zu versichern, dass die Angelegenheit untersucht wurde. Außerdem hatte er Gervase gesagt, dass die Sache bis zu seiner Rückkehr aus New York ruhen würde. Die Erleichterung des Mannes hatte sich in Form einer pompösen Handbewegung geäußert. »Tja, ich denke, wir müssen es einfach als einen dieser lästigen Zwischenfälle ansehen, alter Knabe«, hatte er leichthin gesagt, »verdammt ärgerlich, aber nichts, was man nicht mit einer geschickten kleinen Verrechnung der zu viel gezahlten Gebühr erledigen kann.«

Elliot hätte Gervase am liebsten einen geschickten kleinen Schwinger in das arrogante, schwabbelige Kinn versetzt, doch stattdessen sagte er, um ihn noch mehr in falscher Sicherheit zu wiegen: »Ach, übrigens, ich werde es doch schaffen, am Samstagabend vorbeizukommen.«

Als er Ali am Telefon von seinem Verdacht bezüglich Gervase und von seinen Plänen erzählt hatte, hatte sie ihm Glück gewünscht. »Ich kann mir nichts Schlimmeres vorstellen«, hatte sie gesagt, »als einen Abend mit Gervase und seiner grässlichen Frau, dieser Prada-gestylten Gifthexe.«

»Mich reißt die Aussicht auch nicht gerade vom Hocker.«

Sie hatte gelacht. »Ein perverser Teil von mir wünscht sich, ich könnte mit dir dahin gehen.«

»Wenn du hier wärst, würde ich gar nicht auf die Idee kommen hinzugehen. Da fiele mir was wesentlich Besseres ein.«

»Sehnsucht nach mir?«

»Was denkst du denn?«

»Ich denke, dass du eine höllische Telefonrechnung bekommen wirst. Wir quatschen jetzt schon fast eine Stunde, und die meiste Zeit davon über Gervase.«

»Tut mir Leid, aber du und Sam, ihr seid die Einzigen, mit denen ich in diesem Stadium darüber reden kann.«

»Keine Sorge, es macht mir nichts aus. Aber glaubst du wirklich, Gervase ist so dumm zu glauben, dass er damit durchkommt? Die meisten von uns Frauen in der Firma wussten, dass er und die anderen von seiner Sorte uns als eine Art Freiwild zum Begrapschen ansahen, allerdings muss ich sagen, dass er es bei mir nie versucht hat. Aber das hier scheint ja eine ganz andere Größenordnung zu sein.«

»Oh, ich glaube, dazu ist er mehr als dumm genug. Und vergiss nicht, er hat darauf gezählt, dass Rachel sich nicht trauen würde, ihre Version der Geschichte zu erzählen, aus Angst, damit ihre Karriere aufs Spiel zu setzen, und bisher hat es ja auch hervorragend funktioniert.«

»Na, dann schnapp dir den Mistkerl, Elliot, im Namen der Schwesternschaft!«

Elliot parkte seinen Wagen und ging, Alis Worte noch im Ohr, auf Gervases protziges großes Haus zu. Es war ein jahrhundertealter Kasten, der im Besitz der Merchant-Taylors war, seit einer von Gervases Vorfahren zu unglaublichem Reichtum gelangt war, indem er Männer, Frauen und Kinder in seinen Baumwollspinnereien ausgebeutet hatte. Es lag direkt neben den Greens und Fairways des benachbarten Golf- und Countryclubs in einer der edelsten Gegenden von Cheshire.

Er drückte auf die Klingel und zog eine Grimasse, als er hinter der eisenbeschlagenen Eichenholztür ein angeberisches »Ding-Dong« hörte. Er würde nur so lange bleiben, dass Gervase glaubte, in der Firma sei alles in Ordnung – je unvorbereiteter Gervase war, wenn Elliot zuschlug, desto besser.

Fiona öffnete ihm die Tür. Sie war die zweite Mrs. Merchant-Taylor, die vor etwa sieben Jahren an die Stelle der ersten getreten war. Fünfzehn Jahre jünger als Gervase, war sie einst nur seine Sekretärin gewesen – bis sie eine von den üblichen Büroaffären angefangen hatten. Das Ganze war einige Monate halb heimlich, halb öffentlich gelaufen, bis eines Tages Barbara, Gervases damalige Frau, betrunken in sein Büro gestürmt war und jedem, der es hören wollte, dramatisch verkündet hatte, sie wisse ganz genau, was ihr niederträchtiger, lüsterner Gatte trieb. Es folgte eine höchst unappetitliche Scheidung und kurz darauf die übereilte Hochzeit von Fiona und Gervase. Und nach dem, was Ali ihm von den Gerüchten aus den unteren Etagen erzählt hatte, hatte Fiona prompt auf edle Gutsherrin umgeschaltet und war über Nacht zu einer kostspieligen Verpflichtung geworden. Keinesfalls war sie mehr bereit, etwas so Niederes zu tun, wie in einem Büro zu sitzen und Briefe zu tippen oder Anrufe entgegenzunehmen. Ihre neue Beschäftigung bestand darin, komplizierte Menüs zusammenzustellen und sich von Innenarchitekten beraten zu lassen, um in ihrem neuen Heim sämtliche Spuren ihrer Vorgängerin auszulöschen. Und wenn sie sich nicht gerade mit der Frage quälte, was sie zu

Mittag essen sollte oder welche der diversen Tapeten zu dreißig Pfund die Rolle ihr am besten gefiel, begab sie sich in den Countryclub, legte sich auf die Sonnenbank und ließ sich ihre geldgierigen Krallen maniküren. Dem Bürotratsch zufolge gab sie außerdem Unsummen für Kleider aus, um sicherzustellen, dass sie die Rolle der glamourösen jungen Frau, die einen älteren Mann geheiratet hatte, auch aufs Edelste ausfüllen konnte. Nach Elliots Meinung war es eine Schande, dass die früheren Generationen der Merchant-Taylors nicht besser mit ihrem Geld umgegangen waren; wenn sie das getan hätten, wäre es ihm erspart geblieben, mit einem Kerl wie Gervase zusammenarbeiten zu müssen. Doch Spielschulden und unvorsichtige Investitionen hatten dafür gesorgt, dass Gervases Generation nicht mehr in den Genuss des Privilegs gekommen war, sich auf ihren fetten Ärschen auszuruhen und von ihrem Erbe zu leben.

»Elliot«, flötete Fiona und hielt ihm ihre schlaffe Hand hin, die nur aus lackierten Fingernägeln, Smaragden und Diamanten zu bestehen schien, »Gervase sagte schon, dass Sie kommen würden. Jetzt müssen wir uns ja alle von unserer besten Seite zeigen, nicht wahr?«

»Bitte nicht meinetwegen.«

Sie führte ihn, wie sie ausdrücklich betonte, zum »Salon«, der eine hohe Decke hatte und über und über mit einem schweren, üppigen Stoff drapiert war, den man sonst eher als Theatervorhang sah.

Eine ganze Menge von den, wie Elliot sie nannte, Clubjackenheinis waren bereits da und standen in kleinen, lärmenden Grüppchen beieinander. Sie wurden von mehreren jungen Mädchen in kurzen schwarzen Röcken, weißen Blusen, dicken schwarzen Strumpfhosen und klobigen Schuhen mit Plateausohle bedient. Sie sahen restlos gelangweilt aus, während sie Tabletts mit Lachs-Canapés herumreichten, und Elliot hoffte, dass sie wenigstens gut bezahlt wurden, um Fionas statusversessenes Ego aufzubauen.

Mit den Fingern schnippend, um eines der Mädchen herbeizuholen, sagte sie: »Wir hatten gehofft, das Ganze im

Garten machen zu können, aber in England kann man sich ja nie auf das Wetter verlassen. Ich habe Gervase gesagt, dass wir im Herbst unbedingt ein bisschen echte Sonne tanken müssen. Ich fühle mich so schrecklich blass.«

Elliot fiel nichts ein, was er auf diese hirnlose Bemerkung hätte sagen können. Sie war offenbar noch dümmer, als er gedacht hatte.

»Was möchten Sie trinken?«, fragte sie, als die herbeigeschnippte Kellnerin neben ihr stand. »Die anderen haben alle Pimm's oder Gin-Tonic genommen.«

»Ich hätte gerne einen Orangensaft.«

»Möchten Sie nicht einen kleinen Spritzer dazu? Gin? Wodka?«

»Nur Eis.«

»Wie langweilig. Da lohnt es sich ja kaum, dass Sie gekommen sind.«

Als das Mädchen mit dem Glas Orangensaft zurückkam, sagte Fiona: »So, und jetzt habe ich jemanden für Sie, den Sie unbedingt kennen lernen müssen.«

Er hätte sich fast an seinem Saft verschluckt. »Fiona, es ist wirklich nicht nötig, dass –«

»Unsinn. Sie werden hingerissen sein. Sehen Sie, da drüben steht sie, sie unterhält sich gerade mit Dawn. Sieht sie nicht fantastisch aus? Es war Gervases Idee. Er dachte, Sie beide würden wunderbar zusammenpassen. Wir finden beide, dass Sie schon viel zu lange allein sind. Es wird Zeit, dass Sie Ihre dumme, alte Scheidung hinter sich lassen und sich eine neue Frau suchen.«

Elliot war schockiert und wütend, dass sein Privatleben auf so oberflächliche Weise beschrieben wurde. Er sah in die angegebene Richtung und erblickte die Frau, von der Fiona sprach. Als sie bemerkte, dass er zu ihr hinübersah, winkte sie ihm schüchtern zu.

»Sie heißt Miriam«, sagte Fiona, »aber alle nennen sie Mitzi. Kommen Sie, ich stelle Sie einander vor. Ich habe ihr alles über Sie erzählt.«

Elliot blieb stur, fest entschlossen, sich nicht in die Arme einer Frau jagen zu lassen, die einen Namen wie ein Zwergpudel hatte. »Fiona, dazu hatten Sie kein Recht.«

Doch sie warf nur den Kopf in den Nacken und lachte. »Sie sind so furchtbar ernst, Elliot. Sollten mal ein bisschen lockerer werden.«

Er wusste, dass es das Einfachste gewesen wäre, Fiona von ihm und Ali zu erzählen, doch dazu hatte er nicht die geringste Lust; es ging sie überhaupt nichts an. Dann stellte er zu seiner Verärgerung fest, dass es für weitere Proteste zu spät war. Mitzi kam auf sie zu, und er saß in der Falle. Sobald die Vorstellung erfolgt war, verdrückte Fiona sich unter dem Vorwand, sie müsse den Aushilfen auf die Finger sehen. »Man muss sie ständig im Auge behalten«, sagte sie mit übertriebenem Augenrollen, »sonst picheln sie einem die ganzen Getränke weg und machen sich mit dem Silber aus dem Staub.«

»Fiona hat mir gesagt, Sie sind geschieden«, begann Mitzi einfallslos.

Er nickte widerstrebend.

»Ich auch. Es war eine furchtbare Zeit, lauter gemeine Briefe vom Anwalt und endlose Reibereien um das Geld. Sie können sich nicht vorstellen, wie kleinlich mein Exmann ist – beinahe hätten wir einen Sorgerechtsstreit wegen Twinkle angefangen.«

»Twinkle?«

»Meine Siamkatze.« Mit bedeutungsvollem Lächeln fuhr sie fort: »Aber es hat mir die Männer nicht völlig verleidet, ich bin durchaus bereit, es noch ein zweites Mal zu versuchen, wenn der Richtige kommt. Wie sehen Sie das?«

Elliot stöhnte innerlich und erwog, ihr zu sagen, er sei schwul. Er ließ es jedoch bleiben und sagte stattdessen so höflich wie möglich: »Das ist ganz sicher eine sehr gesunde und positive Einstellung, aber ich bezweifle, dass Sie ihn heute Abend hier finden werden.« Als er Howard Jenkins allein herumstehen sah, fügte er hinzu: »Wenn Sie mich jetzt entschuldigen würden, da ist jemand, mit dem ich sprechen muss.«

»Was für eine miese Party«, sagte Howard trübsinnig, als Elliot auf ihn zukam. »Ich weiß gar nicht, warum ich überhaupt komme. Immer dieselben Leute, dasselbe öde Gewäsch und dieselben hinterhältigen Fallen. Ich habe gesehen, wie Sie mit dieser Schnepfe verkuppelt werden sollten. Manch anderer Mann hätte angebissen. Aber Sie nicht, was, Elliot? Der coolste Mann in Manchester, so nennen die Trainees Sie. Wussten Sie das? Mister Cool. Besser als das, was sie vermutlich über mich sagen.«

Elliot war überrascht, Howard so wortgewaltig reden zu hören. Er fragte sich, ob er zu viel getrunken hatte. »Alles in Ordnung?«, fragte er.

»Oh, alles tipptopp. Könnte gar nicht besser sein.«

»Ist Annabelle nicht mitgekommen?«

Howard drehte sein leeres Glas hin und her und sah Elliot dann mit seinen trüben, wässrigen Augen an. »Ich kann's Ihnen ja genauso gut erzählen«, sagte er. »Sie hat mich verlassen – wegen eines Mannes, der sie anscheinend versteht. Gott, ich dachte immer, der Satz wäre uns vorbehalten: ›Meine Frau versteht mich nicht‹ und dieser ganze Quatsch.« Er klang unendlich verbittert.

»Howard, das tut mir Leid. Wann ist es denn passiert?«

Er zuckte die Achseln. »Lief schon eine ganze Weile. Tut's ja meistens, nicht? Es gibt immer Warnzeichen, man will sie bloß nicht wahrhaben. Aber das wissen Sie ja wahrscheinlich selbst, nicht?« Er runzelte die Stirn. »Entschuldigung«, murmelte er, »hätte das nicht sagen sollen. Geht mich ja nichts an, weshalb Ihre Ehe abgesoffen ist. Aber wissen Sie, was das Schlimmste ist?«

»Hm?«

»Dass ich die Kinder nicht mehr sehe.« Er schüttelte den Kopf und runzelte erneut die Stirn. »Entschuldigung, das hätte ich auch nicht sagen sollen. Jetzt bohre ich auch noch drin herum, mit Ihrem kleinen Isaac.«

»Ist schon in Ordnung, keine Sorge.«

»Ich weiß nicht, wie Sie das gepackt haben. Muss ja schrecklich für Sie gewesen sein.«

»Ja, war es«, sagte Elliot schlicht. »Gibt es wirklich keine Hoffnung, Ihre Ehe zu retten?«

»Denken Sie nicht, ich hätte es nicht versucht – das habe ich, weiß Gott, getan –, aber sie will nicht. In gewisser Weise kann ich's ihr nicht mal verübeln. Ich bin kein sehr guter Ehemann gewesen. Die Arbeit war mir immer wichtiger, also geschieht's mir wohl ganz recht. So, wenn's Ihnen nichts ausmacht, hole ich mir noch einen Drink. Einen riesengroßen. Ich werde mich sinnlos betrinken und dann Gervases teuren Teppich voll kotzen. Und zwar mit größter Freude. Ich hoffe nur, ich kann mich morgen früh noch daran erinnern.«

Elliot sah Howard nach, der sich auf der Suche nach einer Kellnerin durch die Menge schlängelte. Es beunruhigte ihn, schon wieder eine Ehe zu sehen, die durch die Arbeit ruiniert worden war. Wenn es nicht der Stress und die vielen Überstunden waren, dann war es die Folge der Umgebung: zu viele komplexbehaftete Männer in mittleren Jahren, die sich irgendwas beweisen mussten, meistens mittels der jüngeren Frauen im Büro.

Doch Howards gescheiterte Ehe erklärte zumindest, weshalb er seine Abteilung nicht mit der gewohnten Effizienz geführt hatte, und nun, da er wusste, wo das Problem lag, konnte Elliot etwas dagegen unternehmen. Er würde dafür sorgen, dass Howard die nötige Unterstützung bekam, während er diese, wie Elliot aus eigener Erfahrung wusste, verdammt harte Phase durchmachte.

Es war seltsam, aber das, was er eben bei dem Gespräch mit Howard gesagt hatte, war mehr, als er je einem Arbeitskollegen von den Qualen der vergangenen zweieinhalb Jahre erzählt hatte. Unmittelbar nach Isaacs Tod hatte er sich jegliche Beileidsäußerungen von irgendjemandem im Büro verbeten, und sehr bald hatte er sich angewöhnt – wie es sich den Konventionen zufolge für einen Mann gehörte – so auszusehen, als habe er seinen Schmerz unter Kontrolle. Niemand wäre darauf gekommen, wie elend er sich in Wirklichkeit fühlte. Dies war wohl einer der Charakterzüge, die dafür gesorgt hatten, in der Firma den Mythos von »Mister Cool« zu schaffen. Ihm fiel auf, dass sein kontrolliertes Verhalten auch in der umgekehrten Richtung funktionierte: Keiner von den Gästen wäre je auf die Idee gekommen, dass er und Ali wieder zusammen waren und er, wie Sam sich ausdrücken würde, superduperglücklich war.

Eine Stunde später, als Elliot fand, er habe sich nun lange genug gezeigt, machte er sich auf die Suche nach Gervase. Da er ihn nicht finden konnte, fragte er Fiona, wo er steckte.

»Er ist bestimmt in seinem Arbeitszimmer«, sagte sie, »zweite Tür auf der linken Seite. Das ist der einzige Ort, wo ich ihm gestatte, seine widerwärtigen Zigarren zu rauchen.«

Elliot folgte ihren Angaben und fand Gervase auch tatsächlich.

Doch er rauchte keine von seinen widerwärtigen Zigarren.

Er saß hinter seinem Schreibtisch, den Kopf zurückgelegt, die Augen geschlossen, die Lippen geöffnet und Dawn die Geile rittlings auf seinem Schoß.

Leise schlich Elliot sich aus dem Zimmer.

Er fuhr nach Hause und fragte sich, wie viel Seil Gervase wohl noch brauchen würde, um sich endlich aufzuhängen.

40

Ihr Urlaub war vorbei, und Ali und Sarah fuhren gen Norden. Obwohl sie die Zeit in Sanderling sehr genossen hatten, freuten sich beide, wieder nach Hause zu kommen – Ali, weil sie Elliot abends wieder sehen würde, und Sarah, weil es nicht mehr lange dauerte, bis Hannah aus Frankreich zurückkam.

Sarah hatte am Abend zuvor mit Trevor telefoniert, und er hatte ihr erzählt, dass er morgens eine Postkarte von Hannah bekommen hatte; sie schrieb, dass sie vorhatten, am 18. August eine Fähre zu nehmen – zwei Tage, bevor die gefürchteten Ergebnisse der Abschlussprüfungen bekannt gegeben wurden.

Den größten Teil der zwei Wochen hatte Sarahs Gewissen sein Bestes getan, Schuldgefühle in ihr zu wecken, weil sie Trevor allein gelassen hatte. Sie hatte ihn oft angerufen, doch er hatte nicht ein einziges Mal gefragt, wie es ihr ging oder was sie und Ali so taten. Aus ihren Gesprächen ging hervor, dass er ziemlich gut ohne sie zurechtkam. Audrey und Shirley versorgten ihn mit nahrhaften Schmortöpfen und Eisbergsalat, und um nicht dahinter zurückzustehen, hatte Elaine ihm ein paar Hemden gewaschen und gebügelt. Das meiste, was er erzählte, bezog sich auf die Schlappen-Gang. »Brendas Mutter hat sich gut von ihrer Hüftoperation erholt«, hatte er ihr eines Abends erzählt, »was nicht anders zu erwarten war, da wir ja eifrig für sie gebetet haben.«

Sein unerschütterlicher Glaube an die Kraft des Gebets hatte Sarah dazu gereizt, sich scheinheilig nach Shirleys Rücken zu erkundigen. »Geht es ihr besser?«, hatte sie gefragt, wohl wissend, dass dem nicht so sein würde.

»Nein«, hatte Trevor unbekümmert erwidert, »aber Shirley ist inzwischen zu dem Schluss gekommen, dass ihr Ischias eine besondere Gabe des Herrn ist und dass sie ihn als Zeugnis für andere benutzen muss.«

Diese Bemerkung hatte Sarah abends im Bett zum Kichern gebracht, als sie sich Shirley vorstellte, wie sie vornübergebeugt durch die Straßen hoppelte, ein Plakat um ihre Schultern geschnallt mit der Aufschrift: »Der Herr heilt!« Es wäre bestimmt eine hervorragende Marketingkampagne, um Gottes Reich auf Erden zu begründen.

Auch jetzt musste sie wieder lächeln, als sie sich die Szene vorstellte.

»Das tust du in letzter Zeit ziemlich oft«, bemerkte Ali und löste den Blick für einen Moment von der Straße, um Sarah zu betrachten.

»Was?«

»Lächeln.«

Sarah schnalzte mit der Zunge. »Ach, Ali, warum sagst du nicht direkt, was du meinst?«

»Muss ich das?«

Ohne die Frage ihrer Freundin zu beachten, wandte Sarah sich ab und betrachtete den Strom von Autos, den sie überholten. Genau wie in ihrem sonstigen Leben fuhr Ali mit rasender Geschwindigkeit auf der Überholspur und scheuchte jeden, der nicht aufgeweckt genug war, sie in seinem Rückspiegel zu bemerken, mit einem kriegerischen Aufblenden ihrer Scheinwerfer zur Seite. Im Gegensatz dazu lebte Sarah ihr Leben auf der langsamen Spur und bemühte sich nach Kräften, allem Unheil aus dem Weg zu gehen. Sie wusste sehr genau, worauf Ali mit ihrer Bemerkung über das Lächeln angespielt hatte: Es war der Sanderling-Effekt. Als Kind hatte sie geglaubt, es sei etwas Magisches in den Mauern des großen, verschachtelten Hauses, das seine zahlreichen Besucher verzauberte und eroberte. Nun, als Erwachsene, wusste sie, dass der Zauber von seinen gastfreundlichen Bewohnern ausging – früher, in jenen weit zurückliegenden Kindertagen, Alis Großmutter und nun Maggie und Lawrence. Sogar die kühle Phoebe war unter der ansteckenden Gutmütigkeit der Edwards aufgetaut und hatte ein wenig von ihrer eleganten Zurückhaltung verloren. Alastair hatte es tatsächlich geschafft, sie in Shorts und auf ein Fahrrad zu kriegen und mit ihr eine Tour über die Insel zu machen, bei der er ihr seine alten Lieblingsplätze gezeigt hatte: die ausgemusterte Eisenbahnlinie, die inzwischen zu einem Wanderweg umgebaut worden war, den Segelclub und den Park mit seinen Tenniscourts und Golfübungsplätzen.

Am nächsten Tag waren Alastair und Phoebe nach Bath weitergefahren, damit er seine zukünftigen Schwiegereltern kennen lernen und sie anfangen konnten, die Hochzeit zu planen. »Das wird eine richtig altmodische Geschichte mit allem Drum und Dran«, hatte Alastair an ihrem letzten Morgen beim Frühstück gesagt, »also fang schon mal an zu trainieren, damit du wieder in deinen Cut passt, Dad.«

Grinsend hatte Lawrence erwidert: »Mach dir um mich mal keine Sorgen. Mit oder ohne Bauch mache ich im Frack immer noch 'ne Menge her. Stimmt's, Ali?«

»Nur, wenn wir einen finden, der groß genug ist, Dad.«

Es war seltsam gewesen, Alastair nach all den Jahren wieder zu sehen. Verschwunden war der dünne, schlaksige, ziemlich gefühlsbetonte Junge, an den sie sich erinnerte, und an seine Stelle war ein großer, etwas korpulenter Mann mit blondem, stark grau durchsetztem Haar getreten. Er strahlte Ruhe und Selbstvertrauen aus und schien sich in seiner Haut ausgesprochen wohl zu fühlen. Sie fragte sich, ob er sie wohl sehr verändert gefunden hatte. Wirkte sie, obwohl sie nicht zugenommen und nur wenige graue Strähnen hatte – die sie in regelmäßigen Abständen färbte –, auf jemanden, der sie seit fast zwanzig Jahren nicht gesehen hatte, wie ein vollkommen anderer Mensch? Hatten die Jahre mehr Spuren an ihr hinterlassen als sie dachte?

Sich selbst wegen ihrer Eitelkeit tadelnd – was bedeutete es schon, was Alastair von ihr gedacht hatte? Verglichen mit den Phoebes dieser Welt war sie bloß eine langweilige kleine Hausfrau –, sagte sie zu Ali: »Danke, dass du mich eingeladen hast, den Urlaub mit dir zu verbringen. Es war wundervoll.«

»Schön. Das machen wir noch mal.«

Es war eine nette Idee, doch Sarah wusste, dass es nicht passieren würde. Jetzt, wo Ali und Elliot sich versöhnt hatten, würde kein Platz mehr für eine alte Freundin sein, die ihnen ihre wertvolle Freizeit stahl.

»Ich weiß, was dir durch den Kopf geht, Sarah Donovan, aber ich meine es ernst.«

»Ali Anderson, halte deine telepathische Nase aus meinen Gedanken.«

»Ich wünschte, das könnte ich, aber du bist so verdammt leicht zu durchschauen. Deine Gedanken stehen dir förmlich auf der Stirn geschrieben. Ich biete dir einen Urlaub bei meinen Eltern an, genau das und nichts anderes, Elliot hin oder her. Hohle Gesten gehören nicht zu meinem Repertoire. Verstanden?«

»Wenn du meinst.«

»Und wo ich schon mal am Ruder bin: Was wirst du in Bezug auf Trevor unternehmen?«

Sarah lachte über die Absurdität ihrer Frage. »Was schlägst du denn vor?«

»Alles Mögliche, aber nichts, was dir gefallen würde.«

»O Ali, du gibst nie auf, nicht?«

»Letzten Endes kriege ich immer meinen Willen, das weißt du doch.«

»Aber nicht in diesem Fall.«

Ali hörte die Entschlossenheit in der Stimme ihrer Freundin, beschloss jedoch, sie zu ignorieren. Sie hatte das Versprechen nicht vergessen, das sie abgelegt hatte, als sie zwei Wochen zuvor aus Oxford herausgefahren waren, und war noch immer darauf erpicht, Sarah begreiflich zu machen, wie wichtig es für sie war, sich eine neue Zukunft aufzubauen. Irgendetwas sagte ihr, dass dies vielleicht für lange Zeit die letzte Gelegenheit war, ernsthaft miteinander zu reden. »Sarah«, sagte sie, »werde jetzt bitte nicht böse, sondern hör mir zu.«

Sarah warf ihr einen Seitenblick zu, sagte jedoch nichts.

Ali legte los. »All das, was ich dir jetzt sagen werde, ist dir mit Sicherheit auch schon mal durch den Kopf gegangen, also wirf mir bitte nicht vor, dass ich Unsinn rede. Wenn du mit Trevor zusammen bist, und das weißt du genauso gut wie ich, bist du nur ein Schatten deiner selbst. Seine Gegenwart löscht dich buchstäblich aus. Ohne ihn könntest du alles tun, was du willst, das weiß ich. Warum also legst du diese Schattenexistenz nicht ab und beginnst zu leben? Überleg mal, wie glücklich du in diesen zwei Wochen gewesen bist. Ich kann mich nicht erinnern, wann ich dich das letzte Mal so ausgeglichen erlebt habe. Und so entspannt.«

Sarah wandte den Blick wieder den langsamer fahrenden Autos zu ihrer Linken zu. »Das klingt gerade so, als ob es die einfachste Sache der Welt wäre, ein ganzes Leben wegzuwerfen und von vorne anzufangen.«

»Ich sage ja nicht, dass es einfach ist. Aber es ist möglich. Glaub mir.«

»Was ist mit meiner Verpflichtung Trevor gegenüber?«

Ali schürzte die Lippen. »Eine Verpflichtung, die dich langsam, aber sicher erstickt.«

»Jetzt übertreib nicht, Ali.«

»Das tue ich nicht. Und ich glaube auch nicht, dass du übertrieben hast, als du im März bei mir warst und gesagt hast, du könntest dir ein besseres Leben ohne Trevor vorstellen.«

»Was wir uns wünschen, ist nun mal nicht immer das, was wir bekommen … oder verdienen.«

»Nein!«, brüllte Ali und versetzte dem Lenkrad einen Schlag, was Sarah zusammenzucken ließ, vor allem, da sie locker hundertfünfzig fuhren. »Nein, nein, *nein*! Ich werde es nicht zulassen, dass du dich hinter dieser albernen, schändlichen Theorie verkriechst. Wir leben in einer Zeit, in der wir Frauen uns nicht mehr mit dem Zweitbesten abfinden müssen. Heutzutage haben wir das Recht, eine bessere und sinnvollere Wahl zu treffen. Es steht uns zu.«

»Genau die Tatsache, dass wir dieses Recht ausüben, führt oft dazu, dass es so viel Elend in der Welt gibt.«

Alis Gesicht verfinsterte sich vor Ärger. »Warum musst du immer an andere denken? Kannst du dich nicht ein einziges Mal an die erste Stelle setzen und sagen, die anderen sind mir schnurz?«

»Trevor würde sagen, dass ich genau das getan habe, indem ich mit dir in Urlaub gefahren bin.«

»Dann solltest du es öfter tun.«

Als Sarah darauf nichts erwiderte, fragte Ali: »Fällt dir dazu nichts mehr ein?«

Plötzlich lächelte Sarah. »Ich wollte dir nur das letzte Wort lassen.«

Auch Ali musste lächeln. »Du bist wirklich die nervtötendste Freundin, die man haben kann. Aber ich bin noch nicht fertig mit dir. Bei der nächsten Tankstelle mache ich eine Pinkelpause, und während wir uns eine Tasse Tee gönnen, kannst du mir noch einmal erklären, weshalb du bei Trevor bleibst. Und versuch mal, dir dabei zuzuhören, vielleicht merkst du dann, wie verrückt du klingst.«

Am Ende ihrer Reise und trotz aller Argumente, mit denen Ali sie konfrontiert hatte, wusste Sarah, dass ihr Entschluss, den sie in den letzten Tagen in Sanderling getroffen hatte, feststand. Die Zeit ohne Trevor hatte ihr Raum gegeben zu erkennen, dass sie die Kraft hatte, ihre Ehe zu retten. In der Zeit vor den Ruckzuck-Scheidungen war dies genau das gewesen, was unzufriedene Ehefrauen zu tun hatten. Sie krempelten die Ärmel hoch, zupften die Sesselschoner zurecht und verziehen ihren Männern deren Fehler und Unvollkommenheiten.

Und, wie sie schon oft zu Ali gesagt hatte, wer war sie

denn zu behaupten, dass Trevors Fehler und Unvollkommenheiten größer waren als ihre eigenen?

Belebt von Maggies und Lawrences guter Laune und liebevoller Großzügigkeit sowie von den den langen Spaziergängen im Sonnenschein, fühlte sie sich besser denn je in der Lage, es mit Trevor aufzunehmen. Außerdem steckte in ihrem Hinterkopf der recht amüsante Gedanke, Ali eines Tages zu beweisen, dass sie Unrecht hatte. »Siehst du?«, würde Sarah sagen. »Wir hatten eine schwierige Phase, aber jetzt haben wir eine glückliche und dauerhafte Ehe. Na, was sagst du dazu?«

Als sie vor Smithy Cottage ankamen, schloss Trevor gerade die Haustür ab, um wegzugehen. Er hatte eine dicke Bibel unter dem Arm, und auf seinem Gesicht lag ein Ausdruck, wie ihn nur ein Mann trug, der die Absicht hatte, die Welt zu retten.

»Keine Zeit«, sagte er und eilte zu seinem Auto. »Die Hüfte von Brendas Mutter ist schlimmer geworden.«

Und weg war er, ohne einen Begrüßungskuss für Sarah oder einen herablassenden Kommentar für Ali.

Ali war fassungslos über sein Benehmen. Doch was sie noch mehr schockierte, war der Ausdruck auf Sarahs Gesicht. Ihre plötzliche Niedergeschlagenheit zeigte deutlich, wie der glückliche Abglanz des Urlaubs mit einem einzigen Satz zunichte gemacht worden war.

Das reicht, dachte Ali. Jetzt ist es endgültig genug. Niemand verletzt ungestraft meine beste Freundin.

Trevor Donovan, du unsensibler, ignoranter, selbstgefälliger Trottel, du bist reif für den Schock deines Lebens.

41

Als Ali am nächsten Morgen ins Büro kam, begrüßte Daniel sie mit einem lauten, anerkennenden Pfiff.

»Wow, was für ein Anblick!« Er stand von seinem Schreibtisch auf und kam auf sie zu, um sie zu begrüßen. »Ich wette, die Sonne hat dich an Stellen geküsst, von deren Existenz ich nicht einmal weiß. Du siehst fantastisch aus, Babe.«

Lächelnd stellte sie ihre Aktentasche ab und umarmte ihn.

»Mmh ...«, sagte er und atmete tief ein. »Ist das der Geruch eines alten Seehunds oder der Duft einer verliebten Frau?«

Lachend schubste sie ihn weg und gab ihm ein Päckchen. »Als ich das sah, habe ich sofort an dich gedacht.«

Er riss das Geschenkpapier auf und hielt einen Porzellanbecher hoch, auf dem ein breitschultriger, schmalhüftiger Mann von hinten abgebildet war, nur mit Boxershorts bekleidet.

»Wenn du heißes Wasser in den Becher gießt, lässt er die Shorts fallen und zeigt seinen Hintern.«

Daniel lachte. »Wie ungehörig von ihm. Ein Souvenir wie aus dem Bilderbuch: grauenhaft und geschmacklos. Kurz: einfach genial. Und um sicher zu sein, dass sie dich nicht belogen haben, mache ich uns sofort einen Kaffee. Bis das Wasser kocht, kannst du mir erzählen, wie es sich anfühlt, deinen Glücksknopf wieder gefunden zu haben.«

Bisher war es Ali nie schwer gefallen, nach ein paar freien Tagen wieder in den Arbeitsalltag einzutauchen, doch an diesem Morgen war sie ungewöhnlich zerstreut und kam mit der Korrespondenz, die Margaret und Daniel ihr während ihrer Abwesenheit auf den Schreibtisch gelegt hatten, nur langsam vorwärts. Es lag nicht nur daran, dass Daniel sie mit Fragen über sie und Elliot bombardierte oder dass sie an Elliot dachte, der jetzt auf dem Weg nach New York war – sie hatte das Gefühl, am Rand eines Abgrunds zu stehen.

Nachdem sie Elliot bei Tagesanbruch zum Flughafen gebracht hatte, war sie nach Hause gefahren, hatte sich mit einer Tasse Tee auf den Balkon gesetzt, dem munteren Chor der Vögel gelauscht und das bemerkenswerte Gefühl genossen, dass die Welt in Ordnung war.

Vor allem ihre persönliche Welt. Sie war erfüllt von einem wunderbaren Wohlgefühl. Sie hätte nie gedacht, dass die Bruchstücke ihres Lebens wieder zusammengesetzt werden könnten, und noch dazu auf so vollkommene Weise. Es hatte sie daran erinnert, wie sie einmal in Sanderling aus Versehen eine Wedgewood-Vase kaputtgemacht hatte. Grandma Hayling hatte die Scherben vorsichtig eingesammelt und gesagt: »Keine Sorge, eine ordentlich geklebte Vase ist oft stärker als ihr makelloses Gegenstück.« Erst jetzt verstand Ali, was die alte Dame damit gemeint hatte: Ihr zersplittertes Herz war wieder zusammengeklebt worden, und tatsächlich fühlte sie sich jetzt stärker. Ja, sie fühlte sich sogar unbesiegbar, als gäbe es nichts, das sie nicht tun oder überwinden konnte.

Da wanderten ihre Gedanken zurück zu Sarah.

Oder genauer gesagt zu Trevor.

Wenn sie schon an irgendeine Art von mystischem Humbug glauben sollte, dann würde sie sich ohne zu zögern für Voodoo-Zauber entscheiden. In ihrer augenblicklichen Stimmung würde sie mit Freuden eine hübsche kleine Wachsfigur von Trevor anfertigen und ihn systematisch für all die traurigen Jahre quälen, die er Sarah zugemutet hatte.

Seine gedankenlose Brutalität gestern Nachmittag, als er nicht bemerkt hatte, wie verletzt Sarah gewesen war, hatte Ali so auf die Palme gebracht, dass sie sich im Stillen geschworen hatte, diesem Trauerspiel von einer Ehe ein Ende zu setzen.

Es war nicht fair, dass Sarah ein solches Leben führen musste.

Es war nicht richtig, dass Sarah an eine Sammlung von unsinnigen Regeln glaubte, die sie davon abhielten, das Leben zu führen, das ihr zustand.

Es war absolut töricht, dass Sarah auf den Klippen ihres eigenen Glaubens zerschellt war.

Vor diesem Hintergrund hatte Ali beschlossen, dass es Zeit war zu handeln. Wenn Sarahs Freiheit an einer Glaubensformalität hing, wie sie es ihr im März gestanden hatte, dann würde Ali die Mittel beschaffen, um sie zu befreien. Sie würde Trevor zu sich ins Bett locken und Sarah dann sagen, was sie getan hatte.

Nur dass der äußere Anschein nicht den Tatsachen entsprechen würde. Wenn sie das auf die Reihe bekam, würde es eine einzige, vollkommene Illusion.

Die Idee zu dem perfekten Plan war ihr gekommen, als sie auf dem Weg zur Arbeit hinter einem schwer beladenen Brauereiwagen hergezuckelt war. Er war so wunderbar einfach und zugleich ein solches Meisterstück der Gerissenheit, dass sie sich fragte, weshalb es ihr nicht schon eher eingefallen war. Und vor allem war das einzig Sexuelle, was sie dabei über sich ergehen lassen musste, das Entfernen von Trevors Kleidung. Das Einzige, was sie tun musste, war, Trevor so betrunken zu machen, dass er am nächsten Morgen, wenn er wieder zu Bewusstsein kam, alles glaubte, was sie ihm erzählte. Wenn *er* überzeugt war, dass er gerade eine Nacht der Leidenschaft erlebt hatte, würde Sarah nicht daran zweifeln. Und das war der Knackpunkt des ganzen Plans. Sarah musste glauben, dass Trevor sie betrogen hatte. Es war gleichgültig, wie oder warum – Hauptsache, dass.

Es war der Anblick all der metallenen Bierfässer auf dem Lieferwagen vor ihr gewesen, der sie auf den Gedanken gebracht hatte. Anfangs hatte sie gedacht, dass sie diejenige sein würde, die sich betrinken musste, doch dann hatte sie ein Blitzstrahl purer Logik getroffen: Wenn Trevor hinüber war, brauchte sie das, wozu sie sich, wenn sie ehrlich war, niemals würde überwinden können, gar nicht zu tun. Sie war kein Feigling, aber sie hatte ihre empfindlichen Bereiche, und Sex mit einem Mann, den sie so restlos verabscheute, gehörte eindeutig dazu.

Selbst mit ihrer Vorgeschichte als ungestümer Elefant im Porzellanladen war Ali bewusst, dass das, was sie vorhatte, gewagt und schockierend war. Doch ihr Wunsch, Sarah glücklich zu sehen, war so stark, dass sie zu jeglicher Hinterlist und Kühnheit bereit war. Und sie wusste mit untrüglicher Sicherheit, dass Sarah, sobald sie sich von ihrer Verblüffung darüber erholt hatte, was Ali für sie zu tun bereit gewesen war, erleichtert sein und mit einem Enthusiasmus in die Zukunft blicken würde, den sie vermutlich seit Jahren nicht mehr verspürt hatte.

Das Wichtigste war nun für Ali, die Schandtat zu begehen, während Elliot außer Landes war, was ihr nur eine Woche Zeit ließ.

Das war nicht lange.

Was bedeutete, dass der Weg zu Trevors vermeintlicher Verführung einfach und direkt sein musste: Sie würde ihn an seinem angeborenen Gefühl eingebildeter Überlegenheit packen und an seinen Retter-Komplex appellieren. Sie würde ihm vorgaukeln, sie sei bereit, sich bekehren zu lassen. Sie konnte sich bereits lebhaft vorstellen, mit welch missionarischem Eifer er sich über sie hermachen würde. Er würde so vom Gefühl seiner eigenen Wichtigkeit geblendet sein, weil er sie errettete und zum Herrn führte – »Hey, Gott, ich hab 'nen richtig guten Fang für dich gemacht!« –, dass er gar nicht kapieren würde, was geschah.

Nach dem Mittagessen machte Ali ihren Eröffnungszug. Sie wartete, bis Daniel wegen eines Termins mit einem Kunden das Büro verlassen hatte, entsandte Margaret zu einer erfundenen Besorgung und rief dann in Smithy Cottage an. Sie zählte darauf, dass Sarah beim Einkaufen oder im Garten war und dass Trevor ans Telefon gehen würde. Sie hatte Glück. Als sie Trevors wichtigtuerische Stimme hörte, unterdrückte sie den vertrauten Impuls, ihn am Kragen zu packen, und fragte stattdessen, wie es ihm ging und was Brendas Hüfte machte.

»Es war nicht Brendas Hüfte, sondern die ihrer Mutter«, korrigierte er sie, »und sie ist wieder im Krankenhaus.«

»Oh, wie schrecklich.«

»Nicht, wenn es der beste Ort für sie ist.«

»Du hast ja so Recht, und natürlich könnte es ...«

»Könnte es was?«

Komm schon! Mach jetzt keinen Rückzieher! Fasele einfach den gleichen Blödsinn wie er. »Ich wollte sagen, vielleicht ist es Gottes Wille.«

Ihre Worte mussten in ihm den Verdacht geweckt haben, dass sie einen ihrer üblichen spöttischen Kommentare vom Stapel lassen wollte, denn er sagte reserviert: »Ich werde Sarah sagen, dass du angerufen hast.«

Schnell, du verlierst ihn. Sei nett zu ihm. Halt das Gespräch in Gang. »Genau genommen wollte ich mit dir sprechen, Trevor.«

»Mit mir?«

Mit wem denn sonst, du Pappnase? »Ja. Äh ... Ich weiß nicht so recht, wie ich es sagen soll, aber – und es wäre mir lieber, wenn du Sarah nichts davon erzählen würdest –, aber ... Nun ja, weißt du, in den letzten Tagen habe ich viel über einige der Gespräche nachgedacht, die wir über die Jahre hinweg hatten.«

»Was für Gespräche sollten das denn sein, Ali?« Seine Stimme war vor Misstrauen hart wie ein Stalagmit.

Sie umkrallte den Hörer mit ihrer heißen, schweißfeuchten Hand, ballte die andere im Schoß zu einer Faust und krampfte die Zehen zusammen, bis ihr die Füße in den Schuhen schmerzten. »Es ist diese ganze Sache mit Gott, Trevor«, sagte sie. »Ich habe mittlerweile den Eindruck, dass da vielleicht doch etwas dran sein könnte.«

Es herrschte kurzes Schweigen, dann tröpfelte ein öliges Lachen durch die Leitung. »Sieh an, sieh an, Ali, ich wusste doch, dass es eines Tages passieren würde. Nun hast du deinen Zynismus also lange genug auf Eis gelegt, dass der Herr dir auf die Schulter pochen konnte. Herzlichen Glückwunsch!«

Sein salbungsvolles, gönnerhaftes Verhalten weckte in ihr den Drang, sich methodisch durch das Alphabet zu arbeiten und ihm jedes nur denkbare Schimpfwort an den Kopf zu werfen. Arrogantes Arschloch wäre das erste, gefolgt von Billiger Bastard. Doch mit angestrengter Höflichkeit, angereichert mit ein wenig Übelkeit erregender Unterwürfigkeit und Demut, sagte sie: »Trevor, ich habe mich gefragt ... Ich weiß, dass wir uns nicht immer gut verstanden haben, aber ich hatte gehofft, dass du mir vielleicht dabei helfen könntest, den nächsten Schritt zu tun.«

»Ali, der nächste Schritt ist sehr wichtig, und ich würde in meiner Pflicht als reifer, erfahrener Christ versagen, wenn ich dir nicht meine Beziehung zum Herrn zugute kommen ließe. Warum kommst du nicht am Freitag dazu, wenn wir unser nächstes Jüngertreffen haben?«

»*Nein!*«, platzte sie heraus. »Ich meine, das ist ein netter Vorschlag, aber ich bin noch nicht so weit, mich einer Gruppe anzuschließen.«

»Das verstehe ich. Dann wäre die ideale Lösung, dass du einen Abend zu uns kommst und in Ruhe mit Sarah und mir darüber sprichst.«

»Mir wäre es lieber, wenn wir beide allein wären. Nenn mich ein albernes, sentimentales Mädchen« – *wehe!* –, »aber ich würde Sarah gerne mit einem *fait accompli* überraschen. Du weißt ja, wie tolerant sie immer gegenüber meinen Ansichten zur Religion war, und, na ja, ich würde gerne einiges von dem, was ich in der Vergangenheit gesagt habe, wieder gutmachen und mich ihr, mit deiner Hilfe, sozusagen mit reinem Tisch präsentieren.«

»Nur der Herr kann bei dir reinen Tisch machen, Ali, nicht ich.«

Oh, tu uns beiden einen Gefallen, Trevor, und heb dir das Gesülze für deine heiß geliebte Schlappen-Gang auf. »Aber du kannst mir doch zeigen, wo Gott den Schwamm und das Scheuermittel aufbewahrt, oder?«

»Das kann ich allerdings.«

»Gut. Wann kannst du kommen?«

»Du willst, dass ich zu *dir* komme?«

Ja, natürlich, du dämlicher Schwachkopf. »Ja, wenn das geht.«

»Wann hattest du gedacht?«

»Heute Abend?«

»Das ist ein bisschen kurzfristig, Ali. Ich habe einige Verpflichtungen, und du wohnst nicht gerade um die Ecke.«

»Oh, bitte.«

Lastendes Schweigen breitete sich aus. »Also gut.« Er kapitulierte. »Ich würde es mir sicher nie verzeihen, wenn ich Nein sage und in der Zwischenzeit der Teufel hereingeschlüpft käme und dich wieder zurückforderte.«

Der Kerl ist vollkommen durchgeknallt, dachte sie, als sie ein paar Minuten später auflegte.

Auch sie selbst konnte nicht ganz bei Trost sein, wie Ali sich im weiteren Verlauf des Tages mehrfach vorwarf, bis zu dem Augenblick am Abend, als sie hörte, dass ein Auto sich der Mühle näherte. Es war dämmrig, und sie bemerkte, dass bei dem Ford Sierra nur der eine Scheinwerfer funktionierte. Bei der Aussicht auf einen Abend allein mit Trevor entfuhr ihr ein Stöhnen tiefer Gequältheit. Nicht genug damit, dass sie ein *Tête-à-tête* mit ihm über sich ergehen lassen musste, nein, sie musste auch noch nett zu ihm sein und ihn umschmeicheln, damit er sich entspannte und wohl fühlte. Sie war fast versucht, doch noch einen Rückzieher zu machen. Doch nein. Sie hatte sich geschworen, Sarah davor zu bewahren, den Rest ihres Lebens wegzuwerfen. Nichts würde sie jetzt noch aufhalten.

Nicht einmal der Gedanke, der ihr auf dem Heimweg im Auto gekommen war und einen Schweißausbruch ausgelöst hatte. Was, wenn das Undenkbare geschah und sie Elliot die Sache erklären musste?

Ihre Hoffnung – und es war eine felsenfeste, aufrichtige Hoffnung – war, dass Elliot niemals herausfinden würde, was sie getan hatte, beziehungsweise *angeblich* getan hatte. Es war ein gefährliches Spiel doppelter Täuschung, doch aller Logik zufolge würde die Episode ein Geheimnis bleiben, das im Gewissen der drei Beteiligten wohl verwahrt war. Sie konnte sich nicht vorstellen, dass Trevor scharf darauf sein würde, seine Todsünde allgemein bekannt zu machen; gerade er würde sich bemühen, das Ganze fein säuberlich unter den Teppich zu kehren. Und Sarah würde natürlich auch kein Wort davon erzählen – sie hätte ja auch keinen Grund dazu.

Doch falls das Schlimmste eintraf und Elliot herausbekam, dass sie anscheinend mit Trevor im Bett gewesen war – eine Lüge, die sie um Sarahs willen aufrechterhalten musste –, würde sie ihm begreiflich machen müssen, dass ihre Tat gerechtfertigt gewesen war. Vor allem aber würde sie ihn überzeugen müssen, dass sie seine Liebe nicht verraten hatte.

Als Elliot gestern Abend zur Mühle gekommen und sie mit ihm nach oben ins Bett gegangen war, hatte er sie in seinen Armen gehalten und gesagt, dass er sie immer lieben werde.

»Aber wenn ich nun irgendwas Furchtbares tun würde?«, hatte sie mit schlechtem Gewissen gefragt, das Gesicht von ihm abgewandt, als sie in der Dunkelheit gelegen hatten.

Er hatte ihre nackte Schulter gestreichelt und gefragt: »Zum Beispiel?«

»Oh, ich weiß nicht. Was, wenn ich eine Bank ausrauben würde?«

»Ich würde dich trotzdem lieben.«

»Und wenn ich alle meine Kunden um ihr hart verdientes Geld betrügen würde?«

»Ich würde dich trotzdem lieben.«

»Und wenn ich eine Affäre hätte?«

»Mit wem denn zum Beispiel?«

»Hm … Wie wäre es mit Trevor?«

Er hatte ihr Gesicht zu sich gedreht, sie auf den Mund geküsst und gesagt: »Dann wüsste ich, dass du den Verstand verloren hast, und würde dich in die Klapsmühle schicken.«

»Aber würdest du mich dann immer noch lieben?«

»Ich denke schon.«

»Egal, was passiert?«

»Ich könnte gar nicht anders.«

O Elliot, dachte sie schweren Herzens, als sie Trevor unten an die Haustür hämmern hörte, bitte bleib bei deinem Wort. Was ich jetzt tun werde, hat nichts mit dir und mir zu tun … Das musst du mir glauben.

42

Trevor hatte eine unglaubliche Menge Zeug mitgebracht – zwei Bibeln, mehrere A4-Blöcke, einen Stapel Broschüren und eine Hand voll Kugelschreiber, von denen er einen fallen ließ.

»Wie wäre es mit einem Drink?«, fragte Ali, nachdem sie ihn hinauf ins Wohnzimmer geführt hatte. Er hatte sich umgesehen und eine Bemerkung über die Unsinnigkeit solch einer ausgefallenen Behausung von sich gegeben.

»Nein, danke, ich habe einen Kaffee getrunken, bevor ich hergekommen bin.«

»Ich hatte an etwas Stärkeres gedacht, um ein bisschen warm zu werden.«

Mit einem ablehnenden Kopfschütteln parkte er seinen sägemehlbestäubten Hintern auf dem Sofa und verteilte seine Seelen rettenden Utensilien auf dem niedrigen Couchtisch davor. »Ich denke, es wäre passend, wenn wir mit einem Gebet beginnen würden«, sagte er mit auffällig prüder Stimme, nachdem er seine Vorbereitungen abgeschlossen hatte.

Ali gab den aufmunternden Gedanken an einen großen Whisky fürs Erste auf – Trevor betrunken zu machen, würde nicht so einfach werden, wie sie es sich vorgestellt hatte – und steuerte auf den am weitesten von ihm entfernten Sessel zu.

Dann erinnerte sie sich daran, dass sie die Rolle des bußfertigen Dummerchens spielen sollte, gewürzt mit einer Prise unterwürfiger Koketterie, und setzte sich beklommen neben ihn aufs Sofa.

Das ist bei weitem der unheimlichste Moment in meinem Leben, dachte sie, als Trevor, der leicht nach Holz und Leinöl roch, nach ihrer Hand griff, die Augen schloss und zu beten begann. »O Vater«, setzte er mit Grabesstimme ein, »ich bringe dir Ali, die so lange ihre Scham in der Dunkelheit verborgen hat, deren Augen sich jedoch nun deinem leuchtenden Licht öffnen. Demütig bete ich, oh Herr, dass sie durch meine Führung sehr bald deiner erhabenen Gnade teilhaftig wird. Amen.«

Da haben wir's, dachte Ali und entzog ihre Hand Trevors heißem, feuchtem Klammergriff – *durch meine Führung*.

Nichts von all diesem Gottes-Quatsch hatte irgendwas mit dem Dienst an einem höheren, göttlichen Wesen zu tun. Es war, wie sie seit jeher vermutet hatte, nichts anderes als ein Haken, an dem Trevor sein aufgeblasenes Ego aufhängen konnte. Trevor, der Retter der verlorenen Seelen. Und was für einen monumentalen Kick er daraus ziehen musste. Kein Wunder, dass er an Sex mit Sarah nicht interessiert war – die machtvolle Kombination von Selbstverherrlichung und narzisstischem Ehrgeiz geilte ihn viel mehr auf.

»Nun denn«, sagte er, beugte sich vor und fixierte sie mit einem Ich-bin-hier-um-dir-zu-helfen-Blick, »fangen wir mit dem Wichtigsten an. Wir müssen über das ewige Leben, die Erlösung und die Vergebung der Sünden reden. Wie sieht es bei dir mit der Beichte deiner Sünden aus, Ali?«

Ha! Lassen wir meine mal beiseite – was ist mit deinen?
»Wie meinst du das?«

Er verzog das Gesicht zu einem übertriebenen Lächeln, bei dem seine Augen fast in ihren faltigen Höhlen verschwanden, was wiederum dazu führte, dass ein winziges Etwas sich aus seinem Bart löste. Sie sah zu, wie dieses Etwas langsam auf den Teppich zwischen seinen ausgelatschten Hush Puppies segelte. »Um errettet zu werden, Ali«, sagte er und lenkte damit ihre Aufmerksamkeit wieder auf sein

Gesicht zurück, »musst du dem Herrn dein Herz öffnen. Du musst all den Ballast, mit dem du dein Leben angefüllt hast, über Bord werfen und Raum schaffen, damit der Heilige Geist in deine Seele einziehen und sein Werk vollbringen kann.«

Sie tat ihr Bestes, um den Eindruck zu erwecken, sie verfolge gebannt seine Ausführungen, doch ihre Gedanken waren anderswo – drüben in der Küche, wo ein ordentlicher Schuss hochprozentigen Lebensretters auf sie wartete. »Ähm ... diese Sache mit der Rettung ...«, sagte sie, »ich bin mir nicht sicher, ob ich das so ganz verstehe. Vielleicht könntest du es mir bei einem Drink erklären?« Und bevor er irgendetwas einwenden konnte, sprang sie vom Sofa und verschwand in der Küche. Sie schraubte den Deckel von der Flasche Jack Daniel's, schüttete die dunkle, bernsteinfarbene Flüssigkeit in zwei große Gläser und genehmigte sich erst einmal einen kräftigen Schluck. Sofort fühlte sie sich gestärkt von dem warmen, sanft brennenden Gefühl in ihrer Kehle. Sie kehrte ins Wohnzimmer zurück, reichte Trevor sein Glas und hockte sich widerstrebend in der Pose eines jungen Mädchens neben ihn auf die Armlehne des Sofas. »Prost.«

Misstrauisch betrachtete er das schwere Kristallglas, drehte es zwischen seinen knochigen Händen hin und her und schnupperte daran. »Für gewöhnlich trinke ich nichts Hochprozentiges«, sagte er, »ich bin eher ein *Vin-de-Fusel*-Mann.« Er stieß ein kurzes Lachen aus, als hätte er gerade etwas irrsinnig Komisches gesagt. Zu jedem anderen Zeitpunkt hätte Ali ihn nur eines verächtlichen Blickes gewürdigt, doch schließlich wollte sie Trevor ja in entspanntere Stimmung bringen – damit er nicht merkte, wie viel Zeug er sich hinter die Binde kippte –, also musste sie ihm reichlich klebrig-süßen Honig um den Bart schmieren. Sie raffte sich zu einem gutmütigen Lächeln auf und lachte ebenfalls. »Du kannst ja richtig witzig sein, wenn du willst«, sagte sie. »*Vin de Fusel*, also wirklich.«

Er nahm einen winzigen, vorsichtigen Schluck von seinem Whisky und fixierte sie einen irritierenden Moment lang mit seinem stechenden Blick. »Diese Meinung über mich hast du aber nicht immer gehabt, Ali, nicht wahr?«

Es war die scharfsinnigste Bemerkung, die sie je aus seinem Mund vernommen hatte, und vom Sofa gleitend sagte sie mit leiser, demütiger und leicht zitternder Stimme: »In der letzten Zeit sehe ich alles und jeden in einem anderen Licht – und mir ist klar geworden, dass ich dich bisher falsch eingeschätzt habe.« *Igitt! Gleich würde sie womöglich noch anfangen, zu kichern und mit den Wimpern zu flattern.*

»Ja, das passiert, wenn man zum Herrn findet.«

»Du hast bestimmt Recht, Trevor.«

»Ich weiß, wovon ich rede. Ich weiß, wie es ist, wenn man vom Geist erleuchtet wird.«

»Aber hast du nie gezweifelt –?«

Beharrlich schüttelte er den Kopf und zupfte an seinem Bart.

Ali wandte den Blick ab, um die Wolke abgestorbener Hautschüppchen nicht sehen zu müssen, die mit Sicherheit auf den Teppich und die gebohnerten Dielen rieselte. »Nicht mal ein Stäubchen – ich meine, einen Hauch von Zweifel?« Sie fragte sich, ob er es wohl merken würde, wenn sie mit dem Staubsauger über ihn hinwegfuhr.

»Nein. Seit ich sechzehn war, wusste ich, dass ich errettet war und dass Gott mich für eine ganz besondere Aufgabe auserwählt hatte.«

»Tatsächlich? Was denn für eine?« *Es hat nicht zufällig etwas damit zu tun, andere Leute zur Weißglut zu treiben?*

»Genau wie Billy Graham habe ich seit jeher geglaubt, dass ich dazu auserkoren bin, die Menschen zu Christus zu führen.«

»Ich dachte, es sei Christus selbst, der sozusagen an die spirituellen Türen klopft.«

»Ja, aber es sind die einfachen Soldaten hier auf der Erde, die dem jeweiligen Menschen helfen, diese Tür zu öffnen.«

»Ah, ich verstehe. Dann könnte man also sagen, dass unser munteres Wortgeplänkel all die Jahre im Grunde du warst, der an meiner Tür gerüttelt und darauf gewartet hat, dass ich sie aufmache?« *Und ich habe die ganze Zeit gedacht, du wärst bloß eine scheinheilige Nervensäge.*

Er lächelte. »Genau. Habe ich dir nicht letztes Jahr Weihnachten noch gesagt, dass ich dich immer als meine größte Herausforderung betrachtet habe? Ich hatte gehofft, dass ich dich letzten Endes kriegen würde.«

»Meine Güte, Trevor, du musst ja unglaublich zufrieden mit dir sein.«

Ohne den Sarkasmus in ihrer Stimme zu bemerken, stellte er sein kaum angerührtes Glas ab und sagte: »Ich tue nur meinen Job. Obwohl ich zugeben muss, Ali, dass es eine Zeit gab, gerade vor kurzem, als ich fürchtete, dein Herz wäre schon so verhärtet, dass selbst ich dich nicht mehr zum Herrn führen könnte. Doch an die Arbeit! Ich dachte mir, wir könnten einige Passagen im Neuen Testament durchgehen, die, wie ich finde, von ausschlaggebender Bedeutung sind, die entsprechenden Textstellen im Alten Testament heraussuchen und alles durchgehen, was dir unklar ist. Wenn ich gegangen bin, möchte ich, dass du dir aufmerksam meine Notizen durchliest und dann die Fragen beantwortest, die ich für dich vorbereitet habe. Ich werde ein sorgsames Auge auf dich halten, Ali, und am Freitagabend wiederkommen, um deine Antworten zu überprüfen, vor allem jedoch, um sicherzugehen, dass unser alter Feind, der Teufel, sich nicht wieder hereinschleicht, während ich dir den Rücken zukehre.«

Gütiger Himmel, Hausaufgaben!

Er sah den Ausdruck auf ihrem Gesicht. »Das Studium der Heiligen Schrift ist das Rückgrat unseres Glaubens, Ali. Ohne sie sind wir wurzelloses, zerbrochenes Schilf, das im Wind schwankt, geräuschlos –«

»Ja, ich habe verstanden.« Sie hatte ebenfalls verstanden, dass sie heute Abend bei Trevor nicht weiterkommen würde: Er war zu sehr von dem irrsinnigen Eifer beseelt, seine eigenen Ziele zu verwirklichen. Doch Freitagabend würde es anders sein. Davon war sie überzeugt. Es konnte gar nicht schief gehen, denn sie hatte gerade Plan B entwickelt.

Die Woche ging langsam vorüber. Jeder Tag erschien ihr wie eine Ewigkeit. Sie konnte kaum schlafen, und wenn doch, hatte sie Albträume von Trevors behaartem Gesicht, das sie in den unmöglichsten Situationen lüstern angrinste: während sie mit einem Kunden im Büro saß, während sie in der Badewanne war und – das war das Schauerlichste und Eindringlichste – während sie im Bett lag. Die Träume waren so wirklichkeitsnah, dass sie schweißgebadet aufwachte. Einmal musste sie sogar aufstehen und den Raum durchsuchen, um sich davon zu überzeugen, dass sie tatsächlich allein war.

Er kam absolut pünktlich und schien ihre neu definierten Rollen sehr zu genießen – er der weise Lehrer, sie das schlichte Kind, das angeblich jedes seiner scharfsinnigen Worte gierig aufsog. Nachdem er es sich auf dem Sofa bequem gemacht und wieder seine Bücher und Stifte um sich herum verteilt hatte, fiel ihr auf, dass er sich offenbar einige Mühe gegeben hatte, sich herauszuputzen. Das zerknitterte karierte Hemd von Montagabend war durch ein frisch gewaschenes blauweißes ersetzt worden, und seine verstaubten, geflickten Jeans hatte er gegen eine saubere braune Kordhose getauscht. Außerdem hatte er sich die Haare gewaschen und seinen Bart getrimmt, und an Stelle des beißenden Geruchs nach Sägemehl und Leinöl verbreitete er einen verdächtig starken Duft nach Eau de Cologne. Es war ganz und gar nicht der Sack-und-Asche-Look, den sie gewohnt war. Sieh an, sieh an, dachte sie und stellte sich vor, wie der asketische Trevor sich in Smithy Cottage für den Abend mit ihr aufputzte – »Eitelkeit der Eitelkeiten! Alles ist Eitelkeit«.

»Du siehst heute Abend ausgesprochen schick aus, Trevor.« Sie konnte der Versuchung nicht widerstehen auszuprobieren, wie er auf ihre Schmeichelei reagieren würde. »Schönes Hemd. Steht dir.«

Bingo! Die unbehaarten Teile seines Gesichts liefen verräterisch rot an. Doch dann erinnerte sich Ali voller Schrecken an Elliots Theorie, dass sie und Trevor deshalb nie miteinander ausgekommen waren, weil er sich unbewusst von ihrer starken Sexualität bedroht fühlte. Falls Elliot Recht hatte – und das hatte er nun mal meistens –, was bedeutete das dann für sie? Mit hochexplosivem Dynamit zu spielen, erschien ihr plötzlich wirkungsvoller, als den sexuell verklemmten Trevor zu umschmeicheln.

Diesen gefährlichen Gedanken in die hinterste Ecke ihres Gehirns verbannend, wo sie sich zu einem späteren Zeitpunkt damit beschäftigen konnte, bot sie Trevor etwas zu trinken an. »Ich habe eine nette Flasche *Vin de Fusel* für dich besorgt. Ist das okay?«

»Ein Glas Rotwein wäre sehr angenehm, danke.«

Sie ging in die Küche, griff nach der Flasche, die sie bereits geöffnet hatte, und schenkte ihm ein großes Glas ein. Für sich selbst nahm sie einen Jack Daniel's.

»Wie bist du mit den Fragen zurechtgekommen, die ich dir gegeben habe?«, fragte er, als sie sich zu ihm aufs Sofa setzte und ihm sein Glas von dem Tablett reichte, das sie gerade auf dem Couchtisch abgestellt hatte. »Ich habe sie so einfach und klar formuliert, wie ich konnte.«

Sie zuckte in gespieltem Kleinmut die Achseln, in der Hoffnung, dass die Geste an sein Bedürfnis nach Überlegenheit appellieren würde. »Nun ja, ich habe mein Bestes versucht«, zwitscherte sie affektiert, »aber du wirst mich sicher bei allem verbessern, was ich nicht verstanden habe.« Sie gab ihm den Notizblock, auf den sie ihre Antworten geschrieben hatte. Er las laut vor. »Frage: ›Was meinst du, nach Lektüre der Römer 7:15–25, worauf Paulus hinauswollte, als er von den Gesetzen von Sünde und Tod sprach?‹ Antwort: ›Wir wollen Gutes tun, können es aber nicht. Wir wissen, was richtig und was falsch ist, können jedoch nicht aufhören, Falsches zu tun. Wenn wir die Wahl zwischen richtig und falsch haben, tun wir unweigerlich das Falsche. Wir brauchen Hilfe. Diese Hilfe kommt in Form von Christus.‹«

Trevor senkte den Notizblock und sah Ali an. »Das ist sehr gut«, sagte er, »von großer spiritueller Klarheit. Ich bin beeindruckt. Du hast mir neulich Abend wirklich zugehört.«

»Das liegt bestimmt daran, dass du ein hervorragender

Lehrer bist«, erwiderte sie und behielt für sich, dass sie am Montagabend, nachdem er gegangen war, im Internet gesurft und sich in einem Chatroom mit einem Theologiestudenten unterhalten hatte.

»Ich muss sagen, es ist schon etwas anderes, so eine wissbegierige Schülerin zu haben, jemanden, der auf derselben Wellenlänge liegt. Unter uns gesagt, bei ein oder zwei Mitgliedern der Jüngerschaft ist das heilige Licht noch immer nicht aufgegangen. Die meiste Zeit verbringe ich damit, wieder und wieder dieselben Dinge durchzugehen.« Er seufzte. »Ich muss mir eben immer wieder ins Gedächtnis rufen, dass wir nicht alle den gleichen intellektuellen Hintergrund haben.«

Sie schnalzte mitfühlend mit der Zunge und schenkte ihm Wein nach. »Das muss sehr frustrierend für dich sein«, sagte sie tröstend.

»Ist es. Und Sarah ist mir keine Hilfe. Um ehrlich zu sein, ich halte nicht viel von ihrem Glauben. Er ist nicht solide, ganz und gar nicht fest. Und das beeinträchtigt ihr Urteil und die Art, wie sie Hannah behandelt.«

Ali versteifte sich. Sie war nicht bereit, sich auch nur ein einziges Wort der Kritik an ihrer Freundin anzuhören. »Wollen wir uns der zweiten Frage zuwenden, die du mir gestellt hast?«

Er lächelte wohlwollend. »Was für ein Ehrgeiz, Ali, das ist sehr lobenswert.«

Er ging ihre restlichen Aufgaben durch, und jedes Mal, wenn er in der Bibel blätterte, um eine passende Stelle herauszusuchen, die seine Aussagen bekräftigte, füllte Ali verstohlen sein Glas nach. Voller nervöser Erwartung beobachtete sie ihn, was er natürlich für Aufmerksamkeit hielt.

Eine schier endlose Stunde des Bibelwälzens verging, doch abgesehen von einem gelegentlichen Gähnen machte Trevor keinerlei Anstalten zusammenzuklappen. Ein bitteres Gefühl der Enttäuschung breitete sich in Ali aus, und sie begann das Vertrauen in Plan B zu verlieren. Doch dann erhob er sich plötzlich schwankend und entschuldigte sich, um zur

Toilette zu gehen. Sie wies ihm den Weg und wartete nervös darauf, dass er zurückkam.

Und wartete.

Als eine Viertelstunde vergangen und noch immer keine Spur von ihm zu sehen war, ging sie nachsehen. Sie fand ihn auf dem Fußboden, mit glasigem Blick an die Decke starrend. Und, Halleluja, gelobt sei der Herr, er war völlig weggetreten. Er wirkte so glücklich wie ein Schwein in der Schlammgrube. Als er bemerkte, dass er nicht mehr allein war, grinste er schwachsinnig zu ihr hinauf. »Ali«, kicherte er, »ich kann mich nicht bewegen.«

Sie kniete sich neben ihn auf den Boden. Das war nicht ganz der Effekt, den sie erwartet hatte. Aber es würde reichen. »Alles in Ordnung, Trevor?«

Er kicherte erneut und gähnte dann ausgiebig. »Mir geht's prima. Ich habe mich noch nie besser gefühlt. Ich glaube, ich erlebe gerade den so genannten Toronto-Segen. Ich erklär's dir irgendwann mal.«

»Den Toronto-was?«

»Es ist das Werk des Heiligen Geistes. Ich bin erfüllt davon, Ali, und ich erfreue mich an seiner Herrlichkeit. Darauf habe ich gewartet.«

Ja, erfüllt bist du allerdings, Trevor, aber nicht von etwas Heiligem, so viel steht fest. »Meinst du, dass du aufstehen kannst?«

Er lachte. »Nein, der Herr hat mich hier auf den Boden gelegt, und hier werde ich bleiben. Ohhh, Ali, wenn ich die Augen zumache, kommt es mir vor, als ob ich fliege. Spürst du denn gar nichts davon?«

»Nein, tut mir Leid. Meinst du nicht, dass Gott dich lieber schön gemütlich im Bett haben möchte?«

Er schüttelte den Kopf von rechts nach links wie ein kleines Kind, das sich weigert, eine bittere Medizin zu schlucken, doch dann änderte er sehr schnell seine Meinung. »Oh«, stöhnte er und packte sich an die Stirn, »jetzt ist mir ein bisschen schwindlig. Vielleicht hast du Recht.«

Sie hievte ihn auf die Beine und schleifte ihn, unter seinem Gewicht schwankend, in ihr Schlafzimmer. Dort schubste sie ihn rücklings auf ihr Bett und hoffte, dass er nicht als Strafe für das, was sie getan hatte und noch zu tun beabsichtigte, auf ihre Daunendecke kotzen würde.

»Lali«, sagte er, ohne zu merken, dass er zu lallen begann und sie ihm die Schuhe auszog und sie in die Ecke schleuderte, »alls dein neuer Bruer im Herrn mussich dir was sagn. Vleich hassus gar nich gemerkt, aberch hab immer Angs vor dir gehabt. Du biss anners als annere Fraun.«

Darauf kannst du wetten, dachte Ali, zerrte ihm die Socken von den Füßen und warf sie hinter den Schuhen her. Ich bin keins von deinen kriecherischen, hirnamputierten Groupies.

»Lali«, fuhr er mit erneutem Gähnen fort, »weissu, warum du anners biss?«

»Bin ganz Ohr.«

»Du biss 'n richdiger Kerl.«

Sie lachte laut auf.

»Habbich dich schlockiert?«

Doch bevor sie ihm antworten konnte, gähnte er ein letztes Mal und sank in den tiefsten Schlaf seines Lebens.

Ungehindert von seinem Gebrabbel zog Ali ihn weiter aus. Als sie fertig war, ging sie nach unten und rief Sarah an.

»Hallo, Ali«, sagte Sarah. »Ich dachte, es wäre vielleicht Trevor. Er ist vor ein paar Stunden weggefahren, nachdem er sich ziemlich merkwürdig benommen hatte. Ich habe keine Ahnung, wo er hin wollte, er –«

»Er ist hier bei mir«, unterbrach Ali sie.

»Bei dir in der Mühle?«

»Es ist eine lange Geschichte, aber er bleibt über Nacht hier. Er hatte irgendeine komische Erscheinung.«

»Ali, willst du mich auf den Arm nehmen?«

»Nein, Sarah, ausnahmsweise nicht. Sarah, hast du schon mal von einem Tornado-Segen gehört?«

»Meinst du den Toronto-Segen?«

»Ja, genau den.«

»Aber was hat das mit – ?«

»Das Ding hat Trevor übermannt, und er ist auf meinem Bett zusammengeklappt.«

»Du meine Güte, Ali, was hat er denn da nun wieder ausgeheckt? Soll ich rüberkommen? Ich kann mir ein Taxi nehmen.«

»Nein. Überlass es mir, ich kümmere mich schon um ihn. Komm morgen früh, bis dahin ist alles wieder in Ordnung. Vertrau mir.«

Diese locker dahingesagten Worte klangen in Ali nach, während sie die schmale Treppe erklomm. Als sie einen Blick in ihr Schlafzimmer und auf den komatösen, schnarchenden Trevor warf, keimten erste Zweifel in ihr auf.

Was, wenn ihr Plan schief ging?

43

Wenn ihre Geschichte auch nur die geringste Glaubwürdigkeit aufweisen sollte, so viel war Ali klar, musste sie neben Trevor im Bett liegen, wenn er aufwachte. Daher hatte sie sich, allem inneren Widerstreben zum Trotz, dazu gezwungen, die Nacht auf dem äußersten Rand der Matratze zu verbringen, so weit wie möglich von ihm entfernt.

Doch sie hatte nicht geschlafen.

All die dunklen, langen Stunden hatte sie wach gelegen, auf Trevors Geschnarche und Gemurmel gelauscht und zugesehen, wie die leuchtenden Zeiger des Weckers auf dem Nachttisch sich langsam, aber unaufhaltsam der Morgendämmerung genähert hatten. Nun war es Viertel vor sieben, und durch die Lücke zwischen den Vorhängen, die sie gestern Abend so hastig zugezogen hatte, sah sie, dass es ein schöner, sonniger Tag war.

Diese Helligkeit stand in beunruhigendem Gegensatz zu ihrem Seelenzustand.

Eine apokalyptische, geisterhafte, drohende Dunkelheit wäre angebrachter gewesen. Sie würde zu der unheilschwangeren, düsteren Furcht passen, die ihr Herz umklammerte.

Wieder sah sie auf die Uhr. Dreizehn Minuten vor sieben. Würde Trevor denn nie aufwachen? Würde er nie die Augen öffnen, um die »Überraschung« wahrzunehmen, die sie für ihn vorbereitet hatte?

Unfähig, auch nur eine Minute länger still zu liegen, tat sie so, als wache sie selbst gerade auf, gähnte, reckte sich und stieß ihn sanft mit dem Ellbogen an.

Doch er rührte sich noch immer nicht.

Sie stupste ihn mit ihrem Kissen, beschloss dann jedoch, dass ein saftiger, wohlverdienter Tritt das einzig Sinnvolle war.

Er reagierte sofort, fuhr mit einem lauten Schnorcheln aus seinem Tiefschlaf und drehte sich um. Seine Augen öffneten sich einen Spalt und richteten sich auf ihr Gesicht, das nur ein paar Zentimeter von seinem entfernt war. Schlagartig fuhr er wie von der Tarantel gestochen hoch. Dann bemerkte er, dass sein Oberkörper nackt war. Er blickte unter die Decke und stellte fest, dass seine untere Hälfte ebenfalls unbekleidet war. Mit offenem Mund und weit aufgerissenen Augen griff er nach der Decke und zog sie sich keusch bis zum Kinn.

Mit wild umherschweifendem Blick versuchte er zu sprechen, doch das Einzige, was er hervorbrachte, war ein gestammeltes: »W-w-was ist passiert?«

Ali hatte die ganze Nacht über Zeit gehabt sich zu überlegen, was sie auf diese Frage antworten sollte. »Hey, Schnuckelhäschen, muss ich dir das erst erklären?«, hatte sie anfangs als geistreich und passend empfunden, doch je weiter die Zeiger durch die Dunkelheit gewandert waren, desto gedämpfter war ihre Stimmung geworden. Jetzt fiel ihr gar nichts mehr ein. Das Einzige, was sie tun konnte, war, kleinlaut dazusitzen und den Blick gesenkt zu halten.

Das veranlasste ihn dazu, erneut unter die Decke zu spähen, als hoffe er, irgendwo dort unten etwas zu finden, das seine Befürchtungen beschwichtigte. Schließlich wandte er ihr sein entsetztes Gesicht zu und fragte: »Was ist geschehen, Ali?«

Es war Zeit zu reden. Zeit, den Vorhang aufzuziehen und mit dem Stück zu beginnen. »Erinnerst du dich nicht?«, fragte sie leise. Sittsam. Den Blick noch immer gesenkt.

Er kniff die Augen zusammen, fuhr sich mit den Händen

durchs Haar und zupfte dann an seinem Bart. In einer Geste verwirrter Frustration schüttelte er schließlich den Kopf. Nach seinem gequälten Gesichtsausdruck zu schließen, war es eindeutig ein Fehler gewesen. »Ali«, stöhnte er, »wir haben doch nicht ... oder? Sag mir, dass wir es nicht getan haben.«

Wieder senkte sie den Blick – sie kam sich vor wie eine von den klassischen Hollywood-Filmdiven, die ihre gesamte Schauspielerei mit den Wimpern vollbrachten, während sie Rauchringe in die Luft bliesen. »Es war der Wein und der Whisky, Trevor«, sagte sie. »Wir haben beide zu viel getrunken. Ich bin nicht stolz auf das, was ich getan habe.« Als ihr aufging, dass sie damit sogar die Wahrheit sagte, schlüpfte sie aus dem Bett und schlang sich ihren Morgenmantel über die Schultern, die bereits mit einem alten T-Shirt bedeckt waren, das ihr im Winter als Nachthemd diente. »Ich weiß nicht, wie ich Sarah je wieder in die Augen sehen soll.« Ein leichtes Schwanken in ihre Stimme legend, fügte sie hinzu: »Sie ist meine beste Freundin, und ich behandle sie so mies.« Sie blickte wieder zu Trevor hinüber und sah, dass sein Gesicht kalkweiß und seine Augen vor Entsetzen weit aufgerissen waren.

»O mein Gott, Ali, du willst mir doch nicht sagen, dass wir –« Er brach ab.

Sie sah ihm in die Augen und nickte. »Doch, Trevor, genau das will ich sagen.«

Sein Blick folgte ihr, als sie ans Fußende des Bettes trat. »Aber das kann nicht sein«, stammelte er. »Daran würde ich mich erinnern. An so etwas würde ich mich doch erinnern.«

»Du hast höllisch viel getrunken.«

»Aber, Ali, ich betrinke mich nie. Zu dieser Sorte von Männern gehöre ich nicht. Ich bin noch nie betrunken gewesen. Noch nie in meinem Leben.« Sein Tonfall war ruhiger und sachlicher geworden, und voller Angst, dass er sich den tatsächlichen Hergang der Ereignisse zusammenreimen könnte, legte Ali sich ins Zeug, um die Oberhand zu behalten.

»Nun, dann war gestern Abend eben das erste Mal«, sagte sie gereizt. »Erzähl mal, tut dir der Kopf weh? Fühlst du dich schlapp? Fühlt sich dein Mund an, als hätte ihn jemand mit einer Lötlampe ausgetrocknet und dann mit einer Harke gerecht? Und ist alles seltsam verschwommen?«

»Ja«, gab er mit einem kleinen, jämmerlichen Nicken zu.

»Herzlichen Glückwunsch. Du hast deinen ersten Kater. Und um die Lücken zu füllen: Ich habe dich zusammengeklappt auf dem Fußboden im Bad gefunden, wo du irgendwas von einem Toronto-Segen gefaselt hast.« Sie sah, dass sie ihm das richtige Stichwort gegeben hatte. Erinnerung dämmerte auf seinem Gesicht.

»Ich weiß, dass ich im Wohnzimmer war«, sagte er mit vorsichtiger, tastender Stimme, »und dann bin ich nach oben gegangen, zur Toilette.«

»Stimmt«, bestätigte sie, »und ich bin raufgegangen, um nach dir zu sehen.«

»Warum?«

»Weil du schon so lange weg warst.«

»Aber warum? Warum war ich so lange weg?« Er klang wie ein quengeliges kleines Kind.

»Weil du betrunken warst, Trevor«, sagte sie bestimmt.

»Aber ich erinnere mich nicht, so viel getrunken zu haben, dass ich betrunken werden konnte.«

Allmählich verlor sie die Geduld. Es war mal wieder typisch für den Kerl, dass er das große Ganze aus dem Blick verlor und sich in vollkommen nebensächliche Details verbiss. »Wenn du willst, zeige ich dir die leeren Flaschen«, giftete sie. Um ihn auf den wesentlichen Punkt zurückzubringen, fuhr sie fort: »Als ich dich fand, hast du was davon geschwafelt, dass du dich so fantastisch fühlst, als ob du fliegen könntest, und dann hast du gesagt, ich sei wundervoll und als mein Bruder im Herrn wolltest du mit mir schlafen und das sei alles in Ordnung, weil es der Heilige Geist so wollte. Als du auf dem Bett lagst, hast du mir gesagt, ich sei anders als andere Frauen. Und hinterher bist du eingeschlafen, was vermutlich der Grund ist, weshalb du dich an nichts erinnern kannst.«

Er hatte mit offenem Mund ihrer sorgfältig formulierten Rekonstruktion der Ereignisse gelauscht, wobei er zweifelsohne genügend Fetzen wieder erkannt hatte, um den Rest zu akzeptieren, und nun saß er mit hängendem Kopf da.

Von Scham überwältigt, sammelte Ali ihre Kleider auf – die sie zuvor dramatisch auf dem Boden verstreut hatte, um dem Ganzen einen möglichst authentischen Eindruck zu verleihen – und überließ Trevor seinem Elend.

Der Gedanke an Frühstück war zu viel für sie, und sie bot Trevor auch nichts an, als er nach einer ganzen Weile in der Küche auftauchte. Er war mittlerweile vollkommen angezogen, wirkte aber so verlegen und unsicher, als sei er noch immer nackt. Nach mehrfachem Räuspern sagte er: »Ali, wir müssen Sarah doch nichts davon sagen, oder? Ich meine ... wir könnten einfach ...« Doch weiter kam er nicht.

Ali sah ihm direkt in die Augen. »Doch, Trevor, das müssen wir«, sagte sie grimmig. »Ich könnte Sarah niemals belügen.« Verdammt, sie hatte sich diese ganze Mühe doch nicht gemacht, damit er alles unter den Teppich kehrte. Er schluckte nervös, und sie sah genau, in welche Richtung seine feigen Gedanken wanderten: Sag nichts, dann wird auch niemand verletzt, vor allem nicht der arme Trevor. Seine heuchlerische Feigheit brachte sie auf die Palme. »Die christliche Antwort auf das, was wir getan haben, ist doch sicher Beichte und Reue«, sagte sie und versetzte damit seiner religiösen Doktrin einen kräftigen Schlag auf den Hinterkopf, während sie sich zugleich an dem Wissen ergötzte, dass Trevor, wenn es ans Eingemachte ging, seinem Glauben in etwa so ergeben war wie sie.

»Aber du begreifst nicht, was das für Konsequenzen hätte«, jammerte er.

O doch, mein Lieber, das tue ich. »Trevor, wenn du ihr nicht die Wahrheit sagst, wird dich das bis ans Ende deiner Tage quälen. Und selbst wenn *du* nicht den Drang verspürst zu beichten, *ich* schon.«

Das rüttelte ihn so sehr auf, dass er in der Küche hin und her zu laufen begann; die Stille war angefüllt vom Quietschen seiner Hush Puppies auf dem Holzboden. Plötzlich wandte er sich zu ihr. »Aber glaubst du, Sarah würde mir vergeben?«

»Diese Frage kann dir nur Sarah beantworten.«

Er erwog dies einen Moment lang. »Wahrscheinlich wäre es ihre Pflicht, nicht wahr?«, sagte er nachdenklich. »Als meine Frau wäre es ihre christliche Pflicht, mir zu vergeben.«

In Anbetracht dessen, was Trevor getan hatte – beziehungsweise glaubte, getan zu haben –, war Ali empört, dass er noch auf die Idee kam, Sarah habe ihm gegenüber irgendwelche Pflichten. »Sarah ist einer der verständnisvollsten Menschen, die ich kenne«, sagte sie. »Ich bin sicher, dass sie dir alle Vergebung gewährt, die du brauchst.« Ja, und eine knallharte Scheidung.

Er nickte entschlossen. »Du hast Recht«, sagte er und fuhr sich mit der Hand durch den Bart. Ali wurde noch aufgebrachter, als sie sah, wie ihn eine Welle der Erleichterung überflutete. Mein Gott, dachte sie. Er glaubt allen Ernstes, dass er so billig davonkommt. Gerade als sie ihn mit einem lauten Knall zur Erde zurückholen wollte, sagte er: »Es ist sehr wichtig, dass wir das unter uns dreien ausmachen, Ali. Je weniger Leute davon wissen, desto besser. Vor allem will ich um jeden Preis vermeiden, dass die Jünger Wind davon bekommen. Der Schaden, den das der Gruppe zufügen würde, ist unabschätzbar. Schließlich bin ich ihr Führer.«

Ali war fassungslos. Seine Ehe stand auf dem Spiel, und das Einzige, was ihn interessierte, war sein Ruf innerhalb der Schlappen-Gang! Jedwede Gewissensbisse wegen ihrer Manipulation an ihm waren verschwunden. Er verdiente alles, was in Kürze über ihn hereinbrechen würde, und noch viel mehr.

Zusammen fuhren sie die dreiviertelstündige Strecke nach Astley Hope, Ali ungeduldig hinter Trevor, da sie darauf bestanden hatte, dass sie Sarah gegenüber eine gemeinsame Beichte ablegten; sie wollte sicher sein, dass Trevor wirklich alles eingestand, was er glaubte, verbrochen zu haben.

Während sie über die stillen, sonnenbeschienenen Landstraßen fuhren, fing Ali an, über Sarah nachzudenken und darüber, wie sie wohl auf die Enthüllung reagieren würde, die sie erwartete. Zuerst würde wohl sprachlose Überraschung kommen, bald gefolgt von Begreifen und Anerkennung für das, was Ali ihr geschenkt hatte: ihre Freiheit. Gottlob brauchte Ali sich keine Sorgen zu machen, dass Sarah durch Trevors angeblichen Seitensprung verletzt sein könnte, obwohl Sarah natürlich, so, wie sie nun mal war, vielleicht den Drang verspüren würde, seine Gefühle zu schonen, indem sie die gekränkte Ehefrau spielte – Wie konntest du mir das antun? –, während sie es innerlich kaum erwarten konnte, zum Anwalt zu laufen.

Als sie vor Smithy Cottage ankamen, parkte Ali ihren Wagen neben Trevors und folgte ihm ins Haus. Sie hatte mit ihm abgesprochen, dass sie sich im Hintergrund halten und ihm größtenteils das Reden überlassen würde, doch sie war fest entschlossen, falls er auf die Idee kam, sein Geständnis allzu sparsam zu gestalten, einzuspringen und dafür zu sorgen, dass Sarah sich über die Fakten absolut im Klaren war – dass es hier nicht um ein harmloses Sofageknutsche ging, sondern um einen eindeutigen Fall von gebotswidrigem Ehebruch.

Sarah begrüßte sie unruhig. Sie sah zuerst zu Ali, dann in Trevors blasses Gesicht. »Ist alles in Ordnung?«, fragte sie ihn.

Er nickte stumm und ging ins Wohnzimmer. Sarah und Ali folgten ihm. »Du siehst aus, als könntest du einen Drink vertragen«, sagte Sarah. »Und du auch, Ali. Was ist passiert?«

Ali sah, wie Trevor bei dem Wort »Drink« unwillkürlich zusammenzuckte, und sagte: »Sarah, ich glaube, du solltest dich besser hinsetzen. Trevor hat dir etwas zu sagen.«

Sarah blieb, wo sie war, doch Trevor ließ sich in den nächstbesten Sessel fallen. Er rieb die Handflächen aneinander und fuhr dann damit über seine kordbedeckten Oberschenkel. Dann atmete er tief durch und begann, ohne Sarah oder Ali anzusehen, sein Geständnis. Es dauerte nicht lange, und als er fertig war, hob er seinen gequälten Blick zu Sarah und wartete darauf, dass sie etwas sagte.

Auch Ali wartete. Die kalte Furcht, die ihr Herz früh am Morgen umklammert hatte, kehrte zurück. Das war es also, dachte sie mit flauem Gefühl im Magen. Sie standen am Rande eines entscheidenden Augenblicks. Von hier an lag alles bei Sarah.

Sarah ging zu Trevor hinüber. Sie berührte ihn an der Schulter und sagte ohne eine Spur Verbitterung in der Stimme: »Trevor, ich wäre dir dankbar, wenn du uns allein lassen würdest. Ich muss mit Ali sprechen.«

Unbeholfen stand er auf. »Wirfst du mich hinaus?«

Sie schloss für ein paar Sekunden die Augen, als sei sie unendlich müde. »Geh einfach, Trevor. Komm später wieder. Viel später.«

»Du wirst doch hier sein, wenn ich zurückkomme, oder? Du verlässt mich doch nicht?«

»Trevor, würdest du bitte einmal in deinem Leben einfach tun, worum ich dich bitte?«

Er ging hinaus und schloss leise die Haustür hinter sich. Sein Auto hatte jedoch nicht so viel Gespür für die Situation; der Motor knallte respektlos, als er aus der Einfahrt rollte und in einer Rauchwolke davonfuhr.

Als Ali mit Sarah allein war und die schreckliche Stille zwischen ihnen spürte, begann ihr Herz schneller zu schlagen. Sie, die sonst auf alles eine geistreiche Antwort hatte, die jeden Gegner überlistete, die mit der Geschwindigkeit und Geschicklichkeit eines Federgewicht-Boxers ausweichen konnte, fühlte sich nun außerordentlich hilflos. Eine Ewigkeit verging, bis Sarah sprach. Schließlich sagte sie: »Ali, würdest du mir bitte erklären, was du getan hast?«

Ali schluckte nervös. »Ich glaube, du weißt ganz genau, was ich getan habe.«

»Aber ich möchte, dass du es mir erklärst.« Sarahs Worte hallten in der Stille des Raums mit erschreckender Gefasstheit wider.

Ali versuchte, ihrer Freundin in die Augen zu sehen, brachte es jedoch nicht fertig. Es war ihr alles so vernünftig vorgekommen, als sie ihre Intrige gesponnen hatte, um Sarah zu retten. Selbst eben im Wagen war ihr alles noch vollkommen plausibel und akzeptabel erschienen, aber jetzt ... aber jetzt, wo sie die Kälte in Sarahs Stimme hörte, war sie sich nicht mehr so sicher. Sie trat an das offene Fenster und blickte hinaus in den zauberhaften Garten, den ihre Freundin zum Leben erweckt hatte, jeder Zentimeter davon gehegt und geliebt. »Ich habe es für dich getan«, sagte sie leise.

»Hab wenigstens den Mut, mich anzusehen.«

Ali wandte sich um.

»Sag mir genau, was du getan hast, Ali. Wort für Wort. Und um deinen Satz von neulich zu zitieren: ›Versuch mal, dir dabei zuzuhören, vielleicht merkst du dann, wie verrückt du klingst.‹«

»Das ist nicht fair.«

»Ist das, was du getan hast, vielleicht fair?«

»Ja«, sagte Ali trotzig, und ihre Stimme wurde lauter. »Trevor hat dich all die Jahre eurer Ehe einfach unmöglich behandelt. Er verehrt einen Gott, den er sich nach seinem eigenen verblendeten Bild geschaffen hat, führt sich selbst wie einer auf und hält dich unter dem Pantoffel wie eine armselige Messdienerin.«

Sarah schoss die Farbe ins Gesicht, und ihre eisige Kälte verwandelte sich in nackte Wut. »Wie kannst du es wagen, Trevor zu beschuldigen, er würde sich aufführen, als wäre er Gott«, schleuderte sie Ali entgegen, »wenn es genau das ist, was du getan hast!«

»Das habe ich nicht!«

»O doch, das hast du. Du hast mit meiner Ehe Gott gespielt, und das ist unverzeihlich!« Zu Alis Entsetzen liefen Tränen über Sarahs erhitzte Wangen. »Du hast ja keine

Ahnung, was du getan hast!«, wimmerte sie. »Warum nur musstest du dich einmischen, warum?«

»Aber ich verstehe nicht«, sagte Ali, ehrlich verdutzt. »Du hast zu mir gesagt ... Du hast gesagt, wenn Trevor eine Affäre hätte, gäbe dir das die Freiheit, ihn zu verlassen.«

»Aber ich habe nie gesagt, *dass* ich ihn verlassen würde«, brüllte Sarah.

»Warum nicht? Warum willst du diesen dämlichen Kerl nicht verlassen? Du liebst ihn nicht. Oder willst du etwa leugnen, dass du das gesagt hast?«

»Sei still! Sei still!«

»Nein, das werde ich nicht. Ich habe mir verdammt viel Mühe gemacht, um dir die Möglichkeit zu geben, deine Ehe zu beenden, ohne deine christlichen Moralvorstellungen zu verletzen, also kannst du mir, zum Kuckuck noch mal, auch den Grund sagen, weshalb du nicht bereit bist, es zu tun.«

»Also gut.« Sarah fuhr zu Ali herum, die Augen vor Zorn blitzend, die Hände zu Fäusten geballt. »Wie wär's mit diesem Grund? Es sind Schuldgefühle, die mich in dieser Ehe gehalten haben und auch weiterhin halten werden.«

»Schuldgefühle? Du, der Inbegriff selbstloser Liebe und Ehrenhaftigkeit, was zum Teufel hast du angestellt, dass du Schuldgefühle haben müsstest?«

Jahre erzwungener Selbstbeherrschung, unterdrückter Wut und bitterer Enttäuschung durchbrachen die angeschlagenen Deiche von Sarahs sorgfältig konstruierter Fassade, und in einem einzigen explosiven und unwiderruflichen Ausbruch war der Schaden angerichtet. »Trevor ist nicht Hannahs Vater«, schrie sie mit vor Wut und Angst verzerrtem Gesicht, »und ich habe ihn nur geheiratet, weil ich schwanger und verzweifelt war. Inbegriff selbstloser Liebe und Ehrenhaftigkeit – dass ich nicht lache!«

44

Ach, das ist doch kompletter Blödsinn«, gab Ali zurück, ohne nachzudenken. »Natürlich ist Trevor Hannahs Vater! Du hast mir selbst erzählt, dass –« Doch sie verstummte, als Sarahs düsterer, hohläugiger Gesichtsausdruck sie schlagartig mit voller Wucht traf. Sein bitterer Ernst ließ sie nach Luft schnappen. Und in dem Moment schien die Welt aus ihrer Achse zu schwanken. Sie griff nach dem Fensterbrett; ihre Knie gaben nach. »Aber – aber das kann nicht sein«, stammelte sie. »Das hättest du mir doch erzählt. Du warst meine beste Freundin. Du *bist* meine beste Freundin. Warum hast du mir das nie gesagt?«

Schwindlig vor Entsetzen über das, womit sie gerade herausgeplatzt war, brachte Sarah kein Wort hervor. Sie hatte ihr schreckliches Geheimnis nicht verraten wollen. Sie hatte nie gewollt, dass auch nur eine Sterbensseele die Wahrheit erfuhr. Die ganzen achtzehn Jahre hatte sie es für sich behalten und sich geschworen, dass das auch für immer so bleiben sollte.

Doch nun wusste es jemand.

Sie verspürte ein leichtes Zittern in der Magengrube, und da sie Angst hatte, sich übergeben zu müssen, atmete sie tief und langsam durch.

»Warum hast du es mir nie erzählt?«, fragte Ali erneut.

Noch ein paar Atemzüge, und die Welle der Übelkeit verebbte, doch an ihrer Stelle stieg erneute und noch stärkere Wut über das, was Ali getan hatte, in ihr hoch. Mit stechendem Blick sagte sie: »Es geht immer nur um dich, nicht wahr?« Sie hörte die giftige Feindseligkeit in ihrer Stimme, die sie kaum wieder erkannte. Mit rachsüchtiger Befriedigung sah sie die Verletztheit in Alis Gesicht; sie wollte, dass Ali für ihre selbstherrliche Einmischung bezahlte. Sie sollte begreifen, dass ihre eigenmächtige, unbedachte Handlung alles ruiniert hatte.

Auch ihre Freundschaft.

O ja, die war hin. Mit einem einzigen Schlag zerstört durch Alis arroganten Glauben, sie wisse immer alles besser.

Entschlossen durchquerte sie den Raum und stellte sich neben die offene Tür. »Ich will, dass du mein Haus verlässt«, sagte sie mit unbarmherziger Gleichgültigkeit.

Ali blieb, wo sie war. »Sarah, sieh mal –«

»Ich sagte, verschwinde aus meinem Haus. Ich will dich nie wieder sehen.«

Den Tränen nahe, wusste Ali nicht, was sie tun sollte. Sie hatte mit allem Möglichen gerechnet, aber nicht mit dem wilden, hysterischen Ausbruch vor ein paar Minuten und ebenso wenig mit diesem grausamen, gefühllosen Rauswurf. »Sarah«, sagte sie, gegen den Knoten der Angst in ihrem Hals kämpfend, »bitte, rede mit mir. Gib mir die Chance, mich zu entschuldigen. Wenn ich gewusst hätte, dass Trevor nicht Hannahs Vater ist –«

»Sei still! Ich will nichts mehr hören. Begreifst du nicht? Ich will nichts mehr mit dir zu tun haben. Du hast immer nur versucht, mich zu bevormunden. Arme, alte Sarah, hast du dauernd gedacht. Ich habe genug von deinem Mitleid. Und von deiner Mildtätigkeit. Ich will sie nicht mehr.«

»Ich habe dich nie bemitleidet, und vor allem habe ich nie versucht, dich zu bevormunden.«

»Doch, das hast du. Du erzählst mir pausenlos, was ich tun soll. Und diesmal bist du zu weit gegangen. Du hast alles zerstört, was ich zu schaffen und zu erhalten versucht habe.«

»Du meinst, ich habe dich davon abgehalten, weiter auf dem toten Pferd eurer Ehe herumzureiten, die von Anfang an nicht funktioniert hat.«

»Es war *meine* Ehe, Ali, und sie hätte wunderbar funktioniert, wenn du nicht ständig deine Nase hineingesteckt hättest. Und hast du eigentlich, während du dir überlegt hast, wie du meinen Mann verführen kannst, nie darüber nachgedacht, welche Folgen das für Hannah haben würde?«

Ali schluckte und kaute auf ihrer Unterlippe herum. Nein, so schrecklich es war, das hatte sie nicht. Sie hatte nur an das Wohl ihrer Freundin gedacht ... und an die Zukunft, nach der Sarah sich, wie sie dachte, heimlich sehnte.

»Und was ist mit Elliot?«, fuhr Sarah fort. »Wie wird er auf deinen Betrug reagieren, wenn er davon erfährt?«

Der Knoten der Angst in Alis Hals wurde größer. »Er wird es nie erfahren – ich werde ihm nichts davon sagen.«

Sarahs zierliches, nachdenkliches Gesicht nahm eine Härte an, die Ali niemals für möglich gehalten hätte. »Aber *ich* werde es ihm sagen«, sagte Sarah langsam und drohend. »Ich werde dafür sorgen, dass er ganz genau erfährt, was für eine niederträchtige Schlampe du bist. Vielleicht hasst er dich dann genauso sehr wie ich. So, und jetzt verschwinde und lass mich in Ruhe. Und versuch nicht, noch einmal Kontakt mit mir aufzunehmen. Unsere Freundschaft ist zu Ende. Verstehst du? Ich will dich nie wieder in meiner Nähe haben. *Niemals!*«

»Aber, Sarah – bitte, bitte tu das nicht!«

»Nein, Ali, es ist vorbei. Dies ist eine Eigenmächtigkeit, die du für den Rest deines Lebens bereuen wirst.«

Als das Geräusch von Alis Wagen in der Ferne verschwand, brach Sarahs Fassung zusammen. Sie warf sich aufs Sofa und schluchzte. Sie weinte so heftig, dass sie erneut fürchtete, sich übergeben zu müssen. Tränenblind und von harten, kurzen Schluchzern geschüttelt, taumelte sie aus dem Wohnzimmer und nach oben, die zitternde Hand auf das wackelige Geländer gestützt. Im Bad beugte sie sich über die

Toilette und würgte krampfhaft. Wieder und wieder. Schließlich, als sich ihr Atem beruhigte, drehte sie den Kaltwasserhahn auf und füllte den Plastikzahnbecher, der auf der Ablage über dem Waschbecken stand; es gelang ihr, ein paar kleine Schlucke zu trinken.

Sie betrachtete ihr Spiegelbild, zwang sich, hinter das tränenverschmierte Elend zu blicken, auf die abstoßende, manipulierende Frau, die einen unschuldigen Mann benutzt und missbraucht hatte. Die blanke Verzweiflung über ihre nicht wieder gutzumachende Schuld und Scham starrte ihr entgegen. Sie riss sich von dem Anblick los und begann sich frisch zu machen. Sie schrubbte sich das Gesicht mit einem heißen Waschlappen ab und rieb dann grob mit einem Handtuch über ihre prickelnde Haut. Die ganze Zeit über verfluchte sie sich wegen ihrer Selbstsucht vor all den Jahren. Als sie das Handtuch auf den Haken zurückhängte, hörte sie unten ein Klopfen. Wütend, dass Ali ihre Bitte missachtete, lief sie hinunter und riss die Haustür auf.

Es war Grace. Vor lauter Erleichterung, dass es nicht Ali war, fing Sarah wieder an zu weinen. »Es tut mir Leid«, schluchzte sie, während Grace die Tür zuzog und sie in die Arme nahm, »es tut mir so schrecklich Leid.«

In den nächsten zehn Minuten sagte Grace kein Wort. Sie hörte zu, wie Sarah ihr berichtete, was Ali getan hatte und warum und dass Sarah zu ihr gesagt hatte, sie wolle sie nie wieder sehen – dass Trevor nicht Hannahs Vater war, behielt sie für sich. Als sie geendet hatte, sagte Grace nichts zu dem Drama, in das sie ahnungslos hineingeraten war, sondern meinte nur: »Kommen Sie, wir bringen Sie erst mal hier weg.« Sie zog den Haustürschlüssel ab, schloss die Tür hinter ihnen und ging mit Sarah durch den strahlenden Sonnenschein hinüber zu ihrem ordentlichen kleinen Bungalow. »So«, sagte sie, als sie Sarah auf das Sofa bugsiert und eine Flasche Bristol Cream und zwei kleine Gläser geholt hatte. »Es ist zwar noch ein bisschen früh für Sherry, aber unter diesen Umständen ist das etwas anderes. Sie brauchen eine Stärkung.«

»Das ist sehr nett von Ihnen«, murmelte Sarah, das Gesicht halb hinter einem Papiertuch verborgen, und griff mit zitternder Hand nach dem angebotenen Glas.

»Ja, bin ich nicht reizend?«

Überrascht über die leise Ironie in Graces Tonfall, blickte Sarah auf und sah, dass Grace sie wissend anlächelte. »Sollen wir uns die höflichen Bemerkungen schenken, Sarah«, sagte sie, »und zum Kern der Sache kommen? Oder ist es Ihnen lieber, wenn wir uns weiter in Verdrängung üben und über das Wetter reden?«

»Verdrängung. Warum sagen Sie das?«

»Nun, ich habe so eine Ahnung, dass Verdrängung der zentrale Punkt all Ihrer Probleme ist. Ohne sie hätte Ihre Freundin vermutlich nicht diese atemberaubenden Maßnahmen ergreifen müssen, um Ihnen zu helfen. Und darüber hinaus hätte ihr Verhalten sicher nicht diese katastrophale Wirkung auf Sie gehabt.«

Sarah zog ein weiteres Papiertuch aus der Schachtel, die Grace auf den Rosenholztisch vor ihnen gestellt hatte. Sie schnäuzte sich und kämpfte gegen den instinktiven Drang, weiterhin die Wahrheit zu verbergen. Sie nippte an dem Sherry und spürte, wie die süße, klebrige Wärme in ihren leeren Magen hinunterrann. »Grace«, sagte sie leise, »ich bin ganz und gar nicht der Mensch, für den Sie mich halten.«

»Ah«, sagte die ältere Frau und legte den Kopf ein wenig schief, »und wer sind Sie dann?«

Sarah seufzte. »Vor langer Zeit habe ich etwas sehr Schlimmes getan.«

»Und vermutlich seither gründlich dafür gebüßt.«

Sarah runzelte die Stirn. »Bitte machen Sie sich nicht über mich lustig.«

Grace stellte ihr Glas ab und legte beruhigend die Hand auf Sarahs. »Das tue ich nicht, wirklich nicht. Warum sagen Sie nicht endlich jemandem die Wahrheit? Die ganze Wahrheit. Es muss furchtbar für Sie gewesen sein, all die Jahre die Bürde dieses Geheimnisses zu tragen.«

Sarah sah auf und blickte in Graces hellsichtige Augen. Sie spürte die Aura von Wärme und Liebe, die von ihr ausging. »Sie wissen es, nicht wahr?«

Grace nickte. »Ja, ich glaube schon.«

»Aber woher?«

»Für einen neutralen Beobachter weisen die meisten Kinder einen ziemlich ausgeglichenen Anteil der Züge und Angewohnheiten ihrer Eltern auf, aber bei Hannah ist das nicht der Fall. In ihr steckt nicht die geringste Spur von Trevor. Ich sehe jede Menge von Ihnen, aber nicht von Trevor.«

»Aber das allein kann Sie doch wohl nicht auf die Idee bringen, dass Trevor nicht ihr Vater ist, oder?«

»Nein, da haben Sie Recht. Was mich darauf gebracht hat, war, dass ich, abgesehen von einem lastenden Geheimnis oder, besser gesagt, einem schlechten Gewissen, keinen nachvollziehbaren Grund dafür finden konnte, dass eine so intelligente Frau wie Sie sich derartig Trevors Willen unterordnet.«

Voller Scham wandte Sarah sich ab und griff instinktiv nach einer Haarlocke. Es dauerte ein paar Minuten, bis sie sprechen konnte. »O Grace, ich habe ihn so furchtbar ausgenutzt.«

»Unsinn. Sie haben ihm die wunderbarste Tochter gegeben, die er sich wünschen konnte. Manch einer würde sogar sagen, dass das mehr ist, als er verdient hat.«

»Aber all die Lügen –«

Grace wischte Sarahs unbeendeten Satz mit einer Handbewegung beiseite. »Was ist mit Hannahs leiblichem Vater? War er ein älterer, verheirateter Mann oder ein Onenightstand, den Sie nie wieder gesehen haben? War das der Grund, weshalb Sie sich nicht an ihn wenden konnten?«

Sarah schüttelte traurig den Kopf. »Nein, so war es nicht. Wir kannten uns, und dann kam es zu einer Situation, die ich eigentlich hätte verhindern müssen, aber ich tat es nicht. Es geschah aus reiner Neugier. Es war mein erstes Mal. Ich war sehr naiv.«

»Und später, haben Sie ihm gesagt, dass Sie schwanger waren?«

»Das konnte ich nicht. Er war nicht mehr da. Ich wusste nicht, was ich tun sollte. Ich bekam Panik. Der Gedanke, dass mein Kind nicht in einer glücklichen Familie aufwachsen würde, war mir unerträglich. Ich wollte, dass mein Baby alles bekam, was meine Eltern mir nicht gegeben hatten – eine Mutter und einen Vater, die ihr Kind wirklich liebten.«

»Eine Kopie von Alis Familie?«

»Ja. Albern, nicht?«

»Überhaupt nicht. Sie waren sehr jung. Und wann sind Sie dann auf Trevor gekommen?«

»Fast sofort. Ich kannte ihn bereits von der Gebetsgruppe, an der wir beide teilnahmen, und wir waren auch schon ein paar Mal zusammen ins Restaurant und ins Theater gegangen. Ich wusste, dass er in mich verliebt war, und ob Sie es mir nun glauben oder nicht, ich mochte ihn auch sehr gern. Er war damals noch anders, freundlich und großzügig, irgendwie freier. Er stand für das ein, woran er glaubte, und dafür respektierte ich ihn. Er war nicht wie die übrigen Studenten, diese überprivilegierte Elite, die nur darauf aus war, ein süßes Leben zu führen. Trevor und ich hatten eine Menge gemeinsam, einen ähnlichen familiären Hintergrund und ähnliche Ansichten. Ich wusste, dass er ein guter Vater sein und alles für mich tun würde, und so habe ich …«

»Ihn verführt?«

Ein kurzer Schmerz durchzuckte Sarahs blasses Gesicht, und mit feuchten Augen sagte sie: »Ja, ich habe ihn verführt. Mir war klar, dass ich ihn so schnell wie möglich herumkriegen musste, damit er nie anzweifeln würde, dass er der Vater des Kindes war, das bereits in mir wuchs. Vielleicht war es Wahnsinn, aber ich hatte mir eingeredet, dass ich, wenn ich nur felsenfest bei der Geschichte blieb, wann die Empfängnis stattgefunden hatte, das Kind als Frühgeburt durchgehen lassen konnte. Praktischerweise kam Hannah zwei Wochen später als erwartet, und so hat niemand etwas bemerkt. Obwohl ich bei der Hebamme meine Zweifel hatte. Sie machte eine Bemerkung, dass Hannah für eine Frühgeburt ein erstaunlich kräftiges Kind war.« Sie schwieg einen Moment und fragte dann: »Wollen Sie wissen, wie ich Trevor verführt habe?«

Grace nippte nachdenklich an ihrem Sherry. »Nur, wenn Sie es mir erzählen möchten. Wenn es Ihnen hilft.«

Sarah seufzte erneut und sagte mit einem resignierten Achselzucken: »Ich habe Ihnen schon so viel erzählt, da kommt es darauf auch nicht mehr an. Ich lud ihn auf mein Zimmer im College ein und warf mich ihm bei einer Flasche Wein regelrecht an den Hals. Ich wusste, dass es ziemlich riskant war. Schon damals war er ein Fundamentalist bis ins Mark und hielt nichts von Sex vor der Ehe. Die Ironie dabei war, ich eigentlich auch nicht. Aber da ich es schon einmal getan hatte, habe ich mir gesagt, eine Sünde mehr kann das Ganze auch nicht viel schlimmer machen. Erstaunlicherweise war er ein leichtes Opfer. Hinterher hasste ich mich. Ich hatte nicht nur meinen eigenen Glauben kompromittiert, sondern auch seinen. Am nächsten Tag kam er und entschuldigte sich für das, was geschehen war. Er machte sich Vorwürfe, weil er die Kontrolle verloren hatte, und schwor, dass es nie wieder vorkommen würde. Sechs Wochen später, als ich in Wirklichkeit bereits in der zwölften Woche war, sagte ich ihm, dass ich schwanger war, und ehrenhaft, wie er war, bot er mir an, mich zu heiraten. Begreifen Sie jetzt, was ich für ein Ungeheuer bin?«

»O Sarah, Sie sind doch kein Ungeheuer. Höchstens sich selbst gegenüber, weil Sie sich selbst seither so unbarmherzig bestraft haben. Warum konnten Sie sich nicht vergeben?«

Sarah presste die Lippen zusammen, bis sie nahezu farblos waren. »Ich fand nie, dass ich es verdient hatte«, sagte sie mit mühsam gefasster Stimme.

»Aber ich bin sicher, dass Sie die Erste wären, jemand anders in diese Richtung zu weisen.«

»O ja. Das tue ich andauernd. Ich habe zu Ali gesagt, sie solle aufhören, sich wegen Isaacs Tod zu bestrafen, und sich und Elliot vergeben. Idiotisch, nicht?«

»Wie man's nimmt. In Anbetracht der Qualen, die Sie sich angetan haben, gibt es wohl kaum jemanden, der besser dazu geeignet wäre, einen anderen davon abzuhalten, diesen Pfad zur Hölle einzuschlagen. Nachdem Sie sich nun ein wenig beruhigt haben, wie sehen Sie das, was Ali getan hat? Haben Sie noch immer das Gefühl, sie zu hassen?«

»Ja. Nein. Ach, ich weiß es nicht. Ich kann immer noch nicht glauben, dass sie das getan hat. Wie konnte sie freiwillig mit einem Mann ins Bett gehen, für den sie nichts empfindet?«

Grace sah sie lange und durchdringend an. »Sie könnte Sie dasselbe fragen.«

»Oh, das ist gemein.«

»Tut mir Leid. Aber nach dem, was Sie mir erzählt haben, sah Ali darin eine Möglichkeit, Sie zu befreien. So unangebracht es auch war, sollten Sie doch immerhin anerkennen, dass sie Ihnen ein ziemliches Opfer gebracht hat. Sie ist ihrer engsten Freundin eindeutig sehr stark verbunden.«

»Nein«, sagte Sarah wütend. »Es ist nur ein weiteres Beispiel für ihren Drang, mich zu bevormunden. Ich brauchte niemanden, der mich rettet.«

»Und was haben Sie nun vor?«

Sarah stieß einen langen Seufzer der Mutlosigkeit aus. »Ich weiß es nicht.«

»Wollen Sie Trevor verlassen?«

»Das kann ich nicht.«

»Warum nicht?«

»Es würde ihn zerstören.«

»Zusammenzubleiben könnte Sie beide zerstören.«

»Aber was Ali getan hat, ist unverzeihlich. Sie hat ihn ausgetrickst, und dafür kann ich ihm doch nicht die Schuld geben.«

»Tut mir Leid, wenn ich darauf herumreite, aber Trevor scheint einen unglückseligen Hang dazu zu haben, sich von Frauen austricksen zu lassen.«

»Jetzt übertreiben Sie. Zwei Mal ist wohl kaum ein ›Hang‹.«

Grace blickte Sarah in die Augen. »Immer noch dabei, ihn zu beschützen, Sarah?«

»Mir bleibt nichts anderes übrig. Ich habe Mitleid mit ihm. Wie ich es immer gehabt habe.«

»Und nun hat Ali dieses Mitleid noch verstärkt, nehme ich an.«

»Ja.«

»Was also bedeutet, Sie vergeben ihm, und alles wird wieder wie früher, bevor Ali sich eingemischt hat.«

»Das muss ich hoffen.«

»Ach, kommen Sie, Sarah, Sie machen sich etwas vor. Ich garantiere Ihnen, dass von heute an nichts mehr so sein wird wie früher. Sie können die Folgen von dem, was Ali getan hat, nicht isoliert betrachten. War es nicht Tennyson, der geschrieben hat: ›Von Seel' zu Seele hallen unsre Worte‹?«

»›Und wachsen und schwellen immer mehr‹«, beendete Sarah das Zitat flüsternd, in der verzweifelten Hoffnung, dass ihre ältere Freundin sich irrte.

45

Ali fuhr seit einer halben Stunde ziellos umher. Sie wusste nicht, was sie tun oder wohin sie fahren sollte. Nach Hause wollte sie nicht – die Vorstellung, allein zu sein, machte ihr Angst. So elend, wie sie sich fühlte, würde die leere, einsam gelegene Windmühle das überwältigende Gefühl der Verlassenheit, das sie beherrschte, nur noch verstärken. Trotz ihres verwirrten, desolaten Zustands entging ihr nicht, welche Ironie darin lag, dass sie nun vor etwas flüchtete, das sie noch vor kurzer Zeit als Symbol ihrer Unabhängigkeit betrachtet hatte.

Ich will dich nie wieder sehen …

Dies ist eine Eigenmächtigkeit, die du für den Rest deines Lebens bereuen wirst.

Ich werde dafür sorgen, dass er ganz genau erfährt, was für eine niederträchtige Schlampe du bist … dann hasst er dich genauso sehr wie ich.

Die Verbitterung, mit der Sarah diese furchtbaren Worte gesagt hatte, erschreckte Ali. Was, wenn sie es wirklich ernst gemeint hatte? Was, wenn Sarah, auch nachdem ihr Zorn sich gelegt hatte, nichts mehr mit ihr zu tun haben wollte? Ali konnte sich ein Leben ohne Sarah nicht vorstellen. Es war einfach undenkbar, dass sie etwas trennen konnte – sie waren seit jeher zusammen gewesen. Plötzlich musste sie an den Freunde-fürs-Leben-Becher denken, den sie ihr einst zu Weihnachten geschenkt hatte, und brach in Tränen aus.

Sie bremste ab, fuhr auf den mit Müll übersäten Seitenstreifen und brach heulend wie ein Baby über dem Lenkrad zusammen.

Was hatte sie getan?

Warum war sie so versessen darauf gewesen, sich einzumischen?

Sie schlug ein paar Mal mit der Faust aufs Lenkrad, hielt dann jedoch aus Furcht, der Airbag könne aufplatzen, inne. Doch ihre Verzweiflung war noch da, und zum ersten Mal in ihrem Leben wünschte sie, sie würde an Sarahs Gott glauben; zumindest könnte sie dann ihre Wut an ihm auslassen. »Das ist alles deine verdammte Schuld!«, würde sie ihn anschreien. »Wenn du nicht wärst, wäre das alles gar nicht passiert. Dann hätte Sarah sich nicht von diesem religiösen Hokuspokus benebeln lassen, der ihr nichts anderes gebracht hat als achtzehn Jahre voller Schuldgefühle. Achtzehn gottverdammte Jahre wegen einer hirnrissigen, selbst auferlegten Buße!«

Nachdem sie zumindest einen Bruchteil ihres Schocks und ihrer Wut losgeworden war, wischte sie sich über die Augen und überlegte, was sie nun tun sollte. Sie fuhr Richtung Nantwich, bog auf die A 534 ab, umrundete Congleton und nahm dann die A 536 nach Macclesfield, zu Daniel.

»Bitte lass ihn da sein«, murmelte sie wieder und wieder, während sie über den staubigen Weg zu dem Bauernhaus holperte, das im hellen Sonnenlicht wie ein Postkartenmotiv aussah. Der Anblick von seinem und Richards Wagen gab ihr Hoffnung, dass die lange Fahrt nicht umsonst gewesen war. Sie ließ den Saab stehen, lief über die Terrasse und läutete die Schiffsglocke aus Messing, die neben der Tür hing.

Keine Antwort.

Sie versuchte es erneut.

Noch immer nichts. Panik umkrampfte ihre Eingeweide. Wo war Daniel nur, wenn sie ihn mal brauchte? Ihre Lippen zitterten, und das bodenlose Elend, das sie während der Fahrt erfolgreich unterdrückt hatte, drohte sie zu überwältigen; am liebsten hätte sie sich gegen die Tür geworfen, bis jemand – irgendjemand – ihr zu Hilfe kam.

Plötzlich öffnete sich über ihr ein Fenster, und Daniel starrte mit verschlafenem Blick, zerzaustem Haar und nacktem Oberkörper auf sie hinunter. »Ali? Was um alles in der Welt tust du hier?«

Vor Erleichterung musste sie schlucken. »Bitte, Daniel, ich muss mit dir reden.«

Als sie am Küchentisch saß, einen beruhigenden Becher mit Earl-Grey-Tee in der Hand und umgeben vom ganz gewöhnlichen Alltag – Richard röstete Toastbrot, und Daniel nahm Gelee, Honig und Marmelade aus dem Schrank –, fand Ali allmählich ihre Fassung wieder. Es würde alles gut werden, sagte sie sich. Daniel und Richard würden ihr helfen. Sie würden ihr sagen, wie sie das Chaos beseitigen konnte, das sie angerichtet hatte. »Tut mir Leid, dass ich euch aus dem Bett geholt habe«, sagte sie.

»Das ist jetzt das dritte Mal, dass du dich entschuldigst«, sagte Daniel sanft, während er die letzten Frühstücksutensilien auf den Tisch stellte und sich auf den Stuhl ihr gegenüber setzte, »aber ich glaube, langsam wird es Zeit, dass du uns sagst, was los ist. Es ist doch nicht Elliot, oder?«

Mit aller Macht unterdrückte sie eine aufsteigende Träne. »Elliot ist nicht mein größtes Problem«, murmelte sie trübsinnig, »aber er wird es bald sein.«

Richard kam mit dem gefüllten Toasthalter an den Tisch. »Ist es dir lieber, wenn ich mich verkrümele?«, fragte er.

Ali war gerührt über seine Rücksichtnahme. »Ist schon in Ordnung«, sagte sie, »du kannst bleiben, aber das, was du hörst, wird dir sicher nicht gefallen.«

Den Blick auf den Becher vor sich fixiert, berichtete sie ihnen alles, sämtliche Einzelheiten und sämtliche Gründe, weshalb sie diese Intrige ausgeheckt hatte. »Ursprünglich«, erklärte sie, »hatte ich vor, Trevor so abzufüllen, dass er umkippt und sich am nächsten Morgen an so gut wie gar nichts erinnert. Doch Montagabend merkte ich, dass es schwierig werden könnte, ihn betrunken zu machen, also ... also beschloss ich, ihm bei unserer zweiten Verabredung ein paar Tranquillizer und eine Schlaftablette in den Wein zu kippen – Zeug, das ich nach Isaacs Tod verschrieben bekommen, aber nie genommen hatte. Es klappte wunderbar. Und obwohl ich ab und zu ein ungutes Gefühl hatte, war ich wirklich überzeugt, dass ich das Richtige für Sarah tat. Nur habe ich jetzt herausgefunden, dass sie durch Schuldgefühle an Trevor gekettet ist. Er ist nämlich nicht Hannahs Vater. Sie hat ihn mit einem Trick dazu gebracht, sie zu heiraten, als sie entdeckte, dass sie schwanger war. Und jetzt will sie nicht mehr mit mir reden. Sie sagt, sie will mich nie wieder sehen und sie hasst mich für das, was ich getan habe. Und was noch schlimmer ist, sie will es Elliot erzählen.«

Die beiden Männer starrten sie in tödlichem Schweigen an, die Hände über dem unberührten Toast gekreuzt, die Augen ungläubig aufgerissen. Daniel sprach als Erster. Er stand vom Tisch auf, ging hinüber zur Küchenzeile und lehnte sich gegen die Spülmaschine. Dann fuhr er sich mit der Hand durch das ungekämmte Haar. »Ich kann nicht glauben, was ich da höre. Was zum Henker hast du dir dabei gedacht, dem Kerl potenziell tödliche Drogen in den Wein zu kippen? Du hättest ihn umbringen können!«

»Ich war ganz vorsichtig. Ich –«

»Oh, tolle Ausrede, Ali. Du warst vorsichtig, ja? *Quatsch mit Soße!* Mein Gott, ich habe ja schon von Vergewaltigung beim Rendezvous gehört, aber das ist die Krönung!« Er wandte sich ab und sah zum Fenster hinaus. Dann fuhr er wieder herum. »Und wie bist du bloß auf die Idee gekommen, du hättest das Recht, dich in die Beziehung eines anderen einzumischen und sie zu Tode zu trampeln? Wenn du das schon einer Freundin antust, was zum Teufel machst du dann mit einem Feind?«

Ali bedeckte ihr Gesicht. »Ich hatte doch nur die besten

Absichten«, wimmerte sie. »Es war ein Akt des Glaubens an unsere Freundschaft, es –«

»Ein Akt des Glaubens!«, explodierte Daniel. »Das ist doch wohl ein Scherz. Es war ein gemeiner Akt hinterhältiger Zerstörung. Du konntest Trevor noch nie ausstehen und hast darin eine Möglichkeit gesehen, Sarah ganz für dich allein zu haben und nebenbei noch die heldenhafte Märtyrerin zu spielen.«

»Das ist nicht wahr!«, schrie Ali und sprang auf, so dass ihr Stuhl laut über den Fliesenboden scharrte. »Mit Trevor hat das gar nichts zu tun, sondern mit Sarah, ich wollte nur das Beste für sie.«

»Na, in dem Punkt sind wir uns wenigstens einig. Es ist bestimmt wesentlich besser für sie, wenn sie dich nicht mehr um sich hat.«

Ali starrte ihn wütend an. »Wenn du das so siehst, gehe ich wohl besser. Tut mir Leid, dass ich euren Samstagmorgen gestört habe. Danke für den Tee und das Mitgefühl.«

Die Arme vor der Brust gekreuzt, blieb Daniel, wo er war. Er sah, wie Ali sich zur Tür wandte, doch dann mischte Richard sich ein. Er ging Ali nach, legte die Hände auf ihre Schultern und zog sie wieder in die Küche. »Geh nicht«, sagte er sanft. »Daniel hat es nicht so gemeint, wie er es gesagt hat.«

Wenig überzeugt sah Ali zu ihm hinüber, doch er starrte nur mit finsterem, brütendem Blick auf einen Punkt vor seinen Füßen. In all den Jahren, seit sie ihn kannte und schätzte, hatte sie noch nie einen solchen Ausdruck auf seinem Gesicht gesehen. Dann begriff sie, was es war. Es war Enttäuschung. Er war von ihr enttäuscht. »Ich glaube, Daniel hat es genau so gemeint, wie er es gesagt hat«, murmelte sie traurig, »und vermutlich hat er Recht.«

»Daniel«, drängte Richard, »Ali braucht unsere Hilfe und Unterstützung, keine Moralpredigt.«

Langsam hob Daniel den Blick vom Boden und sah in Alis tränenfeuchte Augen. Nach und nach verzog sich die Finsternis aus seinem Gesicht, er löste die Arme und streckte sie ihr entgegen. »Tut mir Leid, Babe«, sagte er.

Sie ging zu ihm und umarmte ihn fest, in der verzweifelten Hoffnung, dass er ihr vergeben würde; von Daniel zurückgestoßen zu werden, war ebenso undenkbar wie Sarahs Freundschaft zu verlieren. »Mir auch«, sagte sie, »es tut mir Leid, was ich getan habe und dass ich dich enttäuscht habe.«

»Du hast mich nicht enttäuscht.«

Sie löste sich aus seinen Armen und sah hinauf in sein Gesicht. »Doch, das habe ich, ich weiß es.« Wieder begann sie zu weinen, in langen, erstickten Schluchzern. »Ich habe alles kaputtgemacht. Sarah redet nicht mehr mit mir, und wie Elliot reagiert, wenn er es erfährt, weiß der Himmel. Ich hatte nie die Absicht, so vielen Menschen wehzutun. Oh, bitte, hilf mir. Sag mir, was ich tun soll.« Ihr Weinen wurde lauter, und sie zitterte heftig. Daniel nahm sie wieder in die Arme und drückte sie beschützend an seine Brust.

»Am besten bringen wir sie nach oben ins Bett«, schlug Richard vor. »Sie muss sich ausruhen.«

Gemeinsam halfen sie ihr in das Bett, das noch warm war, wo sie geschlafen hatten. Sie lag in der Mitte, Richard mit einer griffbereiten Schachtel Papiertüchern auf der einen Seite und Daniel, der ihr die Wange streichelte und die Hand hielt, auf der anderen.

Kurz darauf schlief sie ein, und als Daniel fünf Stunden später nach ihr sah, öffnete sie die Augen und fragte, wie spät es sei.

»Halb fünf, Babe.« Er legte sich neben sie. »Geht's besser?«

»Ich glaube schon.« Sie setzte sich auf und schob die Kissen in eine bequemere Position. »Tut mir Leid, dass ich vorhin so rumgeheult habe.«

Er legte einen Arm um sie und küsste sie auf die Stirn. »So ein kleines Drama ist doch immer wieder herzerfrischend.«

Sie lächelte zaghaft. »O Daniel, was soll ich denn jetzt bloß tun?«

»Keine Ahnung, aber erklär mir doch bitte erst noch mal, was um alles in der Welt du dir bei deiner Aktion gedacht hast.«

»Muss das sein?«

»Ja. Ich möchte versuchen, dich zu verstehen.«

So schmerzlich es auch war, ging sie die Geschichte noch einmal durch, mit besonderer Betonung auf Sarahs religiösen Überzeugungen. »Sie hat zu mir gesagt, sie könne Trevor wegen ihres Glaubens niemals verlassen, aber falls er eine Affäre hätte, sähe alles ganz anders aus.«

»Also hast du sie beim Wort genommen?«

»Ja. Ich schwöre dir, ich war überzeugt, dass sie es ernst meinte. Wenn ich auch nur den geringsten Zweifel gehabt hätte, hätte ich mich nie im Leben eingemischt. Ich habe wirklich geglaubt, mit meinem Plan würde ich ihr die Möglichkeit geben, ein freies und glückliches Leben zu führen. Ich wollte nur, dass sie glücklich ist. Verstehst du?«

»Hm … so halbwegs. Aber weiter. Erzähl mir den Rest.«

Das tat Ali, und als sie fertig war, sagte sie: »Und das Schlimmste ist, dass ich Elliot alles sagen muss.«

Daniel sah sie zweifelnd an. »Tu's nicht, Babe. Wenn du auch nur einen Funken Verstand hast, hältst du ihn aus dem Ganzen raus.«

»Aber das kann ich nicht. Ich muss es ihm sagen, bevor Sarah es tut. Und ich weiß, dass sie es tun wird. O Daniel, wenn du ihr Gesicht gesehen und diese schreckliche Härte in ihrer Stimme gehört hättest! Glaub mir, jedes einzelne Wort ihrer Drohung war ernst gemeint. Und selbst wenn sie es nicht tut, würde Elliot fragen, weshalb wir beide nicht mehr miteinander reden, und die Lügen würden mich die ganze Zeit verfolgen. Ich glaube, ich könnte nicht mit der ständigen Angst leben, er könnte durch Zufall erfahren, dass ich mit Trevor ins Bett gegangen bin.«

»Aber, Ali, du *bist* nicht mit Trevor ins Bett gegangen. In

Wirklichkeit hast du absolut nichts getan, um Elliot zu betrügen.«

Ali kaute auf ihrer Unterlippe. »Aber ich muss so tun als ob, wegen Sarah.«

»Da komme ich nicht mehr mit.«

»Nun, wenn ich Elliot erzählen würde, was ich tatsächlich getan habe, würde er mich dazu zwingen, es Sarah und Trevor zu sagen. Elliot ist ein Ehrenmann. Er steckt bis über beide Ohren voller Skrupel. Er würde niemals akzeptieren, dass ich die beiden in einer so wichtigen Sache belüge.«

»Dann sag Sarah die Wahrheit.«

»Wenn ich das tue, kann sie den vermeintlichen Seitensprung nicht mehr als Grund nehmen, Trevor guten Gewissens zu verlassen.«

Daniel seufzte. »Also, fassen wir mal zusammen: Wenn du bei der Lüge bleibst, du hättest mit Trevor rumgebumst, könnte es sein, dass du Elliot verlierst, und ich sag's nicht gern, aber das Risiko ist ziemlich groß. Wenn du wiederum Elliot erzählst, was wirklich passiert ist, kannst du ihn behalten, musst aber Sarah sagen, dass Trevor eine weiße Weste hat, womit Sarah ihre Fahrkarte in ein freies Leben verliert. War's das in etwa?«

»Haargenau.«

»Wo ist dann das Problem? Du musst dich für die zweite Variante entscheiden.«

Ali schüttelte den Kopf. »Nein, das kann ich nicht. Wenn ich das tue, wird Sarah Trevor nie verlassen, und dann war alles umsonst.«

»Nach allem, was du erzählst, wird sie das sowieso nie tun. Wenn sie wegen ihrer Schuldgefühle so lange bei ihm geblieben ist, wird sie jetzt kaum ihre Meinung ändern.«

»Aber sie könnte, wenn ich den Mund halte. Sie würde immer glauben, dass sie sich aus dem Staub machen kann, wenn sie wirklich will. Der Rettungsanker wäre immer noch da.«

»Ist dir klar, dass du, wenn du dich für diese Variante entscheidest, für deine Freundschaft zu Sarah deine Liebe zu Elliot aufs Spiel setzt?«

Sie nickte trübsinnig.

Daniel betrachtete Alis trauriges Gesicht und musste an das strahlende Lächeln denken, mit dem sie ihn am Montagmorgen begrüßt hatte, als sie nach ihrem Urlaub wieder ins Büro gekommen war. Das Glück hatte förmlich aus ihr herausgeleuchtet und ebenso der Anlass dafür: ihre Versöhnung mit Elliot. Und nun war sie bereit, all das wegen ihrer Freundin zu riskieren. Er nahm ihre Hand und drückte sie fest. »Ali, ich lasse nicht zu, dass du das tust. Nach allem, was du und Elliot durchgemacht habt, werde ich nicht zulassen, dass du auch nur einen einzigen Moment des Glücks mit ihm aufs Spiel setzt.«

Langsam entzog sie ihm ihre Hand. »Ich muss es tun, Daniel. Ich kenne Sarah fast mein ganzes Leben, und sie ist immer für mich da gewesen. Das bin ich ihr schuldig.«

»Und Elliot? Bist du ihm etwa nichts schuldig?«

»Bitte«, flüsterte sie, »mach es mir nicht noch schwerer.«

Doch Daniel war nicht bereit, sich so leicht beiseite schieben zu lassen. »Hör zu«, sagte er, »ich biete dir einen Deal an. Ich mache diesen Wahnsinn mit, aber nur für eine bestimmte Zeit.«

»Was meinst du damit?«

»Du kannst Elliot so viele Lügen auftischen, wie du willst, in der trügerischen Hoffnung, dass Sarah Trevor vor die Tür setzt, aber ich gebe dir ein Zeitlimit. Wenn Elliot dir nicht bis Ende nächsten Monats verziehen hat, sagst du ihm die Wahrheit.«

Ali runzelte die Stirn. »Ich weiß nicht, Daniel. Das ist nicht lange. Er wird Zeit brauchen, um sich zu beruhigen. Er muss erst mal –«

»Entweder so oder gar nicht, Ali. Das ist der Deal. Schlag ein oder lass es bleiben.«

»Und wenn ich nicht mitmache?«

»Dann rede ich selbst mit ihm.«

Sie überlegte. »Gib mir bis Ende Oktober.«

»Na gut«, sagte er widerstrebend. »Aber nicht länger.«

Sie saßen schweigend da, jeder in seine Gedanken versunken. Dann sah Ali mit feucht glänzenden Augen zu ihm auf und fragte: »Du vergibst mir also?«

Er lächelte. »Natürlich tue ich das. Ich konnte noch nie länger als zwei Minuten wütend auf dich sein.«

»Ja, weil er den Boden verehrt, auf dem du wandelst, Ali.«

Die beiden wandten sich um; Richard stand im Türrahmen. Er kam mit drei Bechern Tee und einer Rolle Schokokeksen unter dem Arm herein.

»Wie geht es unserer Patientin?«, fragte er.

»Viel besser, und ich habe es wirklich nicht verdient, so verwöhnt zu werden.«

»Purer Eigennutz, mein süßes Zuckerschnäuzchen«, sagte Richard lachend, machte es sich neben ihr bequem und bot ihr einen Keks an, »ich bezirze dich nur für einen flotten Dreier heute Abend.«

Ali lachte, doch Daniel verdrehte die Augen und schnalzte missbilligend. »Anwälte«, sagte er. »Nichts als Scheiße im Kopf. Das kommt davon, wenn man ständig mit einer Rosshaarperücke rumläuft.«

»Nicht so obszön, Danny-Boy. So, wie weit sind wir denn jetzt mit unserer griechischen Tragödie?«

Dankbar, dass Richard sich bemühte, die Stimmung für Ali ein wenig aufzulockern, erzählte Daniel ihm die Einzelheiten. Nachdem er ihn auf den aktuellen Stand gebracht hatte, fragte Ali: »Meinst du, Elliot verzeiht mir?«

»Nun, wir haben es ja getan«, sagte Richard, »also wüsste ich nicht, warum er es nicht tun sollte.«

»Ja, aber ihr beide kennt die Wahrheit«, wandte Ali ein, »nämlich –«

»Nämlich«, unterbrach Daniel sie, »dass unsere kühne Ali gar nicht mit dem zerebral benachteiligten Trevor geschlafen hat.«

»Ja, und da liegt der Hase im Pfeffer, wie man so schön sagt.«

»Allerdings.« Daniel griff wieder nach Alis Hand. Er liebte sie von ganzem Herzen, aber er konnte nicht leugnen, dass er über ihr Verhalten schockiert war. Doch vielleicht war es gerade seine Liebe zu ihr, die den Schock so gewaltig machte. Sie war schon immer einer der eigensinnigsten und mutigsten Menschen gewesen, die er kannte, aber diesmal hatte sie sich mit ihrem hitzköpfigen Draufgängertum in unglaublich riskante Höhen gewagt. Diese irrwitzige Intrige, die sie da gesponnen hatte, war selbst für den tollkühnsten Desperado ein waghalsiges Unternehmen. »Wann kommt Elliot aus den Staaten zurück?«, fragte er.

Ali schluckte schwer und starrte hinaus auf den Ausblick, der sich Daniel und Richard jeden Morgen beim Aufwachen bot. Er war zauberhaft, so schön, dass es einem die Kehle zuschnürte, mit der Sonne, die auf die grünen Hügel hinunterschien und die Bänder der Natursteinmauern und die Punkte der frisch geschorenen Schafe hervorhob. »Morgen Vormittag«, erwiderte sie und wandte sich wieder Daniel zu. »Ich hole ihn vom Flughafen ab.«

»Dann bleibst du heute Nacht besser bei uns«, sagte Richard, »und keine Widerrede.«

Am nächsten Morgen verabschiedete Ali sich von Richard und Daniel und machte sich auf den halbstündigen Weg zum Flughafen. Sie hätte sie gerne bei sich gehabt, wusste aber, dass sie die nächsten Stunden allein durchstehen musste. Nervös ging sie in der Ankunftshalle auf und ab und sah immer wieder hinauf zu den Monitoren, darauf wartend, dass einer von ihnen die Landung von Elliots Flugzeug anzeigte. Bisher hatte sein Flug zwanzig Minuten Verspätung. Sie fragte sich, ob er vom Jetlag so k. o. sein würde, dass er für den Rest des Tages nur noch schlafen wollte.

Nein. Das gab es bei ihm nicht. Sie hatte noch nie erlebt, dass Elliot unter einem Jetlag litt. Er konnte nach einem zwölfstündigen Flug direkt ins Büro gehen, einen Hochdrucktag durcharbeiten, danach nach Hause fahren und die liegen gebliebene Post beantworten, bevor er schließlich zur gewohnten Zeit zu Bett ging. Das war so typisch für ihn – es gelang ihm immer, die Zeit für sich arbeiten zu lassen.

Genauso während er in New York gewesen war, wo er an der internationalen Partner-Konferenz teilgenommen und sich mit mehreren wichtigen Kunden getroffen hatte: Er hatte trotz seines vollen Terminkalenders immer Zeit gefunden, sie anzurufen. Meistens hatte er gegen Mittag angerufen – für ihn Frühstückszeit. Er hatte ihr gesagt, wie sehr er sie vermisste und dass er viel über ihre Zukunft nachdachte.

Welche Zukunft?, fragte sie sich deprimiert.

Ein Strom müde aussehender Reisender mit turmhoch beladenen Gepäckwagen veranlasste sie, erneut auf die Monitore zu blicken. Ihr Magen krampfte sich zusammen, als sie sah, dass Elliots Maschine im Landeanflug war. Plötzlich packte sie das Verlangen davonzulaufen. Sie wollte Elliot nicht gegenübertreten. Sie wollte ihm ihre Schandtat nicht gestehen. Sie wollte einfach nur weglaufen und sich verstecken.

Sie hatte nicht damit gerechnet, dass sie sich so schämen würde – geradezu, als hätte sie wirklich eine Affäre mit Trevor gehabt –, doch was sie noch mehr überraschte, war, dass Trevor ihr Leid tat. Das war wirklich ein Hammer.

In was für ein Wespennest hatte sie da ahnungslos gestochen! Trevor war nicht Hannahs Vater. Warum nur hatte Sarah ihr das nie erzählt? Wie anders wären die letzten achtzehn Jahre vielleicht verlaufen, wenn sie es ihr damals in Oxford gesagt hätte. Und wer zum Teufel war der richtige Vater? Würde Sarah sich genötigt fühlen, Trevor die Wahrheit zu sagen? Und was war mit Hannah? Wie würde sie reagieren, wenn sie erfuhr, dass Trevor nicht ihr leiblicher Vater war?

Wieder sah sie zum Monitor, und ihr Herz setzte einen Schlag aus. Elliots Flugzeug war gelandet. Vermutlich würde es nur noch zwanzig Minuten dauern, bis er durch diese Tür kam, in der Erwartung, ihr lächelndes Gesicht zu sehen.

So selbstmitleidig es auch klang, sie zweifelte, ob sie nach diesem Tag je wieder würde lächeln können. Nicht nur, dass sie ihre beste Freundin verloren hatte, nun lief sie auch noch Gefahr, Elliot zu verlieren.

Zum zweiten Mal.

Oh, wenn sie doch nur die Zeit zurückdrehen könnte. Wenn sie doch nur nicht so überzeugt von sich gewesen wäre und so sicher zu wissen, wie Sarah reagieren würde. Wie arrogant sie gewesen war anzunehmen, dass Sarah Alis Taten auf ihre übliche zurückhaltende Weise akzeptieren und sie voll dankbarer Erleichterung als ihre Befreierin ansehen würde.

Doch Sarah hatte nicht wie üblich reagiert und somit auch nicht die Reihe von Ereignissen in Bewegung gesetzt, mit der Ali gerechnet hatte. Und wenn sie sich in Bezug auf Sarah schon so furchtbar irrte, konnte sie wohl davon ausgehen, dass sie auch von Elliot zu viel Verständnis erwartete – schließlich würde er nur sehen, dass sie hinter seinem Rücken mit einem anderen Mann geschlafen hatte.

Eine weitere Schar Reisender kam durch die automatischen Türen. Die meisten waren lässig gekleidete Urlauber, deren gewachsene Bäuche und geschrumpfte Brieftaschen von den ausgiebigen Genüssen einer USA-Reise zeugten. Doch inmitten des Wirrwarrs aus bunten T-Shirts, Baseballkappen, Shorts und prall gefüllten Plastiktüten aus den Dutyfreeshops war Elliot, elegant in einen hellgrauen leichten Anzug gekleidet, das weiße Hemd am Kragen geöffnet. Ihr Mund wurde ganz trocken, und ihr Magen sackte nach unten, als er sie erblickte. Sie sah, wie er die Schultern straffte und sich ungeduldig zwischen den Leuten hindurchschlängelte, die ihm im Weg standen. Als er endlich vor ihr stand, stellte er seine Anzugtasche und zwei weitere Taschen auf den Boden und schloss sie in die Arme. Er küsste sie lange und hingebungsvoll, und sie erwiderte den Kuss willig, da ihr, als sie sich seiner zärtlichen Umarmung ergab, durch den Kopf ging, dass dies vielleicht das letzte Mal war.

»Du siehst müde aus«, bemerkte er, als sie vom Flughafengelände fuhren.

»Ich bin in den letzten Tagen nicht ich selbst gewesen«, sagte sie ausweichend. *Das konnte man wohl sagen!*

»Aber es ist doch alles in Ordnung, oder?«

Sie hörte die liebevolle Sorge in seiner Stimme und hätte am liebsten geweint.

Als sie an der Windmühle ankamen und neben Elliots Wagen hielten, wusste Ali, dass sie ihr Geständnis nicht länger aufschieben konnte. Sie musste es jetzt tun. Jede Minute, die verging, war nichts weiter als ein grausames, hilfloses Warten darauf, dass Sarah ihre Drohung wahr machte. Sie, Ali, musste diejenige sein, die es ihm sagte. Das war sie ihm schuldig.

Sie schloss die Tür auf, und während Elliot oben im Bad war, schenkte sie ihnen beiden einen Drink ein. Als er zurückkam, bat sie ihn, sich zu setzen, und gab ihm sein Glas. »Du wirst es brauchen«, sagte sie mit ausdrucksloser Stimme. »Ich muss dir etwas sagen.« Sofort sah sie, wie alle seine Sinne auf Alarm schalteten und er sich bereits die schlimmsten Dinge ausmalte.

»Es ist doch nichts mit Sam, oder?«

»Nein, mit Sam ist nichts«, sagte sie, und ohne ihm Zeit für weitere Fragen zu lassen, platzte sie los. »Es geht um mich. Was ich dir sagen muss, wird dir nicht gefallen, und … und ich kann mir ziemlich gut vorstellen, welche Konsequenzen es haben wird.« Sie klang so viel ruhiger, als sie sich fühlte.

Er saß reglos auf dem Sofa und folgte ihr mit wachsamem Blick, während sie im Wohnzimmer auf und ab ging und ihm berichtete, was in seiner Abwesenheit geschehen war. Nicht ein einziges Mal sah sie ihn an – sie hatte Angst vor dem Schock in seinen Augen. Und der Wut. Als sie ihre unwürdige Geschichte von Schande und Täuschung beendet hatte, ging sie hinaus auf den Balkon und sog die warme Nachmittagsluft ein, als könne die sie rein waschen. Sie wartete darauf, dass er zu ihr kam und etwas sagte, doch dann hörte sie, wie er drinnen umherging. Voller Angst, dass er ohne ein Wort gehen könnte, drehte sie sich um, um ihn aufzuhalten, sah jedoch, dass er auf sie zukam.

Er legte die Hände auf das Balkongeländer und stützte sich darauf ab. »Ich verstehe dich nicht, Ali.« Seine Stimme war kaum hörbar. Er sah verletzlich und müde aus, das Gesicht von Furchen der Trauer durchzogen, die Augen trübe und distanziert.

»Zwischen uns war gerade alles geklärt, und dann tust du so etwas. Was erwartest du von mir? Dass es mir nichts ausmacht, dass du mit einem anderen Mann geschlafen hast? Dass es mir nicht wehtut?«

»Ich hab's dir doch gesagt, es hat nichts zu bedeuten«, sagte sie lahm. »Es war bloß ein Mittel zum Zweck.«

Er donnerte mit der Faust auf das Geländer, dass die Holzstange unter seinem Zorn erbebte. Seine Verletzlichkeit war verschwunden, jetzt war da nur noch wilde, lodernde Wut. »Und du glaubst, damit geht's mir besser? Verdammt, Ali, solche widerlichen, billigen Kommentare kenne ich von Scheißkerlen wie Gervase, und dafür verachte ich sie mit jeder Faser meines Wesens.«

»Verachtest du mich auch?«

Er starrte sie an, von Kopf bis Fuß angespannt und verkrampft. »Ja«, sagte er kalt.

Die Ehrlichkeit seiner Antwort ließ sie zusammenzucken. »Könntest du mir verzeihen?«

Wieder starrte er sie an. O Gott, dachte sie, er überlegt, was er sagen soll. Mit angehaltenem Atem wartete sie auf seine Antwort.

Endlich sprach er. »Nein«, sagte er mit grimmiger Entschlossenheit. »Nein, Ali, ich glaube nicht, dass ich bereit bin, dir zu verzeihen.«

Er wandte sich um und ging wieder hinein. Sie folgte ihm. »Aber an dem Abend, bevor du nach New York geflogen bist, hast du gesagt, dass du mich immer lieben würdest. Das hast du gesagt.«

Er sammelte seine Sachen ein. »Oh, ich werde dich immer lieben, Ali. Pech für mich, aber ich bezweifle, dass ich je aufhören werde, dich zu lieben.«

»Warum gehst du dann?«

»Weil ich muss. Was du getan hast, ist einfach unsäglich, und ich ertrage es nicht, in deiner Nähe zu sein.«

Ali widersprach ihm nicht. Es war zwecklos. Alles, was er gesagt hatte, stimmte. Außerdem hatte sie keine Lust mehr zu kämpfen. Die alte Ali hätte hartnäckig weitergefochten, um zu beweisen, dass sie Recht hatte, dass der Zweck tatsächlich die Mittel heiligte. Doch die jetzige beschämte und sich selbst verachtende Ali wusste, dass sie geschlagen war, dass sie den schlimmsten Fehler ihres Lebens gemacht hatte und teuer dafür bezahlen würde.

Sie ging wieder hinaus auf den Balkon und wartete darauf, dass Elliot fuhr. Sie hörte ihn mit ungeschickter Eile die Holztreppe hinunterpoltern, dann das Zufallen der Haustür. Sie sah zu, wie er in sein Auto stieg, und obwohl er wissen musste, dass sie dort oben stand, blickte er kein einziges Mal zu ihr hinauf. Mit mehr Geschwindigkeit als Vorsicht schoss er den Weg hinunter.

Noch nie hatte sie sich so allein gefühlt.

Und so mies.

Sie dachte an den Handel, den sie mit Daniel eingegangen war, und bezweifelte plötzlich, dass sie stark genug war, um das Ganze durchzuhalten.

Sich die Tränen von den Wangen wischend, schloss sie die Augen und betete, dass Sarah und Elliot einen Weg finden würden, ihr zu verzeihen.

46

Sarah saß an einem Klapptisch im Garten und nähte mit der Hand. Ihr schattiger Lieblingsplatz lag hinter dem hässlichen alten Taubenschlag der Vorbesitzer, in dem sie ihre Gartengeräte aufbewahrte und den sie geschickt mit Geißblatt kaschiert hatte. Nach Jahren sorgfältigen Ausschneidens und Pflegens war es jetzt ein einziger duftender Blütenteppich. In der hellen Nachmittagssonne wimmelte es nur so von Hummeln. Hier war sie außer Sichtweite des Hauses und vor allem außer Sichtweite von Trevor, der in seiner Werkstatt arbeitete.

Sie war gestern fast den ganzen Tag bei Grace geblieben und dann abends widerstrebend nach Hause gegangen, als sie eingesehen hatte, dass es keine Lösung war, Trevor aus dem Weg zu gehen. Er hatte bereits auf sie gewartet, das Gesicht vor Angst verkniffen, voller Nervosität und übertriebener Anhänglichkeit.

»Ich dachte, du hättest mich verlassen«, sagte er und versuchte ungeschickt, sie zu umarmen.

»Nein, Trevor«, erwiderte sie und stieß ihn von sich. Sie konnte sich nicht erinnern, wann er sie das letzte Mal berührt hatte.

»Wo warst du?«

Die Frage machte sie wütend. Was ging es ihn an, wo sie den Tag verbracht hatte? »Ich war bei Grace.«

»Warum ausgerechnet bei ihr?«, fragte er und folgte ihr wie ein Hund in die Küche.

Wieder flammte Zorn in ihr auf. Er war mit ihrer ältesten und besten Freundin im Bett gewesen und wagte es, *sie* auszufragen, mit wem sie sich traf. »Grace ist für mich zu einer guten Freundin geworden«, sagte sie.

Für einen Mann in seiner Lage war die nächste Bemerkung eine pure Unverschämtheit; es war die ungeheuerlichste Form von Schuldverschiebung, die sie je gehört hatte. »Was man von Ali wohl kaum behaupten kann«, sagte er.

»Was willst du damit sagen, Trevor?«

Die Hände in die Gesäßtaschen seiner Kordhose schiebend, erwiderte er: »Ich weiß, was ich getan habe, war falsch, und ich muss meinen Teil der Verantwortung übernehmen, aber ... aber es war nicht nur ...« Er verstummte.

»Sprich weiter.« Sie wusste genau, was er vorhatte, und verachtete ihn dafür.

»Alis Verantwortung hierbei ist größer als meine«, sagte er in einem Tonfall, als wolle er jegliche Beteiligung an dieser Geschichte abstreiten. »Sie hat mich betrunken gemacht.«

Natürlich wusste Sarah, dass er in gewisser Hinsicht Recht hatte. Ali hatte das Ganze bestimmt so geschickt geplant, dass Trevor in ihrer Inszenierung nicht viel mehr als ein Komparse gewesen war. Er hatte keine Chance gehabt. Sie erwiderte nichts darauf und stellte ihm die Frage, die sie bereits seit dem Morgen beschäftigte: Wie hatte Ali ihn überhaupt zur Mühle gelockt? Welche Geschichte hatte sie sich dafür ausgedacht?

Er wurde selbstsicherer und abfälliger. »Sie hat mich hinters Licht geführt, Sarah. Das sehe ich jetzt klar und deutlich. Sie hat Montagnachmittag angerufen, als du nicht da warst, und gesagt, sie bräuchte meine Hilfe. An dem Abend bin ich auch zu ihr gefahren. Sie sagte, sie wollte eine Anleitung, um den Weg zum Herrn zu finden.«

»Und das hast du ihr geglaubt?«, fragte sie in einem Tonfall unverhohlener Herablassung.

»Ja«, erwiderte er stoisch. »Sie war sehr überzeugend.«

Alis Unverfrorenheit hatte Sarah fast zum Lachen gebracht. Sie hatte Trevor nach Strich und Faden hereingelegt; sie hatte seinen Schwachpunkt klar erkannt und sich darauf gestürzt. Keine andere List hätte so gut gewirkt. Indem sie an seinen Nimm-dein-Kreuz-und-folge-mir-Tick appellierte, hatte sie ihn mit seiner eigenen naiven Selbstgefälligkeit eingewickelt. Sie sah die Szene förmlich vor sich: Ali, die ihm die passenden Stichworte gab, und er, der bereits von all dem himmlischen Ruhm und Ansehen träumte, das ihn erwartete. Lieber Gott, wenn es nicht ihre eigene Krise wäre, wäre es zum Wälzen.

Aber es *war* ihre Krise und alles andere als komisch.

So wütend sie auch auf Ali war, nahm sie es Trevor nun ebenso übel, dass er auf so eine offensichtliche Masche hereingefallen war. Hätte er denn nicht ahnen können, was kam? Er hatte zu ihr gesagt, dass Ali ihn betrunken gemacht hatte. Nun gut, aber hatte sie ihm vielleicht die Nase zugehalten, den Mund aufgesperrt und ihm die Flasche in den Rachen gestopft? Natürlich nicht. Er hatte es zugelassen, dass er betrunken wurde. Er war schließlich kein Kind, das die Folgen von zu viel Alkohol nicht kannte. Er war ein erwachsener Mann, der genau wusste, was er tat. Vielleicht hatte er seinen Part williger gespielt, als er zugeben wollte. Wie geschmeichelt er sich gefühlt haben musste, als Ali ihn um Hilfe bat – ausgerechnet ihn! Und schließlich hatte er sich ganz schön in Schale geworfen, nicht wahr? Saubere Sachen, getrimmter Bart, sogar ein Hauch Eau de Cologne. O ja, es gab Zeichen genug, dass der blöde Kerl an dem Abend zu Ali gegangen war wie das Lamm zur Schlachtbank. Wie dumm er gewesen war. Was für ein Idiot, da er anscheinend nicht mal darüber nachgedacht hatte, weshalb sie mit ihm ins Bett wollte, wo sie doch Elliot hatte. Hatte er sich denn nicht gefragt, wieso sie sich für eine Runde mit der Ente entschied, obwohl sie einen Ferrari in der Garage hatte?

Nicht, dass sie Ali verteidigen wollte, aber es war einfach skandalös, dass er nun versuchte, ihr die ganze Schuld in die Schuhe zu schieben. Wenn er ein richtiger Mann wäre, hätte er erkennen müssen, was sie vorhatte. Und wie um alles in der Welt hatte er es überhaupt geschafft, das Ganze durchzuziehen, wenn er so betrunken war? Oder würde er als Nächstes behaupten, Ali hätte ihm heimlich Viagra verpasst?

O ja, im Grunde war sie auf Trevor genauso wütend wie auf Ali. Doch während sie Ali gegenüber ihrem Zorn Luft gemacht hatte, brachte sie das bei Trevor nicht fertig. Ihr eigenes schamloses, unverantwortliches Verhalten hinderte sie daran, auch nur einen Hauch ihrer wahren Gefühle zu zeigen.

Auf ihren Wunsch hin hatten sie letzte Nacht getrennt geschlafen.

»Das ist ganz verständlich«, hatte er rücksichtsvoll erklärt, als sie ihre Sachen ins Gästezimmer gebracht hatte. »Wir brauchen beide eine Zeit der inneren Reinigung.«

Sie hatte stundenlang wach gelegen und über die vielen Dinge nachgedacht, die sie und Grace während dieses anstrengenden, scheinbar endlosen Tages besprochen hatten. »Sarah«, hatte Grace gesagt, »bitte hören Sie sich das, was ich Ihnen jetzt sagen werde, genau an und weisen Sie es nicht gleich von sich. Ich denke, Sie haben sich nicht nur hinter Ihrem Glauben versteckt, sondern ihn auch als Knüppel benutzt, um sich selbst zu bestrafen. Liege ich da richtig?«

Zuerst hatte sie es geleugnet, doch Grace hatte erwidert: »Hätten Sie ihn nicht als Waffe gegen sich selbst benutzt, dann hätten Sie sich schon vor langer Zeit vergeben, und wer weiß, wohin das geführt hätte? Sehen Sie, es gibt viel zu viele Menschen auf dieser Welt, die sich selbst nicht gestatten, glücklich zu sein oder geliebt zu werden, und Sie sind einer von diesen Menschen, Sarah. Sie haben vorhin gesagt, Sie glauben, dass Sie es nicht verdient haben, Vergebung zu erlangen, was bedeutet, dass Sie als Buße für Ihren Betrug bei Trevor geblieben sind. Denn einen besseren Weg, sich zu bestrafen, gab es nicht, oder? Und damit haben wir den Knüppel.«

»Sie irren sich«, hatte sie widersprochen, da sie sich noch immer nicht traute, die Wahrheit zuzugeben, obwohl sie wusste, dass Grace sie durchschaute. »Ich bin bei Trevor geblieben, weil er Hannah ein guter Vater war.«

»Ja, ich glaube Ihnen, dass das immer wichtig für Sie war. Aber was ist jetzt? Hannah ist erwachsen, sie ist flügge geworden, sie wird Sie beide bald verlassen. Sie braucht ihre Eltern nicht mehr in der Weise, wie sie sie früher gebraucht hat. Wie lange, meinen Sie, müssen Sie noch bezahlen?«

»Trotz seiner Albernheiten ist Trevor ein guter Mann. Er hat es nicht verdient, dass ihm seine Ehe genommen wird.«

»Meinen Beifall für Ihre Selbstlosigkeit, aber ich frage mich, wohin sie Sie führen wird.«

Über diesem Gedanken war sie eingeschlafen, und zum ersten Mal an diesem Tag bekam ihre gebeutelte Seele ihre wohlverdiente Ruhe.

Nun, als sie mit wesentlich klarerem Kopf im Garten saß, wusste Sarah, was sie zu tun hatte. Trotz allem, was Grace gesagt hatte, verdankte sie Trevor so viel, dass ihr gar nichts anderes übrig blieb, als ihm seinen Anteil an Alis Wahnsinnstat zu verzeihen und weiterzumachen wie immer. Die Ironie des Ganzen war, dass Ali die Tür, die sie öffnen wollte, nun erst recht verrammelt und verriegelt hatte: Sie hatte Sarah noch eine zusätzliche Tonne Schuld auf den ohnehin schon gebeugten Rücken geladen.

Und was war mit Trevors Schuld?

Mit einem Anflug von Zynismus nahm sie an, dass es ihm nicht allzu schwer fallen würde, sie loszuwerden – wenn er es nicht sogar schon geschafft hatte, indem er Ali die Verantwortung für die ganze widerliche Angelegenheit zuschob. Vermutlich ging er wie selbstverständlich davon aus, dass bald alles wieder seinen alten Gang lief. Vielleicht dachte er sogar, dass ihre Beziehung durch diese Krise gestärkt würde.

Doch eine Beziehung würde sich nicht so leicht wieder erholen: ihre Freundschaft mit Ali.

Alis Satz: »Ich hab's für dich getan« war Sarah wie ein

geradezu monströser Übergriff auf ihren freien Willen vorgekommen. Wenn sie mit Trevor verheiratet sein wollte, war das ihre Sache. Wie kam Ali dazu zu glauben, sie hätte das Recht, in der Ehe eines anderen Menschen herumzupfuschen?

In ihrem Zorn hatte sie Ali vorgeworfen, sie bemitleide sie und versuche sie zu bevormunden, doch was sie für sich behalten hatte, war die plötzliche Erkenntnis, dass sie neidisch auf Ali war. Sie war neidisch darauf, dass Ali alles tun konnte, was sie wollte. Keine Herausforderung war zu groß für sie. In ihrem zweiten Trimester in Oxford hatte sie geschworen, sie würde mit einem Einser-Examen abschließen, und genau das hatte sie getan. Dann war sie die Karrierefrau geworden, die Sarah gern gewesen wäre, und hatte als Krönung auch noch einen Mann geheiratet, der sie genauso leidenschaftlich liebte wie sie ihn.

Man brauchte nur an der Oberfläche ihrer Freundschaft zu kratzen, um zu erkennen, dass sie bei aller echter Liebe zu Ali immer auch ein wenig neidisch auf ihren Erfolg und ihr Glück gewesen war. Selbst als Isaac gestorben und ihre Ehe zerbrochen war, hatte Ali irgendwie die Kraft gefunden, weiterzukämpfen und sich ein eigenes Geschäft aufzubauen. Sie war eine beeindruckende, couragierte Frau, egal, was man sonst von ihr halten mochte.

Als Sarah Ali damals in der Schule zum ersten Mal begegnet war, hatte sie sie als ebenbürtig angesehen, und auf ihre unterschiedliche und gegensätzliche Weise hatten sie gut zusammengepasst – Ali hitzig und diskutierfreudig, Sarah nachdenklich und zurückhaltend. Obwohl Ali die Unterschiede in ihrer Herkunft nie gestört hatten, war Sarah sich immer bewusst gewesen, dass sie ein wenig die Rolle der armen Verwandten annahm, wenn sie sich in den herzlichen Schoß von Alis Familie begab. Zu der Zeit, als sie in Oxford gewesen waren, hatte es sie nicht mehr so gestört, doch dann hatte sie alles ruiniert, indem sie schwanger geworden war. Von da an hatte sie sich Ali gegenüber nie mehr ebenbürtig gefühlt. Aus ihrer unbefriedigenden Ehe heraus hatte sie zugesehen, wie Ali von einer Stärke zur nächsten gewandert war, und hatte sie im Stillen beneidet. Und die ganze Zeit über hatte Ali ihr immer wieder vorgehalten, was für ein Fehler es gewesen war, Trevor zu heiraten.

Als ob sie das nicht wüsste!

Jedes Mal, wenn Ali eine abfällige Bemerkung machte, verteidigte sie Trevor. Sie musste es tun. Sie musste sich, wenn schon nicht Ali, davon überzeugen, dass sie das Richtige getan hatte, dass ihr Leben genauso erfüllt war wie das ihrer Freundin.

Und als Ali gestern verkündet hatte, sie habe Sarah gerettet, war das im Grunde dasselbe, als wenn sie gesagt hätte, Sarah sei ein Trottel und zu blöd, um die richtigen Entscheidungen für sich zu treffen. Diese versteckte Andeutung hatte Sarah zur Weißglut gebracht und sie zu dem schrecklichen Ausbruch geführt, bei dem sie verraten hatte, dass Trevor nicht Hannahs leiblicher Vater war. Sie fragte sich jetzt, ob sie Ali dieses Geständnis nicht vielleicht ins Gesicht geschleudert hatte, um zu beweisen, dass mehr an ihr dran war, als man auf Anhieb dachte – »Hey«, hatte sie unbewusst geprahlt, »ich bin nicht die Heilige, für die du mich immer gehalten hast!«

Über achtzehn Jahre lang hatte sie dieses Geheimnis tief in sich verborgen gehalten. In den ersten Wochen der Schwangerschaft hätte sie sich Ali beinahe anvertraut, doch da sie wusste, dass ihre Freundin überreagieren würde, hatte sie dann doch den Mund gehalten. Später, als die Monate und Jahre vergingen, war es einfacher geworden, das Geheimnis zu bewahren. Und Trevor war so liebevoll und zärtlich zu Hannah, dass er letzten Endes wirklich ihr Vater *war*.

Sarah legte ihr Nähzeug weg und rieb sich die Finger, die steif und wund waren. Als sie sich im Stuhl zurücklehnte, sah sie, dass ihr kleiner rotbrüstiger Freund Gomez vom Gartenzaun zu ihr herübersah. Sie betrachtete sein geneigtes Köpfchen und dachte, wie schön es wäre, mit ihm zu tauschen. Hungrigen Katzen zu entfliehen und die kalten

Wintermonate zu überleben, war bestimmt einfacher, als mit dem Chaos fertig zu werden, das sie umgab.

Die Sonne war inzwischen herumgekommen, und da sie ihre brennenden Strahlen auf dem Nacken spürte, holte sie ihren breitkrempigen Strohhut unter dem Stuhl hervor und setzte ihn auf den Kopf. Sie griff wieder nach ihrer Näharbeit, voller Drang, sie fertig zu stellen: Hannah würde morgen nach Hause kommen, und bis dahin gab es noch eine Menge zu erledigen. Der erste Punkt auf ihrer Liste war ein Gespräch mit Trevor.

Sie arbeitete noch eine Stunde, und als sie die letzte Quaste an die selbst entworfenen Kissenbezüge im Cluny-Stil genäht hatte, trug sie alles nach oben ins Gästezimmer. Dann machte sie sich auf die Suche nach Trevor, um ihm zu sagen, dass das, was er und Ali getan hatten, soweit es sie betraf, Vergangenheit war, ein abgeschlossenes Kapitel. Außerdem wollte sie ihm sagen, dass sie um ihrer Ehe willen beschlossen hatte, sich nicht mehr mit Ali zu treffen.

Indem sie sich von diesem so gefährlich trennenden Element befreite, würde ihre Ehe, hoffte Sarah, eine größere Überlebenschance haben.

47

Es war Ende Oktober, und das Wetter war feucht und kalt. Unter dem trüben bleigrauen Himmel sah das Dorf Astley Hope noch trister aus als sonst. Ein feiner, nebelartiger Sprühregen hing in der windstillen Luft, und die Bäume entlang der Straßen sahen nun, da sie fast alle Blätter verloren hatten, schwarz aus. Es war eine ungemütliche, düstere Szenerie.

Oben im Gästezimmer von Smithy Cottage saß Sarah frierend und müde über ihre Nähmaschine gebeugt. Sie war seit sechs Uhr auf, um an diesen Vorhängen zu arbeiten – sie waren aus einem üppigen Chenille-Stoff, der höllisch schwer zu verarbeiten war, aber mit ein wenig Glück würde sie bis zur Teezeit damit fertig sein und könnte dann mit dem nächsten Auftrag beginnen. Sie hatte mehr zu tun als je zuvor, doch das war ihre eigene Entscheidung: Wie so viele andere Mütter in ihrer Situation hatte sie, nachdem Hannah aufs College gegangen war, beschlossen, sich so viel wie möglich zu beschäftigen. Das zusätzliche Geld konnte sie gut gebrauchen, und sie zahlte regelmäßig einen Teil davon in einen Bausparvertrag für Hannah ein – das Studentendasein war teuer, und Sarah wollte nicht, dass ihre Tochter auf alles verzichten musste.

Während Sarahs »kleines Unternehmen«, wie Trevor es nannte, florierte, stagnierte seines. Er verbrachte jetzt weniger Zeit in seiner Werkstatt und mehr am Küchentisch, wo er sich in die Bibel versenkte. Er hatte einen Fernstudiumskurs belegt, mit dem er den größten Teil seiner Vormittage zubrachte, indem er die Feinheiten des apokalyptischen Zeitalters büffelte.

Seit dem Sommer war das Leben in Smithy Cottage mehr oder weniger zu seinem gewohnten Rhythmus zurückgekehrt, und Trevor hatte, genau wie Sarah vermutet hatte, aus seiner persönlichen Schande einen Segen gemacht. Womit sie allerdings nicht gerechnet hatte, war eine allumfassende Aufmerksamkeit ihr gegenüber, die sie seit Jahren nicht mehr an ihm bemerkt hatte. Es erinnerte sie an die kurze Zeit in Oxford, als er ihr offen gezeigt hatte, wie sehr er sie schätzte. Doch anstatt sie zu beruhigen, machte es sie nervös, erstickte sie und weckte in ihr den Wunsch, sich noch mehr von ihm zurückzuziehen.

In der ersten Zeit, nachdem er in Ungnade gefallen war – sein Euphemismus für das, was er getan hatte –, war seine größte Sorge gewesen, das Ganze vor Hannah und der Gruppe geheim zu halten. Ihm war nicht wohl bei dem Gedanken, dass Sarah sich Grace anvertraut hatte, und trotz all ihrer Versicherungen, dass ihre ältere Freundin niemals eine vertrauliche Information weitergeben würde, betrachtete er sie als schwaches Glied in seiner Kette der Verheimlichung. »Aber was ist, wenn sie es Callum gegenüber erwähnt und er es Jamie weitererzählt?«, sagte er eines Abends im Bett. »Jamie würde es Hannah bestimmt sagen.«

»Das würde Grace nicht tun.«

»Wie kannst du da so sicher sein?«

»Ich bin es eben.«

Sein Drang, das, was er getan hatte, fest verschlossen zu halten, war das einzige wahrnehmbare Anzeichen dafür, dass die Episode für ihn irgendwelche Nachwirkungen hatte. Im Übrigen verhielt er sich, als sei er um Haaresbreite einem Unglück entgangen. Was er auch war. Wie er die Angelegenheit so locker mit seinem Gewissen vereinbart hatte, ganz zu schweigen von Gott, war Sarah ein Rätsel, vor allem wenn sie daran dachte, wie viele Jahre sie an dem Fleck ihrer eigenen Schuld herumgeschrubbt hatte. »Reue ist das Zauberwort«, hatte er zu ihr gesagt, als er ihr beim Abwasch geholfen hatte. Auf eine verrückte Art bewunderte sie ihn beinahe dafür, dass er einen so starken Glauben hatte, der es ihm gestattete, sich so ohne weiteres zu vergeben.

Andererseits hatte Grace gesagt: »Ich glaube kein Wort davon. Ein klassischer Fall von Selbstbetrug. Er hat Ali die Schuld zugeschoben und seine Hände in Unschuld gewaschen. Wenn er es am wenigsten erwartet, wird die Realität ihn einholen.«

Es schien eine wahrscheinliche und glaubwürdige Erklärung für sein Verhalten zu sein, doch Sarah hatte nicht die Absicht, sie Trevor gegenüber zu erwähnen und ihn vor der möglichen Gefahr zu warnen, die ihm drohte. Nicht, solange er nur von den Wundern des Herrn schwafelte und davon, wie ihr Glaube sie in dieser Krise zusammengehalten hatte.

»Stell dir mal vor, wie Ali sich fühlen muss«, hatte er gesagt. »Sie hat niemanden, an den sie sich wenden kann, wenn es wirklich ernst wird.« Seine Selbstgefälligkeit hatte Sarah wahnsinnig gemacht.

Obwohl sie sich fest an ihren Entschluss gehalten hatte, Ali nie mehr wieder zu sehen oder mit ihr zu reden, hatte Ali einen Versuch gemacht, mit ihr in Kontakt zu treten. Sie hatte Sarah einen Brief geschrieben. Er war kurz und deutlich.

Was ich getan habe, tut mir unendlich Leid. Falls es dir hilft: Ich habe alles verloren, was mir kostbar war. Ich habe deine Freundschaft verloren – was schon schlimm genug ist – und obendrein noch Elliot. Wie gedankenlos kann ein Mensch nur sein?

Alles Liebe, Ali.

PS: Ich werde deinen Wunsch respektieren und dich in Ruhe lassen … aber falls du deine Meinung änderst, weißt du, wo du mich findest.

PPS: Grüß Hannah von mir – bitte sag ihr nie, was ich getan habe, ich könnte die Scham nicht ertragen.

Sie hatte ihn Trevor nicht gezeigt. Sie wusste, dass er Ali von Herzen kam und wollte nicht, dass er ihn mit einer seiner abfälligen Bemerkungen beschmutzte. Sie hatte ihn immer noch, verborgen in einer Schublade in ihrem Arbeitszimmer, in der sie ihre Stoffreste aufbewahrte. Dort verwahrte sie auch die Goldkette, die Ali ihr geschenkt hatte.

Sarahs Zorn war inzwischen so weit verebbt, dass sie spürte, wie sehr sie ihre Freundin vermisste. Es stimmte sie unendlich traurig, dass Ali ihre zweite Chance für ein Glück mit Elliot verloren hatte. Außerdem hatte sie Schuldgefühle deswegen, denn sie war überzeugt, dass die Ursache für die Trennung ihre Drohung gewesen war, Elliot zu sagen, was Ali getan hatte. Und auch das war wieder ein klassisches Beispiel für Alis starke, mutige Persönlichkeit: es offen einzugestehen. Jeder andere hätte den Mund gehalten, aber nicht Ali. Mittlerweile wünschte Sarah, sie hätte diese rachsüchtige Drohung nie ausgesprochen, vor allem, da ihr schon nach ein paar Stunden, als sie sich etwas beruhigt hatte, klar gewesen war, dass sie gar nicht die Absicht hatte, sie in die Tat umzusetzen. Doch das hatte Ali nicht gewusst, und so hatte sie sich offenbar dazu gezwungen, es Elliot zu sagen, bevor Sarah es tun konnte.

Manchmal, mitten in der Nacht, wenn Trevor schlafend neben ihr lag, sehnte Sarah sich danach, Ali anzurufen. Doch sie brachte es nicht über sich. Ali wieder zu sehen würde sie alle wieder an den Ausgangspunkt zurückbringen, und dazu war sie nicht bereit. Solange Ali nicht da war und ihre Ehe verurteilte, würde sie genauso weiterlaufen wie jede andere halbherzige Beziehung. Das hatte sie auch Grace zu erklären versucht, aber Grace hatte gesagt: »Es wird nicht funktionieren, Sarah. Das ist so, als wenn ein Chirurg auf einen geplatzten Blinddarm ein Pflaster klebt.«

Nutzlos oder nicht, es war die Entscheidung, die sie getroffen hatte, und zu der würde sie stehen.

Alis Abwesenheit in ihrem Leben war für Trevor eine Erleichterung gewesen, doch nicht so für Hannah. »Ich verstehe das nicht«, hatte sie gesagt, ein paar Wochen nachdem sie aus Frankreich zurückgekommen war, mit Ohrlöchern, Bürstenhaarschnitt und einer wesentlich weltgewandteren Ausstrahlung als bei ihrer Abreise – und völlig aus dem Häuschen über die Nachricht, dass ihre Reihe von glatten Einsern ihr die Tür nach Oxford geöffnet hatte. »Wenn du dich mit Ali gefetzt hast, dann entschuldigt euch eben, und alles ist wieder ganz easy.«

»So einfach ist das nicht«, hatte Sarah erwidert, in der Hoffnung, dass Hannah damit das Thema fallen lassen würde. Doch das hatte sie nicht.

»Nun, egal, was zwischen euch beiden gelaufen ist«, hatte sie insistiert, »sie ist immer noch meine Patentante. Willst du mir vielleicht verbieten, mit ihr zu reden?«

»Wann habe ich dir je etwas verboten?«, hatte Sarah entgegnet.

Ob Hannah tatsächlich mit Ali gesprochen hatte, wusste Sarah nicht, aber an dem Tag, als sie und Trevor Hannah zum Beginn des Herbsttrimesters nach Oxford bringen sollten, kam – ob nun aus Zufall oder nicht – eine Viel-Glück-Karte für sie an. Sie war von Ali und es lag ein Scheck dabei. Hannah verriet nicht, wie hoch die Summe war, aber das Strahlen auf ihrem Gesicht ließ erkennen, dass es ein handfester und willkommener Betrag war.

Mit Trevor hinter dem Steuer ihres vor kurzem überholten Wagens dauerte die Fahrt nach Oxford erheblich länger als im Sommer, als Ali mit Sarah die Strecke gefahren war. Es war eine Reise mit gemischten Gefühlen. Einerseits war Sarah begeistert, dass Hannahs gute Noten ihr einen Platz in Brasenose gesichert hatten, andererseits überwältigte sie die Trauer darüber, dass sie sie loslassen musste, und ab und zu vergrub sie das Gesicht in ihrem Taschentuch. Es wurde noch schlimmer, als sie im College angekommen waren, Hannahs gesamten weltlichen Besitz die gewundene Holztreppe zu ihrem Zimmer hinaufgeschleppt hatten und sich nun anschickten, sie zu verlassen, damit sie sich einrichten konnte.

»O Mum«, hatte Hannah gesagt, als das Taschentuch wieder zum Vorschein kam, »mir wird's prima gehen, keine Sorge. Ich rufe dich jede Woche an.«

»Ich weine nicht deinetwegen«, hatte Sarah gemurmelt, »sondern meinetwegen.«

Das hatte Hannah zum Lachen gebracht, woraufhin Sarah noch mehr geweint hatte, da sie wusste, wie sehr sie das fröhliche, natürliche Lachen ihrer Tochter vermissen würde.

Doch Hannah war ihrem Wort treu geblieben und hatte allwöchentlich angerufen. Sie hatte viel von all den Dingen erzählt, in die sie sich gestürzt hatte. Sie war bei der Rudermannschaft des Colleges eingestiegen, war sich allerdings nicht sicher, ob sie durchhalten würde, da sie nicht so fit war wie einige andere; sie war bei der Oxford Union gewesen und hatte sich an einer Diskussion über Euthanasie beteiligt; sie war bei einem Picknick auf der Christ Church Meadow gewesen; Jamie hatte sie besucht; und sie hatte sich mit einer weiteren Flötenspielerin, die auf demselben Flur wohnte wie sie, an der Cornmarket Street aufgestellt und musiziert. »Es war fantastisch, Mum«, hatte sie geschwärmt. »Wir haben in zwei Stunden über zwanzig Pfund eingenommen. Die Touristen sind solche Trottel.« Sie erwähnte sogar die eine oder andere Übung und Vorlesung.

Trevors einziger Kommentar zu diesem Aktivitätenbericht hatte gelautet: »Was ist mit der Christlichen Union? Bist du da eingetreten?«

Die Antwort hatte ihm nicht gefallen. »Nein, aber ich war bei einem Buddhisten-Treffen.«

Nun, da seine schlimmsten Befürchtungen bestätigt worden waren, hatte er am gleichen Abend die Schlappen-Gang aufgefordert, für Hannah zu beten. »Betet, dass sie nicht auf den Pfad der Versuchung geführt wird«, hatte er zu ihnen gesagt.

Sarahs Gebete waren wesentlich bodenständiger: »Lass

nicht zu, dass sie ihre Chance wegwirft, wie ich es getan habe.«

Wieder in Brasenose zu sein, für die paar Stunden, während sie Hannah beim Auspacken geholfen hatten, war nicht so schlimm gewesen, wie Sarah gefürchtet hatte. Bei ihrem Besuch im Sommer mit Ali hatte sie davor zurückgescheut, das College zu betreten, weil es so viele intensive Erinnerungen für sie barg, die meisten davon voll bitterer Reue. Mit Hannah dort zu sein, war anders gewesen: Sie hatte gar keine Zeit gehabt, über die makellosen Rasenflächen zu schlendern und ihren Selbstvorwürfen nachzuhängen, sich längst vergangene Tage ins Gedächtnis zu rufen und sich an verpasste Chancen zu erinnern. Nein, für solch einen gefühlsduseligen Rückblick war keine Zeit gewesen; sie hatte zu viel damit zu tun gehabt, ihre Tochter loszulassen.

Es war ihr wie das Mutigste und Schwierigste erschienen, das sie je getan hatte.

Loslassen war etwas, das Elliot nur allzu gern getan hätte. Gervase sollte in zehn Minuten in seinem Büro erscheinen, und so, wie Elliot sich fühlte, hätte er alles darum gegeben, seine Frustration an dem Kerl auslassen zu können. Er schloss die Augen und stellte sich ein paar unprofessionelle Sekunden lang vor, wie er dem überprivilegierten Bastard die Tracht Prügel seines Lebens verpasste. Er schleuderte ihn gegen die Wand und schlug ihm seine überhebliche Miene aus dem Gesicht. Dann stieß er ihn mit dem Fuß zu Boden und –

Seine Augen sprangen auf, er lehnte sich in seinem Stuhl zurück, atmete tief aus und löste die zu Fäusten geballten Hände. Nein. Das ging zu weit. Es war ja noch vertretbar, dass er Gervase als geistigen Punchingball benutzte, um die Wogen seiner Wut und Frustration zu verjagen, doch die Bilder von Blut und zersplitterten Knochen waren ein Zeichen, dass die Dinge aus dem Ruder liefen. Vielleicht war es Zeit, diese angeblich therapeutischen Vorstellungen zu beenden.

Er senkte den Blick auf den Ordner, der auf seinem ansonsten leeren Schreibtisch lag, und ging die Punkte noch einmal durch, die er gestern Abend zu Hause notiert hatte. Als er fertig war, sah er auf seine Uhr und stellte fest, dass es fünf nach sechs war. Gervase war, wie immer, zu spät. Er trommelte ungeduldig mit den Fingern, drehte sich rastlos mit seinem Stuhl hin und her und stand schließlich auf. Er ging zu dem Panoramafenster, von dem man über die Stadt blicken konnte, und betrachtete die Bürofenster, die in dem schwächer werdenden Licht überall in Manchester aufleuchteten. Regenrinnsale liefen an der Scheibe herunter, und der trübe Himmel über ihm breitete sich buchstäblich wie eine nasse Decke über die Reste des Tages. Neun Etagen tiefer eilten Mitarbeiter aus benachbarten Büros über die Straße – manche mit Regenschirm, die meisten jedoch ohne –, um dem Guss zu entkommen. Es war ein mörderisch deprimierender Ausblick. Ganz und gar nicht das, was er brauchte. Er drehte sich um und kehrte zu seinem Schreibtisch zurück.

Nachdem er wochenlang nichts von Rachel Vincent gehört hatte, hatte er schließlich einen misstrauischen Anruf von ihr bekommen. Sie hatten sich für den vergangenen Montagabend im Cresta Court Hotel verabredet, und nach einigen sanften Überredungsversuchen hatte sie ihm die wahren Gründe genannt, weshalb sie so plötzlich gegangen war. Nichts von dem, was sie sagte, überraschte Elliot, doch er musste aus ihrem Mund hören, was er bereits vermutet hatte. Er versuchte, sie dazu zu bringen, das Ganze niederzuschreiben, doch sie weigerte sich zunächst, da sie fürchtete, dass ihre Karriere rasant den Bach hinuntergehen würde, wenn es sich herumsprach. Sie arbeitete inzwischen für eine konkurrierende Buchhaltungsfirma, in der die gleiche prähistorische Sorte Männer das Zepter schwang. »Seien wir ehrlich, Elliot«, sagte sie, »wir wissen doch alle, dass die Gervases dieser Welt immer wieder davonkommen, weil sie meinen, sexuelle Belästigung sei ein harmloser kleiner Spaß.«

Schließlich hatte er sie davon überzeugt, dass diese Einstellung nur dann ausgelöscht werden konnte, wenn Frauen wie sie den Mund aufmachten. »Ich mache Ihnen ein Angebot«, hatte er gesagt. »Wenn Sie mir helfen, Gervase loszuwerden, biete ich Ihnen einen Job an.«

»Meinen alten?«, hatte sie skeptisch gefragt.

»Nein, wenn Gervase weg ist, muss einiges umgestellt werden. Ich finde, es ist an der Zeit, dass wir einen weiblichen Partner bekommen, oder nicht?«

Elliot wandte seine Aufmerksamkeit wieder der Akte auf seinem Tisch zu und betrachtete den Brief, den Rachel für ihn geschrieben hatte und von dem inzwischen eine Kopie bei seinem Personalchef in London vorlag. Es waren zwei Seiten sorgfältig formulierter, eindeutiger Beweise für Gervases wiederholte Belästigung mehrerer jüngerer Frauen in der Firma. Laut Rachels Zeugenaussage suchte Gervase sich seine Opfer sorgfältig aus: grundsätzlich unverheiratete Frauen und vorzugsweise solche, denen ihre Karriere so sehr am Herzen lag, dass sie ihn aus Angst vor Repressalien nicht anzeigen würden. Er hatte sich auch mehrfach an Rachel herangemacht und war einmal sogar spätabends mit einer Flasche Wein bei ihr zu Hause aufgetaucht, um, wie er sagte, ihre berufliche Beziehung auf altehrwürdige Weise zu besiegeln. Als sie sich geweigert und ihn weggeschickt hatte, hatte er begonnen, ihr in der Firma Steine in den Weg zu legen, was schließlich in dem Fiasko mit Hayes and Clarke und der falschen Rechnung gegipfelt hatte. Offenbar hatte Gervase mit dem Kunden am Telefon absichtlich eine viel zu niedrige Gebühr abgesprochen und Rachel dann beauftragt, die korrekte Summe in Rechnung zu stellen, die locker hunderttausend Pfund über dem zuvor besprochenen Betrag lag. Dann hatte er ihr gesagt, was er getan hatte, und ihr gedroht, dass er, wenn sie nicht von sich aus kündigte, behaupten würde, sie habe die falsche Gebühr berechnet. Und darüber hinaus würde er erklären, es sei ein absichtlicher Sabotageakt von ihr gewesen, nachdem sie ihm unsittliche Avancen gemacht hatte – die er selbstverständlich zurückgewiesen hatte –, und schließlich gab es ja bekanntlich nichts Unberechenbareres als eine verschmähte Frau. Dieser widerliche Racheakt, weil sie ihn abgewiesen hatte, stank zum Himmel, und in Anbetracht der klaren Darstellung der Ereignisse, die Rachel ihm gegeben hatte, war Elliot überzeugt, dass Gervase nun endlich für seine abscheulichen Machenschaften zur Rechenschaft gezogen werden würde.

Nur dass ein schleimiger Mistkerl wie Gervase womöglich im Stande war, sich auch noch aus dem tiefsten Dreck geschickt herauszuwinden.

Falls alles andere versagte, hatte Elliot noch ein weiteres Ass im Ärmel, um Gervase vor die Tür zu setzen. Es widerstrebte ihm, auf solche Taktiken zurückgreifen, aber wenn es sein musste, würde er es tun. Als geschäftsführender Partner war es seine Aufgabe, diejenigen zu schützen, die für die Firma arbeiteten, und solange jemand wie Gervase in dem Gebäude umherstrich, war anscheinend keine Frau sicher.

Mit fünfzehn Minuten Verspätung kam Gervase endlich hereingesegelt. Er entschuldigte sich nicht einmal, dass er Elliot hatte warten lassen.

»Na, was kann ich für Sie tun?«, fragte er, als er es sich in dem Stuhl gegenüber von Elliot bequem gemacht und dabei automatisch versucht hatte, einen verstohlenen Blick auf die Unterlagen zu werfen, die eine Armeslänge von ihm entfernt lagen. »Gibt's ein Problem, bei dem Sie meine Hilfe brauchen?«

Elliot ließ sich Zeit und betrachtete ihn ein paar Sekunden lang. »Problem ist das richtige Wort«, sagte er mit undurchschaubarer Miene, »und es sieht so aus, als wären Sie es.«

»Kann Ihnen nicht folgen, alter Knabe. Ist heute nationaler Rätseltag, oder was?«

»Schon mal was von sexueller Belästigung gehört?«

Gervase lachte und kreuzte seine fetten Oberschenkel. »Sexuelle Belästigung?«, sagte er von oben herab. »Erkläre ich Ihnen gern. Das ist ein Haufen frigider Frauen, die Theater machen wegen etwas, das für uns Männer ganz natürlich ist.«

»In welcher Weise?«

»Tut mir Leid, ich verstehe Sie nicht.«

»Vielleicht können Sie mir erklären, was für Sie so natürlich ist.« Elliots Tonfall war neutral und täuschend sanft, ohne auch nur das Geringste von der Falle ahnen zu lassen, die er für Gervase ausgelegt hatte.

Gervase betrachtete misstrauisch sein Gesicht. »Würde es Ihnen was ausmachen, mal endlich auf den Punkt zu kommen?«

»Gern. Der Punkt ist, ich habe eine sehr ernste Beschwerde über Ihr Verhalten gegenüber einigen Mitarbeiterinnen unserer Firma bekommen. Haben Sie etwas dazu zu sagen?«

»Klingt wie ein Haufen Bockmist.«

»Ich möchte Sie darauf hinweisen, dass eine Kopie des Beschwerdebriefs der Personalabteilung in London vorliegt, und sie werden nächste Woche jemanden raufschicken, um die Vorwürfe zu untersuchen. Möchten Sie jetzt etwas dazu sagen?«

Gervase stellte die Beine wieder nebeneinander und warf herausfordernd den Kopf in den Nacken. »Sie sind wirklich 'ne üble Marke, Anderson. Das geht Ihnen bestimmt runter wie Honig, was? Die Sache hat nichts mit sexueller Belästigung zu tun, hier geht's um *uns*. Hier geht's nur um Klassenunterschiede.«

»Ich glaube kaum, dass Rachel Vincent es so nennen würde.« Elliot wandte den Blick von Gervases Gesicht zu der Akte unter seinen Fingerspitzen.

Gervases Augen verengten sich boshaft, und nun blickte auch er auf die Unterlagen. »Und was hat die Zicke erzählt?«

»Zicke«, wiederholte Elliot trocken. »Was für ein emotionsgeladenes Wort.«

»Mir fällt noch ein anderes ein. Bastard. Denn genau das sind Sie.«

»Danke, ich weiß Ihre Direktheit zu schätzen.« Elliots Stimme war so eisig wie sein Blick.

»Das lasse ich mir nicht bieten«, zischte Gervase; seine herablassende Arroganz verwandelte sich in kalte Drohung. »So leicht werden Sie mich nicht los. Es steht Aussage gegen Aussage. Am Ende werden Sie mit dem schwarzen Peter und einer Abfindung dastehen.«

»Das bezweifle ich sehr. Scheidungen sind, wie Sie ja wissen, ein teures Hobby.«

Gervase erstarrte. »Scheidung? Worauf zum Teufel wollen Sie hinaus?«

»Ich frage mich, wie Fiona wohl reagieren wird, wenn sie erfährt, dass Ihnen eine Klage wegen sexueller Belästigung droht. Das wird sich wohl kaum mit dem Image vertragen, das sie im *Club* zur Schau trägt.« Er betonte das Wort »Club« verächtlich.

Doch Gervase lachte gehässig. »Ich schätze, da sind Sie auf dem falschen Dampfer. Fiona wird vollkommen hinter mir stehen, wenn sie weiß, was gut für sie ist.«

»Aber vermutlich nicht, wenn sie von Ihrer Affäre mit Dawn erfährt. Ich nehme mal an, eine zweite Scheidung dürfte selbst Ihr altes Erbe überfordern.«

Rasend vor Wut sprang Gervase auf. Er stützte sich mit den Händen auf dem Schreibtisch ab und beugte sich zu Elliot vor; sein Atem verriet das ausgiebige Mittagessen, das er sich vorhin gegönnt hatte, abgerundet von mehreren Brandys und einer Zigarre. »Sie sind nichts weiter als ein schleimiger Bastard«, brüllte er drohend, »ein schleimiger Bastard, der jeden fertig machen will, der nicht aus derselben beschissenen Arbeiterklasse kommt, aus der Sie hervorgekrochen sind.«

Elliot verzog keine Miene. Er betrachtete gleichmütig Gervases abstoßendes Gesicht und sagte: »Immerhin bin ich ein ehrlicher schleimiger Bastard.«

Gervase wich zurück. Er trat ans Fenster. »Was ist eigentlich los mit Ihnen? Sind Sie neidisch, weil jemand mehr Spaß hat als Sie? Ist es das? Sind Sie, seit Ali Sie abserviert und die Scheidung eingereicht hat, sexuell so frustriert, dass Sie es nicht ertragen, wenn jemand anders Glück hat?«

Bei dieser Bemerkung über sein Privatleben konnte Elliot an nichts anderes denken, als dass dies der Kerl war, der ihn in der Nacht, als Isaac gestorben war, endlos am Telefon festgehalten hatte. Wenn Gervase nicht angerufen hätte, wäre Isaac vielleicht noch am Leben. Der Wunsch, dem Anderen seine Faust in das schlaffe Kinn zu rammen, war so übermächtig, dass Elliot ihm um ein Haar nachgegeben hätte. Vor seinem inneren Auge sah er, wie er Gervase so hart schlug, dass dessen schwabbeliger Körper rücklings gegen das Fenster prallte und durch die Scheibe hinunter in die nasskalte, tödliche Tiefe stürzte.

Diese innere Raserei dauerte nicht länger als eine Sekunde, doch das genügte Elliot, um sich zusammenzureißen und Gervases Ausfall mit ruhiger Autorität zu begegnen. »Sie können die Vorwürfe bestreiten und die Angelegenheit für alle Beteiligten – und ich meine *alle* – äußerst unerfreulich machen, oder Sie können für das, was Sie getan haben, einstehen und aus der Firma ausscheiden.«

»Das ist ein Haufen Scheiße, und das wissen Sie auch. Ich verliere in jedem Fall.«

»Ja, da haben Sie wohl Recht. So, und nun entschuldigen Sie mich bitte, ich habe zu tun.«

»Fahren Sie zum Teufel, Anderson.« Gervase streckte Elliot den Mittelfinger entgegen und stürmte aus dem Büro.

Es war dunkel, und der Regen hatte noch zugenommen, als Elliot erschöpft und niedergeschlagen in Timbersbrook ankam. Er parkte seinen Wagen und rannte zur Haustür. Sam war in der Küche und kämpfte mit einem Stück Schweinefilet, das er mit einem Nudelholz windelweich schlug. »Dem werd ich schon zeigen, wer hier der Boss ist«, sagte er grinsend und holte zu einem weiteren wohl gezielten Schlag aus.

Ohne seinen Regenmantel auszuziehen, griff Elliot nach der Flasche Rotwein, die Sam geöffnet hatte. Er schenkte sich ein Glas ein und sagte: »So was Ähnliches habe ich heute Nachmittag auch getan.«

»Ah ja? Hast du ’n bisschen deine gewaltigen, Furcht einflößenden Muskeln spielen lassen?«

»So was in der Art.«

»Möchtest du darüber reden?«

»Eigentlich nicht.«

»Wie du willst. Das Abendessen ist frühestens in einer Stunde fertig, wenn du also deine Ruhe haben willst, ist noch reichlich Zeit für eine Runde im Schwimmbad.«

»Ist das eine subtile Form von ›Verschon mich mit deiner Leichenbittermiene‹?«

»Hey, immer mit der Ruhe, Freundchen, ich wollte damit bloß sagen, dass dir ein bisschen Entspannung nichts schaden könnte.«

Sie starrten sich ein paar Sekunden lang wütend an, bis Elliot sagte: »Tut mir Leid, Dad. Du hast Recht, ein paar Schwimmzüge würden mir sicher gut tun.«

Sam sah seinem Sohn nach, als er die Küche verließ, und verfluchte wieder einmal die Entwicklung, die die Dinge genommen hatten. Elliot und Ali waren so kurz davor gewesen, wieder zusammenzukommen, und dann hatte sie diese unglaubliche Dummheit begangen. Als Elliot an dem Tag seiner Rückkehr aus den Staaten nach Hause gekommen war und ihm von Alis Geständnis berichtet hatte, hatte er nicht gewusst, was er von ihr halten sollte. In den ersten Tagen danach hatte er sie für das, was sie Elliot antat, gehasst, doch nach und nach hatte er sich beruhigt und Elliot gegenüber angedeutet, dass er vielleicht ein wenig übereilt reagiert habe.

»Vergiss es«, hatte Elliot gesagt. »Ich will sie nie wieder sehen. Und bitte spiel nicht den Zwischenhändler für mich. Versprich mir das.«

Bisher hatte Sam sich an sein Versprechen gehalten, doch nun fragte er sich, ob er sich nicht doch mal mit Ali treffen sollte, und sei es nur, um ihr zu zeigen, dass nicht alle Andersons sie im Stich gelassen hatten. Er wusste zwar, dass sein Sohn litt, aber er wollte auch nicht, dass es Ali schlecht ging.

Später, beim Abendessen in der Küche, startete er einen Versuchsballon.

Resigniert sagte Elliot: »Tu, was du für richtig hältst.«

»Du hast also nicht die Absicht, selbst mit ihr zu reden?«

»Überspann den Bogen nicht, Dad.«

»Schön, Sohnemann, sie hat einen gewaltigen Fehler gemacht –«

»So nennst du das?«

»Hey, komm mir nicht auf die Tour. Hast du schon mal versucht, das Ganze aus einem anderen Blickwinkel zu sehen?«

»Zum Beispiel?«

»Nun, wie wär's damit? Sie hat dich zwar körperlich betrogen, aber nicht seelisch … nicht mit dem Herzen.«

»Tut mir Leid, aber das macht es eher noch schlimmer. Was sie getan hat, war so berechnend, so vorausgeplant.«

»Wir wissen beide, dass es falsch war«, sagte Sam traurig, »und mittlerweile weiß sie das auch selbst, also was kann ein kleiner Akt der Vergebung schon schaden?«

Elliot schob seinen noch halb vollen Teller von sich. »›Kleiner Akt der Vergebung‹ ist wohl kaum der richtige Ausdruck.«

»Aha, sie hat also einen Fehler gemacht, und du bist jetzt zu fein und edel, ihr zu verzeihen, ja?«

»Unsinn, bin ich nicht.«

»Sieht aber ganz so aus.«

»Bitte, wenn du meinst.«

Nachdem er zu Bett gegangen war, lag Elliot in der Dunkelheit und dachte über das nach, was sein Vater gesagt hatte. Er wusste, dass es vernünftig war, aber er brachte es einfach nicht fertig, Ali zu vergeben. Vielleicht war er stur, aber es ging ihm einfach nicht aus dem Kopf, dass sie, obwohl sie beteuerte, ihn zu lieben, mit Trevor ins Bett gegangen war. War ihr denn nicht bewusst gewesen, wie er sich fühlen würde? War sie nicht auf den Gedanken gekommen, dass er sie so verzehrend, so Besitz ergreifend liebte, dass er vor Eifersucht wahnsinnig werden und ihre Gefühle für ihn in Frage stellen würde?

Aber so wütend er auch war, wusste er doch, dass er Ali noch immer von ganzem Herzen liebte. Sie war ein Teil von ihm und würde es immer sein. Sie war all das, was er nicht war. Sie war seine Spontaneität, seine Lebensfreude. Kurz: Nur mit ihr war er ganz. Wie bei einem perfekt ausgewogenen Klavierkonzert war sie die heitere, triumphierende Kadenz zu seiner eher lyrischen, sehnsuchtsvollen Melodie.

Er fühlte sich wie zerrissen.

Seit dem schrecklichen Tag im August in der Mühle hatte er erneut um das getrauert, was hätte sein können. Die Albträume von Isaac waren zurückgekehrt, und jeder Augenblick während des Tages, an dem er sich nicht auf die Arbeit konzentrierte, war angefüllt mit dem quälenden Verlangen, seine üble Laune an dem Erstbesten auszulassen, der ihm in die Quere kam.

Er hatte sich immer als fairen Menschen betrachtet, doch nun fragte er sich, ob er nicht zugelassen hatte, dass sein Privatleben das berufliche beeinflusste. Gewiss tat Gervase der Firma keinen Gefallen, indem er die Frauen im Büro belästigte, aber war es richtig gewesen, sein Wissen über die Affäre mit Dawn ihm gegenüber als Druckmittel einzusetzen?

Und, was noch wichtiger war, hatte er sich von der Trauer um Isaac überrollen lassen? Hatte er zugelassen, dass sie sein Urteilsvermögen trübte?

Er drehte sich um, in dem vergeblichen Versuch einzuschlafen, und während er auf den Regen lauschte, der gegen das Fenster schlug, hallte Gervases letzter Satz in seinem Kopf wider: *Fahren Sie zur Hölle, Anderson.*

Oh, keine Sorge, Gervase, da bin ich schon.

»Ich hasse Flughäfen«, grummelte Ali, schlug ein Bein über das andere und wippte ungeduldig mit dem Fuß. »Sie sind nichts anderes als klimatisierte Paläste der Verdammten.«

Daniel lächelte und hielt ihr ein Glasschälchen mit Cashew-Nüssen hin. »Es könnte schlimmer sein«, sagte er. »Wir könnten auch Economy-Class fliegen.«

Sie nahm eine Hand voll und bedachte die VIP-Lounge des Brüsseler Flughafens mit einem finsterem Blick. »Na, dann lobet und preiset unsere holden und großzügigen Kunden, dass sie uns mit Business-Class verwöhnen. Schade, dass sie uns keinen Privatjet zur Verfügung gestellt haben.« Sie nahm die Beine wieder auseinander und sah auf die Uhr. »Wie lange müssen wir denn noch hier herumsitzen?«

»Nicht mehr allzu lange. Möchtest du noch was trinken?«

Sie nickte und stand eilig auf. »Ich hole uns was. Dann habe ich wenigstens Beschäftigung.«

Daniel sah ihr nach, als sie zur Bar ging, und bemerkte wieder einmal, wie dünn sie war. Das strenge schwarze Kostüm machte es nicht besser: Es entzog ihr jegliche Farbe und lenkte die Aufmerksamkeit auf die unübersehbare Tatsache, dass sie restlos erschöpft war. Er war selbst hundemüde, und da er wusste, wie wenig Schlaf Ali sich gönnte, war ihm schleierhaft, wie sie es schaffte, aufrecht stehen zu bleiben, ganz zu schweigen von den endlosen Stunden, die sie zurzeit arbeitete. Wenn er fix und fertig war, benahm er sich, wie Richard es ausdrückte, wie jemand, dem alles egal war, doch Ali war genau das Gegenteil: Sie wurde nervös und angespannt und noch rastloser und ungeduldiger, als sie ohnehin schon war. Und er hatte sie noch nie so rastlos erlebt wie in den letzten Monaten. Sie war immer schon vor ihm im Büro und blieb länger als er – meistens sogar viel länger. An manchen Abenden rief er sogar um zehn im Büro an, um zu sehen, ob sie noch da war. Doch sie hatte seine Überwachungsmethode durchschaut und ging nicht mehr ans Telefon. Er hatte auch andere Taktiken versucht, um sie vom Schreibtisch wegzulocken, hatte sie eingeladen, mit ihm und Richard ins Restaurant oder ins Theater zu gehen. Doch sie war nicht dumm und hatte ihn sofort durchschaut. »Ich weiß, was du vorhast, Daniel, und so dankbar ich dir bin, es ist nicht nötig. Mir geht's gut, wirklich.«

Doch Daniel wusste, dass es ihr ganz und gar nicht gut ging. Schön, sie behauptete, die vielen Überstunden, die sie machte, seien gut fürs Geschäft – sie akquirierte Dutzende von neuen Kunden, einige davon ziemlich renommiert –, aber so konnte es nicht weitergehen. »Es hält mich davon ab, an Elliot zu denken«, hatte sie erwidert, als er sie eines Morgens buchstäblich an den Schultern gepackt und sie gedrängt hatte, einen Gang zurückzuschalten.

Die Hand über den Mund gelegt, ergab sich Daniel einem herzhaften Gähnen; es war wirklich ein langer, anstrengender Tag gewesen. Sie hatten den frühen Flug nach Brüssel genommen und zahllose Sitzungen absolviert, und als sie wieder am Flughafen angekommen waren, hatte man ihnen gesagt, dass sämtliche Flüge sich wegen eines kleinen Brandes auf einer der Rollbahnen am frühen Nachmittag um mindestens drei Stunden verzögern würden. Sie hatten mit dem Gedanken gespielt, sich ein Hotel zu nehmen, sich dann jedoch dagegen entschieden, da ihnen eine kurze Nacht in ihrem eigenen Bett lieber war als eine unruhige in einem Hotelzimmer. Obwohl es fraglich war, wie viel Schlaf Ali überhaupt bekam, egal wo sie war. Schlaf, so nahm er an, war für sie zurzeit wohl ein Luxus.

Er sah, wie sie sich von der Bar abwandte und auf ihn zukam. Sie wirkte so zerbrechlich und jung, und doch ... und doch war sie alles andere als zerbrechlich. Zweifellos war sie aus härterem Stahl als er. Er konnte sich nicht einmal ansatzweise vorstellen, wie er reagiert hätte, wenn er auch nur die Hälfte von dem durchgemacht hätte, was ihr widerfahren war. Vor allem hätte er es niemals fertig gebracht, freiwillig auf Richards Liebe zu verzichten – nicht einmal für eine Freundin wie Ali. Aber vielleicht war das nur ein Beweis für die alte Theorie, dass Männer im Grunde egoistisch sind, dass sie sich immer zuerst um sich selbst kümmern, um ihr Überleben zu sichern. Es war allgemein anerkannt, dass es stets die Frau war, die die zusätzliche Meile zurücklegte und die größten Opfer brachte – und in diesem Fall brachte Ali ein verdammt großes Opfer.

Sie gab ihm seinen Drink und setzte sich neben ihn. »Du siehst müde aus«, bemerkte sie.

»Du hast's gerade nötig.«

Sie fixierte ihn über den Rand ihres Glases hinweg. »Was soll das heißen?«

Er zuckte die Achseln. »Nichts, was du nicht schon wüsstest.«

Sie lehnte sich zurück. »Lass es, Daniel. Nicht noch einen Vortrag darüber, dass ich zu viel arbeite. Darauf kann ich verzichten.«

Er nippte nachdenklich an seinem Wein. »Dir ist doch klar, dass deine Zeit fast abgelaufen ist, oder?«

Sie wandte den Kopf ab und sah zu einem der Anzeigemonitore hinüber.

»Ali, du hast noch eine Woche, dann rede ich mit Elliot. So war die Absprache.«

»Ein paar Wochen mehr würden dir doch nicht wehtun«, sagte sie leise, nach wie vor abgewandt.

»O doch, das würden sie. Es tut mir jeden Tag weh, wenn ich daran denke, was du dir antust.«

»Dann denk halt nicht daran.«

Er stellte sein Glas ab und drehte sich zu ihr um. »Sieh mich an, Babe. Sieh mir in die Augen und sag mir, was du siehst.«

Sie zog eine finstere Miene. »Sei nicht so melodramatisch, Daniel. Die Leute gucken schon.«

Sie hatte Recht: Ein paar Meter entfernt saß ein großer, korpulenter Mann mit auffälligem Backenbart und beobachtete sie über seine Ausgabe von *Le Soir* hinweg. Doch Daniel war das gleichgültig, er ergriff Ali am Kinn und zwang sie, ihn anzusehen. »Sag mir, was du siehst.«

»Ich sehe *dich*, Daniel. Was denn sonst?«

»Du siehst also nicht einen Freund, der dich liebt und sich um dich sorgt? Einen Freund, der nur das Beste für dich will.«

Sie drehte den Kopf wieder weg. »Und was du nicht siehst, ist, dass ich genau dasselbe für Sarah will.«

Frustriert raufte Daniel sich die Haare. »Ali, du hast sowohl Sarah als auch Elliot genug Zeit gegeben sich zu überlegen, wie sie zu dir stehen. Wenn sie ihre Meinung über das, was du getan hast, ändern wollten, hätten sie es längst gemacht.«

»Aber in ein paar Wochen kann alles anders sein. Ach, komm schon, Daniel, gib mir mehr Zeit. Ich kenne Sarah, sie tut nie etwas, ohne ausgiebig darüber nachzudenken. Sie wird eine Weile brauchen, um das Ganze zu verdauen. Aber wenn sie erst einmal akzeptiert hat, warum ich es getan habe, wird sie sich melden. Das weiß ich.«

»Ali, erzähl mir keine Geschichten. Sieh's doch ein, es wird nicht funktionieren. Es geht doch nicht nur darum, dass Sarah Trevor verlässt, oder? Sie muss sich von ihm scheiden lassen, und zwar in der Überzeugung, dass er sie betrogen hat, stimmt's? Und selbst wenn sie es durchziehen würde, könntest du ihr nie die Wahrheit sagen, weil das alles verhöhnen würde, woran sie glaubt.«

»Aber all das ist unwichtig, sobald sie begreift, weshalb ich es getan habe, und mir verzeiht.«

»Und wenn sie das nicht kann?«

Zum ersten Mal in ihrem Gespräch zögerte Ali. Tränen traten in ihre dunklen Augen, und sie schluckte den Rest ihres Drinks hinunter. »Daran darf ich nicht denken«, sagte sie, »genauso wenig wie daran, dass Elliot mir nicht verzeiht.«

Und das war das Fundament ihrer Hoffnung, dachte Daniel. Ali klammerte sich verzweifelt an den Glauben, Elliot liebe sie so sehr, dass er ihr vergeben würde, egal, was sie getan hatte. Falls das tatsächlich geschah, würde Ali vermutlich die Kraft haben, so lange zu warten, bis Sarah ihr Absolution erteilte, wie lange es auch dauern mochte. Doch er bezweifelte, dass das geschehen würde. Solange Elliot glaubte, Ali habe ihn betrogen, würde er weiterhin das Schlimmste von ihr denken und sie ihrem unendlichen Elend überlassen. Daniel legte ihr den Arm um die Schultern und zog sie an sich. »Falsche Hoffnungen sind ein selbstzerstörerisches Hobby, Babe«, sagte er sanft. »Ich weiß, du willst daran glauben, dass Elliot sich wie ein Ehrenmann verhält, aber wäre es nicht besser, ihm die Wahrheit zu sagen und ihn davon zu überzeugen zu versuchen, dass es in Sarahs Interesse ist, ihr nicht zu erzählen, was wirklich in jener Nacht geschah?«

»Nein, das Risiko ist zu groß«, sagte sie heftig. Dann, in versöhnlicherem Tonfall: »Bitte, Daniel, warum hilfst du mir nicht, anstatt es mir noch schwerer zu machen? Elliot ist der Schlüssel zu diesem Chaos. Die Zeit ist eine große Heilerin, und je mehr davon vergeht, desto größer ist die Chance, dass er mir irgendwann vergibt und Sarah die Zukunft bekommt, die sie verdient hat.«

»Möchtest du, dass ich mit Elliot spreche?«

Ali hob den Kopf von Daniels Schulter. Flüchtig erwog sie, ja zu sagen, doch dann überlegte sie es sich anders. Was, wenn Daniel es nicht über sich brachte, Elliot die wahren Geschehnisse der Nacht in der Mühle zu verheimlichen?

Daniel spürte ihr Zögern und erahnte den Grund dafür. »Wenn ich vorhätte, etwas hinter deinem Rücken zu tun, hätte ich es längst getan – und ich kann dir sagen, es hat Tage gegeben, wo ich arg in Versuchung war. Aber wenn du mir nicht traust –«

»Es hat nichts damit zu tun, dass ich dir nicht vertraue«, unterbrach sie ihn, »sondern ... Ach, es hat keinen Zweck, du musst einfach akzeptieren, dass das eine Sache zwischen Elliot und mir ist. Nur wir beide können das klären.«

»Sprich: Du musst da allein durch, stimmt's?«

»Ja. Ja, das muss ich.«

Er griff nach seinem Glas und nahm einen kräftigen Schluck. »Weißt du, Babe, manchmal wünschte ich, du wärst nicht so versessen darauf, immer so verdammt stark zu sein.«

»Ich kann's nicht ändern, so bin ich nun mal.«

»Es ist kein Verbrechen zuzugeben, dass man Hilfe braucht. Millionen Menschen tun es jeden Tag.«

»Aber ich habe dich doch um Hilfe gebeten.«

Er sah ihr ins Gesicht. »Nein, das hast du nicht. Du hast mich gebeten, mich rauszuhalten und dich alleine machen zu lassen.«

»Aber so will ich es nun mal. Warum kannst du das nicht einsehen?«

Er stieß einen langen, resignierten Seufzer aus. »Okay, ich füge mich. Aber ich habe eine Bedingung: Du musst weniger arbeiten. Du bringst dich noch um mit all den Überstunden. Ich will ein bisschen Farbe auf deinem traurigen kleinen Gesicht sehen und ein paar Kilo mehr auf deinen Knochen. Und im Dezember kauen wir das Ganze noch mal durch, verstanden?«

Spätnachts, als Ali endlich zu Hause angekommen war, zog sie sich aus und kroch ins Bett. Sie war völlig erschöpft und wünschte plötzlich selbst, wie Daniel es ausgedrückt hatte, sie wäre nicht so versessen darauf, immer so verdammt stark zu sein. Sie drückte Mr. Squeezy an die Brust, und wenig später schlief sie ein und träumte, es sei Isaac.

48

Der Oktober war dem November gewichen, und die kurzen, winterlichen Tage des Dezembers hatten wieder einmal die alljährliche Kaufwut zum Ausbruch gebracht. Sarah hatte die Nähmaschine für einen Tag stehen lassen und war mit Grace nach Chester gefahren, um ihre Weihnachtseinkäufe zu erledigen, doch sie genoss den Ausflug nicht so sehr, wie sie gedacht hatte. Entgegen ihrer sonstigen Art war sie erschöpft und hatte Mühe, nicht aus der Haut zu fahren, wenn ihr zum x-ten Mal jemand mit dem Kinderwagen in die Hacken fuhr oder sie mit dem Ellbogen in die Seite stieß.

Kurz nach vier, als das Gewimmel ein wenig nachließ, schlug Grace vor, sich eine Tasse Tee und ein Stück Mince-Pie zu gönnen. »Das geht auf meine Rechnung«, sagte sie, als sie einen Tisch im nächst gelegenen Café in der Bridge Street gefunden hatten. Die weihnachtlich dekorierten Fenster waren beschlagen, und die Höflichkeit der Kellnerinnen war ebenso erschöpft wie die Auswahl an freien Tischen und festlichem Gebäck. Da in der Vitrine nur noch ein paar Kirsch-Scones lagen, war Graces und Sarahs Wahl schnell getroffen, und sie wurde ihnen mit einem einzigartigen Mangel an Sorgfalt und Freundlichkeit vorgesetzt.

»Weihnachten«, sagte Grace und wischte die Milch auf, die übergeschwappt war, als die Kellnerin das plumpe kleine Metallkännchen auf den Tisch geknallt hatte. »Diese wunderbare Zeit der Freundlichkeit unter den Menschen.«

»Die arme Frau, ich wette, sie sehnt sich nur danach, nach Hause zu kommen, genau wie ich.«

Grace hielt inne. Sie legte die milchgetränkte Serviette in den überquellenden Aschenbecher und sagte: »Entschuldigen Sie, Sarah, mir war nicht klar, dass das hier so eine Qual für Sie ist. Möchten Sie, dass wir uns beeilen und zum Auto zurückgehen?«

Sofort bereute Sarah ihre Worte. »O Grace, es tut mir Leid, das hätte ich anders ausdrücken müssen.«

»Absolut nicht. Wenn Sie sich so fühlen, dann sollten Sie es auch so sagen. Mir ist die Wahrheit sehr viel lieber als eine höfliche Notlüge. Möchten Sie mir sagen, was Sie belastet, oder soll ich mich um meine eigenen Angelegenheiten kümmern?«

Sarah rührte ihren Tee mit einem verbogenen Löffel um. »Sie lassen mir die Wahl?«

Grace lächelte. »Tue ich das nicht immer?«

»Nein, das tun Sie nicht. Mit Ihren geschickten Fragen treffen Sie immer genau den wunden Punkt und zwingen mich, mich mit Dingen auseinander zu setzen, die besser unberührt blieben.«

»Wissen Sie, Sarah, ich habe Sie nie für einen Feigling gehalten, aber so langsam fange ich an, das zu glauben.«

»Versuchen Sie mich zu ködern?«

»Ein Fisch lässt sich nur ködern, wenn er hungrig ist.«

»Oder neugierig.«

Grace schnitt ihren Scone auf und bestrich beide Hälften mit Butter. Dann sagte sie: »Und natürlich sind Sie weder das eine noch das andere, nicht wahr, Sarah?«

Sarah trank einen Schluck Tee und wünschte, Grace würde den Mund halten. Sie war ihre Fragen leid. Und vor allem war sie es leid, sie zu parieren.

Hungrig.

Neugierig.

Beides waren eindeutige Metaphern für etwas anderes. Sie ertappte sich bei dem Wunsch, auf dem Stuhl ihr gegenüber säße Ali. Die würde wenigstens nicht mit albernen Metaphern um sich werfen, sondern gleich mit einer direkten Frage loslegen. »Was ist dir denn über die Leber gelaufen?«, würde sie sagen. »Sankt Trevor der Unerträgliche?«

»Ich gehe Ihnen auf die Nerven, nicht wahr, Sarah?«

Bei dieser hellsichtigen Frage stellte Sarah ihre Tasse ab. »Ja, ich fürchte, das tun Sie.«

»Na, das ist doch mal eine ehrliche Antwort. Aber bin ich die Ursache Ihrer Verärgerung oder nur ein Symptom?«

Bevor Sarah antworten konnte, sammelten die Leute vom Nachbartisch ihre Tüten ein und verließen geräuschvoll das Café. Nachdem sie gegangen waren, sagte sie: »Es kommt mir so vor, als wären Sie die Ursache, aber höchstwahrscheinlich sind Sie es nicht. Ich glaube, mir gehen momentan alle auf die Nerven.«

»Aber ich nehme an, es gibt einen Menschen, der Sie noch mehr nervt als alle anderen.«

»Meinen Sie Trevor?«

»O nein, Sarah, nicht Trevor. Ich meine Sie.«

»Mich?«

»Wenn wir anfangen, uns über alle anderen aufzuregen, sind wir meist vor allem wütend auf uns selbst. Übrigens, was macht der Blinddarm? Vermissen Sie Ali immer noch?«

»Ja. Und wenn Sie die Wahrheit wissen wollen, ich habe mir gerade gewünscht, Sie wären sie.«

»Was würden Sie denn geben, um Ihre Freundschaft wiederherzustellen?«

»Die Frage ist unfair.«

»Nur, weil Sie sie so sehen.«

»Aber Sie wissen doch, warum ich mich nicht mit ihr treffen kann. Ich will meine Ehe schützen … sie bewahren.«

Grace kaute nachdenklich auf ihrem letzten Bissen Scone. Sie strich sich die Krümel von den Fingern und sah nach, ob noch Tee in der Kanne war. Doch sie war leer. Sie schloss den Deckel wieder und sagte: »Und, funktioniert es? Ist Ihre Ehe besser geworden, seit Sie Ali außer Reichweite geschafft haben?«

»Wir sind noch zusammen.«

»Sie meinen, die Schuldgefühle halten Sie immer noch fest.«

»Bisher sind wir gut damit gefahren.«

Zum ersten Mal, seit sie befreundet waren, hörte Sarah, wie Graces sonst so freundliche Stimme vor Verärgerung hitzig wurde: »Sarah«, sagte sie, »sind Sie allen Ernstes bereit, so ein extremes Opfer zu bringen? Können Sie wirklich weiter mit jemandem zusammenleben, den Sie nicht lieben? Und mal ganz abgesehen davon, dass es Ihnen gegenüber nicht fair ist, finden Sie es Trevor gegenüber fair? Wo, wenn ich fragen darf, bleibt bei alldem Ihre Integrität?«

»Die Integrität ist es doch, die mich bei Trevor hält.«

»Unsinn. Es ist Angst. Sie sind wie gelähmt vor Angst, schrecken davor zurück, die Entscheidung zu treffen, von der Sie wissen, dass Sie sie schon vor langer Zeit hätten treffen sollen. Sie müssen Ihre selbst gebastelten Schutzschichten entfernen und zu Ihrem wahren Ich zurückfinden, zu der echten Sarah mit all ihrem Selbstbewusstsein.«

Sarah nahm den verbogenen Löffel von ihrer Untertasse und versuchte, ihn gerade zu biegen. Doch es gelang ihr nicht. Sie ließ ihn wieder auf die Untertasse fallen. »Aber ich traue mich nicht«, sagte sie leise. »Sehen Sie das denn nicht?«

Graces Gesichtsausdruck wurde weicher. »Ich weiß«, sagte sie sanft, »aber ich weiß auch, dass Sie, wenn Sie erst einmal diese wichtige Entscheidung getroffen haben, in der Lage sein werden, sich selbst zu vergeben, denn solange Sie das nicht tun, werden Sie nie wirklich Frieden finden.«

»Das ist ja alles gut und schön, aber wenn ich nun dem Berg von Sünden, den ich bereits angehäuft habe, noch eine weitere hinzufüge, was wird dann aus mir?«

»O Sarah, nun sind Sie schon wieder so hart zu sich selbst. Warum können Sie nicht akzeptieren, dass Sie Ihr Bestes getan haben? Hören Sie auf, Ihr schlechtes Gewissen an Ihrem Glauben festzumachen, den Sie ohnehin nur noch wie einen Talisman mit sich herumtragen. Und außerdem –«

Sarah öffnete den Mund, um etwas zu sagen, doch Grace stoppte ihre Proteste mit erhobener Hand und fuhr fort: »Bitte lassen Sie mich ausreden. Mir ist durchaus klar, dass für jemanden wie Sie Vergebung unerreichbar erscheint, aber eines Tages werden Sie erkennen, dass das ein Irrtum ist.«

»Manche Vergehen sind vielleicht unverzeihlich.«

Plötzlich lächelte Grace. »Versuchen Sie jetzt, Gottes Job zu übernehmen, Sarah? Zu entscheiden, was Er annehmen kann und was nicht?«

Sarah antwortete nicht. Und sie erwiderte auch nicht Graces Lächeln.

»Wissen Sie«, sagte Grace freundlich, »manchmal müssen wir in unserem Leben zugeben, dass wir gescheitert sind, und die Last dessen, was wir nicht lösen können, abgeben. Vielleicht ist dies ein solcher Moment.«

Noch immer sagte Sarah nichts.

Nachdem Grace die Rechnung beglichen hatte, verließen sie das warme, miefige Café und traten hinaus in die windige, beißende Kälte des frühen Abends. Sie gingen durch die Dunkelheit zum Parkhaus, und als sie sich mit ihren schweren Tüten dahinschleppten, fühlte Sarah sich noch niedergedrückter als zuvor. Sie wusste, dass Grace all diese Dinge mit den besten Absichten gesagt hatte. Und sie wusste auch, dass sie Recht hatte. Aber zu wissen, was richtig war, war eine Sache, es dann auch zu tun, eine ganz andere. Sie hatte nicht den Mut, Trevor die Wahrheit zu sagen. Wie konnte sie ihm erklären, dass ihre Ehe ein Betrug gewesen war? Wie konnte sie ihn so brutal fertig machen? Vor allem, da er sich seit dem Sommer so sehr bemühte, ihr zu gefallen. Die Beweise seiner Loyalität und Ergebenheit ihr gegenüber waren so intensiv gewesen, dass sie sich schon Sorgen gemacht hatte, er würde womöglich wieder Interesse an Sex zeigen. Zu ihrer Erleichterung – und Beschämung – hatten sich diese Befürchtungen jedoch als unbegründet erwiesen.

Sich während der Herbst- und Wintermonate möglichst

beschäftigt zu halten, war ihr als der beste Weg erschienen, ihre Gedanken daran zu hindern, allzu viel um ihre Situation zu kreisen. Außerdem hatte sie lange, muntere Briefe an Hannah geschrieben, als hoffe sie, dass diese fröhlichen Märchenversionen der alltäglichen Geschehnisse in Smithy Cottage dadurch auf wundersame Weise Wirklichkeit werden könnten. Doch nichts von alldem konnte die schreckliche, unentrinnbare Wahrheit überdecken, dass sie entsetzlich einsam war. Ohne Hannah im Haus und Ali am anderen Ende der Telefonleitung gab es niemanden, der ihr Elend mildern konnte. Grace hatte sich zwar bemüht, sie aufzuheitern, aber Grace war nun mal nicht Hannah, und vor allem war sie nicht Ali. Aber Ali würde ohnehin niemand je ersetzen können. Jegliche Gefühle erbitterten Neids, die Sarah vorübergehend empfunden hatte, waren mit ihrer Wut verraucht. Sie wusste jetzt, dass sie mehr als alles andere Alis Freundschaft zurückhaben wollte. Doch es war unmöglich. Entweder Ali oder ihre Ehe. Beides war einfach unvereinbar.

Alle Parkhäuser sind unangenehm, und das, in dem Sarah ihren Wagen abgestellt hatte, war keine Ausnahme: Es war düster und muffig und nun, da es dunkel war, auch ein wenig unheimlich. Sie fuhren mit dem Aufzug in den dritten Stock, und als sie ausstiegen, erklang ein gellender Schrei. Es war der eines Mädchens. Sie konnten niemanden sehen, doch als sie auf ihr Auto zugingen, hörten sie einen weiteren Schrei, gefolgt von dem unheilvollen Klang männlichen Lachens. Es kam aus der Richtung des Zahlautomaten. »Bleiben Sie hier«, wies Sarah Grace an. Sie stellte ihre Taschen ab und ging nachsehen. Sie entdeckte eine Gruppe sich raufender junger Männer, von denen einer – der kräftigste und eindeutig hässlichste – die fleischigeren Teile seines Gesichts mit einer schauerlichen Ansammlung von Nieten und Nägeln durchbohrt hatte. Er hielt ein Mädchen, das am Boden lag, an den Haaren fest und hatte ihr seinen riesigen gestiefelten Fuß auf den Bauch gestellt. Unter den Zuschauern war ein weiteres Mädchen, das mit hilflosem Gesichtsausdruck daneben stand. Ohne einen einzigen Gedanken an ihre eigene Sicherheit legte Sarah los. »Was zum Teufel soll das?«, brüllte sie den Jugendlichen an. »Was bist du denn für ein mieser Schlägertyp? Lass sie los. Hast du nicht gehört? Ich hab gesagt, du sollst sie loslassen!« Schrill und laut hallte ihre Stimme in dem höhlenartigen, schwach beleuchteten Parkhaus wider.

Erstaunlicherweise folgte er ihrer Aufforderung, doch dann trat er über das Mädchen hinweg und kam herausfordernd auf Sarah zu. Er baute sich vor ihr auf und neigte drohend sein Gesicht zu ihr hinunter. Sein schaler Atem roch so übel, wie der Kerl aussah. »Wir machen nur 'n bisschen Spaß.« Er grinste spöttisch. »Was geht Sie das an?«

»Spaß?«, wiederholte sie angewidert. »Das nennst du Spaß?« Sie sah zu dem Mädchen hinüber, das sich inzwischen aufgerappelt und neben das andere Mädchen gestellt hatte. Mit ihrem zotteligen, dauergewellten Haar, den Lederjacken und Miniröcken sahen sie aus wie Zwillinge. Nervös kichernd tauschten sie Blicke mit den jungen Männern aus, die sie offensichtlich kannten. Sie sahen alt genug aus, um es besser zu wissen, aber auch jung genug, um noch zu Hause zu sitzen und sich begeistert eine Folge der Teenie-Serie *Grange Hill* anzusehen. Da sie spürte, dass die Situation nicht so bedrohlich war, wie sie gedacht hatte, und dass es sich wohl nur um jugendlichen Unfug handelte, der etwas außer Kontrolle geraten war, wusch sie auch dem Mädchen, das auf dem Boden gelegen hatte, den Kopf. »Und was fällt dir ein, dich so von ihm behandeln zu lassen? Hast du keine Selbstachtung? Hast du überhaupt eine Ahnung, was es heißt, eine Frau zu sein? Jetzt seht zu, dass ihr nach Hause kommt.«

Ohne auf eine Reaktion der verdutzten Gruppe zu warten, marschierte sie zu Grace zurück.

»Meine Güte«, sagte Grace, als sie ins Auto stiegen, »was für ein harter kleiner Kern unter dieser weichen Schale steckt.«

Sarah fuhr zur Ausfahrt und sprach erst, als sie auf der Straße waren und sich Richtung Nantwich einordneten. »Ich hoffe, ich habe Sie da drinnen nicht in Verlegenheit gebracht.«

»In Verlegenheit? Ich bin unglaublich stolz auf Sie. Nicht jeder hätte den Mut gehabt, sich mit so einem grotesk aussehenden Goliath anzulegen.«

»Ich konnte nicht anders. Ich kann es nicht ausstehen, wenn Leute die Schwäche anderer ausnutzen.«

»Oder wenn Mädchen sich in eine Situation bringen, aus der sie nicht wieder herauskommen?«

»Das auch. Was hat sie sich bloß dabei gedacht? Hat denn keine von den beiden gemerkt, in was für eine Gefahr sie sich gebracht haben?«

»Sie sahen sehr jung aus.«

»Das ist keine Entschuldigung für so ein verantwortungsloses Benehmen.«

Die restliche Fahrt legten sie schweigend zurück. Sarah setzte Grace ab und fuhr die restlichen hundert Meter nach Smithy Cottage. Im Haus brannte Licht. Sie trug ihre Einkäufe nach oben ins Gästezimmer und warf sie aufs Bett. Als sie wieder nach unten kam, wartete Trevor auf sie. Weder auf seinem Haar noch auf seiner Kleidung war Sägemehl zu sehen, also hatte er wohl wieder am Apokalyptischen Zeitalter herumgebüffelt. Wütend dachte sie daran, dass im Namen Gottes schon wieder der potenzielle Verdienst eines Tages geopfert worden war.

»Sarah«, sagte er, »ich habe die Gruppe für heute Abend eingeladen. Kriegst du noch einen Kuchen oder so zusammen?«

»Warum?«

»Weil alle deinen Kuchen gern essen.«

Sie runzelte die Stirn. »Das meinte ich nicht. Ich wollte wissen, weshalb du die Gruppe eingeladen hast. Heute ist doch nicht der normale Versammlungstag.«

»Ah«, sagte er verlegen. Bildete sie es sich nur ein, oder wich er ihrem Blick aus? »Äh ... Es ist ein besonderer Abend«, fuhr er fort, »etwas, zu dem ich mich berufen fühle. Vielleicht ist es ein Anstoß für weitere solche Abende. Ich glaube wirklich, dass es gut für die Gruppe sein wird. Sehr befreiend.«

Ohne jegliches Interesse an diesem neuesten schwachsinnigen Plan, zu dem Trevor sich »berufen« fühlte, stieß sie einen resignierten Seufzer aus und ging zur Kühltruhe, um ein paar Mince-Pies herauszunehmen, die sie am Wochenende gebacken hatte. Sollte er doch planen, was er wollte, es war ihr egal. Nichts, was er tat, hatte irgendwelche direkten Auswirkungen auf sie.

Doch wie sich anderthalb Stunden später herausstellen sollte, hatte sie sich schwer geirrt.

Sie hatten im Flur das übliche Theater mit ihren Schuhen und Schlappen veranstaltet, hatten ihre Schweigeminuten abgehalten, und nun mampften sie ihre Mince-Pies, schlürften ihren Kaffee und warteten geduldig darauf, dass ihr persönliches Orakel zu ihnen sprach.

Auch Sarah wartete. Heute Abend war Trevor anders als sonst, umgeben von einer Aura des Mysteriösen, in der er ganz offensichtlich schwelgte. Er hatte sich in den Mittelpunkt gestellt und genoss es aus vollem Herzen. »Warum sind wir hier, Trevor?«, hatte Dave vorhin gefragt, woraufhin Trevor geheimnisvoll geantwortet hatte: »Alles wird in Kürze enthüllt.«

Shirley war genauso neugierig gewesen wie Dave, hatte jedoch versucht, es hinter einer Anspielung auf ihren Rücken zu verbergen. »Es dauert doch nicht mehr lange, Trevor, oder? Meinem Rücken geht es heute Abend nicht gut, und ich werde nicht lange still sitzen können.«

»Also gut«, sagte Trevor und stellte seinen leeren Teller unter seinen Stuhl. »Ihr fragt euch sicher alle, warum ich dieses Treffen einberufen habe, und ich danke euch, dass ihr bei dieser Kälte gekommen seid, aber ich hoffe, wenn ihr nachher wieder geht, werdet ihr gewärmt und gestärkt sein von jener Kraft, die einst die ersten Christen angefeuert hat – dem Geist wahren Glaubens, der da ist zu lieben und zu vergeben.«

Plötzlich stand er auf, wohl um des Effekts willen, wie Sarah vermutete – und es hätte vielleicht auch funktioniert, wenn er nicht ein paar Kuchenkrümel in seinem Bart gehabt hätte –, und sagte: »Ich möchte euch eine wahre Geschichte von einem Mann und einer Frau erzählen, von einem Ehemann, der einen Akt der Untreue beging, und seiner gütigen Frau, die einen Akt des Glaubens und der Vergebung vollbrachte.«

Sarah erstarrte.

Er würde es nicht wagen.

Ganz gewiss nicht.

Doch Trevor wagte es und fesselte sein Publikum für die nächsten zwanzig Minuten mit dem Bericht über seine Begegnung mit dem Teufel. »Mein Zeitpunkt der Versuchung war gekommen«, erklärte er ihnen, »und als armer Nichtsnutz, der ich war, bestand ich die Prüfung nicht. Die Sünde wurde mir auf dem Silbertablett dargeboten, und ich tat mich daran gütlich. Doch worum es mir geht, ist Folgendes: Wenn schon ein gereifter Christ wie ich den Verführungen des Teufels erliegt, welche Hoffnung besteht dann noch für andere, die auf ihrem Weg zu Gott nicht so sicher sind?« Er gab ihnen keine Gelegenheit zu antworten, ignorierte Sarahs stummes Flehen aufzuhören und fuhr enthusiastisch mit seinem Zeugnis fort, wobei er sich in eine Reihe mit Helden aus dem Alten Testament wie Samson, Gideon, Barak und Moses stellte und das Ganze in eine Sprache kleidete, als befände er sich im Kindergottesdienst: Ali war die Botin des Satans, er das unschuldige Lamm und Sarah das Wasser der Vergebung.

Sarah schloss die Augen. Dies war die Zukunft. Nun, da Trevor seine Todsünde vor einem echten Publikum enthüllt hatte, würde ihn nichts mehr aufhalten. Er würde ein billiger Abklatsch jener grauenhaften amerikanischen Fernsehprediger werden, die bei jeder Beichte in Tränen ausbrachen. Sie sah ihn sogar schon vor sich, wie er als Gast bei den Frühstückstreffen christlicher Männer überall im Land allen seine Geschichte erzählte.

Er würde unerträglich sein.

Und er würde ihr Leben unerträglich machen. Er würde sie als vorbildliche christliche Ehefrau hochhalten – obwohl sie alles andere als das war.

Ein kalter Schauer überlief sie, und mit erschreckender Ruhe wurde ihr klar, dass sie ihn stoppen musste. Sie musste ihm begreiflich machen, dass dieser Wahnsinn nicht weitergehen konnte. Aber vor allem wusste sie, dass sie nicht länger mit der Lüge leben konnte.

Sie empfand kein Mitleid mehr mit Trevor. Sie wollte ihn nicht länger vor der Wahrheit schützen. Im Gegenteil, es war Zeit, dass er der Wahrheit ins Auge sah. Sie hoffte, sein Glaube war echt genug, um ihn durch die Tage zu bringen, die vor ihm lagen. »Trevor«, sagte sie, als er gerade Luft holte, um mit seiner Geschichte von Gut versus Böse fortzufahren, »ich glaube, du solltest dich hinsetzen.«

»Gleich Sarah, ich bin noch nicht fertig. Ich wollte nur –«

»Trevor, setz dich hin!« Sie sprach mit der gleichen Wut, mit der sie einige Stunden zuvor den Kerl im Parkhaus angefahren hatte.

Verdutzt tat er, wie ihm geheißen, und alle sahen sie erwartungsvoll und mit vor Neugier glänzenden Augen an. »Trevor«, begann sie, »ich kann nicht zulassen, dass du mich als fromme Ehefrau darstellst, die ihrem Mann großmütig seinen vorübergehenden Kontrollverlust verzeiht.«

»Aber es ist doch nur deine natürliche christliche Bescheidenheit, die dich davon abhält –«

»Sei still und halt den Mund, bis ich fertig bin. Und nimm um Himmels willen endlich die Krümel aus dem Bart!«

Er glotzte sie an. Die anderen ebenfalls.

»Es gibt etwas sehr Wichtiges, das du wissen solltest, Trevor«, begann sie wieder. »In gewisser Weise verzeihe ich dir tatsächlich, was mit Ali passiert ist, weil … weil du in eine Falle getappt bist. Man hat dich benutzt. Ali hatte das Ganze ohne mein Wissen geplant. Sie hat dich in ihr Bett gelockt, damit die Tatsache, dass du Ehebruch begangen hast, mir den nötigen Grund und wohl auch den Mut geben würde, dich zu verlassen. Im Grunde ist es ein Jammer, dass sie sich all diese Mühe gemacht hat, denn letzten Endes verlasse ich dich aus eigenem Entschluss. Es tut mir sehr Leid, Trevor, aber ich bin nie die Frau gewesen, die du verdient hast. Ich hoffe nur, dass du mir eines Tages vergeben kannst.«

Die Stille, die darauf folgte, hätte nicht größer sein können. Sarah stand auf und verließ den Raum. Das Einzige, was in ihr Bewusstsein drang, als sie auf den Flur und die ungewisse Welt dahinter zuging, war Trevors Ausdruck entsetzter Fassungslosigkeit und das Geraschel von Papier, als jemand – vermutlich Elaine – auf der Suche nach einer hilfreichen Textstelle in seiner Bibel blätterte.

Mein Gott, ich habe es getan, dachte sie, als sie nach Mantel und Handtasche griff und die Haustür hinter sich zuzog. Ich habe es endlich getan.

Die kalte Nachtluft zwickte sie in die Wangen, als sie ihren Mantel anzog und überlegte, was sie nun tun sollte. Große Abgänge waren ja was Feines, aber sie funktionierten nur, wenn man wusste, wohin man danach gehen konnte.

Zu Grace.

Im Schein der Straßenlaternen lief sie hinüber, betend, dass Grace zu Hause war.

War sie. Und Callum auch.

Als Grace die Aufregung in Sarahs Gesicht sah, sagte sie: »Callum, würde es dir etwas ausmachen, mich ein Weilchen mit Sarah allein zu lassen? Vielleicht kannst du uns ja etwas zu trinken bringen.«

Als er gegangen war, erzählte Sarah Grace, was sie gerade getan hatte.

»Und wie fühlen Sie sich?«, fragte Grace, als sie alles berichtet hatte, einschließlich Trevors schauerlichem Bekenntnis.

»Leicht euphorisch.«

»Genießen Sie es, solange Sie können, es wird bald vorbeigehen. So, wie ich Sie kenne, werden Sie spätestens in einer Stunde in Schuldgefühlen versinken.«

»Da bin ich nicht so sicher. Aber, meine Güte, Grace, was mag Trevor nur dazu verleitet haben, so etwas Idiotisches zu tun? Und das, nachdem er die ganze Zeit über auf absoluter Geheimhaltung bestanden hat.«

»Bei manchen ist der Drang zu beichten stärker als die Angst vor den Konsequenzen. In Trevors Fall könnte es sein, dass er das Bedürfnis hatte, im großen Rahmen Vergebung zu bekommen. Bei seiner ziemlich ichbezogenen Persönlichkeit gibt es doch keinen besseren Weg, um seine Schuldgefühle abzuschütteln, als ein öffentliches Geständnis abzulegen und öffentliche Vergebung zu empfangen.«

»Aber wenn die Gruppe ihm nicht vergibt?«

Grace lächelte. »Nach der Behandlung, die Sie ihm gerade erteilt haben?«

Auch Sarah gestattete sich ein kleines Lächeln. »Finden Sie, es war sehr brutal von mir?«

»Ein bisschen. Aber machen Sie sich deswegen nicht verrückt. Das mit Hannah haben Sie ihm nicht gesagt?«

Sarah schüttelte vehement den Kopf. »Nein. Und das werde ich auch nie tun. Dieses Stück von unserer Ehe soll ihm erhalten bleiben.«

»Darüber kann nur die Zeit entscheiden. So, ist es in Ordnung, wenn Callum uns jetzt etwas zu trinken bringt?«

»O ja, bitte, ich könnte eine Stärkung vertragen. Übrigens habe ich nichts dagegen, wenn er es weiß. Ich bin sicher, er ist diskret.«

Grace lachte. »Wenn Sie sich bei meinem Sohn auf etwas verlassen können, dann ist es Diskretion. Schließlich ist er Anwalt.« Sie ging in die Küche, wohin Callum sich zurückgezogen hatte, und kam mit ihm und einem Tablett mit Gläsern zurück.

»Sherry«, sagte Callum und reichte Sarah ein Glas. »Das beliebteste Erste-Hilfe-Präparat meiner Mutter. Das mit Ihnen und Trevor tut mir Leid. Als jemand, der diese Schlacht schon durchgestanden und die entsprechenden Narben davongetragen hat, wüsste ich gerne, ob Sie sicher sind, dass Sie das Richtige getan haben.«

»Es war keine Spontanentscheidung«, erwiderte Sarah, der aufging, dass sie fast zwei Jahrzehnte gebraucht hatte, um sich dazu durchzuringen.

»Entschuldigung«, sagte er, »geht mich ja nichts an. Ich halte lieber den Mund und überlasse euch beiden das Reden.«

»Das wäre das erste Mal«, neckte Grace ihn lächelnd. Dann wandte sie ihre Aufmerksamkeit wieder Sarah zu. »Ich würde Ihnen ja ein Bett für die Nacht anbieten, Sarah, aber ich halte es wirklich für besser, wenn Sie etwas mehr Abstand zwischen sich und Trevor bringen. Warum fahren Sie nicht zu Ali?«

»Glauben Sie, sie würde mich aufnehmen?«

»Was denken Sie? Gehen Sie in den Flur und rufen Sie sie an. Na los, jetzt gleich. Bevor der Adrenalinspiegel wieder sinkt.«

Ein paar Minuten später kam Sarah ins Wohnzimmer zurück.

»Das ging aber schnell«, sagte Grace. »War sie nicht da?«

»O doch, war sie, ich habe ihr nur nicht erklärt, weshalb ich komme. Hätten Sie etwas dagegen, wenn ich mir ein Taxi rufe?«

»Allerdings, da Callum gerade angeboten hat, Sie zu fahren.«

Sarah wandte sich zu Callum. »Das kann ich unmöglich annehmen. Es ist so weit und überhaupt nicht auf Ihrem Weg.«

»Sarah, es ist zwecklos, mit meiner Mutter zu streiten. Oder mit mir, nebenbei bemerkt. Trinken Sie Ihren Sherry aus, und dann fahren wir.«

Wieder stand Sarah in einem kalten Hauseingang. Sie gab Grace einen Kuss auf die weiche Wange und sagte: »Danke für all Ihre Hilfe, und es tut mir Leid, dass ich heute Nachmittag so unleidlich war.«

»Ich verzeihe Ihnen. Und wenn die Euphorie nachlässt, denken Sie daran, wie stark Sie heute waren. Sie haben es nicht nur mit einem Rüpel aufgenommen, der doppelt so groß war wie Sie, sondern haben auch den ersten grundlegenden Schritt in ein neues, eigenes Leben getan.«

»Schluss jetzt, meine Damen«, sagte Callum, dessen Atem kleine Wolken in der eisigen Luft hinterließ. »Es ist zu kalt für ausgedehnte Abschiedsszenen.« Er gab seiner Mutter einen Kuss und öffnete die Beifahrertür seines Mercedes-Kombi für Sarah. Die Windschutzscheibe war mit einer harten Frostschicht überzogen, doch nachdem der Motor ein paar Sekunden gelaufen war, begannen die funkelnden Kristalle zu schmelzen.

Während der ersten Minuten der Fahrt schwiegen beide. Dann fragte Callum: »Hat meine Mutter Ihnen mal von meiner Scheidung erzählt?«

Überrascht sagte Sarah: »Nein. Hätte sie sollen?«

»Nein. Aber Leute, die die Umstände nicht kennen, fragen sich meistens, warum ich das Sorgerecht für Jamie bekommen habe, obwohl die Kinder normalerweise bei der Frau bleiben.«

Sarah gab zu, dass ihr das durch den Kopf gegangen war.

»Ich habe wie ein Wahnsinniger um Jamie gekämpft und würde es wieder tun, wenn es sein müsste.«

»War sie so eine schreckliche Ehefrau und Mutter?«

»Ja«, sagte er schlicht. »Sie hatte ein großes Problem mit der Monogamie, und als Jamie sechs war, wollte sie ihn nach Acapulco mitnehmen, wo sie mit ihrem damaligen Liebhaber lebte. Ich kam eines Tages von der Arbeit nach Hause und fand ein leeres Haus und einen Zettel vor, auf dem stand, was sie vorhatte. Ich bin zum Flughafen gerast und habe ihr Jamie buchstäblich aus den Armen gerissen. Darauf folgte eine unglaublich blutige Schlacht um das Sorgerecht. Ich traute mich kaum, ihn auch nur für einen Moment aus den Augen zu lassen, aus Angst, dass sie ihn mir wegnehmen würde.«

»Wie schrecklich. Wo ist sie jetzt?«

»Keine Ahnung. Die Spur ist seit Jahren kalt. Haben Sie vor, sich von Trevor scheiden zu lassen?«

Wieder war sie überrascht über die Frage und auch über

seinen abgehackten Tonfall. »Ich weiß es nicht, so weit habe ich noch nicht gedacht. Ich weiß nur, dass ich nicht mehr mit ihm zusammenleben kann.«

»Überlegen Sie sich das gut, Sarah. Eine Scheidung kann eine höllische Angelegenheit sein.«

»Eine Ehe auch.«

Er lächelte. »Okay, das reicht jetzt wohl zum Thema Scheidung. Erzählen Sie mir, was das für ein Rüpel war, mit dem Sie es heute aufgenommen haben. Oder war das nur eine zart verhüllte Anspielung auf Trevor?«

»Trevor ist alles Mögliche, aber kein ausgesprochener Rüpel.« Sie erzählte ihm von dem Zwischenfall im Parkhaus.

»Kein Wunder, dass meine Mutter Sie an Ihre verborgenen Stärken erinnern wollte. Was hat Sie dazu gebracht, so dazwischenzugehen?«

»Das ist eine lange Geschichte. Hier müssen wir übrigens rechts abbiegen. Sehen Sie, da ist Alis Windmühle, man kann die Lichter sehen.«

Falls Sarah je ein Symbol für das sprichwörtliche Licht am Ende des Tunnels gebraucht hatte – hier war es.

49

Sarah bestand darauf, dass Callum sie oben an der Einfahrt zur Mühle absetzte, da sie die letzten paar Hundert Meter zu Fuß gehen wollte.

»Sind Sie sicher?«, fragte er. »Es ist stockdunkel und wahrscheinlich vereist. Meine Mutter würde mir nie verzeihen, wenn wir in den Nachrichten hören, dass eine Erfrorene im Graben gefunden wurde, und sich herausstellt, dass Sie es sind.«

»Mir wird schon nichts passieren. Und danke fürs Bringen, das war sehr nett von Ihnen.«

»Keine Ursache. Passen Sie auf sich auf, ja? Und falls Sie einen Anwalt brauchen, wissen Sie ja, wo Sie mich finden können.« Er nahm eine Visitenkarte aus seiner Brieftasche und gab sie ihr. »Wir sehen uns sicher, wenn Hannah und Jamie zu Weihnachten aus dem College zurückkommen. Viel Glück.«

Sarah sah ihm nach, als er davonfuhr. Dann machte sie sich auf den kurzen Weg. Die eisige Nachtluft fuhr ihr in den Mantel, und bald merkte sie, dass Callum Recht gehabt hatte. Sie sah kaum, wohin sie trat, und an manchen Stellen war der Boden gefährlich glatt. Ein paar Mal rutschte sie aus und wäre beinahe hingefallen, doch unbeirrt ging sie weiter. Gerade als sie den beleuchteten Bereich vor der Mühle erreicht hatte und sicherer gehen konnte, ging die Tür auf, und ein heller Lichtstrahl breitete sich vor ihr aus. In seiner Mitte stand Ali.

Plötzlich packten Sarah Zweifel. Und wenn Ali nun distanziert war? Was, wenn sie ihre Freundin durch ihre Weigerung, sie wieder zu sehen, unwiderruflich verloren hatte?

»Sarah, bist du das?«

»Ja«, rief sie, »ich bin's.« Sie beschleunigte ihren Schritt, bis sie direkt vor Ali stand. Sie sahen sich an, dann brach ein wildes Durcheinander von Tränen, Umarmungen und unzusammenhängenden Entschuldigungen aus.

Als sie sich schließlich voneinander lösten, sagte Ali: »Komm rein, du bist ja halb erfroren.« Sie zog Sarah hinein, schlug die Tür zu und nahm ihr den Mantel ab. »Lass uns nach oben gehen, da ist es warm.«

Sie setzten sich auf den Teppich vor dem Kamin, die Wangen gerötet von der Hitze des Feuers und von den Tränen.

»Ich konnte es gar nicht glauben, als ich deine Stimme am Telefon hörte«, sagte Ali. »Du kannst dir nicht vorstellen, wie sehr ich dich vermisst habe.«

»O doch, das kann ich«, erwiderte Sarah. »Bei mir war es genauso. Es ist kein Tag vergangen, an dem ich nicht mit dir reden und dich fragen wollte, wie es dir geht. Es tut mir Leid, dass ich dich so verletzt habe. Ich habe schreckliche Dinge zu dir gesagt.«

Noch nie hatte Ali sich so demütig gefühlt. Sie hatte gedacht, dass sie Sarah nie wieder sehen würde, dass sie ihre Freundin für immer verloren hätte. Sarahs Freundschaft zu verlieren, war fast so schlimm gewesen wie Isaacs Tod. Noch nie hatte sie sich so einsam gefühlt. Obwohl sie daran gewöhnt war, allein zu leben, war die Einsamkeit, die sie in den letzten Monaten empfunden hatte, die reinste Qual gewesen: Jeden Abend, wenn sie von der Arbeit nach Hause kam, hatte sie sie überwältigt. Die Mühle war ihr viel zu groß vorgekommen, und nachts, wenn sie im Bett lag, hatte der Wind sie mit seiner melancholischen Klage wach gehalten. Nur wenn sie mit Daniel im Büro war, wurde die Monotonie ihrer Trauer unterbrochen. Sie wusste nicht, was sie ohne ihn und seine Aufmunterungen getan hätte. Als sie es ihren Eltern nicht länger verheimlichen konnte, hatten auch sie versucht, ihr zu helfen, doch da sie ihnen den wahren Grund für die Trennung von Elliot verheimlicht hatte – sie hatte gesagt, sie hätten sich gestritten –, hatte ihre liebevolle Unterstützung Ali nur noch mehr beschämt. Sogar Alastair hatte sie aus Singapur angerufen. »Hey, Schwesterchen, was zum Teufel ist passiert? Mum und Dad haben gerade mit mir gesprochen. Gibt's denn wirklich keine Hoffnung?« Sie war über das unerwartete Mitgefühl ihres Bruders so gerührt gewesen, dass sie in Tränen ausgebrochen war – eine absolute Neuheit in ihrer Beziehung, die sonst von klassischer Geschwisterrivalität à la »Ich bin klüger-besser-stärker als du« geprägt war. Er hatte ihr sogar angeboten, mit Elliot zu sprechen: »Meinst du, er würde auf mich hören?« Sie hatte nur gemurmelt, es sei hoffnungslos und er solle sein Vermögen nicht für einen weiteres Übersee-Ferngespräch aus dem Fenster werfen.

Und – der Gipfel der Ironie – sie hatte diese verdammte Stelle aus den Römer-Briefen nicht mehr aus dem Kopf bekommen, die Trevor ihr als Hausaufgabe gegeben hatte und in der es um die Wahl zwischen Richtig und Falsch geht und darum, dass wir uns immer für das Falsche entscheiden. Nun, sie war der beste Beweis.

Doch trotz des ganzen Schadens, den Ali angerichtet hatte, stand nun Sarah vor ihr, die geschädigte Partei, und bot ihr den Olivenzweig des Friedens an. Auf ihrem Daumennagel herumkauend, sagte sie: »Du hattest alles Recht der Welt, das zu sagen. Ich bin diejenige, die sich entschuldigen muss.«

Sarah lächelte. »Ich kann das, was du getan hast, nicht absegnen, Ali, auch wenn ich weiß, dass du mir damit helfen wolltest, aber ich bin hergekommen, um dir zu sagen, dass ich Trevor verlassen habe – nicht wegen irgendetwas, das du getan hast, sondern weil ich endlich den Mut gefunden habe, mich den Folgen meiner eigenen Handlungen zu stellen.«

Ali war baff. »Du hast ihn verlassen? Wirklich und wahrhaftig *verlassen*?«

»Ja, vor ein paar Stunden.«

»Aber du wirkst so ruhig.«

»Das Seltsame ist, ich *bin* ruhig.«

»Ich wusste schon immer, dass mehr in dir steckt, als man auf Anhieb denkt. Wie hat Trevor denn reagiert?«

»Ich weiß nicht, ich habe ihm kaum Gelegenheit gegeben, etwas zu sagen.«

Ali runzelte die Stirn. »Wie, du hast ihm einen Brief geschrieben?«

Sarah erzählte ihr von Trevors Seelenstrip vor der Gruppe und ihrer Reaktion darauf. »Meinst du, es war sehr unfair von mir, unsere Ehe auf eine für ihn so peinliche Art zu beenden?«

»Ich weiß nicht, ob unfair das richtige Wort ist, aber so hat er es zumindest mit Sicherheit kapiert. Hut ab, Mädel. Wenn du mal loslegst, kennst du keine Gnade, was?«

»Ich habe überhaupt nicht nachgedacht. Ich bin einfach einem Impuls gefolgt, der stärker war als alles, was ich je zuvor erlebt habe. Ich wusste nur, dass ich diesen Wahnsinn stoppen musste.«

»Na, ich weiß, wer stolz auf dich wäre: Sarah die Dreiste.«

Beide lachten.

»Aber dir ist doch klar, dass du aus Trevor den größten Märtyrer seit Johanna von Orleans gemacht hast, oder?«, sagte Ali. »Die Schlappen-Gang wird sich auf ihn stürzen und ihn heilig sprechen lassen. Du hingegen hast in ihren Augen vermutlich auf ewig verschissen und dürftest auf Jahre hinaus *das* Klatschthema von Astley Hope sein.«

»Ich weiß, und auch wenn es gemein von mir ist, es ist mir egal.«

Ali umarmte sie. »Am liebsten würde ich dir sagen, wie stolz ich auf dich bin und dass ich weiß, dass du das Richtige getan hast, aber irgendwie erscheint es mir unpassend. Wie ich aus eigener Erfahrung weiß, ist das Ende einer Ehe kein Grund zum Feiern.«

»Aber die Erneuerung unserer Freundschaft könnten wir doch feiern, oder nicht?«

»Gute Idee. Nein, bleib sitzen und leg schon mal ein neues Scheit ins Feuer, während ich die Gastgeberin spiele.« Kurz darauf kam sie mit einer Flasche Rotwein und zwei Gläsern zurück. Sie schenkte beide ein und reichte eins davon Sarah. »Auf uns«, sagte sie und stieß mit Sarah an.

»Und auf die Zukunft, wie immer die aussehen mag«, fügte Sarah hinzu.

»Was die unmittelbare Zukunft betrifft«, sagte Ali, nachdem sie nachdenklich einen Schluck von ihrem Wein getrunken hatte, »du bleibst doch hier bei mir, oder?«

Sarah lächelte. »Darauf hatte ich gehofft.«

Ali lächelte ebenfalls. »Ich auch. Ich könnte etwas Gesellschaft vertragen.«

Sarah betrachtete ihre Freundin. Alis äußere Veränderung stimmte sie traurig. Sie war blass und abgespannt und hatte dunkle, fleckige Schatten unter den Augen. Und sie war viel zu dünn. »Ist das jetzt der Punkt, wo ich mich nach Elliot erkundigen sollte?«, fragte sie sanft.

Ali wandte sich ab und starrte in die flackernden Flammen des Feuers, deren mildes Licht die Schatten in ihrem Gesicht hervorhob. »Ich habe ihn seit August nicht mehr gesehen«, sagte sie. »Ihn ein zweites Mal zu verlieren, ist schlimmer als alles zuvor. Es hat all die Wunden wieder aufgerissen, die gerade zu heilen begonnen hatten. Während der kurzen Zeit im Sommer war meine Trauer um Isaac nicht mehr so quälend. Es war, als hätten wir beide einen Teil von ihm in uns, und wenn wir zusammen waren, entstand eine vollständigere Erinnerung an ihn. Es machte seinen Tod erträglich. Aber all das ist jetzt vorbei.«

»O Ali, es tut mir so Leid.«

»Das braucht es nicht, es ist voll und ganz meine eigene Schuld. Bei Elliot habe ich denselben Fehler begangen wie bei dir. Ich bin wie selbstverständlich davon ausgegangen, dass er mir verzeihen würde. Ich dachte, weil er mich liebt, würde er mir vergeben. Doch bisher sieht's nicht danach aus.«

»Vielleicht kommt das noch, wenn er erst –« Doch Sarah

brach ab, da Ali plötzlich zu ihr herumfuhr. »Was ist, Ali?«, fragte sie alarmiert.

»Mir ist gerade etwas eingefallen. Aber bevor ich etwas sage, erklär mir absolut ehrlich, mit Hand aufs Herz und bei allem, was dir heilig ist, warum du Trevor verlassen hast.«

Sarah sah verwirrt aus. »Ich verstehe nicht.«

»Bitte, Sarah, es ist wichtig. Hat es irgendwas damit zu tun, dass ich mit ihm ins Bett gegangen bin?«

Überrascht über den wilden, aufgeregten Ausdruck in Alis bohrendem Blick, sagte sie: »Nein, hat es nicht. Das habe ich dir doch eben schon gesagt.«

»Was war es dann? Was hat dich zu der Entscheidung gebracht?«

»Dass ich mich endlich der Vergangenheit gestellt habe, nehme ich an. Und nicht nur das, ich habe begriffen, dass nichts, was ich tue, meine Ehe jemals verbessern wird. Außerdem ist mir bewusst geworden, dass ich kein Mitleid mehr für Trevor empfinde, dass ich mich nicht mehr an ihn gebunden fühle. Oder an meinen Glauben, hinter dem ich mich versteckt habe – aber das ist eine andere Geschichte, mit der ich dich jetzt nicht langweilen –«

»Der Ehebruch hat also nichts damit zu tun?«

Sarah schüttelte den Kopf.

»Bist du ganz sicher? Absolut und vollkommen sicher? Hundertprozentig?«

»Ali, worauf willst du hinaus?«

Ali trank einen großen Schluck Wein. »Ich muss dir etwas sagen. Ich habe das Unvorstellbare nicht getan. Trevor und ich haben nie Sex miteinander gehabt. Es ist nie passiert.«

»Aber du hast doch gesagt, dass du es getan hast. Und Trevor hat auch –«

»Ich habe gelogen.«

»Du hast gelogen?«

»Ja! Der Himmel möge mir beistehen, aber ich habe gelogen. Ich bin nicht stolz auf das, was ich getan habe, das musst du mir glauben, aber ich habe ihn nicht verführt, wie er meint. Es war viel schlimmer als das. Ich habe ihm etwas in den Wein getan, damit er umkippt und sich am nächsten Morgen an so gut wie nichts erinnert. Auf die Art konnte ich ihm alles erzählen, was ich wollte. Ich habe ihn ausgezogen und in mein Bett gelegt, und der Rest … der Rest war reine Erfindung von mir. O Sarah, es tut mir so Leid. Ich hätte das nie tun sollen.«

Sarah brauchte ein paar Minuten, um diese dramatische Wendung in Alis Geschichte zu verdauen. Ihr erster, ziemlich spöttischer Gedanke galt Trevor und seinem Gefasel von dem Silbertablett der Versuchung, an dem er sich, wie er meinte, gelabt hatte. Dann drängten sich ihr alle möglichen Fragen auf.

»Aber Ali, warum hast du mir das denn nicht schon eher gesagt?«

»Weil ich dir die Tür offen halten wollte. Wenn ich die Lüge zurückgezogen hätte, wäre alles umsonst gewesen.«

»Aber warum hast du Elliot nicht die Wahrheit gesagt? Ihm hättest du doch erzählen können, was du wirklich getan hast.«

»Nein, das konnte ich nicht. Er hätte mich gezwungen, dir zu sagen, dass Trevor ebenso wenig Ehebruch begangen hat wie ich. Du weißt doch, was für ein grundehrlicher Mensch er ist.«

Sarah war entsetzt über das Opfer, das ihre Freundin für sie gebracht hatte. »Aber Ali, du hast Elliot dadurch verloren.«

»Beinahe hätte ich euch beide verloren.«

»O Ali, du musst mit Elliot reden. Du musst ihm sagen, dass du nicht mit Trevor geschlafen hast.«

Doch all die Erleichterung, die Ali eben noch bei dem Gedanken verspürt hatte, dass der quälende Betrug nun ein Ende hatte, war Zweifeln und Melancholie gewichen. Sie blickte wieder in die Flammen. »Vielleicht würde das nichts nützen«, sagte sie. »Vielleicht denkt er dann, ich lüge, um ihn wieder zurückzugewinnen.«

»Dann rede ich mit ihm.«

»Das würde wahrscheinlich auch nicht funktionieren. Er würde glauben, dass ich dich zu ihm geschickt habe.«

»Aber es muss doch einen Weg geben.«

»Da bin ich mir nicht so sicher. Wenn Elliot mich in einem guten Licht sehen wollte, hätte er es schon getan. Ich muss realistisch sein. Wie heißt es so schön? Wer einmal lügt, dem glaubt man nicht. Wahrscheinlich habe ich auch nichts Besseres verdient.«

Als Sarah sah, dass Ali wieder den Tränen nahe war, legte sie den Arm um sie. »Hey, du bist nicht die einzige Lügnerin. Was ist mit meiner monumentalen Nummer bezüglich Hannahs Vater? Dagegen bist du nur ein kleiner Fisch.«

»Hast du es ihm gesagt?«

»Nein.«

Ali schniefte und nippte erneut an ihrem Weinglas. »Weißt du, ich habe ausgiebig über Hannahs wahren Vater nachgedacht, und ich glaube, ich weiß, wer es ist.«

»So?«

»Ja. Es ist mein Bruder Alastair, stimmt's?«

Sarah grinste und fing dann an zu lachen. »Wie bist du zu dem Schluss gekommen?«

»Es war eigentlich ganz einfach. Er ist immer hinter dir hergedackelt, wenn du bei uns in Sanderling warst, und ich weiß, dass du eine Schwäche für ihn hattest, weil du ihn immer in Schutz genommen hast. Außerdem hat er uns ab und zu in Oxford besucht. Aber was ich nicht kapiere, ist, warum du ihm nicht gesagt hast, dass du schwanger warst. Er hätte dich geheiratet, das weiß ich genau.«

»Ihm wäre gar nichts anderes übrig geblieben, nicht wahr? Du hättest ihm die Pistole auf die Brust gesetzt.«

Ali lächelte. »Also, warum hast du ihm dann nicht gesagt, dass du ein Kind von ihm bekommst?«

»Aus dem einfachen Grund, weil dem nicht so war. Er ist nicht Hannahs Vater.«

»Aber er muss es sein.«

»Ali, ich glaube, ich weiß, mit wem ich geschlafen habe und mit wem nicht.«

»Aber wenn es nicht Alastair war, wer dann? Ich kann mich nicht erinnern, irgendwelche anderen Männer in deinem Umfeld gesehen zu haben.«

Sarah trank zögernd einen Schluck von ihrem Wein. Dann stellte sie das Glas ab und sagte: »Es war ein Tutor, und ich hätte es besser wissen müssen.«

»Ein Tutor! Welcher? O Gott, doch nicht Mr. Oberschleimig, der Typ mit den Cowboystiefeln, der eine nach der anderen rauchte, zu enge Jeans trug und es bei sämtlichen Erstsemestern versuchte? Sarah, der doch nicht, oder?«

»Im Leben nicht.«

»Dem Himmel sei Dank. Wer dann?«

»Er hieß John und war für ein Jahr von Yale herübergekommen.«

Ali starrte sie mit offenem Mund an. »Doch nicht John-John-Zeig-Uns-Deinen –«

»Genau der.«

»Aber der war ein fürchterlicher Casanova, Sarah. Wie um alles in der Welt hast du dich denn in den verknallt?«

»Habe ich ja gar nicht.«

»Du hast bloß mal 'ne Nummer mit ihm geschoben?«

Sarahs Gesicht lief rot an. »Nein!«

»Was dann?«

»Er – er hat mich ausgenutzt.«

Ali sah entsetzt aus. »Du willst doch nicht sagen, er hat dich vergewaltigt, oder?«

Sarah dachte an die beiden Mädchen im Parkhaus und in welche Lage sie sich gebracht hatten. »Ich habe mich in eine dumme Situation mit ihm gebracht. Und als ich meine Meinung änderte …«

»Wollte er nichts davon hören, stimmt's?«

»Er war sehr geschickt und ich sehr naiv.«

»Sarah, der Typ war ein elender Mistkerl. Warum hast du mir nichts davon gesagt?«

»Ich schämte mich, weil ich so dumm und leichtgläubig gewesen war, und ich wusste, dass du einen Riesenaufstand veranstaltet und ihm die College-Leitung auf den Hals gehetzt hättest.«

»Und ob ich das getan hätte. Glück für ihn, dass ich es nicht wusste. Ist er damals nicht ziemlich plötzlich verschwunden?«

»Ja. Kurz nachdem ich mit ihm geschlafen hatte, musste er in die Staaten zurück – sein Vater war gestorben, und sie brauchten ihn zu Hause. Es war also sinnlos, ihm zu sagen, dass ich schwanger war.«

»O Sarah, was für ein fürchterlicher Schlamassel. Wirst du es Hannah je erzählen?«

»Ich weiß es nicht. Aber wenn, dann wird es noch eine ganze Weile dauern.«

»Und was ist, wenn sie versuchen würde, ihren leiblichen Vater zu finden? Wie würdest du damit umgehen?«

»Das überlege ich mir, wenn es so weit ist. Aber ich glaube, fürs Erste habe ich genug andere Sorgen, meinst du nicht?«

Am nächsten Morgen im Büro bekam Ali einen unerwarteten Anruf von Sam. Sie war gerade dabei, Daniel von den Ereignissen des Abends zu berichten, als Margaret den Anruf durchstellte.

»Wie wäre es mit einem gemeinsamen Mittagessen?«, fragte er ohne Einleitung.

»Wann hattest du gedacht?«, fragte Ali zurück. Es war ihr erster Kontakt mit Sam seit dem Sommer, und bei der Vorstellung, was er von ihr denken musste, schämte sie sich entsetzlich, mit ihm zu reden.

»Heute«, sagte er.

Sie warf einen Blick auf ihren Terminkalender. »In Ordnung. Um wie viel Uhr?«

»Um eins bei *Franco*. Und, Ali, keine Sorge, ich komme unbewaffnet.«

»Danke, Sam. Dann bis nachher.«

Als sie den Hörer auflegte, bemerkte sie, dass Daniel sie über den Rand seiner Brille hinweg ansah.

»Na, wird Elliots Vater wieder aktiv?«, fragte er.

»Wenn es nur so einfach wäre.«

»Vielleicht ist es das sogar. Jetzt, wo du Sarah die Wahrheit gesagt hast, kannst du doch direkt dranbleiben und Sam reinen Wein einschenken. Dann brauchst du nur noch zu warten, bis er den Kelch an Elliot weiterreicht. Wetten, dass er bei dir anklingelt, sobald du heute Abend nach Hause kommst?«

»Ich wette eher, dass Elliot denkt, Sam und ich hätten uns diese neue Variante der Geschichte ausgedacht, als allerletzten Versuch, uns wieder zusammenzubringen.«

Daniel betrachtete Ali, die sich wieder einer Vereinbarung zuwandte, die sie für einen neuen Kunden vorbereiten musste. Seit Oktober hatte sie noch mehr abgenommen, was ihr überhaupt nicht stand. Sie sah aus, als sieche sie dahin. Seit Isaacs Tod hatte sie nicht mehr so schlecht ausgesehen. Und bald war es auch wieder so weit: Morgen in einer Woche war Isaacs Todestag, und er wusste, dass sie sich in den nächsten Tagen wieder genauso quälen würde wie in den vergangenen Jahren. Gestern Abend im Bett hatte er beschlossen, dass er am Ende dieser Woche Alis Wahnsinn ein Ende setzen würde. Doch nun sah es so aus, als sei das nicht mehr nötig.

Ali kam fünf Minuten zu spät bei *Franco* an, stellte jedoch zu ihrer Enttäuschung fest, dass Sam noch nicht da war. Sie wurde zu dem Tisch geführt, den er für sie reserviert hatte, und der Kellner nahm ihr den Mantel ab. »Möchten Sie etwas trinken, während Sie auf Ihren Begleiter warten?«, fragte er. Etwas an der Art, wie er das Wort »Begleiter« aussprach, weckte in ihr den Verdacht – die Hoffnung –, dass diese Verabredung ein cleverer Plan von Sam war, um sie und Elliot zusammenzubringen. Sie setzte sich und bestellte ein Glas Mineralwasser. Sie hätte gern etwas Stärkeres genommen, um ihre Nerven zu beruhigen, dachte sich jedoch, dass die Kombination von Alkohol und ihrer augenblicklichen Aufregung keine gute Mischung wäre.

Unruhig betrachtete sie die Tageskarte auf der mit Stechginster geschmückten Tafel zu ihrer Rechten, mehr aus Beschäftigungsdrang als aus dem Wunsch, etwas auszuwählen. Sie konnte sich nicht erinnern, wann sie das letzte Mal mit Genuss gegessen hatte. Als sie die Speisekarte leid war, betrachtete sie die anderen Gäste und lauschte auf die Musik, die durch das Restaurant plätscherte. Es war Whitney Houston mit dem Song »I Will Always Love You«. Einige Textfetzen trafen sie mitten ins Herz – »bittersweet memories, that is all I'm taking with me, so goodbye, please don't cry, we both know I'm not what you need ...«

Ali zwang sich, ruhig zu bleiben. Es ist nichts weiter als ein sentimentales Lied, sagte sie sich. Gut, es ist ein bisschen zutreffend und beschreibt, wie du dich Elliot gegenüber fühlen solltest – na und? Stimmt ja schließlich, du bist nicht das, was er braucht. Er braucht die Liebe einer netten, vernünftigen Frau, die ihm keine Probleme macht. Die ihn liebt und ihm nur Freude bereitet. Eine Irre wie dich braucht er so dringend wie einen Kropf. Doch so streng sie auch mit sich war, ihre Gefühle waren stärker, und Tränen rannen ihr über die Wangen. Sie fummelte in ihrer Handtasche nach einem Taschentuch, fand jedoch keines. Mangels irgendeines anderen Ersatzes griff sie nach der sorgfältig gefalteten Leinenserviette vor ihr und wischte sich damit über die Augen. Das war's dann wohl mit meiner Wimperntusche, dachte sie, vergrub das Gesicht in dem gestärkten Stoff und putzte sich geräuschvoll die Nase. Mittendrin vernahm sie eine vertraute Stimme. »Na, wie geht's meiner Lieblings-Exschwiegertochter?«

Sie spähte hinter der Serviette hervor und erblickte Sam. Vor lauter Freude, sein fröhliches Gesicht zu sehen, und vor Enttäuschung, dass es nicht Elliot war, fing sie wieder an zu weinen.

»O Liebes«, sagte er und beugte sich zu ihr hinunter, »bin ich denn so ein schauerlicher Anblick?«

»Ja, bist du. O Sam, es tut mir so Leid, irgendwie habe

ich in letzter Zeit verdammt nah am Wasser gebaut. Die geringste Kleinigkeit bringt mich zum Heulen.«

»Na, dann wein dich aus, und ich besorge uns in der Zwischenzeit was Ordentliches zu trinken.« Er winkte einen Kellner herbei, der sich ziemlich ungeschickt bemühte, so zu tun, als bemerke er nicht, was los war, und bestellte zwei Scotch. »Ohne Eis«, fügte er hinzu, »das ist rein medizinisch. So«, sagte er, als die beiden Drinks an den Tisch gebracht wurden, »runter damit, dann geht's dir gleich viel besser.«

Sie kippte den Whisky hinunter und wischte sich über die Augen. »Wie sehe ich aus?«, fragte sie.

»Wie ein sehr müder, unglücklicher Panda.«

Sie stöhnte. »Tut mir Leid.«

»Mir auch. Ich wünschte, ich hätte dich schon eher angerufen, aber der Zauberjunge wollte nichts davon wissen. Geteilte Sympathien sind eine verdammt schwierige Sache.«

»Wie geht es Elliot?«

»Er ist unausstehlich. Ständig gereizt. Ständig am Grübeln. Und ständig unglücklich.«

Sie stöhnte erneut. »Und all das ist meine Schuld. Es tut mir Leid.«

»Jetzt hör mal auf, dich zu entschuldigen, und sag mir, was ich bestellen soll.«

»Für mich nichts. Ich könnte sowieso nichts drinbehalten.«

»Du wirst jetzt etwas essen, meine Kleine, oder es gibt Ärger. Ich bestelle dir ein Omelette und einen kleinen grünen Salat. Und für mich wäre ein schönes großes Pfeffersteak genau das Richtige.«

Als der Kellner ihre Bestellung aufgenommen und sie allein gelassen hatte, fragte Ali: »Warum bist du nicht wütend auf mich, Sam?«

Er schlug seine Serviette auf und breitete sie auf seinem Schoß aus. »War ich zuerst. Ich war fuchsteufelswild auf dich. Du weißt, wie ich bin, wenn es um Elliot geht, und an dem Tag, als er nach Hause kam und mir erzählt hat, was du mit Trevor gemacht hast, hätte ich dir ein paar verdammt ungalante Sachen an den Kopf werfen können. Aber wie das mit solchen Dingen oft ist, habe ich mich nach einer Weile beruhigt und versucht, das Ganze aus deiner Warte zu betrachten.«

»War die Aussicht da klarer?«

»Nicht viel.«

»Hat Elliot sich auch beruhigt?«

Sam zog die Lippen zwischen die Zähne und schüttelte den Kopf. »Leider nicht, Liebes. Er bleibt stur dabei, dass er dich nie wieder sehen will.«

»Aber, Sam, ich hab's nicht getan.«

»Wie bitte?«

»Ich habe nicht mit Trevor geschlafen. Es war nur eine Lüge, damit Sarah ihn verlässt.«

»Langsam, da komme ich nicht mehr mit. Fang von vorne an und sag mir genau, was du getan hast.«

So leid sie die Geschichte war, erzählte Ali sie noch einmal, so, wie am Abend zuvor Sarah. Dann sagte sie ihm, dass Sarah Trevor verlassen hatte. »Sie hat mir vergeben, Sam. Glaubst du, dass Elliot das auch irgendwann schafft?«

Sam lehnte sich in seinem Stuhl zurück und stieß die Luft aus. »Mann, Ali. Als sie dich gemacht haben, muss die Form zersprungen sein.«

»Soll das eine Beleidigung sein oder ein Kompliment?«

»Ich wollte bloß sagen, dass du einmalig bist.«

»Ja«, seufzte sie unglücklich, »und das ist auch gut so. Stell dir mal die Katastrophe vor, wenn es noch mehr von meiner Sorte gäbe.«

Ihr Essen kam und gewährte ihnen für ein paar Minuten Ablenkung. Ali stocherte auf ihrem Teller herum, bis Sam sagte: »Ali, iss jetzt endlich. Du siehst aus wie ein Schluck Wasser in der Kurve, und das steht dir nicht besonders.«

Sie brach in schallendes Gelächter aus. »Nur keine falsche Zurückhaltung, Sam.«

Er lächelte und zwinkerte mit seinen dunklen Augen. »Das

ist schon besser. Und jetzt erzähl mir mal, was du Weihnachten machst.«

Ali nahm ein kleines Stück Omelette in Angriff. »Ich kann kaum glauben, dass es fast ein ganzes Jahr her ist, seit du mich das gefragt hast.«

»Und hast du vor, mir genauso auszuweichen wie letztes Jahr?«

»Nein«, sagte sie. »Ursprünglich wollte ich zu meinen Eltern fahren, aber jetzt, wo Sarah bei mir eingezogen ist, könnte sich da durchaus was ändern. Wir sind noch nicht dazu gekommen, irgendwas zu besprechen, und natürlich müssen wir sehen, was mit Hannah ist, aber es kann gut sein, dass wir in aller Ruhe in der Mühle feiern. Und du und Elliot? Wollt ihr wieder verreisen?«

»Nein. Elliot hat keine Zeit gehabt, über einen Urlaub nachzudenken. Er war zu sehr damit beschäftigt, irgendeinem miesen Kerl in der Firma die Hölle heiß zu machen.«

»Lass mich raten – Gervase Merchant-Taylor?«

»Ja, genau der. Ist wegen sexueller Belästigung drangekommen. Hat verdammt viel Staub aufgewirbelt, das kann ich dir sagen. Pausenlos waren Leute aus London da. Und nach all den Telefonaten zu urteilen, die der Zauberjunge spätabends noch geführt hat, geht's in dem Laden dramatischer zu als in sämtlichen Fernsehserien zusammengenommen.«

»Ist er Gervase losgeworden?«

»Allerdings.«

»Da ist er doch bestimmt froh.«

»Falls ja, merkt man's nicht. Du weißt ja, wie undurchschaubar er manchmal sein kann. So, nun halt dich mal ran, Kleines, ich bin schon fast fertig mit meinem Steak, und du hast dein Omelette kaum angeknabbert.«

Durch den kalten Eisregen brachte Sam Ali zum Büro zurück, wie er es im Jahr davor auch getan hatte. Diesmal jedoch blieben ihnen quälende Erinnerungen an Isaac erspart, und Sam gab ihr im Schutz ihrer Schirme einen

Abschiedskuss. »Ich tue mein Bestes bei Elliot«, sagte er. »Ich werde ihm genau das erzählen, was du mir erzählt hast. Und wenn mein ach so kultivierter Sohn auch nur einen Funken Verstand hat, meldet er sich bei dir. Pass gut auf dich auf, ja?«

Ali wartete den ganzen Abend neben dem Telefon.

Am Wochenende stürzte sie sich jedes Mal darauf, wenn es klingelte.

Ebenso während der Woche im Büro.

Doch es kam kein Anruf von Elliot.

Nichts.

Sein Schweigen sagte ihr alles, was sie wissen musste.

50

Es war jetzt eine Woche her, dass Sarah bei Ali eingezogen war. Die Nachwirkungen der Trennung von Trevor nahmen den größten Teil ihrer Gedanken in Anspruch, doch mit jedem Tag nahm auch ihre Sorge um das Wohl ihrer Freundin zu.

Sarah lag im Bett und lauschte auf das Geräusch, das sie gerade geweckt hatte – Alis Schritte auf dem Dielenboden eine Etage tiefer. Sie stützte sich auf, griff nach ihrem Wecker und spähte angestrengt in die Dunkelheit, um zu sehen, wie spät es war. Viertel nach fünf. Sie seufzte und legte sich wieder hin. Es war der vierte Morgen hintereinander, an dem es Ali um fünf Uhr aus dem Bett trieb. Dann begriff Sarah, welcher Tag heute war: Isaacs Todestag. Arme Ali. Sie fragte sich, ob sie ihr anbieten sollte, sie zu begleiten, wenn sie zur Kirche in Great Budworth fuhr. Doch ihr Instinkt sagte ihr, dass Ali ein solches Angebot zurückweisen würde. Ihre Trauer mit jemandem zu teilen, war ihr nie leicht gefallen, und es bestand wenig Hoffnung, dass sich das geändert hatte. Das Einzige, was Sarah tun konnte, war, für Ali da zu sein, wenn sie abends zurückkam.

So, wie Ali diese letzte Woche für sie da gewesen war, als Sarah begonnen hatte, sich mit den vergangenen achtzehn Jahren auseinander zu setzen. Grace hatte Recht gehabt mit ihrer Feststellung, sie müsse die Schutzschichten ablösen und zu der wahren Sarah zurückfinden. Fast zwei Jahrzehnte ängstlicher Gedanken hatten ihren Willen gelähmt – um eine weitere Formulierung von Grace zu verwenden. Alis Interpretation ihres Seelenzustands war weniger eloquent: »Sarah«, hatte sie an dem Morgen, nachdem Sarah Trevor verlassen hatte, beim Frühstück zu ihr gesagt, »du bist total verkorkst.«

»Du hast's gerade nötig«, hatte Sarah gekontert.

»Okay, dann sind wir also beide total verkorkst. Gibt es eine Chance, dass dieser Gott, von dem du immer redest, hier auftaucht und uns wieder gerade biegt?«

»Ach, auf einmal gibt es also einen Gott?«

»Das habe ich nicht gesagt.«

»Du wirst doch nicht etwa wanken, Ali?«

»Da sei Gott vor.«

Nachdem Ali zur Arbeit gegangen war, hatte Sarah überlegt, wie sie Hannah am besten sagen sollte, was sie getan hatte. Sie hatte keine Ahnung, wie ihre Tochter reagieren würde, und ihre größte Angst war, dass sie sie verurteilte und sich von ihr distanzierte. Es ihr am Telefon zu sagen, erschien ihr unpassend, also hatte sie versucht, einen Brief zu schreiben. Doch die zusammengeknüllten Bögen, die sich auf dem Fußboden in der Küche um sie herum angesammelt hatten, waren ein deutliches Zeichen für ihre Schwierigkeiten gewesen, die richtigen Worte zu finden.

Letzten Endes wurde ihr das Dilemma abgenommen. Hannah rief sie an, als Sarah gerade über ihrem Brief zu verzweifeln begann.

»Mum, ich habe gerade ein völlig merkwürdiges Gespräch mit Dad gehabt. Er sagt, du hättest eine Art Zusammenbruch gehabt und ich solle mir keine Sorgen machen, er würde schon alles regeln. Was zum Teufel ist los?«

Allen Mut zusammenraffend, hatte sie Hannah die Wahrheit gesagt. »O Hannah, ich wünschte, es wäre nur ein Zusammenbruch gewesen. Damit käme dein Vater viel leichter zurecht.«

»Heiliger Strohsack, Mum! Soll das heißen, du hast ihn verlassen?«

»Hannah, bitte –« Doch Sarah verstummte. Sie wollte sagen: »Bitte verurteile mich nicht«, aber welches Recht hatte sie, ihrer Tochter vorzuschreiben, was sie von ihr halten sollte?

»Bitte was, Mum?«

»Denk nicht zu schlecht von mir.«

Angespanntes Schweigen war die Antwort.

»Hannah?«

»Was hat dich denn dazu gebracht? Okay, er hat manchmal einen kleinen Sprung in der Schüssel, aber du hast es doch so lange mit ihm ausgehalten. Woher dieser plötzliche Drang, alles zu ändern?«

»Weil ich muss. Und ... weil ich ihn nicht liebe.«

»Gibt es jemand anders?«

»Nein. Absolut nicht.«

»Du klingst nicht besonders aufgeregt. Es sieht so aus, als hättest du das schon eine ganze Weile geplant.«

Ihre Frage klang so sehr nach einem Vorwurf, dass Sarah entgegnete: »Du klingst auch nicht besonders aufgeregt. Wütend, ja, aber nicht aufgeregt.«

»Ich stehe unter Schock.«

»Nun, ich auch.«

Erneutes Schweigen.

»Okay, Mum, ich muss los. Ich habe eine Vorlesung. Ich ruf dich irgendwann mal an.«

Das Wort »irgendwann« hallte wütend und verletzt in der Leitung nach und veranlasste Sarah zu sagen: »Hannah, ich liebe dich, bitte mach dir keine Sorgen.« Am liebsten hätte sie hinzugefügt: »Und bitte hasse mich nicht für das, was ich getan habe«, wagte jedoch nicht, ihrer Tochter diesen Gedanken in den Kopf zu setzen.

»Natürlich mache ich mir Sorgen, Mum. Es wäre seltsam, wenn ich es nicht täte. So, jetzt muss ich aber wirklich aufhören, mein Geld ist alle.«

Es gab Tausende von Fragen, die Sarah gerne gestellt hätte. Tausend Dinge, die sie gerne gesagt hätte, nur um weiter den beruhigenden Klang von Hannahs Stimme im Ohr zu haben. Doch sie sagte nur: »Eins noch, Hannah. Woher wusstest du, wo ich bin?«

»Wo solltest du denn sonst sein?«

Nachdem sie den Hörer aufgelegt hatte, schrieb sie, um nicht in Tränen des Selbstmitleids auszubrechen, einen kurzen Brief an Hannah, in dem sie sich der Gnade ihrer innig geliebten Tochter auslieferte. Sie versiegelte den Umschlag sofort, klebte eine Marke darauf und ging, bevor sie der Mut verließ, durch den eisigen Regen zum nächsten Briefkasten. Sie war klatschnass und durchgefroren bis auf die Knochen, als sie wieder in der Mühle ankam. Sie zündete das Feuer im Wohnzimmer an, machte sich eine heiße Schokolade, und während sie ihren zitternden Körper vor dem Kamin wärmte, verfasste sie einen Aktionsplan. Es war an der Zeit, sich zusammenzureißen. Schluss mit dem Selbstmitleid. Sie hatte den Entschluss gefasst, ihren Mann zu verlassen, und sie würde es durchziehen, so gut sie konnte. In guten wie in schlechten Zeiten, dachte sie spöttisch.

Als ersten Punkt schrieb sie auf: »Mit Trevor reden.«

Ist das alles?, fragte sie sich, als nach zehn Minuten noch immer nichts anderes auf dem linierten Papier stand. Das war eine ziemlich mickrige Aktionskampagne.

Sie sprach noch am gleichen Abend mit ihm. Eine Stunde nachdem Ali aus dem Büro gekommen war, fuhr sie Sarah nach Astley Hope. Sarah bestand darauf, dass Ali im Auto auf sie wartete, während sie mit Trevor redete. Sie hatte nicht vorher angerufen, um sicherzustellen, dass er da sein würde, sondern es dem Zufall überlassen.

Der Zufall lieferte ihr Trevor in einer Stimmung hoffnungsvoller Versöhnlichkeit. Er bot ihr Tee an und versprach, dass er den vorigen Abend nie wieder erwähnen würde, wenn sie es wollte. Ohne sie auch nur ein einziges Mal anzusehen, sagte er: »Ich weiß, dass du in letzter Zeit sehr unter Druck gestanden hast, vor allem, seit Hannah aufs College gegangen ist, aber es gibt nichts, was wir nicht gemeinsam regeln könnten. Shirley hat mir die Adresse eines

Heims für verheiratete Paare gegeben, in das wir fahren könnten. Sie sagt …«

Immer noch derselbe alte Trevor, dachte sie, während er weiterfaselte und so tat, als gäbe es eine einfache Alternative zu dem schrecklichen Vorschlag, den sie gemacht hatte. Er wollte nach wie vor lieber den Kopf in den Sand stecken. »Trevor«, sagte sie fest, als sie sah, wie er nach der Teekanne auf der Spüle griff, »bitte hör mir zu. Jedes Wort, das ich gestern Abend gesagt habe, war ernst gemeint. Es war vielleicht falsch, es vor der Gruppe zu tun, aber glaub mir bitte, ich hatte nicht vor, es auf diese Weise zu tun. Genau genommen hatte ich nie vor, es überhaupt zu tun, aber es ist nun mal das, was ich fühle. Das, was ich will. Was ich tun muss.«

Er hörte auf, mit der Teekanne herumzufummeln, sah ihr für den Bruchteil einer Sekunde in die Augen, senkte den Blick dann wieder auf die kleine braune Kanne in seiner Hand und starrte sie an, als sei er nicht ganz sicher, was es war und was es dort zu suchen hatte. Dann schleuderte er sie quer durch die Küche. Sie knallte gegen die Hintertür, dass die Scherben in alle Richtungen flogen. Nur die Tülle und der Griff blieben ganz.

Endlich ein echtes Gefühl, dachte sie. Sie wartete darauf, dass ein verbaler Ausbruch folgte. Hoffte beinahe darauf. Doch er erhob nicht einmal die Stimme. Bizarrerweise nahm er eine andere Teekanne von dem Regal neben dem Heißwassergerät, das heftig kochte und eine Dampfwolke in die kalte Küche wirbelte.

»Und wie, bitte, hattest du beabsichtigt, mir zu sagen, dass du unsere Ehe beenden willst?«

»Ich hatte es nie beabsichtigt. Ich … ich dachte, ich könnte durchhalten.«

»Durchhalten?«, wiederholte er. »Das klingt ja gerade so, als wäre es eine Prüfung gewesen. Eine Strafe.«

Angesichts seines fassungslosen Ausdrucks senkte sie den Blick. Wie konnte sie ihm die Wahrheit sagen? Dass jeder einzelne Tag für sie eine Prüfung gewesen war? »Es tut mir

Leid«, sagte sie, doch sie wusste, dass es nicht genug war. Eine Entschuldigung konnte den Schaden, den sie angerichtet hatte, nicht wieder gutmachen. »Ich wollte dir nicht wehtun«, fügte sie hinzu.

»Aber das hast du, Sarah. Du und Ali.« Er drehte sich um und bereitete den Tee zu, den sie nicht trinken würde. Sie wollte ihn davon abhalten, doch sie wusste, dass er eine Beschäftigung brauchte, während sie dieses unvorstellbare Gespräch führten. Schließlich wandte er sich erneut zu ihr um und sagte: »Sarah, ich bin bereit, dir zu verzeihen, wenn du mir versprichst, dass du dir Hilfe suchst. Es ist nicht das erste Mal, dass du dich irrational verhältst, und ich bin sicher, es gibt eine vollkommen vernünftige Erklärung für diesen Anfall von Wahnsinn. Shirley meint, es wären wahrscheinlich verfrühte Wechseljahre. Offenbar machen viele Frauen ähnliche Phasen der Verwirrung durch.«

Ihr Herz sank. Er würde die Wahrheit nie akzeptieren. Seine Fantasiewelt, die irgendwo hoch oben auf einem surrealen Planeten lag, hatte ein zu schwaches Fundament, um das Gewicht einer solchen Realität zu tragen. »Und was wäre dann deiner Meinung nach eine vernünftige Erklärung für Alis Verhalten?«, fragte sie bissig. »War das auch bloß ein Anfall hormonaler Verwirrung?«

Sein Gesicht verhärtete sich. »Diese Frau ist mir vollkommen unverständlich. Und wenn wir unsere Ehe retten wollen, musst du mir versprechen, dass du nie wieder etwas mit ihr zu tun haben wirst.«

»Ich fürchte, das ist nicht möglich, Trevor.«

»Das klingt, als wäre dir Ali wichtiger als ich.«

»Trevor«, sagte sie genervt, »hör mir bitte zu. Ich verlasse dich, weil ich dich nicht liebe. Nicht weil mir Alis Freundschaft wichtiger ist oder weil ich unter Hormonschwankungen leide. Ist das klar genug für dich?«

»Und was ist mit meinen Rechten? Habe ich als dein Mann nichts dazu zu sagen, was aus unserer Ehe wird?«

»Du verdienst das Recht, von mir befreit zu sein, um ein

Leben zu führen, das frei ist von Lügen und Schuldgefühlen.«

»Aber du bist meine Frau. Es ist deine Pflicht –«

»Trevor, wenn du es wagst, mir auch nur einen einzigen Satz aus der Bibel zu zitieren, verschwinde ich auf der Stelle.«

Doch genau das tat er. Und genau wie sie ihn gewarnt hatte, machte sie auf dem Absatz kehrt und ging nach oben ins Gästezimmer. Ein paar Minuten später kam sie mit ihrer Nähmaschine und mehreren Stoffrollen die Treppe herunter. Sie ging hinaus zu Alis Wagen, packte die Sachen in den Kofferraum und kehrte wieder ins Haus zurück, wo sie ein paar Kleider und persönliche Dinge in Plastiktüten stopfte. Trevor versuchte nicht, sie aufzuhalten. Er blieb am Küchentisch sitzen, den Kopf in die Hände gestützt, und murmelte leise vor sich hin. Er betete. Andere Frauen wären vielleicht gerührt gewesen beim Anblick eines Mannes, der Gott anflehte, seine Ehe zu retten, doch Sarah bestärkte es nur in ihrer Überzeugung, dass ihre Ehe, wenn Trevor weniger mit Gott und mehr mit ihr geredet hätte, vielleicht gar nicht hätte gerettet werden müssen.

Nachdem sie die letzte Tasche ins Auto verfrachtet hatte, ging sie noch einmal ins Haus zurück und servierte Trevor eine letzte Portion Aufrichtigkeit. Sie sagte ihm, dass Ali ihn in jener Nacht in der Mühle gar nicht verführt hatte. Sie versuchte sich einzureden, der Grund für diese Offenheit sei ein ehrenhafter – sie wolle nicht, dass er für den Rest seines Lebens glaubte, eine schreckliche Sünde begangen zu haben –, doch wenn sie ehrlich war, wollte sie nur den wohlgehüteten Teil seines männlichen Egos treffen, der mit Sicherheit stolz darauf war, dass er mit einer so attraktiven Frau wie Ali geschlafen hatte. Dass er sich nicht an den eigentlichen Akt erinnern konnte, war unwichtig – ohne Zweifel konnte selbst sein träges, tugendhaftes Hirn ihm die fehlenden Einzelheiten vorgaukeln.

Seine letzten Worte waren: »Möge Gott dir vergeben. Dir und Ali.«

Es war weniger ein wohlwollender Segen als eine mit geballten Fäusten geknurrte Drohung. Es schmerzte Sarah, dass sie sich auf so verbitterte Weise trennten, doch wie Ali auf dem Rückweg zur Mühle sagte: »Sarah, es ist zwecklos, mit einem Fanatiker zu diskutieren, wenn er anfängt, seinen Glauben als Waffe einzusetzen.«

Da sie merkte, dass sie so bald nicht wieder einschlafen würde, schlüpfte Sarah aus dem Bett, zog sich ihren Morgenmantel über und ging hinunter, um Ali bei ihren nächtlichen Wanderungen Gesellschaft zu leisten. Sie fand sie im Wohnzimmer, auf dem Sofa zusammengerollt und zugedeckt mit dem Quilt, den Sarah ihr letztes Jahr zu Weihnachten geschenkt hatte. Sie schlief fest und sah aus wie ein kleines Kind. Der Eindruck wurde noch verstärkt durch den rührenden Anblick von Mr. Squeezy, dessen Kopf unter dem Quilt hervorsah. Leise schlich Sarah wieder hinauf in ihr Zimmer.

Wieder lag sie in der Dunkelheit, und da sie nicht schlafen konnte, wandten sich ihre Gedanken Hannah zu.

Seit jenem kurzen Telefonat und dem Brief, den sie ihr geschickt hatte, hatte Hannah fast jeden Tag angerufen. Nach jedem Gespräch hatte Sarah sich so weit ermutigt gefühlt zu hoffen, dass ihre Tochter die Situation zunehmend besser begriff und akzeptierte. Es war allgemein bekannt, dass Kinder außerordentlich egoistisch waren, und auch wenn Hannahs Verhältnis zu ihrem Vater im vergangenen Jahr nicht so glücklich gewesen war wie all die Jahre davor, lag es auf der Hand, dass sie nicht wollte, dass der Status Quo sich änderte; und es gefiel ihr auch nicht, das Stigma einer Tochter aus zerbrochenem Elternhaus verpasst zu bekommen.

»Dein Entschluss steht offensichtlich fest«, hatte sie bei einem der Gespräche zu Sarah gesagt. »Es gibt wohl nichts, was ich sagen könnte, um dich zu einer Meinungsänderung zu bewegen, oder?«

»Absolut nichts«, hatte sie erwidert.

»Was wirst du jetzt tun?«

»Das weiß ich noch nicht so genau.«

»Meine Güte, Mum, findest du nicht, dass du ein bisschen zu hastig warst? Du hättest dir zumindest einen Plan zurechtlegen sollen.«

»Mir wird schon was einfallen.«

Es war ein seltsames Gefühl, sich in vertauschten Rollen wieder zu finden. Plötzlich war Hannah die Fragen stellende, alles besser wissende Erwachsene und Sarah der achselzuckende Teenager.

Hannah war auch mit Trevor in ständigem Kontakt. »Wie geht es ihm?«, hatte Sarah gestern noch gefragt.

»So weit wohl ganz gut. Die Würdenträger umschwirren ihn wie Bienen den Honigtopf. Er sagt, er will über Weihnachten in irgendein Heim fahren. Das wird vielleicht gemütlich – er fährt mit der ganzen Schlappen-Gang! Stell dir mal vor, wenn das so ein Haus ist, wo man den ganzen Tag die Klappe halten muss, dann platzen die glatt. Übrigens, Jamie kommt von Bristol rüber, um mich nach Hause mitzunehmen. Geht das in Ordnung?«

Die Tatsache, dass Hannah so bald und so leicht von dem unerfreulichen Thema der gescheiterten Ehe ihrer Eltern auf andere überwechseln konnte, förderte Sarahs Hoffnung, dass früher oder später alles in Ordnung kommen würde.

Ali fuhr um kurz nach acht zur Arbeit und ließ Sarah mit der Frage zurück, wie lange ihre Freundin wohl noch so weitermachen konnte. Sie hatte weder die Schale mit Müsli angerührt, die Sarah ihr hingestellt hatte, noch die sonst so verlockende Scheibe Toast mit Erdnussbutter. Ali hatte nur ein paar Mal an ihrem Tee genippt, dann nach ihrer Aktentasche gegriffen und gesagt: »Ich fahre dann mal.«

Vielleicht würde sie sich wieder berappeln, wenn sie erst einmal diesen Tag hinter sich gebracht hatte, sagte Sarah sich, als sie die Scheinwerferstrahlen von Alis Wagen über die mit Raureif überzogene Hecke gleiten und dann verschwinden sah. Doch sie wusste, dass es nicht nur Isaacs Tod war, der Ali so quälte.

Den größten Teil ihres Kummers verursachte Elliot.

Arme Ali, sie war so sicher gewesen, dass er sich nach dem Mittagessen mit Sam bei ihr melden würde, doch kein einziges Wort war von ihm gekommen.

Sarah räumte Alis unberührte Frühstückssachen weg und ging dann nach oben, um den Raum in der obersten Etage der Mühle fertig zu machen. Es war Alis Arbeitszimmer, aber über die Weihnachtsfeiertage würde es Hannah als Gästezimmer dienen. In einem echten und ehrlichen Versuch, unparteiisch zu sein, hatte Sarah gesagt, Hannah könne ja vielleicht ein paar Tage bei ihrem Vater verbringen, bevor er mit der Schlappen-Gang in das Heim fuhr. Ihr Vorschlag hatte nur ein gleichgültiges »Ja, mal gucken« geerntet. Hannah hatte nicht versucht, ihren Mangel an Begeisterung zu erklären, und Sarah hatte auch nicht nachgeforscht.

Als sie nun darüber nachdachte, während sie das Klappbett aufbaute, kam Sarah zu dem Schluss, dass Hannah ziemlich genau wusste, was sie wollte, und wesentlich weniger mit Selbstzweifeln zu kämpfen hatte als Sarah damals in ihrem Alter. Sie fragte sich, ob sie diesen Charakterzug wohl von ihrem leiblichen Vater geerbt hatte. Der hatte jedenfalls nie unter mangelndem Selbstbewusstsein gelitten. In all den Jahren, in denen sie das schuldbewusste Geheimnis seiner Gegenwart in ihrem Leben mit sich herumgetragen hatte, hatte sie kaum an ihn gedacht. Auf Grund der Notwendigkeit, aus ihrem Gedächtnis zu verbannen, was sie getan hatte, war es ihr relativ gut gelungen, ihn zu vergessen. Gelegentlich jedoch hatte sie versucht sich vorzustellen, wie es wäre, wenn sie ihm zufällig begegnete, und wie wohl ihre Unterhaltung ablaufen würde. Doch die Szene lief immer ähnlich ab: Er konnte sich nicht erinnern, wer sie war, ganz zu schweigen davon, dass er mit ihr geschlafen hatte. Doch auch ihr gelang es kaum, sich sein Gesicht ins Gedächtnis zu rufen. Sie erinnerte sich vage, dass er blond gewesen war, mit blauen Augen und einem kräftigen Kinn, aber davon abgesehen hatte sie kaum eine Grundlage, wenn sie herauszufinden versuchte, ob Hannah ihm in irgendeiner Weise ähnlich sah.

Sie war nie verbittert oder wütend auf John gewesen, weil er sie geschwängert hatte – wie könnte sie, wo sie doch eine so zauberhafte Tochter hatte? –, aber letzte Woche in Chester, als sie diesen jungen Mann gesehen hatte, der seine Kraft dazu benutzt hatte, das Mädchen zu seinen Füßen zu unterjochen, war in ihr eine Woge unterdrückten Zorns hochgespült. Es hatte sie allzu schmerzlich daran erinnert, wie sie sich damals in eine Situation gebracht hatte, die dazu führte, dass sie schwanger wurde. Sie hatte gedacht, sie habe die Dinge vollkommen unter Kontrolle – schließlich kannte sie Johns Ruf –, doch ihre Eitelkeit war stärker gewesen. Sie hatte sich von seinem berüchtigten Charme und seinem natürlichen Hang zum Flirten einwickeln lassen. Weiter wird es nicht gehen, sagte sie sich, als er mit seinen Lippen ihre Wange gestreift hatte. Ich bremse ihn, bevor irgendwas passiert, dachte sie, als sie unter der Berührung seiner Finger an ihrem Hals erzitterte. Doch als er mit der Hand unter ihr Kleid glitt, erkannte sie ihren Fehler. Sie versuchte, sich ihm zu entwinden, doch er zog sie zu sich und begann, ihr die Beine auseinander zu drücken. Der eine Teil von ihr – derjenige, der schwummrig war vor Verlangen – sehnte sich danach, dass er weitermachte, doch der andere wollte weglaufen. Sie wollte das nicht. Nicht auf diese Art. Nicht mit einem Mann, den sie nicht liebte. Sie versuchte erneut, sich zu befreien, doch er lächelte sein bezauberndes Lächeln und sagte: »Ich tue dir nicht weh, Sarah. Es wird nichts passieren. Ich verspreche dir, alles wird in Ordnung sein.«

Dumm, wie sie war, hatte sie ihm geglaubt. Am nächsten Tag hatte sie gehört, wie er in der College-Bibliothek einem anderen Amerikaner gegenüber damit angegeben hatte, was für eine leichte Beute sie gewesen war. »Zehn Punkte für eine Jungfrau«, hatte er lachend gesagt, »und noch fünf dazu, weil sie hübscher ist als die meisten anderen.«

Sie strich die Decke auf dem Klappbett glatt und trat ans Fenster. Mittlerweile war es hell, und leuchtender Sonnenschein fiel auf die umliegenden Felder, die weiß vor Raureif waren. In der Ferne sah sie die Reihe aneinander gebauter Cottages, wo Lizzie, Alis Putzfrau, lebte. Eine dünne Rauchfahne stieg aus einem der Schornsteine auf, und Sarah dachte, wie hübsch und gemütlich die kleinen Häuser aussahen. Neulich Morgen hatte Lizzie erwähnt, dass der Mieter des mittleren Cottage in den nächsten Monaten ausziehen wollte und dass der Besitzer froh wäre, einen neuen Mieter zu finden. »Es ist nicht gerade luxuriös«, hatte Lizzie gesagt, »bloß zwei Zimmer, und die Küche ist winzig – eine Sardinenbüchse ist ein Palast dagegen –, aber die Miete ist superbillig.« Und obwohl sie es sehr genoss, hier bei Ali zu wohnen, wusste sie doch, dass irgendwann die Zeit kam, wo sie auf ihren eigenen Füßen stehen musste ... Und das kleine Cottage wäre genau das Richtige für sie.

Als sie zu Hannah gesagt hatte, sie habe noch keinen Plan für ihre Zukunft, war das nicht so ganz wahr gewesen. Sie hatte vage Vorstellungen davon, sich selbstständig zu machen. Warum sich weiter für einen Laden abschuften, der über ihre Arbeit und ihr Honorar bestimmte, wenn sie Herrin ihres eigenen Schicksals sein konnte? Der einzige Unterschied bestünde darin, dass sie sich ihre Kunden selbst suchen musste – aber dafür würde sie wesentlich mehr verdienen als jetzt. Es war einen Versuch wert. Was hatte sie schließlich zu verlieren?

Während sie auf die Felder hinausblickte und zusah, wie eine Krähe mit trägem Flügelschlag von einem Telegrafenmast zum nächsten flog, dachte sie voller Befriedigung, dass sie in dieser einen Woche einen weiten Weg hinter sich gebracht hatte.

»Und wer hätte das gedacht?«, sagte sie laut. Vor acht Tagen hatte sie noch versucht, ein Leben zusammenzuhalten, das mit aller Macht auseinander fallen wollte. Wie sehr hatte sie sich bemüht, alles sauber und ordentlich, sicher und überschaubar zu halten. Nun erkannte sie, wie anstrengend das gewesen war. »Gegen das Unausweichliche anzukämpfen, ist eine vergebliche und unendlich kräftezehrende Beschäftigung«, hatte Grace zu ihr gesagt, als sie angerufen hatte, um sich zu erkundigen, wie es ihr ging. »Wie schwer die Bürde ist, die wir mit uns herumtragen, merken wir erst, wenn wir sie loslassen.«

Es erschien ihr nicht richtig, ihre Ehe als Bürde zu bezeichnen, doch unterm Strich war sie genau das geworden. Trevor tat ihr Leid, und sie würde wahrscheinlich immer Schuldgefühle haben, weil sie ihn so benutzt hatte. Doch als sie nun in den klaren blauen Himmel blickte, hatte sie das starke Gefühl, dass aus dem Tod ihres alten Lebens ein neues und besseres hervorgehen würde.

Auch für Trevor.

Sie hoffte, Gott würde es ihr nicht verübeln, dass sie in der Religion eine kleine Pause einlegte. »Es ist nichts Persönliches«, sagte sie zu der makellosen blauen Kuppel, »ich glaube, ich muss nur mal für mich klären, was das alles wirklich bedeutet.«

In dem Moment klingelte das Telefon. Sie wandte sich vom Fenster ab und nahm den Hörer von dem Zweitapparat auf dem Schreibtisch. Sie war überrascht, Daniels Stimme zu hören.

»Hallo, Sarah«, sagte er. »Ich hoffe, du glaubst an Wunder, denn das hier ist der Hammer. Ich habe gerade einen Anruf von Elliot bekommen.«

Am Nachmittag stellte Ali ihr Auto vor dem Postamt von Great Budworth ab und ging zu der Sandsteinkirche. Während sie dem Pfad bis zum hintersten Teil des Friedhofs folgte, dachte sie, wie unpassend und gefühllos es war, dass an einem solchen Tag die Sonne schien. Doch obwohl sie ungebührlich hell war, spendete sie keine Wärme, und die Luft war kalt und schneidend. Mit raschen Schritten eilte sie voran, vorbei an *Robert Ashworth* und *Amy und Joseph Riley*, und hielt erst inne, als sie an Isaacs kleinem Grab angekommen war. Sie beugte sich hinunter zu dem gefrorenen Boden und legte ihren Strauß weißer Rosen hin. »O Isaac«, murmelte sie, »dem Himmel sei Dank, dass du nicht hier bist und sehen kannst, wie sehr ich deinem Vater wehgetan habe. Ich war so rücksichtslos zu ihm.«

Sie zog die Handschuhe aus und zupfte an dem Unkraut herum, um ihren Kummer zurückzudrängen. Doch es half nichts, und hilflos spürte sie, wie sie in die schwarzen Tiefen ihrer Trauer und Verzweiflung gezogen wurde. Das Einzige, woran sie denken konnte, war das überwältigende Verlangen, ihr Kind in den Armen zu halten. »Wenn ich dich nur noch einmal in den Arm nehmen könnte«, flüsterte sie, »nur ein einziges Mal.« Sie schloss die Augen und stellte sich vor, wie sie Isaac an sich drückte, seinen süßen Babyduft einatmete, seine weiche, seidige Wange berührte, sein feines blondes Haar streichelte. Die Vorstellung war so wirklich, dass ein glühender Schmerz sie zerriss. Sie verlor jegliche Kontrolle und weinte hilflos.

Blind von den Tränen, die ihr über die Wangen liefen, dachte sie einen verrückten Moment lang, dass Isaac da war … dass er sie gerade berührt hatte. Sie hielt den Atem an, kniff die Augen zu und gestattete sich den Gedanken, dass er tatsächlich da war. Doch als der Druck auf ihrer Schulter stärker wurde, öffnete sie die Augen und sah, dass sie nicht allein war. Elliot hockte neben ihr.

»Wie lange bist du schon hier?«, murmelte sie zwischen ihrem erstickten Schluchzen, zu schwach, um aufzustehen oder ihm auszuweichen.

»Lange genug«, erwiderte er mit belegter Stimme. Vorsichtig legte er seine Blumen neben ihre und zog sie dann ganz sanft nach oben. Er führte sie zu einer nahe gelegenen Bank und setzte sie neben sich. Dann nahm er ein Taschentuch aus seiner Manteltasche, drehte ihr Gesicht zu sich und tupfte die Tränen von den aschgrauen Rändern unter ihren Augen. Es war so liebevoll, dass sie nur noch mehr weinen musste.

»Bitte hör auf«, sagte sie, nahm ihm das Taschentuch aus der Hand und drückte es gegen ihr Gesicht. »Du machst es noch schlimmer.«

Besorgt darüber, wie sehr sie sich verändert hatte, seit er

sie das letzte Mal gesehen hatte, sagte er: »Ich habe vieles schlimmer gemacht, nicht wahr?«

Mit unendlich traurigem Blick sah sie ihn an. »Das haben wir beide«, sagte sie. Und dann: »Warum hast du mich nicht angerufen, Elliot? Nach dem Mittagessen mit Sam habe ich jeden Tag darauf gewartet, dass du anrufst. Jeden Tag.«

»Es tut mir Leid, aber ich war immer noch böse auf dich. Es war kleinlich, ich weiß, aber ich war wütend, weil du deine Freundschaft zu Sarah über deine Liebe für mich gestellt hattest.«

Sie wagte es kaum, die nächste Frage zu stellen, aus Angst, erneut zurückgewiesen zu werden, doch sie zwang sich dazu. »Und empfindest du immer noch so?«

»Nein. Sam, dieser unglaublich einflussreiche Querdenker und dein großartiger Fürsprecher, hat mir gestern Abend die Leviten gelesen. Er hat gesagt, ich hätte alles falsch verstanden und in Wirklichkeit hättest du Sarahs Glück vor dein eigenes gestellt.«

»Er hat Recht, genau das habe ich getan ... Mir war nur nicht klar, wie groß das Opfer sein würde. Und wie schmerzlich.«

Er ergriff ihre eisige Hand und hob sie an seine Lippen. »Du bist eine Frau mit unglaublich starken Überzeugungen, Ali, und dafür liebe ich dich. Aber versprich mir eins. Versprich mir, dass du so etwas Unkluges und Leichtsinniges nie wieder tust.«

Sie nickte und blinzelte die erneut aufsteigenden Tränen weg. »Ich verspreche es.«

»Gut.«

»Heißt das, dass du mir noch mal eine Chance gibst, die Dinge zwischen uns in Ordnung zu bringen?«

Er schüttelte den Kopf. »Nein. Ich gebe uns beiden die Chance, es in Ordnung zu bringen.«

»Aber du hast etwas Besseres verdient, Elliot.«

»Jede andere würde mich langweilen. Ich brauche die Herausforderung, die du mir bietest.«

Sie musste beinahe lächeln. »Ich begreife nicht, warum.«

Er zog sie näher an sich heran, nahm ihr kaltes Gesicht zwischen seine Hände und küsste sie lange und innig. »Aber ich«, sagte er schließlich und zog den Kopf zurück, um ihr in die Augen zu sehen, »und das ist das Einzige, was zählt.«

»Aber reicht das?«

»Oh, ich denke schon.«

Er küsste sie erneut. Dann betrachteten sie, friedlich aneinander geschmiegt, schweigend die Landschaft hinter dem Friedhof, die mit Raureif überzogenen, von winterlich kahlen Hecken und Bäumen durchsetzten Felder. Ein Schwarm Vögel flog über sie hinweg, ihre Formation so präzise und perfekt wie das Blau des Himmels. Ohne ein Wort zu wechseln, senkten sie beide den Blick auf das Grab ihres Sohns, das ein paar Meter von ihrer Bank entfernt war.

Elliot sagte: »Wir werden niemals über seinen Tod hinwegkommen, Ali, nicht völlig, aber gemeinsam lernen wir vielleicht, damit zu leben.«

»Ich hoffe, du hast Recht«, sagte sie schwach und fügte dann mit einem kleinen Lächeln hinzu: »Hast du ja meistens.«

Er drückte ihre Hand. »Nicht immer.«

Sie seufzte und erschauerte leicht. »Ich hasse es hier«, sagte sie mit inbrünstiger Traurigkeit. »Ich wünschte, ich könnte ein wenig Trost daraus ziehen, aber es gelingt mir nicht. Ich bezweifle, dass das je der Fall sein wird.«

»Vielleicht wirst du ab heute anders darüber denken.« Er stand von der Bank auf und streckte die Hand nach ihr aus. »Ich hoffe, du bist einverstanden mit dem, was ich getan habe. Ich wollte dir eine angenehme Erinnerung an diesen Ort verschaffen. Es war das Beste, was ich so kurzfristig auf die Beine stellen konnte.«

Sie sah ihn fragend an.

»Na, komm«, sagte er und zog sie hoch. Er führte sie den Weg zurück zur Kirche. Doch als sie sich dem Friedhofstor näherten, blieb Ali überrascht stehen. Dort vor der Mauer stand Sarah. Daniel war auch da. Und Richard. Und, mit einem Grinsen, das von einem Ohr zum anderen reichte, auch Sam. Er blickte zu Elliot und fragte: »Nun, Romeo, ist alles geklärt? Können wir den Schampus aufmachen? Habt ihr euch wieder vertragen?«

Auf Elliots Gesicht breitete sich ein Lächeln aus, so selten wie ein vierblättriges Kleeblatt, und nach einem kurzen, zärtlichen Blickwechsel mit Ali legte er den Arm um sie und sagte: »Jawoll, Dad, so gut, wie wir es nur können.«

Sam lachte herzlich. »Na, dem Himmel sei Dank!«

Danksagung

Eine Menge Leute haben bei der Entstehung dieses Buchs geholfen, doch um ihnen das Rotwerden zu ersparen (und ihren Ruf nicht zu verderben), werde ich sie hier nicht alle einzeln aufführen; sie wissen, wie wichtig sie waren, und ich hoffe, sie wissen auch, wie dankbar ich ihnen bin.

Mein Dank gilt allen Mitarbeitern von Orion, die mir ein weiteres denkwürdiges Jahr geschenkt haben. Besonders Jane Wood, Selina Walker und Sarah Yorke möchte ich hier hervorheben, die unglaublich geschickt im Jonglieren waren und immer Zeit für ihren Quälgeist von Autorin hatten. Ebenso Susan Lamb, für ihre Geduld und ihren Ehrgeiz, die künstlerische Gestaltung perfekt hinzubekommen ... na ja, fast. Danke auch an alle von der Vertreterkonferenz im Januar dafür, dass sie mich nicht in der Luft zerfetzt haben.

Zu guter Letzt ein dickes Dankeschön an Mr. Lloyd von Curtis Brown für die Windmühle, die Gokart-Runden und den eiskalten Nordseewind in meinem Gesicht. Nie wieder!